大秦帝國

孫皓暉 著

全新增訂版

第五部《鐵血文明》下

目錄

第十章　偏安亡齊

第十一章 文明雷電

第十二章 盤整華夏

第八章 失才亡魏

一、一旅震四方　王賁方略初顯名將之才

兵士們尚在構築營壘，王賁接到了秦王的緊急書令。

五萬精銳鐵騎從燕國兼程南來，一路四日始終沒有咸陽王使的路令，王賁很是有些意外。秦軍但凡兩萬人以上出動，是例行重兵，其進軍使命、糧草補給、民力徵調、駐地日程等都有明白無誤的法度照應。往往越是機密用兵，事先確定行兵方略就越是詳盡。其間種種具體事宜，幾乎隨時都會在路途接到相關書令，此所謂路令。王賁此次南下是奉王命回兵，王翦幕府不再對其節制，所需要的只是依照咸陽王命行事。然在薊城大營，姚賈所持的王書以及姚賈轉述的事實，所申明者都是調兵的大略緣由，大軍南下的一應具體事宜隻字未提。王賁以機密軍務之成例行事，上路半日後向姚賈請命行程方略。不料姚賈淡淡一笑道：「老夫只管調兵，餘皆未奉成命，少將軍只能自決了。」因了父親王翦的原因，軍中皆呼王賁為少將軍，姚賈自不例外。姚賈如此一說，王賁這才認真起來，在大軍歇馬冷炊的半個時辰裡立即做出了決斷：兼程南下，直抵洛陽東南的伊闕要塞。姚賈問其故，王賁只說了一句話：「伊闕咽喉，兼顧南北。」

如今堪堪趕到伊闕，幕府還沒有搭建起來王命便到，說明秦王對南下大軍的行止是十分清楚的。果真如此，一直沒有路令便令人有些費解。然王賁顧不得多想，對中軍司馬匆匆交代了幾句軍務，飛身上馬去了。不遠處駕著王車的特使正在等待王賁登車同行，今見王賁片刻之間逕自飛馬而去，連忙啟動王車追了上來。王賁坐騎是一匹雄駿的陰山胡馬，身高八尺通體火紅，號為火雲駒，耐力速度都極為出色。隨行的一司馬兩護衛，也都是出類拔萃的騎士良馬。一進函谷關，王賁的小馬隊已經將特使王車遠遠拋在了後面，入夜三更時分便進入了咸陽。

「下馬！等候特使。」

從禁止庶民車馬的特急密道飛馳到王城南門時，王賁才恍然勒馬下令等候特使。雖說王賁也可以直接進入王城，然若有特使同行，一切都會方便許多；不等特使，則自己便要在幾道門戶前報名待命，縱然先入王城，也不知哪裡去見秦王。凡此種種細節，對於第一次被秦王單獨召見的王賁，都是實實在在的關口。

「少將軍麼？趙高奉命等候多時了。」

小馬隊剛一勒定，一盞風燈隨著一個響亮的內侍聲音從城門下飄了過來。王賁心下頓時一熱，立即飛身下馬大步走了過來。王賁對趙高不熟，但卻不知多少次地聽過這個名字及其相關傳聞，對秦王身邊這個頗具英雄才具的內侍很是讚賞。今見趙高如此謙和熱誠，王賁當先一個拱手禮道：「見過趙令！」趙高極是利落地一拱手道：「不敢當。」不待王賁下文，趙高轉身吩咐一個少年內侍帶王賁的司馬護衛去車馬院歇息用飯，又轉身一拱手領著王賁向東偏殿而來。

「少將軍果然快捷！」

方進殿前甬道，一個高大身影快步迎了過來。王賁一聽是秦王聲音，大步趨前深深一躬高聲道：「末將王賁參見我王！」甲釘長劍與斗篷叮噹糾纏之間，王賁不期然一頭汗水，顯得很是侷促。嬴政打量了一眼大笑道：「都幾月了還一身冬裝？小高子，先領少將軍沐浴，換我一身輕軟衣裳再說。」王賁滿臉脹紅滿臉汗水，連說不用不用。秦王一擺手道：「任事不急，人先舒暢了再說。」王賁還要說話，已經被趙高不由分說拉著走了。

大約頓飯時光，王賁身著輕軟長袍，頭上包著一方乾爽白布，疾步匆匆地來到了偏殿正廳。秦王與王綰、李斯、姚賈三人，正站在牆下的大地圖前指點說話。見王賁脖頸髮際還滴著水珠，嬴政一瞪眼道：「你個小高子急甚來，少將軍頭髮都不拭乾！」一緊跟在王賁身後一溜碎步的趙高紅著臉，吭哧著不敢說話。王賁已經揚手扯去了包頭大布，一躬身高聲道：「稟報秦王！頭包大布太憋悶，敢請摘去說事！」話音未落，秦王四人一齊大笑。嬴政連連揮手道：「去了去了，咋暢快咋來。小高子，酒肉快上。」趙高一答應正要轉身，不防已經被王賁一伸手拽住。王賁一拱手道：「稟報秦王，末將在馬上已經啃下了三斤乾肉。目下只須涼茶，不敢飲酒！」嬴政一揮手道：「好！大桶涼茶。來，少將軍坐了說話。」王賁目光本來已經在地圖上巡睃，此刻腳步釘在原地盯著地圖皺著眉頭，良久沒有說話。秦王見狀，明亮的目光飛快地一掠三位大臣，也站在原地不動了。

「少將軍何意？」王綰笑問一句。

「伊闕還是靠北，該在安陵截其退路！」王賁突然一指地圖。

「如何？」嬴政一臉笑意地環視著三位大臣。

「少將軍，老夫有些不明。」姚賈目光連連閃爍。

「末將揣摩。」王賁一手提著頭上扯下來的白布，一手嘭嘭點著高大木板上的地圖，「舊韓作亂，北連魏國不足為患，若南下奔楚，或東逃奔齊，則後患無窮。是故，我軍駐紮伊闕，只能堵絕韓亂之民進入崤山入楚通道，而不能堵絕其南面入楚大道。該當駐紮安陵，一軍鎮四方！」

「四方，何謂？」李斯認真問了一句。

「韓魏楚齊！」王賁的聲音震得殿堂嗡嗡響。

「我王選人甚當，老臣恭賀！」王綰慨然一拱手。

「大將出新，臣亦恭賀！」李斯姚賈異口同聲。

王賁左看右看，一時不知所措。秦王嬴政不禁笑道：「來來來，少將軍坐了說話。涼茶來了，只管喝著聽著。長史，你對少將軍說說來龍去脈。」李斯一點頭，走到地圖前，指點著說起了去歲今春以來的中原變化。

原來，秦國滅韓後，撤回了內史郡郡守嬴騰的滅韓兵馬，駐紮隴西以防戎狄趁火打劫。中原之地，秦國只在舊有的洛陽大營保留了蒙武的五萬老軍，以為函谷關外諸事總策應。大臣方面，姚賈坐鎮新鄭，一則襄助潁川郡新郡守治韓，一則主理對魏國齊國斡旋。去歲，秦軍破趙後北上易水，逼近燕國；燕太子丹刺秦事發，震驚天下，也一舉改變了秦國的滅國用兵總方略。在荊軻刺秦後不到兩月，姚賈的黑冰臺人馬刺探到一個驚人的消息：滅韓大戰時逃亡的韓國中徒張良潛回新鄭，正在祕密聯結韓國舊世族，欲圖舉兵復國，目下，張良已經祕密聯結了魏國楚國，兩國都許諾全力策應！與此同時，內史郡嬴騰部屬也探聽到一則異動跡象：被囚禁在韓原梁山的韓王安，近有神祕之客往來，此人正是舊韓中徒張良。

兩方事態緊急密報咸陽，秦王嬴政立即召王綰、內史嬴騰、蒙武、李斯、姚賈、尉繚等一班大臣會商。最後，秦國君臣議決的方略對策是：此事方起端倪，不宜公然出兵，只宜以機密事端處置。為此，蒙武大營全力戒備關外，姚賈黑冰臺人馬祕密緝拿張良，內史郡增加對韓王囚居地的防護，一旦張良被緝拿歸案，立即將韓國作亂世族一體問罪，公開斬決，以震懾他國餘孽。之所以如此處置，在於秦國君臣有一個共同認可的評判：韓國舊世族復國復辟，其餘被滅之國的舊世族也必然同理同心，只要秦國要一統天下，復辟暗潮便必然湧動，如何處置韓國作亂事件，具有垂範天下之效用。唯其如此，處置韓亂不宜倉促輕動，務必有理有據，寧可失其緩，不可失其急。畢竟，韓國沒有強兵根基，魏楚也不敢貿然行事，只要秦國冷靜處置，未必不能使韓亂胎死腹中。

然則，去歲秦軍破燕大半年，韓國亂象卻有了明顯的惡化。

張良行蹤詭祕無定，幾次三番逃脫了姚賈黑冰臺的追蹤。多方探察證實：張良狡兔三窟，藏匿之地一在楚國洧水河谷，一在魏國逢澤山野，一在韓國舊地上黨郡的大山；張良居無定所，又得燕趙一班任俠之士相助，事皆密行密議，急切間極難緝拿。與此同時，韓國故地的種種消息流布日廣，民眾漸漸呈現出躁動之勢。入冬之際，被囚的韓王安也破例上書，請求秦王允准其在年節大祭之期回歸新鄭，祭祀宗廟，以安遺民之心。

鑒於種種跡象，王綰李斯力主：韓亂之事，不宜再佯作不知，秦王當召見韓王安，明白對其警示，若無效用，則當以強力消弭之。秦王嬴政贊同，下書姚賈職司實施。姚賈精勤能事，立即做出了精心部署。第一步，姚賈自為特使，奉秦王下書趕赴梁山，明白正告韓王安：韓國遺民有圖亂之心，韓王當藉祭祀宗廟之機安定遺民，莫使舊韓人徒然流血！可是，韓王安硬是不做正面回應，一副不解秦王下書所云的模樣，對姚賈哼哼哈哈王顧左右而言他，始終沒有任何明白說法。姚賈也不盤詰追問，也不拆穿事實，只冷笑著耐心聽罷，又高聲宣示了一遍秦王下書與警示說辭，告辭去了。第二步，秦國派出特使，以最為鄭重的邦交禮儀通告魏楚兩國：韓王安將在秦軍護送下經過魏楚邊境進入新鄭，秦軍請求借道。魏王假一副笑臉，當即答應借道。楚國正逢楚幽王葬禮，新立楚王羋猶（楚哀王）病懨懨黑著臉，然終究也是答應了。可是，當蒙武率領三萬老軍步騎浩浩蕩蕩護送韓王安過境魏楚時，兩國君臣竟無一人出面作禮儀性迎送。眼見韓王安一副淡漠模樣，姚賈揶揄笑歎一句：「魏楚無恩如此，寧不念韓王舊情乎！」韓安尷尬地擠出一絲苦笑，一句話沒說。第三步，姚賈親自率領五十名黑冰臺劍士，全程陪伴護衛韓安，察其言觀其行。後來的事實是：回到新鄭一個月餘，除了祭祀，韓安從沒有踏出舊時王城一步。即或在太廟前遇到了大群前來觀瞻韓王的舊韓子民，姚賈特意下令停車，韓安也沒有下車，更沒有就秦王下書警示之意對臣民說話。今春回到梁山，韓安也沒有就歸韓祭祀事向秦王上書稟報，更沒有對遺民作亂事向秦王做出任何表示。也就是說，秦國的所有舉措，都沒有得到任何回應，各方都在裝聾作啞。綜合種種跡象事態，姚賈稟報王綰並會同李斯商議，而後正式上書秦王，提出了「韓亂難以避免，我得盡早謀劃對應之策」的最終評判。

「韓世族復辟，大秦不能退讓！」嬴政憤怒了。

秦國君臣的祕密小朝會一連三日，調主力大軍南下平亂的決策才終於確立下來。其間爭論與顧忌，在於十餘萬大軍南下後會不會導致北方戰事乏力，從而不能滅燕國，反而可能誘發趙國死灰復燃？畢竟，趙國死灰復燃之後的威脅要遠遠大於韓國。反覆爭議權衡，秦王嬴政最後斷然拍案：「若十餘萬大軍南下，定然兩面誤事！五萬精銳南下，既不誤滅燕，又足以鎮撫中原！」第一個贊同這一決斷的，是老國尉蒙武。蒙武憤憤然道：「洛陽大營還有五萬老軍！莫非諸位以為老軍不是秦軍銳士，是白吃鍋盔麼！」第二個嚷嚷支持的是內史郡守嬴騰，慷慨激昂唾沫飛濺：「隴西還有我三萬飛騎！關中還有我十萬成軍精壯！整個內史郡還有百餘萬老秦人！都不算麼？一個韓國軟蛋要甚主力大軍，老子兩萬人馬連鍋端了他！」舉殿哄哄然一陣，都贊同了五萬主力南下的方略。最終說到選將，大臣們一致認為，調蒙恬南下最適當，理由是蒙恬精細穩妥，處置此類事最為得宜。可是，秦王嬴政始終沒有點頭。默然良久，嬴政拍案道：「九原、雲中北大門，沒有蒙恬不行。山東舉事，畢竟華夏內亂，縱然不能一時消弭，至多重回戰國而已。若匈奴大舉南下，毀滅的便是整個華夏！目下列國行將覆滅，沒有哪一國可以扛得住匈奴洪水！只有秦國，只有秦軍，可為天下扛得住！蒙恬縱然沒有滅國之功，也不能離開九原幕府半步！」秦王一席話，大臣們全部沉默了。如此華夏器局，如此天地正氣，大臣們與其說被秦王說服，毋寧說被秦王感動了。

「我意，王賁可將兵南下。」嬴政似覺過於凝重，笑著補了一句。

「王賁？」蒙武驚訝了。

「王賁不妥。」老尉繚搖了搖頭。

「何以不妥？」李斯反問。

「王賁戰法，近似白起，宜強兵硬戰，不宜平亂鎮撫。」

「老臣以為，王賁尚不如李信、辛勝穩妥。」蒙武插了一句。

「何以見得？」嬴政論事，從來要聽其中道理。

「辛勝有統兵閱歷。李信有戰場謀劃。王賁，二者俱缺。」

「還有其餘理由麼？」

見大臣們一齊搖頭，嬴政方緩緩道：「若非燕國荊軻行刺，若非韓國世族復辟，我尚不能想到既往滅國之戰。諸位，樂毅破齊六年不能滅齊，根由何在？白起攻趙三年，一戰則徹底擊垮趙軍主力。若非先祖昭王錯斷錯殺，秦國滅趙何待今日？樂毅與白起之差，差在不以兵家法則卻以王道法則決戰事。樂毅之行，難說沒有博取一己盛名之心。白起之道，卻准定是實實在在的利於國家。軍中皆呼王賁為小白起，根由何在？不在別者，在王賁戰法秉承了兵家本色，沒有一戰留過後患！至於統兵閱歷、戰場謀劃，哪個將軍沒有第一次？更有一條，李信、辛勝在軍，不窩其才；而王賁在軍，其父為帥，有窩其將才之可能。王賁南下，既利才又利國，何樂而不為？」

大臣們終於一無異議地贊同了，儘管未必人人信服，至少沒有人駁倒秦王申明的道理。當被定為北上特使的姚賈請示行軍法度時，秦王笑道：「不定。一切大軍行止都交王賁自己決斷。是騾子是馬，拉出來遛遛。」如此這般，便有了不發路令的大軍南下。

……

「末將無他，唯不負我王厚望！」

聽罷李斯一番敘述，王賁黝黑通紅的臉膛熱汗直流，甩掉白布對著嬴政深深一躬。秦王嬴政伸手扶住笑道：「少將軍若無才具，我厚望又能如何？來！放開說說，你對平定韓亂有何謀劃？」說罷，嬴政與三位大臣落座，目光殷殷地盯住了站在大板圖前的王賁。

「末將一路思忖，韓亂不能孤立處置。」王賁的大手劃出一個大弧，整個地籠罩了板圖，方才的一臉侷促瞬間消失得乾乾淨淨，話語利落之極，「韓亂發作，根在魏楚。諸般因由，君上與諸位大人比末將更清楚。我之謀劃，只在平定中原之軍旅部署。歸總說，末將一軍足當三面。然則，末將尚有三件事，敢請我王允准。」

「說！」

「其一，請調蒙武老將軍所部老軍，移駐伊闕，堵截楚韓西南通道。」

「蒙武部本來便在謀劃之中，准了。」

「其二，敢請中原邦交與末將軍事調遣一體謀劃。」

「姚卿以為如何？」嬴政的目光轉向了姚賈。

「臣以為可也。」姚賈慨然一拱手，「臣願全力輔助少將軍！」

「好！文武之道。」

「其三，平亂之後當連續滅魏，敢請君上許我獨領滅魏之戰！」

「！」驟然之間，嬴政與三位大臣驚愕默然了。

在秦國君臣的連續朝會計議中，何時滅魏尚在未定之數：一切都得看韓亂勢頭大小，以及能否快捷利落地平定；即或平定了，也還得看魏楚齊三國動向，以及北方燕趙有無後患；畢竟，所餘三國都是有強兵傳統的大國，都是曾經做過中原霸主的富強之邦，若逼得三方合縱抗秦，局勢就嚴峻了。說到底，秦國只有六十餘萬大軍，天下需駐軍的地方太多了，而三國聯手，現成兵力至少也在百餘萬之多。凡此種種，作為滅人之國的大戰，都不得不慎之又慎，若在最後的三國之戰中一步走錯，很可能全局都要翻盤。唯其如此，秦國君臣做出王賁只率五萬鐵騎南下的決策，其核心目標其實只有一個：平定韓亂，震懾魏楚。至於滅魏滅楚，此時尚沒有納入視野，若有連續滅魏之心，五萬人馬顯然是誰也不會贊同的。

「少將軍是說，平定韓亂與滅魏之戰可一氣呵成？」嬴政驚訝未消。

「滅國之戰，縱有天下大義，亦當師出有名。」王賁顯然成算在胸，渾厚的話音快捷流暢嗡嗡震盪，「滅韓之戰，秦為清算韓國疲秦並為鄭國復仇！滅趙之戰，秦為李牧兩敗秦軍復仇！滅燕之戰，為荊軻刺秦！今我平定韓亂，必能獲得魏國鼓蕩韓亂之種種罪證。此時攻魏，師出有名！錯失時機，事倍功半。更為根本者，此時先以霹靂之勢滅魏，所餘楚齊兩大廣袤之國方可從容圖之，兵力不至於捉襟見肘。此，末將之謀劃，君上與諸位大人三思。」

「依據何在？」

「正是！」

「呵呵，少將軍論說大局，不輸於戰場之能也！」

嬴政叩著書案笑贊一句，卻沒有明確可否。顯然，嬴政是要先聽聽三位大臣的想法。王綰是總攬全局的丞相，自覺理當先說，一拱手道：「老臣以為，滅魏事關重大，不宜倉促議定，至少須待上將軍燕代戰事之後再說。」王綰素來穩健，除了安定秦國內政，在邦交大爭中鮮有大膽出新，秦國君臣對此已經習以為常，故此誰也沒有感到意外。王賁似乎也沒有覺出多大壓力，炯炯目光只看著李斯姚賈兩人。一直沉思的李斯尚未開口，姚賈一拱手道：「臣以為，少將軍謀劃可行。其間根本在兩處，一則，韓亂能乾淨利落平定；二則，楚國知難而退。若韓亂平定，楚不出兵，屆時魏國孤立中原，未嘗不可一鼓而下！」李斯接道：「臣反覆思忖，少將軍謀劃可全力圖之，至少當有八成勝算。最根本者，楚國幽王新喪，其同母弟羋猶新立，舉國政事兵事皆在亂中。羋猶年逾五旬，且聲色犬馬昏聵平庸，唯賴景氏部族鼎力扶持，若無特異，楚國當無北上中原之心。是故，韓亂平定之後，魏國確實將陷入四面孤立之境，未嘗不可圖也！」王綰一拍案道：「兩位所言不當。楚國縱然不出，東面尚有齊國。我只五萬鐵騎，何能如此弄險！」

「也是一說。」姚賈嘟囔著一笑。

「君上決斷！」三人連同王賁，異口同聲一句。

「我看四個字：有險，有圖。」嬴政站了起來走到大圖前，面對王賁指點著地圖道，「全部要害，在於震懾楚國。若能使楚國不敢出，則齊國十有八九也不敢出。若楚齊不敢出，則魏國可圖。少將軍，是否如此？」

「正是！」

「可有對楚謀劃？」

「有！」

「噢？」

「擱置韓亂，先行攻楚，一舉震懾四方！」

「啊——」

王賁話音落點，嬴政君臣四人竟不約而同地驚歎了一聲，又不約而同地相互對視著，目光中交織著疑惑與興奮。這個動議太出乎原先朝會的決策意圖了，等於一舉改變了原先朝會的決策根基：不再將韓亂作為孤立事件對待，而是將韓魏楚齊四國作為一個大局來尋求解決之道！嬴政與三位大臣何許人也，幾乎立即不約而同地掂量到了其中的差別，除了王賁的兵力能否擔當如此重任的疑惑，人人都預感到了此舉蘊含的庖丁解牛一般的奧妙。

「好！中原兵事，全權交少將軍！」

秦王嬴政的拍案聲大得驚人，東偏殿一片笑聲。

二、輕兵襲北楚　機變平韓亂

麥收之前，三萬輕裝騎兵颶風般捲向了淮北。

所謂輕裝騎兵，是王賁對南下鐵騎的裝備做了一次大減負。秦軍素有輕兵傳統，重型甲胄與大型兵器很少，戰場之上輕身殺敵，腰間板帶上吊著敵人的頭顱，手中挺著長矛奔馳如飛吼喝衝鋒，便成為列國傳聞中的秦軍模樣。以至在很長時期裡，天下將「輕兵」兩字作為秦軍的敢死之旅。然自商鞅變法之後，秦國以中原勁旅「魏武卒」為楷模，建立了極其重視器械裝備的新軍，面貌發生了根本性變化，各種甲胄器械都有森嚴法度，士兵的防禦力度與衝鋒強度都有了大大提升，真正有了一支無堅不摧的銳士之旅。此所謂強兵利器也。但如此重裝甲兵對長途奔襲戰所需要的快速靈動而言，卻成為一個很大的弱勢。就此，王賁對秦王的上書是：「淮北乃北楚腹心，平川城邑居多。末將決效草原胡騎戰法，以精悍輕騎擊之不備。敢請君上，許賁輕兵減負機變行事。」秦王嬴政當即下書：「准王賁所請。一應軍需，潁川郡全力籌劃。」王賁接到下書，立即風風火火地開始了鐵騎輕裝。

一則，鐵甲裝改換為皮甲裝：外鐵皮內牛皮的厚重甲胄，改為單層牛皮甲胄；鐵釘密集的牛皮大戰靴，改為厚韌的單層野豬皮戰靴；戰馬披裝的鐵釘皮罩甲，改為輕軟的無釘羊皮罩；最重的銅鐵鞍轡，一律改為木製鞍轡。如此一來，秦軍騎士的甲胄由原先的五六十餘斤不等減為十餘斤不等，馬具由原先的五十餘斤減為二十餘斤，總共銳減七八十斤不等。二則，隨帶兵器改變：重型攻防器械與大型機發連弩全部放棄，每個騎士只有一長一短兩口精鐵劍、一張臂張弩、三十支羽箭。三則，每個騎士配備兩匹戰馬、一袋百斤裝的草料。四則，全軍沒有輜重營，每個騎士攜帶十斤乾鍋盔十斤乾牛肉一皮囊胡人馬奶子。

諸般換裝事宜雖則瑣細，王賁也只用了十餘天。在換裝的時日裡，王賁側重對留守的兩萬重裝鐵騎做了巡視部署：兩萬鐵騎以趙佗為將，於三萬輕騎奔襲之前開赴安陵郊野，構築堅實壁壘扼守安陵（註：安陵，戰國末期中原殘存的最小諸侯，史載其只有五十里封地，大約在今河南省漯河市東南地帶）要道，截斷楚國與韓國故地之通聯。同時，王賁與姚賈會商，最終定下了一個文武齊出的呼應方略：王賁輕兵攻楚，姚賈出使魏齊，隨時通聯各方情勢。

「能否鎮撫四方，全在少將軍了。」

「三萬銳士不能橫行天下，王賁枉為大將！」

暮色殘陽的曠野裡，兩人馬上一拱手激盪著煙塵各自去了。

時當初夏之夜，王賁的三萬輕騎風馳電掣，四更時分便逼近到了汝水西岸的上蔡之地，繞到了楚國舊都陳城之南。這三萬輕騎悄無聲息地屯紮在河谷，沒有炊煙，沒有火光，沒有人喊馬嘶，若不走進這片密林，誰也不會想到這裡隱藏著如此一支即將捲起颶風的可怕大軍。朦朧月色之下的黑黝黝的樹林裡，只有一點微弱的亮光從河岸山腳下彌散出來，那是王賁聚將的一個乾涸了的大水坑。

「諸位，這裡是楚國舊都陳城，距我軍只有一百餘里！」一張羊皮地圖掛在粗大的樹幹上，一支火把搖曳在樹旁的司馬手上。王賁站在樹下，長劍圈點著地圖對三十餘名千夫長以上的將佐做著部署。王賁的聲音低沉短促：「我軍要在十日之內，連下十城！上蔡、城陽、繁陽、寢城、平輿、巨陽、項城、新鄎、苦縣、陽夏。也就是說，十個晝夜之內，我軍要從汝水西岸打到東岸，大迴環北上，抵安陵與鐵騎大營會合。此戰只破城，不占地、不掠財！當然，補充糧秣除外。城破即撤軍，不許戀戰！我軍之所圖，只在展示霹靂雷電之戰力，震懾楚國不敢輕舉妄動。明白沒有？」

「嗨！」

整齊一聲低吼，立即肅然無聲。這是說，人人明白此戰要旨所在。

「黎明之時首攻上蔡，半個時辰後進發！」

「嗨！」

將佐們匆匆散去了。就在王賁聚將的短暫時刻，三萬騎士已經完成了冷吃戰飯、餵馬刷馬及整修馬具兵器等種種事體。秦人曾在幾百年裡一直是周王室的養馬部族，有著久遠的養護良馬的傳統，堪稱真正的馬背部族。對於戰馬，秦軍兵士視若共赴艱險的患難兄弟，無論是戰時還是平時，總是將戰馬養護看得比自己吃喝更要緊。在這頓飯晨光裡，騎士們幾乎人人都是嘴裡咬著乾鍋盔乾肉，牽著兩匹戰馬大步匆匆走到河邊，一邊與戰馬絮叨著，一邊檢查著馬蹄鐵與鞍轡等等，若一切完好，立即用捲起的草刷蘸著河水刷洗戰馬。戰馬們依偎著自己的主人，一身輕鬆卻又不能縱聲嘶鳴，只便蹭著人咴咴噴鼻，親昵得血肉兄弟一般。眼見營將匆匆歸來，兵士們立即牽回戰馬各自歸隊，千夫長與都尉們尚在大啃大嚼地吞嚥，全數騎士們已經整肅上馬了。

及至馬隊捲出河谷，啟明星尚在天邊閃爍著亮光。

上蔡的城門剛剛打開，一場暴風雨驟然降臨了。王賁的輕騎兵分作四路，同時猛攻四座城門。城頭守軍睡眼惺忪之間，剛剛放下吊橋，出城進城的人流還在疏疏落落的時候，天邊原野突然傳來一陣怪異的悶雷聲，接著便是疾速飄來的黑雲。驚愕懵懂的城頭士兵還不明白究竟該不該稟報將軍察看，烏黑的雲團陡然爆發出驚天動地的吶喊飛壓了過來。進出城門的車馬人流來不及驚呼，本能地滾爬躲開之際，黑雲已經捲過了吊橋衝進了城門……一切都像晨曦中的一個噩夢，整個上蔡都陷入了夢魘之中。沒有任何抵抗，烏黑的濃雲已彌漫了正在伸著懶腰的城堡。

當上蔡郡守被從官署寢室的臥榻上拖出來時，瞪著老眼一連串喝問：「將軍何人，縱奉王命來索糧草，也當在老夫卯時梳洗之後公案說話，何能如此無理！一身烏黑，秦軍一般，不怕老夫問你個輕慢國色之罪麼！」王賁提著馬鞭不無揶揄地笑道：「郡守看好了，我等原本便是秦軍秦將，難道不一身為黑麼？」鬚髮散亂的老郡守揉著老眼萬分驚訝道：「你等果真秦軍，是借道還是借糧？」王賁冷笑道：「不借道，不借糧，就要這座上蔡城。」「你！秦軍已經攻占了上蔡？」老郡守如夢方醒，似乎還不能相信。王賁一陣哈哈大笑道：「占沒占自家去看，我只對郡守一句話：秦軍還要繼續攻占楚國城池，立馬報給楚王，看是你報得快還是我攻得快！記住了？」「記，記住了。」老郡守大汗淋漓，二話不說飛奔出了官署。

正午時分，秦軍輕騎在城內飽餐一頓，又閃電般去了。

當上蔡郡守的特急上書飛到郢壽（郢都壽春）時，楚國王城正在紛亂之中。剛剛即位做了兩個月楚王的芈猶突然莫名其妙死了，各方權臣貴胄大起爭端，為究竟是宮變謀殺還是暴病身亡劍拔弩張地爭吵不休，連國喪也無法舉行。表面原因，是無法確定死王芈猶的謚號。上蔡急書猶如當頭冷水，郢壽頓時冷卻下來，畢竟亡國事大，誰也不敢輕慢。分領國事的昭、景、屈、項四大部族權臣與芈氏王族元老立即緊急會商，終於在三日之後紛爭出兩個對策：一是確認死王謚號為哀王，常禮國葬；二是推出公子負芻繼任楚王，應對秦軍攻城掠地之險。

三日間又有急報接踵而來：城陽、繁陽、寢城連番陷落！

楚國君臣一日數驚，心頭突突大跳，朝會上人人臉色鐵青卻無計可施——以這種日陷一城的狂飆戰法，縱然立即調兵，只怕也不知道該到何處對敵。最後，還是新王負芻頗有主見，搖著幾卷緊急上書道：「諸位，秦軍不會以三萬輕騎南下滅楚。此戰，必有緣故也。四城陷落情形相同：秦軍只攻陷城池，一不大掠府庫，二不大肆屠戮，三不駐軍占據，攻占之後補充糧草即去。亙古至今，誰見過如此攻城滅國之軍？」大臣們這才有所回味，紛紛議論一番，越說越覺蹊蹺，最終一致認定只能加緊探察，只要秦軍不南下郢壽，不能輕舉妄動。

楚國君臣舉棋不定的幾日之間，秦軍已經飈風般掠過汝水，又攻下了汝東三城。楚軍斥候快報也紛紛傳來，秦軍情形終於清楚：統兵大將是王翦長子王賁，其一路攻城北上，目下沒有轉攻郢壽的謀劃。楚國殿堂這才舒緩下來，大臣們竟有些服了這個有謀殺哀王嫌疑的新楚王了。

轉眼之間旬日已到，秦軍果然連續攻下了汝水兩岸的十座城池。

第十一日，新楚王負芻接到了秦軍大將王賁的一卷書簡，簡單得只有寥寥數語：「楚國陰連韓國遺民作亂，殊為可惡！若不改弦更張，本將軍將一舉攻破郢壽，將爾等君臣趕入大江餵魚！今已牛刀小試，而後言出必行，楚國君臣自家揣摩。」

「原來如此啦——」

楚國君臣們如釋重負，不約而同地歡呼了一陣。之後朝會三日商議善後，楚國君臣越想越是後怕：這王賁僅僅率領三萬輕騎，便風捲殘雲般在整個淮北飛旋十日連下十城，以如此戰力，果真進攻郢壽，楚國豈不立即便是亡國危難？恐懼萬分的楚國君臣立即議定出了兩個防範對策：一則，由項氏大將項燕掌兵，祕密調集楚國兵馬聚結於淮南山地，以防秦軍隨時攻楚；二則，立即與韓國舊世族切斷聯繫，不能給秦軍攻楚口實。危難當頭，楚國擁有封地財力的世族權臣們也不再相互攻訐，幾乎是沒有異議地擁戴了這兩個對策。

後來的事實證明：正是秦軍的這次狂飆破城，給了楚國一個結結實實的亡國警訊，使楚國在山東六國中成為唯一清醒地預先防範秦軍的大國；否則，楚國便沒有項燕大勝秦軍的最後光芒。這一點，王賁沒有想到，此時的楚國君臣更沒有想到。

王賁一路北上之間，韓魏情勢又發生了出人意料的變化。

姚賈出使魏國，即位剛剛三年的新王魏假殷殷相迎於郊亭，將姚賈尊奉得神聖一般。魏假信誓旦旦，魏國與舊韓世族從來沒有祕密聯結，日後更不會有！無論姚賈以何等方式舉出了多少跡象多少憑據，魏假都笑吟吟地搖頭。在姚賈離開大梁的前一日夜裡，魏國的太子兼丞相特意來見，告訴了姚賈一個祕密消息：韓國舊世族正在上黨山地聚結士兵，張良從齊國邀來了許多技擊俠士作將。這個太子丞相言下之意很清楚，韓亂根源不在魏國，在齊國。儘管姚賈統轄的黑冰臺有著強大的探察能力與諸多的消息通道，但姚賈還是不能忽視這個目下難以確定真假的魏國說法。畢竟，祕密盟約破裂之後出賣對方以求自保的事，在山東六國太多了，誰能說魏國消息不是曾經的真相？片刻思忖，姚賈一面向王賁發出了快馬急書知會消息，一面下令黑冰臺立即探察上黨山地。

之後，姚賈立即星夜趕赴齊國。幾日後，姚賈已經完全清楚了所謂齊國通韓的真相：齊人進入韓國，全部是舊韓申徒張良以重金收買的任俠、方士、逃跑的刑徒及一部分窮困的漁獵戶男丁；齊國君臣，確實沒有以任何方式聯結扶助舊韓世族。那個整日坐在母后靈前憂鬱祈禱的齊王田建，搖著瑟瑟白頭，當著姚賈的面對丞相后勝下令：「秦齊一家！秦國事，便是齊國事，全數追回韓國齊人！」

齊國之行，使姚賈對魏國的疑心陡然加重。姚賈幾乎可以肯定，齊國不是韓亂的支撐者，支撐地只能在魏國；舊韓世族要在山水險惡的上黨立軍立國，沒有中原僅存的大國魏國的支撐，幾乎是不可想像的。可是，憑據何在？畢竟，姚賈是魏國人。對於自己的故國王室，除非有確實憑據，姚賈還是不願意將它看得太卑劣太陰損。尚未離開臨淄，姚賈已經飛書傳令黑冰臺都尉：黑冰臺探員全部撤向上黨、大梁兩地，務必查清魏韓聯結情形及韓亂部署！

從臨淄回到大梁的次日，姚賈接到黑冰臺都尉的兩則歸總密報。第一則，魏國助韓事已經查實：魏國信陵君舊時門客兩千餘人，偽稱齊人，進入上黨成為「韓軍」主力將佐；當年追隨信陵君擊殺大將晉鄙的鐵錐俠士朱亥，被張良定為三千敢死之旅的主將；魏國王室通過信陵君門客力量，祕密資助張良二十餘萬金，並許一支「商旅」車隊從魏國敖倉祕密運送糧草北上，繞道舊趙官道從壺關進入上黨。所有資韓事宜，皆奉魏王假的祕密令牌，由太子丞相施行。

「魏假也魏假，風華大梁必毀於你手矣！」

姚賈長歎一聲，拿起了第二件歸總密報。這件密報說，韓國舊世族的殘存私兵已經陸續祕密開進上黨山地聚集，以段氏、俠氏、公釐氏三大部族為主力，加上張良多年搜求的各色門客與散兵游勇，共計六萬餘人。各方會商，議定夏忙之後舉事。張良宣示的復國方略是上中下三策：上策仿效代趙，迎回韓王安在上黨立國，恢復韓國國號；中策擁立韓國一王族公子為君，相機南下，在楚韓交界處立國；下策由三大部族公推一人稱王，國號必須為韓，立國之地屆時相機確定。

「狗彘不食！豎子張良，野心何其大哉！」

姚賈二話沒說，連夜飛車南下，趕到了安陵大營。

「韓軍誰做大將？」王賁看完兩則歸總密報，眉頭皺得鐵緊。

「段成為大將，張良為軍師。」

只這一問一答，兩人不約而同地走到了釘在立板上的羊皮地圖前。王賁雖沒有親身參加過那場驚心動魄的長平大戰，但對這方浸透著秦趙兩軍鮮血的大戰場卻是瞭若指掌。不用姚賈帶來的黑冰臺都尉指點，王賁的長劍啪地打上了地圖。

「這裡。壺關口，石長城。」

「正是！將軍如何這般清楚？」

黑冰臺都尉的驚訝認可，使王賁的黑臉罕見地漾出一絲算是笑意的波紋。王賁接著用長劍指點著板圖道：「舊韓世族選擇壺關口、石長城一線為根基，其因由有三：一則，石長城有當年長平大戰之後趙國構築的祕密洞窟，這些祕密洞窟，都藏滿了糧草；二則，此地山高林密水流縱橫，更有石長城壁壘，是上佳的隱蔽營地；三則，壺關口東出太行山最近，若舉事失敗，舊韓殘部便於逃亡北上！」

「逃亡路徑，將軍可有預測？」黑冰臺都尉對王賁大感佩服。

「或逃燕代之地藏匿，或逃遼東匈奴以圖再起。除此無他。」

「正是！將軍敏銳！」黑冰臺都尉又一次驚歎了。

「看來，這張良尚算個人物。」姚賈點著頭。

「再是人物也活捉了他！」王賁惡狠狠一句。

當夜，三人會商到天亮，應對之策終於確定了下來：王賁五萬大軍分作兩路，祕密開進上黨，旬日之內部署就緒；姚賈坐鎮新鄭，一則照應外圍並與蒙武部協力阻截韓亂敗兵南逃楚地之路，一則嚴密監視大梁王室的動向；黑冰臺分作兩部，劍士探員保護姚賈周旋魏國，文士探員跟隨王賁幕府進軍上黨，職司王賁姚賈之通聯協同。末了，姚賈正色道：「以戰陣論之，韓亂事小。然以大勢論之，韓亂發於中原腹心，關乎能否連續滅魏。長遠論之，更關乎三晉平定之後，中原能否有效化入秦法秦政。唯其如此，少將軍不可大意。」王賁一時頗見難堪，默然片刻卻站起來深深一躬道：「先生教我，王賁一謝。輕兵襲楚之後，先生怕我驕兵，故有此言。先生不知，王賁少時即以武安君白起為楷模：萬事可驕，唯不敢以國事兵事為驕。故終生行兵，武安君不敗一陣。今賁身負秦王重托，舉兵平定中原，安敢有輕慢之心哉！」姚賈又道：「如此，少將軍以為襲楚之戰與平亂之戰，不同處何在？」王賁慨然道：「襲楚在兵，平亂在謀，豈有他哉！」姚賈不禁心潮激盪，起身一躬道：「少將軍如此厚重內明，國家得人矣！大梁之事，老夫遂可放手周旋了。」兩人大笑一陣，舉酒連飲三爵，各自忙碌去了。

在整個秦軍之中，王賁部最是快捷利落。天亮後一日整裝，暮色初上時分，五萬大軍便藉著夜色悄然北上了，安陵只留下了一座旌旗飄揚鼓號依舊的空營。姚賈最後巡視了示形軍營，也率領車馬大隊連夜北上新鄭。

六月初的上黨山地，依然涼爽得秋日一般。

王賁五萬鐵騎的進軍部署是：趙佗率兩萬輕騎從安陽北上，經邯鄲西北的武安進入壺關出口山谷，卡住「韓軍」退路；包含一萬輕騎兩萬重裝鐵騎的三萬騎兵，由王賁親自率領，北渡大河從野王北上，經軹關陘進入西部上黨山地，再越過長平關進逼石長城，與亂軍正面接戰。從心底說，無論山東六國將那個密謀作亂的張良傳得多麼神奇，王賁對這種烏合之眾結成的所謂復國義兵，壓根嗤之以鼻。然則，要使作亂者無一漏網地全部捕獲，王賁卻不敢掉以輕心。但凡軍旅將士都知道，論戰力，門客游俠死士刑徒等結成的烏合之眾遠不及任何精銳大軍之萬一，然要說逃亡藏匿之能，這般烏合之眾卻要遠遠強於任何精銳大軍。古往今來，全軍覆沒的精銳之師屢見不鮮，卻沒有過任何一支游俠式的烏合之眾被乾淨徹底了結，此之謂也。

進入長平關以北的山谷，王賁下達了第一道軍令：一萬輕騎祕密繞道石長城背後的河谷密林駐紮，兩萬攜帶大型器械的重裝鐵騎在光狼城外的山谷密林駐紮，兩軍一律冷炊，開戰前不得舉火。王賁的幕府設在了光狼城東北的狼山石窟，這是當年長平大戰時白起的祕密統帥幕府。王賁對白起的景仰無以復加，一進上黨便定下了幕府所在地，決意要對當年武安君的雄風感同身受一番。及至走進這座奉若聖地的巨大的石窟，王賁卻被驟然激怒了。

「韓安卑劣！張良可惡！」

王賁的吼聲迴盪在石窟，洞外的護衛與司馬們飛奔進來，不禁也愣然了。石窟依然是山風習習目光通透，只是與秦軍傳聞中的當年的武安君幕府景象大相逕庭。正面洞壁上刻著八個石槽被染得血紅的斗大刻字——痛失天險，韓之國恥！左下是「韓安」兩個拳頭小字。左手洞壁上則刻著兩行同樣斗大的紅字——韓割上黨而弱亡，禍未移而飼虎狼也！韓申徒張良決意復國，寧懼白起之屠夫哉！顯然，這些字鐫刻不久，用鮮血塗抹的石槽尚未變黑，還閃爍著森森然的血紅。

當夜，王賁在火把之下憤然疾書，給秦王上了一道幾乎與當下軍事沒有任何干係的請命書。上書如實稟報狼山石窟情形之後，王賁憤然云：「戰國兵爭，死傷在雙方，勝負在自身。秦趙長平血戰，舊趙將士尚未攻訐武安君，舊韓王及世族卻竟如此猖獗，對我武安君以屠夫誣之，是可忍孰不可忍！今末將敢請王命：在狼山石窟修建武安君祠，立武安君石像，一里老秦民戶移居山下長護長祭，我軍平定韓亂之日，請殺韓王安與張良於狼山石窟祭祠！非如此，秦軍將士心不得安也。」書成之後，一直守候在旁的司馬有些猶疑，吭哧著說言辭是否太過。王賁大為氣惱，一腳踹翻司馬，又大吼了一聲：「快馬即發！秦王不從我請，還是秦王麼！」

三日之後，年輕的蒙毅親自駕車趕來了。蒙毅風風火火，一下車便雙手捧出秦王書高聲道：「秦王有令，王賁所請全數照准！並在成陽太廟東園修建武安君祠，永世陪祭大秦諸王！」王賁與將士們都沒有料到秦王王書會如此快捷，不禁爆發出一陣從來沒有過的狂呼，武安君萬歲與秦王萬歲的吶喊聲如疾風般掠過山野。在狼山石窟查勘完畢後，蒙毅低聲告訴王賁，秦王想要將這兩方石刻挖下來運回咸陽，問王賁難也不難。王賁想都沒想，立即回答不難，並立即下令通曉石工技藝的幾個騎士率領三百人連夜開始動工，兩日兩夜已挖下刻石裝上牛車上路。臨行之時，蒙毅萬分感慨地對王賁說了一個小故事：秦王接王賁上書之時正是三更時分，立召王綰、李斯、尉繚、頓弱四大員議事，蒙毅列座書錄。王綰年長，剛剛入睡被人喚醒，進得門來尚在迷糊之中，皺著眉頭聽完事由，不禁嘟囔道，武安君之事牽涉甚多，又非緊急軍情，何至我王夜半動眾？秦王沒有發作，反而起身對王綰深深一躬說，武安君被先祖錯殺，牽涉再多，也是錯殺冤殺。嬴政每思用兵便深為痛心，今武安君身死猶被人辱，我心如刀刺，豈能安臥哉！寥寥數語，在座大臣們都流淚了，老丞相王綰幾乎無地自容……

「大哉秦王！」

後來王賁每每想起，他對秦王的景仰，以及反對老父親在統兵滅楚之際對秦王以權術應對的做法，其根源皆在這次狼山請命。從那一日開始，王賁認準了秦王，決意終生追隨。直至十餘年後不意暴病，王賁對兒子王離說的最後一句話仍然是：「秦王大明！子必誓死追隨！」這是後話了。

且說幕府立定，王賁立即在石窟幕府聚將，決意要趕在韓世族復國之際一舉割除這個中原毒瘤。正當此時，姚賈從新鄭送來一份黑冰臺緊急密報：韓世族軍密謀，旬日內突襲梁山，搶回韓王安，立秋在上黨復國。「司馬，念給諸位！」王賁狠狠將密報摔在石案上，黑著臉咬著牙走下將臺，長劍喀嚓一聲插進了碎石塊堆積起來的寫放（註：寫放，戰國時代對原物縮放複製的稱謂。秦滅六國後寫放六國宮室於北阪，是仿真景物與沙盤作業鼻祖）山形上。及至司馬念完密報，將軍們大吼一聲「決平韓亂」，王賁這才冷漠平靜地轉過身來。

「亂軍出山，天意也！」

呼呼搖曳的火把下，王賁的長劍指點著寫放山川對將佐們道：「韓人既變，我亦得變！此，戰之謀也，兵之謀也。原本，亂軍固守上黨，我軍謀以重兵克之。今亂軍出山奪王，我當以多路擊之。總歸一句：韓亂世族務必全數捕殺俘獲！門客游俠逃脫幾人姑且不論，要害是不能教韓亂世族逃脫一人！尤其是那個狗頭軍師，張良！」

「嗨！」

將軍們一聲吼應之後，王賁連續下達了十一道將令，每一道將令都清楚明白地交代了地形戰法與相互呼應之法，堪稱秦軍自滅國以來最為翔實的戰場將令。將軍們一無異議，各領將令之後匆匆而去。待三名司馬攜帶著三道軍令飛馬東去趙佗部，幕府冷清下來，王賁才大踏步走出了石窟，率領已經列隊等候的三千飛騎疾馳而去。

王賁馬隊的方向，是上黨西部的少水隘口。

依據原定方略，王賁軍與趙佗軍西攻東堵，合擊全殲這支亂軍。可姚賈的緊急密報卻帶來一個原先完全沒有料到的變化：韓軍要先行搶回韓安，而後再行復國大典。就具體的軍事部署而言，這個變化意味著韓軍將主動奔襲梁山，而不是原地綢繆復國再待機迎立韓王。如此一變，局面較原先復雜了許多，若仍然以原本謀劃重兵合圍，擊潰韓軍仍是勝算在握，然卻顯得漏洞極大，有可能使韓軍在動勢中大量逃亡，為此，必須有相應變化。若是尋常將領，倉促之間還當真難以謀劃出妥善周密的用兵部署。然則，此時的秦軍將領恰恰是王賁。戰場兵事，王賁素來具有兩大特質，一是膽略非凡，二是機敏過人且精細異常，小白起名號盡由此而來。一接姚賈密報，王賁心頭立即劃過一道閃電：這個消息真實可信！因為，它一下子解開了王賁多日的疑團——國無二君，韓世族復國如何會有三王之說？韓王果真未定，張良以何名號邀集舊韓世族與六萬餘軍力？除非這個張良當真神乎其神，否則大大的不合常理。然，由於此前多方消息都相互印證了三王事實，王賁與姚賈便沒有理由不相信。這道突然而及時的密報，一下子將原本不可思議的迷霧廓清了——張良並非神聖，還得循著當世常理確立一王而後舉事作亂！此前所謂事實，顯然只是韓國世族的示形術，有意迷惑天下耳目迷惑秦軍而已。就在司馬念誦密報的短短時刻裡，王賁心思飛轉，轉瞬間謀定了應變部署。

王賁的十一道將令是：

其一，飛馬急報秦王，不要向梁山增兵，既有守軍也不須死戰。

其二，五千飛騎祕密趕赴梁山要道埋伏，在韓軍搶得韓王後堵截退路。

其三，一萬七千鐵騎趕赴河東渡口埋伏，在韓軍搶得韓王返回時大舉截殺。

其四，趙佗部一萬飛騎祕密西進壺口，在韓軍出動之後攻占其大本營。

其五，趙佗部五千飛騎西進石長城一線，全面搜剿韓軍祕密洞窟。

其六，趙佗部五千飛騎埋伏壺關東口，截殺漏網北逃之韓世族。

其七，王賁自率三千飛騎居中接應，並在少水隘口作第二道截殺。

其八，兩千熟悉上黨山地的輕騎，全面搜剿藏匿山林之散兵游勇。
其九，斥候營兩百餘人，喬裝各色人等刺探軍情並搜捕韓亂主謀。
其十，三千鐵騎趕赴上黨南部入口軹關陘，截殺從新鄭北進的舊韓世族。
十一，下令河東郡署，祕密向開出上黨的秦軍運送乾糧乾肉並戰馬草料。
王賁在少水隘口的密林駐紮到第五日，斥候營傳來密報：韓軍喬裝成商旅的糧草車隊已經開出，正向少水隘口而來。王賁冷笑道：「些許糧草尚要自家料理，竟敢妄稱得韓民心，豈非天下笑柄！」這便是真正的戰爭，軍馬舉動間若無實際力量的支撐則寸步難行。就實而論，其時韓國已經被滅六七年，作為距離秦國最近且與秦國民眾融會最密切的韓國庶民，對秦法秦治的清明已經有了深切實在的體味，很少有人再去懷念追思那個昏聵無能的韓國王室了。當此之時，舊韓老世族要舉事復辟，要想做到庶民簞食壺漿以迎王師，已經是春秋大夢了。唯其如此，韓軍要東來奔襲梁山，第一個難題便是糧草。這支由世族子弟門客游俠刑徒方士散兵游勇各色人等組成的韓軍，要想做到秦軍趙軍那般自帶軍食長途奔襲，無異於白日作夢。唯一的辦法，只能是自己先期輸送糧草到特定地點，等候供應一路開來的軍兵。若像通常大軍那般糧草隨行，主謀者又怕招搖過大進軍緩慢，失去了奔襲的突然性而使秦軍有備。而目下之秦軍，非但有當年長平之戰後秦國在西上黨儲存的糧草，而且開出上黨也有所在郡縣的祕密供給。縱然如此，秦軍也是力求祕密快捷，全軍冷炊不舉煙火，在上黨駐紮旬日而能使舊韓軍一無覺察。
「放過糧草，任他去。」王賁輕蔑地一揮手。
三日之後，一支五顏六色的龐大馬隊呼嘯著捲出了少水隘口。站在山頂一棵老樹下的王賁，眼看著駁雜的馬隊從自己眼皮底下開出，非但沒有絲毫的焦慮，反倒高興得哈哈大笑起來：「好！只要這群兔崽子出窩，老子管保秦王可睡安穩覺了！」

半月之後，戰事沒有任何懸念地結束了。

除了迎接韓王，韓軍沒有得到軍師張良事先反覆宣示的「天意」庇護，反而鬼使神差地每一步都撞到了秦軍的刀口上。奔襲梁山之戰，三五千秦軍的戰力分明並不如傳聞中的悍勇。韓王被順利迎接出山，韓軍壯士們很是歡呼了一陣，韓王安還當場許諾，復國大典將賜每個將士三罈王酒。不料，東渡大河之後一切都翻了過來。河東渡口突然冒出的黑壓壓馬隊，一個回合衝殺便奪走了韓王，砍去了幾乎一半的韓軍頭顱。韓軍回頭衝殺，梁山來路又冒出大片黑壓壓馬隊。大河兩岸如此兩三番折騰，韓軍幾乎被殺大半。一路突圍衝殺到少水隘口，韓軍五萬餘壯士剩下不到兩萬。不想，少水隘口又突然殺出一支飀風般的馬隊，攻殺之快捷猛烈直教這些游俠勇士眼花繚亂，想都來不及想便哄然四散了。僥倖逃出少水隘口的兩三千人倉皇東來，要奔壺口出上黨北上代國，堪堪將近石長城，不想秦軍馬隊又黑壓壓從山脊壓來。這最後一次截殺，韓國三大世族子弟全部被俘獲，韓軍主將段成也做了戰俘。只有些許早早游離出大隊的門客游俠逃出了重重追殺，作鳥獸散了。

雖然如此，王賁還是氣得嗷嗷叫，原因是那個軍師張良沒有下落。王賁不死心，下令清理戰俘、戰場與被斬首級。可是，張良依然活不見人死不見屍。直到次年攻破大梁滅魏，王賁才從俘獲的魏王假口中得知：那個張良在戰場上裝死，壓在死人堆裡一個晝夜，次日才趁著山霧逃脫了，而那個戰場，恰恰就是王賁親自截殺的少水隘口。

「張良！老子權當你狗頭尚在！」王賁惡狠狠罵了一句。

「有黑冰臺天下追殺，那個張良活不了幾日。」姚賈安慰道。

姚賈趕來的時候，上黨戰場堪堪清理了結。除了被殺者，韓王安與舊韓世族全數被捕獲，逃脫的游俠殘兵也只有三五千之數。對於橫跨大河與上黨山地的東西千里大戰場而言，王賁以五萬秦軍將六萬餘最難對付的游俠壯勇幾乎一舉清除，可謂奇蹟也。儘管王賁對張良逃脫耿耿於懷，然在姚賈部署黑冰臺追殺之後，也大笑一陣釋然了。當夜軍宴，姚賈笑問王賁：「殺韓王以祭武安君，要否再度請命秦王一次？」王賁大手一劈道：「不要！秦王此前已下書准許，寧有變哉！」姚賈搖頭沉吟道：「至少，少將軍須等得三五日再說。」王賁有些不悅，然最終還是點頭了。於是，兩人在稟報平亂的歸總上書上共同用了印，派出快馬特使立報咸陽，軍宴便散去了。次日清晨，王賁尚在酣睡之中被人搖醒了。王賁正要發作，睜開眼睛一看，年輕英武的蒙毅笑吟吟站在榻前。

「蒙毅！你如何來也！」王賁驚喜過望，一拳捅得蒙毅一個趔趄。

「啊呀！我若女子，非被你捅死不可！」

「你兄弟紙糊的呀，快說！甚事！」

「我還餓著肚子，不說。」

「快！酒肉上！三份戰飯！」

「不不不，兩份足夠。」

守候在幕府外帳的司馬，應聲將現成的戰飯捧來兩份：兩張大鍋盔，兩大塊乾牛肉，兩皮囊馬奶子酒，唯一的奢侈是外加了一盅白光光的醋浸鮮辣小蒜。蒙毅一笑，立即坐在案前大嚼大嚥，連王賁看也不看。王賁散亂著長髮光膀子裹著一領大布袍，也顧不得去梳洗，只怔怔地盯著蒙毅呼嚕嚕吃喝，看得帳口的司馬想笑不敢笑想說不敢說想走又不敢走，只滿臉通紅。好容易，蒙毅全數清掃了兩份戰飯抬起頭來，王賁還是直愣愣盯著。

「秦王有令。」蒙毅板著臉淡淡一句。

「如何？」王賁黑著臉。

「若捕獲韓王段成之流，立殺以祭武安君。」

「娘也——」

見王賁低呼一聲癱坐在地，蒙毅高興得大笑不止。王賁忽地爬起來抓住蒙毅便打，蒙毅只顧捂著頭大笑不止。王賁打得幾下鬆開手喘息一聲，兩人這才開始正經說事。王賁說，姚賈的提醒，還真是攪擾得他一夜沒有睡好，直擔心秦王果然生變。蒙毅說，秦王最有擔待，發出的王命說出的話，從來沒有變過。王賁說，既然如此，秦王為何要再下一次書？蒙毅說，秦王自己不變，可別人擔心秦王變，秦王又擔心臣下擔心自己變，於是有了這第二道下書。王賁說，世上本無事，都是人多心。蒙毅說，對也，秦王也說了，君臣相知千古難，除了孝公商君，只怕我等君臣也得揣摩著對方行事了。王賁不禁一歎，難，煩。蒙毅笑說，不難，不煩，只要各依法度做事，這是秦王說的。

兩人說得一時，去姚賈軍帳會商。姚賈得知秦王下書，感慨中來連呼慚愧慚愧受教受教。於是，一番籌劃部署，三日後在狼山的武安君祠以秦王名義大祭武安君白起，在祭臺前殺了韓王安與亂軍主將段成。韓亂之事，至此遂宣告平定。及至王賁部回師南下到野王大河渡口，長史李斯又飛車趕到了。

李斯此來，是奉秦王之命會商對魏國戰事。李斯先行敘說了咸陽會商情形：秦王咸陽朝會，大臣們都已經贊同了王賁的連續對魏國用兵的方略；然，大臣們也都擔心王賁五萬兵力不足，提出了三則對策：一是等待滅燕大軍南下，二是調九原蒙恬軍南下，三是調隴西軍東來。秦王始終沒有可否之見，只教李斯做特使，與王賁姚賈會商後再定。

「長史揣摩，秦王究竟何意？」姚賈皺著眉頭問。

「秦王之意，戰場用兵幾多，大將最有言權。」李斯說得明白不過。

「少將軍之見，五萬兵力如何？」姚賈又問。

「大人只給我一個評判，魏國還有多少兵力？」王賁反問一句。

「二十萬餘。」姚賈職司中原邦交探察，沒有絲毫猶豫。

「如此，我部兵馬足矣！」王賁篤定拍案。

李斯良久默然，末了道：「就近伊闕有蒙武老將軍五萬兵馬，少將軍似可為用。」王賁答曰：「蒙老將軍兵馬同是秦軍，自然要用。我意是說不須再從燕地、九原、隴西三處遠途調兵，我有十萬銳士，還有姚賈大人邦交周旋為助，一戰滅魏有成算！」

「如此，少將軍請接王書。」

誰也沒有想到李斯隨帶秦王王書，不禁驚訝。李斯說，秦王明白交代，若王賁在平定韓亂之後滅魏依然胸有成算，當立即宣示王命，進入戰事籌劃，無須反覆請命會商，故此有書命隨帶。王賁肅然起身一躬，雙手接過王書展開，只有寥寥數語：「秦王特命：王賁為將，統領滅魏之戰，山東秦軍並各郡縣，須一體聽其調遣！」

王賁讀罷，思忖片刻，雙手將王書捧給了姚賈，並吩咐司馬擺上簡單的軍宴為李斯洗塵。飲得兩爵，王賁起身離座向李斯姚賈分別深深一躬道：「滅魏之戰關涉甚多，兩位前輩教我。」李斯姚賈盡皆大笑。李斯不禁感喟道：「少將軍胸襟，有乃父之風也！」姚賈笑道：「老夫倒是以為，少將軍襟懷有如乃父，戰場之才，猶過乃父也！」言語一涉老父親王賁便大顯侷促，搖著頭紅著臉只向兩人再度一躬求教。李斯道：「戰場行兵之事，老夫無以置喙。唯問少將軍一句，對魏之戰欲大張旗鼓乎？欲不動聲色乎？」見王賁肅然思忖，李斯又道，「大張旗鼓者，公然開兵直逼國境，若滅韓趙燕三國之戰也。不動聲色者，不下戰書，不公然進兵，似可說，幾類商君收復河西之戰也。」姚賈拍案道：「長史所言，頗具深意。魏國情勢，確有這兩端選擇。」王賁道：「大人以為，魏國情勢多有詭異？」姚賈道：「然也！我軍平定韓亂，分明拿到了魏國鼓蕩韓亂之憑據，魏國君臣心知肚明，可硬是不聲不響佯作無事。依據邦交成例，魏國已經向秦國稱臣多年，此事不能沒有個說法。然則，他偏沒有！如此情形，大為反常，我軍當真得審慎行事。」王賁邊聽邊思忖，末了一拱手道：「兩位大人言之有理，滅魏戰事當祕密籌劃，不宜大張旗鼓。」李斯姚賈立即拍案贊同。之後，李斯思忖道：「滅魏戰法，少將軍可有謀劃？」王賁慨然道：「末將一直揣摩滅魏，容當後告。」三人大笑一陣，直飲到暮色方散。

當夜，李斯西去姚賈北上，王賁大軍開始了不動聲色的祕密部署。

三、坎坎伐檀兮　寘之河之干兮

這日，大梁將軍突兀接到王命：魏王要夜巡城防，須提前一個時辰閉關。

第一次，素稱夜不關城的大梁在暮色時分隆隆關閉了城門。城外寬闊的護城河上的幾座大石橋也被鐵柵封閉了，如同小城池收起了窄窄護城河上的鐵索吊橋。雖然這是古老而不再具有實戰效用的城防傳統，然作為遵奉王命的閉關程序，這個幾乎已經被人遺忘的傳統卻是必須遵守的。於是，已經沒有了那種可以嘩啷啷拉上放下的吊橋的大梁，破例用鐵柵封閉了四座城門外的寬闊石橋，算作了「收起吊橋」這道程序。否則，大梁將軍對講究頗大的魏王無法復命。於是，也是第一次，夜幕降臨時大梁城沒有了內外相連的燈火河流，只有城頭的軍燈閃爍在茫茫平原，恍若夜空稀疏的星星。

曾幾何時，大梁城風華富庶獨步天下，與齊國臨淄、秦國咸陽、趙國邯鄲並稱天下四大都會。四都之中，若論真正的商賈匯聚百工雲集士人流聚物流暢通，還得說以大梁居首。因為，齊國臨淄畢竟僻處濱海之遙，士農工商或望而卻步或鞭長莫及，諸般氣象與大梁相比稍顯單薄。趙國邯鄲雖為戰國中期的後起大都，盛則盛矣，卻多以大河之北的胡商、燕商以及天下任俠所嚮往，楚齊人士與治學之士則較少涉足，蓬勃之中便少了些許鬱鬱乎文哉的氣象。時人所言質勝於文，此之謂也。秦國咸陽大出天下，自不待言，然終因與山東六國恩怨糾結，又因律法甚嚴，人流物流終歸受了諸多限制，於是乎與邯鄲類似，少了一些令人心醉的文明風華神韻。唯獨大梁，地處蒼茫無垠的大平原，瀕臨大河而居天下腹心，水路寬闊，官道交織，車馬舟步樣樣快捷，衣食住行件件方便，輻輳雲集人物匯聚，蓬蓬勃勃而成樞紐之地。戰國初期，大梁尚未成為魏國都城，已經是中原地帶財貨集散的工商重鎮了。及至魏惠王時期籌劃遷都，歷經數十年營建擴展，於秦國奪取河西之地後正式遷都大梁，這座重鎮遂以令人炫目的氣勢迅速崛起為天下第一大都會。當年蘇秦對大梁的說法是：「人民之眾，車馬之多，日夜行不休已，無以異於三軍之眾！」也就是說，車馬人流多得如同大軍行進。張儀對大梁的說法是：「地四平，諸侯四通，條達輻輳，無有名山大川之阻……從陳（楚）至梁，馬馳人趨，不待倦而至梁。」可見其交通便捷。但是，作為魏國都城的大梁，其特異不僅僅在於繁華便捷，而在於一種獨有的神韻：她包容接納了天下各色人物與列國滾滾財貨，能夠為任何行業提供最為廣闊的天地，能使各色人等最為自由地選擇自己的出路，彌漫出一種戰國獨有的奔放張揚與自由進退精神。也就是說，特立獨行地自由揮灑，絕不僅僅是一種士人精神，而是一種彌漫天下更聚結在大梁的人民風貌。時人言臨淄云：「家敦而富，志高而揚。」究其實，大梁之謂也！

唯其如此，當魏惠王、魏襄王、魏昭王三代近百年，大梁始終是天下商旅百工的首選之地，是士人遊學的神聖殿堂，是天下邦交角力的最大戰場。歷數戰國名士，沒有在魏國遊學而能成為大家者，幾如白烏鴉一般罕見。反過來，人流物流競相匯聚，又大大地刺激了大梁的工商百業。那時的大梁，商社作坊鱗次櫛比，名士學館比比皆是，酒肆客棧遍地林立，珠寶皮毛鹽鐵兵器絲綢車馬汪洋恣肆，天時地利人和具結交匯，大梁連仔細回味都來不及，便成了天下垂涎的首富大都。

「爍爍其華兮，皇皇大梁。」

「魏王，大梁金城湯池，秦人奈何哉！」

冷清空曠的長街上，魏王假與左丞相尸埕的對話飄盪在轔轔車聲中。

午後時分，魏假正在與最心愛的幾隻猛犬嬉鬧，太子右丞相魏熾匆匆前來，稟報了一則祕密消息：秦軍王賁部已經平定了韓亂，於三日前班師回到了潁川郡的河谷駐地，有可能籌劃攻魏！魏假思忖片刻，立即召來左丞相尸埕及大梁將軍、河外將軍會商。會商議題有兩個：其一，如何就韓亂事對秦國說話？其二，秦軍王賁部會不會攻魏？會商一個多時辰，大臣將軍們一致認同了魏王假的兩則決斷：其一，韓亂之事秉承既往說法，咬定魏國從未參與支持韓國舊世族，因此，對秦不須回覆，以免自召懷疑；其二，無論王賁是否攻魏，都要未雨綢繆，祕密向大梁調遣軍馬，並立即增強大梁城防。今夜立即巡視大梁城防，也是魏王當殿決斷的。為此，大臣將軍們很是讚頌了一陣魏王的深徹洞察。能如此快捷地做出決斷，並得到大臣們如此擁戴，魏王假很為自己的用人之道及目下的廟堂權力框架欣然自慰：自魏武侯之後，魏國幾曾有過如此同心協力之廟堂？中興魏國，捨我其誰！

要解得魏假心緒，先得說說魏國目下的廟堂人物。

自遷都大梁，魏國國勢不可阻擋地日漸衰落，與大梁都城的蓬勃風華之勢形成不可思議的落差。其中奧祕，魏國人不解，天下人更不解，於是生出了種種議論評判。其中最令天下詬病者，是魏國的人才流失。自魏武侯死至目下魏假即位，魏國歷經惠王五十一年、襄王二十四年、昭王二十年、安釐王三十五年、景湣王十六年，共五世一百四十餘年。這一百餘年中，從魏國走出的名將名相名臣名士舉不勝舉。尤其是秦國名相名臣，幾乎有八九成來自魏國。與此形成反差的是，除了一個信陵君，魏國在百餘年中沒有出過一個名將一個名相。於是，天下遂有了「魏才人用」之口碑。儘管魏國幾代君王都不認這個口碑，可人才依舊在流失，魏國依舊沒有當國棟梁。

魏假即位，很為這一口碑懊惱，決意搜求賢才中興魏國。魏假聰敏好學，冥思苦想地歸總出了魏國衰落的兩則弊端：其一，用人不當。雖然魏假很不情願承認這個弊端，但終歸是天下公議，魏假還是認了。後來，魏假的這一胸襟很是被大臣們頌揚了一陣子。其二，權臣太重，使魏國廟堂不能有效決策，魏王決斷每每受阻。魏假熟悉國史，認定君權受壓的最大前車之鑒，是曾祖父魏昭王的少子信陵君權勢過重的惡例。山東六國都對這個信陵君讚頌崇敬有加，自認學問有成的魏假卻以為：信陵君盜竊兵符、擊殺大將、擅自調動大軍救援趙國，這是三樁等同於叛亂的大罪，在任何邦國都是不能不嚴刑處置的；可在魏國，居然能重新接納信陵君返國並再次當權領政，祖父安釐王當真不可思議，天下人因此而抨擊魏國不納人才，同樣不可思議。基於此等深思熟慮，魏假認定了一個不可動搖的根本：無論多大的賢才，都不能對魏王的權位構成脅迫，否則，不是真正的賢才。為此，必得謹慎遴選賢才，必得妥善構架廟堂權力。

廟堂權力，除了國君，第一個位置自然是丞相。

戰國官制，各國雖略有不同，然到戰國末期，事實上已經是大同小異了。就其趨同之勢的根源而言，魏國可說是戰國新官制的發端者。在文侯武侯及魏惠王前期，魏國在李悝變法邦國富庶之後，又確立了國君、丞相、上將軍三權同領國政的廟堂權力體制，簡潔明確，決策及施行效率大增，魏國迅速由富而強。魏文侯之世，李悝為相，樂羊為將，其時之黃金組合也。魏武侯之世，田文為相，吳起為將，大體也是一次黃金組合。魏惠王前期，公叔痤為相，龐涓為將，也算得頗具實力的廟堂架構了。魏國開創的三權制之所以有實效，根本點在於丞相開府制。開府者，丞相建立獨立官署（府）而統轄百官處置政務，大體類似於後世的總理內閣制。上將軍雖然也是開府，但只限於處置日常軍務與戰場統轄權，而成軍權與調兵權則歸君主，所以其開府不能與丞相開府相比。君主的權力，則通過原發性軍權（成軍權、調兵權、任將權）與用人權、賞罰權等等實現總體控制。從總體上說，雖然君權依然是最大權力，但開府相權與開府將權也具有很大的獨立性，比後世的層層疊疊制約要簡潔明快得多。這種極具實效的官制很是符合大戰連綿的戰國，所以迅速為天下所仿效。商鞅的秦國變法，在秦國建立了以魏國官制為底本的新官制，軸心便是丞相開府。其餘各國變法所建立的官制，也都大體靠近魏國範式。因此，到戰國末期，各國的丞相都是總領國事而居百官之首，成為最重要的廟堂首席大臣。

唯其如此，魏假不能不對丞相權力慎之又慎。

魏假思謀出了一個頗具新意的丞相方略：丞相職兩分，設右左兩丞相；依魏國尚右傳統，右丞相居首，左丞相輔之；如此相權兩分，對君權很難構成威懾，可謂兩全其美。然魏假還是意猶未盡，又一番思慮，一個新方略又陡然閃現——以太子為右丞相，可謂萬全！太子是自己的兒子，是法定的國家儲君，兼領丞相既能使大權不旁落，又能使太子錘鍊政務之能，豈非天衣無縫哉！思謀一定，魏假大感舒暢，立即下書朝野：魏王天下求賢，期盼相才中興大魏，臣民人人得舉薦，名士人人可自薦。之所以如此，是魏假已經謀定了行事方略：只有在選定左丞相之後，才能宣布太子任右丞相，否則，魏王求賢之名會大打折扣。

王書頒下之初，魏國朝野很是振奮了一陣。臣民們都以為這個魏王是個中興明君，頌揚之餘紛紛舉薦人才。大梁原本物華天寶之地，縱然氣象大不如前，畢竟還是天下士人薈萃地之一。於是，半年之內臣民三千餘件上書，舉薦自薦各色人物三百餘。開始，魏假還捺著性子以當年魏惠王接見孟子的隆重禮儀為範式，在王城大殿先後十幾次召見了二十六個名士，其中不乏法儒墨道各大家的著名弟子。然則，這些名士不是大談變法強國，便是大談整肅吏治。除此之外，這些名士們幾乎不約而同地明確提出，要魏王「復初魏相權，復先王開府之制，用才毋疑」。魏假頓時心下冰涼，深覺時下士子們不識時務——方今秦國獨大泰山壓頂，不言保國而侈談變法強國，還要擁有先王時的相權，這不是明明白白要做權臣麼？豈有此理！

於是，魏假不再見任何一個士子，只祕密下書太子掌管的招賢館：舉凡入朝士子，但有資質者一律任為博士，賜其高車駿馬並一座三進府邸，不任實職。不想如此一來，半年之間，魏國廟堂便有了一百多個峨冠博帶的博士。博士者，當年魏惠王為對付孟子等博學大師與各學派人才而設置的一種官職也。博士的職責規定是：「掌通古今，備顧問。」就實說，是沒有任何實際職掌的散官。因了魏國殷實，尚能撐得起這等虛榮，於是，占地頗大的博士館園林也就一直保留了下來。原本的老博士們，已走得一個也沒有了。方今多事之時，相鄰的韓國已經滅亡，國人振奮於新魏王的振作求賢，期望看到新任賢才們的新政氣象。大大出乎國人意料的是，最為時人蔑視的博士館卻突然滿當當熱鬧起來，峨冠博帶的博士們高車駿馬流水進出，飲酒博戲評點天下，終日無所事事地晃盪在酒肆坊間大街小巷，平添了一片彌漫著醺醺酒意的富庶浮華景象。

見多識廣的大梁人愕然了，譁然了，茫然了。

不久，大梁街巷傳唱起一首古老的〈魏風〉歌謠：

坎坎伐檀兮　寘之河之干兮
彼君子兮　不素餐兮
坎坎伐輻兮　寘之河之側兮
彼君子兮　不素食兮
坎坎伐輪兮　寘之河之漘兮
彼君子兮　不素飧兮

歌謠傳入王城，魏假很不高興。魏假通曉詩書，自然知道這是載進《詩》裡的古老的魏人歌謠。這支歌的唱辭原本有三節，可如今傳唱開來的卻只有三節的頭尾兩句，一聽便是嘲諷他的求賢設博士國策的。若是說白了，也難怪這首歌直教魏假臉紅氣促。你聽——叮叮咣咣伐檀木，伐下來便丟在了河岸，那檀木可是專門做車輪的良材啊，他扔在河岸不用，他不是個白吃飯的蠢貨麼！叮叮咣咣伐樹，說好了要做車輻，可他還是將它們扔在了河邊，他這個人啊，不是個白吃飯的傻蛋麼！叮叮咣咣伐樹，說好了要做車輪，他還是將它們擱在了河畔，他這個人啊，不是個浪費晚餐的白癡麼！

「豈有此理！本王白吃飯麼！」

儘管魏假憤憤然大嚷一通，可最終還是無可奈何地長歎了一聲。防民之口，甚於防川。整個大梁都在唱，整個魏國都在唱，縱然國王又能如何？追查麼，人海汪洋，唱的又是老歌，能問人何罪？若興師動眾，激怒了外邦商旅士人一齊離魏，大梁還是大梁麼？反覆思忖，魏假終於揣摩出了一個方略：立即在諸多博士中選出一個丞相來，教大梁人民看看魏國求賢是真是假，魏假是白吃飯的蠢貨還是有為之君！

魏假喬裝成一介布衣之士，漫步到了博士苑。在一片池畔的茅亭下，魏假恰遇一個鬚髮灰白的博士在水邊認真翻閱著一本厚厚的羊皮大書，端嚴肅穆之相令人肅然起敬。在大梁城這樣一個風華之地，一個閒散博士不去酒肆博戲坊揮灑遊樂，而獨自枯守清冷，僅是這份節操，僅是這份定力，也決然是個人物。心念及此，魏假輕輕走進了亭下。

「敢問先生，高名上姓？」魏假深深一躬。

「尸埕。」老士沒有抬頭，左手在石案上寫下了兩個大字，「尋常人聽不來如此兩字，有學則一看自知。」顯然是老士習慣了這種問答，說話寫字都沒有抬頭。

「噢，先生是尸子後裔？」魏假博學，一看笑了。

「足下何人？知道尸子？」老士驚訝地抬起頭來。

「當年，尸佼是商鞅老師，天下皆知，我何不知？」

「不。先祖並非商君之師，足下聽信誤傳也。」老士神情分外認真。

「願聞真相。」魏假對古板的老人大感興趣。

老人認真地說了一通先祖與商鞅的真相故事：尸佼畢生執王道之學，也極為推崇儒家孔丘，寫下了二十餘篇文章做一卷大書流布天下，決意要在某一大國履行其治國之學。那年，尸佼遊學到魏國安邑，在洞香春酒肆的論戰中結識了年輕的衛鞅。尸佼心高氣傲，將自己的一卷羊皮大書送給了衛鞅，要他「師尸子之學，執一國之政，成天下之名」。衛鞅掂了掂羊皮大書笑云：「若足下之書果真實學，三日之後鞅自拜足下為師。」不想，三日之後再度相聚，衛鞅卻將尸佼的羊皮書輕蔑地丟在了酒案上，同時拿出了自己的三篇文章，笑道：「足下膽識可嘉，然迂闊過甚也！二十餘篇萬餘言，唯見崇王道尊儒學，未見一句言法言變。如此迂闊之學欲圖治國變法，豈非南轅北轍哉？足下果然明睿，當拜我為師也！」說罷揚長而去。尸佼大感難堪，卻也禁不住認真讀了衛鞅丟下的三篇法家之文。旬日之後，尸佼尋覓到衛鞅的小小居所，當真要拜衛鞅為師。衛鞅大笑道：「前番之言，我只不服先生以王道之學為圭臬，何敢當真做先生之師哉！先生哲人也，『天地四方為宇，往古來今曰宙』，僅此一言，足傳先生千古之名，何求以我為師也！治學多端，治國之學本先生所短，先生何苦以短處立於人世焉！」尸佼大感頓悟，對衛鞅深深三躬，遂酣暢大笑而去，自此終生不復見……

「這？果真如此？」魏假第一次大大地驚愕了。

「先祖足跡，後人豈敢虛言！」老士高聲一句滿臉通紅。

「那，先生所治何學？」

「治國之學。」

「噫！先生說尸佼接納了商鞅之言，何以後人仍執治國之學？」

「先祖稟性偏執，隱居二十餘年不見大成，又復入秦尋覓商鞅。其時恰逢商鞅臨刑，先祖慌忙逃離咸陽逃奔巴蜀。臨終之時，先祖遺言：商鞅之學不保自身，足見其謬；子孫須修治國之學，以正商鞅，以傳後世。是故，老夫修習治國之學也。」

「天下之大，竟有如此反覆？」

「老夫之學，惜乎魏王不見。否則，安知尸子不如商鞅也！」

「願聞先生治國法度。」魏假深深一躬，認真地求教了。

「夫治國者，治人為先。」老士悠然吟誦，顯然在念自己的成文篇章，「治人在行，行有四儀：一曰志動不忘仁，二曰智用不忘義，三曰力事不忘忠，四曰口言不忘信。使人慎守四儀以終其身，功業從之也！由此觀之，治天下者有四術：一曰忠愛，二曰無私，三曰用賢，四曰度量！……」

「好！」魏假心頭一動，不禁拍案讚歎。

「設若老夫人得廟堂，何愁天下大治焉！」老士也感同身受地慨然一歎。

魏假打量了老士一眼，沒有說話走了。三日之後，魏假召見了老士，當殿拜老士為左丞相，慌得老士紅著臉接連打出了一串響亮的噴嚏，一時涕淚交流不能自已，只連連打躬不止。拜相王書頒行朝野，魏國臣民一片譁然——魏國終究有丞相了，中興有望了！要知道，魏國在信陵君之後，已經虛空相位多年了，魏國民眾能不高興麼？不料，朝野還沒高興得幾日，魏假的王書又下來了：太子魏熾兼領右丞相，與左丞相同領國政。魏國朝野再度譁然，大梁城再度譁然。戰國之世誰都明白太子是國家儲君，太子任相，其實幾乎就等於國君親自任相，能不重疊掣肘麼？故此，夏商周以至春秋戰國，沒有過太子親任丞相的怪誕廟堂。可是在魏國，偏偏就開了這個先例——魏哀王九年，魏國以太子為丞相！其時，不管魏國王室如何辯解說，太子為相是哀王受了蘇代的遊說，而蘇代則受了楚相昭魚的請托，是一時權宜之計而非長久國策等等；魏國朝野還是大覺彆扭，公議始終認為魏國這段時日沒有丞相。說也怪，對這種太子丞相，人民總覺得不對勁，不是真丞相，所以只要是太子任相，總是認定魏國沒有丞相。如今又是太子任丞相，不是又回到魏國痼疾去了麼，既然如此，求賢何來？於是，那首

「坎坎伐檀兮」的老歌，又再次在大梁城的大街小巷哼唱起來。

「人民愚昧，王何計較哉！」

在魏假憤懣無從發洩的時候，尸埕的撫慰如一縷春風掠過心田。不可思議的是，身為左丞相的尸埕，第一個坦然接受了太子右丞相，理由慷慨一篇：「治國者，忠愛為首也。忠君者，四儀之首也。皇皇君命，焉得狐疑哉！」如此這般，太子丞相的風波很快也就過去了，魏假的魏國廟堂也很是和諧安寧了。每遇議政，任何一個大臣但有不敬言論，左丞相尸埕都要義正詞嚴地駁斥一頓，而後慷慨激昂地大講一番「力事不忘忠」的四儀忠愛，很是替魏王假維護了王權尊嚴。不到一年，魏國廟堂的異已聲音消失得乾乾淨淨，魏國君臣更見琴瑟和諧了。目下秦軍覬覦魏國，許多大族世家都惶惶不安地準備要逃離大梁，只有左丞相老尸埕端嚴肅穆依舊，忠心耿耿地謀劃著大梁城防，其周嚴細密，連那個久在軍旅的大梁將軍也嘖嘖感歎。從心底說，魏假越來越覺得不能沒有這個老尸埕撐持廟堂，否則，他將陷入無邊無際的聒噪，哪裡還能整日與他的愛犬們耳鬢廝磨？

……

「稟報魏王，義商密報！」

剛踏上南門箭樓的垛口，大踏步迎來的大梁將軍尚未行參見大禮，便急匆匆搖著一支銅管要說話。魏王側後的尸埕很是不悅，黑著臉道：「禮為國本，將軍何能如此無行也！」一身甲冑的大梁將軍不禁面紅過耳，想爭辯兩句卻終是一拱手道：「末將甲冑不能全禮，尚祈魏王見諒！」魏假這才笑吟吟道：「無妨無妨，且說說義報消息。」大梁將軍正色道：「咸陽魏國商社送來急報，咸陽水工多赴軍前效力！商社揣測，秦軍或圖水戰攻魏，盼我有備！」

魏假尚在沉吟之際，尸埕的花白鬍鬚一翹先冷冷地道：「力事不忘忠。這商旅義報固然可嘉，然則，何以不報魏王？何以不報廟堂？又何以直報你大梁將軍？」大梁將軍驚訝地瞪著兩眼，呼哧粗喘幾聲道：「要說根由，大約是魏國商旅還認定老夫稱職。」尸埕看了一眼仍舊在沉吟的魏王，又辭色端嚴道：「自古以來，中原只有治水，幾曾有過水戰？普天之下，只有楚吳越三國有過水戰，秦國白起當年攻楚有過水戰，中原之地誰見過水戰？商人見利忘義，道聽塗說，邀功而已。將軍不思徵發糧草構築壁壘打造兵器，卻將此等消息當真，何能籌劃城防哉！大梁將軍被攪得雲山霧罩，一時竟不知從何說起，急得不斷抹著額頭汗水連連甩手，只瞅著魏王等待明斷。魏假矜持一笑道：「大梁城防，關涉國人民治，向由左丞相統轄，將軍但以法度行事，上下同心，大梁自是金城湯池也。」說罷一揮手，逕自在城頭漫步巡視起來。

夜來碧空如洗繁星低垂，與大梁城內外已經稀疏的燈火相映成趣。魏假第一次星夜巡城，看得興致勃勃，直到三更刁斗才走下了城頭。尸埕感佩得無以復加，一路連連讚歎魏王宵衣旰食實乃聖王明君。跟隨護衛的大梁將軍卻完全懵了，分明覺得哪裡不對，可又無法開口；分明目下該說兵務戰事，可他找不到將這些事務納入到一條大道理之下的那個入口；而沒有這個宏闊玄妙的入口，你說的任何事都會被攪批得不知方向，往往還沒涉及正題，便連那個話題也被淹沒了。於是，冥思苦想又一頭霧水，大梁將軍如同一個夢遊人，木然走完了四面城牆，卻沒有想出一句說辭來引出最想說的要緊兵事。

「上天也！大魏國沒了，沒了……」

恭敬麻木地送走魏王與老丞相，大梁將軍癱倒在了城頭。

四、特異的滅魏方略震動了秦國廟堂

幕府將軍案上，竹簡羊皮簡冊堆成了一座小山。

移軍汜水河谷，王賁對中軍司馬下了一道軍令：「搜尋魏國典籍，越多越快越好。」這個中軍司馬是個兵家子弟，見事頗快，接令立即趕赴新鄭向姚賈求助。姚賈一聽哈哈大笑，連連拍案道：「少將軍素以剽悍聞名，今欲智戰下魏，國家之幸也！」二話不說，姚賈將基於邦交周旋多年搜求的三晉國史及諸般典籍全數給了王賁，整整裝了三車。典籍運回當日，王賁便在幕府闢出了一間書房，教中軍司馬帶了三個書吏先粗粗瀏覽一遍所有典籍，擇出與魏國相關的所有篇章分類列好。而後，王賁埋首幕府，孜孜不倦地開始了尋覓揣摩。不到一個月，王賁有了自己獨特的滅魏方略。

說起來，這也是王賁不為人知的潛在稟性所致。

少入軍旅，沉靜寡言的王賁是全軍聞名的猛士。若用弓馬嫻熟之類的讚語評價王賁，未免失之單薄，不足以包括王賁的沉雄勇略與那種使將士們很是心悅誠服的氣度。與其父王翦相比，這種氣度是沉穩明快，絕沒有絲毫的木感。秦軍大將李信最是揮灑不拘，嘗笑云於一班年輕將軍：「鐵木者，老將軍也。精鐵者，少將軍也。」一班少將軍們聽得哈哈大笑，無須任何一句解說便心領神會了。蓋秦人所言之「木」，是一種與暮氣有別的沉滯之氣。王翦閱歷豐厚而穩健多思，凡事多以深遠利害思謀，加之每戰必先求諸將之見且極少動怒，凡此等等，軍中將士常有些許無力感。是故，有了將士們一種小小的笑談遺憾。當然，這也是因為秦軍統帥前有戰神白起為楷模所致，否則也不會生出如此比對。而對王賁，之所以有「精鐵」公論，在於王賁的明晰判斷與快捷勇猛，猶如上好精鐵，彈指一敲噹噹迴響。歷經滅趙滅燕兩大戰，王賁的戰場霹靂之風已經廣為軍中傳頌了。但是，對王賁的另一層潛在稟性，將士們尚未覺察。也許，若非秦王力主王賁獨當一面，王賁永遠都沒有機會爆發出這難能可貴的一面。

這一面，是王賁對將略的嚮往與追求。

王翦之家與所有的秦軍將領不同，在故里頻陽東鄉始終保留著老宅莊園。滅趙之前，王翦家人始終居住在頻陽老宅。那時候，王翦對秦王的理由是：「主力新軍正在錘鍊，臣不當陷入家室之累。」童年的王賁，是在恬靜散淡的頻陽老家度過的。父親長年在軍，書房空闊靜謐。尚在蒙學的王賁，常常在父親的書房裡折騰，架起木梯上下打量，覓得一本兵書便窩在角落津津有味地讀去。常常是母親僕人滿莊園尋喊，王賁才猛然跳起蹦將出來。

一次，父親終於歸家，聚來家人會商，要決斷兩個兒子的業向。父親說國法有定，兩子必有一人從軍，老大已經加冠，可以從軍；老二尚在少年，務農守家便了。母親與家族人等無不點頭。少年王賁一聽大急，紅著臉跳了起來嚷嚷：「我是老二！我不要守家！我要從軍！」家人族人無不大笑。父親板著臉道：「軍旅不要少兒，休得攪鬧。」王賁更急，紅著臉又一陣尖嚷：「大哥長於農事，該守家！父親決斷有差！」父親問：「如何你從軍便不差了？」王賁一句尖嚷：「我熟讀兵書！」言方落點，廳中族人笑得前仰後合。

「也好。你背兩句兵書，我聽。」父親沒有笑。

「凡人論將，常觀於勇。勇之於將，乃數分之一耳！……」稚嫩的聲音卡住了，王賁情急，抓耳撓腮道，「我，我再想想，想想……」

「你讀了《吳子兵法》？」沉穩的父親驚訝了。

「兵法是吳子好！要說打仗，我尊奉武安君！」

簡單的對答之後，父親久久沒有說話。那一夜，忐忑不安的王賁看見父母親寢室的燈火一直亮到四更。終於，父親帶走了王賁，秦軍中便有了一個機警勇猛的少年士卒。那時，父親正在全力訓練新軍，王賁被分配到了騎士營，用的名字是「胡賁」。除了掌管大軍總籍簿的軍法吏，誰也不知道這個「胡賁」是王翦的兒子。秦以耕戰為本，王族子弟也沒有世襲爵位，得憑自家的真實功勞立身，所以，王族與大臣們的子弟依法從軍是很常見的事。為了公平的聲譽，也為了軍士融洽，許多王族元老與大臣將軍，都將子弟化名入軍，只有軍法吏掌握其真實家世。秦軍法度：化名只在入軍前三年使用，之後得以真實姓名戰場立身。三年之後，年僅十七歲的王賁在新軍訓練中脫穎而出，成了沒有爵位的千夫長。及至主力大軍東出之際，堪堪加冠的王賁已經成為全軍最年輕的少將軍。按照秦軍老將的說法，王賁活脫脫是個小白起，天生的將軍坯子。

一次大軍操演，所有的年輕將軍都飛馬衝殺在前，唯獨王賁，始終佇立在雲車司令臺下，親執金鼓，號令進退，沒有親臨戰場衝殺。幕府聚將，蒙恬問其故。王賁慷慨對答：昔年吳起臨戰，司馬將長劍捧給吳起，吳起擲劍於地高聲說，將之使命在執金鼓而號令全軍，不在親臨衝殺；末將以為，我軍大將當效法吳起為上！

蒙恬沒有說話，立即下令中軍司馬宣讀操演統計。結果是，王賁部戰果最大，傷亡最小。一班年輕的將軍們無不驚訝。由此，蒙恬對王賁大為讚賞，不顧主將王翦的反對，一力上書秦王，將王賁擢升為主力新軍的前軍大將。滅國大戰開始，蒙恬奉命率一軍北上抵禦匈奴，原本一心只要帶王賁做副將。可王賁卻響噹噹地說，除非去九原立即打仗，否則末將不願北上！蒙恬笑云，跟老將軍滅國，好是好，只怕老將軍不敢用你也。王賁又是響噹噹一句，大秦有法度，不怕！雖然如此，最後還是秦王嬴政定奪，王賁才留在了主力大軍之中。兩次大戰，王賁接受的將令都是做非主戰的偏師，可每次偏師出戰，王賁都完成得有聲有色。滅趙大戰對抗李牧，王賁是策應；攻入趙國後，王賁又是進軍趙國陪都的偏師，沒有得到主攻邯鄲的將令；滅燕大戰，王賁又是佯攻代國；攻下薊城後，最長於奔襲戰的王賁沒能追擊燕王殘部，眼睜睜看著李信接受了令箭飛馳而去……不管將令如何，王賁都極為出色地完成了戰場使命，且從來沒有絲毫怨言。正因為如此，秦軍將士們都很服氣王賁，也都明白一個事實：王賁部是秦軍毫無爭議的第一旅精銳，只是尚未大展威風而已。也正因為如此，當王賁獨率一軍南下時，依依惜別的將士們更多的是為王賁高興。

這就是王賁，崇尚謀勇兼備，將智戰看作兵家根本。

「攻克大梁，非特異戰法不能。」

「少將軍有成算了？」

當副將趙佗疑惑地走進幕府最深處的書房時，疲憊的王賁很有些興奮，吩咐軍務司馬搬來兩罈老秦酒，與趙佗舉著酒碗湊到羊皮地圖前說將起來。王賁說：「當年魏國富得流油，將黃金都堆到了新都城的王城與城牆上，大梁城無疑是天下最堅固的大都。外城牆高十三丈，牆厚十丈，內夯土而外包石條，幾乎是個四方塊子牆。王城更甚，全部由磚石砌成厚牆，牆內連夯土也沒有。如此這般城牆，任你飛石強弩諸般器械，砸到上邊連個大坑也出不來。大梁城內糧草豐厚，魏軍守個幾年全然餓不著，鳥！魏惠王這老東西，建城真是一絕！」趙佗沉吟說：「除非奇兵智取，賺開城門，否則真不好攻破。」王賁連連搖頭：「韓趙燕都沒了，魏國上下都繃緊了弦，混進去賺城，人少不濟事，人多進不去，即便混進去也可能出事，反倒折我人馬，不中不中。」

「教姚大人黑冰臺行刺，暗殺了魏王再乘亂攻城中不中？」

「也不中！」見趙佗也學說起了大梁話，王賁大笑一陣臉色又黑了下來，「邦交縱橫時各國相互施展機謀，收買暗殺等原不足為奇。今滅六國，秦國就是要堂堂正正打仗，教山東六國最後一次輸得心服口服！從韓亂看，暗殺魏王有後患，不能。」

「少將軍只說，如何打法？」

「水戰。」

「水戰？調來巴蜀舟師？」

「不。明白說，河戰！」

「河——河，戰？」趙佗驚訝得似吟誦又似結巴。

「對！以河為兵，水攻大梁。」

「以河為兵？沒聽說過！」

「目下聽，來得及。」

「有人說過水攻大梁？」

「你看，這是何物。」

王賁大步走到將軍案前，從竹簡山頭拿出三卷嘩啦展開。趙佗連忙過來捧起，看得一陣不得要領，急得抹著額頭汗水道：「我文墨淺，看不出甚來，少將軍明說！」王賁湊過來拿過竹簡指點道：「這是三則水戰典籍，一則戰例，兩則預言，你且聽聽其中奧妙。」於是王賁一口氣說開去，整整說了近兩個時辰。

先說水戰戰例。王賁所說的水戰戰例，不是水師舟船之戰，而是以水為兵的決水之戰。華夏自有兵戈以來，未曾有過決水之戰。華夏自有水事以來，只聞治水以利人，未聞決水以成兵。否則，這則戰例也不至於如此被王賁看重。這則戰例記載在魏國國史中，說的是魏安釐王十一年，魏國如耳、魏齊先後為相，屢敗於秦國；於是，秦昭王欲攻滅魏國，召群臣會商戰法。當時，秦國有個將軍叫作馮琴，認為秦昭王高估了秦國的強大，又忽視了弱可聯眾而勝強這個道理。馮琴對秦昭王講述了一則晉國末期弱聯眾而勝強的戰例，這則戰例便是水戰。晉國末期，有六家大世族主宰著晉國：智氏、范氏、中行氏、魏氏、趙氏、韓氏。其時智氏最強，企圖尋找種種理由吞併五家，但凡一家違背自己意願，智氏首領智伯便強邀五家共討共滅，若有不從一併討之。於是，沒有幾年，智氏先後滅了范氏與中行氏。這年，智伯又強邀魏韓兩族圍攻趙氏的軸心城池晉陽。其時，晉陽城池堅不可下，智伯便謀劃掘開晉水（註：晉水，戰國水名，《史記正義》引《括地志》並《山海經》云：晉水出晉陽懸甕山，東南流入汾水。可知，晉水或為汾水上源，或為支流）淹沒晉陽。大水灌進晉陽之時，三族首領站在山頭觀看，智伯得意歎曰：「吾始不知水可以亡人之國也！乃今知之矣！」智伯此言一出，魏桓子、韓康子兩首領不約而同一個冷顫。因為，汾水可以淹沒魏氏軸心城安邑，絳水可以淹沒韓氏軸心城平陽。魏桓子立即用肘撞了一下韓康子，韓康子也用腳踢了一下魏桓子，兩首領遂心領神會。不久，便有了魏韓趙三族聯合而攻滅智氏的春秋最大事變。不久，魏韓趙三家進而瓜分了晉國。也就是說，華夏正史記載的最早水戰，便是智氏三家水淹晉陽。對這次水戰何以決水三次都沒有攻破晉陽，王賁的說法是：「晉水太小，晉陽居高，水勢不足以滅國也！」

兩則水戰預言，也都是直接相關魏國。

第一則，蘇代預言攻魏水戰。因為輔助燕國權臣子之奪位，蘇代蘇厲兩兄弟在燕昭王即位之後逃往齊國，一直不敢回燕。後來蘇代遊歷中原經過魏國，被欲圖結好燕國的魏國緝拿，後經齊國周旋，蘇代獲救。蘇代有感於燕昭王對自己的仇恨，遂對燕昭王寫下了長長一卷上書，剖析燕國該當如何在齊、秦兩大國之間謀求最大利益，結論是一句話方略：「厚交秦國，討伐齊國，正利也！」燕昭王很是看重蘇代這卷上書，立即迎接蘇代回到燕國謀劃大計。後來，燕國破齊，一時成為強盛大國。當此之時，秦國邀燕昭王赴咸陽會盟，燕昭王欣然允諾了。蘇代得聞消息，一力勸阻燕昭王赴秦，理由是今日燕國已經成就功業，與秦國不再是盟友，而是仇敵了。蘇代對秦國作為有一句總括：「秦取天下，非行義也，暴也。」蘇代斷言：只要秦國想攻滅山東六國，都有取勝戰法，燕國不能與秦國走得太近而使秦國找到發難口實。燕昭王對蘇代所說的秦國威懾不甚明瞭，蘇代便一一陳述了秦國對各國可能採用的滅國手段。說到秦對魏之戰，蘇代預言了秦軍戰法：先攻下河東，占據成皋要塞，封鎖魏國河內之地；再以輕舟水師決滎陽河口，淹沒大梁；再決白馬津河口，淹沒河外平原。蘇代將秦軍戰法概括為：「陸攻則擊河內，水攻則滅大梁！」並且斷言，只要秦國公然以這種戰法告知魏國，魏國定然臣服。這是戰國名士第一次預言：秦軍攻魏，水淹大梁是最大威脅。

第二則，信陵君預言攻魏水戰。魏安釐王時期，齊國、楚國曾聯軍攻魏，秦國出兵救魏一次。安釐王因此而想與秦國結盟討伐韓國，收回韓國占據魏國的舊地。信陵君認定這一邦交方略將鑄成大錯，為此對安釐王有一卷很長的上書。信陵君上書堪稱戰國末世的一部預言書，其所做出的預言有三則，都是驚人的準確：其一，韓國將亡，魏國岌岌可危；其二，韓亡之後，秦軍攻魏必用水戰；其三，魏國失去周韓屏障，禍必由此而生。信陵君上書的宗旨是兩個：一則勸安釐王認清秦國的虎狼之心，二則力主魏國奉行「存韓安魏而利天下」的邦交戰略，而三則預言，則都是在剖析魏國在消失韓國屏障之後的危亡結局。其中秦軍對魏國水戰之預言，除了用水不一，信陵君與蘇代說得一般無二：「秦軍兵出之日，河內必危；秦有韓國之地，開決滎澤水以灌大梁，大梁必亡！」昏聵褊狹的安釐王沒有接納信陵君上書，信陵君也終因無從伸展而自毀於酒色死了。

……

「看來，終是有眼亮之人也！」

「對！你趙佗也算一個。」

「我？」

「然也！你眼不亮，能看出別人眼亮麼？」

趙佗哈哈大笑。王賁也哈哈大笑。笑得一陣王賁突然打住道：「你沒異議，我看就稟報秦王了。」趙佗連連搖手道：「沒沒沒，報報報，你文墨好你寫。」於是，王賁立即鋪開一張羊皮紙，兩人說著王賁一個字一個字寫了起來。寫得兩句，話語卻總不順當，王賁啪地擱下筆道：「認得字寫不來字，鳥事！」趙佗大笑，連忙高聲喚進軍令司馬。司馬落座，王賁離案起身道：「好好好，我說你寫，左右就這件事，來實的，不說虛話。」說罷，王賁一句一句說將起來。聽得趙佗直呼痛快，軍令司馬憋著笑意不敢出聲。不消一個時辰，謄抄用印封泥等一應程序完畢，快馬特使便飛出幕府飛向了咸陽。

天上還閃爍著星光，秦王嬴政已走進了書房。

滅國大戰開始以來，王城書房的公文驟然增多。除了秦國政務軍務民治等等諸般待批文卷，戰場軍報及各方軍情占了很大比重。除此之外，便是各方搜集的山東六國典籍。嬴政只要批閱完當日公文，但有空閒便埋首在六國典籍之中。如此一來，幾乎每夜都在三更之後上榻。五更初刻雞鳴頭遍，嬴政準時起身梳洗，之後立即踏進書房。目下的秦王書房有兩個長史，李斯居左領事，蒙毅居右輔助。李斯是老吏出身，精於文案理事，主要處置書房內事。蒙毅機敏縝密，則主要落實秦王批下的機密事務，以及緊急約見大臣會商等外事。就事而言，李斯每日的主要事務，是督導一班尚書吏將大量流入的各色上書、文卷與典籍，先分類理成種種待批文卷，而後分別送入秦王書房與王綰的丞相府。為了減輕秦王壓力，李斯早已經徵得秦王與丞相首肯，將凡是不涉及滅國戰事、山東急務、官爵任免、治國方略的諸般文卷，一律交由丞相府處置，而後由丞相府歸總稟報處置結果；凡是山東戰事，則只接受滅國主將的上書，其餘具體戰事則統由戰區主將處置。如此鋪排，實際上將秦國公事整體劃成了三大塊：秦王領軍政總略，丞相府實施日常政事，各方主將執掌滅國戰場。就最後一點而言，目下秦軍主要是三大戰區：王翦的燕代戰區、蒙恬的九原戰區、王賁的中原戰區。由於各方戰區主將所需要會商者均非具體軍務，而是方略大計，所以事實上不可能由上將軍王翦總理，而必須歸總到執掌總體航向的秦王書房。為此，無論如何分流政務，秦王嬴政的書房始終都是滿當當的。

「君上如此勞作，何止宵衣旰食，直是性命相搏也！」

趙高對李斯的感慨，實在是不由自主。秦王如此步調，最緊張的是趙高。趙高知道，若一件文卷一時不到位，秦王是可以忍耐的，也不會為此責難李斯蒙毅；然若一伸手沒有茶，或入茅廁沒有淨身內侍，則秦王一定會煩躁不堪甚或勃然大怒。一腳將他踢翻，已經是最小的懲罰了。為此，無論自己將內侍侍女訓練部署得多麼妥貼，無論自己多麼疲憊，趙高都孜孜不倦地守在書房，秦王不入寢室，趙高不離開書房半步。縱然秦王進了寢室，他也要和衣臥在寢室外間特設的一張軍榻上。趙高確信，只有自己知道秦王衣食住行的任何些小需求，自己知道秦王，比知道自己還清楚。

「趙高，去歇息歇息，這裡有我。」

四更末刻踏進書房的李斯，看見了眼圈發黑的趙高腳步有些虛浮，憐憫地笑了。趙高看了看李斯，也勉力笑了一下，沒有說話又去冰牆前忙碌了。不消片刻，秦王嬴政精神抖擻地走進了書房，走向了那張碩大的青銅王案，經過蒙恬監督建造的冰火牆拍了拍笑道：「好！今日涼爽，坐得安穩。」李斯不禁驚訝一笑：「如此寬敞書房，穿堂風何其清涼，君上燥熱麼？」秦王嬴政笑道：「沒有面前這道冰火牆，冬夏都坐不安穩，說不清也。」李斯目光一瞥，恰好看見趙高在遠遠帷幕後對自己偷偷笑了一下，心下不禁一歎：「這個趙高，寧非秦王肚內蛔蟲哉！」

「長史，有沒有王賁上書？」

「有。昨夜方到，臣已列入首閱一案。」

「好！估摸這小子該有動靜了。」

李斯已經快步過來，從最靠近王案的一張公文大案上抽出一卷遞了過來。嬴政接過竹簡展開，沒讀得兩行一陣大笑，搖著竹簡道：「長史看看，王賁說話實在。」李斯拿起竹簡，只見上邊寫道：「稟報君上：末將翻了書，人說攻魏必以水戰，呈來幾卷君上閱後決之。末將之見，打仗便是打仗，不能有婦人之仁！不行水攻，白白教山東罵作虎狼，大虧！虎狼便虎狼，天下沒有虎狼不行，遍地虎狼也不行。沒有秦國虎狼，只怕山東戰國都是虎狼，天下人還有活路麼？水戰事大，末將待命！」

「長史以為如何？」

「王賁說得扎實。」

「戰不論道。王賁，是個小白起！」秦王將「是」字咬得又重又響。

「臣之見，倒是那一通虎狼論教人耳目一新。」

「對對對！」秦王連連拍案，轉身笑道，「小高子！都說你小子跟長史學書有長進，來！立即將這段話大字謄出，掛在右牆。」趙高不知在哪裡遠遠答應了一聲，隨即輕風一般飄到面前，笑意憋得臉色通紅，一躬身接過竹簡又風一般去了。

「然則，水淹大梁，究竟如何？」

趙高走了，秦王嬴政的心緒也平靜了。只這淡淡一問，李斯便聽出了秦王疑慮重重，絕非已經贊同了水攻大梁的方略。李斯轉身在文卷大案上抽出三卷打開道：「這是王賁呈送的水戰典籍，君上要否先看看再議？」嬴政點點頭道：「也好，謄抄幾份，都看看，明晚會商。」李斯一點頭，立即去部署了。

次日晚湯之後，王綰、尉繚準時走進了王城最是涼爽通風的東偏殿，加上李斯、蒙毅，這便是秦國目下決定長策方略的君臣五人祕密小朝會。蒙毅沉靜利落，與趙高事先將一應事務準備妥善，便坐在書錄案前不說話了。自此，朝會期間的所有細務都交由趙高處置了。秦王嬴政來得稍晚了一些，一進門便道：「王賁上書，諸位都看了，都說說，滅魏之戰如何處置？」說話間趙高輕步走進，將一隻蒸騰著熱氣的小鼎擺在了王案，輕輕打開了鼎蓋。嬴政入座，拿起挺在鼎口的細長木勺笑道：「誰沒晚湯，說話，再上。」見四人都搖了搖頭，嬴政又道，「我聽著，不妨事。」說罷一勺湯入口，竟絲毫沒有聲音，目光也始終巡睃著幾個大臣。幾位用事大臣多見秦王就食議事，久之習以為常，都擰著眉頭思忖，一時沒有人說話。

及至李斯正要開口，卻聞殿外轔轔車聲。秦王嬴政對李斯一擺手，立即推開食鼎，起身大步走出。片刻之間，廊下有蒼老笑聲與杖頭篤篤聲。幾位大臣相顧一笑，不約而同地站了起來。此際，秦王已經扶著鬚髮雪白的鄭國走了進來，對大臣們高聲道：「老令今日與會，是我請的。」大臣們這才醒悟，素來準時的秦王遲會，原是親自去請老鄭國了。四人分別過來與鄭國寒暄見禮，遂分別坐定，鄭國座案設在了王案之側。及至秦王坐定，王案上已經收拾整齊，趙高早已經利落地收走了食鼎。

「王賁上書，政為之震動。」秦王一叩書案，輕鬆神色倏忽散去，凝重的語音沉甸甸地迴盪著：「大梁，冠絕天下風華富庶，聚結天下泰半財富，非同尋常城池。能否以水戰之法下之，我等君臣須細加斟酌。水事多專，老令水家最有言權。誰有疑惑處，盡可徵詢老令評判。好，諸位但說。」

「以水為兵，亙古未嘗聞也！」王綰慨然道，「晉末水戰，趙氏並未因此而滅亡，是故並未撼動天下。今日不同，大梁居平原之地，若決河水攻之，焉能不死傷庶民萬千？果然如此，秦國縱得中原，其利何在，道義何存？義利兩失，何安天下！」顯然，王綰反對水攻大梁，且將這一水戰方略與秦國一統天下的道義根基聯繫了起來。

廳中一時沉寂。顯然，這個話題太過重大。

「老夫之見，就兵說兵。」老尉繚輕輕點著竹杖，「果然水攻大梁，王賁必有周密鋪排，斷不會使滿城庶民遭人魚之災。究其實，若是強兵之戰，只怕三十萬大軍耗得三五年，也未必攻下大梁城。這便是根本。若非如此，王賁何須鑽進書房謀戰也。老夫倒是另一擔心：果真水攻大梁，大河距城近百里，決口豈有那般容易，得多少民力可成？期間若遇大雨大風耽延時日，只怕也得年餘時光，如此人力物力不遜於長平大戰，秦國經得起麼？」

「這倒要聽聽老令說法了。」嬴政殷殷望著鄭國。

「果真水戰，決河不難。」老鄭國一招手，身後一個書吏推來了一幅裝在平板輪車上的立板羊皮圖。老鄭國用探水鐵尺指點著板圖，「此乃中原河渠圖。諸位且看，大河東去，鴻溝南下經大梁城外，距離之近，形同大梁護城河也。唯其如此，果然引水攻梁，水口不在大河，而在鴻溝。唯有一點，鴻溝水量不足大，須從接近大河的上端開口補水，方能成其勢。信陵君說的滎口決水，便是此意。」

「鴻溝既然通河，何以水量不大？」尉繚很是驚訝。

「這便是水事了。」鄭國歎息一聲道，「鴻溝歷經幾代修成，通水百餘年，水道已經淤塞過甚，早當停水以掘淤塞了。惜乎大戰連綿，各國無力顧盼，遂有民謠云，『鴻溝泥塞，半渠之水，河水滔滔，稻粱難肥。』是故，鴻溝通河，水勢卻小。」

「如此說來，果真水攻大梁，還可藉機重修鴻溝？」嬴政很有些興奮。

「然也！」鄭國鐵尺指上地圖，「鴻溝灌梁，梁南大半段自成乾溝，若能藉機徵發民力修浚開塞，未嘗不是功德之舉。」

「戰損可補，這便對了！」尉繚興奮點杖。

「一說而已。」王綰淡淡點頭。

「長史之見如何？」秦王看了看一直沒說話的李斯。

李斯雖沒有說話，聽得卻極是上心。見秦王徵詢，李斯翻著案頭幾卷竹簡道：「晉末水戰，並蘇代、信陵君預言，臣都曾得聞，然終未親見國史典籍之記載。今王賁能多方搜羅出國史所載，足見其良苦用心也。臣聞方才之論，國尉與老令對答，已經足證大梁水戰可行，且水損可以清淤彌補。故此，臣亦贊同。然，丞相方才所言，關涉滅國之道義根本，臣不得不言。」見王綰肅然轉身，秦王幾人也目光炯炯，李斯翻開了王賁的上書副本指點道，「天下沒有虎狼不行，遍地虎狼也不行。王賁之說，話雖糙，理不糙。對斯之啟迪，不可謂不深。因由何在？在王賁捅明了一則根本大道：行天下之大仁，必有難以迴避之不仁。想要天下沒有遍地虎狼，必得天下先有虎狼；先有最強虎狼，而後方能沒有虎狼，此之謂也！具體說，若不水攻大梁，使昏聵魏國奄奄不滅，天下不能一統，兵戈不能止息，而徒存仁義，長遠論之，仁乎？不仁乎？是故，臣以為大梁之戰，不宜執迂闊仁義之說而久拖不下！否則，中原之變數將無可預料。」

「大仁不仁。長史之言，商君之論也！」

秦王拍案，王綰搖了搖頭也不再說話了。這便是秦國朝會的不成文規矩，當某種主張只剩下一個人堅持的時候，堅持者即或依然不服，也不再作反覆論爭；戰時論事，大臣們都明白「事終有斷」這個道理，諸多各有說法的大道理若無休無止地爭下去，任何一件事也做不成。

「事關重大，政敢請老令。」秦王離座，肅然對鄭國深深一躬。

「國事至大，王何言請也？」鄭國尚未站起，便被秦王扶住了。

「大梁水事，政敢請老令親臨謀劃。」

鄭國目光一閃，不期然打量了李斯一眼。李斯當即對秦王一拱手道：「臣願輔佐老令趕赴河外。」秦王爽朗大笑道：「老令與長史相知，事無不成。」又會商大半個時辰，當晚便將諸般事務安置妥當。曙光初上，李斯鄭國登上趙高駕馭的王車出咸陽東去了。

五、茫茫大水包圍了雄峻的大梁

尸埕帶著大梁將軍匆匆趕進王城時，魏假正在獒宮裡消磨。

三晉之中，韓魏兩國王室酷好神異犬種，趙國王室卻對猛犬極是憎惡。這是因為，春秋時期的晉國曾發生過一次酷烈的政變，其怪異的開局是權臣趙盾在朝會後走出大殿時，被一隻猛犬閃電般當場撲殺。從此，趙氏部族驟然沉入谷底，開始了漫長艱難的復仇復興之路。也是由此，漸漸演化出了韓趙魏三家的祕密同盟與三家分晉的結局。不管那次政變對於改變晉國與三族命運具有多大的作用以及具有何等的意義，猛犬撲殺趙盾事件，都成為三晉部族一個不可思議的恐怖神話。要知道，豢養猛犬的屠岸賈，其時只是一個實力單薄的中大夫，不管他獲得了當時晉國君主的何等暗中支持，若是沒有如此一隻神異的猛犬，其顛覆晉國朝局的勃勃野心只怕也是癡人說夢。畢竟，趙氏是尚武大族，趙盾的森嚴護衛與趙盾本人的膽略武勇，尋常劍士刺客幾乎沒有任何成功的機會。若非這只突然出現而又根本不為趙盾及其衛士注意的猛犬閃電般一撲，突兀地撕開了趙盾的胸腹，又準確地掏出了趙盾熱騰騰的心肺一口吞了下去，至少趙國的歷史很可能重寫。

這一恐怖場景通過種種大同小異的傳說，久遠地烙在了三晉王室部族的記憶裡。隨著歲月的流逝，三家對這一事變的恐怖記憶，以截然不同的方式折射了出來。韓魏王室就事論事，生發出對神異猛犬的歆慕搜求，成為天下名犬的淵藪之地。趙國王室卻不忘舊仇，一如既往地痛恨猛犬，舉凡言狗皆一律冠以「惡」字，除了民間獵戶的獵犬，王室從來禁犬。及至戰國中期，韓魏兩國王室的名犬已經天下聞名。進入戰國末期，魏國的猛犬聲名已經遠遠超過了韓國。此前的春秋時期，天下之名犬主要有兩種：一種是洛陽周王室的粍（音「浬」）犬（註：粍犬，見西晉張華《博物志・物名考》），長毛蜷曲，威猛異常，是周天子的狩獵神犬；一種是晉靈公時晉國公室的獒犬。何謂獒？後世西晉之張華有《博物志》，其中之〈物名考〉云：「犬高四尺曰獒。」也就是說，那時將身形高大的猛犬一律喚作「獒」，還並不是犬類特定品種的獒犬。因了「獒」並非確指，晉國公室這種獒在當時還有一個學名，叫作「周狗」，意為遺傳於周天子神犬的大狗。及至戰國中後期，天下名犬已經有三種：第一是魏獒，也就是魏國王室的獒犬，獒之成為犬類特定品種，魏獒是鼻祖；第二種是韓盧，韓國王室豢養的一種大型黑毛犬；第三種是宋䧿（音「鵲」），宋國公室養的大型猛犬。這種犬也另有一名，曰駿犬，意謂可同駿馬一般為人效勞。

諸般猛犬中，最有聲名的自然還是魏獒。

魏獒之聞名天下，得力於魏王假。魏假還是少年太子的時候，對猛犬酷好之極。魏假十二歲時，其父景湣王許魏假可在王城之內任選一官署領事，以試探其心志才具。魏假沒有絲毫猶豫，立即請求兼領「虞人」署。這虞人署，是執掌國君狩獵的官署，下轄一處園林專一豢養獵犬。魏假所神往虞人署者，實則神往獵犬園林也。景湣王不知其故，大大讚歎了一番少年太子的修身弓馬之志，很以為兒子可望在統轄狩獵中錘鍊出戰場本領，從而成為中興大魏的英主。景湣王是老太子繼位（其父安釐王在位三十四年），在位十五年便死了。其時，魏假三十歲即位，執掌虞人署已經十八年了。這十八年中，魏假已經將獵犬苑經營得天下聞名，當年一座只有幾十隻獵犬的園林，已經變成了異常壯觀的魏獒宮。魏假對獒的遴選有嚴厲法度：蹲地仍有四尺身高，方可選進獒宮冠以魏獒之名；否則，一律稱為獵犬，而不能叫作獒。歷經多年精純交配繁衍，魏獒遂成一種品性獨特的名犬，其凶猛與忠誠同樣的無與倫比。唯其如此，魏獒之名天下大震。各國王室的聲色犬馬子弟與天下貴胄以及大商大賈，但言買犬，無不以到大梁求購得一隻魏獒為榮。這個魏假，對獒犬鍾愛無以復加，每每賣出一犬，無論公事如何要緊，都要丟開公事親自與買家洽談獒事，勘審買家是否具有愛犬之志與養犬之才，否則，買家縱然開出重金，魏假也毫無例外地一口回絕。及至狗生意成交，魏假還要為將走之獒舉行狗宴餞行，特准離獒捕殺一名徒手劍士並當場吞噬。交獒之日，魏假也要親自到場，直將大獒送出獒宮，方撫其頭背灑淚惜別。凡此等等，使魏獒與魏假之名在天下聲色犬馬者口中幾乎成為同一個名字，但呼魏王，常是「魏獒」兩字。此後不久魏假降秦，出得王城之時，魏假尤作肺腑感喟云：「假做魏王三年，做狗王十八年矣！當年若生商賈之家，假何愁不成天下第一犬商也！」這是後話。

……

「敢請丞相止步，我王尚未出宮。」

虞人丞擋住了左丞相尸埕的匆匆腳步，口氣矜持冰冷得教人無論如何想不到他只是一個連官階都沒進的吏身。饒是如此，尸埕也只能在這座形制怪異的石坊前原地站定，還得對這一身狗腥味的肥吏一拱手，才問道：「王在獒宮？有獒事？」小吏漫聲道：「敢問丞相，我王何日沒有獒事啊？」尸埕很是難堪，一時紅著臉沒了話說。身後的大梁將軍勃然大怒，長劍嗆啷出鞘，一步搶前直指小吏罵道：「大魏丞相將軍在前，一個小吏竟敢如此猖狂！軍情緊急，豎子若不快去稟報，老夫立地捅你個透心！」虞人丞臉色倏地變青，顧不得說話撒腳跑了，一串喊聲順著風勢飄了過來：「稟報我王，大梁將軍對獒不恭，要殺獒也！」老尸埕雙眉緊皺連連搖頭：「小人當道，國將不國也，國將不國也！」大梁將軍憤憤然道：「你老丞相能挺起脊梁，大梁國人擁戴你護城，何須看這般小人顏色！」老尸埕大是惶恐連連搖頭搖手道：「將軍慎言慎言，事國以忠，事王以忠，臣下安敢亂忠愛之道！」大梁將軍冷冷笑道：「忠忠忠，魏國出的忠臣少麼？樂羊、毛公、侯嬴、如姬、信陵君一大串，還有你老丞相也算上，結局如何？還是國將不國！忠忠忠，忠有個鳥用！」尸埕一則氣二則怕，想義正辭嚴地駁斥卻又無話可說，目下艱難時刻還不能開罪這個唯一可用的將軍，無奈連連搖頭，索性走到一邊去了。於是，兩人各自咻咻粗喘，誰也不理會誰了。

「兩位何事啊？」

魏王假終於出來了，一身利落的短裝胡衣與操持犬事的獒宮小吏一般無二，手裡牽著一頭黑亮的魏獒，臉上顯然有不悅之色。不待兩人說話，魏假走到大梁將軍面前道：「你敢在獒宮前不敬？可知褻之靈異麼？」大梁將軍一挺身高聲道：「犬為禽獸，任人驅使而已！」魏假冷笑道：「差矣！褻為神犬，識得忠奸，辨得善惡，見奸而捕，見惡而食！」大梁將軍看也不看連連示意的尸埕，一拱手正色道：「魏王若信此物靈異，用它防守大梁便是，老臣請辭！」魏假臉色倏地一沉道：「好。只是本王想先看看，你是忠是奸？」尸埕臉色大變，疾步搶過來一躬：「我王不可！秦軍壓境，大將不可殺！」忠愛不離口的老尸埕素日維護魏王，今日破例變色，魏假倒是愣怔了。片刻默然，魏假冷冷問：「秦軍有異動？」尸埕拱手道：「大梁將軍得斥候密報，老水工鄭國趕到了河外秦軍大營，多有詭異。」

「有何詭異？」

「秦軍可能水攻大梁！」大梁將軍昂昂高聲。

「水攻？水在何處啊？笑談！」魏假臉色極是難看。

「魏王，老臣軍中有信陵君故舊，都說信陵君當年有話……」

「信陵君有話，管得了今日麼？」魏假立即打斷了話頭。

「臣啟我王：信陵君預言，秦軍攻大梁，必以水戰！」老尸埕憋不住了。

「果然如此，褻犬豈不遭殃也！」

默然良久，魏假終於長歎了一聲，將手中褻犬交給旁邊的虞人丞，癱坐到褻宮前常備的竹榻上散了架一般。不管多麼忌憚信陵君而厲聲呵斥兩位大臣，對信陵君的用兵才具與洞察之能，魏假還是不得不敬畏幾分的。當然，對自己的王位，魏假更是很在意的。誠實方正的尸埕說信陵君有此預言，決然不會有假，而信陵君有此預言，那就一定是一件危險的事情。心頭閃過一連串思緒，魏假頓時心事重重，而第一個念頭，是對這些褻犬的憐憫。

「魏王，便是護狗，也得有防守水戰之法也！」尸埕很是急迫。

「本王早早巡視了城防，你等沒部署麼！」魏假突然發怒了。

「這？這這這……」尸埕驀然想起那次巡城，頓時張口結舌。

「老臣有言！」一直鐵青著臉的大梁將軍開口了。

「說也。」魏假不耐地鎖著眉頭。

「水戰防水。老臣之意，大梁軍主力當開赴鴻溝北段駐紮，死守河外！」

「將軍是說，只留偏師守城？」尸埕老眼頓時瞪起。

「大梁之危不在城防，在水患！」

「短視。」魏假似乎突然清醒過來，從竹榻上站起頗有氣度地擺了擺手道，「大梁城牆高厚，糧草財貨儲存頗豐。當年小小即墨能堅守六年，大梁至少還不堅守十年？十年之間，天下能不有變？齊楚能不救援大魏？然則，守城靠人靠兵，若大軍主力出城，老弱偏師能守城麼？再說，城外主力大軍一旦戰敗，魏國豈不連根爛也！」

「我王是說，全軍守城，至少十年；開出城外，朝夕不保？」

「老丞相何其明也！」

魏假很是為自己的見識驚訝，破例以大大褒獎尸埕的方式大大褒獎了自己一回。可是，大梁將軍卻板著黑臉一句話不說，彷彿沒有聽見。尸埕對魏王的破例褒獎似乎並不在意，湊過來低聲問：「守城十年，老將軍以為如何？」大梁將軍冷冷道：「守城不外防，未嘗聞也！」魏假立即接道：「豈有此理！即墨當年有外防麼？如何守得六年？」大梁將軍道：「即墨非不外防，無力外防也。我軍能防而不防，豈非將水路拱手相讓？」魏假大覺今日才思敏捷，立即氣昂昂高聲道：「此言大謬也！你防水口，秦軍不攻水口麼？兩軍戰於水口，河水決口豈不更快！」大梁將軍雖稟性剛直，終不願與國王對著嚷嚷，默然片刻長歎一聲道：「老臣只怕水淹大梁之時，我王尚在夢中也！」

「將軍一言，出我神兵也！」魏假驚喜地猛然拍掌。

「我王有神兵？」尸埕一頭霧水，又驚愕又茫然。

「然也！」

「世間當真有神兵？」尸埕的老眼瞪得更大了。

「神兵者，獒犬也！我出獒犬五百頭，日夜輪換巡視鴻溝！」

「但有警訊，大軍出城？」老尸埕顯然在連番嘗試著揣摩君心。

「然也！丞相萬歲！」

「老臣慚愧，魏王萬歲！」

國王與丞相驚喜萬分地唱和著，大梁將軍的汗水從額頭涔涔滲出，淹得淚水也跟著湧流出來，大手一抹涕淚唏噓了。魏假正在興致之時，看得不禁大笑起來。自然，尸埕也跟著大笑起來。大梁將軍萬分難堪，猛然一拱手騰騰騰逕自去了。

汜水河谷，秦軍已經開始了周密的部署。

在向咸陽上書之後，王賁立即趕赴新鄭，邀了姚賈一起趕赴洛水河谷的蒙武大營共商大計。王賁的主張是：水攻大梁雖有先賢預言，實施也將極有成效，然大梁畢竟是天下第一大都會，關涉方面太多，最終尚需咸陽廟堂決斷。即便不行水攻，滅魏之戰也是無可迴避，作為中原大軍主力大將，他必須做好秦王不允准水攻的戰事方略。否則，水攻方略一旦被擱置，安定中原便沒有成算。若要等到父親的主力大軍南下再行滅魏，對王賁而言，就意味著自己不堪大任，如此未免太沒有勁道。是故，王賁力求在秦王王書抵達之前，謀劃好第二套滅魏方略，若水攻不能便立即鋪排強兵滅魏。

「後生可畏，後生可畏也！」

老蒙武聽完王賁來意，油然生出一番感慨。洗塵小宴未了，老少兩將軍與姚賈便就著酒案說將起來，一氣直說到五更雞鳴。三人會商的方略也是兩套，第一套是水戰方略：王賁所部只須全力施行水戰攻梁，包括徵發民力開決水口等；蒙武軍則總司外圍策應，一則在陸路截斷魏國殘餘的南逃東逃之路，二則總轄巴蜀調來的戰船封鎖大河航道，使魏國殘餘不能水路逃遁。第二套是陸戰滅魏方略：王賁部以大型攻城器械，強兵全力主攻大梁，蒙武軍狙擊外圍魏軍以及有可能援救魏國的齊楚聯軍。無論施行哪套方略，姚賈的邦交人馬都努力分化魏國與齊楚兩國的關係，使合縱不能在最後關頭死灰復燃。諸般細節一一確定，王賁心下大是舒暢，走到幕府帳口對著朦朧曙光張開兩臂一個深深的吐納，猛然轉身笑道：「兩位前輩想想，魏王假此刻做甚？」

「除了睡覺，還能做甚。」蒙武一笑。

「不。這只魏獒，在作狗夢。」

姚賈話音落點，蒙武王賁不約而同地大笑起來。蒙武恍然醒悟，饒有興致地問起自己不甚了了的「魏獒」來由。王賁也是大感興致，湊過來細聽姚賈敘說。於是姚賈從頭說起，將魏假的獒犬癖好說了小半個時辰，末了道：「大凡廟堂凋敝，從來都與君王惡癖相關。春秋戰國以來，惡癖之君多有：燕王噲酷好上古虛名，行禪讓大亂燕國；韓桓惠王酷好權謀，以水工疲秦之滑稽謀劃救韓；齊宣王好學術，稷下養士而不用士；楚宣王好星象，以天意決邦交之道……凡此等等，雖也荒謬，然大體不脫正道偏好。唯獨這魏國君王，魏惠王之後代代有癖，且皆是惡癖，奇也哉！」

「代代有惡癖？」王賁驚訝了。

「你且聽。」姚賈掰著指頭一一道來，「魏惠王酷好珠寶，魏襄王酷好種馬，魏哀王酷好工匠，魏昭王酷好武士，安釐王酷好美女，景湣王酷好丹藥。凡此六王，皆不如這魏假癖好獒犬之奇特。如此邦國，安得長久哉！」

「豐饒魏國，風華大梁，如此這般去也！」蒙武感慨拍案。

「狗日的！拿了這個魏假，非叫他做狗不成！」王賁憤憤然。

「別。你還真成全了他。」

姚賈淡淡一句詼諧，三人一齊大笑起來。

洛水大營會商完畢，王賁回到汜水河谷，恰逢李斯鄭國堪堪趕到。一說朝會決斷，王賁大是振奮，立即向這兩位水事大家請教起諸般細節。李斯只轉述了秦王一個叮囑：從此之後，天下是秦國的天下，無論戰事如何謀劃，都得慮及庶民生計。也就是說，既要盡可能地少淹沒村莊田疇，還要與潁川郡會商好水戰之後修復鴻溝的大事。鄭國早已經知道秦王這番叮囑，然在聽完李斯轉述後，還是大大感慨了一陣。戰國兵爭百餘年，打仗慮及民生者不能說沒有，然確實少而又少；秦王嬴政在一開始滅國時便曾著意叮囑王翦，滅國戰法不能等同於尋常戰法，其意便在於此。後來的事實也證明，嬴政統一中國之後實施水利、交通、邊塞、城池等諸般建設的實際功績，中國歷史上的任何一個帝王皆無法與之比肩。

就水事而言，鄭國說得簡潔明白。以大梁為鴻溝南北分段，鴻溝南段不用看，鴻溝北段是水攻要害，北段最要緊處，是引河入溝的溝口。溝口如何開？開在何處？得多少民力？他得親自踏勘一番才能定下來。次日清晨，王賁率領著一支千人馬隊護衛著鄭國李斯趕赴大河南岸的廣武城郊踏勘。此時魏國實力大衰，秦國滅韓後，秦軍的實際威懾範圍已經遍及大河兩岸，魏國軍兵在大梁以北幾乎銷聲匿跡。是故，此時魏國北部的滎陽、廣武等小城池形成了戰國之世的特有景象：只有民戶居住，既沒有魏軍防守，也沒有秦軍占領，恍然是兵戈消失了的寥落田園。王賁帶千人馬隊也只是謹慎防範意外，並非實際危險所致。所以，遙遙看見廣武城，王賁下令馬隊隱蔽在一片山坳，沒有軍令不許出山。護衛鄭國李斯等踏勘的，實際只有王賁與一班司馬。

廣武城坐落在大河南岸。這裡原本是一片無名山地，因了廣武城，這片山地叫作了廣武山。廣武城依山勢修築成了東西兩座小城堡，中間是一道寬二百餘步的山澗，時人也稱作廣武澗。當年開鑿鴻溝引河，便是利用了這道天然山澗。先將山澗向北與河岸打通，河水先入澗再入溝，如此，山澗之岩石入口可控制水量。否則，兩道土堤築成的大溝，堤岸無論夯得如何結實，也經不起洶湧大河的浪濤衝擊，要修一道引出大河的人工運河實在是不可能的。唯有天成廣武澗，鴻溝才得以修通。鄭國是鴻溝後期開鑿的水工，對鴻溝水路地脈瞭若指掌。踏勘大半日，鄭國心下已經有數，對著身旁王賁低聲指點了各處要害，在暮色時分趕回了汜水營地。

當夜，王賁立即派出快馬特使請來了蒙武與潁川郡守，會同李斯鄭國，五人一一將各方事務會商妥當。次日清晨，王賁幕府聚將發令，一體部署了水攻方略。各方散去，整個河外的秦軍營地與郡縣官署便悄無聲息地忙碌了起來。蒙武回到洛水大營，立即派出一萬輕騎交給潁川郡守，分別護衛郡守與郡丞率領的兩班吏員趕赴鴻溝南段，祕密督導分別屬於魏國南部與舊韓西南部的鴻溝兩岸庶民退到山地高處暫住，更南段進入淮水一段，已經是楚國北部，一時無法顧及了。

王賁部五萬主力分作了三路：一路是趙佗率領五千人馬，督導兩萬名精壯民力開決溝口；一路是王賁的四萬主力祕密進逼大梁外圍的四面山丘高地，在決水之前同時策應趙佗兩翼；一路是五千輕騎各方策應。三路之中，趙佗軍是要害，限定決口時間是五天五夜。這是鄭國測算的時日。鄭國說不能再短，否則不能保得穩妥無事。趙佗的決水工程分作四個部分：其一，要將原來的進水山口拓寬，使灌田水量變成足夠大甚至盡可能大足以淹沒大梁城的水量；其二，要將河水進入山口的引溝拓寬，盡可能使河水暢通無阻地進入拓寬了的澗口；其三，要將廣武澗進入鴻溝的溝口拓寬，使大大增加的水流能洶湧入溝；其四，要將鴻溝至大梁的溝段清淤開挖，以防水流進入大梁之前無效漫溢。這四處，最難的是最後一處。因為，清淤鴻溝靠近大梁，只能在夜間進行，還不能舉火照明。為此，趙佗加意提防，下令清溝工程全部由兩千騎士擔當。不料，清淤河溝的第一夜便出事了。

「稟報將軍，魏獒出動，咬死了一百多清淤士兵！」

在大梁南面的山丘上，一接到斥候急報，王賁帶著衛士馬隊風馳電掣般去了。緊急查問，才知道大梁城夜間放出了數十隻魏獒在原野流竄，士兵們低頭勞作猝不及防，突兀被咬死咬傷百餘人。王賁勃然大怒，斷然一句：「清淤不停！我來殺狗！」飛馬便去了。到得山丘，王賁立即下令：調三千輕裝飛騎，人各攜帶一支長矛與一具臂張弩，分作十隊沿鴻溝北段巡視，專一射殺魏獒！十支馬隊不舉火把，黑色閃電般掠向曠野，及至五更，幾乎全部射殺了在曠野流竄的幾十隻獒犬。

「豈有此理！何方獵戶敢射殺我一隊神獒！」

當魏假看見幾隻獒犬帶著箭鏃狂吠著跑回來時，驚恐憤怒得連連大吼，整個王城都被震動了。匆匆趕來的大梁將軍說，秦軍已經在鴻溝動手，射殺獒犬不是獵戶，是秦軍弩機馬隊，請命立即率軍出城防守鴻溝大堤。魏假正在惱怒急恨，當頭一句厲聲叱責：「秦軍動靜你總這般清楚，你是秦將還是魏將！」大梁將軍脹紅著臉高聲道：「鴻溝北段百餘里，秦軍出動數萬軍民勞作，雖說不舉火把，郊野民戶人人清楚！老臣有斥候營專司探察，再不知道豈非愚昧豬狗也！」「住口！狗比你強！」魏假最厭惡人罵狗，憤然戟指大梁將軍，「你還不如狗！」聲音尖厲得幾乎如同發怒的內侍。大梁將軍稟性剛直，一時不堪羞辱氣得渾身發抖，轉身大步便走。老尸埕情急，一陣碎步飛跑扯住了大梁將軍低聲道：「老將軍素顧大局，臣子如何能與國君較真？」大梁將軍黑著臉沒有說話，但總算是被拽了回來。尸埕過來一拱手道：「老臣之見，大梁城防可全權交老將軍處置，老臣自請全力徵發民力督導糧草，我王坐鎮王族便是。」魏假冷冷道：「城防無論交給何人，大軍都不能出城。」尸埕抹著額頭汗水顫聲道：「秦軍決堤，我不護堤，豈非坐觀水淹大梁麼？」魏假道：「大軍出城能保得不被秦軍吞了？屆時沒了大軍，大梁縱有財貨糧草，還不是砧板魚肉任人宰割？！」尸埕急得左看右看攤著雙手直歎氣：「君臣不協力，非忠愛之道也！無忠無愛，焉得有國哉！」大梁將軍頓時覺得自己又將被這雲山霧罩的大道之辯繞進去，立即慨然一拱手道：「稟報魏王、丞相，非老臣不知忠道，實是自古打仗沒有如此打法！國有大軍二十萬而不敢出城決戰，未嘗聞也！二十萬大軍窩在大梁城內，一不能施展兵力，二不能施展謀略，只能死死等著挨打！普天之下古往今來，有如此守城之法麼！」尸埕也憂心忡忡道：「老將軍說的是戰法，從大梁民治說，似乎也當如此。大梁以匯聚四海商旅為根基，自秦軍南下以來，外邦商旅幾乎逃離十之八九，若再不能使大梁城外水陸官道暢通，只怕連魏國商人也要逃走。其時，大梁內外隔絕，難矣哉！」

「也好！明晚你率三萬人馬出城，先作試探。」良久，魏假終於開口了。

「魏王，出則出，不能半吞半吐！」

大梁將軍話還沒有說完，臉色蒼白的魏假已拂袖而去了。屍埕長歎一聲，想對這位憤怒的老將軍說幾句撫慰話，可實在不知從何說起，又怕站得久了魏王回頭問說了些甚自己不好回答，只有低頭踽踽去了。大梁將軍想走，卻一下子癱在了地上。

次日三更，魏軍三萬鐵騎隆隆開出西門，越過城外兩道寬闊的石橋，捲向人影湧動的鴻溝堤岸。大梁將軍的謀劃是先給為數不多的堤岸秦軍一個猛襲戰，而後立即退入滎陽郊野的山地祕密駐紮。如此可收兩效，一則遲滯秦軍水攻進程，二則至少可在城外保留一支策應人馬。為奇襲得手，魏軍三萬鐵騎一律不舉火把，要打秦軍一個措手不及。不料，三萬鐵騎堪堪逼近堤岸將要撒開陣形作扇形衝殺時，左右前三方陡然響起尖厲的呼嘯，萬千長箭在暗夜之中驟雨般當頭壓來。大梁將軍一聽箭鏃風聲，便知道這是秦軍特有的大型弓弩陣出動了，不及思慮一聲大喝：「全軍撤回！」魏軍尚未展開便蜂擁後撤，人仰馬翻一時大亂，死傷不計其數。當此之時，黑暗的曠野中殺聲大起，鴻溝堤岸下殺出了一支不辨人數的飛騎，兜頭向魏軍退路方向截殺過來。魏軍根本無法向滎陽方向衝殺，只能在箭雨飛騎的追殺中趺趺撞撞退向大梁。大約十里之後，秦軍不再追殺，魏軍這才漸漸聚攏起來。

「回，城……」

只說得兩個字，胸前中箭的大梁將軍昏厥了過去。

尸埕聞訊，連夜趕來清查人馬。魏軍被當場射殺兩千餘人，一萬六千餘人中箭帶傷，其餘全部是或輕或重的擠傷撞傷趺傷踩傷，軍營一片血污一片呻吟，連外傷老醫士們都有幾個忍不住嘔吐了。尸埕深為震驚，清查完畢後，於五更時分緊急請見魏王。不料，王城書房的主書出來說，魏王正在獒宮醫治狗傷，魏王令明日午時探視大梁將軍，丞相同往。尸埕驚愕萬分，愣怔在書房廊下半晌沒有一句話，眼看著曙色初上，這才被循跡趕來的家老扶了回去。

「本王早有預料，惜乎老將軍不聽也！」

正午時分，尸埕在大梁將軍府門前與魏王會車。魏假當頭一句感喟，尸埕第一次默然了，第一次沒有了稱頌魏王的興致。一直到大梁將軍榻前，尸埕都沒有說話。大梁將軍的箭鏃深入骨肉，老太醫只鋸斷了箭桿，卻起不出箭鏃。魏王假與尸埕來到榻前，大梁將軍已經沒有了血色氣若游絲了。尸埕對著這位渾身浴血的老將軍，第一次老淚縱橫泣不成聲。魏假皺著眉頭，很是平靜地說：「老將軍若聽本王，何有今日？」大梁將軍艱難地翻了翻老眼，掙扎著說出了一句話：「秦軍有備，我軍太少！……」喉頭一哽沒了氣息。魏假吩咐一聲厚禮安葬，板著臉走了，對尸埕一句話也沒有。尸埕沒了老淚，召來老將軍家人撫慰了一陣，又親自擬定了安葬禮儀並向各相關官署做了部署，使老將軍家人不致多方奔波，這才回府去了。

次日清晨，魏假召尸埕會商城防，王使回來稟報說老丞相府邸空空，除了官派僕役，合族百餘口都走了。魏假很是驚訝，立即宣來城門尉查詢。城門尉稟報說，昨夜二更，丞相馬隊出城，因有大梁將軍府的夜出令箭，末將無權盤詰。說罷，城門尉捧出一支銅管，說這是老丞相吩咐呈送魏王的。魏假令主書打開，一方羊皮紙上只有寥寥幾行：「老臣忠愛治道無以行魏，故此去矣！王不愛人而愛犬，將軍盡忠而無門，豈非魏國之哀乎？大梁城破之日，乃王受天譴之時，王毋怨天尤人也！」

「老尸埕大膽！」魏假奮力將羊皮紙撕扯得粉碎。

魏假很是不解，這個老屍埕與這個老將軍分明不是一種人，如何竟能攛掇到了一起竟至於惺惺相惜，豈不怪哉？更有甚者，大梁將軍原本最該對魏假有怨氣，因為他是當年信陵君的死力擁戴者，寧可上將軍空缺，魏假就是不用他。可是，這個老將軍臨死都沒有怨他恨他，沒有說他一句話。相反，老尸埕最不該恨他，因為尸子之學實在不是治國之學，魏假能破例起用尸埕，該當對尸埕是永生的恩澤，然則，老尸埕偏偏怨了他恨了他，非但不辭而逃，還對他說了一番最難聽的話。世間事，怪也哉！

兩個老臣一死一走，很是自負的魏王假大感刺激。終日鬱悶無以排解，魏假索性將國事一應交付給了太子，自己窩在獒宮整日與狗戲耍閉門不出了。魏假事後想起，太子丞相一日曾經稟報，說祕密派出特使去齊國楚國請求合縱抗秦，齊國丞相后勝與齊王建拒絕了魏國，楚國推說兵力單薄也拒絕了魏國，辭色都很是冰冷。後來，太子丞相也沒有了舉動。魏假還記得，大約窩進獒宮半個月後，一個夜半時分，王城外突然彌漫起無邊無際的喧譁，正要下令查問，太子已經大汗淋漓地飛步跑來了。

「父王！水！水！大，大水——」

兒子那驚恐萬狀的神色，永遠地烙在了魏假的心頭。

那一夜，魏假在一隊獒犬的簇擁下親自上到城頭看了水勢。那無邊汪洋的大水，成了他永遠的噩夢。在高高城頭看去，白茫茫大水映著天上一輪明月，粼粼波光在碧藍的夜空下無邊無際；沒有了田疇，沒有了村莊，幽暗的山影中依稀傳來幾聲狗吠，無邊的寂靜陡然滲出令人窒息的恐怖。身後城中的喧譁不知何時已經悄然無聲，萬千庶民擁上了城頭，密麻麻擠滿了垛口，人人大張著嘴巴卻沒有一個人說話，所有人都陷入了可怕的夢魘。那一刻，獒犬們也沒有了聲息。魏假第一次真正地瑟瑟發抖了，沒有說一句話，沒有發布一則王命，悄悄擠出了人群，擠下了城頭……

「信陵君，你好毒的口也！」

三日後，魏假從臥榻上起來，不得不舉行殘缺凋零的朝會，第一句話便是怨恨的感喟。沒有丞相，沒有上將軍，只有一片王族貴胄與僅有的十多名大臣博士。人人臉色陰沉，沒有一個人有說話的意思。魏假無奈，教太子逐個徵詢，竟然還是沒有一個人說話。魏假大怒，一腳踢翻王案，甩著大袖逕自去了。三日後，只有一個王族老臣祕密上書，一卷竹簡只有兩句話：「縱然有糧，城牆終究不支。水困難脫，唯保宗廟足矣！」魏假很清楚，老臣是說出路只有一條，那便是降秦。可魏假還想撐持一段時日，大梁畢竟城高牆厚，糧倉兵器庫又都是滿當當，縱然無法打仗，民變兵變決然不會生出。或許天意轉機，在撐持時日楚國齊國會出兵，甚或秦王死了秦國亂了，魏國豈不大難不死，魏假豈不成了天下英雄？畢竟，秦王虎狼暴虐成性，上天終究會懲罰他，誰能說準這個天譴不在明天？種種思謀之下，魏假下了一道安民王書，謊稱齊楚兩國將出動水軍戰船前來救魏，要民眾各安其所靜待援軍。於是，惶惶萬狀的大梁城民眾，終究些許鬆了口氣。左右沒法打仗沒法出城，只有天天站在自家屋頂守望水勢了。

不料，水淹一月之後，固若金湯的大梁竟然出現了種種奇異跡象。所有的井水都溢出了井口，所有的街路房屋大牆都潮濕得水淋淋，所有的糧食都生出了綠芽，所有的肉食都霉綠發臭。直至街中積水漸漸增高，大梁城再也沒有了往昔的蓬勃生機。此後，城磚石條一塊塊脫落，露出了夯土牆體；不到旬日，夯土牆體悄無聲息地癱成了一堆堆泥山，漸漸地，泥山也沒有了……水淹大梁兩個月後，秦軍已經堵上了水口，水勢已經漸漸退去。縱然如此，淒慘的景象仍然在繼續。厚厚的淤泥填平了所有的窪陷，堵塞了一切進出大梁的通道，兩月前還雄峻異常的大梁，已經變成了一片茫茫灰黃的廢墟。

這時，即或秦軍撤兵，魏國王室也無路可逃了。

三月之後，厚逾數尺的淤泥結成了硬實的地面，秦軍進入大梁了。

魏王假袖著來不及遞出的降書，被王賁俘獲了。看著這個滿身狗騷氣的羸弱國王，王賁連認真呵斥幾句的興味也沒有，認人之後大手一揮便走了。次日，魏假被姚賈押上一輛特製的青銅囚車，向咸陽轔轔去了。

這是西元前二二五年夏秋之交的故事。

六、緩賢忘士者 天亡之國也

魏國的滅亡很沒有波瀾，算是山東六國壽終正寢的典型。一個國家的末期歷史如此死一般寂靜，以致在所有史料中除了國王魏假，竟然找不到一個文臣武將的影子，在轟轟然的戰國之世堪稱異數。作為國別史，《史記·魏世家》對魏國最後三年的記載只有寥寥三句：「……景湣王卒，子王假立。王假元年，燕太子丹使荊軻刺秦王，秦王覺之。三年，秦灌大梁，虜王假，遂滅魏以為郡縣。」三句之中，最長的中間一句說的還是國際形勢。魏王假在位三年，實際只發生了三件事：秦灌大梁，虜王假，滅魏以為郡縣。每讀至此，嘗有太史公檢索歷史廢墟而無可奈何之感歎。

其所以如此，是因為魏國實在沒有值得一提的人物了。

在山東六國之中，魏國滅亡的原因最沒有祕密性，最沒有偶然性，最沒有戲劇性。也就是說，魏國滅亡的原因最清楚，最簡單，最為人所共識。後世史家對魏國滅亡的評論揣測很少，原因也在於魏國滅亡的必然性最確定，只有教訓可以借鑒，沒有祕密可資研究。《史記·魏世家》之後有四種評論，大約足可說明這種簡單明瞭。

其一，魏國民眾的記憶感喟。百餘年之後，太史公在文後必有的「太史公曰」中記載云：他到大梁遺跡踏勘搜求資料，在已經變成廢墟的大梁遇見了前來憑弔的魏國遺民（墟中人）；遺民感傷地回顧了當年秦軍水攻大梁的故事，「說者皆以為，魏以不用信陵君故，國削弱，至於亡。」也就是說，民眾認定魏國衰弱滅亡的原因，是沒有用信陵君。

其二，太史公自家的評價。太史公先表示了對大梁民眾的評價不贊同，後面的話卻是反著說。其全話是：「……（對墟中人之說）余以為不然。天方令秦平海內，其業未成，魏雖得阿衡之佐，曷益乎？」直譯，太史公是說：我不能苟同墟中人評判。天命秦統一天下，在其大業未成之時，魏國便是得到伊尹（其名阿衡）那樣的大賢輔佐，又能有什麼益處呢？果真將這幾句話看作為魏國辯護，未免小瞧太史公了。究其實，太史公顯然是在說反話。如同面對一個長期患有不治之症的病人，有人說這種病服了仙藥也沒用，你能說這個人不承認那個人有病麼？也就說，太史公實際是有前提的，魏國失才之病由來已久，此時已經無力回天矣！

其三，東漢三國人評價。《史記·魏世家》索隱引三國學人譙周對魏國滅亡之評說云：「以予所聞，所謂天之亡者，有賢而不用也，如用之，何有亡哉！使紂用三仁，周不能王，況秦虎狼乎！」譙周評說是歷史主流的評判，他闡明了這樣一個簡單實在的道理：有賢不用，便是史諺所謂的「天亡之國」。若殷紂王用三個大賢（微子、箕子、比干，孔子稱為三仁），縱然是明修王道的周室也不能取代殷商而王天下，何況秦國虎狼之邦，如何能滅亡果真用賢的魏國？應當說，譙周之論是對天命國運觀的另一種詮釋，因其立足於人為（天亡即人亡），因而更為接近戰國時代雄強無倫的國運大爭觀，與戰國時論對魏國滅亡的評說幾無二致，應該是更為本質的一種詮釋。

其四，後世另一種評價。《史記·魏世家》索隱述贊云：「畢公之苗……大名始賞，盈數自正。

胤裔繁昌，系載忠正……王假削弱，虜於秦政。」述贊評價的實際意思是：自立國開始，魏國便是個很正道的邦國，只是魏假時期削弱了，滅亡了。這是史論第一次正面肯定魏國。兩千餘年後，這種罕見的正面肯定在儒家史觀浸潤下彌漫為正統思潮。清朝乾隆時代產生的系統展示春秋戰國興亡史的《東周列國志》，其敘述到魏國滅亡時，引用並修改了這段述贊，云：「史臣贊云：畢公之苗，因國為姓。嗣裔繁昌，世載忠正。文始建侯，武益強盛。惠王好戰，大梁不競。信陵養士，神氣稍振。景湣式微，再傳而隕。」此書以「志」為名刊行天下，並非以「演義」為名，顯然被官方當作幾類正史的史書。這說明，這種觀念在清代已經成為長期為官方認可的正統評價。這種評價的核心是：忽視或有意抹煞魏國的最根本缺陷，而以空洞的正面肯定貶損「暴秦」，與三國之前客觀平實的歷史評判有著很大的距離。但是，它畢竟是一種觀念，而且是長期居於正統地位的評判，我們沒有理由忽視它。

一個「繁昌忠正」的國家能削弱而滅亡，這本身就是一個歷史悖論。

歷史評判的衝突背後，必然隱藏著某種被刻意抹煞的事實。

這個事實最簡單，最實在：長期地緩賢忘士，而最終導致亡國。

魏氏部族是周室王族後裔，其歷史可謂詭祕多難。

西周滅商之初，三個王族大臣最為棟梁：周公（旦）、召公（奭）、畢公（高）。其中的畢公姬高，便是魏氏部族的祖先。西周初期分封，畢公封於周人本土的畢地，史稱畢原。《史記》集解引唐代杜預註云：「畢在長安縣西北。」據此可知，畢原大體在當時鎬京的東部，可算是拱衛京師的要害諸侯。之後，不清楚發生了何等樣事變，總之是「其後絕封，為庶人，或在中國，或成夷狄」。檢索西周初年的諸多事件，其最大的可能是，畢公高或深或淺地捲入了殷商遺族與周室王族大臣合謀的「管蔡之亂」，否則，畢公部族不可能以赫赫王族之身陡然淪為庶人，其餘部也不可能逃奔夷狄。其後，歷經西周、春秋數百年的無史黑洞，畢公高的中原後裔終於在晉國的獻公時期出現，其族領名畢萬，一個極為尋常的將軍而已。

晉獻公十六年（西元前六六一年），晉國攻伐霍、耿、魏三個小諸侯國，畢萬被任命為右軍主將。此戰大勝，晉獻公將耿地封給了主將趙夙，將魏地封給了右將軍畢萬。從這次受封開始，畢萬才步入晉國廟堂的大夫階層。也許是部族坎坷命運艱險，這個畢萬很是篤信天命，大事皆要占卜以求吉凶。當年，畢萬漂泊無定，欲入晉國尋求根基，先請一個叫作辛廖的巫師占卜。辛廖占卜，得屯卦，解卦云：「吉（卦）。屯固比入，吉孰大焉！其必繁昌。」因為屯卦是闡釋天地草創萬物萌芽的蓬勃之象，對於尋求生路者而言，確實是一個大大的吉卦。後來的足跡，果然證明了這個屯卦的預兆。這次，畢萬也依照慣例，請行占卜，意圖在於確定諸般封地事項。晉國的占卜官郭偃主持了這次占卜，解卦象云：「畢萬之後必大矣！萬，滿數也；魏，大名也。以是封賞，天開之矣！天子曰兆民，諸侯曰萬民。今命之大，以從滿數，其必有眾。」於是，畢萬正式決斷：從大名，部族以封地「魏」為姓氏；從滿數，全力經營這方有「萬民諸侯」預兆的封地。

至此，晉國士族勢力中正式有了魏氏，魏國根基遂告確立。

其後，晉國出現了晉獻公末期的儲君內爭之亂。此時畢萬已死，其子魏武子選準了公子重耳為擁戴對象，追隨這位公子在外流亡十九年。重耳成為晉國國君（文公）後，下令由魏武子正式承襲魏氏爵位封地，位列晉國主政大夫之一。由此，魏氏開始了穩定蓬勃的壯大。歷經魏悼子、魏絳（謚號魏昭子）、魏嬴、魏獻子四代，魏氏已經成為晉國六大新興士族之一（六卿）。這六大部族結成了最大的利益共同體，不斷吞滅、瓜分、蠶食著中小部族的土地人口，古老的晉國事實上支離破碎了。又經過魏簡子、魏侈兩代，六大部族的兩個（范氏、中行氏）被瓜分，晉國只有四大部族了。經過魏桓子一代，魏氏部族與韓趙兩部族結成祕密同盟，共同攻滅瓜分了最大的智氏部族。至此，魏趙韓三大部族主宰了晉國。

承襲魏桓子族領地位的，是其孫子魏斯。魏斯經過幾十年擴張，終於在第四十三年（西元前四〇三年），與趙、韓兩族一起，被周王室正式承認為諸侯國。魏斯為侯爵，史稱魏文侯。從這一年開始，魏氏正式踏上了邦國之路，成為開端戰國的新興諸侯國。

也就是從這個時候開始，魏國的政治事件成為我們必須關注的對象。

自魏文侯立國至魏假滅亡，魏國歷經八代君主一百七十八年。在春秋戰國歷史上，近兩百年的大國只經歷了八代君主，算是權力傳承之穩定性最強的國家了。這種穩定性，當時只有秦國、齊國可以與之相比，國君代次顯然還要稍多。魏國君主平均在位時間是二十二年有餘，若除去末期魏假的三年，則七任君主平均在位時間是二十五年有餘。應該說，在戰國那樣的劇烈競爭時代能有如此穩定的傳承，是極其罕見的。之所以要將代次傳承作為政治穩定的基本標誌，原因在於世襲制下的傳承頻繁國家，都是變亂多發所致。是故，君位傳承頻繁，其實質原因必定是政治動盪劇烈，君主傳承正常，其實質原因也在於這個國家的政治穩定性強。當然，也不能絕對化地說，穩定性是傳承少的唯一原因。譬如魏國，其傳承代次少，還有一個重要原因，就是出現過兩個在位五十年以上的國君：魏文侯在位五十年，魏惠王在位五十一年。其餘兩個在位時間長的君主是：魏武侯二十六年，魏安釐王三十五年。這四任君主，便占去了一百六十二年。

魏國政治傳統的基本架構及其演變，都發生在這四代之間。

這一政治傳統，是破解魏國滅亡祕密的內在密碼。

魏文侯之世，是魏國風華的開創時代。

戰國初期，魏國迅速成為實力最強的新興大國，對天下諸侯產生了極大的衝擊力。尤其對西鄰秦國，魏國以強盛的國力軍力，奪取了整個河西高原與秦川東部，將秦國壓縮得只剩下關中中西部與隴西商於等地。這種令天下瞠目結舌的崛起，根源在於魏文侯開創了後來一再被歷史證實其巨大威力的兩條強國之路：一是積極變法，二是親士急賢。

先說變法。魏文侯任用當時的法家士子李悝，第一次在戰國時代推行以變更土地制度為軸心的大變法。史料對魏國這次變法語焉不詳，然依據後來的變法實踐，李悝變法的兩個基本方面該當是明確的：其一是圍繞舊土地制度的變法，基本點是有限廢除隸農制、重新分配土地、鼓勵耕作並開拓稅源等等。其二是公開頒行種種法令，以法治代替久遠的人治禮治。可以做出的總體評判是：後來商鞅變法的基本面，李悝都涉及了，只是其深度廣度不能與後來的商鞅變法相比。雖則如此，作為戰國變法的第一聲驚雷，魏國變法的衝擊作用是極其巨大的，其歷史意義是亙古不朽的，其效用是實實在在的。

變法的同時，魏文侯大批起用當時出身卑微而具有真才實學的新興士子，此所謂急賢親士也。文侯之世，魏國群星璀璨文武濟濟，僅見諸史籍的才士便有：李悝、樂羊、吳起、西門豹、趙倉唐；儒家名士卜子夏、田子方、段干木等；故舊能臣重用者有翟璜、魏成子等。至少，魏國初期一舉擁有了李悝、樂羊、吳起、西門豹如此四個大政治家，實在是天下奇蹟。由此，魏國急賢親士的聲名遠播，以至秦國想攻伐魏國而被人勸阻。勸諫者的說法是：「魏君賢人是禮，國人稱仁，上下和合，未可圖也！」

由於魏文侯在位長達五十年，這種政治風氣自然積澱成了一種傳統。

可是。魏文侯開創的這種生機蓬勃的政治傳統，到了第二代魏武侯時期漸漸變形了。所謂變形，一則是不再積極求變，變法在魏國就此中止；二則是急賢親士的濃郁風氣，漸漸淡化為貴族式的表面文章。也就是說，魏文侯開創的兩大強國之路都沒有得到繼續推進，相反，卻漸漸走偏了。這條大道是如何漸漸誤入歧途的？歷史給我們留下了一些可尋路徑的蛛絲馬跡。

一則史料是，魏擊（魏武侯）做儲君時暴露出的濃厚的貴族驕人心態。魏文侯十七年，樂羊打下中山國後，魏擊奉文侯之命做了留守大臣。一日，魏擊遊覽殷商舊都朝歌，不期遇到了魏文侯待以師禮的田子方。魏擊將高車停在了道邊，並下車拜見田子方。可是，田子方竟沒有還禮。魏擊很是不悅，譏刺道：「富貴者驕人乎？且貧賤者驕人乎？」田子方冷冷道：「貧賤者驕人耳。諸侯而驕人，則失其國。大夫而驕人，則失其家。貧賤者，行不合，言不用，則去之楚、越，若脫躧（鞋）然，奈何其同之哉！」魏擊很不高興，但又不能開罪於這個頂著父親老師名分的老才士，只有陰沉沉回去了。姑且不說這個儒家子貢的老弟子田子方的牛哄哄脾性究竟有多少底氣，因為，戰國時期真正的法家大政治家，反倒根本不會做出這種毫無意義的清高，該遵守的禮儀便遵守，犯不著無謂顯示什麼。我們留意的，是魏擊的兩句譏刺流露出的貴族心態——田子方雖貴為文侯老師，依然被魏擊看作貧賤者，而貧賤者是沒有對人驕傲的資格的！如此貴族心態，豈能做到真正的親士敬賢？於是，後來一切的變味大體便有了心靈的根源。

另一則史料是，魏擊承襲國君後不思求變修政的守成心態。魏擊即位，吳起已經任河西將軍多年。一次，魏武侯與吳起同乘戰船從河西高原段的大河南下，船到中流，魏武侯眼看兩岸河山壯美，高興地看著吳起大是感歎：「美哉乎山河之固，此魏國之寶也！」也許是吳起早已經覺察到了這位君主的某種氣息需要糾正，立即正色回答說：「邦國之固，在德不在險……若君不修德，舟中之人盡為敵國也！」結果，魏武侯只淡淡一個「善」字便罷了。吳起對答，後世演化為「固國不以山河之險」的著名政諺，卻沒有留下魏武侯任何由此而警醒的憑據。請注意，這是魏國君主第一次將人才之外的物事當作「國寶」。此後，魏惠王更是將珍珠寶玉當作「國寶」，留下一段戰國之世著名的國寶對答。魏武侯盛讚山河壯美，原本無可指責。這裡的要害是，一個國君在軍事要塞之前首先想到的是什麼，如何評判山川要塞，至少具有心態指標的意義。魏武侯的感慨若變為：「山河固美，無變法強國亦不能守也！」試想當是何等境界？這件事足以說明，魏武侯已經沒有了開創君主的雄闊氣度，對人對物對事，已經淪落為以個人好惡為評判尺規了。

第三則史料是，魏武侯錯失吳起。

吳起是戰國之世的布衣巨匠之一，是中國歷史上罕見的政治軍事天才之一。與戰國時代所有的布衣名士一樣，吳起的功業心極其強烈，那則殺妻求將的傳說故事，正是戰國名士功業心志的最好註腳。後來的事實證明，樂羊、吳起被魏文侯重用，是魏國擴張成功的最根本原因。也就是說，李悝變法激發積聚了強盛國力，樂羊、吳起則將這種國力變成了實際領土的延伸。在整個魏文侯時期，樂羊攻滅中山國，吳起攻取整個河西高原，既是魏國最大的兩處戰略性勝利，也是當時天下最成功的實力擴張。李悝、樂羊死後，兼具政治家才華的吳起實際上成為魏國的最重要支柱。

可是，魏武侯即位，吳起沒有得到應有的重用，既沒能成為丞相，也沒能成為上將軍，只是一個「甚有聲名」的地方軍政首腦（西河守）。依著戰國用人傳統，魏文侯時期有老資格名將樂羊為上將軍，吳起為西河守尚算正常。然在魏武侯時期，吳起依然是西河守，就很不正常了。《史記・孫子吳起列傳》載：稟性剛正的吳起對這種狀況很是鬱悶，曾公開與新丞相田文（不是後來的孟嘗君田文）論功，說治軍、治民、征戰三方面皆強於田文，如何自己不能做丞相？田文以反詰方式作了回答，很是牽強，其說云：「主少國疑，大臣未附，百姓不信，方是之時，屬之於子乎？」應當說，田文對魏國狀況的認定，只是使用了當時政治理論對新君即位朝局的一種諺語式描述，實際根本不存在。魏文侯在位五十年，魏擊是老太子即位實權早早在握，如何能有少年君主即位才有的那種「主少國疑，大臣未附，百姓不信」的險惡狀況？剛直的吳起畢竟聰明，見田文擺出了老臉與自己周旋論道，便知道此人絕不是那種憑功勞說話的人物，所以才有了史料所載的「起默然良久，曰『屬子之矣。』」吳起的服輸，實際上顯然是講求實際的政治家的顧全大局。不想，卻被太史公解讀成了「吳起乃自知弗如田文」。這個田文，既不是後來的孟嘗君田文，史料中也沒有任何隻言片語的功業，史料中的全部蹤跡便是與吳起的這幾句對答，及「田文既死」四個字。如此一個人物，豪氣干雲的吳起如何便能「自知弗如田文」？太史公此處之認定，只能看作一種誤讀，而不能看作事實。

歷史煙霧之深，誠為一歎也！

重要大臣將軍之間的這種微妙狀況，魏武侯不可能沒有覺察。之後的處置方式，立即證明魏武侯對吳起早已經心存戒懼了。田文死後，公叔為相。這個公叔丞相欲將吳起從魏國趕走，與親信商議對策。其親信說，要吳起走，很容易。親信的依據是稟性評判：吳起有氣節，剛正廉明並看重名譽。言外之意很顯然，這等人得從其尊嚴名譽著手。親信謀劃出了一個連環套式的陰謀：先以固賢為名，請魏武侯將少公主嫁給吳起，言明以此為試探吳起的婚姻占卜——吳起忠於魏國，則受公主；若不受婚嫁，必有去心；魏侯必從，而後由丞相宴請吳起，使丞相夫人的大公主當著吳起的面辱賤丞相；吳起見如此公主，必要辭婚；只要吳起辭婚，便不可能留在魏國了。後來的事實果然如此：吳起辭婚，魏武侯懷疑吳起而疏遠，吳起眼看在魏國無望，便離開魏國去了楚國。這是一則深藏悲劇性的喜劇故事，使吳起的最終離魏具有了難言的荒誕性。

吳起離魏，至少證實了幾個最重要的事實：其一，魏武侯疑忌吳起由來已久，絕非一日一事；其二，魏武侯已經沒有了囊括人才的開闊胸襟，也沒有了坦率精誠的凝聚人才的人格魅力；其三，魏武侯時期，魏國的內耗權術之道漸開，廟堂之風的公正坦蕩大不如前。從魏國人才流失的歷史說，吳起是第一個被魏國擠走的乾坤大才。

魏惠王後期，魏國尊賢風氣忽然復起。

魏武侯死時，魏國的廟堂土壤已經滋生出了內爭的種子。這便是魏武侯的兩個兒子，公子罃與公子緩爭位。這個公子罃，便是後來的魏惠王。公子罃得到了一個才能傑出的大夫王錯的擁戴效力，占據了魏國河外的上黨與故中山國之地，公子緩失勢。可是，公子罃還沒來得及即位，韓趙兩軍便進攻魏國了。韓趙遵循晉國老部族相互吞噬的傳統，要趁魏國內亂之機滅魏而瓜分之。濁澤一戰，公子罃軍大敗，被韓趙兩軍死死包圍。然則，一夜天明，幾乎是在等死的公子罃卻看見兩支大軍竟然沒有了。事後得知，是兩國對於如何處置魏國意見相左，各自不悅而去。對這場本當滅魏而終未滅魏的詭異事變，戰國時評是：「君終無適子，其國可破也！」也就是說，魏武侯終究沒有堪當大任的兒子，魏國原本是可以破滅的。言外之意很顯然：沒有滅國，並不是公子罃的才能所致。然，公子罃不如此看，他將魏國大難不死歸結於二：一是天意，二是自家大才。是故，公子罃即位之後立即宣布稱王，成了戰國時代第一個稱王的大國（自來稱王的楚國除外）。

魏惠王在位五十一年，可以分為三個時期：稱霸前期，衰落中期，遷都大梁之後的末期。第一時期是魏國的全盛霸權時期，大約二十餘年；其時白圭、公叔痤先後為相，龐涓為上將軍，率軍多次攻伐諸侯，威勢極盛，國力軍力毫無疑義地處於戰國首屈一指的地位。第二時期，以三次大戰連續失敗為轉折，魏國霸權一舉衰落。這三次大戰是圍魏救趙之戰、圍魏救韓之戰、秦國收復河西之戰。第三時期，以魏國畏懼秦國之勢遷都大梁始，是魏惠王的最後二十年。

總括魏惠王五十一年國王生涯之概貌，成敗皆在於用人。

魏惠王其人是戰國君主中典型的能才庸君。請注意，歷史不乏那種極具才華而又極其昏庸的君主。秦漢之後，此等君主比比皆是，戰國之世亦不少見。魏惠王者，一個典型而已。魏惠王之所以典型，在於他具備了這種君主給國家帶來巨大破壞性的全部三個特徵：其一，聰敏機變，多大言之談，有足以顯示其高貴的特異怪癖，此所謂志大才疏而多欲多謀也，與真正的智慧低下的白癡君主相比（譬如後世的少年晉惠帝），此等「庸君」具有令人目眩的迷惑性，完全可能被許多人誤認為「英主」；其二，胸襟狹小，任人唯親與敬賢不用賢並存，外寬內忌，這一特徵的內在缺陷，幾乎完全被敬賢的外表形式所遮掩，當時當事很難覺察；其三，在位執政期長得令人窒息，一旦將國家帶入沼澤，只有漸漸下陷，無人能有回天之力。

在君主終身制時代，這種「長生果庸主」積小錯而致大毀的進程，幾乎是人力無法改變的。也就是說，庸主若短命，事或可為，庸主若搖搖不墜，則上天註定了這個邦國必然滅亡。譬如秦國，也曾經有一個利令智昏的躁君秦武王出現，但卻只有三年便舉鼎脫力而暴死了。後來又有兩個庸君，一個秦孝文王，一個秦莊襄王，一個不到一年死了，一個兩三年死了。所以，庸君對秦國的危害並不大。在位最長的秦昭襄王也是五十餘年，然秦昭襄王卻是一代雄主。即或如秦昭王這般雄主，高年暮期也將秦國廟堂帶入了一種神祕化的不正常格局，況乎魏惠王這等「長生果庸主」，豈能給國家帶來蓬勃氣象？這等君主當政，任何錯誤決策都會被說得振振有詞，任何墮落沉淪都會被披上高貴正當的外衣，任何齷齪技術都會堂而皇之地大行其道，任何真知灼見都會被善於揣摩上意的親信駁斥得一文不值。總歸一句，一切在後來看去都是滑稽劇的國家行為，在當時一定都是極為雄辯地無可阻擋地發生著，順之者昌，逆之者亡。

魏惠王有一個奇特的癖好，酷愛熠熠華彩的珍珠，並認定此等物事是國寶。史載：魏惠王與齊威王狩獵相遇於逢澤之畔，魏惠王提出要與齊威王較量國寶。齊威王問，何謂國寶？魏惠王得意矜持地說，國寶便是珠寶財貨，譬如他的十二顆大珍珠，每顆可照亮十二輛戰車，這便是價值連城的國寶。齊威王卻說，這不是國寶，真正的國寶是人才。於是，齊威王一口氣說了他搜求到的七八個能臣及其巨大效用。魏惠王大是難堪。這是見諸史料的一次真實對話，其意義在於最典型不過地反映出了有為戰國對人才競爭的熾熱以及魏國的遲暮衰落。

也許是受了這次對話的刺激，也許是有感於秦國的壓迫。總之，是魏惠王後期，魏國突然彌漫出一片敬賢求賢氣象。這裡有一個背景須得說明，否則不足以證明魏國失才之荒謬。戰國時期，魏國開文明風氣之先，有識之士紛紛以到魏國求學遊歷為榮耀，為必須。安邑、大梁兩座都城，曾先後成為天下人才最為集中的風華聖地，鮮有名士大家不遊學魏國而能開闊眼界者。為此，魏國若想搜求人才，可謂得天獨厚也。可是，終魏惠王前、中期，大才紛紛流失，魏國竟一個也沒有留住。魏惠王前、中期，從魏國流失的乾坤大才有四個：商鞅（衛人，魏國小吏）、孫臏（齊人，先入魏任職）、樂毅（魏人，樂羊之後）、張儀（魏人）。若再加上此前的吳起，此後的范雎、尉繚子，以及不計其數的後來在秦國與各國任官的各種士子，可以說，魏國是當時天下政治家學問家及各種專家的滋生基地。在所有的流失人才中，最為令人感慨者，便是商鞅。所以感慨者，一則是商鞅後來的驚世變法改寫了戰國格局，二則是商鞅是魏惠王親手放走的。商鞅的本來志向，是選擇魏國實現抱負。魏國歷史的遺憾在於，當商鞅被丞相公叔痤三番幾次舉薦給魏惠王時，魏惠王非但絲毫沒有上心，甚至連殺這個人的興趣都沒有，麻木若此，豈非天亡其國哉！

種種流失之後，此時的魏惠王突然大肆尊賢，又是何等一番風貌呢？

《史記．魏世家》載：「惠王數被於軍旅，卑禮厚幣以召賢者。鄒衍、淳于髡、孟軻皆至梁。梁惠王曰：『寡人不佞，兵三折於外，太子虜，上將死，國以空虛，以羞先君宗廟社稷，寡人甚醜之。叟（你等老人家）不遠千里，辱幸至弊邑之廷，將何利吾國？』孟軻曰：『君不可以言利若是。夫君欲利則大夫欲利，大夫欲利則庶人欲利，上下爭利，國則危矣！為人君，仁義而已矣，何以利為！』」

這一場景，實在令人忍俊不能。魏惠王莊重無比，先宣布自己不說油滑的虛話，一定說老實話（寡人不佞），於是，一臉沉痛地將自己罵了一通，最後鄭重相求，請幾個赫赫大師謀劃有利於魏國的對策。如鄒衍、淳于髡等，大約覺得魏惠王此舉突兀，一定是茫然地坐著，一副若有所思的模樣。偏大師孟子自視甚高，肅然開口，將魏惠王教訓了一通。滑稽處在於，孟子的教訓之辭完全不著邊際。分明是一個失敗的君主向高人請教利國之道，這個高人卻義正詞嚴教導說，君主不能言利，只能恪守仁義！也就是說，孟子認為，作為君主，連「利」這個字都不能提。在天下大爭的時代，君主不言利國，豈為君主？更深層的可笑處在於：魏惠王明知邦國之爭在利害，不可能不言利；也明知大名赫赫的儒家大師孟子的治國理念，明知鄒衍、淳于髡等陰陽家雜家之士的基本主張；當此背景，卻要生生求教一個自己早已經知道此人答案的問題，豈非滑天下之大稽？說穿了，作秀而已。魏惠王親自面見過多少治國大才，沒有一次如此「嚴正沉重」地譴責過自己，也沒有一次如此虔誠地求教過，偏偏在明知談不攏的另類高人面前「求教」，其虛偽，其可笑，千古之下猶見其神色也。

後來，魏惠王便如此這般地開始尊賢求賢了。經常恭敬迎送往來於大梁的大師們，送他們厚禮，管他們吃喝，與他們認真切磋一番治國之道，而後殷殷執手作別，很令大臣大師們欷歔不已。用鄒衍、惠施做過丞相，尊孟子如同老師，似乎完全與魏文侯沒有兩樣。而且，魏惠王還在《孟子》中留下了「孟子見梁惠王」的問答篇章……能說，魏惠王不尊賢麼？

歷史幽默的黑色處在於，總是不動聲色地撕碎那些企圖迷惑歷史的大偽面具。

魏惠王之世形成的外寬內忌之風，在其後五代越演越烈，終至於將魏國人才驅趕得乾乾淨淨。這種外寬內忌，表現為幾種非常怪誕的特徵：其一，大作尊賢敬賢文章，敬賢之名傳遍天下；其二，對身負盛名但其政治主張顯然不合潮流的大師級人物，尤其敬重有加周旋有道；其三，對已經成為他國棟梁的名臣能才分外敬重，只要可能，便聘為本國的兼職丞相（事實上是輔助邦交的外相，不涉內政）；其四，對尚未成名的潛在人才一律視而不見，從來不會在布衣士子中搜求人才；其五，對無法擠走的本國王族湧現的大才，分外戒懼，寧肯束之高閣。自魏惠王開始直到魏假亡國，魏國對待人才的所有表現，都不出這五種作派。到了最後一個王族大才信陵君酒色自毀而死，魏國人才已經蕭疏之極，實際上已經宣告了魏國的滅亡。

對吳起的變相排擠，對商鞅的視而不見，對張儀的公然蔑視，對范雎的嫉妒折磨，對孫臏的殘酷迫害，對尉繚子的置若罔聞，對樂毅等名將之後的放任出走……回顧魏國的用人史，幾乎是一條僵直的黑線。一個國家在將近兩百年的時間裡始終重複著一個可怕的錯誤，其政治土壤之惡劣，其虛偽品性之根深蒂固不言而喻。

實在說話，任何國家任何時代都可能出現對人才的不公正事件，但只要是政治相對清明，這種事件一定是少數，甚或偶然。譬如秦國，秦惠王殺商鞅與秦昭王殺白起，是兩樁明顯的冤案，但卻沒有影響秦國的堅實步伐。原因在二，一是偶然，二是功業大成後錯殺。其間分際是，戰國時期的人才命運或者說國家用人路線，實質上有兩個階段，其方略有著很大差別：第一階段是搜求賢才而重用，可以說是解決尋求階段；第二階段是功業大成後，能在何種程度上繼續，可以說是後需求階段。歷史證明的邏輯是：對於任何一個國家，需求階段的人才方略都是第一位的，起決定作用的。而魏國的根本錯失，恰恰始終在需求階段。在將近兩百年裡擁有最豐厚人才資源的魏國，出現的名相名將卻寥若晨星。與此同時，戰國天空成群閃爍的相星將星，卻十之七八都出自魏國。不能不說，這也是一種歷史的奇蹟。

大爭之世，何物最為寶貴？人才。

風華魏國，何種資源最豐厚？人才。

魏國政風，最不在乎的是什麼？人才。

為什麼會是這樣？魏國長期人才流失的根源究竟在哪裡？凡是熟悉戰國史者，無不為魏國這種尊賢外表下大量長期人才流失的怪誕現象所困惑。仔細尋覓蛛絲馬跡，有一個事實很值得注意，這就是魏氏先祖篤信天命的傳統。魏國正史著意記載了畢萬創魏時期的兩次占卜卦象，至少意味著一種可能：魏國王族很是迷信卦象預言，對人為奮發有著某種程度的輕慢。這種精神層面的原因，很容易被人忽視。尤其在已經成為歷史的興亡沉浮面前，歷史家更容易簡單化地只在人為事實鏈中探察究竟，很容易忽略那種無形而又起決定作用的精神現象。

事實上，無論古今中外，力圖預見未來命運的種種預測方式，都極大地影響著決策者們的行為理念，甚至直接決定著當權者的現實抉擇。在自然經濟的古典社會，這種影響更大。客觀地說，力圖解釋、預見自然與社會的種種神祕文化，都是古典文明的有機構成部分，一味地忽視這種歷史現象，只能使我們的歷史敘事簡單化，最終必然背離歷史真相。

在中國春秋戰國時代，解釋並預測自然與社會的學問已經形成了一個完整龐大的系統。就社會方面而言，陰陽五行學說、天地學說（分為星象、占候、災異、堪輿四大門類）、占卜學說，構成三大系統。其中每一系統，都有相對嚴密的理論基礎與理論所延伸出的實用說明或操作技能。第一系統，以陰陽五行論為理論基礎，衍生出對國家品性的規範：邦國必有五行之一德，此德構成全部國家行為的性格特點。第二系統，以天人合一觀為理論基礎，衍生出占星、占候、災異預兆解說、堪輿（風水）等預測技能。第三系統，以陰陽論為基礎，衍生出八卦推演的預測技能。凡此等等，可以說，中國古典時期的預言理論之博大龐雜，預測手段之豐富精到，在整個人類文明史上堪稱奇葩。

是故，在那樣的時代，執政族群不受天命預言之影響，幾乎是不可能的。

然則，執政者以何種姿態對待天命預言，又是有極大迴旋餘地的。

這種迴旋，不是今人所謂的簡單的迷信不迷信，而是該文化系統本身提供給人的廣闊天地。華夏文明之智慧，在於所有的理論與手段都蘊含著極其豐富的變化，而不是簡單機械的僵死界定。「運用之妙，存乎一心」，此之謂也！以人對天命之關係說，天人合一論的內涵本身便賦予了人與天之間的互動性，而這種互動性，最終總是落腳於人的奮發有為。且看：天意冥冥，民心可察，故此，民心即天心；天命不再虛妄渺茫，而有了實實在在的參照系；於是，執政者只要順應民心潮流，便是順應天命！再看：天命固然難違，但卻有最根本的一條——天下唯有德者居之。故此，天命之實際只在人有德無德。天意（或占卜或星象等等）縱然不好，都只是上天在人的出發點的靜態設計，若人奮發有為順應民心廣行陰德（不事張揚地做有利於人民的好事，此謂陰德），則上天立即給予關照，修改原來的命運設計方案！

如此天人互動之理論，何曾有過教人拘泥迷信之可能？

就歷史事實說話，先秦時代的中國族群有著極其渾厚的精神力量與行為自信，對天命天意等等，相對於後世的種種脆弱心理與冥頑迷信，確實做到了既敬重又不拘泥的相對理想狀態。敬重天命，在於使人不敢任意妄為；不拘泥者，在於使人保持奮發創造力。姜尚踏破周武王占卜伐商吉凶的龜甲，春秋諸侯不敬天子而潮水般重新組合，新興大夫（地主）階層紛紛取代久享天命的老諸侯，種種潮流，無不使拘泥天命者黯然失色。就基本方面而言，秦國是一個典型。秦人歷史上有兩則神祕預言，一則是舜帝「秦人將大出天下」的預言，一則是老子關於秦國統一天下的預言。兩則預言能見諸《史記》，足證在當時是廣為人知的。但是，歷史的事實是，秦國執政階層始終沒有坐等天意變成事實，而是歷經六代人浴血奮爭才成就了皇皇偉業。

魏國如何？

雖然，在畢萬之後，我們沒有發現更多的關於魏國王族篤信天命的史料，但合理的推測卻是有歷史邏輯依據的。這個歷史的邏輯是：一百餘年永遠重複著一個致命的錯誤，這個國家的王族便必然有著精神層面的根源；這個精神根源不可能是厭惡人才的某種生理性疾病，而只能是對另一種冥冥之力產生依賴而衍生出的對人才的淡漠；這個冥冥之力不可能僅僅是先祖魂靈，而只能是更為強大的天命。魏國滅亡一百餘年後，太史公尚以天命之論解讀魏國滅亡原因，況乎當時之魏國王族乎？簡單的邏輯演化出最殘酷的結論：無論天意如何，失才便要亡國。越是競爭激烈的大爭之世，這一結局的表現方式便越是酷烈。

春秋戰國時代，對人才重要性的認識達到了空前的高度，無論是用才實踐還是用人理論，都是中國歷史的最高峰。在這樣的歷史條件下，說魏國對人才的重要性認識不夠，顯然是牽強的。當時，對人才與國家興亡這個邏輯說得最清楚透徹的當是墨家。

墨家的人才理論有三個基本點。

第一是「親士急賢」。《墨子》第一章〈親士〉云：「入國（執政）而不存其士，則亡國矣！見賢而不急，則緩其君矣！非賢無急，非士無與慮國。緩賢忘士，而能以其國存者，未曾有也！」墨子在這裡說得非常扎實，對待才士，不應是一般的敬重（緩賢），而應該是立即任命重用，此所謂「見賢而急」；見賢不急，則才士便要怠慢國君，離開出走。田子方說的那種「行不合，言不用，則去之若脫鞋然」的自由，在戰國時代可謂時尚潮流。當此之時，「急賢」自然是求賢的最有效對策。

第二是「眾賢厚國」。《墨子・尚賢上》云：「……國有賢良之士眾，則國家之治厚；賢良之士寡，則國家之治薄。故大人之務，在於眾賢而已。」也就說，國家要強盛，不能僅僅憑一兩個人才，而是要一大批人才。否則，這個國家便會很脆弱（薄）。

第三是「尚賢乃為政之本」理念。《墨子・尚賢中》云：「……尚賢，為政之本也。何以知尚賢為政之本也？……賢者為政，則饑者得食，寒者得衣，亂者得治，此安生生！……尚賢者，天、鬼、百姓之利，而政事之本也！」對墨子的尚賢為本的目標，可以一句話概括：尚賢能使天下安寧，所以是為政之根本。

墨子的人才理論，實在具有千古不朽的意義。

魏國以偽尚賢之道塞天下耳目，誠天亡之國也！

第九章 分治亡楚

一、咸陽大朝會起了爭端

秦王嬴政大睡了一日一夜，李斯一直守在王城書房。

魏王假被俘獲的捷報傳來，秦國朝野一片歡騰。對山東六國，老秦人仇恨最深的是兩個國家，一個趙國，一個魏國。秦對趙，是秦昭王時期開始的新仇，歷經長平大戰，秦趙遂勢不兩立。秦對魏，則是宿敵舊恨。在秦國變法成功之前，魏國曾在兩代半（魏文侯、魏武侯、魏惠王前期）將近百年裡一直是壓制秦國最強大的力量。可以說，戰國初期秦國的所有危機都是來自魏國。是故，從秦惠王到秦昭王前期的宣太后主政，秦國東出最主要的對手一直是魏國。趙國崛起之後，從秦國第一次攻趙（閼與之戰）失敗開始，秦趙兩國結結實實地殺作了一團，秦國對魏國仇恨也就漸漸淡了。隨著魏國的不斷衰落繼而向秦國稱臣，老秦人事實上對魏國已經從往昔的仇恨轉為蔑視了。雖則如此，魏國的最終結局還是教老秦人想起了許許多多往事，感慨之餘自然要大大地歡慶一回。秦王政與大臣們雖不會像民眾那般聚飲於酒肆，踏歌於長街，起舞於社火，卻也在丞相王綰動議下，於很少啟用的王城大殿舉行了一次大宴。大宴之上，飲酒未過兩爵，秦王嬴政一頭倒在酒案鼾聲大起了。

「長史……」

嬴政倒頭之際，對身旁的李斯招手嘟囔了一句。

李斯會意，在趙高將秦王背走之後，立即去了東偏殿的秦王書房。這座書房很大，事實上，整個六進東偏殿百餘間房屋都可以視作秦王書房。其總體格局是：內殿大約一半是秦王書房，外殿三分之一餘是長史李斯的官署，李斯區域與秦王區域之間，隔著趙高統領的一班內侍侍女們照料秦王起居事務的一方小區域。尋常時日，作為執掌秦王機要事務與公文進出的李斯，沒有特殊使命，終日都守在外署處置流水般進出的密集公文。依照法度，李斯除了早晚送進接出公文這兩趟，並不是隨時都可以進出秦王內書房的。今日秦王指著書房吩咐一句，顯然不是要李斯去守候外署，而是要李斯去王書房。已經熟知秦王為政稟性的李斯明白了，書房一定有需要立即辦理的公文。然則，這兩日除了戰報並沒有急切公文，而需要立即實施的諸多事務性上書，他已經全部轉到丞相府去了。滅國大戰開始以來，經秦王書房親自處置的事務，幾乎全部是有關山東各戰場的大方略，幾乎所有的秦國內政，都由王綰的丞相府承擔起來。沒有山東急報急務，秦王還會有何等樣公事要急切關照？

「備──忘？」

一到書房王案前，李斯看見了旁邊立柱上掛著幾條特製的長大竹簡，題頭便是這「備忘」兩個大字。李斯心頭一閃，又瞄了一眼書案，果然書案上乾淨整齊，沒有任何攤開的書簡。顯然，這便是秦王吩咐的事務。於是，李斯在大柱前站定，揣摩起幾條長大竹簡上面的字句來。長大竹簡上的幾行字是：

翦軍班師　留守幾多
賁軍中原　復鴻溝
蒙恬還國　北邊事
九月大朝　楚齊先後　兵力幾多

李斯看得明白，四條竹簡所列，都是滅魏之後待議待決的幾件大事。秦王一時沒有定見，故此先行列出，先教他來看，一定是要他預為籌劃相關事項，也包括想要他先思謀對策。李斯繞著大柱轉了幾圈，到了自己的外署，召來幾個能事書吏忙碌起來。第一件事，李斯口述，書吏錄寫，先擬定好秦王醒來後肯定要立即發出的幾件王命文稿；第二件事，親自手書一柬，派員送去大田令府邸，請鄭國預擬修復鴻溝之實施方略；第三件事，召來蒙毅會商，先行安置九月大朝會事宜，由蒙毅與丞相府偕同會商諸般事務；第四件事，召來執掌邦交的行人署主官，吩咐立即搜集齊楚兩國的相關典籍，並匯集近年來兩國所有消息，旬日內歸總呈送長史署。

幾件事處置完畢，已經是暮色降臨。李斯草草用罷晚湯坐在了案前，要將自己對這幾件大事的思路理出一個頭緒來。李斯有逢事動筆的習慣，嘗笑云：「一管禿筆，抵得三分天賦也。」屬下吏員無不敬佩。今日要思謀幾件大事的對策，李斯自然而然地提起了案頭的一管蒙氏筆。案旁熏香裊裊，窗前夜風習習，一輪明月高掛，窗外的碧藍水面波光粼粼，使這座池畔宮殿有著一種難得的宏闊清幽。每每坐在這張臨水臨窗的大案前提筆疾書，李斯油然生出一種難言的充滿愜意的奮發之情，才思也分外流暢。可是，今夜提筆，堪堪寫下「翦軍班師」四個字，筆下便有了一種滯澀。王翦大軍班師，這件事的要害是「留守幾多」？也就是說，根據燕趙舊地的目下情勢，秦軍該留多大的兵力完成後續使命。這個後續使命倒是清楚，一則推行秦法穩定大局，二則妥善解決殘燕殘趙之逃亡力量。那麼，需要多少兵力？大將留誰最合適？一遇到這種以軍事為軸心的方略決斷，李斯便有些混沌，遠不如對邦交國政民治種種大局明澈探底。而這四件大事，宗宗都是軍事為軸心，若避開軍事只說其他大局，顯然是言不及義。王賁軍留鎮中原，其使命如何？實施方略又如何？蒙恬回咸陽朝會，北邊匈奴軍事當如何說法？大朝會的軸心議題，肯定是齊楚最後兩大國之攻伐，先滅齊還是先滅楚？兵力各需要多少？凡此等等，除了修復鴻溝，李斯確實沒有能教自己滿意的對策。因為，任何一個在心頭閃現出的火苗都是飄搖不定的。這種飄搖不定，只有自己最清楚。

「天賦領國奇才，大哉秦王也！」

李斯擱筆，凝望著粼粼水面的月光，不禁由衷一歎。尋常公議看來，秦國之所以虎虎生氣對天下勢如破竹，全然是秦國有一班罕見的軍政謀劃大才。這班軍政大才，當然也包括李斯在內，甚至，職任長史執掌中樞的李斯被看作「用事」的軸心人物。然則，這班軍政大才如王翦、王綰、蒙恬、尉繚、李斯、頓弱、姚賈等等，心下卻都很是清楚，沒有秦王嬴政的天才統禦，幾乎所有的長策大略都難以化作驚雷閃電。當然，天下公議已經不再對秦王嬴政的用人之能質疑了，秦國天空的雄才星群與秦國行將完成的偉業，已經毋庸置疑地使攻訐秦王之辭變成了蓬間雀的尖酸嘰喳。但是，天下對秦王的正面評判，依舊大體停留在對尋常明君的評判點上：用人得當，善納謀臣之策，如此而已。對於尋常君王，這已經是極為難得的評價了。然對於秦王，李斯以為遠遠不夠。秦王的全局洞察之能，秦王的方略決斷之能，秦王對充滿詭譎氣息的軍爭變局的那種獨有的直覺與敏感，是尋常公議所無法知道，也無法評判的。而這種幾乎只能用天賦之才去解釋的直覺、敏感與種種判斷力，恰恰是李斯與樞要股肱們最為歎服的。事實上，秦王不可能沒有錯失。然則，李斯堅信，若是換了另外任何一個人掌控全局，即或這個人是萬古聖王復生，其錯失也必然遠遠多於秦王嬴政。遠則不論，單就選定王賁為中原統帥以及確定五萬兵力滅魏這一點而言，秦王是基於一種清晰的直覺與敏銳的辨識所決斷的，而包括王綰李斯尉繚姚賈在內的所有參與謀劃者，卻都是心懷忐忑地被秦王說服的。而今的事實已經證明，秦王的選將與攻占方略，無疑是最有效的。再譬如目下四件大事，在李斯看來，件件大事都關涉復雜，都有著至少兩三種選擇，可每種選擇又都覺得不堅實。若是秦王，會是如此感覺麼？

依著久遠的王道傳統，人們更喜歡將聖王明君看成那種「垂拱而治」的人物，更喜歡將「大德之行」看作有為君王的尺規。某種意義上，人們不要求君王有才，而只要求君王柔弱有德。只有戰國大爭之世，天下方對強勢君王有了激切的渴求，方對君王有了直接的才能期盼。雖則如此，人們對君王才力的評判，也依然帶有久遠的烙印。這個烙印，便是寧肯相信君王集眾謀以成事，也不願相信君王本身具有名士大師的過人才能……

隨著一聲嘹亮的雞鳴，漫無邊際的飄搖思緒扯斷了。

李斯長長地伸了個懶腰，對著清新的淡淡水霧做了幾次深深的吐納，又回到了書案前。方才一番思緒神遊，茫然之心大減，李斯一時分外坦然，提筆寫下了幾行大字：「臣不諳軍爭變局，唯預作事務鋪排。諸般軍事，皆待君上朝會決之。」寫罷，囑咐值夜吏員有事隨時喚醒自己，這才走進了寢室。幾個時辰，李斯睡得分外踏實。

暮色時分，嬴政進了東偏殿書房。

李斯正與蒙毅在外署商議大朝會籌劃的諸般細務。兩人尚未過來見禮，嬴政一揮手笑道：「走，裡邊晚湯說話。」一見秦王精神氣色顯然好了許多，李斯蒙毅相對一笑，跟著秦王進了內書房。堪堪落座，趙高帶著兩個侍女安置好了晚湯：每案一罐靈芝湯，一片厚足一扠的白麵鍋盔，一方醬肉。蒙毅笑道：「君上晚湯三式，分明戰飯也。」嬴政筷子敲打著陶罐大笑道：「戰飯能有靈芝湯？來，咥！」李斯掀開罐蓋一打量，笑道：「南山老靈芝，好！君上安睡太少，靈芝安神養心，該作常食常飲。」嬴政興致勃勃道：「這是小高子從太醫署學來的。說甚，食醫，對，以食為醫。這幾日加了這靈芝湯，一上榻便呼嚕山響，一覺三五個時辰。解乏是解乏，只怕誤事，不敢多用也。」李斯蒙毅大笑，連說該多用該多睡，此事趙高辦得好。一時晚湯罷了，李斯便將昨日自己對「備忘」竹簡的事務落實情形稟報了一遍。說話間秦王已經看了旁邊書案上李斯的留書，笑道：「長史過謙了。這等大事誰能一口說得個准定？究竟還得眾謀。」說罷，吩咐蒙毅立即去接尉繚前來會商。不消頓飯時光，蒙毅已經接了尉繚到來。君臣四人一直商議到四更，幾件大事才確定下來：

其一，王翦主力大軍班師，留三萬鐵騎鎮守薊城，燕趙殘部待後一體解決；

其二，王賁蒙武軍暫留中原鎮撫，安定魏韓舊地，輔助疏浚修復鴻溝；

其三，鄭國赴中原，統領河溝修復並中原水利事；

其四，蒙恬還國朝會，九原大軍原地駐守，禦邊不能鬆懈；

其五，齊楚兩國事宜，朝會一體議決。

議定一件，李斯立即起草一件王書。在給王翦的王書中，嬴政特意叮囑李斯加了一句：「留軍三萬是否合宜，上將軍權衡增減。」尉繚一笑道：「如此，上將軍雖未共商，等同共商矣！」君臣笑聲中，曙色漸漸現出，及至朝陽初升，一道道快馬王書已經飛出了王城。

諸事妥當，李斯一番心思縈繞，又拉著蒙毅去了外署說話。

這次朝會，堪稱秦國有史以來最盛大的慶典性大朝。除了連下四國的巨大戰功，這一年恰逢秦王三十五歲。秦法有定，歷來禁止對國君祝壽。秦惠王秦昭王之世，曾多次懲罰過朝野官民的違法祝壽。故此，秦國從來不以國王壽誕作文章。然則，這並不意味著聲望日隆的秦王的生日被秦人忘記了。籌劃朝會大典時，趙高曾悄悄提醒李斯道：「今歲大朝好哩，正逢君上三十五壽，難得也！」李斯沒有接趙高話茬，板著臉道：「各司其職，做好自己事。」究其實，李斯如何能忘了如此重大的關節，而且，他還清楚地知道，今歲同時是秦王即位第二十二年、秦王親政第十三年。若論傳統禮儀規矩，三個年份以壽期最重，因為壽誕逢五為大，三十五歲是中年大壽。雖說秦王生日是正月正日，九月慶賀已不是正期，然總比中年大壽毫無覺察地過去要好。秦王如此重大之人生關節，若不有所慶賀，李斯總覺得隱隱若有所失。秦王半生坎坷，天倫親情幾乎沒有享受過。秦王血親曾祖母夏太后過世已經十五年，正位曾祖母華陽太后過世已經六年，秦王的生母太后趙姬，過世也已經三年了。這些能夠念叨並動議為秦王過過生日的王族長輩親人，秦王一個也沒有了。目下，秦王雖然已經有了幾個王子幾個公主，可長子扶蘇只有十三歲，遠遠不足以綢繆此等事。身為離秦王最近的中樞長史，李斯再不彌補，幾乎便是無法彌補了。

李斯沒有著意，在外署只對副手蒙毅淡淡提了一句道：「君上辛勞，從未過過生日，也不知今歲幾多壽誕了？」蒙毅如夢方醒，一個猛子跳起來道：「啊呀！如何連這茬也忘了？君上與家兄同歲，三十五也！」李斯笑道：「五為正壽，朝會之際，給咸陽宮正殿前立一方刻石如何？」蒙毅皺著眉頭道：「刻石祝壽？那，豈不違法？」李斯道：「那得看寫甚，總不致刻石都是祝壽了。」蒙毅恍然道：「也是也是。大人好字，你只寫出來，其餘有我。」李斯欣然點頭，當即就著書案寫好了幾行大字。

朝會各方事宜部署妥當，只差這點睛之筆了。八月底，咸陽王城正殿平臺的東西兩側，立起了兩方丈餘高的藍田玉刻石。東側大石的鐫刻大字是：「濟濟多士，恆恆大法。」西側大石的鐫刻大字是：「天壽佑秦，萬有千歲。」從三十六級白玉階之下的王城車馬場望去，兩方朱紅大字的刻石巍然聳立在中央大鼎兩側，恍如天街龍紋，氣勢分外宏大。一日，嬴政看見刻石，凝視良久，問道：「此文可有出處？」旁邊蒙毅一拱手道：「稟報君上，此為《詩・周頌》摘句，長史略有改動。『眉壽』，長史改作了『天壽』。無非頌我大秦功業，並無他意。」嬴政默然片刻，終於一笑道：「無怪似曾相識。詩書之學，長史足為我師焉！」蒙毅暗自長吁了一聲，一挺身奮然道：「秦取天下不用詩書，君上無須通曉！」嬴政笑道：「取天下不用詩書，治天下未必不用詩書了。」蒙毅道：「秦法治天下，不用詩書王道！」嬴政笑道：「你是法治天下，可天下讀詩書者大有人在，不知詩書，焉知人心？」蒙毅倒是一時無話了。後來，得蒙毅轉述這段對答，李斯不禁大是感喟道：「君上但有此心，天下大安矣！」蒙毅問其故，李斯笑道：「君上能容詩書之士，天下異端有何不能容之？百川既容，大海自成，天下大安哉！」

有了此番點睛之筆，秦國朝野遂蕩漾出一種特有的豪邁喜慶。一時間，「天壽佑秦，萬有千歲」成為廟堂與市井坊間爭相傳誦的相逢讚語，更被酒肆商鋪製成橫豎各式的大字望旗懸掛於長街，大咸陽陡然平添了一種從來沒有過的熱乎乎的祥和之氣。

九月初，咸陽大朝會如期舉行了。

大臣將軍們感奮不已的是，大朝會以前所未有的賀宴開場。兼領司儀大臣的李斯長聲念誦出的詞句是：「大秦連下四國，一統大業將成，會首四爵，以為賀功——」秦王很是興奮，李斯話音落點霍然起身，舉起了王案上的大爵高聲道：「好！此功當賀！今日此酒，四國酒！兩年之後，六國酒！來，我等君臣連乾四爵！」見秦王舉爵，與會大臣將軍們從座案前刷的一聲整肅起立，宏闊的大殿哄然蕩出一聲雷鳴：「四國酒！秦王萬歲！」嬴政一陣爽朗大笑道：「好！本王今日萬歲一回！來，第一爵！」說罷舉爵汩汩大飲，瞬間空爵置案，又舉起了第二隻大爵。站在殿角高臺照應各方的蒙毅遙觀王案酒爵，陡然一個愣怔，立即低聲吩咐一個站班內侍去喚趙高。

今日會首四酒，原本是李斯蒙毅與丞相王綰商定的賀壽酒。雖說滅國四大功確實該賀，然畢竟不能沾了為秦王賀壽的違法嫌疑；為不著痕跡，以慶賀連下四國大功為名，又不置任何菜肴，以示並非宴會，可謂點到為止而已。李斯蒙毅慮及秦王長期缺乏睡眠，且酒量不是很大，事前曾徵詢趙高，趙高說可給王案上濃熱黃米酒，既不醉人又長精神。李斯蒙毅欣然贊同。可方才秦王舉爵，酒爵分明沒有熱氣蒸騰，蒙毅心下一驚：畢竟今日大朝，會商重大事宜，秦王若醉如何了得！連飲四大爵老秦酒，蒙毅自忖也是要七八成酒意的。

「趙高！君上飲的甚酒？」

「黃米酒呵。」趙高碎步跑來，一邊回答一邊眼角餘光瞄著王臺。

「如何沒有熱氣？你敢作偽！」蒙毅面色肅殺。

「好長史丞哩！」趙高一臉惶恐，「熱酒若熱到熱氣騰出，君上能要麼？」

「明白說話！」

「一冒熱氣，舉殿皆知君上另酒，君上也知自己另酒。如此，君上定然不飲。兩下不明，才能相安無事。小人如此想，敢請長史丞教我。」

「知道了，去吧。」蒙毅淡淡一揮手，趙高匆匆去了。

在蒙毅與趙高說話間，秦王嬴政與大臣將軍們已經熱辣辣地連乾了四爵，人人面色泛紅。李斯一句長宣：「賀功酒罷，大朝伊始——」大臣們一齊落座，殿中便肅靜了下來，李斯也坐回了自己的座案。

「諸位，今歲大朝，不同尋常。」秦王叩著王案開宗明義道，「五年來，我大秦雄師連下韓、趙、燕、魏四國，俘獲三王。雖然，燕王喜在逃，殘趙餘部另立代國，然其苟延殘喘之勢已經不堪一擊。故此，燕趙餘波戰事，可相機一體解決。目下之要，在於全力應對最後兩個大國，齊國楚國。此意，長史已經書令預告，諸位今日放開說話。一日說不完，兩日三日說。無論如何，要議決一個方略。如何議法，長史說話。」

李斯站了起來，拱手一個環視禮道：「諸位大人，奉君上之命，斯與丞相、上將軍、上卿、國尉等預為會商，以為齊楚事宜有兩個大方略需得議決：其一，對楚對齊，孰先孰後？其二，對楚對齊，各需幾多兵力？唯兩大方略議定，各方官署方得全力謀劃協力之策。今日大朝，先議用兵次序。」說罷，李斯向殿角站立的蒙毅一招手，見蒙毅遙遙一拱手，便再次環視一拱手道，「錄寫書吏與史官均已就位，諸位可以說了。」

唯其事關重大，殿中一時默然，大臣將軍們似乎都沒有先發之意。

「老夫之見，還是先聽上將軍說法。」白髮尉繚點著竹杖說話了。

「老國尉啊，我還沒緩過心勁，宜先聽聽列位高見。」

風塵僕僕的王翦笑了笑，顯得疲憊而蒼老，面色黝黑消瘦，鬚髮花白虬結，連聲音都有些沙啞了。既往滿堂朝臣相聚，王翦風貌恰恰在於承前啟後的中年棟梁，其厚重勁健的勃勃雄風有目共睹。

孰料短短四年征戰，今日班師歸來，王翦再與一大片新銳大臣將軍同席，風貌已經渾然融入一班老臣之列了。秦王嬴政看得心頭怦然一動，一個眼神，趙高向上將軍座案捧過去了一鼎熱氣蒸騰的黃米酒。座中王翦立即提身抬胸，向王臺長跪拱手。嬴政連連搖手，低聲呵呵一笑道：「不須不須，上將軍多禮也。」王翦一拱手正色高聲道：「老臣胃寒腿寒，得此熱米酒正中下懷，豈能不謝過王恩！」話音落點，殿中不期然騰起一片笑聲。大將群中的王賁，很有幾分難堪。蓋秦國廟堂風習本色厚重，說粗樸也不為過，君主與臣下同酒同食實屬尋常，朝會間送過老臣一鼎熱酒暖身更是平常。縱是年輕大將受得此酒，只怕也不會在大臣議事的當口如此攪擾正題謝恩。王翦功蓋秦國，且素有「秦王師」名望，作如此受寵若驚狀，在秦國君臣眼裡，自然是幾分意外的滑稽。

「末將有話！」一員大將霍然站起。

「好！李信但說。」嬴政目光炯炯，拍案高聲一句。

「齊楚兩國，皆為大國。」李信做過謀劃軍機的司馬，是秦軍將領中少數幾個好讀兵書且勇猛善戰者之一，論思緒口齒之清晰，堪稱軍中第一，王賁等其餘大將遠不能及。這時，李信已經大步走到王臺下的高大板圖前，指點著地圖侃侃道，「然兩大國相比，又有不同：楚國地廣人眾，齊國地狹人寡；論士氣民心，楚人多戰而精悍頑勇，齊人多年浮華偏安，人多怯戰。伐楚伐齊，孰先孰後，不言自明！」

「你明說，究竟孰先孰後？」將軍趙佗不耐繞彎子，黑著臉高聲一句。

「凡事先易後難，李信敢請先下齊國！」

李信走回了自己的座案，殿中一時沒有人開口。秦王嬴政目光巡睃，見王賁皺著眉頭若有所思，叩案笑道：「少將軍思謀專注，意下如何啊？」王賁見秦王點名，霍然起身道：「末將之見，李信將軍對齊楚兩國情勢評判大體近於事實。論戰事，確實是楚國難，齊國易。然，若說先易後難，末將以為不然。」

「少將軍差矣！先易後難，滅國一直如此！」大將馮劫喊了一句。

「不。」王賁寡言，但論及軍事卻從不謙讓，見有人反詰，大步走到板圖前指點道，「滅國開首自韓國始，是先易後難。然，不能將開首試探視作一成不變。燕趙魏三國，孰難孰易？趙難，燕次難，魏國最易。可我軍如何？偏偏先攻最難的趙國！其後，燕國一戰而下，魏國水到城破。若先攻燕、魏，則今日大勢未必如此。」

「你倒是明說！先攻哪國？」趙佗又喊了一句。

「先攻難，易者不為患，甚或可能不戰而降。」

「那就是先攻楚！說明白不好麼？」趙佗又嚷嚷了一句。

殿中蕩出一片笑聲，隨即一片哄哄嗡嗡的議論。秦王嬴政笑道：「好啊，李信一說，王賁又一說，兩位上將軍寧無一言乎？」蒙恬居下與王翦鄰座，見王翦似乎沒有說話意思，遂一拱手高聲道：「願先聞老將軍高見。」王翦揉了揉眼道：「老夫一罐熱米酒下肚，心下些許迷糊，你先說也。」蒙恬笑道：「老將軍不願先說，自是贊同少將軍了。」遂一拱手道，「君上，諸位，蒙恬之見與王賁將軍大同小異。大同者，目下唯餘兩國，先攻堅滅楚，戰勝之後，齊國確實可能不戰而下。小異者，滅楚之戰，仍需提防齊國暗中援助楚國。此間根源，在於當年齊國抵禦燕軍六年苦戰，楚國始終是田單軍的暗中後援，否則不可能有田單復國。此乃救亡大恩，齊國君臣數十年念念不忘。為此，楚國臨難，齊國不可能無動於衷。故此，理當給予防範，若持『易者不為患』之心，則可能疏忽齊國。」

「上將軍所言，恰當先行攻齊！」

話音落點，李信奮然起身又道：「先攻楚，齊國有暗中援手之可能。先攻齊，則楚國必不會再度援齊。其中緣由：田單復國數十年來，齊國多次拒絕楚國合縱抗秦之請，楚國春申君主政，幾欲與齊國斷絕邦交。歸總言之，楚人怨齊久矣！齊國遇攻，楚國必不來援！一舉下齊之後，我軍沒有了東方之患，全力南下江淮，水陸並進，楚國可一鼓而下！」

「言之有理！我等贊同！」大將辛勝、馮劫等紛紛高聲。

「末將贊同王賁將軍！」趙佗、章邯等也紛紛高聲。

秦王嬴政心緒舒暢，饒有興致地左右看看道：「將軍們兩說，國尉、長史以為如何？」秦王一點，大將們立即明白了：秦國謀劃大計者，目下只有尉繚、李斯沒有說話，而這兩位重臣多在廟堂又多與秦王溝通會商，故此其對策也常常是秦王的決斷。如今見秦王點名教這兩位大臣說話，殿中紛嚷的將軍們立即安靜了下來。

「老臣以為，用兵先後，易斷也。」尉繚點了點竹杖，蒼老的聲音有一種哲人的韻味，「先難後易，抑或先易後難，皆因時勢不同而定也。以天下大勢論，楚齊兩大，皆國力悠長，不可小視。所不同者，近數十年來齊國與列國交往大減，幾無戰事，軍力顯然孱弱了許多。而在趙國衰落之後，楚國多次鼓蕩合縱，差強取代了趙國領袖山東之位置。其間，楚國又曾幾次對嶺南吳越叛亂用兵，對秦也幾次攻取多有小勝。故此，楚國軍力顯然強於齊國。若能聚全力一戰而下楚國，天下可安也！其時齊國偏安東海，不足慮也。所謂易斷者，先伐楚，一戰安天下；先伐齊，兩戰安天下。此中利弊，不難權衡也。」

大殿中一片肅靜，李信等大將沒有再度堅持己見而盤詰反駁，其餘大臣將軍們則將目光聚集在了李斯身上。這種狀態，相當於大臣將軍們事實上認可了尉繚對難易之說的評判，只等李斯是否歧見，而後便是秦王的最後決斷了。

「攻楚為先，臣亦贊同。」李斯兼掌朝會議程，一直站在王臺左下一方比王臺稍低比群臣座案區稍高的司儀臺上，空闊孤立，整個大殿都看得很清楚，略帶楚語的話音也分外清晰，「楚齊先後，不僅是難易之辨，而且是治情之辨。秦統天下，志在使中國劃一而治。而中國之廣袤難治，泰半在南疆之地。南疆不治，中國不治。夫南疆者，淮水之南一，江水之南二，五嶺之南三，海天之南四。層層南進，萬里之遙也。更兼山川險峻，阻隔重重，進軍既難，劃一而治猶難。故此，先下楚地之好處，非但在先攻堅而弱者自破，更在為有效治民爭得先機。如此，最後滅齊之日，楚國大局已經安定，天下劃一則大有可為也！李斯不諳軍事方略，唯以政治補充。此，李斯贊同先下楚國之意也。」

大殿更安靜了，這是一種蘊含著意外與驚訝的默然。誰都知道，李斯是楚國上蔡人，對楚國所知之深自然遠過秦國群臣。然，李斯之論卻不就楚論楚，而是提出了一個秦國大臣將軍們從來沒有想過，至少沒有自覺想過的大論題：楚國治情對一統天下具有獨特的意義，而這種獨特意義，要靠軍爭大略去實現。對於尚武善戰而思慮戰事多從戰場本身出發的秦國文武，這無疑是一個被長期忽視的視角。舉殿若有所思之時，大臣們都看到，秦王嬴政已經在輕輕點頭了。

「長史之言，未免誇大治楚之難！」一片靜默之中，又是李信站起來高聲道，「楚國固然廣袤，然其風華富庶之地始終在江淮之間。數十年間，楚國都城由郢壽北遷陳城，又由陳城南遷郢壽。楚國之民眾、財富、軍力，俱只在江北淮南之間。所謂江南，所謂嶺南，盡皆荒僻不毛之地；南楚百越部族零散山居，各守城邑，全無聚集大軍之力。我軍但下江淮之間，號令所指，莫不為治！何有『劃一而治猶難』一說？」

「號令所指，莫不為治。說得好！」老蒙武奮然拍案。

大臣將軍們卻再沒有一個人呼應了。畢竟，李斯沒有直接涉及軍兵方略，至於楚國治情究竟如何，則不好貿然評判。李信激昂反駁，可能是對楚國知之甚多，而其他人則未必如此了。更有諸多大臣將軍認同李斯所言，對老將軍蒙武的讚歎自然不會作任何附和。一時肅靜，丞相王綰離座道：「老臣以為，齊楚先後之爭，業已說得清楚。相關治情評判，宜下楚之後從容計較，此時不宜虛空論爭。

敢請君上，當斷則斷。」

「丞相言之有理。」秦王嬴政一拍王案，目光巡視大殿道，「齊楚先後，不必再論。先齊固然容易，先楚更利大局。本王決斷：先下楚國。明日朝會，議決對楚進兵方略。」

晚湯後，秦王嬴政吩咐蒙毅召李信入宮，隨即與李斯出了書房。澄澈秋月之下，輕舟漂蕩在水面之上。看著意氣風發的李信，秦王嬴政再次褒獎了李信追擊燕國殘部並除卻太子丹的軍功。末了，嬴政申明召見之意：就對楚戰事，想在朝會議決之前先聽聽李信的進兵方略。旁邊李斯一時頗感疑惑，如此大事，不先行徵詢王翦蒙恬兩位上將軍，如何先召李信會議？秦王縱然激賞李信，此舉似乎也有失妥當。然則，一想到秦王去歲對王賁的獨到選擇，李斯終於定下了心思，只在書案埋頭錄寫了。

獲此殊榮，李信大為感奮，不假思索慷慨直陳道：「滅楚方略，盡在八字：遮絕江淮，攻取淮北。如此楚國可一戰而下！」其快捷自信，顯然是久有思索成算在胸。秦王道：「如此方略需兵力幾何？」李通道：「二十萬！」秦王道：「如何進兵？」李信指點著攤開在大案上的地圖道：「下楚之要，在江北淮北兩地。末將所言二十萬，是決戰主力大軍。全局方略尚需兩支偏師：其一，陸路偏師插入淮南，遮絕楚國王室渡江逃亡嶺南之路！其二，水軍偏師從巴蜀東下，占據夷陵要塞，遮絕楚國王室逃往荊楚故地之路。與此同時，我主力大軍直下淮水楚都，決戰楚軍必當勢如破竹！如此進兵，主力大軍二十萬足矣。」

「好！將軍雄風也！」

秦王嬴政的炯炯目光一直隨著李信的指點在地圖上移動，聽李信說罷，不禁拍案讚歎一句。見李斯蒙毅沒有說話，嬴政笑問道：「兩位以為如何啊？」蒙毅素有壯勇之心，當即一拱手道：「臣以為，遮絕江淮，攻取淮北，堪稱上乘方略！用兵二十萬決戰，已經牛刀殺雞！」李斯似有沉吟，思忖道：「臣不擅軍事，只覺如此方略，似將楚國作江淮之楚，不是全楚……臣意，尚須徵詢兩上將軍為當。」李信微微一笑，口吻頗帶嘲諷地指點著地圖道：「自來用兵計國力之厚薄，軍力之強弱，幾曾計土地之廣狹？若以全國疆域論之，匈奴占地無垠，莫非當以數百萬兵力對其作戰了。」李斯淡淡道：「也是。說到底，斯不擅軍事，心下無數。」

「好。將軍且回，明日朝會再議。」

秦王見李斯終有疑慮，皺著眉頭默然一陣，吩咐李信先回去了。嬴政深知，李斯雖非兵家大才，然絕非對兵家方略沒有評判力，其心惴惴，必有說不清楚或自覺不當說的道理。軍爭大略，畢竟不能輕率。輕舟漂蕩良久，秦王終於下令靠岸了。

「走，老將軍府。」

三更時分，君臣三人匆匆趕到了只亮著門廳兩只風燈的上將軍府邸。及至門吏惶恐萬分地打開大門，家老匆匆迎出，庭院中尚是黑乎乎一片。此次班師歸來，秦王嬴政還是第一次登臨王翦府邸，偏又是如此匆忙，心下不禁生出幾分愧疚，連說不知老將軍已經安睡，還是明日再來。幾句話之間，整個府邸燈火大亮，王翦也已經冠帶整肅地大步迎出。嬴政正欲趨前撫慰，王翦已經深深一躬高聲參見了秦王。嬴政深覺歉然，又覺此時離開更是不妥，遂對王翦深深一躬道：「嬴政夜來走動慣了，卻忘了老將軍鞍馬勞頓，委實無禮也。」王翦惶恐地扶住了秦王道：「君上夙夜辛勞，老臣倒頭安臥，罪責在臣，安敢當君上自責也！」一番寒暄，君臣進了正廳落座。

「少將軍不在府中？」不見王賁，李斯有些迷惑。

「小子！」王翦黑著臉，「另居了，恨不能不是老夫生養也。」

「少將軍不沾父蔭，非不孝也，老將軍怨氣好沒來由！」

李斯與王翦文武相知，直率一句，君臣們不禁大笑起來，氣氛頓見輕鬆。一時茶來，飲得片刻，秦王直接說了來意，徵詢王翦對楚國用兵方略。王翦說得很實在：「用兵之道，貴在因時因地。老臣久在燕趙，對楚用兵尚無認真思慮。就實而論，老臣唯明一點：楚非尋常大國，非作舉國決戰之心，不能輕言滅之。」嬴政頗感意外，思忖道：「楚國長久疲弱，老將軍何有舉國決戰之說？」王翦道：「楚雖疲弱，然年年有戰，族族有兵。楚乃分治之國，非但世族封地有財有兵，即或百越部族，也是城邑林立互不統轄，幾類殷商諸侯。如此，楚王縱成戰俘，楚國亦未必告滅。此等大國，聚兵外戰確實難而又難，然抵禦滅國之災，潛力卻是極大。」

「噢？」李斯似乎有些驚訝。

「老將軍之見，滅楚需兵力幾何？」嬴政問到了根底。

「舉國之兵，六十萬。」

良久，君臣沒有一個人說話。王翦說法與李信謀劃差別太大，秦王與李斯實在不好貿然可否。默然一陣，還是李斯笑道：「老將軍尚無滅楚方略，一口咬定六十萬，未免唐突也。」王翦一臉正色道：「對楚之戰，非對趙之戰。秦趙經年廝殺，地熟人熟，自可預定方略。秦楚之間諸般差異極大，且從未有過大戰，不預為踏勘而能有戰法方略，老夫未嘗聞也！六十萬者，大局決斷也。無大局之斷，何得戰場方略焉！」秦王點頭道：「老將軍說得也是，我等各自想想，來日朝會再議。」說罷離座，對王翦叮囑了一番飲食起居上心的撫慰之言，告辭去了。

回車途中，秦王一直沒有說話。車到王城南門，嬴政恍然醒悟，連催李斯回府歇息。李斯說要去王城值夜。嬴政說夜半無大事，有蒙毅行了，堅執教李斯回府去了。李斯一走，嬴政又催蒙毅走。蒙毅說甚不走，嬴政一揮手逕自進了王書房。蒙毅在外署守候一夜，眼睜睜看著秦王的身影隔著空闊的天井在窗欞白布上晃悠了一夜。期間，趙高悄悄摸到外署想問個究竟，瞄見是蒙毅值夜，又連忙悄無聲息縮了回去。天亮時分，趙高從王書房出來，交給蒙毅一支秦王手書的竹簡，上面只有六個字——朝會中止一日。

這日午後，王賁奉命進了王城，被趙高直接領到了鳳臺。

鳳臺，咸陽老秦人呼為鳳凰臺，是目下咸陽王城中最高的一座臺閣。究其源，本是秦穆公建在舊都雍城的一座臺閣之名。穆公時，秦國有著名樂師蕭史，一管長簫常召來美麗的白鵠與孔雀盤旋起舞。穆公有女，名弄玉，酷愛琴簫，也深深歆慕著蕭史。穆公鍾愛這個小女兒，遂築了一座臺閣，使弄玉蕭史同居其上，終日琴簫唱和，引得孔雀白鵠盤旋不去，成為老秦地一道令人心醉的美景。數十年後，蕭史弄玉不知所終，老秦人都說，這雙玉人一起乘著鳳凰隨風成仙去了。秦人以孔雀為鳳凰，又感念大爭之世沉醉琴簫的難得情懷，遂將此臺呼為鳳凰臺。國府因俗，亦將此臺定名為鳳臺。其後宣太后主政，感念鳳凰臺那段動人的故事，依照原式加高，在咸陽王城也建造了一座鳳凰臺。這鳳凰臺建造在王城最幽靜的一片胡楊林的一座小山上，臺高十丈，高聳於殿閣樓宇之上，登臨臺頂，大咸陽內外盡收眼底，遂成為天下有口皆碑的一處勝境。百數千年後，鳳凰臺尚是秦地風物勝跡之一，非但在諸如《水經注．渭水注》一般的治學著作中有美麗傳說的記載，且衍化出〈鳳凰臺上憶吹簫〉的著名詞牌，留下了後人不知多少感慨萬端的憑弔。這是後話。

「王賁將軍，風臺眼界如何？」

「高遠清心，末將沒有想到！」

「末將末將，少將軍已經是少上造爵位，大臣了。」

秦王一句笑語，王賁倒是侷促了。論目下軍中爵位，父親王翦的大良造爵位之下便是他的少上造爵了。蒙恬任職與父親同，然因沒有滅國戰功，故此只是右更爵位，比他還低了一級。王賁高爵，原因在平定韓亂與滅魏之戰兩大功。在秦國，爵位不僅僅是朝班座次序列，更重要的，在於爵位是不含任何水分的最直接的軍功標誌。因為，無功不受爵是秦法最不能鬆動的根基。在秦國，有才而無功，可以領職，但不可以受爵。所以，秦人更看重爵位，對職司高低倒是不那麼在乎。而今，王賁以滅國大功一躍升爵三級，在同等年輕的大將中成為首屈一指，榮則榮矣，個中滋味卻多少有些雜陳。全部原因，是父子兩人同居滅國之功，而別的大將卻沒有一人獲此殊榮。韓趙燕魏四國，滅韓主將是內史嬴騰，但滅韓是試探之戰，既沒出動當時的主力新軍，也沒有雙方大戰，所以秦國朝野將滅韓之戰看得並不重。滅趙滅燕滅魏，卻都是實實在在的大戰。滅魏雖然沒有主力決戰，但那是運籌使然，並非王賁沒有主力決戰的方略與將才，更何況魏國是長期壓迫秦國的宿敵，其實力遠非韓國可比。所以，秦國朝野絲毫沒有因為水戰下魏而低估了滅魏的戰功。然則，終因有父親如此一個人物，王賁總有一種說不清的隱隱感覺，似乎總覺得朝野將他的戰功看作有幾分運氣或者天意，與他同等軍旅閱歷的年輕大將們似乎更是如此。所以，王賁始終有一種難言的心緒，言行舉止反倒不如此前揮灑了。而今秦王一句笑談使王賁侷促不安，其原因皆在於此。

「君上，賁請北上薊城，率三萬鐵騎追殲燕代殘部！」

「王賁啊，今日不說燕代，說伐楚，如何？」

見秦王遙望渭水面色沉鬱，王賁這才覺察出秦王是為攻楚之事犯難了。思忖片刻，王賁直率道：「君上，先說方略，還是先說兵力？」秦王嬴政驀然回身，目光閃亮道：「將軍有方略？先說方略！」一招手，遠遠站立的趙高抱著一個長大的圓筒狀物事疾步過來，在廊下大柱掛起了一幅羊皮地圖。王賁指點著地圖道：「楚國戰場，難處不在兩淮，而在江南、江東、嶺南三地；此三地之難，又不在戰事之難，而在山川險峻地理偏遠之難。故此，滅楚可分兩步方略：第一步，先平淮北淮南，殲滅楚國生力軍，奪取楚國根基；第二步，再下江東吳越及江南嶺南百越之地，如此，南中國可一舉平定。」

「第一步如何實施？」

「第一步是實際破楚方略，最是要害。軍事所謂滅楚，戰場只在淮北淮南。根本原因，在於兩淮之地聚集了楚國十之七八的主力大軍，只要全殲淮水南北之楚軍，楚國便告實際破亡！其後，我軍南下平定百越，將沒有大軍阻力。」

「進兵方略如何？」秦王有些急迫。

「阻斷江淮，隔絕荊楚，主力直下淮北決戰！」

「主力大軍用兵幾何？」

「四十萬上下。」

「為何？」

「淮北決戰之後連下江南嶺南，需一氣呵成！」

「只說兩淮破楚，兵力幾何？」

「二十萬如何？」

「三十萬之內。」

「若兩步分開，二十萬該當無事！」

秦王嬴政大笑一陣，高聲吩咐酒來。趙高快步捧來兩罈老秦酒，嬴政王賁各舉一罈，仰脖子汩汩一陣猛灌了下去，夕陽之下臉色頓時紅成了一團火焰。秦王凝望著枕在西山的落日，興致勃勃地道：「王賁啊，滅楚之戰再度領軍如何？」王賁一拱手高聲道：「君上，我善奔襲戰，追殲燕代殘部最佳！」嬴政沒有回身，呵呵笑道：「說滅楚說滅楚，你偏糾纏燕代。那你說，滅楚之戰誰堪領兵？」王賁道：「楊端和、辛勝、李信，俱能獨當一面！」秦王回身道：「誰最佳？」王賁慨然道：「謀勇兼備，李信最佳！」秦王嬴政目光炯炯，只看著王賁不說話。良久，嬴政喟然一歎道：「王賁者，無愧國之良將也！」王賁頓時手足無措，臉紅得一句話也說不出來了。

第三日朝會再舉，專一議決對楚進兵。議決滅國戰事，一則議進兵總方略，一則議投入總兵力。前者關乎全局鋪排，後者關乎大軍調遣及各方配合。朝會伊始，李信慷慨激昂地陳述了「遮絕江淮，攻取淮北」的總方略，最後提出二十萬大軍滅楚。幾乎所有的年輕大將都贊同李信謀劃，王賁作了些許細節補充，唯獨趙佗皺著眉頭沒有說話。文臣座區，李斯始終沒說話，尉繚大體贊同唯覺兵力稍顯單薄，王綰則著意申明無論方略如何都會全力謀劃後援。其餘文武大臣，除了不置可否者，十之七八都贊同李信。也就是說，整個朝會沒有一個人對李信方略持異議之說。從始到終，對於軍事最要害的兩位上將軍卻一直沒有正式陳述。蒙恬說，楚地與草原之戰不同，近年揣摩不多，不好置評。王翦只聽不說，一副睡態時有鼻涕眼淚，似乎已經蒼老不勝疲憊了。

「老將軍，該當說說了。」舉殿熱辣議論，嬴政笑著高聲一句。

「啊，該，該老朽說話麼？」

王翦揉著惺忪老眼懵懂一句，又破天荒自稱老朽，殿中不禁哄然一片笑聲。王賁很是不悅地看了看父親，又狠狠地響亮咳嗽了一聲別過臉去。王翦渾然不覺，大袖振了振嘴角又清了清嗓子道：「老朽之見，滅楚，還是得六十萬兵力。至於戰法，老朽以為，當以戰場大勢相機決斷。此時，老朽胸中沒有方略……」

也不知王翦說完沒說完，大殿中又是哄然一片笑聲。這種笑聲，與其說是嘲諷，毋寧說是大臣將軍們因王翦不可思議地一連串「老朽如何」而生出的驚愕與滑稽，覺得這個老人家實在可樂。秦王嬴政也禁不住呵呵笑了一陣，拍案一歎道：「上將軍老矣！何怯也。李將軍果然壯勇，其言是也！」舉殿安靜，頗見驚愕。嬴政似覺不妥，遂正色道，「前日本王就教，老將軍已經陳述了方才之見。自來軍爭方略仁智互見，各執一詞不足為奇。滅楚戰事，容本王與丞相、上將軍、長史、國尉等再行會商，之後立即實施。散朝。」

二、父子皆良將　歧見何彷徨

王賁剛在府門前下馬，守候在門廳的家老立即迎了上來。

散朝之後，父親的護衛騎士給王賁傳了父親四個字：夜來回府。王賁當時只點了點頭，一句話沒說匆匆上馬走了。晚湯之後，左右想不出推託事由，王賁只好快快過來了。依目下爵位，王賁在咸陽出行當乘六尺傘蓋的軺車。然王賁素來不事張揚，更不想在父親府邸前冠帶高車，故此便服騎馬，護衛也不帶隻身來了。近日，王賁自己也覺迷惑，原本一見父親便侷促不堪，很有些怕這個上將軍父親。可自從南下中原獨當戰局之後，王賁越來越覺得父親很有些令他不適的做法：對王命太過拘泥，對軍政大略太過收斂，多次放棄該當堅持的主張，言行舉止諸方面都不如從前灑脫。以前，王賁是極其敬佩父親的。但南下之後，尤其是父親班師還都後在大朝會的老態，令王賁既覺難堪又覺困惑，既往對父親的崇敬流水般沒了蹤影，只要看見父親便不自覺地鬱悶煩躁。

「少將軍，請跟老朽來。」家老恭謹細心一如往昔。

「這是家，我找不見路麼？」王賁臉色很不好。

「不不不，上將軍在另處等候少將軍。」

「你只說地方，我自己去。」

「還是老朽領道。府下格局稍變了些許，只怕少將軍不熟也。」

「舊屋重修了？」

「走走走，少將軍沿途一看便知，老朽不饒舌了。」

王賁跟著家老曲曲折折一路走來，果然眼生得不認路了。原本，這座上將軍府邸占地雖然很大，卻是空闊簡樸，中軸六進偏院三處後園一片，王賁閉著眼都可以摸到任何一個角落。可今日進來，層層疊疊亭臺樓閣水池樹林燈火搖曳，恍如山東小諸侯的宮殿一般。若非家老帶路，王賁當真不辨方向。驀然之間，王賁有些惱怒了。父親與自己一樣，常年在外征戰，如何有閒暇將府邸整治得如此華貴？定然是這班家老管事揮霍鋪排。

「家老辦得好事！」王賁的臉色陰沉得可怕。

「老朽不明，敢請少將軍明言。」家老惶恐地站住了。

「如此鋪排府邸，不是你的功勞？」

「啊呀呀少將軍，老朽一言難盡也！」

「秦法連給君王賀壽都不許，你等不怕違法？」

「說得是說得是。」家老連連點頭，再不做一句辯解。

王賁也黑著臉不說話了，對這班管家執事說也白說，必須得跟父親說。如此默然又過了兩道木橋，來到池畔一片樹林，又登上一座草木搖搖的假山，才在山頂茅亭之下見到了布衣散髮的父親。亭廊下點著一束粗大的艾草，裊裊煙氣驅趕著蚊蠅，秋月照著水面，映得山頂一片亮光。山風習習，父親半靠亭柱坐在一張草席上，疲憊懶散之態確實與軍中上將天壤之別。

「父親……」

「來了。坐下說話。」

「父親，容我先見母親與大哥再來。」

「不用了。家人全數回頻陽老家了。」

「父親……」

「驚個甚，坐了說話。家老，任誰不許近山。」

父親的話語很平淡，家老卻如奉軍令一般匆匆去了。王賁走進茅亭，從石案上提起陶罐給父親面前的陶碗續滿了涼茶，站在亭柱前不說話了。滅趙大戰之後，秦王派李斯將王氏家族百餘口遷來咸陽，還大修了一番當時的上將軍府。三兩年來，雖然王翦王賁父子一直不在咸陽府邸，可這座上將軍府依舊是熱氣蒸騰勃勃生機。因為，王氏家族的根基已經從頻陽轉到了咸陽。母親執掌內事，大哥與一班族兄族弟則已經開了鐵木作坊，做起了造車與農具生意。王賁在大梁戰場時，曾接大哥一信說：父親不許王氏子弟入仕做官，只能做農做商或者從軍打仗。其中幾個兄弟都是才能之士，能否勸說父親允許他們入仕，只我一人做商賈便了。王賁當時專注戰局心無旁騖，只給大哥簡短覆信：父命無差，兄當一心，無由再說父親。王賁心下清楚，定是幾個族兄弟不想做商賈，從軍又覺太晚，於是說動大哥生出這般主意。那時，王賁以為父親沒有錯，國人都去做官，誰去周流民生？身為廟堂棟梁，王氏理當有大局氣度。可如今，一個偌大家族剛剛安穩下來，如何又突兀地搬回老家去了，連他也不知會一聲？若沒有父親的嚴厲命令，王賁相信，誰都會跑來找他勸說父親的。他近在咫尺卻一無所知，足證父親是有備而為周詳謀劃的。然則，如此這般究竟為何？王賁實在有些無法理解父親了，而且，諸多不解一時還不知從何說起。

「滅楚之戰，你舉李信為將？」父親淡淡開口了。

「唔。」

「好。不好。」

「唔。」不管父親說法如何蹊蹺，王賁都沒有論說國事的興致。

「好在有胸襟，利於朝局，亦利於自固根基。」父親似在自說自話。

「身為上將，唯慮國家，沒有自固之心。」王賁不能忍受父親的評判。
「心者何物？豈非言行哉！」
「就事說事，李信足以勝任。」
「錯。就事說事，滅楚領軍王賁最佳，比李信更可勝任。」
「……」
「不說話了？」
「……」
「秦王知人，必察賁、信之高下。然則，秦王必用李信。」
「朝會尚未議決，秦王亦未決斷，父親何須揣測。」
「揣測？」父親嘴角輕輕淡淡地抽出一絲冷笑，依舊似在自說自話，「秦王者，大明之君也。明知李信不及王賁扎實，卻要一力起用李信，其間根由，不在將才之高下，而在廟堂之衡平。天下六國，王氏父子滅其三，秦國寧無大將哉！秦王縱然無他，群臣寧不側目？秦人尚武，視軍功過於生命，若眾口鑠金，皆說王氏之功盡秦王偏袒所致，群將無功皆秦王不用所致，秦國寧不危哉？王氏寧不危哉？」
「慮及自家安危，父親便著意退讓？」
「苟利國家，退讓何妨，子不見藺相如麼？」
「縱然退讓，亦當有格。何至老態奄奄，舉家歸田？！」
「老態奄奄何妨？老夫要的不是自家氣度，是國家氣度。」
「大臣尚無氣度，國家能有氣度？」
「駁擋得好。」父親一反常態，從來沒有過的溫和，點頭稱讚了兒子一句，又飲下一口涼茶，依舊自說自話了，「當此之時，唯有一法衡平朝局，凝聚人心：大膽起用公議大將，做攻滅最大一國之統帥。成，則戰功多分，衡平朝局；敗，則群臣自此無話，戰事大將可唯以將才高下任之……」

「父親是說，秦王是在冒險用將？」

「明君聖王，亦有不得不為之時也。」

「父親！」王賁終於不堪忍耐了，衝著父親一瀉直下，「此等迂闊之說，王賁不能認同！自家退讓也罷，老態奄奄也罷，舉家歸田也罷，王賁都可以忍了不說，但憑父親處置。然父親既然察覺秦王起用李信是在冒險，寧肯坐觀成敗，卻不直諫秦王，王賁不能忍！秦王雄才大略，胸襟開闊，王賁是認定了跟準了！縱然心有歧見，縱然與秦王相違，王賁也要坦誠陳述以供決斷！這既是臣道，更是義道！如今父親洞察諸多微妙，卻包藏不說，放任國家風險自流，心下豈能安寧！朝野皆知秦王曾以父親為師，父親卻隱忍不告，寧負『秦王師』之名，寧負直臣之道哉！王賁明言，父親當以商君為楷模，極心無二慮，盡公不顧私！不當以范蠡捨棄國家只顧自身的全身之道為楷模！父親不說，是疑惑秦王顧忌王氏功高，這與山東六國攻訐秦王有何兩樣！王賁直言，父親不說，我自己上書秦王，爭這個攻楚主將！」

父親只淡淡笑著，始終沒有說話。

「父親，兒告辭。」

「給我坐下！」父親突然一聲厲喝。

王賁沒有坐，也沒有走，只黑著臉釘在大柱旁氣咻咻。

「你小子盡公不顧私，何以舉薦李信為將？」

「我……」

「你自以為不如李信？」

「……」

「能使鐵將軍王賁違心舉薦，足證此事不可輕慢。」

「不一樣！……」王賁突然憋出一句，又默然了。

父親歎息一聲，突然貼著大柱筆直地站了起來，其剽悍利落之態虎虎生風。瞬息之間，王賁雙眼瞪得溜圓，對也！這才是父親，這才是秦國上將軍！父親沒有理睬王賁，大步出亭在山頂轉了幾圈，這才走了回來，拍打著亭欄正色道：「你小子，諒也不至於將老夫看作奸佞。然老夫還是要說，你小子還嫩。自以為心無二慮，自以為忠於國家，自以為任何時日可以說任何話，作夢！學商君？說得容易。商君面對的君主是誰？我父子面對的君王是誰？商君面對的大勢是甚？今日大勢是甚？一樣麼？不一樣！只說目下秦王：一則，起用李信確有大局籌劃之考量，該當贊同，說甚去？二則，戰場事奇正萬變，冒險多有，戰勝者也屢見不鮮；況且，楚軍也確實疲弱不堪。此時，老夫若說李信必不成功，只怕連你小子也要反對，況乎群臣？況乎秦王？三則，秦王天縱之才，多年主持滅國大計從無差錯，朝野聲望如日中天，秦王自己也更見胸有成算，說秦王已經有些許自負也不為過。當此之時，老夫以自家評判，強說秦王改變決斷，可能麼？更何況，秦王決斷也有你等一班新銳將軍一力贊同，並非秦王獨斷，老夫何說？說亦何用？只怕除了君臣離心，再沒有任何好處！你小子說，將老夫這個秦王師讓給你，你能去糾纏著秦王憨嚷嚷嚷麼？」

「……」

「世間多少事，只有流血才能明白。」末了，父親淡淡補了一句。

王賁癱坐在亭欄不說話了。良久，王賁提起陶罐猛灌了一通涼茶，向父親一拱手，匆匆大步離去了。父親再沒有喝阻，也沒有說話，只若有若無的一聲歎息飄進了耳畔。驀然之間，王賁有些憐惜父親，但還是沒有回頭。

三日之後，王賁奉命入宮，共商對楚大戰的最後決斷。

這次是小朝會。秦王的廟堂謀劃三大臣（丞相王綰、長史李斯、國尉尉繚）加上將軍王翦、蒙恬，再加王賁、李信、楊端和、辛勝、章邯等幾員主力大將與老將軍蒙武，長史丞蒙毅裡外行走，算是半個與會者。沒有了大朝會的齊楚先後之爭議，小朝會簡短了許多。先是丞相王綰稟報：由丞相府總領，各方官署已經做好了相關的伐楚籌劃，相關郡縣的糧草器械民力已經開始預為囤積。接著李斯稟報：幾日來已經徵詢了幾位王族元老之伐楚謀劃，沒有新方略提出，均大體贊同李信將軍方略。之後，老尉繚的竹杖遙遙指點著地圖，陳述了秦王與幾位大臣在大朝會之後謀定的伐楚用兵方略。最後，秦王徵詢諸人評判，說明如無重大異議，則照尉繚陳述之方略進兵。三大臣之外，王賁李信等一班年輕大將均表贊同，蒙恬申明無異議。只有王翦說了一句題外話：「伐楚之戰，貴在正，不在奇。主將但有韌性，此戰未必不成。」卻沒有就進兵方略表示可否。因了此前王翦已經明白陳說了自家看法，秦王與大臣將軍們也再沒有要王翦說話。

此次朝會明確的進兵方略是：

其一，以李信為主將，蒙武為副將，率二十萬大軍直下楚都壽春；

其二，以王賁部祕密進兵淮南江北，隔斷楚軍渡江南逃之路；

其三，以巴蜀水軍順江東下，占據夷陵房陵，隔斷楚軍荊楚逃路；

其四，以李斯、姚賈為後援大臣，全力督導中原郡縣糧草民力。

王賁很有些沮喪。沒有想到小朝會的幾乎一切部署，都被父親事先說中了：大將果然起用了李信，兵力果然是二十萬，文武大臣們果然是無人異議，秦王也果然沒有再度徵詢父親謀劃的意思。唯有兩處王賁沒有想到，卻也暗合了父親的預料，一是派老將蒙武做伐楚副將，二是派自己做了外圍偏師將軍。這般分派，王賁確實沒有感覺到戰事謀劃的合理性，卻隱隱嗅出一股軍功多分的氣息。這令王賁很是鬱悶。蒙武固然資望深重，所率老軍也是昔日秦軍精銳；然蒙武畢竟久在國尉署，沒有做過領軍大將，其將性又偏於柔弱，既不能補李信之缺，又不能糾李信之錯，如何能是最佳的幕府格局？再說，不教王賁做伐楚主將也罷，至少該派自己獨當一面追殲燕代餘部。王賁確信，只有自己的輕裝飛騎，才能徹底乾淨地蕩平殘趙飛騎與遼東獵騎之患，最終平定北中國。可如今，他王賁卻只能擔任淮南江北之遮絕偏師。如此使命，秦軍任何一個大將都會做得很出色，秦王若想均分功勞，何不將這個偏師之功也讓給馮劫或馮去疾等大將，何須一定要派給他？

鬱悶歸鬱悶，王賁還是沒有再去見父親。

那座上將軍府沒有了母親，沒有了家人，王賁也沒心思回去了。與父親再度探討朝局，王賁實在沒有心緒，何況大軍已經開始集結，也該趕赴軍中了。可是，就在王賁馬隊開拔的前夜，大哥匆匆趕來了。大哥說，父親教他傳話：子為國家大將，唯當以戰局為重，無慮其餘。大哥說，這是父親的鄭重叮囑，說不清其中奧祕，父親也不許他過問。王賁說，沒甚，教父親放心，王賁不會荒疏國事。大哥言猶未盡，似乎有話，又吞吐不說。王賁送大哥上路時一再追問，大哥才說，父親有告老還鄉之意，吩咐他不要說給兄弟，可他忍不住，因為他吃不準朝局究竟發生了何等變化，父親與兄弟有沒有危險？王賁聽得無可奈何，氣哼哼說，甚危險？樹葉下來砸破頭！他要做田舍翁，大哥陪他做，左右我是不做！大哥不相信，反覆追問。王賁又氣又笑道，大哥務過農經過商，該知道老地主老商賈毛病：老商賈金錢多了，老地主（註：地主，土地主人或所在地主人，語出《左傳・哀公十二年》：「侯伯致禮，地主歸餼。」）家業大了，怕遭人妒忌，怕人眼紅，怕人閒話！知道麼？就這個理！能有甚！大哥惶惑道，不就滅了兩國嘛，仗是大家打的，誰眼紅甚了？王賁心煩，索性不再辯解，只說自己事多，送大哥走了。

秦王政二十二年（西元前二二五年）深秋，秦國南進大軍隆隆啟動了。

三、項燕良將老謀　運籌舉步維艱

楚王負芻接連發出六道特急王命，大臣還是無法聚齊。

秦軍南下的消息傳來，負芻的第一個決斷是召世族大臣緊急朝會。接受太傅黃輜之謀，負芻大破成規連發六道王命，每道王命都只有最急迫的兩句話：「秦軍南進，大楚瀕危！諸臣當速入郢壽（註：郢壽，楚國最後都城壽春〔今安徽壽縣地帶〕，楚國都城多遷，每都城前皆冠以「郢」字，故云）朝會，共決抵禦之策！」可旬日過去，除了淮北淮南的大臣們風塵僕僕趕回外，江南、江東、荊楚的世族大臣一個也沒有趕來，嶺南諸將更不用說，只怕王命還在途中亦未可知。遲至第十三日，負芻焦躁不安又無可奈何，只有行半朝之會，與趕回來的大臣們緊急會商對策。

負芻非等大臣而不能決斷，時勢使然也。其時之楚，是戰國之世變法最淺層的國家，地域廣袤而世族大臣各領封地，無論兵員徵發還是財貨糧草籌集，都須得世族大臣認可方得順暢，否則，縱有王命也是滯澀難行。王族雖是「國土」最大的領主，又有各世族封地依法繳納「國賦」，實力自然雄踞所有世族之上。然則，王室維持龐大的邦國機構，支付之大也是任何世族不能比擬，要在瀕臨危亡之時舉國抵禦強敵，僅憑王族之力無異於杯水車薪。楚擁廣袤南中國，土地民眾幾乎抵得整個北方六大戰國，然其始終不能與中原秦、趙、魏、齊四大戰國的任何一國抗衡，其根源便在這世族分治。天下進入戰國以來，楚國朝局多生事端政變迭出，其根源也在於世族分治。凡此等等治情弊端，後將備細剖析。

「老臣以為，兩淮大臣還都，朝會可行。」首座老臣說話了。

「令尹之言，老臣贊同。」武臣首座一位老人也說話了。

「昭、景既同，臣等無異議。」其餘十幾位大臣異口同聲。

「本王好悔也！」負芻鐵青著臉拍案長歎了一聲。

「樞要大臣差強聚齊，王當以戰事為重。」首座老令尹臉色很不好。

「好。說。姑且朝會了。」負芻終於拍案了。

要明白楚國君臣的這番對話，先得明白此時的楚國地理大勢。楚國土地廣袤，主要結構是四大塊：一是西部荊江之地，這是春秋與戰國初期的楚國老本土；二是東南吳越之地，這是戰國前、中期楚國先後吞滅的兩個大諸侯國；三是嶺南百越之地，這是鬆散臣服於楚國的許多部族方國；四是長江以北的淮水流域，分為淮南、淮北兩大區域。從歷史環境說，楚國的四大區域差別很大。其一，嶺南地帶太過蠻荒，且百越部族內亂不斷各自為戰，楚國事實上鞭長莫及。其二，吳越之地號為江東，在戰國末期已經大有好轉，但畢竟江河縱橫水患多發，民眾多以漁獵為生，農耕開發尚差，事實上還是相對蠻荒之地。楚國占據吳越，並不能大增其實力，且常有分兵分財的累贅之嫌。其三，西部荊江地帶多山，歷經老楚族群數百年經營，農耕漁獵之開發相對充分，然畢竟山水險惡，遠非富庶風華之地。更有一點，秦國占據巴蜀之後，其地山川之險在秦軍順流東下的戰船威懾之下已經蕩然無存，荊江房陵地帶的大批倉儲財貨糧草又被秦軍幾度攻占掠奪焚毀，幾成貧困之地。其四，淮水流域河流交錯，多為丘陵平原，土地平坦肥沃。經春秋數百年間陳、宋、薛、徐等大諸侯國的開發，淮北淮南與中原之富庶風華已經相差無幾。後經戰國之世，齊、魏、秦、楚、韓等大國相繼在淮北拉鋸爭奪，不斷開發農耕水利，以鴻溝通連黃河與淮水兩大流域，整個淮水流域事實上已經成為富庶大中原的組成部分之一了。戰國中後期，各國避秦鋒芒唯恐不及，楚國卻逆其鋒芒大舉經營淮北淮南，一度甚至遷都北上到淮北的陳城，其最根本的原因，在於整個楚國領土中能夠成為國家力量的根基所在者，只有這淮水流域。

唯其如此，楚國世族封地的重心，也隨著國土變化而變化。

春秋之世與戰國初期，楚國最大的世族如昭、屈、景、項諸大族，其封地大多以荊江地帶以及毗鄰的雲夢澤與湘水流域為重心。滅吳滅越之後，新興軍功部族與老世族中稍弱的項氏部族，封地大多轉移到江東地帶。嶺南百越之地戰亂叢生，且納貢財貨只具象徵意義。是故，楚國不以嶺南作世族實封之地，而只以後起的軍功世族作為宗主，建立要塞城堡鎮撫其地。戰國中期，楚國吞滅淮水流域的幾個中小諸侯國之後，楚國王族與四大世族的封地立即轉移到了兩淮地帶。當然，其老封地因王室部分收回轉封而略有縮小，但依舊保留著根基。楚國後期的權臣如春申君黃歇，其封地幾乎全數在淮北，曾以荀子為名義縣令的蘭陵縣便包括其中。也就是說，此時的淮北淮南事實上已經成為楚國大族封地的集中區域，實力大族的城邑大多都在兩淮，只要兩淮地帶的世族大臣趕回了郢壽，楚國的要害力量也就差強齊全了。

負芻懊悔的是，去歲王賁狂飆般奇襲淮北連下十城，舉國震恐，遂倉促議決：除以項燕為大將軍調集兵馬外，其餘世族大臣一律趕回封地徵發軍輜糧草趕運都城。當時令負芻感奮不已的是，世族大臣們非但一致贊同了他的決斷，且人人馬不停蹄地連夜離開郢壽趕回了封地。而今想來，大臣們匆匆趕回封地，全然是急於安置自家封地，全然是逃命避禍，否則，那些大族的年輕新銳們如何一個都沒趕回，來的都是白髮蒼蒼的老者？究其實，還不都是留著青壯謀劃本族生路，豈有他哉！

「會商軍事，大將軍能到麼？」

低聲說話的是大司馬景檉。數十年來，景氏部族與項氏部族一直是楚國的軍事棟梁，景氏居執掌關防軍政的大司馬，項氏居執掌兵馬的大將軍。朝會既要議決抵禦秦軍，最要緊的自然是大將軍項燕。故此，景檉一句低聲發問，大臣們卻是如雷貫耳渾身一震。

「左將軍項梁與朝——」

殿外一聲長報，負芻君臣更是驚訝，目光齊刷刷聚集殿門。在這片刻之間，一員年輕將軍快步走進了門廳，一頭汗水一身泥土，斗篷甲冑灰濛濛不辨顏色，臉頰似乎還有一道血痕。負芻與大臣們不禁臉色驟變，竟都不約而同地站了起來。將軍沒有絲毫停頓，匆匆大步走到王臺前一拱手，高聲道：「左軍主將項梁，參見楚王！見過諸位大人！」

「項，項梁，大將軍如何了？」負芻慌亂得幾乎撞倒了王案。

「大將軍正在集結大軍，向汝陰要津開進！」

「沒，沒有開戰？」

「秦軍抵達洧水，正謀過境安陵（註：安陵，戰國魏國城邑，在今河南省鄢陵縣西北地帶，地處洧水北岸），距我軍尚遠！」

「好，好好好……」負芻臉上笑著，人卻癱在了王座中。

一位老臣向殿角內侍招了招手，內侍給年輕的項梁捧來了一罐涼茶。項梁感激地對老臣一拱手，接過大罐汩汩一陣牛飲，茶水流濺得脖頸胸前一大片，泥土濛濛的甲冑斗篷頓時斑斑駁駁，在冠帶整潔鮮亮的老臣們面前頗見狼狽。饒是如此，項梁自家渾然不覺，一陣牛飲後撂下空空的大罐，泥土衣袖搌了搌嘴角，又對王臺一拱手道：「我王毋憂，大將軍遣末將還都稟報：因淮南諸軍尚未抵達，不能還都與會，敢請朝會之後立即派定得力大臣，向汝陰、城父兩地輸送糧草，並著力籌劃大軍冬衣與兵器箭鏃！」

「完了？」緩過神來的負芻又驚訝地瞪大了眼睛。

「大將軍之言稟報完畢。」

「大將軍沒說，仗如何打法了？」

「戰事尚在謀劃，須依據秦軍動向而定……」

「大謬！大謬啦！」老令尹昭恤猛然拍案，蒼老聲音如風中樹葉，「強敵業已逼近國門，戰場方略卻『尚在謀劃』？項燕素稱知兵，如此豈非兒戲！秦軍既然尚遠，便當還都與朝共商大計。今項燕既不與朝，又無方略，只大張口要糧草，要衣甲，要兵器！我堂堂大楚，幾曾有過如此大將軍啦！」

大臣們不說話了，連楚王負芻也板著臉不說話了。年輕的項梁頗見難堪，卻竭力平靜著心緒，沒有說一句話。世族大臣們原本期望這個在楚軍中頗有聲名的年輕悍將會暴跳如雷，或可藉機搜求得項氏擁兵自重的些許罪證，孰料這個黝黑精悍的年輕將軍竟能隱忍不發，一時倒涼冰冰滯澀了。畢竟，項氏也是世家大族，目下又是軍權在握支撐楚國，昭氏為世族之首，昭恤又官居令尹總領政事，發作一通尚算無事，他人則未必能如此輕易地對項氏大將發作了。

「項梁，老夫問你。」大司馬景檉說話了。

「敢請指教。」

「大軍南進汝陰、城父，可是畏秦避戰之策？」

「汝陰、城父，向為郢壽北部兩大要害。我大軍進駐兩地，正是扼秦軍咽喉要道，使秦軍不能南下攻我都城。大司馬之論，末將以為誅心過甚！」

「也算一說。」景檉聳了聳雪白的長眉，「另則，大軍糧草與衣甲兵器，此前皆有徵發，目下未曾開戰，如何便有了虧空？」

「對！此問才是要害啦！」幾個老臣一齊拍案了。

「此前徵發之糧草輜重，目下全數在倉，並未進入項氏封地！諸位若有疑慮，隨時可派特使查勘。」年輕的項梁先了卻了大臣們的心病，又奮然道，「秦強我弱，此戰關乎楚國存亡！若不能凝聚國力作長久抗秦之謀劃，僅將此戰看作一戰之戰，則楚國必步韓趙燕魏之路！而若作長久鏖戰預謀，則糧草輜重遠遠不足！此乃大將軍之意，末將言盡於此。」

大臣們真正無話可說了。項梁慷慨激昂，說的是嚴酷事實，是迫在眉睫的大災難。這一點，老辣的世族大臣們還是有數的。去歲王賁軍的狂飆突襲之後，楚國君臣對秦國虎狼是實實在在地領教了一回，再也沒有了輕慢之心。諸般盤詰疑慮者，傳統政風使然也，非不欲抗秦保楚也。楚王負芻原本是精明機變的王族公子，盛年奪位，也算得多有歷練，對秦楚此戰更不會懵懂。一陣難堪的沉默之後，楚國君臣們心照不宣地撇開了項梁，開始議論起如何抗擊秦軍的具體事宜了。

暮色降臨，君臣們終於一致認可了四則對策：其一，立下王命，並以大司馬景樫為特使，嚴厲督導尚在半途的數萬淮南軍盡速北上歸屬項燕；其二，以令尹昭恤兼領大軍後援諸事，全力督導大族封地的糧草徵發與輸送；其三，水軍舟師由江東進入淮水，預為郢壽南遷退路；其四，以洞庭郡為南遷都城所在，萬一此戰失利，則南下以雲夢、洞庭兩大澤為屏障，以水師與秦軍周旋。

諸般謀劃妥當，楚王負芻又設宴為項梁洗塵。楚國君臣都著意撫慰了這位年輕大將，殷殷叮囑了諸多向大將軍項燕的撫慰褒獎。及至楚王王命擬好，已經時近三更。年輕的項梁心情火急，執意拒絕了楚王賞賜其王城夜居的殊榮，要連夜趕赴汝陰。負芻遂大加褒獎，下令宣達王命的特使隨項梁一起星夜上路。於是，項梁馬隊連夜出郢，風馳電掣向北去了。

項燕巡視完兩地軍營，心頭的烏雲更重了。

自去歲奉命為抗秦大將軍，倏忽將近一年，最根本的大軍集結尚未全部完成，諸多部署運籌更是磕磕絆絆走走停停。截至目下，汝陰要塞的營壘差強完成，原本要求的山石壁壘卻變成了土木壁壘；城父要塞的營壘，索性一道土溝，再加一道土牆垛口；兵器坊製箭，原本將令是三個月出箭五十萬支，可堪堪一年還不到十萬……凡此等等，無論項燕如何怒不可遏地屢屢發作，各部將軍與軍務司馬們都不做任何辯解，挨一頓霹靂斥責之後，又是一如既往地磨蹭著蠕動著。項梁幾次拿起令箭要行軍法，每每最後的那一剎那，令箭都軟塌塌掉進了帥案的箭壺。楚國，這就是楚國，楚王尚且乏力，你項燕又能如何？

便說最要害的大軍調集。依照目下軍制，楚國軍力主要是三方：

其一，散布各個關塞城防的守軍。戰國之世，齊國七十餘城。楚國地廣，大約將近兩百座城邑，設防城池大約五六十座，合計軍兵大約三十萬上下。除了幾處由國府大司馬直轄的要害關城，此等城防守軍的輜重糧草衣甲器械等，素來由國府與城池所在封地共擔。所在地封主樂此不疲，常常給予城防軍將士種種額外補償。久而久之，邦國城防軍大多成為實際上的封主私兵，極難調出本地。

其二，王室國府直屬的大軍，合計大約四十餘萬。除去水軍舟師幾近十萬，陸地馬步軍差強三十餘萬。這是楚國唯一可隨時開出的主力軍。依照楚國後期大勢，這三十餘萬大軍的經常性駐地是四個大本營：一軍駐守淮北重鎮陳城郊野，應對中原；一軍駐守郢壽北部之汝陰要塞，一軍駐守郢壽背後之淮南，前後拱衛都城；一軍駐守江東吳中之地，應對頻繁多發的吳越之亂。四大駐軍，多則八九萬，少則三五萬，因時因戰而流動。

其三，直接隸屬於王室與各方官署的軍兵，大體在十餘萬。主要有：隸屬於柱國將軍的都城護衛軍，隸屬於郎尹、郎中兩將軍的王室護衛軍，隸屬於司敗（掌刑罰）署的捕盜及監獄守軍，隸屬於關吏的盤查關防的軍兵等等。除非國破之戰，此等軍兵幾乎永遠不可能用於戰場。

如此三方大軍，項燕能夠以王命兵符調集者，實際只有第二種，即國府直屬大軍。自調兵急令發出之後，項燕立即從郢壽趕到了汝陰（註：汝陰，戰國楚邑，在今安徽阜陽市，與其相對的汝陽則遠在西北的汝水源頭。汝陰後世遠離汝水下游，當為河流改道所致），建立了幕府。汝陰地處汝水下游之南，是瀕臨淮水北岸的壽春（郢壽）北上的最重要咽喉，且有汝水一道天然屏障，是狙擊秦軍南下的要害關塞。項燕是一位清醒實際的將領，對楚國大勢有著清醒的評判。若是楚國軍力能如臂使指，最佳的防禦戰略自然是以更北面的陳城為根基，大軍既可有效抵禦，更可在時機有利時伺機反擊秦軍。然則，目下的楚國已經是支離破碎，統屬之難無以言說。更有一點，楚國南遷郢壽時，幾乎將豐饒富庶的陳城搬空，人口流失，商旅銳減，糧草輜重全然沒有了根基。若再度以陳城為根基，只怕糧草輜重輸送的數百里長線會立即成為秦軍最好的施展所在。糧道一旦被遮絕，楚軍只怕也會成為第二個長平大戰的趙軍，項燕也必是第二個趙括無疑。當此之時，項燕只能收縮防線，聚集有可能聚集的最大軍力，扼守南部咽喉與秦軍一戰，捨此奈何？然則，那些不諳軍情不知兵法卻又閉塞昏聵的老世族大臣們，心下卻只恪守著「抗秦必以淮北陳城重鎮為根基」的傳統方略，對他的苦心運籌種種指責多方質疑，甚或以遲滯大軍遲滯糧草相要脅，遠離廟堂的項燕真有些百口莫辯了。

迄今為止，除了原駐汝陰的三萬步軍，抵達汝陰大營的只有陳城八萬步騎混編大軍。陳城軍之所以能如期南下，還在於項燕的四子項梁是陳城軍主將。而淮南的八萬精銳步軍距離汝陰只有三百餘里，走了十個月竟還遲遲黏在半道。江東的十餘萬步騎，也在北上抵達淮水南岸的淮陰要塞後莫名其妙地開始停滯不前了。也就是說，項燕能調的四支軍馬，目下只到了兩支十一萬，兩支主力大軍則作了泥牛入海。

「江東大軍如此遲滯，豈有此理！」

憤然之下，項燕派出項梁——國家艱危之時竟然只有自己的兒子可以信任，這也是項燕的莫名悲哀——星夜趕赴淮陰查勘實情，若果真是不得已，他便要親赴郢壽訴諸楚王了。旬日後，項梁風塵僕僕趕回，訴說了江東軍的遲滯原因。而這一切，還都是時任江東軍裨將的項燕的三子項伯祕密探察清楚，又祕密告知項梁的：江東軍主將景焯接到大司馬叔父景椤的密件，說昭氏一族有人密告項氏在江東聚結私兵，圖謀與越人部族作亂自立，楚王正在派員祕密查勘；大軍或可能再度南下平亂，項燕能否領軍亦未可知，江東軍當以糧草未齊為由，原地等待王命。

「狗彘不食！」

項燕憤怒了，飛騎馬隊連夜趕赴都城請見楚王。晨曦初露，素來穩健謙和的項燕臉色鐵青地帶著一隊精銳劍士直闖王城。慌得楚王負芻王冠也沒戴，散髮赤腳披著大袍便匆匆出來了。項燕一反常態地強橫，聲言要立地與昭氏告密者對質，若查無實據，楚王須立即斬首誣告者，否則項氏反出楚國！負芻大驚失色，二話不說下令王城郎尹捉來了昭氏那個告密者，對質不消半個時辰，親自一劍刺穿了告密者的咽喉。楚王負芻說，此人告密屬實，王室派人查勘卻是虛妄，果然疑忌項氏，豈能不先解項燕兵權？江東軍遲滯不前，本王亦有難言之隱也！天亮之後，楚王負芻立即召來已經還都的幾位世族大臣，當殿申明項氏絕無聚結私兵謀亂之舉，後若再告，立地治罪。項燕冷面肅殺，當殿森森然宣告：「項氏若圖謀作亂，秦軍南下便是時機！何須抗秦自傷？若有人定逼項氏反楚，項氏未必不反！項氏反楚，第一刀便殺逼我反者！國難當頭，王族大族不顧楚國，項氏何計楚國？」

這番肅殺凜冽的宣言，使楚國廟堂對項氏的種種不實流言銷聲匿跡了。項燕至此明白了一個道理，在世族林立競相蠶食的楚國，一味地效忠國家非但於事無補，且有殺身滅族之禍，若得自立報國，便得有適時適度的強橫霸道，否則一事無成。然則，回到汝陰幕府幾個月，淮南軍與江東軍還是遲遲不能抵達，理由多得令項燕哭笑不得。無奈之下，項燕只有作最不濟的謀劃了。其中最要緊的一著，是以特急將令單調出江東軍的次子項伯，教項伯持項燕密令返回江東，將項氏封地的八千子弟兵全數帶來汝陰，再編入由陳城軍精心遴選出的八千壯勇，以項梁項伯為主將副將，編成了一支緩急可用的精銳中堅。

請注意，封地子弟兵，是中原戰國所無而楚國獨具特色的物事，故此不得不予以交代。蓋楚國在上述三方合乎法度的軍力之外，還有一種中原戰國已經不存在的潛在軍力，這便是各世族封主的所謂壯勇子弟兵。究其實，這等子弟兵是各封主以自家財力建立起來的私家軍隊，多則萬餘，少則數千，兵器精良，衣甲糧草豐裕，實際戰力甚或強於邦國軍旅。楚國之所以始終不能真正廢止私兵，其根本原因在於兩處：一則，楚國源於相對封閉的山地部族立國，其所秉承的傳統封地制，也始終相對完整地保留著，私家成軍的根基始終存在；再則，楚國山川廣袤險峻，部族眾多，星散於險山惡水，習俗差異極大，故變亂多生，而一旦變亂蔓延，國府大軍往往鞭長莫及，世族私兵則事實上成為保護封地並最終剿滅變亂的主要力量。楚頃襄王時期，曾發生了一場震驚天下的「莊蹻暴郢」之亂，若非遍布楚國的世族私兵，楚國很可能便在這場舉國動盪中滅亡了。

莊蹻，原本是南楚洞庭郡的將軍。其時，莊氏部族出了一個名士莊辛，奔走合縱抗秦，一時成為楚國名臣。後來，因楚國老世族排斥而遭頃襄王疑忌，莊辛被迫逃亡趙國。再後來，楚國對秦戰爭大敗，楚國欲聯結中原重起合縱，頃襄王才不得不再度召回莊辛。莊辛歸來，以「螳螂捕蟬，不知黃雀在後」為比喻說動楚王，遂再度領政奔走合縱。誰知頃襄王受老世族掣肘，又再度罷黜莊辛，並大大削減了莊氏封地。雖然，誰也說不清楚期間究竟生出了何等謀劃，更說不清楚莊辛與這件事有沒有關聯，總歸是莊氏部族的將軍莊蹻，率領著數千兵士與族人起事了。莊蹻起事的第一個舉動，是率領喬裝成庶民的士兵們混入郢都，洶洶然大舉攻占官署，劫掠殺戮老世族府邸，並包圍了王城。整個郢都驟然陷入一片混亂，楚國朝野大為震驚。此所謂「莊蹻暴郢」也。後來，在漸漸聚攏的王師圍攻下，莊蹻率眾被迫退出郢都，卻又颶風般殺向江東，再席捲南楚，占據了湘水地帶。後來，莊蹻部又馳驅千里，南越五嶺，占據了滇地，遂稱王號，並自立為邦國。立國後大約財貨不足，莊蹻又率兵北上，再度席捲了湘水江東。楚國廟堂深為震恐，曾數度發兵追擊圍攻，皆因大軍無法在高山峻嶺與江河湖海中捕捉剽悍靈動的莊蹻軍，每次都是勞師無功。當此之時，各世族為了自家封地不受劫掠殺戮，遂紛紛自發地以私家子弟兵圍追堵截，前後歷時十餘年，莊蹻暴動及其餘波方告平息。

莊蹻舉兵，對楚國與當時天下造成的震撼極大，以至當時的名士大著幾乎都有評說。《荀子・議兵》篇云：「……莊蹻起，楚分而為三四。」並進而將莊蹻用兵與齊國田單、秦國商鞅等同並論，以為「是皆世俗之所謂善用兵者也」。《韓非子・喻老》云：「莊為盜於境內，而吏不能禁，此政之亂也。」《呂氏春秋・介立》，更將莊蹻之亂對楚國的影響，與長平大戰對趙國之影響並論。後世《史記・禮書》亦云：「莊蹻起，楚分而為四參。」《論衡・命義篇》則云：「莊蹻橫行天下，聚黨數千，攻奪人物，斷斬人身。」凡此等等，皆證明了一個事實：莊蹻之亂，使奉行封地自治傳統的楚國更加支離破碎了。根本原因在於，莊蹻之亂使楚國世族的私家武裝走到了前臺，分治之勢更加難以動搖。

項氏的江東子弟兵，正是在莊蹻之亂中崛起的一支勁旅。

項氏部族曾經滄海，其興衰沉浮之多，常令項燕不勝感慨。

殷商王朝時，有一個小方國項，因其僅為第四等子爵，故云項子國。其國瀕臨洧水，有地方圓百餘里而已。這個項子國，皆以國為姓，有了最早的項氏部族。周滅商，弱小的項子國沒有出兵勤王。周初有管蔡武庚之亂，已經失國的項氏部族專事漁獵，也沒有捲入。為此，周公平定管蔡之亂後重新分封，著意恢復了項氏封地，以為小邦忠順之楷模，於是又有了項子國。歷經數百年，周平王東遷洛陽，天下遂入紛爭不休的春秋之世。其後的項子國，吞滅了周邊十幾個更小的城邦小諸侯，經周王室認可更名，正式號為項國，其國都項城便成了淮北小有聲威的重鎮。

正在項國欣欣然蓬勃興旺之際，中國大勢一朝變了。西部戎狄、北方胡族、南部諸蠻、東部諸夷，似乎約好的一般同時向中原洶洶然進犯，燒殺劫掠的戰火彌漫了所有諸侯國的縫隙。其時，春秋霸主齊桓公在丞相管仲襄助下，會盟諸侯，一力舉起「尊王攘夷」大旗，呼籲諸侯放棄紛爭，共同抵禦四面蠻夷。中國諸侯遂各自奮勇，紛紛出兵組成聯軍，合力反擊洪水般的蠻夷入侵。然則，在齊國九次會盟諸侯組建聯軍的年月裡，項國卻死死固守著自家封地，一如既往地採取了觀望對策，罕見地沒有出兵攘夷聯軍。對此，齊桓公耿耿不能釋懷，在夷患消除之後與當時的大國魯國會盟，祕密達成了一個懲罰項國的盟約。於是，在此年春季，魯僖公以狩獵為名，率軍突然兵臨項城，吞滅了項國（註：項國滅亡在西元前六四七年，《左傳》謂魯僖公滅之，《公羊傳》、《穀梁傳》謂齊桓公滅之）。至此，淮北空留項城之名，項國土地劃入魯國，而項氏國人則被魯國交給了人口稀少的齊國。齊國丞相管仲頒布的命令是：項氏部族全數放逐東海，罰為刑徒苦役，充作漁獵部族。

為了躲避突如其來的巨大災難，項氏部族祕密逃亡東南，進入了齊國鞭長莫及的吳國震澤（註：震澤，古代中國東南大湖泊，後世縮小，餘水大體為今江蘇太湖），在茫茫水域開始了艱難的漁獵生涯。遭此一番劫難，項氏部族痛定思痛，多次合族共議未來生路，終究悟出了一個道理：不以武備立身立國，無論觀望紛爭或是捲入紛爭，即或偶有小成，最終都只是強者魚脯而已。自此，項氏部族大興尚武之風，或漁或獵或耕，人人皆須習武強身，族中子弟但有才具，必須以修習兵法為第一要務。與此同時，項氏大改族法，舉族諸業皆以軍制統轄，但有危難，舉族為兵。漸漸地，吳中（註：吳中，春秋戰國對吳國江東地帶的泛稱，或謂吳郡，今蘇州之稱，並無專指）項氏的強悍聲名在吳國越國傳播開來，項氏子弟也越來越多地進入了吳越兩國的軍旅。

倏忽百年，天下進入了鐵血大爭的戰國之世。越國滅了吳國，楚國又滅了越國。越國滅吳時，項氏舉族為戰，成為一支令越王勾踐很是頭疼的亡命精銳。直至越國宣告滅亡，項氏都沒有歸順越國，而是遁入震澤，多方聯結舊吳部族，屢屢舉兵向越國發難。雖然一直未能恢復吳國，然項氏大名卻已遠播天下。及至楚國滅越，為鎮撫星散抗楚的百越部族，楚威王遂派特使進入震澤，隆重邀項氏出水。楚威王開出的條件是：許項氏以吳中為專領封地，得在泗水下相（註：下相，戰國城邑，因瀕臨相水（泗水支流）得名，今安徽宿遷西部地帶。《史記》云其為項羽出生地）建立城邑為治所，領鎮撫百越之重任。如此優厚之許諾，實則將項氏等同於楚國三大世族了。因為，只有楚國的昭屈景三大世族，才能在專領封地之外，又在楚國都城地帶另建一座治所城邑。當時，楚國都城是壽春，下相正在壽春東北百里之外。項氏合族會商，一則基於與越國世仇，二則基於楚國所許吳中封地之豐饒及地位之崇高，終於接受了楚王的招撫，歸順了楚國，肩負起鎮撫東南嶺南百越的重任。

自此，強悍的項氏進入了楚國軍旅，成了楚國四大世族之一。

然則，項氏終究不能與楚國的昭、屈、景三大老世族相比。蓋昭、屈、景者，都是古老的楚國王族的分支繁衍，盤根錯節根基深厚，非但封地廣袤，且在廟堂也始終居於主宰地位。楚國傳統，昭氏多掌令尹大權，統轄國事；屈氏則多居莫敖（註：莫敖，楚國官職，掌王族事務，亦稱左徒、三閭大夫，屈原與春申君黃歇都曾居此要職），掌王族軍政事務；景氏則多居大司馬，掌關防與舉國軍務。項氏以軍旅成名入楚，在廟堂格局中歷來無傳統高位，而只能以軍功實力立族立身。所以然者，是因為統轄全軍的大將軍也罷，獨領一軍的城防將軍也罷，都是戰時得受兵符方能施展作為，與身居樞要有經常發令權的世族大臣很難抗衡。且不說大軍兵員將領來源多樣，永遠不可能一族獨成，欲以手握軍權而號令天下，在任何一個國家都是非常艱難的，何況楚國這種多方滲透相互糾結的國家。唯其如此，身為大族世族的項氏，始終只能在平定頻繁發作的越人之亂中顯示其實力，其廟堂影響力卻一直不大。若非莊蹻之亂，只怕項氏還不會有軍旅軸心之地位。

莊之亂，朝野震恐，官軍乏力。其時，年方弱冠的項燕只是吳郡的一個都尉，隨主將率領的兩萬官軍截殺馳驅往來如狂飆的莊蹻軍。楚國官軍戰力太差，以致兩次均遭敗績。年輕的項燕深感屈辱，連夜趕回震澤與族老們聚商，籲請親率族中子弟兵為國除患。這個被族人呼為少將軍的小小都尉，慷慨激昂之辭震撼了項氏族人。三日後，合族遴選出了八千子弟兵，由族長鄭重其事地交給了項燕。舉國紛亂之時，項燕一不請王命，二不請官軍，獨率八千子弟兵輕裝上陣，開始了追殲莊蹻軍的飛行軍戰事。歷經三年，項燕軍渡江水、越雲夢、過五嶺、下湘水、入洞庭，死死咬住莊蹻軍不放，大小歷經四十餘戰，最終乾淨地殲滅了這支亙古未見的剽悍飛行軍，將莊蹻首級呈獻給了楚王。由是，年輕的都尉項燕一舉成為楚國名將，項氏子弟兵則一舉成為威震楚國的精銳之旅。其後，楚人但言楚軍戰力，不說官軍，上口一句便是：「不消說得，江東八千子弟兵！」

三十餘年過去，項燕已是年近花甲的老將了，領舉國之兵抗秦，卻依然得依靠江東子弟兵為中堅，項燕不禁很有些悵然。

……

「父親——」

暮色斜陽之下，遙遙一支馬隊伴著沙啞的喊聲從東南飛來。

不用說，是季子項梁回來了。

項燕有四個兒子，以伯、仲、叔、季的排行說，長子（伯）、次子（仲）厚重務實，始終在下相經營封地事務。三子（叔）項伯、四子（季）項梁皆好軍旅，且頗有才具，隨了項燕入軍，目下都已經是聞名軍中的戰將了。更重要的是，在族系林立的楚軍中，只有這兩個兒子，堪稱項燕的左膀右臂。

「季梁，郢都情勢如何？」項燕大步匆匆迎來。

「父親！各方大體通達！楚王特使也來了！」

項燕長吁一聲，腳下一軟，幾乎要癱倒在地了。項梁疾步過來扶住，低聲問了一句：「父親，秦軍情形如何？」項燕站穩身形，向項梁身後的王使一拱手道：「王使遠來，鞍馬勞頓，請入幕府洗塵。」這才回身道，「斥候新報，秦軍在安陵逗留旬日，尚未南下。如此，我軍稍有喘息之機。」項梁驚訝，邊走邊說：「不可思議也！秦軍如何能在安陵逗留旬日之久？莫非有詐？」項燕道：「詐歸詐，大軍未動總是事實。不想它，立即聚將，宣示王命！」

汝陰幕府的聚將鼓隆隆響了。

四、安陵事件　唐且不辱使命

秦王政很是煩躁，二十萬大軍如何能卡在一個小小的安陵？

李信緊急稟報說：攻楚大軍以淮北戰事為軸心，安陵是最好的後援大本營。為此，蒙武老將軍親赴安陵會商借地事宜，遭安陵君拒絕；姚賈大人再度赴安陵會商，亦遭拒絕；李信特請王命，允准大軍強行將安陵君遷移到河內郡！李信羽書之後，姚賈又從河外匆匆趕回咸陽，專一稟報安陵之事。姚賈說，秦軍將士一片憤憤然呼聲，若不盡快確定處置安陵之方略，只怕李信蒙武也難保急於赴戰的洶洶將士不在小小安陵生事。安陵果真出事，安定中原的大方略便將流於無形。嬴政立召李斯尉繚會商，君臣四人議決：除非萬不得已，仍應對既定方略一以貫之，立即敦請安陵君派特使入秦，一次商定處置之法，否則只有強遷安陵君封地一條路可走。於是，姚賈連夜趕往河外，次日，又偕安陵君特使星夜趕回了咸陽。於是，又立即緊急小朝會，剛剛議定了第二天午後召見安陵君特使，面色蒼白的姚賈便昏厥了過去。太醫趕來救治，東偏殿一片忙亂。嬴政大為煩躁，一腳踢翻了身邊的銅人立燈，大罵安陵君害秦雞犬不寧，喝令蒙毅立即殺了特使攻占安陵！旁邊李斯大驚，驟然紅臉高聲喊道：「君上昏也！寧不記怒發逐客令乎！」這一聲喊，嬴政頓時愣怔了，清醒了，否則，很可能當真要再次做出令他自己也後怕的事。

這個安陵君，是當年魏襄王分封的一個族弟。

滅魏之後，中原動盪多生。韓國被滅後，舊韓世族仍能蠱惑人心舉兵作亂。有鑒於此，秦王嬴政接納了丞相王綰提出的方略：效法周公平定管蔡之亂，保留些許有德政之名的小封國，以為舊王族貴胥之出路楷模，從而化解老世族的亡國仇恨，對復辟變亂釜底抽薪。這則方略得朝會議決，最終被秦王書命概括為十六字長策：「法王並舉，鎮撫並行，安定中原，以消復辟。」法乃法治，王乃王道。基於這一長策大略，秦國在中原保留並承認了兩個素有王道德政之名的小國，一個是衛國，一個便是這安陵國。衛國，是以周室王族統轄殷商遺民的特異老諸侯。保留衛國，在於衛國能最好地彰顯秦國承襲、弘揚華夏文明傳統的國策。當然，衛國還出了兩個對秦國最具決定性的治國巨匠：商鞅、呂不韋。保留並承認衛國的繼續存在，在秦國廟堂是沒有任何異議的。安陵國，則是中原三晉唯一一個勉強可以稱之為「國」的一片封地，一座城邑而已。保留安陵的意義，在於彰顯秦國對並非古老的新世族同樣給予尊奉的國策。當然，尊奉的前提是老世族新世族都必須如同衛國、安陵國這樣的忠順臣服，而不是像韓國老世族那般圖謀復辟。如此這般，這個小小的安陵國被保留了下來。

那時，秦國君臣當然明白安陵對於南下滅楚的樞紐地作用。然則，秦國君臣誰也沒有料到，一個小小的安陵君竟能拒絕秦王。

安陵（註：安陵，今河南省鄢陵縣西北地帶）國地約五十里，其城邑坐落在洧水東岸。秦國滅韓後，秦軍主力的大本營由關中的藍田大營漸次轉移到舊韓南陽郡的宛城郊野。這裡河流縱橫山巒低緩水草豐茂，是難得的耕、漁、獵、牧四業俱佳之地。更為天下垂涎者，南陽郡是冶鐵坊聚集之地，時諺云，「宜陽採石，南陽鑄鐵」，此之謂也。故此，南陽郡雖是韓國本土，事實上卻是秦、楚、韓、魏四大國長期反覆爭奪的拉鋸之地。秦昭王時期，秦國一度攻占南陽，曾將其治所城池宛設置為宛縣。其後楚國亦曾攻占南陽，宛縣遂成楚國的冶鐵重鎮。滅韓之後，熟悉韓魏楚地理大勢的李斯上書秦王，提出了秦軍大本營東出關外以南陽為根基的方略。除了上述優勢，李斯著意強調的理由是：「南陽經許地（註：許，春秋許國，戰國置縣，今河南省許昌縣東部地帶），抵安陵，沿洧水鴻溝之間直下陳城、平輿，此乃南下攻楚之上佳進軍路徑也。由安陵東出，直抵大梁之魏齊官道，又是攻齊之上佳路徑也。唯其如此，南陽為大軍根基，安陵為大軍樞紐，山東定矣！」沒有任何異議，秦國廟堂立即做出了決斷：國尉府總司運籌，一年之內，秦軍大本營完成東遷南陽。其後，南陽大本營如期建成，藍田大營又順利東遷，秦軍主力從此在中原立定了根基。此後的王賁軍南下滅魏、王翦大軍班師南來，都是以南陽大營為立足之地。

南陽成為秦軍根基，安陵後援樞紐的建造自然提上了日程。

嬴政的胸襟是博大的。謀劃之初，嬴政派姚賈出使，向安陵君提出以河內五百里之地，換取安陵君北遷。也就是說，在大河北岸許以十倍的封地，使安陵君讓出安陵。可是，那個木訥淡泊的安陵君卻回答說：「秦王加惠，使我以小易大，甚善也。然則，本君受地於先王，寧願終身守定安陵，不敢交易。」姚賈向以精悍機敏著稱，連番周旋，這個寡言少語的安陵君竟是無動於衷，始終只咬定「受地先王，不敢交易」一句老話，以致跌宕至今，安陵倉儲樞紐也沒有建成。以嬴政原本預料，縱然軟說不成，李信大軍隆隆進逼城下之時，諒這個安陵君也會順勢轉向。當真迂闊到底的人物，世間畢竟太罕見了。然則，李信大軍開到了，這個安陵君依然故我，嬴政不禁大感難堪。

清晨卯時，嬴政準時走進了東偏殿正廳。

安陵特使被趙高領進來時，嬴政沉著臉肅然端坐在碩大的王案之後，目光冰冷一句話不說。一個五十里地的封君，竟然派出一個「特使」，竟然與他這個行將一統天下的秦王討價還價，當真不知天高地厚。嬴政一想起來便怒火上衝，勉力定心，偏要看看這個「特使」如何開口對他這個秦王說話。然則嬴政沒有想到，這個紅衣竹冠的使者進入廳堂之後，僅僅是淡淡一躬行了參見之禮，自報一句名號道：「安陵君特使唐且，見過秦王。」之後面色肅然地佇立著不說話了。嬴政雄傑稟性，素來讚賞那些風骨錚錚的人物。當年那個齊國老士茅焦能在他殺死諸多說客之後依然從容進諫，反而被嬴政拜為太傅，其間根本，便是嬴政讚賞茅焦的勇氣。今日一樣，嬴政見這個唐且鎮靜自若，炯炯目光中全無懼色，心下本能地有了幾分贊許：「好！此人頗有名士氣象。」

「足下既為特使，何故不言？」嬴政冷冰冰開口了。

「秦王敦請我邦使秦，自當秦王申明事由。」唐且淡淡一句。

「且算一說。本王問你，區區安陵，何敢蔑視秦國？」

「安陵君愛民守土，蔑視秦國無從談起。」

「唐且，秦以五百里之地易安陵五十里之地，秦國不義麼？」

「義之根本，不強所難。秦以大國之威強求易地，談何義理？」

「安陵君五百里不居，而寧居五十里，豈非迂闊甚矣！」

「安陵君所持，非秦王所言也。」唐且嘴角流露出一絲輕蔑的笑意，「封君受地於先王而守之，雖千里之地不敢易也，豈直五百里哉！」

「足下既為特使，嘗聞天子之怒乎？」嬴政面色陰沉了。

「唐且未嘗聞也。」

「天子之怒，伏屍百萬，流血千里。」偌大廳堂驟然蕩出一種肅殺之氣。

「大王嘗聞布衣之怒乎？」唐且平靜從容。

「布衣之怒，丟冠赤腳，以頭搶地爾。」嬴政揶揄地笑著。

「大王所言，庸夫之怒也，非士之怒也。」

「士之怒，又能如何？」

「專諸刺僚，彗星襲月；聶政刺韓，白虹貫日；要離刺慶，蒼鷹擊殿。此三人者，皆布衣之士也！其懷怒未發，吉凶自有天定。今日加上唐且，恰好四人也！」這個相貌平平的中年士子驟然勃發，語勢強勁目光犀利，頃刻之間彌漫出一股凜凜之氣。

「啪」的一聲，嬴政突然拍案冷笑：「足下縱為士之怒，又當如何？」

「若士必怒，伏屍二人，流血五步，天下縞素，今日是也！」隨著一聲冷峻強音，唐且大步掠向王臺，紅衣大袖中驟然閃現出一口爍爍短劍，風一般橫掃而來……殿角趙高大驚失色，一個飛掠橫插在唐且與王案之間，左手已經同時舉起了王案上的一只青銅鼎，便要當頭砸下……「先生絕非刺客。小高子下去。」嬴政平靜地搖了搖手。

唐且愣怔了。以山東士子論秦王，嬴政只是一個有虎狼之心而色厲內荏的暴君而已，真有勇士當前，秦王准定是惶惶逃竄，更何況還有荊軻刺秦在先，秦王豈能不杯弓蛇影？今日他挺劍而起，雖非當真要做刺客，而只是要維護名士尊嚴與聲譽，然畢竟是劍光霍霍逼來，秦王卻連身形也沒有移動，如此膽識之君王，當真是未嘗聞也。一時間，唐且有些手足無措了。

瞬間沉寂，王案後的嬴政肅然挺身長跪，又一拱手，帶著笑意又一臉正色道：「先生請坐。區區五十里之地，何至於此也！」見唐且終於帶著尚有幾分猶疑的神色在對面落座，嬴政長吁一聲道：「本王明白也！韓、魏滅亡，而安陵以五十里之地存者，徒以有先生也！」

「唐且，但知不辱使命。」

「不辱使命！好！真名士也！」嬴政終於毫無顧忌地激賞這個特使了。

那日，秦王嬴政破例在東偏殿設宴，與唐且痛飲暢談到日暮時分。唐且坦言，安陵君若能親識秦王器局，必心悅誠服矣！只要秦國保留安陵君封地不動，秦軍不擾安陵君宗廟社稷，唐且願說服安陵君許秦軍借地建造倉儲。秦王嬴政大是舒暢，勸唐且回覆使命後入秦任官建功。唐且卻說，官身不言私事，入秦不入秦容後再議。秦王連連讚賞，遂不談唐且個人出路，只海闊天空說開去。末了，唐且兩眼淚光瑩瑩，只一爵又一爵地猛灌自己。

五、三日三夜不頓舍　項燕大勝秦軍

草木蒼黃的時節，秦國大軍直下淮北。

李信確定的戰法是：鐵騎分割淮北，聚殲項燕主力，兩戰攻克郢壽。淮北平野漠漠山巒低緩，最有利於騎兵馳騁突擊，所以如此戰法一提出，便得到了將軍都尉們的一致贊同。更何況，此前有王賁軍狂飆突襲十日連破十城的皇皇戰例，足證淮北戰場正是秦軍鐵騎的用武之地。基於如此戰法，李信與蒙武謀劃一夜，又確定了周密的進軍方略：大軍分為兩路，全部步騎混編；李信軍十二萬，由安陵直下汝水，一舉攻占平輿（註：平輿，戰國末期楚國城邑，地處汝水下游東岸，大約在今河南省平輿縣北部地帶）；蒙武軍八萬，由安陵沿鴻溝大道南下，一舉攻占寢城（註：寢，楚國城邑，地處潁水下游西岸，大約在今河南省沈丘縣東南地帶）。這兩座城池東西相距百餘里，正是將淮北分割為二並壓迫汝陰要塞的最佳地帶。之後，兩軍立即會師城父，南攻汝陰要塞，與項燕軍決戰。殲滅楚軍主力後，長驅直入攻克郢都壽春。

「如此輕兵疾進，年末定然滅楚！」李信軍令之後，老將軍蒙武奮然吼了一聲。

「輕兵疾進，年末滅楚！」將軍都尉們一齊大吼。

一路南下，年末滅楚的吼聲響徹秦軍上下，也伴隨著黑壓壓的大軍洪流淹沒了沿途郡縣。如此進軍聲勢，是秦軍歷史上從來沒有過的。楚北大為震恐，民眾惶惶逃亡淮南，城邑守軍紛紛棄城南撤。淮北重鎮陳城，竟在秦軍越過城池之日變成了一座無軍無民的空城。李信大為振奮，揚鞭遙指陳城空蕩蕩的垛口笑道：「諸位但說，我向秦王上書，進軍大勢如何說法？」身旁一司馬高聲道：「望風披靡！」又一司馬高聲道：「秋風掃葉！」又一司馬高聲道：「虎入羊群！」李信不禁一陣開懷大笑：「誰云國大難滅，不見今日之淮北也！」中軍司馬則高聲道：「楚軍如此跑法，只怕我軍追不上！」

言猶未落，幕府馬隊爆出一陣哄然大笑。李信心頭怦然一動，是也，楚國若放棄淮北全力南逃，王賁偏師能堵住麼？主力追不上，偏師截不住，滅楚大戰豈非泡影？

「下令蒙武：鐵騎軍兼程獨進，兩日攻占寢城！旬日會師城父！」眼見軍令司馬飛騎而去，李信又對中軍司馬下令道：「步騎兩分，章邯率步軍拖後跟進，本帥親率輕裝鐵騎飛兵直下，兩日攻占平輿！旬日會師城父！」中軍司馬「嗨」的一聲，立即飛馬直奔後路的章邯軍。大約小半個時辰後，八萬鐵騎將所有重甲器械就地留給步軍安置，全部輕裝就緒。李信一聲令下，八萬鐵騎在廣闊的原野展開，黑色颶風一般捲向了西南的汝水流域。

蒙武老於軍旅，遠師大戰從未接受過如此明白限定時日的緊迫軍令，且又是拋開步軍而鐵騎單獨前出，一時有些皺眉。思忖之下，蒙武又覺秦王尚且激賞李信壯勇，自己不能損了主將志氣，再說楚軍紛紛棄城南逃，不飛兵疾進也確實不足以捕捉楚軍主力。於是，蒙武當即傳下將令：親率五萬鐵騎軍兼程南下，三萬步軍由馮劫率領隨後跟進。雖則如此，蒙武畢竟謹慎周密有乃父蒙驁之風，同時又派出飛騎軍使，將李信軍令及諸般部署報給了長史李斯。

隱隱地，蒙武總覺李信太過急迫了些。至少，秦國廟堂對滅國大戰從來沒有限定過時日。事實上，滅趙滅燕都比預料之期長了許多，而滅韓滅魏，卻又比預料之期短了許多。這次滅楚之戰，秦王嬴政更沒有提過期限之說。蒙武吼出的年末滅楚，全然是被主將李信的勃勃雄心所激發，大覺痛快而壯軍威士氣之舉。一吼之下，竟成全軍口誓，實在是蒙武沒有料到的。以蒙武想法，當此之時，主將李信便該倍加冷靜。譬如王翦，往往是將士越憤激求戰，他越是冷漠。而李信不然，與全軍一起火熱，又處處急迫下令，未免不太穩妥。老軍旅都清楚，數十萬大軍進入廣袤戰場，統帥對一城一地之攻取，通常都不會下達緊迫明確的限期將令，只有飛兵掠地的奇襲戰，才有大體明確的時限軍令。李信如此軍令，莫非是將這次滅楚大戰當作了奇襲戰？……然則，疑慮歸疑慮，蒙武身為久欲赴戰的副將，寧肯相信自己是人老心暮，也不會將疑慮當作依據去與主將爭辯。畢竟，李信是秦軍新銳大將中極其出色的一個，徒亂其心，絕非蒙武所願。

蒙武不清楚的是，李信極需證明自己。

大朝會商，李信謀劃的滅楚總方略，無疑已經被秦國廟堂明白確認了。所以，在主力大軍南下之前，兩路偏師已經到位：王賁軍祕密開進了淮南，截斷了壽春的江南退路；巴蜀水軍則大張旗鼓地順江東下，進入了夷陵要塞，截斷了楚國王室立足荊楚故地的逃路。如此，以李信總方略展開的秦軍態勢一目了然：西南兩面的兜底包抄已經完成，楚國的逃亡之路已經遮絕，只等主力大軍在淮北的正面決戰一開始，滅楚之期便屈指可待了。然則，李信明白一點，總方略再好，也得取決於具體的戰場謀劃，只有戰場謀劃，才是一個將軍是否具有統帥才具的最好例證。畢竟，總方略未必總是由軍旅將軍提出，即或一個將軍提出了一場戰事的總方略，公議也未必認定你具有真正的統帥才具。其間根由，在於謀劃總方略與戰場運籌是兩種才能。方略之謀是洞察才能，戰場運籌是實戰才能。無論兩者關聯多麼緊密，也無論兩者如何在諸多大家身上交融生輝，其間依舊有著重大的區別。否則，世間便沒有了紙上談兵的趙括，也沒有了擅長實戰而短於方略的廉頗一類戰將了。李信也明白，自己的滅楚總方略被朝會確認之後，對秦王頗具影響力的李斯、尉繚與幾個王族元老，始終對自己心存疑慮，其根本原因便在屢屢被戰場證實了的兩種才能的差別。滅魏之前，大臣們對王賁也是疑慮重重，而滅魏之後，王賁立即成了朝野公認的名將。其根本原因，在於事實已經證實了王賁兼具謀劃之能與戰場之能，堪稱名將。而目下的李信，則是尚未被事實證明的奉命統帥，而不是天下公認的戰功名將。

李信需要證明自己：王賁固然將才，李信更是將才！

在秦軍新銳大將中，李信與楊端和、辛勝、王賁，並稱四大主將。滅趙之戰，楊端和首任大軍副統帥，沒有缺失，也未見光華，可謂好中見平。滅燕之戰，辛勝再任大軍副統帥，也大體與楊端和一般持平。兩次滅國大戰，李信雖沒有成為副統帥，然卻立下了最為人稱道的戰功——長驅千里追擊燕軍殘部，逼燕王喜獻出太子丹首級。秦王聞訊，激賞不已。這一戰功之後，李信的才具聲望事實上已經超過了曾經做過副統帥的楊端和與辛勝。然則，在接踵而來的滅魏之後，王賁的聲望已迅速地淹沒了李信，成為公認的新銳將軍中最為出類拔萃的名將。對於王賁，李信很有些不服，始終以為這是不期然的運氣所致，是諸般遇合促成。

遇合一，其時南下秦軍的使命僅僅是平定韓亂，任何一個大將都足以勝任。秦王獨點了王賁，很大程度是基於王賁始終不被父親王翦大用，想給這個少將軍一個機會。與其說秦王看準了王賁比其餘大將出色，毋寧說是一種檢驗。遇合二，作為滅燕主戰場的大將們，當時確實是誰都不願脫離主戰場而去打那種平亂小仗。遇合三，作為上將軍的王翦，派出任何一個將軍平定韓亂，大約都得說服一番，而接受王命派出王賁，則既不用說服，亦可顯示其一如既往的公正。遇合四，作為老是不得擔全軍主力重任的王賁，也恰恰在尋覓擺脫父親麾下而獨當一面的機會，所以即或脫離主戰場亦欣然力爭……凡此等等，皆為遇合也。而若無種種遇合，誰能說王賁比李信更具將才？李信確信，假如當時自己「不幸」被派作了南下軍主將，自己也會力爭滅魏，也會一舉成名。而且，李信比王賁更通曉兵書熟悉典籍，水戰滅魏之謀劃實施定會更為出色。

四大主將之中，李信是最後以統帥身分出場的一個，也是秦國朝野乃至整個天下最為關注的一個。原因之一，李信第一個做了真正的秦國主力大軍的統帥。楊端和、辛勝皆為副統帥自不待言。王賁的平韓滅魏只統領了本部五萬人馬，在秦國朝野眼中尚不能算真正的大軍決戰。李信不然，是二十萬主力大軍的統帥，其廣袤戰場的縱橫馳騁，足以承載任何一個天才統帥的才華揮灑。其二，此戰是攻滅楚國。楚國之大，使滅楚成為唯一能與滅趙抗衡的統一華夏的大戰，其統帥之功業將千古垂於史冊。其三，李信的滅楚統帥，不是在與新銳大將們的較量中爭來的，而是在與赫赫盛名的上將軍王翦的膽識比照中被秦王認可的。李信取代王翦上將軍而為統帥，堪稱未曾開戰已經先聲奪人。如此者三，李信的榮耀在開戰之先已經光華閃爍了。

唯其如此，李信要重重地抹上最後一筆。

飛騎一日一夜，李信鐵騎大軍激揚著遮天蔽日的煙塵，於次日午後隆隆捲進了平輿地界。秋日夕陽之下，遙遙望見平輿城頭飄動的旌旗與蠕動的兵士，秦軍騎士們立即遍野歡呼起來：「噢呵——有人了！開戰了——」遍野呼嘯夾著戰馬嘶鳴，在震撼大地的隆隆馬蹄的沉雷中如同長風激盪。此時，中央幕府馬隊堪堪勒定，雲車頂端的軍令大纛旗剛剛升起，旗面一個前掠尚未完成，雲車下第一通戰鼓尚未落點，前軍馮去疾部的一萬鐵騎便驟然爆發了驚天動地的吼殺聲，狂飆巨浪般捲向了城下。所有這一切，都在廣闊的原野極為流暢地爆發著，彷彿上天製作的一架完美無比的器械在自動運行。這便是戰國之世的秦軍銳士，聞戰則喜，對戰場充滿著強烈的衝動，對搏殺斬首戰勝敵國充滿強烈的期盼，將嚴酷的大爭視作壯美的人生，以建功立業追求著不朽的生命，若不能強悍生存，毋寧作天地間的犧牲。

及至李信登上雲車令臺，第一波鐵騎已經捲到了城下，後陣大軍也已經萬箭齊發了。倏忽之間，李信綻出了一絲舒心的微笑——攻克平輿，楚軍主力就很難遁形了。

「稟報將軍：蒙武軍業已占據寢城——」

雲車下迭次傳來飛騎斥候的高聲軍報，未等中軍司馬在身旁再度轉述，李信已經不假思索地開始發布軍令：「蒙武軍在寢城整休一日，立即構築壁壘，以為城父會軍之屏障！」中軍司馬答應一聲，快步走下了雲車。幾乎與中軍司馬在雲車梯口交錯，軍務司馬匆匆到了李信面前，捧出一支泥封帶有黑羽毛的銅管道：「稟報將軍，蒙武將軍密件！」李信一點頭，軍務司馬利落地打開了銅管，抽出一卷羊皮紙遞了過來。李信嘩啦展開，目光掃過，眉頭微微一皺。

「稟報將軍：平輿守軍不戰而降！馮去疾將軍請命入城！」

「好！」李信大手一揮連續下令，「馮去疾部入城，留守平輿！其餘各部駐紮城外，起炊戰飯，整休一夜，明晨直下城父！」軍令司馬匆匆去了。未及片刻，平輿城內外炊煙大起歡呼聲大作。蓋秦軍有著久遠的苦戰傳統，更兼軍法嚴明崇尚實效，是故行軍多為冷食戰飯。能夠在戰場間隙明火起炊，實在是破天荒也，在秦軍將士無異於一場社火狂歡。而李信之所以下如此軍令，也是基於實戰情形：大張旗鼓進兵，大張旗鼓攻城，本無祕密可言，何須教將士們冷食匿形。

下達完軍令，李信匆匆下了雲車，飛馬進入平輿城。李信叮囑馮去疾，平輿楚軍與寢城楚軍一樣，都是不戰而降，顯然不是楚軍主力。為防萬一，馮去疾部留守平輿，一則搜集城內糧草輜重以為根基，一則接應後來步軍；一俟步軍趕到，立即在城外郊野構築壁壘，城內城外相呼應，可確保平輿無事。末了，李信重重一句道：「項燕主力未顯蹤跡，兩軍決戰定然在平輿、寢城之間鋪開，不可大意！」馮去疾呵呵一笑道：「李將軍放心也，只要你勾出項燕主力，我第一個喊你萬歲！」李信笑應一句你等著好了，大步而去。出得城外，只見連綿軍營火把大亮，遍野可聞狼吞虎嚥的呼嚕唾唾聲和戰馬噴鼻聲。李信匆匆找到了大將辛勝，叮囑了明晨進軍城父的路徑，遂帶著幕府馬隊連夜趕赴蒙武軍去了。

蒙武密件說了兩件事：一是寢城守軍不戰而降，城內卻沒有囤積糧草輜重，似乎原本便沒打算抵禦，令人可疑；二是蒙武派斥候營喬裝楚人散開探察，得知楚軍主力似在汝陰河谷地帶祕密隱藏，當速定對策。第一樁事，李信與蒙武同感，否則不會有對馮去疾的著意叮囑。第二樁消息李信不能確信，須得立即探察確實。李信知道，直到三日前南下之際，楚國的淮南軍與江東軍尚在半道磨蹭，糧草輜重也未見大規模輸送跡象。項燕能夠聚集的軍馬，事實上只有從陳城南撤的七八萬與汝陰、城父的數萬兵馬；而今城父尚有守軍，則項燕麾下至多只能有十萬上下的軍力，與李信預料的二十餘萬人馬尚有很大距離。

李信原本的謀劃很清醒，估算楚國的可調兵力，滿打滿算三十萬，加上楚國分治藏兵的實際情形，能真正抵達戰場者至多二十萬上下。為此，李信才信心十足地提出了二十萬秦軍滅楚的方略。如今，楚國的情形並未超出李信的任何預料，則所謂項燕主力隱藏不顯，便成為一個很可疑的事實。接到蒙武密件後，李信一直在思忖揣摩，末了判定：項燕聚兵不成，遂以其十萬兵力據守汝陰、城父兩地，抵禦秦軍，以給楚國都城留出盡可能多的南撤時日。因為同時有斥候密報，楚國的舟師已經進入江水，郢壽王室事實上已經在準備南逃。當此之時，項燕軍只能固守，絕不會主動尋求與秦軍決戰。

晨霧彌漫之中，李信馬隊進入了寢城幕府。

匆匆用罷一頓熱乎戰飯，兩人立即走進軍令室祕密計議。蒙武判斷，平輿寢城兩地以同樣方式降秦，說明楚軍已經有了統一部署，而能統一駕馭楚軍者，目下只有項燕。兩地守軍不撤，似是誘惑秦軍繼續在此地作戰。兩地守軍不戰而降，似乎又是在保存人力。畢竟，楚軍做了秦軍戰俘，還是有可能再度成為楚軍。果真如此，項燕軍匿伏汝陰，很可能有蓄謀已久之計，秦軍遠離本土，當謹慎行事。蒙武將該說的都說了，然每一件都不肯定不明確，猶疑之辭顯然多了一些。

「果真如此，項燕神乎其神也！」李信頗見揶揄地笑了。

「總歸是謹慎為上。」蒙武皺著眉頭重複了一句。

「老將軍是說，項燕怕失卻與我決戰機會？或者，項燕尋求與我決戰？」

「大體……然，楚國力弱，項燕似乎又不可能如此……」

「對也！」李信大笑了一陣，「一瀉千里倒能尋求決戰，豈非滑稽哉！」

「種種跡象，委實可疑……」蒙武終究默然了。

「老將軍狐疑也！」李信在立板地圖前轉著，口吻全然是在對帳下將士講說兵法，「舉凡大軍戰場，惑人耳目之跡象多多。否則，兵家何有『示形』之說？評判諸般消息之唯一依據，在國力，在大勢，而不在就事論事。楚國分治已久，廟堂浮華世族敗落。項氏自保尚且艱難，尋求決戰豈非癡人說夢！項燕也算宿將，會作螳臂擋車之蠢舉？據實評判，項燕所謀只有一途：據守汝陰遲滯我軍，以給郢壽南逃雲夢澤斷後！如此而已，豈有他哉！」

「有理……老夫謹受教。」

蒙武終於心悅誠服了。李信的評判有一種堅實的依據，是環環相扣的合理推演。蒙武所疑，卻僅僅是一絲基於直覺的閃光，既沒有堅實的大勢依據，又顯然是自相矛盾的。蒙武敦厚坦誠，全然沒在意李信的語勢，真心地認可了李信。

「當此之時，我軍唯有一法。」

「但聽將軍謀劃！」

「城父合軍之後，立即南下攻占汝陰，全殲項燕軍！」

「好！」

「汝陰打通，立即連攻郢壽，俘獲楚王負芻！」

「將軍壯勇，老夫佩服！」

「老將軍能與李信同心，滅楚何難也！」

「汝陰之戰，是全軍皆出？或留平輿馮去疾一軍斷後？」

「平輿、寢城、城父，三處皆留守軍，老將軍統轄以為後援。」

「將軍獨攻汝陰？」

「李信率主力大軍會戰項燕，再進兵楚都！老將軍只護住後援便是！」

「……」蒙武張口結舌，想說什麼終未說出。

此時，汝陰城外的楚軍幕府中，正在部署一個祕密進兵的方略。

遠在秦軍屯駐安陵的時日，項燕派出了百餘名通曉秦人習俗又會說秦語的精幹斥候，喬裝成秦人進入韓魏舊地刺探軍情，對秦軍情勢瞭若指掌。李信大軍洶洶南來，一路聲威遠遠大過滅趙滅燕之戰。面對強大的秦軍，項燕的總體方略是：棄淮北之北，保淮北之南。也就是說，項燕將郢壽以北的整個淮北分作了兩大區域，平輿以北為北淮北，平輿之南為南淮北，棄北保南。項燕對楚王上書陳述這一總體方略，要害的幾句話是：「棄淮北之北者，避秦軍鋒芒也，不棄淮北之北，楚軍無以迴旋。保淮北之南者，伺機而戰也，不保淮北之南，楚國無以立足。」面對亡國危難，楚國廟堂沒有了爭議。楚王負芻的快馬王書立即回覆了項燕：抗秦戰事悉交大將軍運籌，無須先報後決。得楚王下書，項燕立即實施了第一步收縮：北淮各城守軍退入淮南，民眾去留自便，不得裹挾。

「所以如此，勢也。」項燕對將士們如是解說，「秦軍強盛，楚軍弱散。與秦軍正面擺開戰場決戰，楚軍沒有此等實力。是故，楚軍只能在南撤中尋求戰機。若秦軍占據沿途城池，則秦軍必然分散，或可露出破綻；若秦軍置淮北空城於不顧，一味全力南下，則我軍只能若即若離，視秦軍之情勢伺機而戰。」

當此之時，楚國朝野震恐，楚軍將士也同樣緊張不安。面對項燕的從容不迫胸有成算，上下都沒有了往昔無休止的紛爭，項燕的諸般運籌實施倒是比戰前順當了許多。秦軍越過陳城之時，項燕已經下令將平輿、寢城的糧草輜重與民眾全數撤空，只留下兩支守軍不戰而降。同時，項燕對城父萬餘守軍的將令卻是：必戰而後降。如此部署，大違尋常用兵之道。抗秦而降秦，本身便自相矛盾，且有不戰而降與必戰而後降之分，更是怪異。然，派系林立的楚軍將士都毫無異議地執行了。如此大違常理，項燕是要給秦軍一個假象，使其以為楚軍倉皇撤軍不及，全然沒有戰心。項燕之真實意圖，恰恰在於以此三地守軍的不同降秦方式，使李信得出既是項燕所期望又是李信所期望的判斷：楚軍瀕臨潰散，然畢竟尚有兵力可戰，必須奪取幾個城池以為根基。也就是說，項燕要有意製造出李信所期望看到的事實，也期望李信得出符合自家預料的評判。若李信果真如此判斷了，則對楚軍有明顯好處：不致過早地形成兩軍會戰，從而楚軍能藉機聚結兵力，並使楚軍將士稍有適應秦軍威勢的時日，有效消除已經成為天下通病的恐秦之心。

旬日之間，情勢已經很清楚。秦軍主將李信急於一舉滅楚，又極度蔑視楚軍，拋下堅甲重陣無以撼動的秦步軍，單獨以鐵騎大軍閃電南下，全然長途奔襲戰法。在淮北之南，秦軍已經占據了平輿、寢城，又攻克了稍有抵抗的城父。其間，秦國後續步軍相繼抵達，已經開始在三城郊野構築壁壘。顯然，秦軍立定根基之後，必然是南下汝陰會戰楚軍主力（註：秦軍下城父之後，《史記》有「信又攻鄢郢，破之，於是引兵而西……會城父」之說。然據諸多史家考證，以為鄢郢地望不明，且與進軍方向多有矛盾，疑為流傳錯訛，故不取。）

「當此情勢，出戰時機正在到來！」灰白間雜的山羊鬍鬚在乾瘦黝黑的下頜第一次翹了起來，項燕指點著高大的圖板繼續解說著，「目下秦軍兵力分布是：占據三城，大體分流秦軍八萬上下，主將李信所率的主力步騎軍大體只有十一萬上下。反之，我軍業已大有充實，淮南軍與江東軍已經開到，且一路祕密北進，沒有露出形跡。唯其如此，我軍可戰也！」

「願聞大將軍將令！」楚軍大將們久違地衝動了。

「諸將留意，初戰之要，唯求小勝。」

戰心初起，項燕著意潑了冷水，大將們多少有些意外。然則，聽完了這位大將軍的部署，大將們心下踏實了。項燕部署的祕密進兵方略是：留五萬步軍據守汝陰，主力大軍則祕密東進，聚結於城父東南的山塬地帶；一俟李信大軍南下汝陰，楚軍主力便全力攻秦留守軍。戰法清楚明瞭，又簡單易行，大將們同聲擁戴。

此時，項燕的戰場目標還遠非後來那般宏大，只求擊潰秦軍一部，使楚軍能與秦軍相持對壘。這便是項燕所強調的初戰小勝。所以如此，在於面對天下無堅不摧戰無不勝的秦軍，項燕力求謹慎謀戰，小勝一仗，能爭得再次伺機而戰的周旋餘地，是最為穩妥的方略。還有一處不能對將士們明言，然卻是最要緊者——只有初戰獲勝，楚軍才能獲得朝野合力支撐；否則，楚國廟堂將因一戰敗北而大起爭端，楚軍也將會爆發族系紛爭，以致大軍難以掌控。也就是說，使秦軍知難而退，項燕這時尚不敢想。因為，項燕很清楚秦軍實力，也很清楚秦軍頑強相持的戰事傳統。長平大戰，白起秦軍與趙軍相持三年；滅趙大戰，王翦秦軍與李牧趙軍相持一年；縱使一戰失利，志在滅楚的秦軍也絕不會退兵。楚軍則不然，能在秦軍勢如破竹的滅國大戰中有一小勝，已經十分的難能可貴了，若主力楚軍沒有一場開手勝仗，則楚軍必然後繼無援，也必然無法堅持下去。是故，項燕首戰不求大勝，而寧可選擇最為穩妥的小勝之戰。目下最穩妥的戰勝之法，只能是避開秦軍主力，相機奇襲秦軍三地守軍。

「今夜三更，全軍輕裝，祕密東進垓下！」

「遵令！」大將們整齊一聲，匆匆散去了。

大軍開向的垓下（註：垓下，楚國古地名，在今安徽靈璧東南之沱河北岸地帶，後來項羽兵敗於此），是項燕為楚軍選擇的祕密匯聚之地。

垓者，層層臺階環繞之地也。王者居九垓之地，此之謂也。就實而論，此地方圓百餘里，層層山巒起伏，鋪展之態頗似階梯，當地百姓便將山巒階梯之下的河谷地帶呼之為垓下。垓下有一道沱水流過，人煙稀少草木茂盛，一片片河谷交錯分布於曲曲彎彎的山巒之間，十餘萬大軍分開駐屯，外界根本無以覺察。項燕確信，只要楚軍祕密進入垓下不被秦軍發覺，以兵力對比，此戰便有了八成勝算。

「季梁呵，破秦壁壘，誰堪披堅執銳？」

「我部八千子弟兵！」

諸將散去後，項燕獨留下項梁。一句問話，項梁回答得如此響亮，項燕一時默然了，只在狹窄的軍令室轉著。看著面色沉重的父親，項梁低聲一句：「父親有話，儘管說了。」項燕長吁一聲，轉過身來道：「秦軍兩壁壘，大體各有萬餘人馬。八千壯勇全力一戰，該當可為。為父要說者，楚軍有兵二十餘萬，既須全數參戰，打起仗來，卻又不能當真以二十萬兵力去籌劃。為何？楚軍種種掣肘多生，更兼對秦久無勝績，初戰必多有畏秦之心。與秦軍銳士一戰，若無必死之心，只怕小勝亦難。而若無初戰小勝，則楚軍休矣，項氏休矣！」項梁血脈僨張，一拱手慨然高聲道：「父親！梁與江東子弟兵決以敢死之心衝壘！不使項氏蒙羞！」

看著這個英氣勃發的兒子將軍，項燕不期然淚光朦朧了，回身一抹淚水，背著身子緩緩道：「給江東子弟們說明白，此戰若死，人皆於江東故里建造烈士石坊，以彰其功，以顯其榮……此戰，與其說為國一戰，毋寧說為江東子弟兵尊嚴一戰……八千子弟為敢死之士，上報軍功之日，卻只能是全軍將士。否則，王族子弟、老世族子弟無功，廟堂世族便會心存顧忌，必不能全力支撐楚軍。捨生報國，無以記功，寧不令人寒心也……若不以壯士尊嚴激勵之，我有何說？江東子弟兵屍骨還鄉之日，何以面對江東父老……」

聽著父親緩慢沉重而又欲哭無淚的話語，項梁一時痛徹心脾，淚水如泉湧而出。項燕驀然轉身，輕輕拍了拍兒子肩膀。項梁渾身一顫，猛然抱住父親肩頭，強壓著哭聲哽咽不能止息。驟然之間，項燕閃過一念，今日一別，很可能便是與這個善戰多謀的兒子的最後相處，一時不禁老淚縱橫了。

「季梁啊，獨子們，都回去。」良久，項燕說話了。

「父親，已經清點安置過了，江東獨子一律還鄉。」

「好，這樣好……」項燕看看兒子，又不說話了。

「父親，項氏有後，無須憂心。」

「季梁呵，給我記住：戰後若得生還，第一要務……」

「父親！我最年輕！再說，大哥二哥的兒子，也是我與三哥的兒子！」

項燕不說話了，自己要說的兒子都坦蕩蕩說了。項燕知道項梁的稟性，說的就是想的，想的就是要做的。終於，項燕看著小兒子大踏步走了……當夜三更，楚軍主力一隊隊開出了汝陰要塞，戰馬銜枚裹蹄，兵士緊身輕裝，不張旗號不鳴金鼓，在朦朧月色下融進了草木蒼黃的原野，悄無聲息地向東北方向流淌而去。

兩路大軍會師城父，秦軍將士們一片歡呼。

一路南下如入無人之境，這是秦軍戰史上從來沒有過的奇蹟。會師之日，李信下令全軍明火起炊，酒肉一頓。暮色時分，城父郊野與寢城郊野的連綿軍營炊煙裊裊，一時軍燈煌煌火把遍野，歡聲笑語如大河波濤在秋風中彌漫天地。酒飯尚未結束，步軍士卒便十有八九醉倒了，整個軍營都滾動著雷鳴般的鼾聲呼嘯。依秦軍法度，尋常不得飲酒，但有軍炊開酒，每人三碗或一只酒袋為限，以秦人酒風之烈本不當醉。然則，步軍將士們千里兼程趕到城父，竟然一仗未打。但凡兵士，對不打仗的空跑最是不耐。步兵士卒們疲憊不堪又哭笑不得，一端起大酒碗便開始高聲咒罵楚軍嘲笑楚軍，百般感歎立功無望，又對騎兵兄弟們眼紅得要死。一時間人人煩躁不堪，三碗下肚渾身癱軟，呼喝聲中一片片躺倒扯出了漫無邊際的鼾雷。尋常時日若這般疲勞，大睡三日三夜能否恢復亦未可知。

然則，戰場畢竟是戰場。次日清晨鼓號大起，幕府聚將，李信軍令下達：步軍留守城父寢城構築壁壘，騎兵軍與兩萬弓弩步軍南下攻汝陰。主力大軍一開出，留守步軍將士更見煩躁，幾乎是人人拄著鍬耒站在壕溝邊黑著臉發愣。在此時的步軍將士眼中，楚軍早逃遁到茫茫水鄉去了，留在這裡無仗可打，空築壁壘只能是白費力氣。滅楚之戰，只剩下汝陰一戰，卻只去了兩萬步軍連弩兵，還是輪不到自家上戰場。聲名赫赫的滅楚之戰，竟然白白跑了數不清的路卻連楚軍影子也沒見著，當真豈有此理！士卒們一肚子悶氣難消，再加遠未睡透渾身半軟，壁壘構築之進展可想而知。

李信大軍隆隆西來，午後時分渡過汝水進逼到汝陰郊野。

在步騎各部展開陣形之際，李信迅速登上了司令雲車。遙望汝陰城頭旌旗刀劍密布，座座箭丘隆起，連排弓弩手引弓待發，各式防守器械矗立在一個個垛口，鐵水燒紅的大行爐冒著滾滾白煙。中央箭樓前的垛口佇立著一員綠斗篷大將，正在遙遙指點著城外布陣的秦軍。李信斷定，此人很可能便是項燕最得力的大將項梁。南下以來，第一次看見楚軍如此整肅壯盛的軍容氣勢，李信這才隱隱感到了李斯評介的意涵：「項氏世為楚將，項燕項梁素稱父子驍將，更有江東封地子弟兵死心效力，滅楚之戰不可小視也！」然則，這也僅僅是一閃念而已，陡然彌漫在李信心頭的是一股壯勇豪氣——如此楚軍，尚可配我銳士一戰也！

「下令各部，半個時辰備戰就緒。」李信下達了第一道軍令。

雲車大纛旗掠過了湛藍的天空。片刻之間，茫茫黑色軍陣迭次響起激揚的牛角號聲。軍令司馬高聲稟報道：「各部受令，準時達成！」眼見雲車下的黑森森軍陣整肅流轉從容展開，李信對著汝陰城頭不禁輕蔑地笑了。城父聚將之時，李信已經部署好了攻城戰法：主力騎兵八萬兩分——四萬騎士改步軍攻城，四萬鐵騎四野截殺逃亡之敵；兩萬連弩器械兵也是兩分——連弩營正面摧毀城頭楚軍，器械營專司越過護城河的壕溝車與攀城大型雲梯，為四萬騎改步將士之輔攻軍。此次南下，由於眼見楚軍望風而逃，李信大軍從陳城開始改為狂飆突進，諸多大型器械留給了後續輜重營。此次大軍兩分，諸多大型攻防器械又留給了城父蘄縣兩壁壘的步軍。是故西來秦軍攻城，除弓弩營之外，大型器械只有最基本的兩樣——壕溝車與大型雲梯。唯其如此，李信的戰法簡單明確：大型連弩摧毀城頭守軍，壕溝車過護城河，大型雲梯爬城搏殺，騎兵截殺突圍之敵。李信確信，除卻趙軍，天下沒有任何一國大軍堪稱秦軍敵手。汝陰楚軍縱然稍強，至多也是堪堪一戰，絕非可與秦軍勢均力敵的久戰對手。故此，李信預期暮色時分結束汝陰之戰，之後立即奔襲楚國都城，俘獲楚王負芻。

「稟報主將：各部就緒，請命開戰！」

「好。發令開戰。」李信平淡從容。

軍令司馬的小令旗當空劈下，雲車立柱軋軋轉動間大纛旗平展展掠向汝陰。驟然之間山崩地裂，隆隆戰鼓如雷陣陣號聲淒厲連弩大箭急風暴雨般傾瀉城頭，大海怒濤般的喊殺聲中黑壓壓兵士越過一連串展開的壕溝車颶風般捲向城下，密密麻麻攀附在一架架隆隆靠近城牆的大型雲梯上壓向城頭……與此同時，城頭楚軍同樣爆發，滾木礌石鐵汁箭雨當空傾瀉，人卻隱匿在垛口之後躲避著呼嘯撲來的連弩大箭。雲梯靠近城頭，秦軍的連弩大箭停射，城頭楚軍的喊殺聲驟然爆發，密匝匝閃亮的刀矛劍鉤白茫茫一片籠罩了城頭……

李信沒有料到，眼看著暮色降臨，汝陰城池竟依然還在楚軍手中。及至初月朦朧火把高舉，李信的手心出汗了。一個念頭閃電般掠過心田——楚軍如此死命抵禦，莫非另有圖謀？同時，又一個念頭同樣閃電般掠過心田——無論楚軍圖謀如何，都只有先攻克汝陰，否則很可能大事全休。心念電閃之間，李信大吼一聲：「猛火油櫃！燒毀城門！」

「稟報主將：猛火油櫃沒有隨軍！」

倏忽之間，李信愣怔了，清醒了，一股涼絲絲的氣息爬上了脊梁。猛然，李信飛步下了雲車，飛身上馬直過壕溝車，下馬大步走到正在一波猛攻之後喘息整修的將士們面前一聲大喝：「輕兵列陣！死戰攻城！」將士們一時驚訝愣怔，你看我我看你無人應答。蓋秦軍之所謂輕兵者，戰國中期以前之敢死旅也。自秦昭王之後秦軍強大無比，裝備之精良世無匹敵，輕兵死士之戰早已不復存在。當此之時，李信驟然喊出輕兵死戰，秦軍將士還當真一時懵懂了。然則，輕兵之戰畢竟是秦軍的古老傳統，縱然遺忘了戰法，總是知道必須死戰攻城。對於驕傲的秦軍銳士，強敵當前而拒絕死戰是永遠不可能發生的事情，而今主將下令死戰，豈有怠慢之理？於是，倏忽愣怔之後一片慷慨憤激的吼喝，敢死之旅片刻間組成了……

李信沒有料到，三波輕兵猛攻死傷近萬人，汝陰還是沒有破城。

時已四更，總司連弩器械的將軍章邯大步走過來說，不能如此死戰了，楚軍突然死戰大是怪異，當立即另謀對策。李信臉色鐵青地思忖片刻，終於揮了揮手說，好，整休戰飯，聚將會商。中軍司馬領命尚未轉身，突兀一陣急風驟雨般的馬蹄聲從後陣傳來。急迫馬蹄直踩心頭，李信陡然渾身一個激靈！

「報——」惶急尖厲的呼喊震驚了幕府將士。

一支馬隊風一般捲到司令雲車前，火把之下但見騎士人人渾身浴血斷劍折弓，黑色甲冑變得斑斕怪異，衝進圈內紛紛跌落馬下，戰馬們也一座座小山轟然倒地。李信章邯與護衛司馬無不驚愕失色，竟沒有一個人喝問。在這剎那之間，一個騎士奮然挺身站起惶急嘶喊道：「楚軍夜襲！連續攻破兩城壁壘！我軍正，正向西撤！」

如轟雷擊頂，李信一個踉蹌搖搖欲倒。章邯一個箭步扶住吼道：「李將軍穩住！扭轉戰局要緊！」李信突然彈起，剎那間不可思議地冷靜下來，厲聲喝問道：「可知楚軍兵力？」浴血騎士道：「老將軍派我突圍稟報，說楚軍二十萬上下！」倏忽之間，李信心頭雪亮，楚軍所有圖謀都閃電般驟然清楚了。此刻的李信反倒特別冷靜，連續發令道：「汝陰之戰放棄！章邯將軍整肅城下我軍，騎兵改回，護持弓弩營立即占據大道，掩護我軍後撤平輿！四萬鐵騎我自率領，立即向來路截殺楚軍，接應蒙武部！」章邯點頭領命，又急迫叮囑道：「弓弩營大箭所剩不多，射出者一時無以收回，將軍不能戀戰！」李信說聲知道，拔出長劍飛身上馬一聲長呼：「鐵騎上馬！隨我殺——」

李信率四萬鐵騎東來接應蒙武，奔馳未及百餘里天便亮了。秋霧濛濛的曙色中，遙聞殺聲彌天無邊無際。李信鐵騎軍掠過一道山梁，便見山塬平野間黑壓壓雲團湧動而來，其後灰黃色雲團呼嘯緊隨。李信長劍一舉，四萬鐵騎潮水般洶湧下山，分成兩支展開，繞過黑壓壓雲團，猛烈地插入黑黃連接部，向黃色雲團壓去……半個時辰的猛烈搏殺，李信鐵騎軍終於遏制住了楚軍的追擊浪潮而稍得喘息。但是，立馬山頭的李信遙望楚軍旗幟陣形，卻分明覺得楚軍並沒有後退之意，而是在整肅軍馬，顯然要繼續衝擊秦軍鐵騎。此刻，李信的幕府馬隊已經於亂軍中找到了蒙武馬隊。蒙武匆匆趕來，沒有絲毫猶疑便勸李信撤軍。蒙武遙指茫茫楚軍，抹著臉頰傷口的血水汗水道：「這才是楚軍主力！足足二十萬！我軍無備，又器械箭鏃不全，不能戀戰喪師，只有立即撤軍！」李信心痛如刀絞，剛剛說得滅楚二字，便被素來持重的蒙武厲聲打斷：「此時何時？我軍業已落入項燕圈套！將軍寧全顏面，不思國家乎！」李信倏忽愣怔，突然一揮手道：「老將軍說得對，撤軍！步軍先行，我率鐵騎斷後！」

直到蒙武步軍匆匆西退百餘里，李信鐵騎才開始後撤。不料李信軍堪堪開動，楚軍立即呼嘯著壓了過來，緊緊咬住秦軍不放，饒是秦軍戰馬雄駿，始終也只相隔著兩三里地而已。退到汝陰郊野，李信沒有料到，情勢已經再次起了變化。

原來，李信鐵騎軍開出後，汝陰城內的楚軍全力殺出猛攻城外秦軍。章邯顧忌弩箭銳減，尚需留作斷後，下令器械營士卒改作步戰士卒，與剛剛重新改回的兩萬餘鐵騎軍結陣抵禦，不求擊潰楚軍，只求自家根基站穩。雙方僵持到午後，蒙武西撤大軍趕到，正欲合兵一舉殲滅出城楚軍，楚軍卻又突然縮回了城內。蒙武嚴厲阻止了將士們攻城的請命，當即決斷：整肅部伍，等候與李信軍會合後，再交替斷後退兵。與此同時，蒙武派軍令司馬飛書留守平輿的馮去疾，令其立即開出城外列陣，接應西撤大軍並作第二輪次斷後。及至李信軍趕到汝陰，蒙武章邯等剛剛匆忙統計完傷亡情形，稟報給李信的數字是：一夜之間，秦軍總計傷亡五萬餘，戰馬銳減三萬餘；城父蘄縣的步軍器械弓弩大部丟失，全軍僅存章邯部連弩營，然最具殺傷力的大箭僅餘五萬上下了。

「如此退兵，痛殺我也！」李信第一次流淚了。

「此時不退，糧道被楚軍截斷，全軍覆沒！」蒙武第一次強橫了。

「好。撤兵！我斷後！」

「不能！將軍身為統帥，要帶全軍回秦！斷後輪次已經排定！」

乍聞在秦軍中久違了的「全軍回秦」四個字，李信突覺心頭大慟，一聲猛烈哽咽昏厥了過去。在秦孝公之後的秦軍歷史上，危難而突圍撤軍的時刻是屈指可數的：胡傷攻閼與一次，長平之戰後王齕攻趙國一次，鄭安平降趙而秦軍三萬將士不從死戰一次，呂不韋時期蒙驁遭信陵君合縱聯軍伏擊一次，再加上李牧敗秦的兩次，百餘年大戰不足十次而已。每逢如此困境，激勵秦軍將士的誓言都是這四個字——全軍回秦！而凡當此四字者，必是大敗無疑，統帥則必是敗軍之將。李信本是豪氣萬丈的少壯將軍，懷滅國雄心而來，陡然遭此莫名敗績，心何以堪？

……

終於，李信大軍全面退兵了，然災難並沒有結束。

項燕從垓下祕密出兵的當夜，一鼓作氣攻克了只有數萬步軍的城父蘄縣兩處壁壘，逼得蒙武軍倉皇西撤。此戰之勝，立地激勵了楚軍戰心。項燕當機立斷，立即下令全軍追擊。此時兩軍兵力對比，楚軍已經大大居於優勢了。當然，更重要者在於，李信大軍已經是一支丟棄了秦軍最具優勢的重裝備之後的輕裝軍了。輕裝大軍固然快捷，然對於裝備簡單而戰心陡長的楚軍，其優勢幾乎不復存在。此時起決定作用者，一定是兵力對比。項燕之大局權衡清楚非常，所以連續下令隱伏各地的楚軍，務必一齊開出，對秦軍大肆圍攻追擊。楚軍二十萬主力，則由項燕親自居中督導，以項梁八千江東子弟兵為前鋒，死死咬住李信大軍緊追不捨。無論秦軍如何輪次斷後，楚軍都絲毫不減弱追殺攻勢。百餘年之後，太史公之《史記·白起王翦列傳》對楚軍追擊戰的記述是：「荊人因隨之，三日三夜不頓舍，大破李信軍……」頓舍者，停頓也，捨棄也。三日三夜不頓舍者，三日三夜不停頓，緊追不捨也。足見楚軍反擊之盛，亦足見秦軍山倒之狼狽。

楚軍一鼓作氣追殺過陳城，項燕才下令終止，全軍又撤回了平輿一線。

六、痛定思痛　嬴政王車連夜飛馳頻陽

李信軍大敗的消息傳到咸陽，秦國朝野窒息了。

秦王嬴政一把撕碎了軍報一腳踢翻了書案，連連咆哮卻聽不清罵辭。趙高嚇得瑟瑟跪伏，當場尿濕了衣褲。李斯蒙毅也是手足無措，既不知如何能使秦王平靜下來，更不知如此發作的秦王還會做出何等可怕的事來。可是，李斯蒙毅沒有料到的是，秦王的震怒咆哮越來越微弱，漸漸地沒了聲息，只靠在大柱上兀自涔涔冷汗。良久，秦王終於接過了趙高惶恐捧來的汗巾，抹了抹額頭，嘶啞著聲音撂下一句話：「兩位善後，會同丞相。」猛然轉身走了。

三日三夜，秦王嬴政一直沒有走進書房，急件密件頓時堆積了十幾張大案。李斯無奈，只有教蒙毅守在秦王書房應急，自己索性住進了丞相府，與王綰沒日沒夜地緊急處置敗軍事宜。蒙毅守在王書房寸步不離，擔心秦王又無以得見；憂心父親又不能違法探望，以致憂心忡忡，連飯也斷了。一夜，趙高突然露面，蒙毅立即喝住了趙高，問秦王情形。趙高苦兮兮皺著眉頭，只說是來拿一件物事，而

後惶恐低頭，一句話也不說了。蒙毅自來不齒趙高，見狀一臉厭煩地揮了揮手，趙高立即風一般去了。

第三日暮色時分，李斯匆匆回到了王城書房，對蒙毅敘說了與王綰共商的種種處置，又商議了幾件急需處置的王族子弟敗軍貶黜事，兩人這才疲憊地坐下來開始晚湯。蒙毅三日未食，與李斯第一次用飯，心緒顯然舒緩了許多。晚湯後蒙毅敦促李斯回去歇息，李斯卻連連搖手。於是，兩人對坐煮茶，卻又相對無語。

「敗績有數了？」良久，蒙毅低聲問了一句。

「如此敗績，未嘗聞也！」李斯輕輕一歎，「片時連失兩壁，一夜連退三城，三日三夜大敗逃，一無反擊之力……七都尉戰死，八萬六千三百一十三名士卒拋屍，撤回十餘萬，人人帶傷……糧草器械軍輜，全數丟失……淮北之地，悉數被項燕軍收回……」

「……」蒙毅一個哽咽，雙手摀住了臉膛。

「兩主將，交廷尉府暫押了，待決……」

「一戰若此，家父何堪！」蒙毅一拳砸案淚水泉湧。

「老將軍，終究沒亂。否則，此次必全軍覆沒也！」

「戰敗當罪。長史，無須為家父辯解。」

李斯起身走到自己公案前，從案頭一方銅匣中拿出一支粗大的竹管過來道：「此乃老將軍戰場急件，你且看看。」蒙毅搖搖手道：「家父負罪，我或連帶，不當看。」李斯道：「這宗密件，乃老將軍從戰場報給長史署的公文，本當早給你看。奈何老夫閃念差錯，既未呈送君上，亦未知會於你，悔之晚矣！」蒙毅頗感驚訝，接過飛快地瀏覽一遍，不禁苦澀笑道：「家父這急報只說了戰事方略，又沒說自家如何反對，更沒申明呈報王書房，大人卻如何呈送君上？再說，雖是公文式樣，抬頭卻是給大人的，交不交我看實在無妨。」李斯歎息道：「我固不違法，然卻違心也！老將軍此舉，定然有所期冀。老夫當時揣摩，老將軍很可能欲經老夫之手，將此件知會尉繚子，或知會王翦老將軍，此兩人資望深重，若能指李信之謬，或可直陳秦王。老夫卻……惜哉！惜哉！」蒙毅苦笑道：「大人無須自責，假若是我，我也不會交任何人。李信正在氣盛之時，君上正在激賞之際，老國尉與王翦老將軍遠離戰場，縱有評判也未必有用。將在外君命有所不受，況正逢君上激賞之李信？」

兩人圍著紅亮的木炭燎爐一時說開去，諸般感慨不勝唏噓，不知不覺已是三更了。蒙毅道：「君上三日不進書房，會否病倒？」李斯默然片刻沉重搖頭：「難說。」蒙毅道：「得設法見到君上，索性我闖宮！」李斯連連搖手道：「不可不可。君上非常人，斷不會置國事於不顧，也不會容不得一場敗仗。」蒙毅急迫道：「這次不一樣，吼叫得聲音都嘶啞了。」李斯嘴角抽出了難得的一絲淡淡微笑：「吼歸吼，可你聽見吼了些甚？」蒙武恍然道：「是也！哇啦哇啦好大一陣子，一句罵辭也沒聽出。」李斯敲了敲燎爐，頗有些意味深長地望著窗外漆黑的夜空：「怒而不知何罵，大體已是省察自己了……不急，君上若能深徹省察，秦國之幸也，天下之幸也。」蒙毅一拱手道：「與大人言，謹受教。」正當此時，一陣急迫的轔轔車聲清晰傳來，兩人幾乎同時倏地站了起來。蒙毅快捷許多，一個箭步已經掠向了門廳。李斯趕到廊下，車聲已經遠在王城之外了。兩人正在張望，一個少年內侍匆匆跑來作禮道：「稟報兩位大人，趙令要我知會兩位大人，君上趕赴頻陽去了！」

「蒙毅，帶上那卷書報，快追君上。」李斯沒有絲毫猶豫。

「好！」

蒙毅疾步回身取了一卷文書，身影飛出淹沒在了暗夜之中。

嬴政將自己關了三日三夜。

松柏森森肅穆靜謐的太廟，是嬴政在茫然漫步中撞進來的。當時趙高見秦王出了東偏殿，連忙飛快地對兩名小內侍一陣叮囑，三人便跟著秦王去了。兩名小內侍遠遠在前，趙高若即若離在後，手忙腳亂地示意著遠處的各色身影迴避開來。茫茫然的嬴政走進了深深的王城苑囿，走過了兩處夫人嬪妃們的寢宮，走過了碧藍的湖畔，走過了火紅的胡楊林，走出了雄峻的王城北門，走進了北阪松林塬下的太廟。嬴政大踏步走著，逢彎拐彎遇橋過橋，奇蹟般沒有一個閃失，沒有一個磕絆。身後的趙高瞪著兩眼疾步遊走左右，既不能進入秦王目光，又須得能夠隨時撲上去抱住秦王，時不時一身冷汗。被兩個小內侍遙遙示意迴避的嬪妃侍女們，雖已經紛紛躲在了柱後林下，卻都驚喜萬分地要目睹難得一見的秦王。此刻遠遠看去，秦王目光直愣愣向前，腳下卻一步不差地大步走著，穿過了亭廊穿過了樹林，儼然一個目盲的神仙在天街遊走，女子們驚愕得人人緊緊摀住了嘴巴不敢出聲。然則，在嬴政心頭的世界裡，天地間沒有一個人影，飄浮的宮殿沒有任何聲音，自己被風吹上了天空，身不由己地飄飛著茫然虛浮地遊盪著……使嬴政恍然醒來的，是那濃郁而熟悉的松柏香火氣息，是烙印在心靈深處的記憶。走進太廟石坊，尚未進入太廟正殿庭院，嬴政便在寬闊的松柏大道停止了腳步。凝視著巍然聳立在北阪山腰的高高殿堂，嬴政停止了喘息，也聽見了身後的腳步聲。

「太廟令，秦王嬴政，沐浴齋戒三日。」

「君上，非祀非典……老臣奉命！」

看著趙高惶急萬分的種種示意，老太廟令終於明白了，連忙去匆匆部署了。片刻之後，嬴政走進了太廟正殿東側的深邃庭院。厚重的大門隆隆關閉了，從太廟署開來的一隊甲士立即鐵柱般矗在了庭院四周。自有王權社稷，君王的沐浴齋戒是最為神聖莊敬的禮儀。因為，君王沐浴齋戒之後要與遠去的祖先對話，要接受天地神靈的啟示。走進沐浴齋戒程序的君王，是天塌地陷也不能攪擾的。然則，嬴政的想法卻很簡單：找一個清靜之地好好想想。方才清醒過來的一瞬間，嬴政恍然醒悟，惶急的匆匆奔走原非夢遊，他是被靈魂指引到太廟來的，只有自囚於肅穆靜謐的太廟，他才能鎮靜自己清醒自己。

嬴政拒絕了繁瑣的沐浴禮程序，吩咐趙高守在門口不許太廟司禮靠近。走進了浴房，脫去了冠帶，躺進了熱氣蒸騰的碩大熱池，靠上了池畔玉枕，嬴政長吁一聲閉上了疲憊的雙眼，在蒸騰水汽中朦朧睡去了……白髮散亂的蒙武嘶吼著揮劍搏殺，漫無邊際的灰黃色浪潮呼嘯著翻捲著淹沒了黑森森的叢林，射完最後一批大箭的連弩營將士們奮然躍起卻又如同山洪中的石頭一般被捲進了洶湧而下的泥石流，沒有一塊石頭能夠倖免，雲天蒼黃，大地蒼黃，草木蒼黃，最後的黑色在天邊抹去，一切的一切都被混沌的蒼黃淹沒，突然，一隻黑鷹閃動著血紅的羽毛閃電般從雲端衝出，裹挾著隆隆雷聲撲進了漫無邊際的蒼黃海洋……

「李信——」

一聲驚恐的嘶喊，嬴政從熱氣蒸騰的水霧中霍然躍起。嚇得聞聲撲將進來的趙高生生跌倒在池沿撞得一臉鮮血，哇地放聲大哭：「君上！不能如此！君上是天下聖王啊！」嬴政赤裸著水淋淋汗淋淋的身子，轉身打量著驚恐萬狀的趙高，目光中第一次流露出一種罕見的柔和：「小高子，給傷口上藥去，沒事了。」趙高一抹臉上鮮血倏地躥起，君上殺了小高子，小高子也不走！」嬴政淡淡一笑：「不走好，不走呆著。」說著，嬴政跨出了熱池，走向另一邊的大池。趙高一個箭步搶前，匍匐在地連連叩頭：「君上不可！冬日熱沐浴之後，非經兩個時辰不能入冷池啊！」嬴政又是淡淡一笑道：「小高子，燥熱得緊，要麼你拎桶冷水澆過來。」趙高哽咽著一躥而起：「君上只要不下冷池，小高子保君上神清氣爽。」說話的同時連番動作，先給赤裸裸的嬴政包上一方大汗巾，接著窗戶大開燎爐移開，清新的風夾著濃郁的松柏香氣浩浩入屋，立即清涼一片。嬴政堪堪落汗，趙高又飛快抱來一床大被包住了嬴政身子，再用汗巾迅速揠去嬴政額頭密麻麻汗珠，又連忙抱來一領貂裘等候在身旁。看著趙高陀螺般飛轉，嬴政搖手道，大被正好，貂裘不用了。說罷一裹大被光著腳出了沐浴房，踏著厚厚的紅地氈穿過連接甬道，走進了齋戒宮室的起居房。

在這間裡外三進的齋戒起居房裡，嬴政開始了靜靜的思索。

嬴政是認真從頭想起的。滅趙之後，他對所餘四國已經有了輕慢之心，將他們看作枯木朽株，而不是看作強敵，應有的謹慎戒懼不期然地輕淡了。多少年來，山東六國只有趙國有抗衡秦國的實力，基於這一天下公認的事實，秦國君臣在對趙方略的所有方面都是極其認真的。滅趙之後，嬴政親赴邯鄲慶賀了那場最大的勝利。之後，在對燕方略上，秦國君臣第一次出現了雖不甚明顯卻又分明存在的歧見。其間根本，是身為秦王的他第一次有了輕慢之心。若非那次突如其來的荊軻刺殺事件，他很可能當真信奉王道撫遠而使天下臣服的方略了：以燕國為楷模，對臣服之國保留相當大封地以為社稷延續。果真如此，秦國一統天下之偉業何足道也，一次簡單的權力更替而已。那次，王翦鄭重地上書提醒了，可他沒有上心。太子丹使荊軻刺秦之後，他立即下令開始滅燕之戰，與其說真正接納了王翦上書，毋寧說更多帶有憤然懲罰燕國的復仇之心。滅魏之後，他的輕慢之心重新泛起了。中原三晉覆滅，趙魏兩個曾經的山東霸主不復存在，底定天下之勢已成，齊楚兩國該當是水到渠成地滅亡了。對於楚國，嬴政尤其蔑視。在秦孝公之後的秦楚百餘年對抗中，楚國除了幾次微不足道的小勝，幾乎從來處於下風。以山東六國的說法：「欺侮楚國，莫秦為甚也！」當王翦提出要以六十萬大軍滅楚的時候，他確實認定這位老將軍已經暮氣甚重了。李信要以二十萬大軍滅楚，他之所以當場顯出讚賞之意並全力認定實施，在於他心頭始終閃動著一個意念：大軍壓境，楚國或可不戰而降。果真如此，六十萬大軍豈非太過揮霍？雖然，他也提出了兩步走想法：先以二十萬大軍滅楚，再圖大軍南下平定百越。然則，只有他自己心裡清楚，這與其說是同時接納了兩方對策的兼聽，毋寧說是否定了拋棄了王翦的主張。因為，他當時所以如是說，確實是基於撫慰這位老將軍的念頭，內心的話卻是：二十萬大軍能滅楚，自然也能平定百越。

目下想來，他這個秦王與李信，都被楚國脆弱的表徵迷惑了。多年來，楚國政變多生而朝局混亂不堪。自支撐楚國的春申君被家臣李園謀殺，楚國權力便落到了卑劣如同趙國郭開的李園之手。這個李園依靠先後進獻妹妹李環於春申君、楚考烈王而暴發。李環生了兩個兒子後，楚考烈王死了，李園遂蠱惑自己的外甥楚幽王淫亂無度，以致楚幽王即位十年身空而亡。李園擁立另一個外甥（哀王）即位，不到兩個月，便被蓄謀已久的王族公子負芻聯結老世族殺了哀王和李園，負芻自立為楚王……如是亂象連綿，軍力自是不堪一擊。更重要的是，此前王賁奔襲楚國游刃有餘，十日連下十城，楚國朝野驚駭，大氣都不敢出。凡此等等，都是事實。李信據以評判楚國脆弱，嬴政據以認同此論，甚或朝臣們也都認同這種評判。表徵論之，沒有錯。然則，當此之時，何獨王翦不如是看？嬴政記得很清楚，王翦言及六十萬大軍滅楚的理由，沒有一句涉及楚國諸般表徵，而只說及楚國基本國情，山川廣袤而族族藏兵，其中最要緊的論斷是：「楚非尋常大國，非作舉國決戰之心，不能輕言滅之。」

如今，數萬將士已經用血肉之軀證實了王翦的洞察力。

戰敗消息傳來，震怒的嬴政找不出為自己辯解的理由，甚或在狂亂的爆發中連咒罵的對象也閃現不出。就實說，嬴政沒有推諉過錯的惡習。嬴政崇尚自己的曾祖母宣太后，那種勇於承擔戰敗罪責而自裁的烈烈英風，一直是嬴政所追慕的。接李信敗報，各色閃念轟轟然一團在嬴政心頭炸開，最明亮的一閃是李信之敗絕非偶然，絕非進兵路徑之類的細節所致。既非偶然，必然何在？思緒翻飛，見事極為快捷的嬴政卻捕捉不住一個切口，在那一刻，嬴政的心智驟然亂了……此刻退一步想，縱然李信不採用奔襲戰法而穩紮穩打，又能如何？李信二十萬兵力能準保戰勝項燕的三十餘萬楚軍麼？從戰場事實看，確實很難。嬴政也還記得，謀劃方略時李信對楚國兵力的預料是至多三十萬。對此，他自己也是認可的。然則，戰場事實是，僅垓下與汝陰兩地的楚軍已經三十萬有餘，且不說郢壽之兵、水軍舟師以及世族封地之私兵。如此，足證楚國彈性極大，其潛在兵力遠在三十萬之上。如此評判，李信也好，嬴政也好，都是在戰場大敗之後才恍然醒悟的。只有王翦，是遠在發兵之先想到的。何獨王翦能在事前有如此清醒的洞察？而所謂運籌帷幄，所謂廟堂決策，所需要的恰恰便是這種洞察，這種遠見，這種預謀之期的冷靜與清醒。大錯鑄成而痛悔不及的事後聰明者，絕非領袖群倫而能開創千古大業之雄主。嬴政若無這般才具，何以一統天下？唯其如此，嬴政始終在反覆地拷問自己：王翦何能如此，嬴政為何不能？

踽踽獨行，悠悠沉思，嬴政的思緒飄向了遠方。

少年嬴政與王翦相識之時，王翦已經年近三十了。其時，王翦雖然還只是堪堪立起將旗的低爵千夫長，但其穩健清醒與獨具一格的冷靜處事，已教少年嬴政留下了極其深刻的記憶。後來，正是王翦與蒙恬這一雙臂膀，扶持嬴政在最艱難的少年時期站穩了腳跟。十三歲的嬴政即位為秦王，曾經多次說過，將軍足為我師也。於是，王翦的「秦王師」之名不脛而走。然則，嬴政與王翦蒙恬的患難情誼也漸漸淡了。當然，與其說是淡了，毋寧說轉化成了一種受君臣法度制約的同心共事者的相處。嬴政還記得，自己對王翦深具厚望，做太子時曾經將自己搜羅到的所有兵書都送給了王翦。正是這些兵書，使後來的王翦有了根本性的躍升，由一個有豐厚實戰閱歷而又深具慧心悟性的低爵將軍，變成了一個真正具有運籌大戰之才華的名將。雖則如此，王翦的稟賦才華卻始終如平靜深沉的湖海，始終有一種持重沉穩的風貌，極少掀起張揚的波瀾。即或在統帥幕府這樣的專斷場所，王翦也極少疾言厲色，以至所有的新銳將軍們都敢於在王翦幕府氣昂昂地敘說自己的戰法主張，甚或與王翦多有爭辯。與白起、李牧這般以統軍剛嚴著稱的名將相比，王翦多少顯得有些木訥而不具威勢，多少靠近燕國樂毅，又少了樂毅那份貴胄名士的灑脫。與王翦對坐論事，嬴政時常有一種恍若面對老丞相王綰的錯覺。因為，王翦論戰事，從來不在戰法上做備細的敘說辯駁，而只做大局大勢之剖析評判，幾乎與李斯尉繚等廟堂謀劃大臣一般。自然，嬴政並沒有因此而認為王翦大而無當。然則，嬴政敏銳地覺察到了王翦的一種心態：戰場戰法是將軍幕府的話題，君王廟堂無須論及。嬴政則自認為尚算知兵，更認為，事前論及戰法只能對戰場統帥有利。故此，對王翦那種頗有君王只要交兵於將而不須干預戰法之意味的方式，嬴政多少有些淡淡的不快。要李信申明滅楚戰法，再徵詢王賁滅楚戰法，嬴政之所以在滅楚之前務求戰法方略清晰明確者，根源在此也。

戰國之世，擁有赫赫戰功而如王翦風貌者，絕無僅有。

然則，仔細想來，王翦有一樁幾乎可以稱之為奇蹟的最大的長處：自來打仗沒有錯失，沒有明顯的錯令缺漏。與此同時，王翦也沒有奇絕之戰。嘗有人言，王翦無奇戰。嬴政聞之，總是淡淡一笑。戰場以戰勝為本，奇與不奇何足道也。然則，嬴政也很清楚，所謂王翦無奇戰者，其實說的是王翦才具平平而已。平心而論，此前的嬴政也多少是認同這種評判的。蓋戰國之世多奇才名將，兵家之謀略，戰場之縱橫無不大放光華，以至天下口碑對名將之評判幾乎近於苛求。一戰而沒有使天下嘖嘖讚歎的奇絕運籌，名士聚會便沒了爭相議論的興致，此戰准定被認為平平，而統兵之將也必然被指為平庸。縱然戰勝，時人亦皆歸於天意運氣之類。此風之下，楷模名將大有人在：大戰之奇若白起，等量圍困，一戰聚殲；救援之奇若孫臏，圍魏救趙，開運動戰之先河；奔襲之奇若司馬錯，千里越秦嶺，輕兵下巴蜀；固守之奇若田單，六年守孤，火牛陣一舉復國；伏擊之奇如李牧，平野草原而能匿兵數十萬，一舉長驅匈奴；狙擊之奇如趙奢，狹路相逢勇者勝，血戰強敵而開敗秦首戰……凡此等等，王翦皆無。滅趙滅燕兩場大戰，都是耐心固守而謹慎求戰，成則成矣，戰法確實沒有多少值得說叨的。老秦人尤喜談兵論戰，輒逢捷報無不爭相傳頌戰勝之奇絕奧祕，而自王翦統兵，秦人相聚議論捷報便只有一句口贊了：「上將軍又勝一戰！」之後便沒了話說。相映成趣者，年輕的王賁一戰而聲譽鵲起，被老秦人津津樂道地終日掛在口邊。究其實，在於王賁戰法之奇使老秦人大覺酣暢淋漓：小戰如平定韓亂，八路進兵眼花繚亂；奔襲戰如飛騎襲楚國，迅捷如閃電，旬日下十城，堪稱飛兵之最；大戰如滅魏，以水為兵，五萬人馬滅大國，簡直蛇吞象！這些，王翦也沒有。嬴政確信，王翦若是王賁，中原之戰定然是另一種打法，肯定是勝，也肯定依然沒有驚喜的浪花。

然則，戰場為何物？戰爭為何物？

國家大爭，為求奇絕而寧可敗之，豈不大謬哉！

自兵爭問世，戰場從來是雙方大軍為國家而一決勝負的角力場。此間之根本所在，是國家利害之得失，而非一將才華之毀譽。唯其如此，主將能以看似平淡無奇之方略而完勝敵國，寧非大幸哉！相對於邦國大計所需要的勝利，有否奇絕之戰，實不足道也。毋寧說，奇絕之戰因其求奇求絕，而必然具有不確定的風險；平戰而勝，則因不求奇絕而唯求戰勝，必然具有確定的勝算。身為最為國家利害計的君王，是選擇確定的勝算，還是選擇不確定的風險，豈不明矣！冷靜縝密而有兼思之胸襟，善於籌劃盤根錯節而多有意外變化之總體大戰，此乃王翦之長也。拋開大國決戰的深層根基，而過分看重戰場謀劃之奇絕華彩，此乃李信之短，嬴政之失也。平心而論，將目下的秦國大將一個個數來，能統率舉國之兵而吞滅最大楚國者，非王翦不能也。痛定思痛之後，即或是王賁，嬴政也不能放心了。畢竟，崇尚武安君白起的王賁尚未老辣，多少與李信更為相像一些……

天降王翦與秦，何其大幸也！

嬴政獨不見兵家泰山，豈非大謬哉！

李信大軍南下之際，王翦上書請辭還鄉了。本心而論，嬴政不當允准這位戰功赫赫的老將軍離開廟堂。然則，嬴政也很清楚，王翦請辭絕非是疑慮他這個秦王猜忌功臣，而是有著表裡兩層原因的。表徵而言，王翦一則要以請辭之舉申明絕不貪功之心，從而平息日漸複雜的朝野之議；再則是王賁聲名鵲起，王翦要給新銳大將們留出功業餘地；三則是王翦年逾花甲，連年戰場辛勞有無暗疾亦未可知，該當頤養天年了。然則，真正的原因，是王翦與他這個秦王的滅楚歧見——如此大略被秦王輕慢，老夫何留哉！在這一點上，該說王翦有著戰國名士之風——合則留，不合則去。雖然，王翦的方式不是去國，而是還鄉。而但凡戰國君主，只要還算得一個明君，對名士基於政見大略之分歧而離去是不能強求的。

唯其如此，嬴政撫慰了王翦，卻沒有堅執挽留這位老將軍。王賁很為父親此舉生氣，南下之前上書秦王，深為父親之舉抱愧在心。嬴政回覆了王賁，書簡只有寥寥數語：「老將軍之心，絕非疑忌木王也，將軍何愧之有？滅楚之戰有歧見，老將軍還鄉大可見諒。戰後就實論之，老將軍自明也。」應該說，那時的嬴政尚算清楚一點：國事之歧見，只有被事實證實之後才能說得清楚，對王賁的「就實」二字，此之謂也。當時的嬴政相信，李信滅楚之後，只要真心敦請，老將軍為國家計，定然還會回到廟堂。目下看來，敦請王翦是必須的了，只是，理由已經相反了。

……

王車飛上頻陽塬時，蒙毅追來了。

朦朧星月之下，碩大的青銅王車剛剛在寬闊的鄭國渠堤岸剎住，蒙毅便飛步到了車側門前，捧著一個粗大的銅管道：「君上，頻陽縣令上書。」嬴政沒有接書，直接道：「何事快說。」蒙毅道：「頻陽縣令稟報，王翦老將軍夫人新喪……」未及說完，嬴政已經跳下王車急問道：「幾時報來消息？」蒙毅道：「昨日午後。」嬴政道：「如何處置了？」蒙毅道：「長史無以見君上，守在書房等候，聞君上趕赴頻陽，命我追來稟報。」嬴政皺著眉頭道：「我問你頻陽縣令如何處置了？」蒙毅道：「老將軍不舉喪禮，不聞鄉鄰，不報官府。頻陽縣令不知如何應對，又心有不忍，遂上報請令定奪。」嬴政仰頭望著冰冷亮藍的夜空，良久默然，突兀道：「小高子，掌燈！」趙高答應一聲，從車轅馭手位向後一倒身子一挺一縮便進了車廂，車內立即亮起了一盞銅人風燈。嬴政一大步跨進車廂，接過趙高遞來的羊皮紙與蒙恬筆便寫了起來，片刻寫好交給趙高封管，轉身對蒙毅道：「你來得正好，立即帶這管書命回咸陽見駟車庶長，務必辦妥此事。」蒙毅道：「君上身邊無人，但有公事……」嬴政一擺手打斷道：「先辦此事。」說罷跨步上車腳下一跺，王車嘩啷一聲轔轔飛去了。

晨曦時分，王車飛上了一片林木蒼黃的山塬。

朝陽之下，一條大水依山蜿蜒而去，水畔林木中依稀顯出一片灰瓦屋頂。林外山坡是大片已經變得蒼黃的草地，山坡後飄盪出一片彌漫河谷的炊煙。王車駛過一座白色小石橋，嬴政清晰地看見了橋下清澈的流水，看見了綠波蕩漾之下密匝匝鋪開的白色石頭，不禁驚奇地噫了一聲。車前趙高高聲道：「君上，這叫白石川，水底全是白卵石。開鄭國渠時我來過。」說話間王車已經過了白石川，沿著車馬大道，片刻到了那一大片因枝葉稀疏而開闊疏朗的白楊林邊。嬴政一眼瞄見拐入樹林的道口立著一柱白石，腳下一跺，王車嘩啷剎住了。嬴政下車端詳，只見道口這柱白石上鐫刻著四個斗大的紅字——東鄉美原（註：美原，今陝西富平縣有美原鎮，以王翦請秦王賜「美原千頃」而得名，故事流傳至今），一條林間大道直通山麓，道中一座石坊遙遙在望。嬴政道：「小高子，將車停進林中等候，我走進去。」趙高連忙道：「車停好我追君上，得有個人傳話。」嬴政道：「也好，你跟著來。」大踏步走進了林間大道。

嬴政一路看來，生出了許多感慨。

東鄉這片依山傍水的塬坡開闊疏朗，然則連同林木草地房舍石坊在內，一切都顯得粗簡平易，遠不及任何一個富商大賈的莊園，樸實得令人想不到這裡竟是赫赫秦國上將軍的家居之地。秦國自孝公商君變法後耕戰立國，臣下的俸金歲入不下山東六國，若再加法定俸金之外的「功必重賞，戰必厚恤」的種種歲入，但凡有功者都比山東六國的官員將士家境豐厚。譬如丞相府的一個主事屬官，可在法定俸金之外依法分到一座四進大宅，幾乎等同於齊國的中大夫。王翦此時已是開府上將軍，大庶長爵位，距晉升侯爵一步之遙，僅其法定俸金，建造三座這樣的美原莊園也綽綽有餘。然則，王翦家居何以如此簡樸？咸陽的上將軍府邸，由於兼具開府處置軍政要務之職能，占地兩百餘畝，主軸八進又挑四座偏莊，堪稱大咸陽最為宏闊的府邸，比目下林中掩映的這片房屋不知壯美了幾多。可王翦偏是特異，從來沒有將上將軍府邸真正當作過自己的家，家人族人也從來沒有在那座府邸連續住過一年以上。滅趙大戰開始後，若不是嬴政著意下令，王翦家人還是不會進咸陽。

滅燕大軍班師回來，嬴政不意聽到一個消息：上將軍府邸開始修葺了，很是華美舒適。嬴政高興得大笑起來，立即下令給職掌王室財貨的右府令，全數包攬上將軍府修葺錢物，無計多少。李斯笑云：「居華府而緩戰場之苦，老將軍何見之晚也！」嬴政笑道：「長史猜度，老將軍會否受王室之財？」李斯思忖片刻搖搖頭：「難說。」嬴政道：「何謂難說？」李斯道：「論法度，王室右府錢物屬國君用度，當算私財。今君上賞賜功臣不以國庫財貨，而以國君錢財，只怕老將軍……還是難說。」嬴政思忖一陣也笑了：「是。難說。」後來得右府令稟報，上將軍府非但爽快地接納了財貨，王翦老將軍還嘟囔了一句，秦王摳掐得好緊也。嬴政聞之，不禁好一陣大笑。李斯也是笑語感慨：「啊呀呀，相交多年，今日方知老將軍風趣也！」

那時，嬴政也好，李斯也好，都沒有想到所以如此的真實原因。而今嬴政明白了，那是未雨而綢繆。也就是說，從修葺上將軍府邸著手，王翦便開始不顯痕跡地將自己變成了一個圖謀享樂的老人，給進退斡旋留下了寬廣的餘地。然則，何以如此？那時大朝會尚未舉行，滅楚之戰的歧見尚未生出，莫非王翦有先見之能？

「王氏庶人恭迎君上——」

一聲長呼，嬴政恍然抬頭，眼前跪倒了一大片老少男女。嬴政正要問話，為首一個布衣壯漢挺身一拱手道：「稟報君上，在下乃王氏長子王焰，餘皆家人。不知君上到來，有失遠迎，君上見諒！」

嬴政連連虛手相扶道：「起來起來，都起來。長公子，上將軍可好？」已經站起來的王炤連忙躬身拱手道：「稟報君上，家父清晨出獵，尚未回程。」嬴政打量著布衣常服的人群，心下突然一動：「府上葬禮未完，何以無人服喪？」王炤一陣愣怔，又連忙惶恐拱手道：「稟報君上，家葬之禮期短，族人居喪已罷。因要田作，故此除服。」嬴政略一思忖道：「好，你等回府自做事了。」回身對跟來的趙高一擺手，「走！獵場。」王炤一時頗見手足無措，得家老眼神示意，方追了上來道：「稟報君上，我來領道。」嬴政回身笑道：「公子只說個大向，不須領道。單車快捷，正好看看美原。」趙高恭敬一拱手道：「敢問公子，獵場是否在那座山後？」王炤不自覺一點頭，嬴政已經大步去了。

王車堪堪出得樹林尚未上道，遠處山麓一柱煙塵暴起，遙聞馬蹄聲隆隆如雷。嬴政驚喜道：「老將軍行獵！」站在車轅的趙高急迫道：「君上快入車！煙塵向後，馬隊向我而來！」嬴政沉下臉道：「上將軍故鄉有何可防範者？走，迎上去。」趙高再不敢說話，一抖馴馬轡索，王車便在林邊草地轔轔馳向山塬煙塵。王車方過林際，煙塵已經飛過了眼前山梁，隔著空闊蒼黃的草地，雙方都進入了對方視野……馬隊驟然勒韁了。王車悠悠停住了。

「上將軍——」嬴政飛身下車，遙遙高喊著向馬隊跑去。

「君上——」倏忽間對面一騎如飛而來，渾厚的呼喊迴盪在山林。

堪堪半箭之地，騎士滾鞍下馬飛步迎來，白髮黑斗篷隨風飄舞，利落勁健全然沒有絲毫老態。在這瞬息之間，嬴政看到了一個真實的龍虎勃勃的王翦，心下突然一熱，便軟軟地倒在了草地上。王翦飛步過來，利落地扶起了嬴政，同時解下腰間皮袋雙手捧了過來。嬴政抓住了皮袋，也抓住了王翦的雙手，眼中不期然溢滿了淚水：「老將軍……無愧嬴政師也！」王翦淚光瑩然，深深一躬道：「君上風寒馳驅，親來蓬蒿鄉野，老夫何敢當之？」嬴政瞬間平靜下來，舉起皮袋汩汩幾口，猛然一怔又不禁驚喜得兩眼放光——這是酒！王翦行獵而能隨身攜酒，足證壯勇猶在。然嬴政心思極是敏捷，知道此刻表露此等心情無異於表露自己此前的擔心，遂指著遠處的馬隊感慨道：「美原有如此騎士，老將軍族人勇烈也！」王翦一拱手道：「君上，這支馬隊非王氏族人，全數是趙燕兩戰之傷殘者。」嬴政大為驚訝：「秦軍傷殘者向有軍功賞賜，他們，沒人管麼？」王翦搖頭道：「他們，都是絕戶子弟，無家可歸，又都是當年老夫幕府的護衛甲士……老夫自作主張，將他們都安置在這裡，做了農戶，成了家。冬日農閒，老夫常與他們行獵……」

良久默然，嬴政大步走到一箭之外的馬隊前，對著或衣袖空洞或腿腳空洞或面具在前的騎士們深深一躬，抬頭高聲道：「傷殘士卒皆大秦功臣！自今日起，美原土地便是你等家園！秦軍傷殘士卒之無家可歸者，都歸攏來美原！美原方圓百里，便是你們永遠的家園！」

「秦王萬歲——」傷殘騎士們弓箭長劍齊舉振奮不能自已了。

「老夫謝過秦王。」王翦深深一躬。

「老將軍，我回咸陽立即教長史下書頻陽縣令，辦妥這件大事！」

「君上愛兵，秦國大幸也。」

「老將軍，家人不說，你亦不提，老將軍當真不欲嬴政入莊乎？」

見秦王一句挑明，王翦略顯難堪，思忖越辯解越糾結，遂深深一躬道：「倉促歸程，尚未作請，君上見諒。君上請。」嬴政遙遙一招手，趙高駕馭的王車嘩啷飛了過來。嬴政對王翦深深一躬，過來扶住了王翦登車。王翦情知無以拒絕，遂也不作執拗推辭，說聲謝過秦王，登上了王車坐在了偏位。嬴政也情知再禮讓王翦也不會坐進那個顯然的王座，遂一步跨上王座一跺腳，王車轔轔飛回了莊園。

「滅楚不以老將軍方略，嬴政悔矣！」

在簡樸寬敞的正廳坐就，嬴政直截了當地切入了正題。嬴政深知，面對一個滄海人物，實在不須自以為聰明得計地花巧周旋，而只須坦率實誠地捧出真心。見王翦沉吟思忖，嬴政又接著說了下去：

「李信敗軍辱國，根在本王用人失察，滅國輒懷輕慢之心……依尋常之情，秦軍本當整休年餘，待恢復元氣後再戰。然則，李信軍敗後楚國氣勢大盛，項燕軍沿鴻溝一線步步北上，重新占據重鎮陳城，大有進逼南陽、潁川之勢……更根本者，姚賈從新鄭密報：中原三晉之滅國老世族，紛紛開始逃向楚國；燕王喜殘部也從海路聯結楚國，鼓蕩齊國，欲圖以楚軍遏制秦軍，而各國世族一齊舉事復國……當此之時，若遲延對楚戰事，天下風雲突變亦未可知也……老將軍雖告病老，一統大業寧功虧一簣乎！」

「楚戰，不當遲延。」王翦溝壑縱橫的古銅色臉膛異乎尋常地冷峻，話語也很遲緩，「然則，老臣年邁多病，君上當更擇良將為是。」

「老將軍平心而論，秦軍諸將，誰堪當此大任？」

「……」

「楊端和？」

「……」

「辛勝？」

「……」

「燕代殘餘尚存，否則王賁……」

「此子將才尚可，只是韌毅未到火候。」王翦終於插了一句。

「老將軍有此明斷，勿復言也！」嬴政奮然拍案又突然打住了。

一陣長長的沉默。嬴政平和地看著王翦，王翦卻垂著眼簾入靜一般。嬴政深知，王翦自來公直，能對身為自己兒子的王賁有如此清晰冷靜的評判，便絕不會違心地舉薦出一個分明有待錘鍊的所謂良將來。而目下大局之嚴峻，更無須嬴政絮叨，對於王翦這般深具為政大家之洞察力的名將，其大局評判之明澈毋庸置疑。自王翦說出「楚戰不當遲延」那句話，嬴政便確信王翦不會因世俗的全身之道而拒絕出山。畢竟，王翦不是武安君白起，嬴政也不是先祖秦昭王。當年秦昭王固執錯戰，白起拒絕出任統帥，雖不合君臣法度，然卻維護了曠世名將從不錯戰的尊嚴。目下君臣情勢不同，秦王嬴政對首戰楚國之錯失已然坦誠痛悔，此時請王翦出山，又在大局峻急之時；王翦既然一口贊同楚戰不能遲延，足證對楚之戰並非錯戰，不若秦昭王在錯過大局戰機之後強行開戰，只為了維護君王尊嚴。以王翦之冷靜睿智，豈能不明白此間分際也。唯其如此，嬴政要給這位老將軍留下迴旋餘地。

「君上必欲用老臣……」王翦終於睜開了老眼。

「嬴政心意已決，上將軍有話但說。」

「滅楚兵力，非六十萬不可。」

「聽老將軍計，六十萬！」

「如此，老臣領命，三日後趕赴咸陽。」王翦無一句拖泥帶水。

「老將軍，旬日之後啟程不遲……」嬴政有些哽咽了。

「君上體恤，老臣心感也！然目下大勢，不容稍緩。」

「老將軍夫人新喪，我心不安……」

「老妻病臥多年，一朝撒手，未嘗不是幸事，君上毋為老臣憂也。」

「老將軍曠達……然則，本王定給將軍一個安穩渾全之家！」

王翦搖著白頭，頗見感喟道：「君上之心，老臣知也！然老臣久在軍旅，於家所求者美原千頃而已，豈有他哉！」嬴政一陣大笑道：「美原千頃何足道也，老將軍之心小哉！」王翦頗見揶揄道：「上將軍「為大王將者，有功終不得封侯，老夫當及時謀劃子孫業也。」嬴政不禁又是一陣大笑道：「上將軍憂貧，嬴政慚愧也！」笑談之間，君臣兩人越見和諧，原先的些許疏離感終於煙消雲散了。及至洗塵酒宴擺開，已是暮色降臨。席間嬴政又問了王翦家人諸般情形，敦請王翦重新搬回咸陽上將軍府。王翦不置可否，只笑雲，老臣留戀村野，班師回來再說不遲。一時酒宴罷了，嬴政月下登車匆匆趕回咸陽去了。

三日之後，王翦馬隊離開美原南下了。

三日之間，王翦處置了所有需要自己決斷的家事族事。其中最大的一件事，是與頻陽縣令會晤，妥善部署了東鄉即將成為傷殘將士匯聚之鄉的種種事宜。真正的家事，王翦不過是在家人為他餞行的小宴上叮囑了一番而已。因王賁在李信敗軍後受命整頓秦軍，一直沒有歸來省親，家事一如既往地落在了長子王炤身上。實際上，三日間王翦費時最多的還是預謀軍事，發出了四道上將軍書令：其一，知會國尉府代為督令秦國各地駐軍盡速聚攏，關內大軍開入關中藍田大營，關外大軍開往南陽大營；其二，飛書九原蒙恬幕府，徵詢可否增援五萬飛騎；其三，下令王賁立即在灞上大營建立上將軍幕府，已經分散各軍的原幕府司馬必須全數調回；其四，飛書河外姚賈，請將楚軍北進動向備細報於灞上幕府。今日南下，王翦已經先派出飛騎向秦王稟報了，他將直接趕赴灞上幕府，無須再入咸陽。

「王書到——上將軍駐馬聽宣——」

馬隊剛剛飛下鄭國渠堤岸進入寬闊的官道，一片軍兵車馬在前方道中橫展開來，隱隱可見紅綠身影與絢爛錦絲車簾的宮車。道中三馬並立，皆高冠斗篷，兩邊分明李斯蒙毅兩位中樞長史，中間一人白髮蒼蒼卻有些眼生。王翦頗為驚訝，一時全然想不起此等鋪排形狀與何事相關，遂勒住馬隊前出一拱手道：「長史別來無恙？」李斯在馬上遙遙拱手高聲笑道：「一別經年，老將軍壯勇如昔，可喜可賀！駟車庶長，敢請宣讀王書。」中間高冠老人一點頭，展開手中一卷高聲誦讀起來：「秦王政特書：上將軍王翦與國功大，多年辛勞無以慰藉，本王經與王族公議，以公主嬴玳賜婚王翦，封號華陽公主。接書之日，王翦當在相逢處與公主合卺成婚——」

宣聲落點，一片上將軍萬歲公主萬歲的歡呼聲驟然彌漫了林間大道。李斯則扶著老駟車庶長下馬，笑吟吟地向王翦走來。王翦卻愣怔了，直到三人到了馬前，還木然騎在馬上不知所以然。李斯當先一拱手笑道：「老將軍，合巹喜帳蒙毅已在林中立好！今日喜酒，天下獨一無二也，李斯縱然無量，也得海醉一回！」老駟車庶長一拱手道：「公主嬴弢自幼喜好兵事，得與將軍婚配，天作之合矣！老夫為將軍一賀……」

「老庶長且慢。」遙見蒙毅從道旁樹林中興沖沖跑來，王翦自覺不能再遲延默然，一揮手打斷了駟車庶長，又一拱手道，「老庶長為王族執法，長史為國家重臣，敢請容老夫一言。」駟車庶長見王翦神色肅然，遂拱手道：「將軍但說無妨。」王翦慨然道：「秦王體恤老夫，王族體恤老夫，老夫心感也！然則，老夫年事已高，老妻雖去，膝下卻是兒孫滿堂，其樂也融融矣！若以暮年白髮徒擁紅顏，老夫何堪也！更有甚者，壯士報國，大義所在焉！若是軍功賞賜，老夫欣然受之，無計多少。然則，若因賞功而得公主婚嫁，此後秦國功臣多多，秦王何賞也！此番婚嫁，非老夫抗命，實心意難平也！老夫心志，萬望兩位大人見諒。」

「老夫不能理會。」駟車庶長顯然有些不悅。

「老將軍也可思慮幾日，再回君上。」李斯謹慎地勸阻了一句。

「大戰在即，老夫不容分心。」王翦沒有任何猶豫。

「既然如此，還是從長計議好。」

李斯折衝一句，駟車庶長回身走了。興沖沖趕來的蒙毅驚愕萬分，對王翦道：「老將軍何迂闊如此也！華陽公主（註：華陽公主下嫁王翦事，秦史專家馬非百先生之資料集《秦始皇帝傳》引《古今圖書集成・職方典・西安府古跡考三》、《陝西通志》卷七十三《古跡二》並《富平縣志》，記載皆同。史家通常認為，華陽公主是秦王嬴政生女。然嬴政二十二歲加冠，此時年三十五歲，以嬴政專一國政之稟性，此時即或有生女，也不可能是十六歲以上，故此作王族公主）並非秦王生女，實秦王族妹，年近三旬未嫁，與老將軍婚配皆大歡喜，有何難堪哉！」王翦搖搖手道：「兩位大人知我也深。老夫村野心性，戰場之外萬事皆索然無味，與王室聯姻徒使老夫手足無措，兩位何獨不為老夫一慮？」王翦坦誠直言，倒促得額頭已經滲出了汗水。李斯不說話了，蒙毅也不說話了。良久，李斯一拱手慨然道：「老將軍但赴灞上，此事容我與蒙毅商議，左右得穩妥了結也！」王翦長吁一聲，對李斯蒙毅深深一躬，上馬飛馳去了。

七、亙古奇觀　秦楚兩軍大相持

灞上幕府一立定，立即開始了緊迫有序的運轉。

大軍正在雲集，王翦的頭一件大事是任將。目下，秦軍大將除王賁因燕代騷動而受命趕赴薊城籌劃追殲之外，尚有李信、蒙武暫押廷尉府待決，馮劫、馮去疾、章邯三人帶傷，原本一班齊整整的新銳大將頓時顯得單薄起來。反覆思忖，王翦上書秦王：請特許李信、蒙武戴罪入軍，滅楚之後一併議決；鑒於蒙武熟悉楚軍且曾對李信戰法持有異議，可再任滅楚副將；李信職司，待入軍之後視其情形酌定。三日之間，秦王立即回書照准。與此同時，王翦派出寬和敦厚的辛勝帶了軍中最好的傷醫趕赴咸陽，撫慰探視馮劫等三人傷勢，看其能否在三月之內恢復入軍。若三人重傷不能入軍，王翦便思謀要重新起用幾個鎮守關塞的老將。所幸馮劫等三將刀劍傷雖未痊癒，得聞王翦領軍再度攻楚，都一齊奮然回到了灞上應職。廷尉府也帶著秦王親筆書命將李信、蒙武送到灞上幕府。王翦立即與蒙武徹夜長談，交代蒙武立即趕赴關外南陽大營先行整頓軍務，立定河外根基，等待關內大軍開出後會合南下。同時王翦與蒙武商定，鑒於李信曾任中軍司馬，通曉幕府運作謀劃，暫派李信重任幕府中軍司馬，全力職司幕府日常軍務。如此一番忙碌，任將之事方初告了結。

第二件大事，是會同國尉府等相關官署，一一確定調兵事宜。自滅國大戰開始，無論分合，秦軍對外出動的總兵力始終是四十萬新軍。也就是說，當年王翦、蒙恬在藍田大營練成的四十萬大軍始終在關外作戰。歷時六年，因始終未出現兵力匱乏之困境，也就沒有再行徵發國人入軍。目下，滅楚傷亡連同既往傷亡，新軍兵員已經銳減十三萬餘，再減去留鎮燕國的三萬飛騎，關內關外主力大軍統共只有二十四萬餘，距六十萬大軍相差尚遠。故此，要調集六十萬滅楚大軍，實際上便是要以這二十餘萬新軍為主力並聚合整個秦國的兵力。大舉調兵關涉各方，須得王翦親自出馬籌劃並隨時決斷。王翦親自與丞相王綰、國尉尉繚、長史李斯會商，由四方各出一名精幹大吏組成一個聚兵署，依照四方長官商定的方略實施調兵。王翦幕府派出了李信，長史署派出了蒙毅，丞相府派出了府丞，國尉府也是府丞，由蒙毅總掌調兵實施方略。王翦與三方長官議定的方略是：秦國既定軍兵除九原蒙恬部與薊城王賁部不再出兵外，函谷關、武關、陳倉關、大散關等主要關塞守軍，一律調出由副將率領的八成兵員，合計十萬上下；北地、隴西、河西三地因防備匈奴、趙國，故常駐兵馬如同關塞，目下北方匈奴有蒙恬軍，而趙燕魏三國已滅，此次將三地兵馬全數南調，合計十二萬餘；另外的駐兵重地是拱衛大咸陽的內史郡，同樣調出八成，步騎合計約八萬上下；最後加上蒙恬回書答應增援的五萬飛騎，總共合計，堪堪六十萬大軍。王翦給所有的發令官署都明白限定了時日，無論艱難險阻，一月之內所調軍馬必須開到指定大營，完成兵將統屬之整編。

第三件大事，備細確定兵器打造修葺與糧草輜重方略。秦軍的兵器裝備經歷了四個時期的錘鍊，於嬴政王翦時期達最高峰。第一時期是孝公商君創立新軍，以當時最為強大的魏軍為範，丟棄戰車為主的老軍制，立起了第一支五萬兵馬的步騎野戰新軍。唯其初創，其時之秦軍鐵兵器與大型攻防器械尚差。第二時期是秦昭王白起的秦軍裝備大改制。其時，國力強盛財貨富庶，白起任上將軍後基於秦軍攻堅大戰增多的戰場情勢，一則大大擴展了秦軍兵力，二則全力打造並多方改進了各種大型攻防器械，使秦軍一躍而成為當時最具威力的重裝大軍。也就是從這時開始，秦軍的大型連弩成為威力無匹的天下第一重兵。第三時期是呂不韋的精細化。大商出身的呂不韋通曉作坊製造之經營運籌，且極富戰略眼光。其對秦軍的最大業績，是對所有的兵器製造作坊頒布法令，明確規定了各式兵器的製作標準。以後世語言說，此即中國兵器標準化生產之鼻祖也。兩千餘年後，秦兵馬俑坑出土的兵器上刻著三級姓名：一是相邦呂不韋，二是作坊官吏，三是製造工匠，可見其監督之縝密。而其出土實物譬如箭鏃，數萬枚箭頭式樣、長度、用料完全一樣，可見其精細。呂不韋的兵器裝備標準化之後，秦軍的兵器器械部件的互換率與組合率大大提高，對於遠距離的征戰具有特別重大的意義。第四時期是秦王政與王翦。當此之時，秦軍面對的戰場發生了兩大變化。一則是滅國大戰所獨有的攻克六國都城的高難攻堅戰成為必然，不下都城，談何一統天下？二則是力求一戰滅敵主力且不留後患，大軍必須確保摧毀敵國根基的威懾力量。對於如此兩大變化，經王翦申明，秦國君臣是完全一致認同的。為此，王翦蒙恬在訓練新軍時制定了明確方略：全軍重兵，戰不求快捷速決，而務求完勝不留後患。如此方略之下，無論是騎兵步兵，各部都同時擁有重甲冑重兵器，且攜帶大型器械，凡萬人之上皆可獨當苦戰。除此之外，最大的變化是王翦首創了以大型連弩為主軸的重兵器械營，集中各式大型攻防器械，可單獨屯兵任何堅城之下長期對抗。唯其如此，秦軍風貌與王翦戰法渾然一體：不求奇戰而重兵推進，無堅不摧地下敵滅國。而李信之所以失敗，其重大原因之一，是其輕兵奔襲式戰法不適合秦軍現狀，丟棄重裝使秦軍優勢大減，攜帶重裝又不能快捷利落地大奔襲，遂自陷矛盾而混亂的境地。而李信面對的敵手，更不是脆弱的流竄軍力，輕兵奔襲未免過於僥倖了。

李信兵敗後，其隨軍糧草輜重與大型器械全部丟失，幾乎占整個秦軍裝備的一半還多。若非秦國財力雄厚，斷難立即發動更大規模的大軍決戰。目下王翦所要盡速完成者，便是補充這些大型器械並重新配備其兵力，同時還要謀劃糧草輜重之輸送方略。為此，王翦特意報請秦王緊急召回了坐鎮新鄭的姚賈，任姚賈以上卿之職總司滅楚後援。姚賈精明練達，其處置事務之才不下李斯，與王翦會商完畢立即風風火火開始實施諸般謀劃。

根基疏浚完畢，已是冬去春來了。

二月二龍抬頭這天，王翦的幕府軍馬要從灞上開拔了。

秦王嬴政率領王綰李斯尉繚等一班重臣，車馬轔轔地趕來灞上送行。餞行軍宴上，王翦舉起大爵先向秦王深深一躬：「老臣村野不識風雅，君上見諒也。」嬴政恍然拍案大笑：「不納公主，何傷風雅矣！原是我強度人心，與老將軍何涉也！」旁案尉繚笑道：「若在山東，老將軍拒納公主便是大忌了。」李斯笑道：「是也！公議必說，此人無人欲而必有權欲，寧不小心哉！當年吳起拒納魏武侯公主，便只有逃國了。」王翦認真道：「人欲者，一則色也，一則財也。老夫無女色之欲，卻有財貨之欲，寧無人欲乎？」說著對王案一躬身又道：「老臣敢請秦王，美原千頃不足行獵，咸陽府池不足行舟，頻陽良田亦不足子孫耕耘，萬望君上再多多賜臣田澤園池。」嬴政一陣大笑道：「國尉長史笑談爾！老將軍行矣，斷不致當真憂貧也！」王翦認真地搖搖頭：「非也。為子孫計，老臣無所可憂，常憂貧也。」君臣不禁一陣哄然大笑。

幕府人馬轔轔上路。行至函谷關夜宿紮營，王翦與蒙武會商罷軍務，又吩咐重任中軍司馬的李信為其擬一上書，向秦王再請賞賜足夠五輩分耕的田產。李信皺著眉頭道：「將軍之請賞幾同乞貸，不覺過甚麼？」「不。要送。」從南陽趕來迎接的蒙武也笑道：「也是，老將軍絮叨得多了，不送這上書也罷。」蒙武李信同聲道：「為何？將軍不信秦王？」王翦搖頭搖搖手道：「不。要送。到了戰場還要送。」蒙武李信同聲道：「為何？將軍不信秦王？」王翦搖頭道：「無關信與不信也。老夫握舉國之兵遠征，朝野議論必有，天下議論必有，非秦王所能左右也。老夫屢屢上書，絮叨田產賞賜，是要秦王知道老夫所懼者何，萬不能因此許議論而掣肘大軍。另則，老夫也是要天下知道，王翦明白誅心之論，非議可以休矣！」

如是上書送達咸陽，幾日後軍使歸來稟報說：得長史李斯轉述，秦王讀罷王翦上書，拍案感慨雲，老將軍非討田宅也，實醒朝議也！秦王已經下令朝野：敢有擅議滅楚諸將軍者，視同亂國治罪！蒙武李信大為驚訝，不禁對這位老將軍敬服得五體投地了。

「諸位將軍，滅楚之功，在此一役！」

旬日之後幕府人馬抵達南陽大營，王翦第一次升帳聚將。各路大軍已經匯聚南陽一月有餘，兵將統屬等諸般軍務已經全部就緒，除了糧草輜重大型器械與候補兵器正在源源不斷運來囤積，六十萬大軍已經大體整肅了。大將們稟報完各軍情形，王翦從帥案前站起，第一次對大將們正面部署滅楚方略。王翦的劍鞘指點著楚國地圖，中氣十足的渾厚嗓音在幕府大廳嗡嗡迴盪：「楚為天下大國。滅楚根本之點，在於戒絕驕躁心氣，以面對趙國強敵那般冷靜之心對楚決戰。滅楚方略：不出輕兵，不求奇兵，全軍正面推進，一城一地下之，直至完全占據楚國都城、全殲楚國主力、俘獲楚國王室！楚軍若與我一城一地爭奪，則我軍求之不得。楚軍若再度放棄陣地諸城，而南撤平輿地帶固守，則我軍兵分兩部：主力進逼平輿與楚軍主力相持，既不立即開戰，亦不能使其脫離；另分一軍在後，一城一城接手整肅城防，鞏固我軍後方，一俟陳地諸城穩固，立即南下合軍，尋機與楚軍決戰！明白否？」

「明白！」

「可有異議？」

「沒有異議！」大將們整齊一聲，無一人有猶豫之相。

「大國決戰以總方略為上，但有異議，盡可明說。」王翦特意一句補充。

「蒙武老將軍以為如何？」諸將無言，王翦又問一句。

「簡單！扎實！可靠！易行！該當如此！」蒙武奮然擁戴。

「李信將軍？」

此刻的李信正站在帥案之後的中軍司馬位置，見王翦詢問，跨前一步拱手高聲道：「輕兵下大國，李信之失已明！重兵壓強敵，上將軍之方略堪稱大智若愚！李信今日方知滅國之大道，謹受教！」往昔傲然無比的李信面色通紅，字字坦誠，顯然是真心悔悟了。

「謹受教！」大將們竟跟著李信整齊地喊了一聲。

得此一聲，王翦頓時心下一熱。秦軍大將們能如此一致地認同王翦今日部署，足證將士之心對首戰之錯已經是人人明白了。兵諺云：「上下同欲者勝。」將士同心如臂使指，何城不下何堅不摧？更重要的是，認同擁戴新方略者包含了首戰敗軍的李信蒙武以及參戰的所有將軍，這是最難能可貴的。心念及此，王翦對廳中大將們一拱手道：「諸位將軍認可老夫方略，老夫欣慰之至也！我軍首戰敗北，再戰便是滅楚復仇之時！諸將務必激勵將士，同心一戰！」

「同心一戰！滅楚復仇！」舉帳一聲大吼。

三月初，諸般後援到位，大軍亦休整就緒。在一個晴朗無雲的日子裡，王翦下令大軍開出了南陽大營，從安陵直入鴻溝大道，隆隆進逼陳城。王翦早已申明，除了不分兵不奔襲，南下進軍依舊走李信軍老路，就是要教楚人知道：秦軍首攻敗北並非進兵之錯，更非戰力不及楚軍，而只是分兵棄裝，中了楚軍奇襲而已。

陳城的項燕幕府前所未有地忙了。

去歲大敗秦軍之後，楚國朝野大為振奮，連續攻秦的呼聲彌漫了江淮。楚國王室與老世族大臣們亢奮不已，合縱攻秦的種種方略一個超過一個的光彩絢爛。平日萬難出手的各色私兵，忽然一夜之間變成了從來都受國府統轄的封地官軍，一反常態地紛紛開出爭相趕赴淮北，不管項燕幕府軍令如何，都一齊打起了項燕大軍的旗號競相搶占一座座失而復得的空城。項燕大是惱怒，立即下令整肅兵馬：凡願入大軍抗秦者，一律進駐大軍營地，不許擅自強占城池；凡擅自強占城池而拒絕入軍者，一律視為私兵，限期旬日退出城池！然則，軍令歸軍令，實施起來卻是跌跌撞撞萬般滯澀。任何一支軍馬都有盤根錯節的出處與名正言順的理由及官文將令，奉命將軍也只能與之會商。而一旦會商，則誰都既不願立即撤出，又不能立即入軍。拖拖拉拉兩三個月，才將這些「官軍」相繼拽進了大軍營地。粗粗一算，嚇了項燕一大跳，目下連同原先軍馬，楚國蜂擁在淮北的大軍足足六十餘萬！既有如此態勢，自當因勢利導。項燕立即與諸將會商，決意整肅出一支真正具有抗秦戰力的大軍，不說六十萬，只要精兵四十萬，項燕便有再敗秦軍的雄心。不料謀劃雖好，項燕卻硬是沒有時日與人手做這件最要緊的大事。各大世族的在軍大將時不時被族命召回，一則賀功，一則密商擴展對策，項燕幕府不能不放。項燕自己也疲於奔命，一則幾次被突然召回郢壽，漫無邊際地會商種種合縱攻秦與重振楚國霸權長策，一次朝會至少流去旬日時光；再則各軍大小糾紛不斷，背後都牽涉大族利害，每一樁都得項燕親自拍案決斷；三則是朝野對項氏勢力的壯大議論紛紜，楚王負芻每每密召項燕澄清一回，項燕便得放下軍務奔波都城一回。如此多方斡旋奔波，數月之間項燕在幕府竟很難連續住過五日，幾乎是任何大事都是淺嘗輒止，既疲憊又煩躁，身心俱累，只差點便要病倒了。

直到秦國再度聚兵的消息傳來，項燕幕府才清靜了些許。

楚王與大臣們不再著意謀劃合縱攻秦長策了。各色「官軍」也不再北進了。廟堂公議之後，下給項燕的王書是：著即謀劃禦秦方略，整軍備戰以再勝秦軍。也就是這短短的一個多月，項燕才真正地能夠處置軍務了。看著父親憔悴疲憊的身影，項梁每每憤憤然：「一窩亂蜂！若非秦軍再度攻來，父親便要累死！」項燕苦笑著搖頭歎息：「勝而不堪其勞，戰而始能清靜。如此為將，只怕不能長久也！」

煩歸煩，項燕畢竟良將，只要不受攪擾地鋪排軍事，終歸還是大有收效。項燕首先整肅幕府：以景氏大將景祺、屈氏大將屈定分別為全軍副將；以昭氏大將昭蓟為軍師，以項梁為前軍主將，以項伯為後軍主將；全部中軍主力則親自統領。如此任將，既安撫衡平了大族勢力，也同時保住了大軍戰力不至於很大削弱。其次，項燕對老軍力與新聚「官軍」做了明確統屬：原先大軍分前中後三軍，由項燕父子三人分領；其餘新聚「官軍」分別由昭、屈、景三將率領，各部兵力大體都在十萬上下。諸般鋪排之後，各方皆大歡喜，軍中紛爭總算沒有再起。項燕立即幕府聚將，宣示了抗禦秦軍的方略：

「諸位，本次禦秦方略，仍以前次戰勝李信之策實施：再度放棄陳地諸城，大軍漸次退至平輿、汝陰地帶，而後相機出戰！所以沿襲前次戰法，其根本只在一處：秦強楚弱，此總體格局並未因一戰勝負而變，秦依然強軍，我依然弱旅。當此之時，楚軍欲勝秦軍，仍得空其當守，以淮北陳地誘使秦軍分散兵力，而後方能尋找戰機。非此，無以勝秦！」

「大將軍之策，末將不敢苟同！」景祺率先發難。

「我等亦不敢苟同！」屈定昭蓟同聲回應。

「老夫願聞三將軍高見。」項燕冷漠地坐進了帥案。

「我等所以不敢苟同者，大將軍錯估秦楚大勢也！」景祺昂昂然拱手高聲道，「秦以一國之力而連下四國，再加九原抗禦匈奴，北中國足足分秦之兵二十餘萬！連同攻楚大敗之傷亡，以及關塞駐軍，再去秦軍二十只少不多！如此，秦軍攻楚兵力能有幾何？末將算計，至多三十萬而已！我軍幾何？六十餘萬！以六十萬大軍對三十萬，尚言秦強楚弱，大將軍豈非大謬也！」

「誰云秦軍三十萬？」

「斥候、問人連番軍報，大將軍視而不見麼？」

「此乃王翦驕楚奸謀，將軍聽之信之？」

「嘗聞敗軍再起，必張其勢，必揚其威！敗軍復出隱匿兵力，未嘗聞也！」

「將軍所言，弱軍之敗。若秦軍之強，王翦之老，無須虛張聲勢。」

「我等以為，至少當據守陳地與秦軍決戰！」

「正是！富庶淮北聽任秦軍蹂躪，非大楚國策！」屈定昂昂跟上。

「陳地商路堪堪復原，當真棄之不顧，國賦必將銳減也！」昭蓟也立即跟上。

「三將軍既有堅執之見，老夫稟報楚王決斷罷了。」

這便是楚國，軍有私兵而府有族將，戰法決斷往往牽扯出種種實際利益之取捨，統兵主帥非但難以做到將在外君命有所不受，更難以消除麾下將軍們基於族系利害而生出的歧見。楚國徒擁數十萬大軍而鮮有皇皇大勝者，根源皆在於此。以項燕之楚國末世名將，無論如何清醒，也不得不循著長久累積的傳統行事，上報郢壽廟堂權衡決斷。

當然，項燕不會自甘退讓。在上書楚王稟報方略歧見的同時，項燕又向楚王另外上書一卷，以「舊傷發作，不堪重負」為由請辭歸鄉。前書以軍使上達，後書則派出項梁專程晉見楚王申述。至於結局如何，項燕還當真沒有成算。幾日之後項梁歸來，也同第一次一樣帶來了楚王的特使。特使宣讀的王書云：秦楚大戰在即，舉凡方略部署皆以大將軍項燕為決斷，任何部將得奉將令行事；大將軍操勞致病，本王並廟堂大臣無不憂心如焚，唯戰事在即，尚須大將軍帶兵大勝秦軍，以振興大楚霸業；今本王遣太醫署一聖手入軍，專司大將軍病體，餘事勝秦之後再論。宣罷王書，又一番撫慰，特使留下太醫走了。項燕立即召來項梁詢問廟堂情形，待項梁敘說罷了，項燕卻更是憂心忡忡了。

以項燕對廟堂大局的預料，楚王負芻該當支持他的。

一則，在整個楚國，只有楚王及其王族可以不將項氏實力增長看作威脅。二則，這個即位剛剛三年的楚王負芻，在秦國「重金不成，匕首隨之」的邦交滲透中尚算硬朗，一即位便嚴厲處治了幾個與秦國商社過從甚密的大臣。王賁閃電襲擊戰之後，楚王負芻又一力決斷了「預為調兵，抵禦秦國」的方略。儘管前者不無藉機翦除政敵之嫌，後者亦不無藉機削弱世族私兵之嫌，但畢竟不失為真心抗秦的一個君主。三則，楚王負芻與項氏交誼頗有淵源，在負芻還是王族公子時，項燕是公子府的常客之一；負芻兵變奪取王位，項氏也是根基勢力之一。凡此等等，若無特異情勢，楚王該當支持項燕的抗秦方略與統軍將權。然則，項燕深知楚國廟堂勢力盤錯糾結極深，權力分合無定，若其他世族大臣鐵心反對，楚王縱然圖謀支持也是無能為力。為此，項燕要給楚王提供向世族大臣施壓的力量，否則，各大世族不明裡掣肘，只要搪塞王命，糧草輜重立馬便告吃緊。這個施壓直奔要害：項燕請辭歸鄉，誰來領軍抗秦？以目下楚國諸將軍才具，分明找不出項燕這般大勝秦軍而在朝野具有極高聲望的良將。除非世族大臣們連確保自家封地也不顧及，只能在無以選將的壓力之下承認項燕的完整將權，從而祕密知會自家將軍不要與項燕對峙。如此釜底抽薪，其實效遠遠大於以軍令壓服世族大將。

而今，這一目的大體達到了。

然則，楚王與大臣們的急勝欲望教項燕不是滋味。

項梁說，楚王命他當殿陳述了父親病情與歸鄉頤養之請，而後直接指點著名字教世族大臣們說話。大臣們沒有一個人開口，舉殿默然了足足小半個時辰。最後，還是昭氏老令尹說了一句話，抗秦離不開大將軍，夫復何言哉！於是，大臣們紛紛附和，這件事就算過了。之後，大司馬景檉開議，言楚軍集結已達六十餘萬，已然超過秦軍一倍，堪稱史無前例。項燕南撤未必不可，然要害是必須盡早與秦軍決戰並大勝秦軍，否則春夏之交的雨季到來，楚軍糧道便要艱難許多。景檉之後，楚王竟率先拍案贊同，說秦軍遠來疲於奔命，自是力求恢復元氣而後戰，我軍則當以汝陰堅城為根基，早日尋求決戰，不可延誤戰機！此後，所有的大臣都是慷慨激昂，爭相訴說了要大將軍盡早決戰秦軍的種種道理。有人云楚軍士氣高漲，勝秦勢在必然。有人云楚國民眾仇秦已久，不可坐失民望。有人云秦軍糧道綿長，如截斷糧道則秦軍不堪一擊。有人云倍則攻之，若大將軍退至平輿汝陰還不求速戰，分明便是亡楚於怠惰……不一而足。

「父親，務求速戰速勝，已成廟堂不二之論！」項梁一句了結。

「廟堂，與老夫交易？以全軍將權，換老夫速戰？」

「此等情勢，很難轉圜……」

「全我將權，強我速戰，老夫這大將軍豈不徒有虛名？」

項燕連憤怒的力氣都沒有了，愴然一笑，搖搖頭歎息一聲再也不說話了。就實說，項燕對再次勝秦還是有底氣的。秦國在短短一個冬天能夠集結人軍再度南進，必然不會是三十萬兵力，也必然不會再度像李信那樣輕兵大迴旋。可以肯定地說，秦軍必然以持重之兵與楚軍周旋。以項燕所知之王翦，尤其不會急於與楚軍決戰。當此之時，楚軍若能整肅部伍深溝高壘，依託淮水、江水兩道天險堅壁抵禦，只要楚國不生內亂，秦軍取勝幾乎沒有可能。唯其如此，項燕的托底方略是：第二步退至淮南，整個地放棄淮北；秦軍戰無可戰，空耗糧草時日；更兼北中國尚未底定，其間難免有戰事發作，秦軍必有分兵之時；其時趁秦軍分兵後撤之際，楚軍作閃電一戰，幾乎是十之八九的勝算之戰！從更根本的意義上說，楚王若能洞察大局，以艱危抗秦為時機力行變法，整肅朝局整合國力，楚國崛起於艱難時世的可能性極大。所以如此，地理大勢使然也。楚國不若中原五國，正面有淮水江水兩道天險，東南吳越有茫茫震澤（後世太湖）為屏障，西南有連天茫茫之雲夢澤為屏障，腹心更有煙波浩渺的洞庭澤連同湘水沅水之密布水網，後有叢林蒼莽的五嶺橫亙，若收縮防線以求固守，秦國萬難破之也。而今，楚國廟堂不識大局，反求速戰速勝，惜哉惜哉！

無論項燕如何憤懣失望，還是無可奈何地聚將發令了。

在已經熱起來的三月末，楚軍終於撤離了陳地十餘城，浩浩蕩蕩地開向了南方。旬日之間，楚軍抵達淮水北岸，項燕下達了布防將令：三十萬楚軍主力駐守汝陰郊野構築壁壘，三十萬後聚「官軍」分兩部駐紮，景祺率軍十五萬駐紮平輿郊野構築壁壘，屈定率軍十五萬駐紮寢城郊野構築壁壘。兩三日之間，三部大軍在淮水北岸自西北向東南連綿展開，日夜構築壁壘，氣勢壯觀之極。因了大軍距都城郢壽不過百餘里，楚王負芻的犒軍特使、令尹、大司馬及各大世族的軍務特使，連綿穿梭不絕於道。南楚民眾也紛紛跟從各縣令入軍勞役，或搬運糧草輜重，或輔助構築壁壘，終日旌旗招展喧囂連天。王酒、民氣、朝野公議交互刺激，楚軍戰心日熾。汝陰的項燕主力大軍營地稍微平和，也是熱辣辣一片。平輿、寢城兩大營地，竟終日如社火狂歡一般嗷嗷求戰。

四月初，秦軍開過潁水，在西岸立定了營地。

大軍南來，依照王翦預定的方略井然有序地推進著。進兵之期大軍兩分：王翦率主力大軍四十萬，以日行六十里的常速穩健推進；蒙武率後軍二十萬，逐一占據陳地楚軍所棄城池，會同南陽郡守派出的接收官吏料民典庫，恢復商旅百工農耕，使民生納入常軌。蒙武給每座城邑各留五千人馬防守，陳城留守軍馬一萬總司策應，所有陳地民治軍務，俱交總司後援的姚賈統轄。諸事安定，蒙武方率所餘十餘萬人馬後續南進。也就是說，王翦的六十萬大軍一開始便在陳地留下了將近十萬。確保後方堅實通暢，這是秦昭王時期武安君白起屢屢與山東大戰為秦軍奠定的扎實進兵傳統，更是范雎遠交近攻戰略的「化地」體現。王翦非常清楚，當年的長平大戰若無河內郡為堅實的後援基地，秦軍根本不可能在上黨苦寒山地與趙軍對峙三年。而今進兵廣袤楚國，若不清理出一片堅實的後方根基，只怕秦軍也難以從容不迫地與楚軍周旋。唯其如此，王翦寧可少一部戰場兵力，也不能少了後方通暢。

此時，由於秦國的山東邦交方略歷經長期經營已經大見成效，楚國楚軍的各種相關消息早已經源源不斷地飛入幕府。王翦對楚國廟堂與楚軍幕府的諸般情形，可謂瞭若指掌。為此，王翦的進兵軍令很簡單：以堅兵之陣常速南進，直逼楚軍汝陰城下紮營對峙。所謂堅兵之陣，是不求兼程疾進的作戰行軍陣式：重型連弩營前軍開道，鐵騎軍兩翼展開行進，中央步軍以戰陣排列開進，以各關塞調集的一千輛不附步卒的戰車為殿後。如此陣式在地形平緩的廣闊原野推進，既無山塬峽谷遭受伏擊之憂，又可隨時立地為戰，故不怕楚軍於進兵途中突然發動奔襲戰。之所以如此陣式進兵，是知己知彼的王翦對楚軍世族私兵的有效防禦。身為楚軍主帥的項燕能收縮南退，足見其清醒，亦足證其不會草率小戰。然則，楚軍之後聚私兵求戰心切，未必不會貿然一戰，若因無備而被騷擾之戰糾纏，戰場情勢未必不會瞬息變化。故此，秦軍南下進兵，首要預防者便是奇襲戰。王翦不知道的是，楚軍景祺部與屈定部確實曾經要北上奇襲秦軍，只是因為項燕嚴令制止，且明確講述了秦軍南下陣式之重兵威力，指斥二人若一戰敗北則動搖楚軍，兩將方才沒有出兵。

秦軍的營地紮在了與汝陰要塞遙遙相對的一片山塬河谷地帶。

「楚軍三城，自西北而東南，狀如曲柄，遙相呼應。」

第一次幕府聚將，王翦對諸將解說楚軍情勢道：「平輿楚軍與寢城楚軍，皆為楚國老世族封地之私兵匯聚。汝陰項燕軍，才是楚軍真正主力。三地楚軍，橫展不過百里，各城相距不過三十餘里，騎兵縱馬即到，步軍兼程互援亦不過一個時辰。為此，楚軍三大營，實則當作一營視之。」

「上將軍，我軍大營似當卡在三地中央的寢城更佳！」楊端和提出一說。

「寢城形在中央，實非軸心。」王翦指點著地圖道，「汝陰大營項燕軍，才是楚軍之根基力量。項燕軍敗，則其餘兩軍不堪一擊，甚或可能作鳥獸散。我軍正面對峙項燕軍，其根本所在，是不能使楚國這支主力大軍再度後撤淮南！若項燕軍入淮南，則滅楚倍加艱難！此為滅楚之要，諸將謹記。」

「如此說，我軍當盡早與項燕決戰！」辛勝奮然高聲。

「不能。」王翦搖頭道，「前次我軍一敗，楚國朝野之萎靡不振陡轉為心浮氣躁，楚軍將士更是氣盛求戰。此等風靡之勢，雖項燕不能左右也。當此之時，我軍應對之策只在兵法八字：避其鋒芒，擊其惰歸！時日延宕，楚國廟堂必生歧義，楚軍士氣亦必因種種掣肘內爭而低落，其時我軍尋機猛攻，必能完勝楚軍！」

「上將軍方略雖好，只是太急人了些！」

馮劫高聲嚷嚷了一句，大將們一片哄笑紛紛點頭附和。王翦黑著臉沒有說話。大將們這才漸漸平息下來，前次參戰的大將不禁都紅著臉低下了頭。王翦肅然正色道：「諺云：圖大則緩。既是政道，也是兵道。滅國之大戰，根基在強毅忍耐。以我軍實際情形論，關塞守軍與原主力大軍初合，戰法配合、兵械使用、兵將統屬等等均未渾然若一。更有前戰將士多有帶傷南來者，尚未復原；許多久駐北方關塞之將士初來淮水，水土不服必生腹瀉。凡此等等，確實需要時日整休恢復。兵未養精而倉促決戰，勝算至多一半。秦軍六十萬舉國一戰，沒有十二分勝算，豈能出戰！為此，本帥將令！」

「嗨！」舉帳哄然一聲雷鳴。

「各營全力構築壁壘，完成之後整休養士：一則，全部明火起炊，停止冷食戰飯，務必人人精壯！二則，各部統合演練協同戰法與攻防競技，弓弩器械營更須使補充士卒嫻熟技藝，務使各部將士渾然如一！其間，各營得嚴密巡查營地壁壘，不奉將令，任何人不得跨出壁壘一步！若有楚軍挑戰，一律強弓射回，不許出戰！但有擅自出戰者，本上將軍立即奉行軍法，斬立決！」

「謹奉上將軍令！」舉帳大將肅然一聲。

秦軍六十萬轟隆隆落地生根，與楚軍六十餘萬對峙了。

秦軍壁壘大營連綿橫展三十餘里，旌旗蔽日金鼓震天，氣勢之壯盛無以復加。遙遙相對的楚軍更見皇皇壯闊，三大營地均在城外郊野，自西北而東南綿延百餘里，黃紅兩色的無邊軍帳衣甲如蒼黃草原燃起了熊熊烈火，藍色天宇之下分外奪目。與之遙遙相對的秦軍旗幟衣甲主要為黑白兩色，沉沉湧動如漫天烏雲翻捲，如爍爍雷電光華。如此壯闊氣象，可謂亙古奇觀。當年之長平大戰，秦趙雙方兵力也超過了百萬，然戰場畢竟在重重山地，兵力雄厚卻無以大肆展開而能使人一覽全貌。秦楚今日相持，兩軍俱在茫茫平野築成壁壘陣式大肆鋪開，其壯闊氣象自然是聞所未聞。以史論之，秦楚對峙是長平大戰後最大規模的兩軍會戰，是終結戰國時代的最後一次大會戰，也是整個中國冷兵器時代乃至整個人類冷兵器時代最後一次總兵力超過百萬的大戰絕唱。此後兩千餘年，此等壯觀場景不復見矣！

大軍對峙奇觀被淮水兩岸民眾奔相走告，消息遂風一般傳開。許多遊歷天下的布衣之士與陰陽家星象家堪輿家絡繹趕來，紛紛登上遠近山頭爭相一睹。於是，種種議論不期然生發出來。楚王負芻大為振奮，連呼勝境不可得矣，遂與幾名相關重臣祕密趕赴汝陰，又召來項燕，君臣一起登上了一座最高的山頭瞭望。

「如此氣象，比滅商牧野之戰如何？」負芻的矜持中透出無法掩飾的驕傲。

「牧野之戰如火如荼，然雙方兵力至多十萬，小矣！」大司馬景櫏大是感喟。

「比阪泉之戰如何？」

「炎黃大戰浩渺難尋，縱然傳聞作真，亦遠不能與今日比也！」

「人言兩軍徵候預兆國運，大將軍以為如何？」

「臣啟我王：國運在人，不謀於天。」項燕沒有絲毫的欣喜之情。

「秦國多用流言亂人，事先知之何妨，老令尹以為？」

「老臣得聞，近日確有種種流言散布，是否王翦派遣間人所為，尚難以定論。」老令尹昭恤搖著雪白的頭顱，「然以老臣之見，楚人乃祝融之苗裔，是為火德。秦人乃伯益之苗裔，是為水德。水能滅火，火亦能克水。目下之勢，秦軍為西海之水，我軍為南原之火，似各擅勝場。然則，楚地居南，楚軍居南，而南方為火聖之位也，故此利於我軍。如此看去，我軍必能以南原天火，盡驅西海之水。」

「妙！」負芻拍掌高聲讚歎，「大將軍，此等預兆該當廣播我軍！」

「老臣奉命。」項燕不想糾纏此等玄談空論，只好領命了事。

「不知大將軍如何謀劃破秦之策？」大司馬景櫸終於提起了正事。

「本王也想聽聽，大將軍說說啦！」

「稟報楚王，列位大人，」項燕一拱手正色道，「秦軍南來之初，老臣業已下令各軍隨時迎擊秦軍。然則一月過去，秦軍始終堅壁不戰。我軍將士多方挑戰，秦軍只用強弩還擊，依然堅壁不出。老臣反覆思忖，王翦深溝高壘，必有長遠圖謀，我軍當另謀勝秦之策。」

「另謀？何策啦？」昭景兩大臣尚未說話，負芻先不高興了。

「秦軍堅壁，我軍為何不強攻破壘？」大司馬景櫸辭色間頗見責難。

「若能強攻，老臣何樂而不為？」

「如何不能強攻？前次勝秦，不是連破兩壁壘啦！」昭恤也急迫不耐了。

「兩位大人，」項燕苦笑著，「王翦不是李信，此壁壘非前壁壘了。」

「如此說來，秦軍不可破？」楚王負芻有些急色了。

「老臣方略，正欲上書楚王。」

「說！」

「老臣審度，秦軍此來顯然取破趙之策，要與我軍長期對峙，以待我軍疲弱時機。」項燕憂心忡忡道，「楚國若以淮北為根基抗秦，國力實難與秦國長期對峙。老臣謀劃，楚國當走第二步：兵撤淮南，水陸並舉抗擊秦軍……」

「棄了淮北，郢壽豈不成臨敵險境啦！」負芻幾乎要跳起來了。

「豈有此理！」大司馬景檉臉色頓時陰沉下來。

「畏王翦如虎，大將軍似有難言之隱也……」

「不可誅心。」負芻正色制止了昭恤。

老昭恤的譏諷使項燕一腔熱血驟然湧上頭頂，幾要轟然爆發。然則，項燕畢竟久經滄海，終究還是死死壓住了自己的怒火。蓋戰國後期情勢特異，秦國收買分化六國權臣的邦交斡旋幾為公開的祕密。韓國之段氏，趙國之郭開，齊國之后勝，已經是天下公認的被秦國收買的奸佞權臣。燕國魏國雖無此等大惡大奸，然其大臣將軍得秦國重金者卻是更多。當此之時，楚國大臣被秦國收買者自不在少數，而昭恤所謂「大將軍難言之隱」者，分明便是譏刺項氏有通敵賣國之嫌疑，項燕如何能不怒火中燒？就實而論，項燕曾得多方密報：秦國商社奉上卿姚賈密令，早與昭氏、屈氏、景氏三大族子弟多有祕密來往，更有秦商間人祕密進入令尹府邸會見昭恤。項燕所以隱忍不發，皆因一發必引大族之爭，必致楚國大亂，投鼠忌器也。而今，自己隱忍不能舉發，真正的通秦賣楚者卻反將髒水潑向自己；楚王也僅僅制止而已，對項燕的長策大略則顯然反感。面對如此廟堂，除了強忍怒火緘口不言，項燕又能如何？

君臣不歡而散，項燕是真正地坐上炭火燎爐了。

廟堂齷齪，項燕無能為力。秦軍之變，項燕更無法預料。

月餘之前，秦軍大營方落，項燕立即下令各軍各營堅壁防守，隨時迎擊秦軍出戰。那時，項燕與大將們都認定，秦國六十萬大軍南來，比李信攻楚兵力多了三倍，當然會對楚軍連續猛攻。原先咬定秦軍只有二三十萬的大將們，則眼見秦軍威勢赫赫，遂再也不說秦軍如何不堪一擊了。所以，第一次幕府聚將沒有任何爭議，項燕很容易地與各軍大將取得了共識：楚軍暫取守勢，只要擊退秦軍前幾次猛攻，則戰勝秦軍必然有望！楚軍大將們也一致認可了項燕戰法，即在防守中伺機尋求反擊。然則，令項燕與楚軍將士們大大出乎意料的是，秦軍根本沒有出營攻殺，連日只窩在營地忙碌地構築壁壘。於是，項燕與將軍們又斷定此乃秦軍力求攻守兼備，壁壘構築完畢之後必將猛烈攻殺，楚軍無須求戰。不料，旬日之間秦軍壁壘構築完畢，卻仍然窩在營壘之中絲毫沒有出戰跡象。如此兩旬過去，項燕與將士們終於明白，秦軍以強敵待楚，圖謀先取守勢，而後等待戰機。

楚軍將士們不禁大感尊嚴榮譽，豪邁壯勇之氣頓時爆發。

蓋戰國中期之後，天下大軍能與秦軍對陣者，唯趙軍而已；值得秦軍森嚴一守者，唯趙軍而已。至於楚軍，已經數十年無一大戰無一大勝，且不說如何被秦軍輕蔑，楚軍自己也是自慚形穢。若非前次大勝秦軍，楚軍士氣是無法與秦軍同日而語的。今日，秦軍以六十萬雄師南來，竟如此惶恐不安地構築壁壘不出，顯然是將楚軍看作了最強大的對手。如此榮耀，楚軍將士幾曾得享，又怎能不心神激盪？於是，不待項燕將令，平輿寢城兩軍發動了對秦軍壁壘的猛烈攻勢。然秦軍畢竟名不虛傳，且不說軍士戰力，單那壁壘便修築得森嚴整肅，其寬厚高峻儼然一座座土城，大型器械密匝匝排列垛口，壁後將士嚴陣以待，森森然之勢確實非同凡響。相比之下，楚軍所修壁壘簡單了許多，營門前只有一道半人深的壕溝，溝後只有一道五尺高兩尺厚的土牆。對於秦軍壁壘之強固，楚軍開始多不在意，反多方嘲笑秦人粗笨愚蠻，千里迢迢來給楚國修長城了。及至攻殺開始，楚軍立即嘗到了秦軍壁壘的厲害。楚軍呼嘯而來，尚未攻殺到壁壘前三百步，楚軍士卒的臂張弓還遠不能射殺敵軍之時，秦軍壁壘的強弩大箭夾著機發拋石已經急風暴雨般傾瀉而來，楚軍大隊只有潮水般後退，根本無法接近秦軍壁壘。如是連番者旬日，屈景兩將軍的攻殺一無所獲，反而死傷了數以千計的兵士。直到此時，楚軍將士這才著實明白了重裝秦軍與森嚴壁壘的威力。

「若李信軍不棄重械，前次能否攻克兩壁，未可知也！」

項燕感喟一句，楚軍大將們沒有人辯駁了。

雖則如此，楚軍將士們還是不服。都是秦軍，楚軍能大敗李信秦軍，如何不能大敗王翦秦軍？畢竟沒有真正較量，單憑壁壘不破便能說秦軍不可戰勝了？豈有此理！人同此心，心同此理，往往是不待營將軍令，士兵們便聚在曠野對著秦軍營壘終日咒罵連續挑戰。楚軍所以如此，與其說人人真心求戰，毋寧說一大半是被秦軍安穩如山的氣勢作派激怒了。自從秦軍壁壘修築完畢，連綿營壘中整日沸騰著種種呼嘯聲喊殺聲笑鬧聲金鼓聲馬嘶聲，攪得楚軍坐臥不寧焦躁不安。種種喧囂中一道道炊煙滾滾上天，肉香飯香隨風飄散，幾乎整個淮北都聞得見燉羊烤羊特有的膻氣味兒，更有蔥蒜秦椒的辛辣之氣夾著牛糞馬糞的熱烘烘臭氣，再夾著驅趕蚊蟲的艾蒿濃煙，隨著夏日的熱風一齊彌漫，綠茫茫原野煙霧蒸騰，幾如天地變作了蒸籠。多食魚米口味甜淡的楚軍將士不耐騷膻刺鼻，常常被熏嗆得咳嗽噴嚏不絕，不由自主地對著黑濛濛的秦軍營地不斷地跳腳叫罵。若有營將煩躁不堪，便會呼喊一聲，率領著四散叫罵的士兵們一陣呼嘯衝殺，直到被箭雨射回。

這般大軍對峙，是戰國史上絕無僅有的景象。沒有即墨田單軍六年對峙燕軍的慘烈悲壯，也沒有秦趙長平對峙三年餘的肅殺凝重，甚或，也沒有王翦大軍與李牧大軍在井陘關內外對峙年餘的謹慎搏殺。這場戰國末世的最大對峙，更多的帶有一種難以言說的怪誕意味。兩軍實力分明不對稱，角色偏又顛倒了過來——秦強而楚弱，弱者如癡如醉地挑戰進攻，強者卻小心謹慎地堅壁自守。如同一個真正強大的武士，相遇了一個曾經僥倖擊倒過另一個武士的病漢，強大武士謹慎地試探著對方虛實，而病漢卻瘋狂吼喝盲目揮刀。在後世看去，這場最大規模的對峙頗具一種幽默的冷酷與冷酷的幽默：楚軍擁有當世良將為統帥，卻只能眼睜睜地看著自己的大軍昏昏然瘋狂，而無力實施清醒的戰爭方略。

如此日復一日，整個燠熱難耐的夏季過去了。

楚軍的頻繁攻殺也如強弩之末，力道漸漸弱了。及至秋風乍起，楚軍的糧草輸送莫名其妙地生出了滯澀。原本是車馬民力絡繹不絕的淮北官道，驟然之間冷清稀疏了。項燕心下一緊，立即派出項梁趕赴郢壽請見楚王。楚王負芻也沒有明白說法，只當即召來幾位重臣小朝會聚商。世族大臣們直截了當，異口同聲地質詢項梁：以楚軍之強，士氣之盛，為何始終沒有大舉猛攻秦軍？項梁反覆陳述了秦軍壁壘森嚴的防守戰，申明了楚軍若一味強攻只能徒然死傷的實際情形。然則，大臣們沒有一個人相信。楚王負芻始終皺著眉頭反覆只問一句話：「秦軍果真如此之強，如何不攻我軍，跑到淮北燉羊肉來了？」大司馬景櫸立即跟了上來道：「秦軍不敢攻我，足證其力弱！我軍半年不大舉破壁，非士卒無戰力也，實將之過也！」項梁臉色鐵青百口莫辯，只好硬邦邦一句問到底：「敢問楚王並諸位大人，糧草輜重究竟要否接濟？」「要則如何？不要又當如何？」令尹昭恤終於說話了。項梁憤然道：「不要接濟，末將即行稟報大將軍，項氏自回江東，各軍自回封地！要接濟，大將軍再行稟報方略！」項梁撕破臉皮脅迫，舉殿反倒沒有了話說。大戰在即，畢竟不能逼得手握重兵的項氏撤手而去。楚王負芻立逼各大臣說話，一番折衝，最後議決的王命是：各大族封地繼續輸送糧草，同時，一個月內項燕必須大舉破壁勝秦！

「豈有此理！刻，刻，刻舟求劍！」

項燕聽完項梁訴說，一拳砸翻了帥案，憤怒結巴得連楚人最熟悉的故事也幾乎忘了。然氣呼呼地繞著幕府大廳轉了不知多少遭之後，項燕還是冷靜了下來，吩咐中軍司馬擊鼓聚將部署大舉攻秦。項梁大驚阻止，項燕淡淡一笑道：「楚軍若無一次正敗，老夫的淮南抗秦休想實施。攻。聲勢作大，不要全力，江東精銳不出動。」項梁見父親眼中淚光閃爍，二話不說便去部署了。

次日清晨，楚軍從平輿、寢城、汝陰三大營壘一齊開出，向秦軍營壘發動了最大規模的一次猛攻。六十餘萬大軍橫展三十里，蒼黃秋色翻捲著火紅的烈焰向整個黑色壁壘漫天壓來。秦軍營壘中鼓聲如雷號角大起，暴風驟雨般的大箭飛石頓時在碧藍的空中連天撲下。與既往防守不同的是，待楚軍浪頭不避箭雨湧到秦軍營壘之前時，壘前壕溝中驟然立起了一道黑森森人牆——秦軍的重甲步卒出動了！蓋營壘防守戰與城池防守戰稍有不同。城池防守，上佳戰法是郊野駐軍，以遠防為外圍線，盡量避免敵方直接攻城；然若兵力不足，縮回城池亦常有之。畢竟，城池高厚，攀爬攻殺之難遠甚營壘。營壘防禦戰不同處，則在敵軍大舉攻殺時必須於壁壘之外設防。畢竟，無論箭雨飛石如何密集，大軍都有可能洶湧越過壕溝撲到壘牆之下，而壘牆無論如何高厚，究竟不比耗時多年精心修建的城牆，被巨浪人流衝垮踩垮的可能性大大存在。唯其如此，面對楚軍第一次正式大舉攻殺，秦軍第一次出動了重甲步卒。

重甲步卒是真正的秦軍精銳。若以秦軍自身相比，秦步軍銳士之戰力尚在秦騎兵戰力之上。且不說秦步軍之強弩以及種種大型攻防器械，單以步軍結陣搏殺之戰力而言，其時秦步軍已經超越了戰國前、中期赫赫威名的魏武卒方陣。其間根源在兩處，一則是秦軍兵器甲冑更為精良，二則是秦軍的尚武傳統在軍功制激勵下士氣臻於極盛。如此之秦軍重甲步卒在楚軍大舉攻殺之前悄然隱伏壕溝，此時挺著兩丈餘長矛突然殺出，如同一道鐵壁銅牆驟然立起，楚軍的洶湧巨浪立即倒捲了回去……大約半個時辰的浴血搏殺，滿山遍野的楚軍終究不能破壁而入，項燕下令鳴金收兵了。

「上書楚王，稟報戰果。」

項燕拿著中軍司馬送來的傷亡計數，臉色陰沉得可怕。此戰，楚軍三大營共計戰死三萬餘，重傷六萬餘，輕傷不計其數；而各營軍士自報殺死殺傷的秦軍人數，總計不過三千餘。這次的上書特使，項燕沒有再派項梁，而是派了昭氏大將昭蓟。三日後昭蓟方才歸來，給項燕帶來的王命是：秦軍壁壘強固，大將軍當另行謀劃戰法，伺機大破秦軍！王書沒有再提一個月勝秦的前約，也沒有再提糧草輜重。昭蓟則說，只要大軍抗秦，糧草輜重該當不會出事。果真楚軍因糧草不濟而退兵，畢竟對誰也沒有好處。項燕知道，儘管這是老世族大臣們的無奈決斷，然畢竟不再洶洶逼戰，他便有了從容謀劃的餘地，未必不是好事。

於是，項燕不再計較種種齷齪，開始謀劃一個極其重大的祕密方略。

八、淮北大追殺　王翦一戰滅楚國

浴盆的蒸騰水霧湮沒了幕府寢室，王翦的思緒閃爍著清冷的殺氣。

倏忽深冬，秦楚大軍的相持已經十個月了。秋冬的蕭疏在淮水岸邊並不如何顯著，林木依舊是一片綠色，山塬依舊是一片綠色，若非紛紛揚揚地飄起了雪花，秦軍將士們幾乎忘記了這是冬天。只有王翦清楚地知道，這是與楚軍相持的第三百一十三天，到三月末便是整整一年了。十個月來，大勢已經漸漸穩定了下來。楚軍一波又一波的挑戰攻殺，終於沒有了最初的氣勢鋒芒，截至兩月前那場全軍大舉攻殺被擊退，楚軍可謂一而鼓再而衰三而竭了。入冬以來情勢顛倒，秦軍將士開始紛紛請戰了。無論兵士還是將軍，都摩拳擦掌地嚷嚷著一句話：「入楚是來打仗的！不是窩冬蹲膘的！」前日降雪，營壘中又是一片嚷嚷：「這叫甚雪，輕軟得正好擦汗！打仗正好不熱不冷！」儘管王翦重申了軍令，嚴禁一兵一卒踏出營壘，可那紛紜喧囂的奮奮然叫喊之聲，卻是誰也無法遏制的。

在秦軍歷史上，不乏苦戰對峙。然無論如何對峙，認真打仗總是經常有的。如這次十個月對峙而不出營壘一步，實在也是聞所未聞的第一次。在秦軍將士們眼中，這簡直是令人咋舌的奢侈。十個月中，除了修築營壘與應對楚軍挑戰騷擾，終日大起明火軍炊殺牛宰羊肥吃海喝，人人都變成了黑鐵塔一般的莽壯大漢。秦人話語，只咥飯不勞作叫作「蹲膘」，說是豬一般只管吃喝長肉，除了繞著豬圈哼哼叫轉圈子便無所事事。如今只吃不打仗，不是活生生蹲膘麼？儘管天天都有軍陣攻殺操演，將士們也是終日汗水淋漓，然只要不是真刀真槍上戰場，依然覺得一身力氣憋得難受。於是，各種大使蠻力而平目無以消受的遊戲處處生發了。跌跤、較射、角力、劈殺、劍術、騎術、舉石、擊壤、投石等等等等不一而足。甚或吃飯的速度、飯量的大小、腳步的快慢、步幅的長短、爬樹的高低、腕力的強弱，也都成了較量的遊戲。但是，最普遍的軍營遊戲還是兩種：投石與擊壤。所以如此，原因在二。一則，這兩種遊戲是王翦將令所定：兵士拋石，遠距必須至少達到拋石機的六七成之遠；拋石擊打之準確，必須至少達到擊壤高手的八成命中！二則，這兩種遊戲可參與人數不限，能集群較量而聲勢最大，最為將士們熱衷。分而論之，投石為典型的軍中遊戲，而擊壤則是古老的民間遊戲。

所謂投石，便是石頭擲遠比賽。秦軍之投石，除了士兵個人較量，尚以拋石機為尺度衡量，則更見難度。蓋戰國之拋石機，大體是將十二斤重量的石塊，射出三百步距離。秦國器械精良，拋石機之機發距離只遠不近。若以此論，商鞅之秦制六尺為步，一尺大體今日八寸上下，則三百步為秦尺一千八百尺，合今日一千四百餘尺，公制將近五百米；秦之重量，一斤大體為今日市斤之半（五兩餘），十二斤大體為今日六斤上下（註：據吳承洛先生《中國度量衡史》研究考證：秦制一尺合今日市尺為八寸二分餘；秦制一斤合今日市斤之五兩一錢多）。也就是說，拋石機能將六斤重的石塊彈射出四百米左右。如此距離，已是驚人。而其時有軍中猛士者，投石距離竟能直追拋石機，更為驚人。《史記集解》引《漢書》云：「甘延壽投石拔距，絕於等倫。」又引張晏云：「范蠡兵法，飛石重十二斤，為機發行三百步。延壽有力，能以手投之。」也就是說，西漢時尚有如此猛士，戰國之世更當大有人在了。以王翦初定之標準，秦軍的投石較量，便是要將當時十二斤重的石頭擲出至少二百步。若以射箭之「百步穿楊」一說，則如此距離已經超過了尋常的單臂弓射程！顯然，這種投石較量，是要大大提高秦軍士兵的實戰膂力。若能人人投石超過兩百步，則戰場擲出長矛之距離，當至少在百步上下，等於人人可以將長矛如同射箭一般激發投出。漫天長矛森森然呼嘯撲來，其威力可想而知。

相對於投石擲遠，擊壤則是訓練準頭之遊戲。擊壤者，遠古遊戲也。擊壤是伴隨著那首古老的

〈擊壤歌〉流傳於戰國的，唱的是：「日出而作，日落而息，耕田而食，鑿井而飲，帝力何有於我哉！」那是一種最為簡單粗樸的擊磚比賽：將一排厚厚的大磚立到地上，人站在事先劃定的界線上，以一塊「擊磚」擲向遠處矗立的一排大磚，擊倒越多勝績越大，空擊則受罰。兩千餘年後，這種遊戲依然流傳在秦川村野，秦人呼之為「打官」，其名稱之源流演變不可考矣！偶有民俗文化學者驚呼為「土保齡球」或「保齡球鼻祖」者，此乃後話也。顯然，秦軍士兵之擊壤遊戲，其實是與投石遊戲相配套的準確擊打訓練。

如是十個月過去，士兵們的投石距離越來越遠，達拋石機六七成之遠者也越來越多。各營大將赳赳來報昂昂請戰，王翦總是淡淡一笑：「急甚？投石尚未超距，再練。」不管大將們如何嚷嚷，王翦只此一句回應。若有糾纏不下者，王翦便捧出秦王不許輕戰的書命一通嚴厲地申飭了事。總之軍令依舊，不許出戰，不能出營。

一想到秦王不許輕戰的書命，王翦深感欣慰。老之將至而能與這位英年君主達成如此一種默契，秦國之幸也，人臣之幸也。大軍初定時，王翦明令李信三日一軍報，無論是快馬特使還是軍中信鴿，總之是軍中部署悉數稟報秦王。蒙武曾大不以為然道：「又無戰事，軍報個甚？滅趙滅燕兩大戰，老將軍幾曾如此了？」王翦道：「滅楚不同，舉國大軍在老夫一人之手，自應讓秦王如在軍中。三日一報，不變。」如是不到一月，秦王有了第一次認真回書：「發舉國之兵於將軍，本王縱有憂心，亦是勝負之憂，老將軍何當如此絮叨？日後無戰，不得軍報。」自此，王翦軍報改為旬日一次，依舊是備細歸總大小皆報。如是兩月，秦王又是煩躁下書：「細務軍報聒噪，一月一報足矣！於是，王翦在入冬之後的軍報上詳細稟報了將士們的洶洶請戰之心。這次，秦王立回王書：「滅楚事大，不得輕戰，非將令而戰者，國法從事！」簡明得沒有任何理由。自此一書抵達軍前，王翦立即吩咐了中軍司馬李信：軍報恢復既往法度，無戰不報秦王。

正月大雪，王翦終於依稀嗅到了戰機即將到來的氣息。

兼領黑冰臺的姚賈發來的特急密件云：楚國大將軍項燕對楚王負芻失望，派三子項伯祕密進入淮南，圖謀與屈氏部族並越人江東族聯結，共同擁立王族公子昌平君為新楚王；而後，項燕欲將楚軍退入淮南江南，以水陸兩軍長期抵禦秦軍。無須反覆揣摩，王翦立即以既往斥候營的種種細節消息印證了姚賈密件的真實性，且恍然明白了上次楚軍大肆攻殺卻不見項氏江東子弟兵身影的根由。王翦只是一時無法權衡，項燕究竟會在何時退兵？預判這個時機，對於秦軍太要緊了。因為只要楚軍根基移動，便是秦軍出擊的最好時機。就早不就晚，無論項燕如何謀劃何時退兵，預為部署都是必須的。

「立召各營大將！」王翦從浴盆中嘩啦站了起來。

「是！幕府聚將！」李信從外間軍令室大步走了進來。

「不起聚將鼓，一一傳令。」

「明白！」

片時之後，大將們人人一頭熱汗匆匆趕來，雖則對沒有聚將鼓的悄然聚將紛紛不解，還是興奮得不斷相互探詢。畢竟，入得幕府十有八九與打仗相關，總比無休止地呼哧吭哧終日投石拋磚強得萬倍。待大將們在將墩就座，王翦在帥案後一字一頓道：「楚軍將有大變，或退淮南，或退江南。果真楚軍移動，便是我軍戰機。然，楚軍何時移動，目下尚不能判定確切時日。為防其時匆忙，老夫預為部署。其後無論何時，只要楚軍大營移動，我幕府戰鼓號角大起，各將無須軍令到達，得霹靂閃電全軍出擊！明白否？」

「明白！」大將們刷的一聲全部起立。

「後軍十萬，辛勝統率，自西向東殺向平輿楚軍。」

「嗨！」

「右軍十萬，馮去疾統率，自西向東殺向寢城楚軍。」

「嗨！」

「前軍十萬馮劫統率，左軍十萬楊端和統率，合力攻殺汝陰項燕軍！」

「嗨！」

「中軍十二萬蒙武老將軍統率，其時趕赴蘄縣郊野，全力堵截楚軍渡淮！」

「嗨！」

「連弩器械營並護衛鐵騎共五萬，章邯率領，強渡淮水猛攻郢壽！」

「嗨！」

「隴西飛騎兩萬，趙佗統率，護衛幕府並總司策應！」

「嗨！」

「各將須知，只許楚軍逃向淮南，絕不能使楚軍再逃江南！為此，各部務須在淮北全力追殺，尤其不能使項燕主力逃脫追殺進入江南！」

「明白！」

「誰？誰在哭！……」蒙武突然一問。

轟然雷鳴之後大廳沉寂，隱隱哽咽抽泣聲分外清晰。大將們一片默然，誰都明白那是何人，卻又都無法言說無法撫慰。

「李信將軍……有話說了。」王翦終於開口了。

「上將軍！李信求為敢死之旅，追殺項燕！」

「……」

李信乍出，舉帳大為驚愕，目光一齊死死地盯住了這個任誰也不敢認作是昔日前軍統帥的失形人物，卻說不出一句話來。李信黜任中軍司馬，原本站在帥案側後的帷幕旁，在沉沉幕府大廳只影影綽綽一個身影而已。此刻李信大步走到廳中帥案之前慷慨請戰，大將們驟聞「李信」二字，不禁大為驚愕……昔日壯勇勃發豪邁爽朗的李信，倏忽之間變成了一副精瘦黝黑的竿架身子，眼珠發紅嘴角流血聲音嘶啞鬍鬚虯結，若衣甲再有幾片淤血，活生生便是一個戰場死屍堆裡的逃生者！也許是李信有意無意地迴避著昔日同帳將士，也許是中軍司馬也確實是「深居簡出」的職司，左右是終日風風火火的大將們直到此時才恍然想到，這個前軍統帥已經很久很久消失於他們的視線了。此時乍現這般景象，大將們不忍卒睹，一時不禁淚眼朦朧了。

「好。」王翦的聲音有些顫抖，輕輕一點頭從帥案後站了起來，又走下了六級磚石臺階的將臺，走到了李信面前，「老夫已經精心遴選出飛騎銳士八千，欲強力追殺項燕之江東子弟兵。今足下有雪恥之心，老夫特准了。」「上將軍啊！……」王翦話音落點，李信頓時撲地拜倒放聲痛哭。大將們頓感心下酸熱，無不哽咽唏噓了。

「將軍請起。」王翦異乎尋常地平靜，扶起了滿目垂淚的李信，蒼老雄健的聲音緩緩蕩開在大廳，「世以成敗論人。將軍一戰而敗，遂致英名掃地，老夫深為痛心也！然則，敗必有因，若將軍果能深徹自省，再造之期一步之遙而已。」

「上將軍教我……」

「秦一天下，乃千古偉業。所需將才賢才唯恐其少，不嫌其多。秦王不殺將軍而准老夫之請，許將軍戴罪赴戰，非秦王不執秦法也，而是深謀遠慮，為國家儲備良將賢才也。此，老夫告誡一也：毋以己才為己身，當以己才報國家。如此，則戰不輕生。」

「嗯！……」李信奮然點頭，目光顯然明亮了許多。

「秦國崛起於艱危絕境，百餘年浴血拚殺大戰頻仍。舉凡新老秦人，哪家沒有三五尊烈士靈位？

昭王之前，秦人為獨立天下而戰，為尊嚴榮譽而戰。昭王之期，昭王之後，秦人為一統天下之偉業而戰，為根除兵戈之苦而戰。無論何戰，都是士兵在流血拚殺，都是庶民在耕耘支撐。是故，將軍執戰，其實職司國人生命鮮血之閘門。將為三軍司命，此之謂也。當年，商君立法定軍功：百夫長以上之將，不以個人斬首記功，而以其部屬總體之勝負記功。此間思慮之深遠，老夫每每深為敬服。蓋將軍者，若不能以全局勝負為根本決斷戰事，而一味求戰法之奇絕，以個人之好惡決斷，則戰必失之輕率，不敗於此戰，終敗於彼戰。武安君白起何等才具，然終生無一輕戰，以至不惜對抗王命殺身殉國，而不願在失去戰機之後輕率攻趙。唯其如此，武安君終生無一敗績。若非武安君一世慎謀大戰，秦國安能屢屢摧毀山東主力，安能一舉奠定一統天下之大勢？」說著說著，王翦已經將目光轉向了廳中肅立的所有將軍，「諸位皆統兵大將，此，老夫告誡二也：為將者，必以勝負為根本，必以體恤士卒為根本；毋以一己拚殺為快，毋以一己復仇為念。唯其如此，戰必勝也。」

「謹記上將軍教誨！」大廳中肅然一聲雷鳴。

「上將軍拓我褊狹，信終生銘感不忘！……」

說完這通平生僅有的長篇大論，王翦的額頭已經滲出了涔涔細汗，走向帥案的腳步竟然有些虛浮起來。站在帷帳之後的軍僕察覺有異，立即快步過來扶住了王翦。及至走上將臺，王翦勉力回首對大將們又叮囑了一句，各部立即備戰，便軟軟地癱在了軍僕肩頭。大將們驚訝莫名，哄然一聲圍了過來。李信大急，一邊示意軍僕立即扶王翦進寢室歇息，一邊對大將們連連搖手示意不要驚慌。待廳中平息，李信才說了上將軍三日三夜沒有臥榻，一直在謀劃最後決戰的情形。大將們人人肅然動容，齊齊地對著幕府寢室深深一躬，大步匆匆地散去了。

二月將末，項燕的諸般祕密謀劃大體就緒了。

整整一個冬天，項燕對郢壽王城連上六次特急軍報，反覆陳述「今冬猝遇大雪冷冬，我軍寒衣綿薄肉食不足野炊難起，將士多有凍傷疾病，若不移師淮南整軍抗秦，則軍必危國必亡」的惡劣處境，力請開春後退軍淮南。如此舉措，一則是實情使然，楚軍欲長期抗秦不能不退；二則是只有進兵淮南，項燕一舉扭轉廟堂格局的祕密謀劃才能實施，否則鞭長莫及，只能聽任老世族無休止掣肘而困死淮北。項梁對父親的祕密謀劃始終抱有疑慮，以為這無異於鋌而走險。根本原因，在於目下發動兵變對楚國是雪上加霜，幾大世族沒有了尚能穩得住朝局的楚王負芻，立即分崩離析，其時各個擁兵自保，楚國抗秦何存？然項燕信心十足，認為「以江東為根基，聯結越人諸部立王抗秦」是重建楚國的唯一出路。而且，越是危困之時，越是擁兵扭轉乾坤的最佳時機，若再次勝秦楚國安定，一切復歸老路，再想改變廟堂格局根本沒有可能。

也許天意使然，項氏的祕密謀劃郢壽廟堂竟一無所知。楚王負芻與世族權臣在項燕的頻頻施壓之下，無可奈何且十分勉強地准許了來春退兵淮南的方略。所謂十分勉強與無可奈何，是郢壽廟堂對退兵方略限定了一個框架：項燕大軍退入淮南，得以主力三十萬駐紮於郢壽郊野，以郢壽為根基抗秦，楚國都城絕不再度南遷。

「只要退兵淮南，應了他。」

項燕無心再與廟堂辯駁南遷都城是原本的預後方略而不當變更，立即上書欣然接受了郢壽廟堂的退兵方略，且立即開始實施諸般預備：叔子項伯祕密常駐江東，籌劃開春後祕密接應昌平君離開郢壽進入軍營；季子項梁籌劃退兵事宜，並總司江東子弟兵清理淮北項氏財貨運往江東，以壯日後根基。項燕則親自周旋非主力的世族兵的大將們，務必使其退兵淮南而不至路途消散，畢竟楚軍精兵不足，這三十餘萬大軍總是能增添一定的戰力。更根本的一點是，留住了這三十餘萬大軍，便能在來年大大限制老世族對楚國新王的反叛。如此這般一個冬天的忙碌之後，多霧多雨的春日已經來臨了。

「我軍兵退淮南，當次第有序！」

項燕指點著羊皮大地圖，部署了退兵方略：平輿、寢城兩軍預設空營旗幟虛張聲勢，而後於大霧夜晚先行退兵，經汝陰營壘背後的官道直抵蘄城，先期渡過淮水駐紮等候；項燕親率汝陰主力大軍斷後，遲延半日退兵。如此部署方略，主帥親當其後，諸將自然再無異議。末了，項燕下達軍令道：「自今夜開始，各營立即整裝預備。明夜三更，開始退兵。其時秦軍正在酣夢之中，我軍輕裝疾進，不舉火把不起號角，秦軍必不知所以然！以春霧持久之勢，我主力大軍退兵之時，秦軍仍可能尚未覺察！」

「妙！秦蠻子一覺醒來，乾瞪眼啦！」

「三日一過，有淮南肥魚大蝦啦！」

屈定景祺兩句嚷嚷，引得大廳哄然笑成了一片。實在說，世族的封地「官軍」在尋常之日比項燕的主力大軍愜意多也。今次不然，與秦軍相持經年，「官軍」將士原本期望的勝仗沒得打，傷亡與苦頭倒是前所未有地品嘗了。相比於常有苦戰的主力大軍，「官軍」之苦更甚矣！一聞退兵淮南，各營「官軍」無不歡呼，與郢壽的世族大臣們所想全然顛倒。項燕的退兵方略能迫使廟堂贊同，與其說是項燕威懾之力，毋寧說是源源不斷的「官軍」抱怨使世族大臣不得不忍痛放棄淮北抗秦。於是，大將們散去之後，各營當夜便忙碌起來了。

夜半時分，昏睡中的王翦突然一躍而起。

事後，替代李信的中軍司馬逢人便說上將軍神了。王翦跳起來一把推開抱著貂裘慌忙跑來的軍僕，腳未站穩便是一聲大喝：「戰鼓號角！全軍殺出！」守候在外間軍令室的中軍司馬一個激靈跳起一聲應命還未落點，王翦已經風一般捲到寢室外間，邊穿甲帶劍邊下軍令，「幕府將士全部上馬！雲車將臺居趙佗部中央進兵！」話音落點，整個幕府已經旋風一般飛轉起來。片刻之間幕府大帳已經拆裝完畢，三千將士已經全部上馬列陣。中軍司馬說，當他飛步攀上司令雲車時，值夜司馬剛剛接到斥候營探報說楚軍夤夜移師，正要鼓號發令。待戰鼓雷鳴號角大起，秦軍如山崩地裂般殺出時，中軍幕府的雲車戰車護衛馬隊也已經隆隆開出了營壘。數十年後，滅楚將軍之一的趙佗做了南越王，直到晚年都不能忘記這段佳話。他時常遙望著北方對部下絮叨說，李信趕赴前軍時給他的叮囑是：無論大軍戰況如何酷烈，兩萬隴西飛騎都必須死守中軍幕府，上將軍不醒寸步不能離開！趙佗說，各部大將也都對他如是叮囑了，左右是全軍一心，都將護衛上將軍的擔子壓給了他與他的兩萬隴西飛騎。他也做好了最艱難的苦戰準備：若戰況酷烈而上將軍仍不能醒，他會將整個幕府結裝成一個二十輛戰車的連排方陣，以兩萬鐵騎拚死護衛追隨大軍攻殺。只可惜上將軍太神了，比那時我一個後生還利落！你說，他一個花甲老人，一個已經連日勞累得昏睡過去的老人，如何便能一個猛子半夜跳起，出口便吼全軍殺出？神！真神！非神不能解說其神！

大霧彌天，殺聲盈野。中軍幕府人馬尚未開出十里，王翦便接到了三道戰報。辛勝戰報說：平輿楚軍自以為設置虛勢空營能夠騙過秦軍，故此退兵散亂全無戰備，我軍一陣猛烈掩殺，平輿楚軍大敗潰退，拚命逃向汝陰營壘，我部正在全力追殺！馮去疾戰報說：寢城楚軍不堪一擊，大敗潰逃汝陰營壘，我部正在全力追殺！楊端和馮劫戰報說：汝陰守軍尚有防備，我兩軍合力攻殺正在激戰，不防平輿寢城潰敗楚軍從背後蜂擁潰逃而來，致使汝陰營壘一時混亂，我兩部大軍趁機猛力攻殺，業已衝破壁壘進入營地混戰！

「傳令三城各部：合力攻殺汝陰楚軍主力！餘部逃散暫不顧及！」

「明白！」軍令司馬一揮手，三騎如飛而去。

「傳令蒙武：楚軍東逃將提前，蘄城營壘加快構築，全力堵截項燕主力！」

「明白！」

「傳令章邯：兼程急渡淮水！務必在楚軍兵敗消息傳出之前圍困郢壽！」

「明白！」

三道軍令接連發出，王翦一聲喘息，又對中軍司馬下了一道意外的將令：「派出斥候飛騎追蹤李信部，隨時稟報其戰情。」所以是意外將令，在於大軍戰場之進展皆由各將軍主動稟報，少有幕府統帥派出斥候追蹤其中一支者，即或這支人馬是統帥直轄的敢死之旅，也極少此等追蹤。然則，統帥既有將令，中軍司馬也不敢猶豫，立即派出斥候營飛騎追蹤去了。看著斥候飛騎去了，王翦又對身旁趙佗叮囑道：「李信若有險情，可不待老夫將令，你部立即派出五千飛騎馳援。」趙佗肅然領命，當即回身作了部署。

終於，天漸漸亮了，彌漫原野的大霧也漸漸消散了。

及至午時戰飯，王翦的兩萬餘幕府人馬已經變成了事實上的掠陣後軍。從清晨開始，在秦軍四十萬大軍輪番攻殺下，項燕的主力營壘撐持了不到三個輪次便開始鬆動。半個時辰間，楚軍的壁壘破缺從一處迅速彌漫為十餘處二十餘處，萬千秦軍連壕溝車也不用便呼嘯著躍過壕溝，推倒踏倒了不甚堅固的土木磚石鹿砦，洪水般湧進了汝陰營壘與楚軍糾纏廝殺在了一起。不及項燕下令——事實上，此時的軍令司馬也無法到達任何一個將軍馬前——楚軍便一發不可收拾地潰退了。秦軍後續力量如江河連綿，一浪高過一浪地在廣袤原野壓向東北。短短兩個多時辰，王翦的中軍幕府便落到了最後。遙望已經是一片血火廢墟的汝陰營壘，王翦突然下令：追殺戰交蒙武老將軍統領，幕府軍馬兼程疾進直渡淮水，與章邯部合圍郢壽！

「上將軍，幕府軍馬作助攻偏師，太奇太險！」趙佗立即反對。

「此時根本，不能叫楚王脫逃！奇險與否，不足道也！」

「上將軍始有奇兵！末將遵令！」

趙佗不再爭辯，立即揮師直奔東南方向的淮水渡口。為將求戰，趙佗自然強烈渴盼進入戰場拚殺。然以兵家常理，此時大軍追殺，淮北顯然是主戰場，大軍統帥顯然該當坐鎮淮北。上將軍王翦素來常戰無奇，這道撇開主戰場而直奔楚國都城的軍令顯得分外突兀。趙佗身為護衛幕府的大將，縱然求戰心切，也得明白提醒主帥有違常理的風險。及至王翦一說根本，趙佗立即恍然。事實上，以秦軍大將的戰場才具與士兵戰力，此等大追殺已經全然不需要將令部署了，此時的幕府軍馬坐鎮淮北可說已經無用。就全局而論，楚軍主力大潰敗之後，能否捕獲楚國王室立即顯出了重要性。

趕赴淮水渡口的路上，主戰場軍報一道道接踵而來，各路攻殺進展很是迅猛。暮色時分，王翦人馬準備渡河時，快馬軍使送來了蒙武的大追殺最後方略：楚軍主力已經被堵截在蘄城郊野，秦軍各部封鎖了方圓百里的所有要隘出口，只留垓下山塬一處逃路，一俟楚軍「突圍」逃入垓下谷地，秦軍立即圍困垓下，迫使楚軍糧絕而降。王翦大是舒心，二話沒說便在那張羊皮上大筆畫了一個好字。蒙武能以拚殺最少的圍困之法解決最後的大追殺戰，與王翦一再申明的總方略完全吻合——秦軍南下廣袤之地，能否最大限度地節省兵力，乃成敗根本也。

次日清晨，兩萬餘幕府人馬全部渡過了淮水。一上岸，王翦便下令趙佗率兩萬隴西飛騎先行趕赴郢壽合圍，幕府三千人馬隨後趕來。隴西飛騎為秦軍騎兵之最，人各兩馬換乘，最宜飛兵突襲。趙佗一奉將令催軍直下，兩個時辰已轟隆隆壓到了郢壽城下。此時，先於趙佗半日抵達的章邯部已經在城外展開了各式大型器械陣式，城池已經圍定，所缺者正是一支策應截殺兵力。趙佗軍趕到，章邯大喜過望，立即與趙佗一番會商，重新部署了秦軍圍城兵力，只待王翦趕到決斷是否攻城。

暮色時分，王翦的三千幕府人馬開到了郢壽城下。

戰飯晚湯之後，對著楚國地圖，王翦對章邯趙佗先講述了楚國地理大勢。戰國末期之楚國，世稱

「三楚」：淮北四郡（楚國郡，非後來秦郡），沛郡、陳郡、汝南郡、南郡為西楚；江東三郡，東海郡、吳郡、廣陵郡為東楚；淮南五郡，衡山郡、九江郡、江南郡、豫章郡、湘郡為南楚。自楚國將都城從陳城遷到淮南的郢壽，南楚便成了楚國根基。唯其如此，攻克郢壽捕獲楚王，是平定南楚的軸心之戰；而平定南楚，則又是平定整個楚國的軸心之戰。是故，攻郢壽之戰雖規模不大，卻事關根本。郢壽城北有淮水，南有大澤芍陂，水上退路方便快捷。然正因為如此，郢壽城池遠非淮北陳城那般堅固高厚。基於種種實際情勢，王翦的攻城方略明白簡單：章邯軍以連弩大箭破城破門，趙佗軍衝殺入城搜捕楚王。末了，王翦神色肅然地叮囑道：「楚地廣袤，水網密布，若楚王逃脫，將比燕王喜更難捕獲。為此，趙佗部之重心不在占據王城，而在捕獲楚王！章邯部一俟城破，當立即展開步軍，截殺城內逃脫殘部。老夫幕府再分兵兩千，於各個道口游擊堵截。如此，可保萬無一失。」

「秦商義報說，楚王意欲降秦，要否派一特使入城說降？」章邯問。

「不須。」王翦一笑，「負芻降秦，楚國世族所願也。」

「奇！為甚來？」趙佗又困惑又興致勃勃。

「楚國老世族各有根基，皆欲藉抗秦為大旗自立。項燕之所以敢於強勢擁立昌平君，其說辭正是負芻抗秦不力。負芻若降秦，楚國世族有了臺階，立即便會家家自立，大局反倒亂了。所為楚王意欲降秦者，楚國世族假報也。楚人圈套，老夫豈能自投羅網也。」

「末將謹受教！」

章邯趙佗一齊拱手，顯然對王翦的剖析深為敬服。大將出征，如王翦能兼顧國情政情而通盤運籌者，不能說絕無僅有，但也是少而又少。在秦軍全部大將中，如王翦兼具洞察全局之能者，大約連蒙恬也不能相比。而此等大才，如章邯趙佗等一班大將也是在戰場實際運籌中逐漸體察到的。唯其如此，後來之蒙恬不能洞察政局，不能毅然擁立扶蘇，而是無可奈何地自己走進了牢獄，使秦國廟堂最堅實的一根支柱轟然折斷。此乃後話了。

次日清晨章邯開始猛攻，一切都沒有出乎王翦預料。不消半個時辰，密匝匝排列的拋石機與大型連弩猛烈射出的飛石大箭的雨幕便擊垮了郢壽北門的城牆。十二斤石塊與長矛般的粗大弩箭如暴風驟雨般漫天擊砸，實在是郢壽這般水城所不能承受的。城牆一垮北門一破，趙佗的兩萬隴西飛騎立即颶風般捲入城內。王翦派出的兩千幕府騎士尚未抵達城外各個道口堵截，城內已經傳出了軍報：趙佗已經占據了王城，楚王負芻與在郢幾名世族大臣悉數被俘獲！王翦第一次手忙腳亂，一邊下令召回幕府騎士準備入城，一邊下令章邯軍迅速在城外郊野構築壁壘，以防淮北敗軍殘部逃來郢壽。兩個時辰後，王翦登上一輛兼具戰車功能的青銅高車在三千馬隊護衛下隆隆入城了。

這時，太陽尚未落山。

當夜，郢壽城外沒有出現淮北楚軍殘部，這座不大的楚國都城第一次變成了沒有王城燈火的夜幕籠罩下的黑城。王翦與章邯趙佗在城內軍帳會商，議定：趙佗率兩萬隴西飛騎，立即將俘獲的楚王與楚國世族大臣押送回咸陽；章邯軍留鎮郢壽，繼續駐紮郊野擴展營壘，以為大軍集結根基。部署完畢，王翦本欲率幕府馬隊連夜趕赴淮北，畢竟，攻克楚國都城並俘獲楚王之後，淮北戰場又迅速凸現為軸心大事了。然則，王翦尚未出發，蒙武軍報到了：楚軍殘部大約二十餘萬，已經「突圍」逃入垓下河谷，秦軍各部已經四面合圍，上將軍可全力處置淮南戰事，無須憂心淮北追殺大戰。王翦思忖片刻，給蒙武回書一件，叮囑其務須全殲項燕主力，尤其不能走脫項氏的江東精銳；大戰結束之後，立下淮南會兵。然後，王翦放棄了再上淮北，開始在幕府精心謀劃進兵吳越嶺南的未來戰事。

旬日之後，蒙武率主力大軍南下了。

王翦接到的戰報是：楚軍主力全部覆沒，李信率八千敢死騎士死死咬住項燕幕府，在垓下一片無名谷地圍困項燕三日之久，楚軍糧絕，無力為戰，項燕自殺，已經驗明正身無疑。唯一缺憾是，楚軍主力大將項梁逃脫，搜尋垓下三日不見蹤跡。

「上書秦王，我軍立下吳越嶺南，一年平定百越！」

這是秦王政二十四年初夏，西元前二二三年的故事。

秦王政時年三十七歲，上將軍王翦年逾六旬。

九、固楚亡楚皆分治　不亦悲哉

楚國的最後歲月，堪稱山東六國中最有型的一個。

即或是軍力最為強大的趙國，在護國之戰中也未能有一場足以令人稱道的勝仗。雖然，滅國之前的李牧軍曾兩敗秦軍，然敗非秦軍主力，且戰事規模較小，遠不能與楚國抗秦之戰同日而語。相比之下，楚國在最後歲月的兩次大戰實在是有聲有色。第一戰，楚軍以成功的防守反擊戰大敗秦主力大軍二十萬，追擊三日三夜不頓舍，攻破兩壁壘，殺七都尉，以最保守估計，秦軍戰死也當在七八萬上下（不包括傷殘）。此戰規模之大，超過了戰國中期六國合縱抗秦的最大勝仗——信陵君救趙之戰，更遠遠超過其餘幾次勝秦小戰，而當之無愧地成為戰國百餘年整個山東六國對秦作戰的最大勝仗。第二戰，秦以舉國兵力六十萬南進，楚軍以六十餘萬應戰，對峙年餘兵敗，堪稱雖敗猶榮。敗而榮者，一則，楚國在奄奄一息之時尚能聚結與秦國對等的兵力，形成戰國之世唯一能與長平大戰相媲美的平原戰場大相持，其壯勇氣勢可謂戰國絕唱；二則，國君力主抗秦而城破不降，統帥殫精竭慮而兵敗自殺，從來分治自重的楚國世族沒有出現一個大奸賣國者。凡此等等，皆有最後的尊嚴。

假如排除了種種偶然，楚國能否避免滅亡的命運？

這是一個歷史哲學式的問題，也是一個破解歷史奧祕的門戶問題。雖然有違「歷史不能假定」的規律而頗顯臆想色彩，但卻能引導我們穿過瑣碎偶然漫天飄飛的迷霧，走進歷史的深處，審視歷史框架的筋骨與支柱。假如楚王負芻更為明銳，假如項燕的「退兵淮南，水陸並舉，長期抗秦」的方略能夠實施，假如項燕擁立昌平君成功，假如楚國的封邑軍戰力如同主力大軍，假如戰場沒有大霧，假如楚軍糧草充足兵器精良，假如楚軍不退兵移營而繼續原地相持，假如項燕選擇了一條更好的退兵路線而不奔蘄縣，甚或，假如秦軍統帥不是王翦……楚軍能戰勝麼？楚國能保住麼？

不能。

為什麼？

首先，已經發生過的客觀的歷史狀態，是我們無法以任何邏輯分析所能取代的。這一狀態就是，楚國在最後歲月的種種努力，都已經在亡國危境的脅迫下被激發到了最大限度——種種掣肘減至最小，聚合之力增至最大；而沒有努力的部分，則是楚國已經無法做到的部分。正是這種「已經無法做到」的部分，做出了「不能」兩個字的回答。

那麼，這種已經無法做到的部分究竟是什麼？

就國家生命狀態而言，這種已經無法做到的部分，無疑是國家聚合力不夠。以今日話語說，戰時的國家動員能力，楚國尚處於較低水準。儘管以楚國自身的歷史比較，此時的國家聚合力已經增至最大。然則，以戰國之世所應該達到的最佳國家生命狀態而言，也就是橫向比較，楚國的聚合力尚遠遠不足。具體說，與敵手相比，楚國的聚合之力遠低於秦國：廟堂決策之效率、戰敗恢復之速度、徵發動員之規模、糧草輜重之通暢、國家府庫之厚薄、兵器裝備之精良、器用製作之高下、商旅周流之閉合、民氣戰心之高下……凡此等等，無一不低於秦國。也就是說，楚國的國家聚合能力遠遠低於戰國之世的發達狀態。所有這一切，面臨存亡之戰的楚國已經無法改變了，更無法做到秦國那樣的最佳狀態了。所以，結局是清楚的：秦國可以在主力大軍一次大敗之後，幾乎不用喘息地立即發動了更大規模的第二次戰爭，而楚國一旦戰敗，就再也爬不起來了。

楚國起源於江漢山川，數百年間蓬勃發展為橫跨江淮以至在戰國末世據有整個南中國的最大戰國。而且，這個南中國不是長江之南，甚至也不是淮水之南，而是大體接近黃河之南。如此皇皇廣袤之氣勢，雖秦國相形見絀。然則，就是如此一個擁有廣袤土地的最大王國，其國力軍力卻始終沒有達到過能夠穩定一個歷史時期的強大狀態。戰國之世，初期以魏國為超強，中期除秦國一直處於上升狀態之外，齊國、趙國、燕國都曾經穩定強大過一個歷史時期，甚至韓國，也曾經在韓昭侯申不害變法時期迅速崛起，以「勁韓」氣勢威脅中原。

也就是說，在整個戰國時期，唯獨楚國乏力不振。戰國楚最好的狀態，便是虛領了幾次合縱抗秦的「縱約長國」。戰國楚最差的狀態，則是連國君（楚懷王）都被秦國囚禁起來折騰死了。除了最後歲月的迴光返照，楚國在戰國時期從來沒有過一次撼動天下格局的大戰，譬如弱燕勃起那樣的下齊七十餘城的破國之戰。

所以如此，根源便在楚國始終無法聚合國力，從而形成改變天下格局的衝擊性力量。楚國的力量，只在兩種情勢下或大或小地有所爆發：一種是對包括吳越在內的南中國諸侯之戰，一種是向淮北擴張的蠶食摩擦之戰。這就是之所以楚國已經逼近到洛陽、新鄭以南，而中原戰國卻始終沒有一國認真與楚國開戰的根本所在。也就是說，在北方大戰國眼中，楚為大國，完全不許其北上擴張幾乎不可能；而要楚國聚力吞滅哪個大國，則楚國也萬難有此爆發，故此無須全力以赴對楚大戰。當然，另外一個重要原因是秦國威脅中原太甚，山東戰國寧可忍受楚國的有限蠶食。若非如此，則很難說楚國能否在戰國後期擴張到淮北。

一個廣袤大國長期乏力，必然有著久遠的歷史根源。

我們得大體回顧一番對楚國具有原生意義的歷史發端事件。

楚國的歷史，貫穿著一條艱難曲折的文明融合道路。

楚，在古文獻中又稱為「荊」、「荊楚」。考其原意，楚、荊皆為叢木之名。《說文》云：「楚，叢木，一名荊也，從林疋聲。」又云：「荊，楚木也，從艸刑聲。」李玉潔先生之《楚國史》以為：「疋，人足也。如此論，則楚乃林中之人……古時刑杖多以荊木為之，故荊字從刑。荊、楚，同物異名，後又合而為一。」《左傳．昭公十二年》載楚大夫子革云：「昔我先王熊繹，篳路藍縷，以處草莽，跋涉山林，以事天子。」以及其餘史料都說明，楚人確實是在荒僻的荊山叢林草莽中拓荒生存，歷經艱難而發展起來的一個部族。

依據種種史料評判，至少從殷商末期開始，楚部族與中原王朝已經發生了實質性的融合，楚部族已經成為受封於楚地的殷商小方國。據西漢劉向《別錄》載：商末之時，楚人族領鬻熊曾與商紂臣子辛甲一起叛商，逃奔周地，且臣服了周文王。《史記．楚世家》則記載：「鬻熊子事文王。」也就是說，鬻熊當時接受的封號是低等子爵，尚很難說是諸侯之一。直到周成王時，楚部族首領熊繹才正式被周王室冊封。就其實際而言，則是周王室承認了事實上已經自立發展起來的楚人部族。其冊封確認的三件大事是：國之封地，楚；城邑（都），丹陽；姓，羋氏。自此，楚人具備了西周諸侯封國的三大要件，相對正式化地進入了王權文明圈，成為了西周諸侯。但是，由於楚部族封國的爵號仍然是很低的子爵，故很難與中等以上諸侯相提並論。《史記．楚世家》云：「楚子熊繹與魯公伯禽……俱事成王。」

顯然，與魯國君主的公爵相比，楚國君主的子爵是太小了。

楚部族真正的飛躍，是周幽王鎬京事變後的熊通稱王。

當時，西周失國，平王東遷洛陽而東周伊始。這時，楚部族內部發生了一次兵變，族領蚡冒的弟弟熊通殺死了蚡冒的兒子，奪位自立為楚族君主。熊通極是強悍，全力整合楚地各部族，土地民眾有了很大擴展。在熊通即位的第三十五年，楚部族已經成為江漢山川的最大諸侯。於是，趁周王室東遷初定諸事尚在忙亂之機，熊通率軍北上，攻伐姬姓王族諸侯的隨國（註：隨國，周時王族諸侯國，地在淮北上蔡地帶）。隨國派出特使，指斥楚國征伐無罪之國。熊通全然不理睬，一戰俘獲了隨國的少師（太師副手，此時當為隨軍主將）。隨國震恐，與楚議和。熊通只提出了一個條件：隨國必須上書周王，敦請周王提高楚族君主地位。熊通的口吻極具挑釁性：「我蠻夷也！今諸侯皆為叛相侵，或相殺。我有敝甲，欲以觀中國之政，請王室尊吾號！」也就是說，當今諸侯已經亂了，楚有綽綽有餘的甲士，我也想試試中原國政的滋味，王室必須提高我的封號！隨國為免亡國，立即代為上書周王，請尊（提高）楚之封號。其時，正是東周第二代王周桓王在位，周室尚有些許實力與尊嚴，聞此非禮僭越之請，立即斷然回絕了熊通的脅迫，不提高楚君封號。隨國將消息回報給熊通，熊通倍感屈辱，快快班師。謀劃兩年後，憤怒的熊通一言震驚天下：「王不加位，我自尊耳！」

於是，熊通一舉自立稱王，史稱楚武王。

熊通稱王，開始了春秋楚國邁向大國的歷史。

須得留意的是，楚國撇開東周王室於不顧而自行稱王，在春秋初期是震驚天下的大事。歷史地看，這一事件對楚國具有極為深遠的影響。其一，楚國自行稱王，意味著對當時中國禮法的極大破壞，由是開始了中原諸侯長期歧視楚國的歷史。其二，周王室斷然拒絕提高楚君封號，意味著對楚族自覺融入中原文明的拒絕，意味著無視楚族安定江漢的巨大功勳，激起了楚人部族的強烈逆反之心，由是大大淡化了楚國對中原文明的遵奉，大大減弱了自覺靠近中原文明的仿效性，從而開始了自行其是的發展。這是一種國家發展心理，雖沒有清晰自覺的目標論述，其國家行為卻實實在在地表現了出來。

周桓王拒絕提高楚君封號後，《史記》記載的熊通的說法頗具意味：「吾先鬻熊，文王之師

(將)也，蚤(早)終。成王舉我先公，乃以子男田令居楚，蠻夷皆率服，而王不加位，我自尊耳！」熊通說的是這樣三層意思。其一，歷代楚人對周室有功。從周文王起，楚君便是周之將軍，楚人是周之士兵，成王雖以子、男低爵封我楚地，然我族還是平定了江漢諸部，為天下立了大功。其二，楚人以效命天子的中原文明諸侯國自居，視其餘部族為蠻夷。其三，周王如此做法，傷楚人太甚！實際上，熊通已經將日後形成為楚國國家心態的根本因素，酣暢淋漓地宣示了出來。

楚人的這種心態，中原諸侯很早就有警覺。

《左傳．成公四年》載：魯成公到晉國朝聘，晉景公自大，不敬成公；魯成公大感羞辱，回國後謀劃結盟楚國而背叛晉國。大臣季文子勸阻，將晉國與楚國比較，說了一段頗具代表性的話：「不可。晉雖無道，未可叛也。(晉)國大、臣睦、而邇(近)於我，諸侯聽焉，未可以貳(叛)。史佚之《志》曰：『非我族類，其心必異。』楚雖大，非吾族也，其肯字(愛)我乎！」這裡的關鍵字是：楚非吾族；非我族類，其心必異。《左傳．襄公八年》又載：鄭國遭受攻伐，楚國出兵援救。鄭國脫險之後，會商是否臣服楚國，大夫子展說的是：「楚雖救我，將安用之？親我無成，鄙我是欲，不可從也！」也就是說，楚國雖然救了鄭國，但其用心不清楚，楚國不會親佑我，而是要鄙視壓制我，所以不能服從。

如此受楚之恩又如此顧忌猜疑，很難用一般理由解釋。

當時，與楚國同受中原文明歧視者，是秦國。然則，秦國對這種歧視，卻沒有楚國那般強烈的逆反之心，而是始終將這等歧視看作強者對弱者的歧視。故此，無論山東士人如何拒絕進入秦國，秦國都滿懷渴望地向天下求賢，孜孜不倦地改變著自己，強大著自己。當然，這兩種不同的歷史道路後面，還隱藏著一個重要因素：中原文明對秦國的歧視與對楚國的歧視有所不同。畢竟，秦為東周勤王靖難而受封的大諸侯，其赫赫功業天下皆知。中原諸侯所歧視者，多少帶有一種酸忌心態，故多為咒罵識刺秦風習野蠻愚昧，少有「非我族類」之類的根本性警戒。是故，秦國的民歌能被孔子收進《詩經》，而有了〈秦風〉篇章；而楚國作為春秋大國，不可能沒有進入孔子視野的詩章，然《詩經》卻沒有〈楚風〉篇章。這種取捨，在素來將文獻整理看作為天下樹立正義尺規的儒家眼裡，是非常重大的禮樂史筆，其背後的理念根基不會是任何瑣碎緣由，只能是「非我族類」之類的根本鄙夷。

其後時代，由於中原文明對楚國的鄙視，也由於楚國對此等鄙視的逆反之心，兩者交相作用，使楚國走上了一條始終固守舊傳統而不願過分靠近中原文明的道路。見諸於實踐，是只求北上爭霸，而畏懼以中原變法強國為楷模革新楚國，始終奉行著雖然也有些許變化的傳統舊制。

楚國傳統體制的根本點，是大族分治。

楚國起於江漢，及至春秋中後期已經吞滅二十一國。至戰國中代，楚共計滅國四十餘個，是滅國占地最多的戰國。須得留意的是，整個西周時期與春秋初期，是楚國形成國家框架傳統的原生文明時期。這一時期，楚國的擴展方式與中原諸侯有很大的不同。正是這種不同，形成了楚國遠遠強於中原各國的分治傳統。

西周時期，中原諸侯的封地大小皆由王室冊封決定，不能自行擴展。所以在西周時期，中原諸侯不存在自決盈縮的問題。楚國不同，由於地理偏遠江漢叢莽，加之又不是周室的原封諸侯，而是自生自滅一般性的承認式小諸侯，故此可以自行吞併相鄰部族，從而不斷擴大土地民眾。及至春秋，中原諸侯開始了相互吞滅。由於中原諸侯無論大小都是經天子冊封確認的邦國，政權意識強烈，故這種吞滅只能以刀兵征伐的戰爭方式進行。即或戰勝國有意保留被滅之國的君主族利益，也是以重新賜封的形式確認，被滅君族從此成為戰勝國君主的治下臣民，而不是以原有邦國為根基的盟約臣服。故此，不管中原諸侯吞滅多少個小國，被吞滅的君主部族都很難形成治權獨立的封邑部族。當然，中原大國賜封功臣的封地擁有何種相對程度的治權，也是君主可以決定的。也就是說，法令變更的阻力相對要小許多。

楚國不然。

如果說中原諸侯擴張只有一種方式，那麼楚國的擴張則至少有兩種方式。

由於擴張方式的不同，其後形成的權力框架與政治傳統也不同。

楚國擴張方式一，是迫使相鄰部族臣服的軟擴張。與當時楚國相鄰的部族，都是未曾「王化」的部族，也就是未受王權承認的自生自滅的部族政權。化外之民，此之謂也。這種或居山地密林，或居大川水畔的漁獵部族，既沒有正式的政權形式，也沒有濃烈的權力意識，只要生計相對安穩，臣服於某種有威脅的權力還是堅持自治自立，並無非此即彼之強固要求。春秋時期，分布在江漢山川、江南嶺南以及吳越地帶的這種自在發展的部族尚有多多。某種意義上可以說，在楚吳越三國崛起之前，整個南中國的族群基本上全部處於自治自立自生自滅的狀態。其時，在這片由遼闊湖泊江河與雄峻連綿高山交織而成的廣袤地帶，只有楚吳越三國接受了中原王室的封爵，是具有相對發達政權形式的邦國。具體說，中南地帶只有楚國有持續擴張的社會組織條件。東南地帶，則只有吳越兩國。然則，楚國若要如同中原諸侯那般以武力連續不斷地吞滅這些部族，也顯然力不能及。於是，基於前述歷史原因，便有了種種以盟約稱臣方式完成的軟擴張。這種軟擴張，就其實質而言，不妨看作一種整合，一種兼併，一種文明化入。是故，這種擴張必然帶有雙方相互妥協的一面。

這種妥協的最基本方面，在楚國而言，是允許臣服部族繼續在自己原有的土地上大體以原有方式自治自立地生存，可以擁有自己的封邑武裝，且楚國君主不能任意奪其封邑；在臣服部族而言，則接受楚國君主為自己的上層權力，接受其封賞懲罰與行動號令。於是，臣服部族變成了楚國的臣民，臣服部族原有的生存土地發生了名義上的變更，變成了國君賜予的封邑，臣服部族必須向楚國君主納貢（不是賦稅），且不能叛楚自立。楚國前期最大的權臣部族若敖氏（鬪氏、成氏為其分支）、蔿氏、伍氏以及楚國中後期的項氏，都屬於這種軟擴張進來的老世族。基於利益平衡，也基於強化聯盟，這種軟擴張一旦成立，臣服部族的族領便可以依本族實力的大小，在楚國做大小不等的官吏，以致做到要害權臣者不在少數。

楚國擴張方式二，武力吞併。對於擁有良好生存土地而又拒絕臣服的部族政權，楚國仿效中原諸侯，以武力吞滅之。對於被吞滅部族及其土地，楚國有完全的處置權。於是，必然的情勢是：這些部族人群被直接納入了君主部族直轄的族群，這些土地也變成了君主部族所直轄的土地。也就是說，被武力吞併的部族與土地，變成了由邦國直接治理的土地與人民。由於有軟擴張而來的封邑部族相對比，隨著時間的推移，楚人便將這種被武力吞併而喪失自治（改由王治）的部族漸漸視作了王族勢力，甚或直接看作王族分支。楚國後來的昭、屈、景三大族，以及莊氏部族、黃氏部族，之所以被諸多史家認定為楚國王族分支，原因在此。

這種部族享有王族名義，又有自己部族的姓氏；後來，又有了楚王賜封的部族封邑；於是，他們成為不同於前一種幾乎完全自治的部族的新世族。之所以有這種情況發生，在於被武力吞併的部族族系實際上依然存在，且王室得依靠這種族系來統領人民，王室遂不得不將被征服的各大族族領分封在特定地域，依靠他們來形成遠遠大於完全自治部族勢力的王族直領勢力。

如上兩種情形，形成了楚國分治的根基。

所謂分治，其基本點是三方面：其一，經濟上分為王室直轄的土地與世族封邑土地，後者基本上不向邦國繳納賦稅，是為經濟分治。其二，世族封邑可以擁有自己的私兵武裝。春秋時期的楚國對外戰爭，史料多有「（城濮之戰）若敖氏之六卒」、「（吳楚柏舉之戰）令尹子常之卒」、「（吳楚離城之戰）子強、息桓、子捷、子駢、子盂……五人以其私卒先擊吳師」等記載，皆為私卒，是為軍事分治。其三，政治權力依據族群實力之大小而分割，國政穩定地長期地由王族與大世族分割執掌，吸納外邦與社會人才的路徑基本被堵死。

分治的軸心，是國家權力的分割。

楚國在幾乎整個春秋時期，都處於王室與老自治部族分掌權力的情勢下。據李玉潔先生《楚國史》統計，從第一代楚王熊通（楚武王）開始，到六代之後的楚莊王，歷時近兩百年中，楚國的首席執政大臣令尹（相當於中原的丞相）有十一任，其中八任都是若敖氏族領擔任，分別是鬬祁、子文、子玉（成得臣）、子上、成大心、成嘉（子孔）、鬬般（子揚）、子越（鬬椒）；其餘三任，一是楚文王弟子元，一是申族人彭仲爽，一是蔿族族領蔿呂臣，也同樣都是老世族。在如此權力格局下，楚國的大司馬（軍權）、司徒（掌役徒）等重要權力也全部被世族分掌。

楚莊王時期，楚國王族與若敖氏部族的權力矛盾日漸尖銳。晉楚城濮之戰後，若敖氏因統帥楚軍戰敗而權力動搖，遂發動兵變，先行攻殺了政敵蔿賈，後又舉兵攻打楚莊王。楚莊王驟然難以抵禦，提出以三代楚王（文王、成王、穆王）的三位王孫為人質，與若敖氏議和。長期經營楚國上層權力的若敖氏族領鬬椒公然拒絕了議和，與楚莊王刀兵相見。雖然，楚莊王最終平定了這場大叛亂，並將若敖氏除保留一支為象徵外全部分散滅之，然造成國家巨大災難的根源卻絲毫沒有改變。若敖氏覆滅之後，楚國直到春秋末期，歷九代國王十七任令尹，其中十二任令尹是王族公子，兩任是蔿氏部族（孫叔敖、孫叔敖子），一任是若敖氏餘脈（子旗），一任是屈氏部族（屈建），一任是沈氏部族（葉公子高）。

楚國由大世族執政轉變為公子（王族）執政，雖然減緩了大族爭奪權力的殘酷程度，但卻沒有改變世族政治的根基。楚國在春秋時期多次發生老世族兵變，楚莊王的若敖氏之亂、楚靈王的三公子之亂、楚平王的白公勝之亂等等，每次都直接危及到楚王與王族，足見世族分治對楚國的嚴重傷害。

進入戰國之世，中原各大國的變法強國浪潮此起彼伏，幾乎都曾經有過至少一次的成功變法。魏文侯李悝變法、齊威王變法、韓昭侯申不害變法、秦孝公商鞅變法、趙武靈王變法、燕昭王樂毅變法。第一次變法之後繼續多次小變法，在中原大國也多有醞釀或發生，秦國最典型而已。唯獨楚國，只有過一次短暫的半途變法，其後的變法思潮只要一有跡象（如屈原的變法醞釀），則立即被合力扼殺。也就是說，楚國始終沒有過一次需要相對持續一個時期（一代或半代君主）的成功變法。因此，楚國的分治狀況一直沒有根本性變化。

楚國的半次變法，是吳起變法。

這次變法，從吳起入楚到吳起被殺，總共只有短短三年（一說十年）。楚悼王十八年（西元前三八四年）吳起入楚，楚悼王二十一年（西元前三八一年）病逝，吳起於葬禮中被殺，楚國變法宣告終結。以實際情形說，除去初期謀劃與後期動亂，即或計入年頭年尾之類的虛算，其實際的變法實施至多一年餘，真正地浮光掠影。就史料分析時間構成：吳起入楚第一年做宛守（宛郡郡守還是宛城守將，不能確定），第二年做令尹，第三年慘死。如此，所謂吳起變法，則實際上只能發生在第二年及第三年幾個月裡。再就史料分析吳起實際活動：其一，任宛守期間可能打過一仗（吞併陳蔡）；其二，任令尹之初謀劃變法，提出了一套變法方案；其三，為楚國打了三次大勝仗（救趙伐魏、吞併陳蔡、南並蠻越）。除此之外，未見重大活動，事實上也不可能再有重大活動。如此，一個簡單的邏輯問題便是：一個三年打了三大仗、還做了一年地方官的人，能有多少時間變法？因此，完全可以判定：吳起的變法方案根本沒有來得及全面實施，便被對變法極其警覺的老世族合力謀殺了。

吳起的變法方案究竟有些什麼，值得老世族們如此畏懼？

史料並未呈現吳起如商鞅變法那樣的變法謀劃，而只是分散記載了一些變法作為，大體歸類如下。其一，均爵平祿。其時，楚國世族除封邑之外尚把持高爵厚祿，平民子弟雖有戰功也不能得到爵位，非世族將軍即或大功也不能低爵薄祿。所以，均爵平祿是實際激發將士戰心的有力制度。應該說，這是後來商鞅變法的軍功爵制的先河。其二，廢公族無能之官，養戰鬥之士。其三，封土殖民：將世族人口遷徙到荒僻地區開發拓荒，「以楚國之不足（民眾），益楚國之有餘（土地）。」《史記・蔡澤列傳》云：「……吳起為楚悼王立法，卑減大臣之威重，罷無能，廢無用，損不急之官，塞私門之請，一楚國之俗，禁游客之民，精耕戰之士，禁朋黨以厲百姓，定楚國之政，兵震天下，威服諸侯。功已成矣，而卒枝解。」所列種種，除了戰事，事實上還都只是尚未實施的方案。即或如此，楚國的老世族們已經深刻警覺了，立即行動了。

吳起變法的夭亡，意味著根深蒂固的貴族分治具有極其強大的惰性。

楚悼王之後的戰國時代，古老而強大的若敖氏式的自治老世族，已經從楚國漸漸淡出。代之而起的，是有王族分支名義的昭、屈、景、莊、黃、項等非完全自治的老世族。客觀地說，後者的自治權力比前者已經小了許多，譬如私家武裝大大縮小，封邑也要向國府繳納一定的賦稅，對領政權力也不再有長期的一族壟斷等等。但是，在戰國時代，這依舊是最為保守的國家體制。相對於實力大爭所要求的國家高度聚合能力，楚國依然是最弱的。

楚國之所以能在最後歲月稍有聚合，其根本原因在兩處：一則是幅員遼闊人口眾多，二則是實力尚在的老世族在絕境之下不得不合力抗秦。統率楚軍的項氏父子，本身便是老世族，則是最好的說明。然則，一戰大勝，老世族相互掣肘的惡習復發，聚合出現了巨大的裂縫，滅亡遂不可避免。

包舉江淮嶺南而成最大之國，雖世族分領鬆散組合，畢竟成就楚國也。

疲軟乏力而始終不振，世族分領之痼疾也。

搖搖欲墜而能最後一搏，世族絕境之聚合也。

戰勝而不能持久聚合，世族分治之無可救藥也。

興也分治，亡之分治，不亦悲哉！

第十章 ◎ 偏安亡齊

一、南海不定　焉有一統華夏哉

王翦戰報飛抵咸陽之時，王城譙樓剛剛打響三更。

看罷戰報，嬴政與尚在值夜的李斯蒙毅會商片刻，當即決斷：留下蒙毅會同丞相王綰處置王書房政務，秦王與李斯趕赴郢壽。雞鳴時分，王車馬隊已飛出咸陽兼程東去了。嬴政之所以緊急趕赴郢壽，是因為王翦在戰報之外尚有一卷上書：請對吳越嶺南之百越部族連續進兵，一舉平定南中國。依此方略，則牽涉諸多方面須得一體謀劃。秦王固可在咸陽召幾位重臣就王翦上書議決回覆，然終不若與王翦當面會商更扎實。另一層原因則是，滅楚之戰的完勝，證明了王翦當初的大局洞察之深徹，接踵而來的諸多軍政大計，嬴政都想聽聽王翦的評判。加之王翦年事已高，夫人故去，此前似乎已有暗疾跡象，能否經得起再下嶺南的勞碌亦未可知。凡此等等，都使嬴政立下決斷，無論咸陽有多少政事亟待解決，都得趕赴淮南立定根本。

從關中直出函谷關，經河外進入鴻溝堤岸大道，再下淮北淮南，一路平坦異常。趙高駕馭著王車第一次在如此寬闊的平野大道上長途飛馳，分外振作，將高超的駕車技藝揮灑得淋漓盡致。一輛龐大的六馬青銅高車平穩得如同水上行舟，細碎的車鈴聲在風中連綿不斷如編鐘齊奏，整齊劃一的二十四隻馬蹄時疾時徐如同鼓點拍打，身後三千鐵騎隆隆如春雷滾動，直是一曲別有況味的鐵馬銅車行進樂章。出得安陵，趙高一回首正想問秦王要否歇息打尖，卻見前座秦王已經鼾聲如雷，後座李斯直向他搖手。趙高恍然，手中集束馬韁稍一收攏，王車立即變為平穩常速。

「嘭！」鼾聲立止，秦王嬴政腳下一跺。

「嗨！兼程疾進！」趙高立即明白，減速反倒驚醒了秦王。

雖有鼾聲如雷，嬴政心頭卻始終縈繞著種種有待決斷而尚未清晰的線頭。天下即將一統，亟待定奪的大事太多太多了。在接到王翦滅楚戰報的瞬息之間，嬴政倏忽感到了呼嘯而來的「天下」已泰山壓頂般降臨了。那一刻，一個念頭驟然閃現出來：嬴政，你扛得起這座「天下」泰山麼？巍巍然矗立近兩百年的六座大山，已經轟轟然倒下了五座。打天下固難，然嬴政卻強毅奮發一往直前，從來沒有過恍惚困惑，只有今日，當楚國這座最廣袤的南國之山轟然倒塌時，他卻沒有那種巨大的戰勝喜悅，反倒是心頭掠過了一片茫然……秦國的朝局該再度整飭了，這是始終飄盪在嬴政心田的一端思緒。應該立起棟梁了，否則，他這個秦王當真可能被這座「天下」泰山壓倒，被這座「天下」泰山吞沒。軍力該如何重新部署？最後的齊國，重新氾濫的匈奴之患，死而不僵的燕代殘部能否一體結束？果真能夠一體結束，六國貴族該如何處置？沒有了六國王室的天下該如何擺布？老秦國的法令要不要改變？等等等等頭緒太多了，且每一個頭緒都粗大得足以經天緯地，嬴政也嬴政，你的才具足以勝任麼……

「稟報君上，已經過了淮水。」

「好！停車歇息片刻，稍事收拾再見上將軍。」

趙高這次沒有再看李斯手勢，一過連通郢壽官道的淮水大石橋便剎住了王車，逕自回首對秦王高聲稟報了一句。整整一天都時醒時睡的嬴政驀然一頓，雙手搓了搓臉龐睜開了眼睛，看了看已經舉起火把的馬隊，又看了看也是剛剛從朦朧中醒來的李斯，這才吩咐了行止，扶著車軾便要下車。李斯捶著腿道：「君上小心，我腿都木了。」正在此時，趙高已經一個縱身到了車下，將嬴政背了下車。饒是如此，嬴政腳一落地已頹然軟倒在了地上，不禁一邊大笑一邊連指李斯。趙高說聲明白，立即過去也將李斯背下了王車。李斯雖沒有倒地，也是一瘸一拐地踉蹌了幾步才活泛過來。

火把之下，護衛騎士們一邊大嚼著鍋盔夾乾肉，一邊餵馬刷馬收拾馬具。嬴政與李斯則走到趙高看好的水邊稍事梳洗，而後一邊走動著活動手腳，一邊舉著酒袋啜飲著馬奶子酒，一邊說道起事來。

嬴政說，老將軍再下嶺南，只怕撐持不住。李斯說，老將軍是該歇息頤養了，可平定百越事大，既得縝密梳理，又得威權資望，一時無人可代老將軍。嬴政兀自喃喃道，得有個辦法，得有個辦法，老將軍不能有任何閃失，不能有任何閃失。李斯說，君上莫擔心，此事終得看老將軍氣象如何，還是見了老將軍再說。嬴政點了點頭，望著遍野火把不再說話了。

半個時辰的歇息之後，王車馬隊整肅起行。大約四更時分，王車馬隊開到了郢壽北門外十里之遙。嬴政突然一跺車底下令：「停車！城外就地紮營。」趙高一心只想秦王進城好安臥歇息，聞令不禁愣怔了。李斯道：「深夜入城，君上怕攪擾老將軍。去傳令了。」趙高這才恍然，連忙跳下車高聲傳令去了。不料，馬隊剛剛開始紮營，便有一隊騎士從郢壽方向飛來查問。李斯快步上前一看，原來是已經從咸陽返回軍中的將軍趙佗率兵夜巡，簡短問答後連忙將趙佗領到了王車前。嬴政很是高興，立即便問大軍駐紮並王翦飲食起居諸般狀況。趙佗稟報說：「占據郢壽三日後，上將軍幕府便移到了城外大軍營地，城內只留了五千步軍；老將軍從來嚴守軍旅法度，初更上榻五更操演，卯時准定進入幕府處置軍務，從來未見異常。」嬴政皺著眉頭道：「李信不是中軍司馬麼，五更操演此等事還要老將軍親臨？」趙佗稟報說：「依照軍法，寅時操演只練陣法分合，幕府要做的只是號角起令，而後中軍司馬巡視各營，原本無須統帥過問。然上將軍與蒙武老將軍卻從來都是日日早起，親自下場與將士一起奔跑操演。李信曾多次勸阻，上將軍依然如故。」嬴政聽罷好一陣不說話。趙佗一拱手請求告辭，要立即趕回幕府稟報上將軍出迎秦王。嬴政一擺手道：「將軍莫走，一起等候。」趙佗大是困惑，卻也沒敢再問。李斯笑道：「君上不忍此時驚醒老將軍，要等到天亮，將軍便等了。」

「稟報君上：行營立好！敢請君上歇息。」趙高快步過來稟報。

「本王要候在這裡，看著太陽出山。」

「君上……」

「小高子，教將士們打個盹，寅時末刻起行。」

「嗨！」趙高情知不能爭辯，轉身大步去了。

「來，將軍且坐，說說軍旅，想哪說哪。」

趙高鋪好了一張大草席，又捧來了一罈黃米酒。嬴政與李斯趙佗席地而坐，對著天邊一鉤殘月，聽趙佗海闊天空地說起了南下大軍的諸般戰事。末了，趙佗說上將軍正在部署對百越之戰，只怕秦軍要變一番模樣了。嬴政與李斯都對百越大有興致，趙佗遂說起了百越諸部。趙佗說，越國被滅之後的近百年裡，越國王族大支主要分布在兩地：最北邊的越人聚居區是故越國的甌水、靈水地帶，人呼甌越，也叫作東甌（註：甌水，今浙江南部之甌江。甌越居地，大體在今浙南溫州地帶），首領甌越王叫作搖，自稱越王勾踐後裔；再南的越人聚居處，是閩水兩岸與海邊島嶼，人呼閩越（註：閩水，今福建之閩江。閩越居地，大體在今福建閩江與沿海島嶼、浙南山地、贛東北山地），首領閩越王無諸，據傳也是越王勾踐之後裔；其餘越人部族則星散於五嶺之南，人呼南海百越，以番禺（註：番禺，戰國嶺南地名，大體在今廣東之廣州地帶）越人勢力較大，以訛傳訛也叫作南海百粵、南海粵人。這些粵（越）人部族多以漁獵為生，操持農耕者有，但很少，其風習依舊是斷髮文身部族群居，輕捷剽悍聚合不定，大軍應對難處多多。

「將軍何以對越人如此熟悉？」李斯饒有興致。

「末將先祖為會稽越人，經商北上定居趙國，再也沒有回去。」

「如此，將軍家族是長平大戰後入秦？」

「長史明斷。」

嬴政高興道：「好！我軍若能多有通曉百越之人，南進會順暢許多。」趙佗說，還有幾個都尉、裨將，也是南楚人或老越人，兵士中也有一些，人人都樂意為南進效力。說話間曙光漸顯，嬴政下令起行。車馬大隊跟著趙佗的小馬隊，轔轔隆隆地開向了秦主力大軍的營地。及至王翦蒙武聞報出迎，太陽剛剛掛上山巔。

「老臣料事不周，使王作曠野之頓，深為慚愧也！」

「老將軍數十年馳驅戰場，政一夜之野何足道也！」

王翦對秦王深深一躬。秦王對王翦也是深深一躬。這般君臣之禮聞所未聞，此刻卻如流水一般自然真切。李斯與蒙武等一班大將肅立兩廂，感慨唏噓不止。儘管王翦步履穩健精神矍鑠，但嬴政卻分明看出，兩年之間王翦是真正地老了。眉毛全白了，眼袋更大了，原本頎長勁健的身軀有些虛胖了，溝壑縱橫的古銅色臉膛有了一片片斑痕；從來齊全的甲冑變成了柔韌輕薄的羊皮軟甲，那一頂人人熟悉的銅矛帥盔換成了一頂輕得多的將軍皮冠，腳下的牛皮銅釘戰靴變成了不帶銅釘的羊皮軟靴。王翦一身唯一沒變的，是那一領當年由嬴政親自下令王室尚坊精工製作的沉甸甸的金絲黑錦斗篷。一眼打量過去，嬴政心頭驀然一陣酸熱，眼圈不禁紅了……

「擺開軍宴！為我王接風洗塵！」

蒙武奮然一聲喝令，君臣將佐們立即輕鬆起來，絡繹走進了聚將廳外趕搭的軍宴大帳。原來，王翦一接趙佗飛騎快報，立即與蒙武商定，召全軍千夫長以上將官，以迎王軍宴覲見秦王。中軍司馬李信領命，立即聚齊了幕府護衛士兵，在幕府大廳外趕搭了一座可容五七百人的連棚大帳。大帳的中央座案區設置在一排固定聯結的戰車上，略有兵士推動，便可巡遊全帳。李信又下令幕府炊兵營，軍宴酒菜一律改為楚三式：一魚、一酒、一飯，使秦王一睹楚地風習。蒙武下令開宴之時，李信與軍士們業已忙碌了一個時辰，除了遠處軍營的將尉們尚未全部聚齊，諸事已經大體就緒。

唯其軍宴，一切實在簡樸。除了中央戰車前一片大將座案，其餘將尉們都是十人一張草席圍坐，透著初夏陽光的大帳下黑沉沉一片。秦王嬴政一走進大帳口，數百人刷的一聲一齊站起，哄然齊呼秦王萬歲，當真是雷鳴一般。蒙武下令就位，帳中哄然一聲坐下，五七百人整齊得刀切一般。王翦親自導引著秦王嬴政登上了中央戰車落座，蒙武大步跨上戰車一拱手高聲道：「稟報秦王，軍宴楚三式：鱸魚燴、蘭陵酒、白米乾飯！要否改換秦軍戰飯？唯待王命！」

「這，本王倒得問問將士們。」嬴政瞥一眼大案上的魚酒飯，高聲笑問，「諸位說，若沒有了鍋盔醬肉啞，吃得下南國魚米麼？」

「吃得下。」一片呼應聲顯然沒有力道。

「不好吃。」

「魚有刺。」

「吃不快。」

「不頂餓。」

種種應答紛紜，嬴政不禁大笑起來：「老秦人敢說楚鄉酒飯不好吃，好啊！老秦人有得挑選了！鄭國渠未成之前，老秦人敢這樣說麼？不敢！那時，老秦人但能吃飽穿暖，已經是托天之福了。今日，秦人豐衣足食了，大出天下了，衣食風物有得比照了……倏忽數十年，天地翻覆也！」嬴政火辣辣的聲音飄盪著，大帳中卻是一片寂然，幾乎所有將士的眼中都泛出了淚光。嬴政的笑意也不覺消散了，然話語卻更平實清晰了，「話說回來。衣食男女，不同風習；四海山川，不同水土；天下萬物，紛紜有別。此，天下之大道也！今我大軍南征，淮南距中原已是千里之遙。遠則遠矣，唯其大道平坦，尚可有麥面牛羊間或輸送，鍋盔醬肉尚可隔三差五猛啞一頓。然若進兵南海萬里馳驅，鍋盔醬肉，便只能在夢裡得見了……楚國不能歸治南海百越，為甚來？沒有大軍南進！何以沒有大軍南進？說到底，楚軍耐不得苦戰！其中之一，肚皮太嬌，南海生猛克化不了！」大帳哄然爆發出一陣大笑，淹沒了嬴政的話音。

「好！君上決斷，酒飯不變！」蒙武高聲宣令了。

「赳赳老秦！共赴國難！」舉帳雷鳴般吼出了這句秦人老誓。

「楚風秦風四海風！食天下者，大秦猛士也！」嬴政慷慨大笑。

「軍宴就緒，秦王開宴——」

大帳中安靜了下來。誰都明白，秦王方才的酒飯之辭是臨機生發，雖實實在在地打在了將士們的心坎，然畢竟不是正題。無論是成例還是習俗，接下來的秦王的開宴說辭都是最要緊的，否則連千夫長也召來為甚？是故蒙武一宣布秦王開宴，大帳近千人立即肅然。

嬴政在大案前站定，環視著帳中高聲道：「滅楚一戰底定南天，將士們辛勞備至，功勞殊偉！滅楚完勝，老秦人一統天下之偉業將成，列國人民熄滅刀兵之期盼將成！政為秦王，以老秦人之名，以天下父老之名，謝我大秦三軍將士！」

對著戰車下黑壓壓的將尉們，嬴政深深一躬。

「一統天下！秦王萬歲——」

雷鳴之聲平息，嬴政雙手捧起了精緻的白陶大碗，高聲道：「此次本王行程匆忙，未及攜帶老秦酒犒賞將士！然則，蘭陵酒也是天下名酒，自今日始，同樣也是秦酒！本王便以蘭陵秦酒，與上將軍，與將士們，同飲共賀！」舉帳肅然之中，嬴政轉身對著王翦深深一躬，「老將軍率舉國六十萬大軍南下，平定大國且全我雄師，居功至偉。此酒殷殷如老將軍赤心，政敢以為先敬也。」王翦捧起了大陶碗慷慨道：「君上敬老臣，老臣亦當敬之。我王襟懷四海，運籌於廟堂之上，決勝於萬里之遙，此大秦之幸也，天下之幸也！臣等將士為國家馳驅，分內所為也！」

王翦舉起大碗汩汩飲乾，碗底向嬴政一照，乾淨利落滴酒未落。嬴政大是欣慰，一個好字出口，舉碗三幾口吞乾了一大碗蘭陵酒，碗底一照也是滴酒不落。戰車下的將尉們便是哄然一聲喝采。蓋戰國之世，酒為珍物，敬酒之風習本意，乃為敬者獻出自家面前的酒呈給對方飲之，是以為敬也；並非後世之敬酒，大多為敬者先飲，實則將敬之本意訛轉為罰，亦將酒之珍稀訛轉為賤。然則，敬酒古風至今依然在中原地帶保留，即敬酒者後飲，甚或不飲。此乃後話。嬴政觀王翦飲酒所以大感欣慰者，老人之飲若能一氣吞乾，其底氣猶存也，體魄猶健也。譬如趙國老將廉頗，郭開同黨惡意誣其「一飯三遺矢（屎）」，趙王聞之而歎息廉頗老矣，緣故亦在此。

嬴政敬罷王翦，又對著蒙武與戰車下座案區的大將們舉起一碗道：「大軍南征，諸將各司本部建功，本王敬各位將軍！」大將們哄然飲乾。嬴政高聲道：「今日本王特許，諸位將士放量痛飲！」秦王萬歲的吶喊聲浪頓時爆發，掀得牛皮大帳鼓蕩不止。嬴政轉身對王翦李斯一拱手道，「長史陪同老將軍但飲無妨，我與各席將尉們一乾。」轉身正要下車，蒙武在戰車下道：「君上立定便是，老臣早有預備。」說罷向大將座案區後一揮手，李信立即帶著一小隊中軍甲士過來，嘩啷一聲分開連接戰車的鐵索，護衛簇擁著王案戰車走向了坐席甬道。如此緩緩行進，嬴政站在戰車上逐一向每席將尉敬酒。將尉們大是奮發，歡呼聲連綿不斷。一碗一碗地痛飲，五十餘席過去，嬴政已經面如紅錦汗如雨下，卻絲毫不見踉蹌醉態。緊步車後的趙高看得心驚肉跳又熱淚直流。及至嬴政的王案戰車穩穩推回中心座案區，舉帳雷鳴般一聲吶喊：「采——」

正當此時，秦王嬴政一步跳下了戰車，對著與甲士們共推戰車的李信深深一躬。頃刻之間，舉帳寂然了。只見嬴政舉起了一碗蘭陵酒道：「將軍雖有一敗，然能知恥而後勇，沉心再造，以等量壯士逼殺項燕，真丈夫也！法度在前，本王無以擅自賞功，敢請受嬴政一酒之敬！」愣怔的李信驟感心頭大熱，踉蹌欲倒卻又死死站定，又驟然拜倒憤然道：「國不棄我，我何棄國……」言猶未了，李信暈厥了過去。

這一場軍宴，火辣辣痛飲到日薄西山。

嬴政睜開眼睛，已經是次日午後了。問趙高昨日情形，趙高說除了王翦、蒙武、李斯三人沒醉，十有八九都醉了。王翦李斯送君上回行營，臨走時王翦還對李斯說了一句，日後君上犒軍，最好莫進軍營。嬴政聽得哈哈大笑，也是也是，要打仗豈不完了，沒老將軍在，我敢如此痛飲麼？笑罷起身梳洗一番，頓時神清氣爽，吩咐趙高去找長史來。片刻李斯來到，嬴政吩咐李斯一起去上將軍幕府。李斯道：「臣已與李信約好，午後帶十名書吏進郢壽王城，搜羅法令典籍。君上先與上將軍會商兵事，臣隨後趕來可否？」嬴政道：「各國法令典籍，不是都有專使送往咸陽麼？」李斯道：「臣已問過，楚國王城典籍庫分散多處，尚正在搜集搬運之中。臣欲盡早看到楚國與百越部族立定的種種盟約，故想親自動手，能在此次帶回最好。」「長史深謀遠慮，無愧廟堂之才也！」嬴政不禁大為感慨，一揮手道，「你只管去，我在上將軍幕府等你，一起晚湯！」李斯拱手一應，匆匆去了。

王翦正在打量著司馬擺置好的百越地圖，蒙武大步進來了。

蒙武說，上將軍昨夜交他的平越方略他已經看了，全然贊同，只覺大將擺布似有不妥，上將軍還須再行斟酌。王翦笑道：「斟酌甚，你以為秦王能睡到明日去麼？沒準天黑之前你我就得奉召進行營會商，一起說。」正在此時，轅門外傳來當值司馬一聲長呼：「秦王駕到——」蒙武還沒笑出聲，見王翦已經霍然起身，立即一躍而起跟著迎到了轅門。

君臣禮罷，各自笑談著昨日醉酒情形，進了幕府正廳。嬴政看見將臺上已經擺好了一排掛著地圖的木架，便說：「長史有事後到，我等先議。」王翦立即下令當值司馬：不許任何人進帳，正廳只留一名軍令司馬與一名錄寫掌書。而後，王翦又親自關閉了幕府廳門，回身請秦王入座正案。嬴政堅執不從，說那是帥案，縱然君主也當不擾將令。王翦無奈，索性也坐到了帥案旁一張平日放置軍務文書的偏案前，與秦王與蒙武的座案連成了一個緊湊的小圈子。如此君臣三人落座，一次絕密軍事會商便告開始。

軍令司馬重新擺正了三幅木架地圖，指點著圖板對秦王嬴政先行稟報了百越三部的大體情形，而後又稟報了兩位主帥擬定的南下進兵路線。這個進兵路線是：兵分三路，一路從江東吳地南下，進入會稽山地，平定甌越諸部；一路從洞庭郡南下，進入閩水山地，平定閩越諸部；一路從湘水南下，攀越五嶺（註：五嶺名稱，史料記載不一。《廣州記》云：「大庾、始安、臨賀、揭陽、桂陽。」《輿地志》云：「一曰臺嶺，亦名塞上，今名大庾。二曰騎田，三曰都龐，四曰萌諸，五曰越嶺。」《南康記》云：「秦略定楊越，謫戍五萬，南守五嶺。第一塞上嶺，即南康大庾嶺是。第二騎田嶺，今桂陽郡臘嶺是。第三都龐嶺，今江華郡永明嶺是。第四甿渚嶺，亦江華郡白芒嶺是。第五越城嶺，零陵郡南臨嶺是也。」其餘尚有《漢書》、《水經注》等不同說法。今從《輿地志》說）進入南海之地，平定番禺的百粵諸部

「何謂五嶺？」嬴政插問了一句。

「稟報君上，」司馬指點著地圖高聲道，「人謂五嶺，是橫亙於南中國腰部的一片連綿大山。這片大山起自湘水之南，自西北走向東南海邊，依次為：臺嶺、騎田嶺、都龐嶺、萌諸嶺、越嶺。」

「如此豈不是說，只要扼守這道五嶺山地，便可卡斷南北中國？」

「大體如此。」王翦點頭應了一句。

「只是，大將擺布尚未有斷。」蒙武似乎有些急迫。

「是老將軍自己不贊同罷了。」王翦悠然一笑。

「噢？兩位老將軍歧見？」嬴政有些驚訝。

「上將軍執意自率大軍攀越五嶺，老臣不敢苟同！其因有三……」

「三也好五也好，左右是自家要去罷了！」王翦罕見地大笑了一陣。

「豈有此理！老夫不能去麼？主帥得坐鎮！」

「憑甚非老夫坐鎮？你坐鎮不行麼？大仗沒得打……」
「斷無此理！主將上陣，副將坐鎮，天下可有此等事？」
「好好好，君上決斷便了。」
「君上決斷，更是上將軍坐鎮！老梟出營，還叫博戲麼？」
蒙武一句博戲比照，嬴政笑得不亦樂乎了。蓋博戲為戰國流行之智力遊戲，幾類後世軍棋，其中的「梟」為統帥，居宮不出，一方逼殺對方之「梟」即為勝利。是故，這一博戲也叫作殺梟。因宮廷市井酒肆等皆以「殺梟」為賽馬之外的最大賭，故列博戲之中。蒙武一時情急脫口而出，自覺精當無比，不禁得意地大笑了起來。蒙武目下是軍中最老資格，雖與王翦年歲相仿，然卻因軍旅世家之故而少年從軍，其軍旅閱歷只怕比王翦還早了些許。加之蒙武稟性寬厚與人爭論無分老少，故遇素來不苟言笑的王翦而能赳赳相爭。王翦也是唯遇蒙武此等老夫之論，方能偶顯輕鬆。如是兩人爭得面紅耳赤，倍顯白頭兄弟之諧趣。嬴政一時童心大起，只咯咯咯笑得前仰後合，全然沒有了評判心思。
「打住打住，還是君上決斷。」終是王翦頗顯大度地揮了揮手。
「是也！老夫聽君上決斷！」蒙武硬邦邦跟上，依然沒有鬆緩跡象。
「老夫之見，還是晚湯後再議。」王翦忍著笑意拍了拍案。
「好好好，最好……」
嬴政依舊笑得淚水直流，靠住了軍令司馬特意安置的坐靠喘息了一陣，又用汗巾拭了幾次臉，這才止住了笑意。王翦蒙武都是對這個秦王知之甚深的老人，見早早已經遠離了歡笑的嬴政一時顯出少年心性而笑不可遏，自是倍感欣慰。晚湯上案時，王翦特意吩咐軍令司馬從轅門外的王車喚來了趙高，又親自在帳口叮囑趙高侍奉好秦王，其殷殷之心如同一個老人照拂不知寒熱的兒孫，連從不與大臣將軍多禮的趙高也對王翦深深一躬，兩眼淚光地走進了幕府。正在此時，李信差人來報，說在郢壽王城典籍庫已經找到了楚越文卷一大間，長史正在一一清理，不能趕來晚湯了。嬴政二話不說，立即派趙高駕著王車給李斯送去了酒飯，還特意叮囑趙高不許回來，一直等李斯完事再接回來。

晚湯之後，君臣三人重新會商。

嬴政之意，兩位老將軍如何統兵之事過後再說，先定三路實戰主將。王翦蒙武立即贊同。王翦稟報說，南下三將已有初定之選：以任囂為平定甌越主將，以屠睢為平定閩越主將，以趙佗為平定南海主將。此三人祖籍皆為老越人，入秦均在兩代之上，對越人風習依然通曉，可獲事半功倍之效。嬴政問三人將才。王翦說，此三人才具勇略雖不及王楊辛李四大將，然卻有一共同長處，處事穩健且有政務之能。南下平定百越，大多為分軍獨戰，戰事不大卻連綿不斷，須得下一城邑安一城邑，同時須得兼顧各部族城邑間利害衝突，故政才極其要緊。嬴政聽罷，欣然拍案了。

第二件大事，總兵力分派。王翦之見，南下兵力以步軍為主，占八成；鐵騎變為輕騎，占兩成；總兵力只需三十萬，每路大體十萬上下。其餘三十萬大軍班師中原，底定大局。嬴政聽得心頭怦怦直跳，竭力按捺著興奮，只追問南下三十萬大軍能否勝任？王翦蒙武先後申述一番，都說以秦軍戰力三十萬綽綽有餘，若非山高水遠，若是平野地帶，只怕根本無須三十萬。嬴政這才奮然拍案，三十萬大軍回歸中原，天下定矣！

第三件大事，後援保障。自秦昭王之後，秦人多遠征大戰，上下深知後援暢通之重要。此次萬里迢迢遠離中原深入叢林之地，其後援通道無疑是聞所未聞的艱難。而楚國所以不能有效歸化治理百越，其根本原因與其說兵力不濟，毋寧說後援不濟。軍諺云：千里不運糧。蓋長途千里輸送糧草，其輸送人馬足以耗去自身所運之大部糧草，成本之大，任何邦國無以承擔。是故，秦軍再度南下，其後援根基必然只能設在故楚江南之地，力所能及地越靠南越好。如此一來，建立倉儲營地，建立兵器衣甲作坊，徵發相應車馬民力等等，實在都是前所未有的巨大運籌。其中還牽涉一個看似不大卻又極為要害的難題，就是秦軍將士十有八九都是北方人，慣食麥麵豆穀與牛羊豬肉。若以江南為後援根基就近徵發，則只能以輸送魚米為主。若從河外安陵後援大營將北人食物運至江南大營，而後再越五嶺下南海，則消耗將十數倍增長，根本無以承受。然若不如此，秦軍將士能否適應，則又很難說。秦王嬴政在將尉軍宴上開篇便大說了一番秦軍飲食口味，雖是臨機而發，實則也是久在心頭的大事。大將們連同王翦蒙武在內，都深為秦王的這通激勵之辭所振奮，原因也在於此。如此等等糾葛，後援之事便非同尋常地凸現出來。

嬴政聽完兩位老將軍的種種申述，良久默然。

正在此時，李斯一頭汗水風塵僕僕地回來了。李斯一邊接過趙高遞來的汗巾擦拭著汗水，一邊大體說了百越文檔搜集情形，說他回到咸陽後便可盡快擬出一則既合越人習俗又簡單易行的治越法令，君上允准後可以正式王命頒發，南下大軍好據以行事。王翦蒙武大為高興，一口聲連連讚歎，說只要這則法令頒行，平定百越便有了八成勝算。嬴政頓感輕鬆，說了方才所議，問李斯對後援之事有何見教？李斯皺著眉頭打量著地圖，一時沒了話說。

「水路！可否水路設法？」李斯突然回頭。

「有水路還說甚？」蒙武走過來指點著地圖高聲道，「上將軍心思縝密，早派水工帶著斥候踏勘了水路。這五嶺之北，水皆入江；五嶺之南，水皆入粵；兩大水網各走各路，平行入海，你卻如何從湘水進得粵水（註：粵水，即後世之珠江，古稱粵江）？」

「這倒也是。」李斯兀自喃喃。

「不。」思忖的嬴政突然目光炯炯道，「這個想頭沒錯！若能開一水路，省卻多少牛馬人力？此等事，尋常水工不行。鄭國！要鄭國說話！」

「對也！鄭國！」王翦李斯蒙武異口同聲。

「小高子！」嬴政一揮手道，「立駕王車回咸陽，接鄭國大人來此！」
「君上限時幾何？」趙高拱手高聲請命。
「兩日後回來。」
「嗨！」趙高大步轉身走了。
於是，君臣四人又會商了安定楚國的相關急務，方才散了。
第三日暮色時分，六馬王車風馳電掣般歸來了。
鄭國自做了大田令，執掌秦國整個農事。因在涇水河渠幾年中落下了一身疾病，故得秦王特令，與尉繚子一樣只虛掌公事，不必日日趕赴官署。近十年下來，鄭國的體魄倒漸漸緩了過來，雖已滿頭霜雪，精神卻是矍鑠健旺。一見久違了的秦王君臣，鄭國的奮發之情油然生出，晚湯後根本無意歇息，立即就在幕府大廳說起了正事。
「老夫高年，雖有心力，不足跋涉山水了！」
「只要老令指點決斷，不須跋山涉水。」嬴政接了一句。
「老臣給君上帶來一人，足堪水事大任。」
「噢？何人？」
「史祿。」
「是老令弟子麼？」嬴政很是驚喜。
「不。史祿史祿，一個御史。」
「噢——御史！」君臣幾人一齊恍然又一齊驚訝了。
「沒有本名？」蒙武突然插問。
「史祿史祿，官名叫了多年，老夫忘了他本名。」

「臣知此人。」李斯一拱手道，「本名午祿，洞庭郡人氏，南墨士子。」

「著！」鄭國慨然拍案，「天下皆知，墨家治學，百工皆通。老臣與長史當年領工涇水，君上下令各郡縣工師全數調來做工長，這史祿，便是其中一個！其時，他在陳倉縣做田嗇夫。因他與老臣幾個弟子多言水事，成了老臣屬下的得力水工之一。河渠完結，老臣見他文墨出眾，又穩健幹練，舉薦給了丞相。後來，做了一個御史……」

「此人從南墨入秦？」嬴政突然插問。

「對也。在陳倉任小吏兩年。」

「既是墨家子弟，何能一直吏身？」

「墨家務實，不足為奇。老夫只說，此人知嶺南之水！」

「何以見得？」李斯笑問一句。

「老夫說知便知！有甚何以見得！」

鄭國與李斯交誼篤厚言無深淺，一句武斷指斥，廳中不禁一陣大笑。笑聲落點，嬴政問道：「賢士目下何在？」鄭國對站在廳口的趙高一揚手，趙高立即快步出廳，片刻間領進了一個人來。君臣幾人一打量，不禁相視一笑。為何？此人活生生一個當年的鄭國：黝黑乾瘦，闊嘴大眼顴骨高聳，草鞋斗笠粗短布衣，手中一支探水鐵尺點地如同竹杖。山野間若見此人，任誰也不會想到他是一個王室御史。

「足下從咸陽來？」李斯謹慎地問了一句。

「不。我在江南探水，得老令急約，會於淮南。」

「足下在咸陽沒有公事？」

「大人不知。我這御史不同：丞相王綰大人當年派定我一個特異差事，巡監河渠事。後來，秦軍每下一國，我隨之踏勘一國水事，向丞相府稟報列國河渠情勢。」

「那，上次滅魏水戰……」蒙武突然一問。

「滅魏水戰，恢復鴻溝，都是我跟著老令。」

「嘿嘿，此番信了？莫再敲邊鼓了。」鄭國頗為得意地對李斯蒙武笑了。

「老令舉薦足下擔嶺南水事，可有成算？」王翦直入正題。

「十之八九。」

「這是地圖，足下且大體說來。」

史祿大步走上將臺，探水鐵尺指點著地圖道：「君上、諸位大人且看，此乃湘水，此乃離水（註：離水，後世謂灕江，今廣西灕江）。湘水北入江，離水南入粵。兩大水系之通連，唯在此處。其理何在？蓋五嶺南北，唯此地兩水最近，其餘之地，諸水遠不相謀。且看此地，兩水之間一座大山隔斷，其實際路程不到二三十里。通連之法，鑿山開渠，引湘入離！但能渠寬丈餘，深數尺，便可行千斛之舟……」

「好！」蒙武喜極拍案。

「軍營水工說，這片山地南高北低，足下能使低水高流？」

王翦此問極是扎實。史祿看了看鄭國，欲言又止。鄭國篤篤點著那支永遠替代手杖的盈縮自如的探水鐵尺，走到了地圖前指點道：「鑿渠通連湘離兩水，難點正在這一上一下。湘水南去過山，這是一上。翻過此山，地勢又低，這是一下。一上之難，在水流攀高，否則無以成渠。一下之難，在節制流速，否則無以行舟。史祿若不能攻克如此兩難，老夫豈能舉薦王前？實在說，史祿之法堪稱水中聖手！」鄭國從不輕言，今日如此推崇一個後生，嬴政君臣不禁一齊驚訝了。

「老令褒獎，愧不敢當。」史祿連忙一躬。

「真才自真才，無妨。」鄭國點著鐵尺杖，「你只明說，如何決此兩難？」

「君上，列位大人，」史祿一拱手道，「我午氏一族，原本楚國伍氏一支。皆因湘水洞庭水患頻仍，我族自來在洞庭大澤與湘水兩岸漂泊無定。期間，唯因水患頻仍，我族久欲遷徙嶺南。終未成者，皆因大山橫亙在前，湘水行舟無以南進，徒步跋涉又恐多傷老幼。故此，祿自少時，已對湘南地勢多有涉足。後入南墨求學，祿專修治水之學，曾隨老師多次踏勘湘水。那時，祿之夢想，為洞庭民眾，亦為我族人，拓一南進水道也！奈何楚國分治，國勢衰微，此等水事無法提及，我方北上入秦……」

「史祿是說，他對通連兩水久有謀劃！」

滿廳寂然，秦王君臣無不動容，鄭國卻昂昂一句插斷了。鄭國之意，一要使秦王君臣明白史祿這段話的本心，二要使史祿盡早切入正題。畢竟，所有的話都可以相機再說，而秦王與如此幾位重臣聚會決斷的時機卻是短暫的。史祿機敏幹練，略為停頓，鐵尺指點地圖，乾淨利落地轉向了本題。

「上下之難，祿有兩法決之。其一，決上水之法為：在渠口壘石，為鏵嘴之象，頭銳而身厚。石鏵深入湘水三十里，逆分湘水為兩。如此可激六十里水勢，使其壓入渠口，水積漸進，故能循岩而上。管道開鑿，繞山而上，以緩其坡勢，如此水可上也！其二，決下水法為：管道不走直，以山勢多為盤旋，以減其流速，使舟行平穩，建瓴而下！然則，如此兩法，便要加長管道，兩水間二十餘里，管道卻要百里之長！」

「此法如何啊？」鄭國笑吟吟頓著鐵尺杖。

「循岩而上，建瓴而下，好！」蒙武率先拍案。

「老夫不通水事，聽著也扎實可行。」王翦舒心地笑著。

「老令說成，準成！」李斯更直接。

「公有此策，天下之幸也！」嬴政離案起身，對著史祿深深一躬。

「史祿啊史祿，小子好命也！」驟然之間，鄭國老淚縱橫了。

「君上，老令……」史祿哽咽了。

「老令何須心酸也，」李斯呵呵笑道，「天下大水多多，來生再治不晚。」

話未落點，廳中一片大笑。嬴政道：「我意，效當年鄭國渠之法，以史祿為湘離河渠令，以姚賈輔之，軍民皆統於上將軍幕府。」王翦思忖道：「此渠關乎重大，不若以一部大軍先期鑿渠，渠成後再進兵嶺南。君上以為如何？」嬴政點頭道：「也是。楚地新平，民力徵發定然緩慢……史祿，此渠須得人力幾多？」史祿道：「若是精壯士卒，十萬足矣！」蒙武高聲道：「如此正好！甌越、閩越可先行南下，嶺南渠成再南下，甚不耽擱。」

「好！立即籌劃，盡早成渠！」嬴政當即拍案。

於是，這件最大的南進後援工程風雲雷電一般決斷了，上馬了。

這便是那時的秦風，戮力同心惕厲奮發當斷則斷當行則行，沒有拖泥帶水，沒有猜忌掣肘，數不清的大型工程在此後短短十餘年間轟轟然接踵推開，遍及中國南北，其雷霆萬里之勢聞所未聞超邁古今。雷電遠去，歷史已經成為可比的廢墟，人們才驚愕地發現：那時的任何一件大型工程，都足以使帝國之後的任何朝代視為盛世豐碑，西漢之後清末之前所有的標誌性工程相加，也不如帝國十餘年創建之多！這，當真是中國歷史上最為不可思議的一個時代。僅以水利工程論，鄭國渠、都江堰、靈渠至今猶存；還有溝通陵水與浙江的通陵水道、溝通汨羅江相關水流的汨羅之流、咸陽至潼關的三百里興成渠、甘肅靈州的一百五十里秦渠、疏浚溝通黃河與淮河的大鴻溝等等工程，皆已經在歲月滄桑中成為古老的遺跡。凡此等等，任何一件都是亙古不朽的絕世工程。譬如，這道溝通長江水系與珠江水系的絕世工程，唐以後謂之靈渠。其構思之妙，其效用之大，其法度之精，其開鑿速度之快，其延續壽命之長，無不令後人瞠目。自《漢書》之後，歷代典籍多有論及靈渠者，然終不如幾個實際踏勘者的評判實在。范成大之《桂海虞衡錄》歷數靈渠開鑿之法後讚歎云：「治水之妙，無如靈渠者！」宋人周去非《嶺外代答》云：「（靈渠）其餘威能罔水行舟，萬世之下乃賴之。」乾隆時《興安縣志》云：「歷代以來，修治（靈渠）不一，類皆循其故道，因時而損益之，終不能獨出新意，易其開闢之成規。」此乃後話也。

旬日之後，秦王嬴政北上了。

臨行之前，嬴政單獨召見了王翦，與這位亦師亦友的老臣整整密談了一夜。嬴政對王翦坦率直陳了目下亟待決斷的幾件大事，一一徵詢了王翦的意見。事實上，戰國之世的廟堂軸心是三駕馬車：君王、丞相、上將軍。王翦因為長期在外統軍大戰，對廟堂決策的親身參與便大大減少。無論嬴政與王翦在大事上如何及時溝通，這位上將軍總會有疏離中樞之感。王翦以任何朝臣所不能比擬的資望功勳而謹慎備至，很難說沒有遠離廟堂這一因素。若非李信戰敗，不得不重推王翦出山，嬴政的本意便是要王翦在滅燕之後重回廟堂。此次南來，嬴政原本也是要王翦重返廟堂的。楚國已滅，大戰已罷，王翦的戰場功業可謂到頂了，加之夫人過世，又生出老疾，王翦無論如何是不能再度南下了。從廟堂格局出發，則更是如此。在嬴政看來，王翦這個一生都在軍營的老將軍，其對政局的評判洞察不下於任何一個名士大家。唯其終生執兵，擁有深重資望，王翦回歸廟堂更具鎮國之威。

然則，嬴政又不得不割捨了將王翦拉回廟堂的謀劃。

身臨南國，嬴政更深地體察到了平定南海對整個一統天下的深遠意義。滅魏之後，嬴政已經清楚地知道，華夏一統之大局已經底定，堪稱無可阻擋；而一統之治能否持久，則威懾來自兩重，既在內憂，又在外患。內憂而言，秦國一統大戰開始之後，已經有過了貴族復辟的韓國之亂；一統完成之後，此等復辟之亂亦必將不少。甚或將更多。外患而言，則情勢較前有所不同。在六國存在的歲月裡，無論華夏戰國的攻伐多麼劇烈，然在對待外患這一點上，哪個戰國都沒手軟過。燕國平定東胡，趙國反擊林胡匈奴，秦國反擊隴西戎狄北方匈奴，齊國平定東夷，楚國平定東夷南夷等等。而今，六國將不復存在，所有的外患都必須秦國以華夏共主之身一肩挑起。此等局面該如何應對？對嬴政而言，這是一個聞所未聞的大課題。

就史實說，截至戰國末世，華夏已經分治五百餘年。其間，所有的為政治國之學，都是霸主之道。以後人話語說，是霸主思維。也就是說，天下探索揣摩之目標，十有八九都是稱霸天下的強國之道，而對於「一天下而治」的天子治道的探索揣摩，則已經是久違了。或者說，夏商周三代的「一治」已經被潮流破壞殆盡，而新的「一治」之道還沒有出現在人們的構想裡。所以，到嬴政之時，如何做天下共主。事實上已經成為一個頗為生疏的命題。就實而論，其時各大戰國朝不保夕，除了秦國君主，大約誰也不會去作這般大夢了。最有資格思謀此道的秦王嬴政，不可能不想，但也不可能想得更深。更多的情形是，時勢逼一步，則秦王嬴政想一步。若不是燕太子丹主謀的荊軻刺秦事件突然發作，很可能秦一天下就多了一種盟約稱臣的形式；若非韓國世族的復辟之亂，很可能六國王族世族便不會大舉遷入關中……

儘管是邊走邊想邊籌劃，然就全局洞察未雨綢繆而言，嬴政還是比任何一個大臣都走得更遠。滅國大戰開始時，嬴政堅執將能夠獨當一面的蒙恬擺在了九原，其後歷經大戰而蒙恬未動一次，便是嬴政這種天下思謀的基本決斷——秦國既欲一統華夏，自當一肩挑起抵禦天下外患之責！匈奴若乘滅國大戰之機南下，秦國何顏立於天下？

議定史祿鑿渠之後，嬴政說到衡山與雲夢大澤走走看看。因為，對於生長北國的嬴政而言，何為南國之廣袤，畢竟尚未有過一次親身目睹。無論嬴政胸襟如何寬廣，然在腳下，在眼中，曾經見到過的最廣闊的氣象就是陰山草原了。嬴政還記得，議論滅楚之時，儘管王翦反覆申述了楚國廣袤難下，然當時閃現在嬴政心頭的，卻是後來無法啟齒的一個荒誕念頭：「南國能有北國草原廣袤？果真廣袤，楚國老是北上做甚？」嬴政後來想明白了，自己這個念頭，其實是少年踏入蒼茫草原時在那些牧民悠長的歌聲與豪邁的酒風中埋下的種子。今日親臨郢壽，南海雖無法領略了，然總須看看天下最大的湖海雲夢澤。那一日，王車抵達了煙波浩渺的雲夢澤畔，嬴政登上了雲霧縹緲的高山之巔。嬴政舉目遙望，水天蒼茫無垠，青山隱現層疊，霞光萬道波催浪湧正不知天地幾重伸展……那一刻，嬴政被深深震撼了。

「此去南海，路程幾多？」良久無言，嬴政遙指南天一問。

「老臣不知定數，大約總在萬里之外。」王翦笑了。

「南海氣象，較雲夢澤如何？」

王翦默然了，蒙武默然了，李斯也默然了。

「南海縱然廣袤，大約不過如此也。」蒙武嘟噥了一句。

「南海之疆，臣未嘗涉足。然，臣以為雲夢必不若南海。」李斯說話了。

「何以見得？」

「莊子作〈逍遙遊〉，嘗云：南海者，天成水域也；鯤鵬怒而飛南海也，水擊三千里，摶扶搖而上者九萬里。三千里，南海之一隅也。由是觀之，南海之大，不可想見也。」

「長史說得好！老夫也記得莊子幾句。」王翦高聲讚歎一句，臨風吟誦，蒼邁激越如同老秦人的村唱，「天下之水，莫於大海，萬川歸之，不知何時止而不盈；尾閭泄之，不知何時已而不虛；計中國之在海內，不似稊米之在太倉乎！四海之在天地之間也，不似礨空之在大澤乎！」

「這老莊子！說來說去究竟誰大了？」蒙武高聲嚷嚷。

「至大者，人心也！莊子神遊八荒，足證此理。」嬴政發自肺腑地感喟了，「既往，嬴政唯知陰山草原之廣袤，嘗笑南國山水之狹隘。今日登臨雲夢之山，方知水鄉更有汪洋無邊也！我等當以莊子神遊之胸襟待天下，不以目睹為大，而以心廣為大！」

「心廣為大！」王翦李斯蒙武異口同聲。

「南海者，我華夏之南海也！南海不定，焉有一統華夏哉！」

「王有此言，華夏大幸！」王翦李斯蒙武又是異口同聲一句。

便是那一刻，嬴政才在內心第一次將南定百越與北定陰山並列了起來。北方陰山是外患，南海百越是內憂，任何一方不穩，全局都要翻盤。也就是那時，嬴政看著白髮蒼蒼的王翦，內心深深歎息了一聲。

雲夢澤歸來，君臣臨別共聚。蒙武提出了一件事：請秦王派一位大臣坐鎮郢壽，使上將軍能夠回到咸陽養息，平定南海無大戰，由他統率即可。王翦堅執反對自己回朝，但贊同派一大臣南來坐鎮，理由是自己能從民治紛擾中擺脫出來而專一處置軍事。王翦力薦李斯南來坐鎮，說李斯既是楚人，又是政務大才。蒙武也是一力贊同，說但有李斯南來，後援大事斷無阻礙。李斯無可無不可地笑著，只不說話。

其時，嬴政尚未與王翦深談朝局諸事，沉吟著一直沒有點頭。然見兩位老將軍已經說開，默然片刻，嬴政明白說道：「天下將一，大勢已變。天下大局，該當從大處著眼鋪排了。平定南海無大戰，上將軍也該當回咸陽養息。然則，南海百越分治於華夏文明之外已歷時數百年，楚國始終未能有效劃一。此間兵事、民事、部族事、方國事，糾葛太多太深。若無上將軍威權資望與洞察謀略，本王誠恐再有李信之失也！」見蒙武肅然省悟不再說話，嬴政遂拍案道，「我意，上將軍仍留郢壽坐鎮，總攬軍政，徹平南海了事！再調姚賈率一班精幹官吏南來，主理郡縣民治。餘事，待滅齊之後再一體會商決斷。如何？」王翦卻道：「老臣素無政才，不足總攬軍政。姚賈政才過人，亦無須老臣凌駕其上。

敢請君上，特許老臣統兵南進。只要戰事平順，政事姚賈足矣！」嬴政心知這位老將軍只怕權力過大，遂哈哈大笑一陣道：「老將軍是將命！不當大權，不成事也！」蒙武立即高聲道：「老臣以為，君上決斷甚明！上將軍坐鎮郢壽，堪稱上上之策！領軍打仗，老臣足矣！」見王翦瞪著蒙武又要發作，嬴政叩著書案懇切道：「上將軍自入軍旅，數十年鞍馬馳驅，未曾得享一日清閒，若再將兵嶺南，我心何堪！若論才具，上將軍襟懷寬闊謀略深遠，正當回歸廟堂用事。所以留上將軍鎮撫南國者，茲事體大也！嬴政素以上將軍為我師我友……而今天寬地闊，嬴政深感力絀之時，上將軍安忍獨領一軍而不攬南國全局乎！」

「君上此言，老臣汗顏也！」終於，王翦不再為自己辯駁了。

王翦留在郢壽，嬴政對這片居天下泰半的廣袤疆域放心了。

二、一統棋局　最後一手務求平穩收煞

蒙恬、王賁兩支馬隊幾乎是腳跟腳地進了咸陽。

兩人接到的特急王書一樣的簡單明白：「底定大局，務必於三日內歸國朝會。」於是，蒙恬從九原，王賁從薊城，都當即安置好軍務飛騎上路。其時直道未通，蒙恬馬隊從九原東南經雲中郡再下上郡，而後南進關中，繞行兩千餘里。王賁馬隊則從薊城直下邯鄲再下河內，沿河內大道向西進入函谷關再進關中，已在三千里之外。蒙恬路程短，卻多經山塬林海河谷，道路險狹。王賁路途長，卻是久經車馬的戰國大道。是故，兩支同樣剽悍靈動人各兩馬的輕裝飛騎，都在起程第三日的暮色時分飛進了咸陽南門。李斯在南門內城牆下的城門署專程等候，給蒙恬王賁轉述的王命一樣的八個字：「歇息一夜，卯時朝會。」兩人也一樣地都問了君上從楚地歸來後體魄如何，夜來能否晉見晤談？李斯也一

樣地笑答：「君上早知兩位有此一問，回話是，各睡各，無相擾。」兩人俱各大笑一陣，連忙各自回府，處置自家虧欠的種種倫常人情去了。

次日清晨卯時，重臣朝會在東偏殿準時舉行。

此時秦國的重臣朝會，不是尋常之時處置日常政務的囊括所有重要大臣的會議，而是會商安定天下之長策方略的戰時朝會。故此，該當參與此等重臣朝會的幾位大臣是：丞相王綰、上將軍王翦、上將軍蒙恬、國尉尉繚、長史李斯、上卿姚賈、上卿頓弱、長史丞蒙毅。除此之外，再加上每次朝會涉及的相關大臣將軍，便是朝會的全部與會大臣。因為王翦、蒙恬、姚賈、頓弱多因戰事邦交而經常不在國，所以事實上的經常成員只有王綰、尉繚、李斯，再加上後來的蒙毅。然則，這次朝會卻是罕見的齊全，除了上將軍王翦未能與會，幾乎是全數到齊。相關大臣將軍則增加了王賁、馮去疾、馮劫。

「諸位，各方情勢皆有重大變化，故此，本王召緊急朝會議決。」

大臣將軍們就座，嬴政開門見山地申明了事由，又道：「各方變化情形，先由長史陳述，而後諸位斟酌如何鋪排。」嬴政話音落點，李斯從座案站了起來，走到王臺下的一幅張掛在高大木板的羊皮地圖前指點著說了起來。李斯陳述的重大變化是六個方面：

其一，隴西將軍阮翁仲飛書急報：匈奴一部大舉西遷，聯結西海（註：西海，戰國秦漢又名仙海，魏晉始稱青海，今青海省青海湖）西羌諸部族，年來頻繁劫掠隴西牧民，目下有聯兵攻占隴西而後瓜分隴西之圖謀；原本早已歸化為半農半牧秦人的老戎狄部族，有幾處生發躁動，有圖謀叛亂跡象。阮翁仲請增兵三萬，一舉擊退匈奴羌胡並平定隴西。

其二，數十年不舉兵事的齊國，突然起兵三十餘萬進駐西界巨野澤。

其三，代王趙嘉再度聯結已經逃亡遼東的燕王喜殘部，與匈奴、東胡及林胡殘部合縱聯兵，欲圖吞滅雲中、九原兩支秦軍，徹底占據與燕北地帶相連的陰山草原，圖謀建立北趙、北燕兩國。

其四，秦國主力大軍兩分，駐紮楚地的三十萬鐵騎已經在楊端和、辛勝兩大將統率下開始班師北上，一月之內將回歸河外的南陽大營。

其五，已經平定的五大戰國，皆有種種騷動，各國世族大量逃入齊國。

其六，王翦蒙武統率的三十萬大軍已經開始了平越之戰。甌越、閩越兩路兵馬已經南進；南海一路已經開始了全力開鑿湘離大渠，大體在半年一年後也將越過五嶺南下；淮南後援大營已經開始籌劃，河內河外幾郡將徵發數十萬民力南下。

「看看，都熱得流汗。蒙毅，上冰茶。」

時值六月酷暑，大殿雖有一道蒙恬創制的冰牆，依然不見清涼。大臣將軍們一邊不時用汗巾搌拭著額頭汗水，一邊專注地聽著李斯的陳述，舉殿一片肅靜。李斯一說完，嬴政也抹了抹額頭細汗，立即吩咐蒙毅上冰茶。這冰茶乃秦惠王首創，是將南山粗茶煮成茶水，裝入若干大甕儲藏於王室冰窖，專一地在酷暑時節取出飲用。蒙毅對殿口趙高一招手，片刻間一輛青銅櫃車推進，取出一個個如同酒罈一般的陶罐擺上了一張張座案。大臣將軍們一捧陶罐觸手冰涼，當下精神一振，及至拔開陶罐木塞咕咚咚入口下肚，舒暢得人人情不自禁地拍案連呼快哉快哉！夏時之冰為古代極其珍稀之物，即或重臣權貴府邸，也難得有大型儲冰地窖。尋常時期，只有大臣死在酷暑時節，難以在葬禮之期保持屍體不腐臭，王室才依據其爵位高低賞賜定量冰塊園護屍身。也就是說，以冰成茶水而飲，是尋常絕難做到的奢侈，即或王室成員也不是人人都能做到酷暑飲冰的。唯其如此，此時一罈冰茶之昂貴遠甚於一罈老酒，如何不教大臣將軍們倍感振作大呼快哉。

「諸位，五國雖滅，天下仍在板蕩之時也！」嬴政汩汩飲下了一罐冰茶，站了起來，走到了王臺下，站到了羊皮地圖前，「外部有變，我也有變。外部之變，匈奴覬覦，燕趙躁動，齊國備戰，四方不寧。我方之變，一則兵力運籌超出預期，三十萬鐵騎順當班師；二則南進諸事平順，不會掣肘北方。當此之時，能否盡速平定隴西、燕趙，並同時攻滅齊國，一舉底定天下？這，便是今日朝會之軸心。」

「以我方目下兵力計，臣以為可三面開戰！」蒙恬第一個說話了。今日朝會以兵事為主，王翦又不在朝，同為上將軍的蒙恬自然不能先聽後說，「北上鐵騎三十萬，隴西兵馬兩萬，薊城兵馬三萬；九原雲中兩年來新成軍五萬，連同原部守軍共十萬餘；內史郡尚有萬餘都城守軍不計，我軍可戰兵力已在四十六萬餘。以臣謀劃：隴西可派出鐵騎三萬，反擊西羌匈奴；燕趙兵力可增至十五萬，一舉平定燕趙殘部；九原雲中，留守五萬人馬，配以大型連弩千具，足以防禦陰山匈奴；所餘二十餘萬，攻滅齊國當足以勝任！」

「諸位以為如何？」嬴政笑問一句。

「臣贊同！」幾位大臣將軍異口同聲。

「王賁之見？」

「臣贊同上將軍三面開戰方略。」王賁站了起來，「然，臣對兵力鋪排稍有不同處：平定燕趙殘部，十萬鐵騎足矣！隴西兵力，當有增加。匈奴西羌合流，若不一戰滅其威風，則後患無窮，該當重兵痛擊！」

「如此補正，臣亦贊同！」蒙恬立即點頭。

「王賁籌劃燕趙追殺戰已有年餘，有成算了？」

「稟報君上！臣決以十萬之師，一戰平定燕趙殘部！」

「好！將軍猛士壯心，必能斬夙敵殘根！」嬴政高聲讚歎。

「老臣一言，君上姑妄聽之。」

「老國尉有話，儘管說。」嬴政頓時肅然，回到了王案正襟危坐。

「老臣之意，三面開戰，方略該有所不同。」尉繚子蒼老的聲音迴盪著，「西部北部，非外患，即頑敵，故須霹靂痛擊。齊國一面，則當大兵壓境，徐徐緩圖，若操持得當，齊國或可不戰而下。此等方略，老臣定為八字：西北峻急，東齊緩壓。」

「國尉方略，臣亦贊同！」李斯高聲道，「齊國君弱臣荒，數十年不修兵備，如今五國已滅，齊國方有邊地駐軍之舉，未必上下同心。若能以頓弱上卿入齊周旋，再加二十餘萬大兵壓境，齊國很可能不戰而降。」

「老國尉方略，尚有另外一利。」蒙恬欣然道，「我軍二十餘萬壓於齊國邊境而暫不開戰，既威懾齊國以待其生變，又可策應西北以防不測。若果真西北兵力不濟，可隨時發兵增援；若西北順利早日完勝，則可合兵壓齊，其時無論齊國戰與不戰，我都可一舉底定大局！」

「將軍悟性之高，老夫佩服也！」尉繚子不禁讚歎了一句。

「老臣無異議。」老丞相王綰表態了。

「臣等無異議！」舉殿異口同聲。

「好！諸位既無異議，本王歸總鋪排。」嬴政再次離座起身，走到了王臺下的羊皮地圖前，「大兵壓齊，由上將軍蒙恬總率二十三萬大軍，月後開兵東進；追殺燕趙殘部，由將軍王賁率十萬兵馬開戰，務求斬草除根！隴西反擊，由一員大將率八萬鐵騎，與翁仲將軍合兵，務求一戰痛擊匈奴西羌，安定西部！雲中九原之防禦北部匈奴，由蒙恬一體處置。」

「隴西一路，何人統兵？」老尉繚突然問了一句。

「隴西主將，容我思謀幾日。」嬴政似有所屬又頗見躊躇。

「老臣直言，隴西將兵，莫如李信。」

尉繚聲音不大，卻使所有的大臣將軍深感驚訝，偌大廳堂一片寂然。須知秦國法度嚴明，李信敗軍之罪尚未論處，已經是大大的法外特例了，若再任一路統兵主將，任誰也不敢作如此想。當此之時，老尉繚竟能認定李信，實在突兀之極。然則，嬴政似乎並沒有如何驚詫，反倒是淡淡一笑道：

「老國尉，何以如此啊？」尉繚篤篤篤點著竹杖道：「李氏一族，根在隴西。李信為秦軍四大主將時，隴西李氏引為榮耀。李信統兵滅楚，隴西李氏幾乎舉族男丁入軍；李信戰敗，隴西李氏則深感蒙羞，嘗思雪恥。今隴西遭匈奴西羌劫掠，李氏一族豈能不同心奮戰？若得李信為將，豈非猛虎添翼！」「就事而論，李信為將，兩大利：其一，能於人民散居之地立定軸心大聚人心；其二，能於羌匈飛騎之前，大展李信鐵騎奔襲戰之長……」

「老國尉如此說，不怕壞我秦法？」嬴政面無表情。

「起用李信，老臣不以為壞法。」尉繚扶著竹杖顫巍巍站了起來，「秦軍新起，大將多為新銳。滅國之戰，更是五百年未曾經歷之存亡大戰。我軍摸索而戰，付出代價事屬必然，偶有閃失更是在所難免。法以強國，法以愛民，此商君之言也。若敗戰必殺將，則將能幾人存哉！將之不存，國何以強？民何以安？夫天下有戰以來，若武安君白起之終生不敗者，是為戰神，萬中無一也。常戰之將，勝多敗少足矣！春秋之世，秦軍東出大敗，穆公不殺孟、西、白三將而最終稱霸。今日秦國要一統天下，豈能無如此襟懷也！」

「老國尉此論，諸位以為如何？」嬴政叩著書案沉吟著。

「國尉之論，臣等贊同！」舉殿異口同聲。

「好！」嬴政一陣大笑，「隴西主將所以未定，本王也是犯難。隴西郡守說過幾次，隴西將軍阮翁仲勇猛絕倫，只是運籌稍差。若是小戰，本王信得翁仲。然則，此次匈奴西羌聯兵大進，隴西一旦有失，關中立見危機。故此，我也想到了李信……」嬴政沒有再說下去，起身走下了王臺，走到了尉繚面前，肅然地深深一躬，「老國尉公心至大，開嬴政茅塞，謹受教。」

「秦王有此海納胸襟，天下定矣！」老尉繚頓著竹杖哽咽了。

「不說了。」嬴政轉身下令，「蒙毅立刻擬定王書，調李信兼程還都！噢，要對上將軍備細申明朝會情形。」蒙毅答應一聲，立即轉身去了。

在各方官署都在緊張運轉的時候，李斯病倒了。

在天下將一的前夜，秦國的所有官吏都倍感壓力之巨大。與戰事軍事相關的官吏，人人忙得腳不沾地。兵力調遣、民力徵發、新兵訓練、糧草輸送、兵器製造等等等等，數不清的大事急事都得風風火火緊急辦理。所以，武事各署經常是空空如也，官吏們幾乎很難在官署停留得片刻。與之相反，文官各署則是人如流水車如穿梭，經常的滿員議事晝夜不息。比較而言，兵事雖忙，然對秦入秦官都是輕車熟路，成例多多經驗多多，無非不亦樂乎地跑斷腿說破嘴而已。政事不然，十有八九都是聞所未聞的新情勢新事端，無法可依無章可循，卻又必須得立下決斷，此等忙碌便平添了幾分焦慮一片亂象。自朝會結束，李斯一直在王城連續守了一個月沒有歸家，日日只睡得至多兩個時辰，人變得精瘦，眼亮得精光。自西周以來，官署法度便是五日一歸家，歇息一日復歸官署。直到戰國之世，此等傳統也沒有大的改變。末世的山東六國甚至比春秋時期更鬆，政事蕭疏法度鬆弛，常常是小官吏蝸居在家不出，大臣則索性回了封地。只有秦國，自這位秦王嬴政親政，卯足了勁地晝夜運轉，無一處不熱氣蒸騰，無一處不緊張忙碌……三日前，李斯終於昏倒在了書案，太醫說是中暑又中風，非靜養服藥不能恢復。若非這次暈厥，大約秦王也不會強令李斯歸家養息。

盛年之期，養息者何，便是補覺。

午後時分，李斯正在庭院樹下酣睡得呼嚕聲震天，卻被搖醒了。長子李由雖尚未加冠，卻老成持重得大人一般，低聲湊近父親耳邊說，秦王來了。李斯一激靈坐起，忙問到了何處？李由低聲說，已經在正廳等候了半個時辰。又說，不能教秦王再等了，他已看了三次日頭。李斯顧不得再聽兒子訴說自己的評判，大步走到盛滿清水的石槽前洗了洗臉整了整髮，再戴上了那頂居家常冠，大步匆匆地向前庭去了。

「斯兄，病情如何了？」嬴政笑著迎了過來。

「臣，參見君上。」李斯很有些惶恐，畢竟秦王太忙了。

「居家無定禮。來來來，斯兄坐了說話。」

「臣已大睡三日，好多也，沒病！」

「兩眼還是赤紅……小高子，先拿一匣冰來！」

趙高捧來了一方玉匣。嬴政堅執親自扶著李斯躺好在草席上，又親自用兩方白布裹好冰塊，一方敷在了李斯雙眼上，一方敷在了李斯額頭上。李斯再沒有說話，淚水卻從白布下流滿了臉頰。嬴政笑道，你只躺好消火，聽我說話便是。及至兩方冰塊融化，李斯霍然坐起，嬴政已經將大要說完了。嬴政說，各方戰事已經沒有大磕絆了，目下最要緊的是要拿出一個盤整天下的大方略來。頭疼醫頭，腳疼醫腳，是不行了。同時，朝局也得有所更新，他在離開楚地之前徵詢了上將軍，上將軍也是一般想法。此等重任，只怕要有勞斯兄了。

「君上，臣立即與廷尉府會商……」

「不。不是會商，是領事。」

「君上，廷尉是高爵重臣，臣只是長史……」

「本王，今日拜定大秦廷尉。」嬴政當頭深深一躬。

「君上——」李斯挺身長跪，復撲地重重一叩。

「斯兄呵，」嬴政扶住了李斯，坐在了對面，「你我相識近二十年了，自當年那次輕舟就教，嬴政便認定斯兄乃天下大才。此後每當關節，斯兄均是風骨卓然獨有主見。〈諫逐客書〉、治鄭國渠、襄助嬴政運籌廟堂而長策迭出，功不在上將軍之下也！然則，斯兄廟堂用事，功高爵低卻一無怨尤，嬴政一一在心焉！方今天下將定，文治立見吃重，正是斯兄大任之時也！秦為法治之國。在秦國，丞相、上將軍之外，廷尉便是首座重臣。秦國要真正地一天下而治，是成是敗，便在能否以法度立起華夏文明！……唯其如此，大秦立法，捨李斯其誰也！」

「君上壯心若此，李斯夫復何言！」

君臣兩人草席促膝，侃侃而談，不覺已是暮色時分。嬴政第一次在李斯家中用了晚湯，並破例地召見了李斯的長子李由，對這個弱冠少年很是褒獎了一番。晚湯後，君臣兩人又商議了長史署與廷尉府的交接事宜。嬴政說，李斯走後教蒙毅接任長史，目下長史署以事務居多，不若原先以劃策為主，蒙毅精悍幹練正當其職。李斯倒是沒有就人事與諸般交接說任何話，只是在秦王嬴政將走之時，肅然一躬道：「臣有一言，願君上聽之。」嬴政也是肅然相向：「斯兄但說無妨。」

「滅齊之戰，一統棋局最後一手。不求其快，務求平穩收煞。」

良久無言，嬴政深深一躬：「謹受教。」

初月掛上樹梢，王車轔轔去了。李斯的最後提醒，嬴政一路想了許多。李斯能夠在如此關鍵時刻提出如此警示，嬴政深感李斯把準了自己的稟性脈搏。嬴政不怕局勢紛紜不怕艱難險阻不怕開拓新路，唯一所懼者，是自己內心時常泛起的莫名其妙的躁動。這種躁動，或可說是一種功業焦慮。也就是說，功業之心日日相催，但有不堪煩擾而驟然爆發，便有不可收拾的惡果。當年那道逐客令幾乎斷送秦國，便是自己驟然暴怒之下的亂政之行。前次錯用李信，幾致二十萬大軍覆滅，則是另一則輕躁之錯。認真自省，逐客令失之憂心太重，錯用李信則失之驕躁輕率，歸根結底都是心氣躁動所致。目下情勢紛紜頭緒繁多，正在底定大局的最緊要的十字道口，所要踏出的這一步是最最不能出錯的一步，踏正則一統天下，踏錯則難保不功虧一簣。當此之時，李斯提出務求平穩收煞，可說正當其時地向嬴政的燥熱之心敷了一方冰布，其效用遠遠大於任何具體的方略對策。

這一點，只有嬴政自己最清楚。

三、匪雞則鳴　蒼蠅之聲

商旅車隊抵達臨淄時，經多見廣的頓弱驚訝了。

臨淄城外的綠茫茫原野上，帳篷點點炊煙飄浮，恍若陰山草原搬到了東海之濱。一片片帳篷營地間的條條小道上，連綿不斷地出現了一輛輛車一坨坨人，匯聚到天下聞名的臨淄官道上，汪洋蠕動著湧向了遙遙在望的雄峻城郭。這條素來通暢無阻的寬闊的林蔭大道，驀然變成了人牛馬的河流，人皆舉步維艱，只有隨波逐流。商旅車馬則根本無法上道，只好紛紛在道下田野尋機穿插，或尋覓營地，或搶奪入城時機，於是乎煙塵漫天人聲喧嚷，炎炎烈日下紅霾籠罩天地。

雖然，頓弱已經清楚地知道這是五國貴族的大逃亡，然一朝親眼目睹，仍不免心頭怦怦亂跳。目下，秦國整頓新地尚且乏力，秦國派往各滅亡國的官吏尚難以有效整飭民治，秦軍主力又分布在各個戰場，少量鎮撫守軍對無數隘口關津根本無法控制。各滅亡之國的老世族們便趁此時機，大舉逃向最後的齊國。這些老世族多有封地與支脈，封地民眾也依著千百年傳統追隨其封主逃亡，動輒數百數千，大族人馬更是數以萬計，再加上糧草財貨謀生家什，其聲勢之大可想而知。頓弱最熟悉燕齊兩國，聽過無數燕齊人士有關當年燕軍破齊時齊國民眾大逃亡的種種故事，然與今日情形相比，當年的齊民眾大逃亡直是河伯之遇海神了。

「甚囂，且塵上矣！」

站在城外一座山頭遙望的頓弱，油然想起了這句春秋老話。

頓弱的車隊馬隊一直在城外駐紮了三日，才得以在夜半時分獲准入城。令頓弱驚訝的是，這等時刻齊國竟然還能冷靜地盤剝搜刮逃亡者，甚或連商旅也一齊裹挾著盤剝搜刮。頓弱的這支秦商人馬入城，被暗示著強收了一百金。齊國以「防間」為由，對所有請入城者均實施官吏勘問與財貨搜查，統謂之勘查防間。這種勘查煞有介事地分為三步。其一，凡請入城而接受勘查者，每人須得先交十金為「請」。後世話語，便是申請金。其二，確定能否進入臨淄的依據是財富多寡。財貨總值在五千金以上者方可入臨淄，否則一律派往指定郡縣；為此，便要全部搜檢財貨，包括清點車馬。其三，若獲准入城，則入城者得將財貨之半數繳納於臨淄官庫。其四，凡獲准入城者，一主人只能帶十個依附人口，無論家人僕人都包括在內，若欲增加依附人口，則一口繳納一百金。凡此等等折騰搜刮，進城速度便慢得不能再慢，能入臨淄者一日至多百餘人而已，且只能是擁有充裕財貨的老世族嫡系。追隨封主逃亡而來的附庸庶民與世族支脈，則只能在城外郊野露宿等候。

進城後，頓弱看到了齊國丞相后勝專門頒下的〈臨淄防間令〉，不禁大感滑稽，很是大笑了一陣。后勝之令云：「齊自管仲富國，臨淄向為天下康樂大都。非財貨殷實，無以安居也；非勤勉之士，不得樂業也。故，凡入齊國，得以財貨之多寡為衡平。舉凡財力不足以在臨淄立足者，得一律遷入郡縣拓荒。」

商社總事稟報說，齊國如此處置流民，業已使齊國大生亂象。庶民與世族支脈惶惶不安，紛紛要重回故地。已經入城的逃亡世族領主則唯恐失去根基，更是憤怒之極，終日哄哄然聚集到臨淄王城前呼天搶地。齊王建與丞相后勝，則全然不予理睬，只派臨淄守在外虛與周旋。逃亡世族忍無可忍，對齊國的憤怨越積越深，很可能在醞釀更大圖謀。種種折衝往來反覆，整個臨淄整個齊國，已經亂哄哄熱騰騰不亦樂乎沒了章法。

頓弱進入臨淄城，住進了秦國商社。

邦交人馬以商旅之身進入他國，這在秦國歷史上是第一次。自秦惠王東出以來，秦國邦交有四個分支：一是執掌使節往來的行人署，二是執掌邊地歸化部族與相鄰部族方國的屬邦署，三是執掌祕密刺探的黑冰臺，四是以商旅名義駐紮各國都城的商社。商社之為邦交，只是由實際是官身的相關頭領實施，並不妨礙商社的統合民間商旅之功能，實際是官民兼具。如此，邦交四分支便有「官三民一」之說。在秦王嬴政之前，這四支人馬通常分作兩個系列分領：行人署與屬邦署，歸屬丞相府政務；黑冰臺與各國商社，則分別歸屬該時期主掌縱橫大計的重臣掌管，若張儀范睢等名相，則四者一統。自秦王嬴政籌劃一統天下開始，任頓弱、姚賈為上卿專一執掌邦交，四分支則統由兩人執掌。滅燕前後，頓弱執邦交之牛耳。後因頓弱在趙國被郭開折磨瀕死，養息數年，姚賈便成了主領山東邦交的大臣。此次姚賈奉命坐鎮楚國民治，頓弱又病癒復出，故邦交四分支又歸屬了頓弱執掌。

戰國列強鐵血大爭，無所不用其極。此間，每個國家都將「用間」作為邦交周旋的一個重要方面。甚或可以說，戰國之世的邦交活動與間諜戰完全一體化。所以，戰國邦交之實質，是一種間戰邦交。所謂遠交近攻，這個「交」字，其實際含義是間戰邦交，其本質依然是戰，是服務於戰爭的破交戰。合縱連橫之所以驚心動魄，之所以波譎雲詭，其實質正在於間戰邦交的全方位性。

至少，這種間戰邦交的實際內容有四個方面：其一，使節以說服對方國君權臣為軸心的上層斡旋，此為「說客」邦交，是官方邦交的正面體現；其二，以重金、流言為主要手段，分化敵方陣營；其三，以名士大臣與技能異士進入一國，說動該國實施某種自我削弱的政策，此謂「間臣」也，典型如韓國派出赫赫水家大師鄭國實施疲秦計；其四，以高明劍士為刺客實施祕密暗殺，翦除最危險最直接而又無法分化的敵對人物，典型如荊軻刺秦。凡此等等屢見不鮮，絕非秦國獨有。雖然，我們已經無法確切地知道春秋戰國時期各國專司「間戰」的機構名稱了，然從史料所載的事實足以看出，那時的「間戰」之激烈，與所有方面一樣，都達到了中國古典歷史的最高峰。然則，戰國間戰與後世之陰謀政治決然不同。其根本之點在於：春秋戰國之間戰不對內政，而只對外交；而後世之陰謀政治，則將祕密力量使用於刺探監控臣下與政敵。也就是說，春秋戰國之間戰，只作為國家手段對外使用，而不是國家內部的干政力量；而後世王朝之陰謀政治恰恰相反，將祕密力量作為對內的政治手段使用。

《孫子兵法・用間篇》云：「非聖智莫能用間，非仁義莫能使間，非微妙不能得間之實。微哉！微哉！……能以上智為間者，必成大功。」可見，春秋戰國之世，間戰之利用，只在於戰爭與邦交兩方面，目標極為純正，因而被視為「聖智上智」者的高端戰場，實在不帶有後世的陰謀底色。以秦國而論，將祕密間戰作為邦交方略，也是其來有自，並非自秦王嬴政開始。張儀以間戰邦交分化六國合縱而成名於天下，范睢以間戰邦交在長平大戰使趙國換將而大獲成功，堪稱秦國間戰邦交的經典戰例。秦王嬴政時期，尉繚子與李斯先後明確提出，以間戰邦交作為削弱分化六國之有效手段的總體性方略。尉繚子云：「……願大王毋愛財物，賂其豪臣，以亂其謀，不過亡三十萬金，則諸侯可盡！」李斯提出的間戰方略則更有了具體步驟：「諸侯名士可下以財者，厚遺結之；不肯者，利劍刺之；離其君臣，良將隨其後。」這裡，李斯將間戰邦交與兵爭渾然一體，呈現出步步進逼摧毀敵國的三個環節：重金收買——利劍刺殺——大軍隨後。也就是說，以間戰邦交弱化敵國，以精銳大軍摧毀敵國，這是一個有機的整體戰略。

此次頓弱人馬以商旅之身進入臨淄，是秦國間戰邦交的又一謀劃。

秦王嬴政與李斯頓弱會商，君臣三人一致認為，齊國君臣孱弱已久，若外施壓而內分化，很可能促使齊國不戰而降，避免最後一場大流血。目下列國老世族大舉流入齊國，秦國若明派使節入齊，很容易激發列國老世族群起鼓蕩齊王抗秦之風潮。而隱匿身分進入齊國，既不妨礙祕密周旋，亦有利於暗中探察流亡勢力的真實圖謀。若公開使節之身，反倒行動不便，尤其不利於祕密分化齊王建與丞相后勝一班君臣。末了，秦王嬴政還著意申明了此次方略：「齊國徐徐圖之，不求其快捷，務求其平順。與其快而生亂，使天下世族再度流竄星散而後患無窮，莫如從容著手，內化外壓逼降齊國，則非但齊國可下，天下貴族之患一舉可定矣！」頓弱揶揄道：「老臣明白，本次使命與其說是分化齊國，毋寧說是要探清天下老世族之圖謀，對復辟之患未雨綢繆。無論如何，總歸是鼠穴不見天日也！」一語落點，君臣三人都大笑了起來。

臨行那日，秦王在十里郊亭特為頓弱餞行。三爵飲罷，頓弱辭行登車。嬴政殷殷執其手，幾乎是一字一頓地說：「目下之齊國，盡聚亡命之徒，群小流瀣，陰謀橫行，上卿務以安全為計！」頓弱慨然拱手道：「秦王毋憂也！郭開天下第一陰毒，尚不能奈何老臣，流亡鼠輩何足道哉！」

暮色時分，一輛青銅高車駛進了與王城遙遙相對的林蔭大道。

數十年前，這裡還是名震天下的稷下學宮，如今卻已經是燈火煌煌的貴商坊了。齊王建即位四十餘年，稷下學宮早已經因為士子流失而清冷。後來，在丞相后勝的富國謀劃下，這裡被改成了聚集列國大商的貴商坊。齊王建原本要學秦國，要叫作尚商坊。后勝卻說，「尚商」兩字尊崇全部商賈，與舊學宮只接納富商大賈有別，當作「貴商坊」。齊王建素無定見，哼哼哈哈著接納了。在兵戈激盪的數十年裡，唯獨齊國遠離戰火，山東大商流水般進入了齊國，使臨淄呈現出前所未有的富庶風華，貴商坊便成了齊國的流金淌財之地。近幾年秦楚大交兵，楚國大商更是紛紛將根基轉移到了齊國。一時間，楚國商旅的豪闊酒肆成了整個齊國最顯赫的遊樂聚會所在，也成了匯聚關下流亡世族的淵藪之地。

青銅高車轔轔駛來，停在了燈火最盛的楚天酒肆前。

車上走下了一個鬚髮雪白而又備顯滄桑的老人，袍服冠帶無不華貴，卻又隱隱遍布無法清洗乾淨的風塵遺跡；手中一支銅杖，杖頭赫然顯出空蕩蕩一個脫落了珠寶的鑲嵌孔洞；車馬精良，卻又處處可見輪廂磨損與馬具修補；甚至，那個駕車的馭手還穿著泥污未去的髒衣，頭上還纏著一圈滲出血痕的白布。凡此等等，道口肅立的酒僕立即看出了來路：又是一個逃亡老貴冑到了。

「大人請隨我來。」酒僕快步上前，扶住了老人下車。

「聚酒苑。」老人只淡淡兩字。

「大人，聚酒苑盡為貴人聚會，酒價頗高……」酒僕小心翼翼地打住了。

「老夫財貨尚在。」老人冰冷淡漠地一句，逕自大步去了。

「大人見諒。」酒僕連忙快步趕上扶住了老人，「非常之期，諸多貴冑都成了一夜窮士，總事叮囑不得不如此。大人，這邊。」老人驟然火起，冷冰冰憤憤然地頓著銅杖高聲嚷嚷起來：「這是天下大邦麼？見利忘義！刮我財貨！到頭來只能自取其辱！」大廳內紛紜穿梭的客人的目光立即聚集了過來，幾個客人立即呼應，一片斥責聲風風火火地彌漫開來。一個顯然是領班執事的風韻女子立即輕盈地飄了過來，一邊親自扶住了老人，一邊笑吟吟道：「大人息怒，有金沒金一樣是貴客啦！來來來，小女侍奉大人進去，聚酒苑啦。」老人狠狠頓了頓銅杖，一副不屑再與人計較的神態，被女執事扶著走進了另一道豪闊的大門。

一進大門，煌煌銅燈之下無數半人高的隔間沉沉一片，哄嗡聲浪彌漫一片，老人不禁大皺眉頭。女執事邊走邊殷勤笑道：「大人，楚天酒肆原是一等一的清雅所在，目下已講不得規矩法度了……聚酒苑原是稷下學宮的爭鳴堂，分了三進，大去了。小女侍奉大人到一個幽靜去處如何？」老人站定，冷冷甩開女執事道：「老夫與一個老友有約，執事自家忙去了。」女執事一副看慣憤懣流亡者的豁達模樣，嫣然一笑，飄然去了。

老人在厚厚的紅氈上漫步走著，打量著甬道兩邊醺醺痛飲的落魄流亡者們，嘴角抽出一絲不易覺察的冷笑。所有的客人都在大飲大嚼，所有的酒案都是鼎盤狼藉，人們哭笑各異地吃著喝著憤然咒罵著，全然不在乎對誰說話有沒有人聽，華貴糜爛的氣息完全淹沒了這片小小的天地。

第二進更為豪闊，隔間有大有小，青銅座案金玉酒具熠熠生光，應酒侍女穿梭般飄然來去。老人憤憤然兀自嘟囔著，走到一個大隔間道口，見一個爛醉的客人被兩個酒僕抬出去了，老人便黑著臉走進去坐進了那張空案，大聲嚷嚷一句：「好酒好肉！快上啦！兩位份！」相鄰幾張座案的客人只向老人瞟了一眼，又自顧自地痛飲了。及至送來酒肉，老人黑著臉立即自顧自開吃開喝，誰也不看。

「痛飲半日，敢問足下高名上姓？」鄰座一個中年人高聲大氣。

「韓人張良……敢問足下？」答話者顯然地沉鬱許多。

「老夫楚國項氏，打敗了！」

「敢問可是？……」

「老夫知道你想問誰？不是。項氏將軍都死光了！老夫只姓項而已！」

「敢問這位兄弟？……」

「我叫項羽！」少年的聲音雖低，卻如沉雷一般渾厚。

「羽？羽？好！項氏該當再飛起來。」

「足下豪雄之士，敢問有何良策？」

「我？豪雄之士？」臉色蒼白的年輕人笑了。

「韓國復辟壯舉傳遍天下，老夫知道張良這個名字！」

「老哥哥慎言。秦國耳目……」

「鳥！天下復辟之勢如蕩蕩江河，虎狼秦能猖獗幾時！且不說還有一個齊國，便沒了這個齊國，天下世族也要咬住虎狼，復我家國！老夫憋悶死也！臨淄不敢說話，天下何處還能說話？秦國耳目敢到臨淄，天下世族生吞了他！敢到此地，一人一口淹死他！老夫第一個撕扯了他下酒！」

「住了住了，老哥哥醉也。」

「你且看誰個沒醉？來，乾！」

中年人舉爵一飲而盡了。年輕人搖了搖頭道：「我從來不飲酒。」中年人黑著臉說聲沒勁道，逕自大飲起來。旁邊的少年項羽不斷給中年人斟酒，自家也間或大飲一爵，沉穩作派儼然猛士。看得張良不禁暗暗稱奇。突然，有人伏案大哭：「我的封邑！我的田疇牛馬！我要回去啊！……」又有人連連拍案大叫著：「我族三百口戰死！老夫要復仇！」片刻之間，整個大廳都呼喝吼叫起來，都哭泣怒罵起來，一片絕望的宣洩。只有年輕的張良低著頭不聲不響。突然，張良從座中站起，走到廳中無人理會的琴臺前肅然跪坐，一撥琴弦，叮咚轟鳴之聲大起，如秋風掠過林梢，紛亂喧囂的大廳頓時沉寂了。張良眼中含淚，悲愴的長歌飄盪起來：

山河變色兮　社稷淪喪
骨肉離散兮　念我家邦
干城安在兮　國破家亡
悠悠上天兮　何時驅虎狼
……

隨著琴聲歌聲，流亡者們眼中湧流著淚水和琴而歌，無論身邊是誰都相扶相依，如親人般相擁相泣。琴聲止息，歌聲止息，一片哭泣聲淹沒了大廳。突然，兩名青年大步走到了琴臺前，一人高聲道：「諸位，哭沒用，罵沒用，唱也沒用！若有血氣，跟我兩人共圖大事！」一時間舉座驚訝。一人高聲道：「話是沒錯！敢問兩位壯士大名？」

「我乃張耳！」方才說話的威猛年輕人拱手高聲報名。

「我乃陳餘！」另一個年輕人清瘦勁健。

「敢問兩位，何謂大事？」

「我等皆魏國信陵君門生！」張耳慷慨高聲道，「我等謀劃是：各國流亡世族各組成一支勁旅，面見齊王，請與齊軍一起抗秦！敗秦之後，各國世族兵立可復國！諸位若是贊同，我等立即登錄人力財貨！都說，哪位願隨我等組成聯軍血戰秦國？」

「沒有齊國根基，此事萬難！」一人高聲質疑。

「我等成軍，齊王定然支持！」陳餘冷靜自信。

「難也。」站在旁邊的張良搖了搖頭。

張耳看也不看張良，從懷中扯出了一方白布高聲道：「願成軍者血書姓名！」說罷一口咬破中指，鮮血淋漓地大書了「張耳」二字。陳餘也立即咬破中指，血書了姓名。廳中人皆驚愕，一時相互觀望卻沒有人上前。蒼白清瘦的張良突然一步上前，咬指出血，一聲大喊：「恢復三晉！」寫下了血淋淋的「張良」二字。廳中一陣騷動，便聽一人大喊：「魏豹算一個！」一個虬髯壯士大步前來，也咬指血書了姓名。於是座中人爭相而起，紛紛高喊著我族一個復國復仇，上來血書姓名。只有那個項氏中年人神色冷漠，拉起了那個叫作項羽的少年冷笑著走了。年輕的張良一眼瞥見，連忙幾步追上，一拱手恭敬道：「足下與秦仇深似海，寧如此木然哉！」中年人輕蔑一笑道：「寄望於齊國齊王，癡人說夢。」張良道：「無論如何，總是先張起勢來好。」中年人冷冷道：「勢頂個鳥用！兩個說嘴門客，一群老派公子，烏合之眾能成事？兄弟要做自家去做，老夫沒興致。」說罷，拉著少年大步去了。

張良愣怔一陣回到琴臺前，見那個鄰座老人正在憤憤然咬破指頭血書，寫罷又一個名字一個人地辨認著，說自家是商人，可不想將財貨交給一班沒根底的人去折騰。張良忙問老人是哪國商賈？老人冷冷道：「老夫乃大燕林胡商賈，襄平氏，知道麼？」一旁邊張耳聽得一怔，顯然是從來沒聽說過襄平氏名號，心念一動高聲道：「敢問老伯，襄平氏能出幾多財貨助軍？」老人從大袖中拿出了一方黑亮亮的玉佩，啪地打在琴臺道：「半年之內，持此玉佩到老燕商社，老夫自給你定數。」說罷一頓銅杖，逕自大步去了。張良與身旁陳餘低語了幾句。陳餘連連點頭，立即喚過一個壯實後生耳語了幾句，後生便匆匆出門去了。

四更時分，頓弱回到了秦國商社。

青銅高車沒有繞道，沒有著意加速，從容地直然駛進了老燕商社。頓弱在商社換過一套服飾，又登上了一輛四面垂簾的輜車，出偏門逕自去了。回到秦國商社，頓弱的第一件事便是靜座案前默想，一個一個地寫下了那些血淋淋的名字，特意在那個「項氏」旁邊畫下了一道粗重的墨槓。而後，頓弱喚來了商社總執事與隨同前來的黑冰臺都尉，指著羊皮紙道：「這些人物，都給老夫一個個盯住，隨時稟報動向。」兩人拱手領命，立即拿出隨身竹板炭筆，畫下了一些任誰也無法明白的線條記號。

「大人，近日一事頗為蹊蹺。」商社總事一副困惑神色。

「老總事不明，必非小事了。」

「齊人近日紛紛傳唱一支老歌，辭意不知何在？」

「老歌？能唱得出來麼？」

「在下著意記下了，能唱。」商社總事便唱了起來：

雞既鳴矣　夜既盈矣

匪雞則鳴　蒼蠅之聲

東方明矣　月則盈矣
匪東方之明　月出之光
蟲飛薨薨　甘與子同夢
海有大屍矣　蒼蠅尚之以瓊英

「倒是不錯也！」頓弱大笑一陣，眼前驀然浮現出張良的古琴悲歌。

「敢問大人……」

「此歌以入《詩》之古齊歌為本，略有更改。老夫以市井俗語唱出，你自明白也。」說罷，頓弱饒有興致地說唱起來，「公雞叫了啊，月亮也滿了。哪裡是公雞叫啊，分明是蒼蠅嗡嗡。東方亮了，月亮滿了。哪裡是東方亮了啊，分明還是月亮光光。蟲子飛得轟轟，它和你都作著一樣的大夢。海邊有一具龐大的屍體啊，蒼蠅卻將它當作美玉香花。」

「啊——」商社總事與黑冰臺都尉驚愕了。

「再推一把，教這支歌唱遍臨淄，唱遍齊國！」

「遵命！」兩人一拱手去了。

一聲嘹亮的雞鳴響徹庭院。頓弱長長地打了個哈欠，起身便要上榻。不料一陣腳步匆匆，商社老總事又進來稟報說，丞相府家老送來密函，丞相后勝要立即會見大人。頓弱皺著眉頭道，他要老夫現時去麼？老總事道，倒沒明說，只是急促罷了。頓弱思忖片刻道，定在三日之後，吊他些許。

午後醒來，頓弱沐浴一番，又悠然品嘗了齊菜中赫赫大名的即墨米酒燉雞，這才走進密室書房，思謀起會見后勝的種種方略。在天下大奸之中，這個后勝幾類趙國的郭開，無甚顯赫根基，卻在齊國做了二十餘年丞相無人撼動，也算得天下一奇。頓弱久為間戰邦交，揣摩敵手的側重點不是正邪之分，而是對方的謀私之道與權術之才。就實說，間戰邦交所進行的分化，不是求賢，而是求奸。也就是說，只有敵國的奸佞權臣，才是收買分化的對象，而對於那些真正忠誠於國的方正能才，間戰者從來都是敬而遠之。李斯提出而秦王認定的「賄賂不從，利劍隨之」的間戰方略，也是只對那些有縫隙的奸佞權臣而言的。頓弱乃名家名士，曾對黑冰臺將士們說過一番話，將李斯方略解析得很是透徹：「唯品性不端之奸佞，方有愛財、怕死兩大弱點。故，一則賄賂，一則威懾，二者必有其一生效。方正大才者，則一不愛財，二不怕死，故兩者均無效力。唯其如此，秦國之財貨、利劍不涉方正之才，只對奸佞權臣。方正之才而與秦國對抗者，間戰唯以流言反間對之，擾亂其國廟堂，使方正之才失其位而已。」

頓弱的這一解說，既是秦國間戰邦交的人性說明，又是秦國間戰邦交一以貫之的實際運用方針。在整個戰國之世，秦國沒有謀殺過一個列國正臣，沒有過一次燕國太子丹荊軻那樣的刺客事件，便是明證。長平大戰的趙國換將、滅趙大戰的李牧之死，都與秦國間戰邦交所發生的效用有重要關聯，然卻屬於戰國時期所有國家都在採用的反間計，與直接的刺客事件尚有根本區別。後世成書的《戰國策・秦策四》，對頓弱的記述有「北游於燕、趙，而殺李牧」之說，頗有似是而非之嫌。應該說，這個「殺」，不是實殺，不是刺客之殺，而是反間計實施之最終效果。這是後話了。

身為間戰邦交大臣，頓弱已經習慣了與種種奸人來往。夜半驀然醒來之時，頓弱心頭嘗頗有嘲諷：「我固名家名士，然終為不明不白之周旋，名實不符焉！白馬非馬矣！」然則，頓弱又覺坦然，且不說一統天下之正道當為，即便是體察人性之善惡混雜，頓弱也自信比尋常名士要深了許多。便如目下這個后勝，無論天下公議如何不齒，你不得不說，這是一個極其罕見的權謀人物。

眼下，后勝陷入了從未有過的困境，日日心神不寧。

若不能借助秦國勢力，顯然難以度過目下的危機了。反覆揣摩，后勝終於作出了這個決斷，並將這一決斷歸結成八個字的方略——內握齊王，外借強勢。齊國正在天下流亡匯聚的特異之期，一切都不能以尋常路徑行事，只有把住這最要緊的兩頭，才能有效消除烏合之眾對自己的威脅。后勝很為自己的決斷感慨了一陣，從秦國商社回來的路上，耳聽轔轔車聲，油然想起了那段與目下境況極為相似的發端生涯。

五十多年前，是燕軍破齊後的動盪歲月。那時，齊國民眾發生了亙古罕見的避戰大逃亡。齊國人無分貴賤，都變成了喪失蜂巢遍野飄飛的蜂群。最後，齊國七十餘城皆破，只有即墨、莒城成為齊國流民的聚結棲身之地。那時候，齊國人幾乎已經絕望了。憤怒的流亡難民在莒城郊野大爆發，亂刃剮殺了死也不肯認下失國之罪的國王。國王僅有的一個少年王子，也在連天戰火中失蹤了。沒有了國君，也沒有了儲君，殘存聚結的齊國軍民成了沒有旗幟的烏合之眾。

那時，后勝是太史敫府的一個少年官僕。所謂官僕，是官府派給官員的公務僕役，如同府邸與俸祿一樣，接受官僕是官員的法定待遇之一。這種官僕，有官身（官府登錄在籍），又都是料理與公事相關的雜務，故不同於官員家族的私僕。其中精明能事者，許多便成為官員事實上的門客學生。后勝在一個史官府邸為官僕，以料理書房為主，間或侍奉太史起居，原本也算得悠遊自在了。然則，整個齊國成了風中飄盪的樹葉，少年后勝自然也分外地緊張忙碌起來，奔波各種生計活路成了最緊要的大事。太史敫的部族家族根基，原本皆在臨淄。太史敫移居莒城府邸，只是因為修史清靜而得王室特許別居；故此，在幾個僕役之外，只帶了第二個妻子與這個妻子生下的一個小女兒。春秋戰國之時，對於官吏或其家人族人，呼名皆冠以官號。太史敫者，太史為官職，敫為本名也。為此，后勝與幾個僕役一樣，都稱呼太史敫的這個小女兒為「史君」。也就是說，少女的本名叫作君。那時的后勝，無論如何也想不到這個「史君」日後會成為赫赫君王后。然則，對這個柔和美麗而又極具主見的少女，后勝從來都是當作天仙一般侍奉的。這個史君善解人意，體恤老父高年，家人族人又不知所終，日日與僕役們一起奔波生計，很快在事實上變成了一個主管家事的女家老。舉凡每日到公井或河邊拉水，到官庫分糧，給熟識者送信，查詢家人族人下落，以及與莒城將軍府聯絡等等奔波，史君都帶著后勝一道忙活。直到有一日發生了一件後來改變了所有相關者命運的事件，后勝追隨少女主人的格局才被打破了。

一日暮色，他們趕著牛車拉水回來灌園，在庭院發現了一個髒污不堪的少年蜷臥在花木叢中呼呼大睡。后勝急了，掄起牛鞭要趕走這個不堪入目的物事。史君卻一搖手說，流落者可憐也，叫他醒來吃喝些許再走。於是，后勝拉起了這個髒狗一般的少年，先教他就著牛車上的灌園水洗了一身泥塵髒污，自己便去給他拿食物。及至后勝匆匆回來，卻大大地驚愕了。那個略事梳洗的少年雖充滿著驚慌迷惘，然那蒼白英挺的面龐與那雖然髒污斑斑襤褸不堪卻顯然是上佳絲錦的袍服，都暗含著隱隱不同尋常的奧祕。后勝記得，少女史君靜靜地打量著少年，不期然念了一句詩：「君子於役，苟無饑渴？」那個目光閃爍的少年也突然念了一句：「懷哉懷哉！曷月予還歸哉！」一聲音顫抖得像風中的樹葉。后勝知道，兩人念誦的那是《詩・王風》中的摘句，不禁驚訝得心頭怦怦大跳……

後來的事，天下皆知。這個流亡少年，是齊國唯一的王子田法章。田法章被確認為王子時，正是田單在即墨將要反攻燕軍的前夜。那時，莒城令貂勃正在全力搜尋齊國儲君，田法章一被確認，莒城立即立起了王室旗號。這個田法章一立為齊王，第一件事便是娶少女史君為妻。於是，少女史君成了君王后。太史敫篤信禮法，認為這件婚事不合明媒大禮，與苟合無異，是一件很丟臉的事，於是終生不再見這個女兒。

天下不知道的是，君王后離開莒城時，特意向父親要走了一個人。這個人，便是太史敫書房的小僕人后勝。自此，后勝跟著君王后走進了臨淄王城，開始了步幅越來越大的仕途生涯。田法章（齊襄王）在位的十九年，田單與貂勃一直是齊國兩大棟梁，而領政丞相則幾乎一直是田單。在這十九年中，后勝在君王后的舉薦下，一步一步地升遷著。齊襄王死時，后勝已經是爵同中大夫的職掌邦交的「諸侯主客」（註：諸侯主客，齊國邦交官，相同於後世之鴻臚卿。《史記・滑稽列傳》載，淳于髡曾任齊國諸侯主客。）了。後來，齊王建繼位，后勝更是如魚得水，游刃有餘地踏上了權臣之路。

后勝掌權的祕密，在於君王后與齊王建的特異的母子關係。

田建，是君王后與田法章所生下的唯一一個王子。君王后有學問，有主見，禮儀法度事事不越矩，在齊國大獲賢名。以至於後世成書的《史記・田敬仲完世家》，也有「君王后賢」的四字史評。太史公的這一評判，依據是這個君王后對冷落蔑視自己的父親太史敫始終保持著應有的孝道，但完全拋開了君王后的政道作為，顯然失之偏頗。就政道作為而言，這個君王后對末期齊國影響至大。也就是說，齊國末期的命運與這個君王后有著最直接的關聯。第一關聯，是君王后的特異干政。君王后愛子心切，孜孜不倦地關切著兒子，呵護著兒子，督導著兒子。久而久之，田建長到了加冠之年，又做了齊王，對做了太后的母親還是依戀至深而言聽計從。君王后對政事的干預，全然不是尋常的攝政方式，而是呵護教導的方式。

后勝記得很清楚，田建即位的第六年，正是秦趙長平大戰的最後一年。其時，趙國正在最艱難的缺糧時候，多次派出特急使節向齊楚兩大國求救，言明兩國不須出兵，只要向趙國增援軍糧，趙軍便可為天下死戰秦軍。那時，齊國職掌邦交的領銜大臣是上大夫周子，后勝執掌的諸侯主客官署隸屬周子管轄。在是否救趙的決斷上，周子主張必須救趙。在朝會上，周子說出了那番傳之千古的邦交佳話：「趙之於齊楚，屏障也。猶齒之有脣也，脣亡則齒寒。今日亡趙，明日必患及齊楚！不務此等大義，而徒然愛之粟米，為國計者，過矣！」由於周子的慷慨激昂，也由於趙國使臣的痛楚請求，齊王建在朝會之上已經答應了。其時，實際執掌邦交的后勝大大不以為然，卻又無法對抗國君與上司兩座大山，故一直沒有說話。朝會之後的當夜，后勝緊急請見君王后，痛切地陳述了一番安齊之道，竟使大局一夜之間翻轉了過來。后勝的說辭是：「齊自立國，遠離中原戰事則安，深陷中原戰事則危。齊湣王爭霸中原，徒稱東帝，終究破國，前車之鑒也！今齊國於六年戰亂劫難之後，堪堪復國二十五年，府庫方有餘粟而已，國不足稱強，民不足富庶。若不審慎權衡，徒為大義空言而與強秦為敵，齊國何安？當年一燕國攻齊，五國尚且發兵追隨。今日若強秦攻齊，五國焉得不追隨？其時，齊國何救哉！」君王后聽罷，一句話沒說立即趕到了齊王寢宮。次日清晨，齊王建立即收回了成命。

第二關聯，是君王后力保了后勝為齊國丞相。

齊王建即位之初，重新起用了一度被父王冷落而離開齊國的田單為丞相。然則，只有后勝清楚，田單這個丞相遲早是要失位的。原因只有一個，齊王田建只聽君王后，而田單卻只會走正臣之道，與君王后無甚瓜葛。而后勝的所有見識，都是與君王后不謀而合的。當然，更確切地說，是善於揣摩的后勝在全力迎合著君王后。唯其如此，齊王建即位的第十年，后勝便做了職掌土地民政的司徒，距離丞相只有一步之遙了。齊王建即位的第十六年，朝局終於大變了。這一年，君王后死了。死前，以淚洗面終日守護在榻前的大孝子田建，請母親示下大計。同樣以淚洗面的君王后，對這個柔順得貓一般的乖乖孝順兒子殷殷叮囑了兩件事：第一件，欲安齊國，必得遠離中原泥潭，與秦國相安無事；但與秦國相安，吾國可綿延海濱大國之位矣！第二件，深諳安齊之道者唯有后勝，但以后勝為丞相，吾兒可長保社稷矣！

從那年開始，后勝做了齊國的開府領政丞相。

倏忽二十七年，后勝成了齊國有史以來權力最大的丞相。孱弱的田建多愁善感，母親葬禮之後的頭三年之中，幾乎是不捨晝夜地守護在王城靈室，蓬頭垢面終日飲泣，所有的國政都交給了后勝。在田建眼中，后勝是母親的少時義僕，又是母親臨終之前託付的安邦重臣，如同父親一般值得尊奉與信任，國事完全用不著自己過問。后勝，也確實將忠臣義僕的角色做到了淋漓盡致的地步。每日暮色，后勝都要推著一手車待決的公文進入王城靈室，恭敬無比地在距離靈室百步之遙止步肅立，而後開始放聲痛哭著大撲大拜地爬進靈室，再捶胸頓足呼天搶地地祭奠一番。田建之悲情無以復加，每一個環節都虔誠無比地以孝子之身相陪，往往是折騰得一半個時辰便昏昏睡去了。后勝此時，總是老淚縱橫地拉扯起田建，請齊王批決重大國事；田建則無一例外地昏昏然擺手，連話也累得說不出了。如是三年，不到四十歲的田建走出靈室時已經是鬚髮如雪骨瘦如柴了。后勝立即大動土木，在王城為齊王重新修建了一座頤養宮，除了苑囿臺閣華美壯麗。舉凡養生享樂之所需更是應有盡有，著名方士、丹藥仙藥、少男少女、名馬名犬、弄臣博戲、歌舞樂手等蔚為大觀。若僅僅如是，尚不足以顯示后勝之縝密。后勝最大的體恤，是特意尋覓了一個相貌酷似君王后的丰韻少婦做了齊王田建的貼身侍女。於是，田建對母親的依戀與渴慕潮水般淹沒了這個侍女。短短幾年之間，一個新的君王后立起來了，齊國有了三個王子一個公主；田建也神奇地返老還童了，一頭白髮變黑了，可以盡情嬉戲在頤養宮的種種美事之中了。

后勝長長地鬆了一口氣，他終於成功了。

后勝很清楚，他的根基是君王后，是田建。田建若死，他完全可能被朝野積怨所淹沒。田建不死，他則永遠都是齊國事實上的君主。是故，田建的神奇復原，使后勝大大地感到了輕鬆。然則，深埋在心底的一絲恐懼，卻並沒有消失。戰國之世，齊人稟性在天下口碑是「寬緩闊達，貪粗好勇，多智好議論」。齊國民眾容納之深廣，爆發之激烈，往往使天下瞠目。當年，齊國朝野容忍了荒誕暴虐的齊湣王整整四十年，一朝爆發，竟活活地千刀萬剮了這個老國王，天下驚駭無以言表。后勝在齊國執政二十餘年，焉能沒有種種積怨？唯其如此，后勝將棋路看得很寬，也將根基看得很準。所謂寬者，兩道同步也：一務國內權力，二務齊秦盟約。所謂根者，雙頭蛇也：一則齊王建，二則秦王政。

兩道兩根不失，后勝何懼哉！

可是，人算不如天算。后勝萬萬沒有料到，秦國竟能在短短七八年間秋風掃落葉般滅了五大戰國。五國沒有了，周旋天下的餘地小了許多，后勝不能不脊梁骨發涼。后勝更沒有料到，天下世族流民潮水般湧入齊國湧入臨淄，一下子將他這個隱性的齊國主宰推到了波濤洶湧的風口浪尖。雖然，齊國府庫爆滿了，后勝的府庫爆滿了，然則，后勝心頭的恐慌也更深重了。對自己的歸宿，后勝再也沒有了自信。后勝隱隱地看到了一個可怕的結局：齊國不亡於流民激發的內亂，必亡於秦軍壓頂的外患。唯其如此，后勝若將自己始終與齊國綁在一起，將必然與齊國一起覆滅，后勝必須謀求新的出路……

頓弱走進林間茅亭時，對著星星月亮出神的后勝一時竟沒回過神來。及至兩盞冰茶下喉，后勝才從一陣涼爽中清醒過來。頓弱一如既往地親和明朗，當先便向后勝拱手賀喜。后勝不解道：「老夫喜從何來？」頓弱道：「齊國財源洶湧，丞相府庫蕩蕩，豈非大喜哉！」后勝連連拍案：「此等兵災之財莫說老夫不收，便是收了，能是大喜麼！」頓弱歉然一笑：「也是。丞相素來清廉自正，頓弱倒是疏忽了。若丞相府庫乏力，儘管說話。」后勝一臉正色道：「老夫要會上卿，非財貨乏力，實國事吃緊，莫非上卿不明白？」頓弱一臉困惑地笑著：「齊國平安康樂，丞相權傾朝野，國事有吃緊處？」

「丞相別來無恙乎！」

后勝壓低聲音道：「朝野抗秦呼聲甚高，齊國三十萬大軍進駐巨野澤，上卿沒看在眼裡？秦王沒放在心上？」頓弱一副恍然頓悟神色，大笑道：「原來如此。丞相以為，三十萬大軍價值幾何哉！」后勝顯然不悅道：「大軍國政，豈能以金論價？」頓弱笑道：「數十年來，丞相與丞相門下賓客，得我商社之金，只怕遠超三十萬矣！諺云：市道邦交，唯利是圖。邦國之利，大臣之利，事主之利，賓客之利。夫唯利者，何物不可以論價乎！」后勝思忖片刻，不屑爭辯地淡淡一笑：「上卿此來，欲圖老夫何事？」頓弱揶揄道：「丞相是說，秦國要丞相做甚事，丞相便會開甚價？」后勝坦然道：「足下既云市道邦交，老夫只好如是。」頓弱輕蔑地笑了：「以目下齊國大局，只怕丞相甚也不能做。只要保得自家平安，便是萬幸了。」「豈有此理！」后勝猛然拍案，「老夫攝政領國，實則齊王！何時甚也不能做了？」頓弱悠然道：「丞相權力固大，然目下非常之期，齊人積怨已久，流亡世族火上澆油，便是君王后再生，只怕也難。」后勝厲聲道：「列國流亡世族侵擾齊人過甚！齊人怨恨，也只能怨恨流民，何怨老夫！齊人不怨老夫，流亡者縱然澆油。齊人無火徒歎奈何！」「匪雞則鳴，蒼蠅之聲。」頓弱悠然念誦了一句，打量著后勝道，「這首齊風，在下都會唱了，丞相當真未聞乎？」后勝愣怔片刻，長長地歎息了一聲，默然良久，方一臉痛切道：「齊國自襄王以來，便與秦國敦厚相處，從不涉足中原爭戰。今王即位，老夫當政，敬秦國如上邦，事秦國以臣道。老夫與足下，亦過從甚密，交誼至厚。今大局紛擾，老夫欲定最後生計，足下卻閃避周旋，不給明白說法。秦王寧負齊國哉！足下寧負老夫哉！」

「丞相之言差矣！」頓弱覺得火候已到，拍案慨然道，「在下與丞相之交，非關交誼，非關情義，唯關邦國利害耳！就事而論，齊國欲圖自安，不涉天下是非。此固秦國所願，然絕非秦國所能左右也。齊國自為自保，非為秦國之利，實為自家之利也。是故，秦王對齊國，無所謂負與不負；在下對丞相，無所謂負與不負。唯其如此，丞相開價便是，無須涉及其餘。」

「上卿如是說，夫復何言？」后勝頗見傷感了。

「丞相明說了好。各人辦事，心下有數。」

「好。老夫說。」后勝離案起身，來回走了幾步，又思忖了片刻，一副被逼到了懸崖的孤絕無奈神色，轉身痛切道，「齊國後路，要害只在三處：其一，齊國社稷得存，王族不得遷徙他地；其二，齊王至少分封侯爵，封地至少八百里；其三，老夫得為北海侯，封地六百里，建邦自立。如是者三，若秦王不予一諾，老夫只能到巨野大軍去了。」

「丞相好手段也！」頓弱大笑道，「老孔丘有句話，己所不欲，勿施於人。丞相自家若是秦王，會不會有此一諾？秦國強勢一統天下，水到渠成也！列國委頓滅亡，自食其果也！秦國所以與丞相會商者，唯圖齊人秦人少流血也，而非懼怕齊王、丞相與那三十萬大軍也！今丞相所開之價，將一個諸侯國變成了三個諸侯國，豈非滑天下之大稽也！」

「老夫願聞上卿還價。」后勝面無喜怒。

頓弱沒有說話，摘下了腰間板帶的皮盒打開，拿出了一方折疊精細的羊皮紙，雙手捧給了后勝。后勝在風燈下展開了羊皮紙，首先入眼的便是左下角那方已經很熟悉的朱紅色秦王大印，再一抬眼是幾行同樣熟悉的秦國文字：「秦一天下，以戰止戰，故不畏戰。齊國君臣若能以人民塗炭計，不戰而降秦國，則大秦必以王道待之而存其社稷。秦王政二十五年夏。」

「秦王眼中，固無老夫。」后勝看罷，冷冷一句。

「非也。」頓弱指點著攤開的羊皮紙，「若丞相求一方諸侯，固然說夢。然若求與齊王一起受封，則秦王已經言明也。丞相且看，秦王書命云『齊國君臣』，而沒有單指齊王；這個『臣』，捨丞相其誰也！」

「雖然如此，老夫在秦王筆下終不足道哉！」

「丞相必要秦王明說『后勝』兩字？」

「老夫終究不是無名鼠輩也！」

「丞相以為，點名有利？」

「明白一諾，終勝泛泛。」

「頓弱卻以為，不點名對丞相大利。」

「足下托詞，未免拙劣。」

「丞相關心則亂也。」頓弱侃侃道，「不點丞相之名，頓弱所請也。丞相試想，齊之民風粗獷，不乏抗秦死戰之勇士，更兼列國世族大聚齊國，復辟暗火不熄，若此等人眾以秦王書命為據，認定齊國降秦乃丞相一力所為，丞相還能安穩麼？北海封邑還能長久麼？」

「老夫封邑北海，秦王記得？」

「丞相且看。」頓弱又從另只皮盒中拿出了一方羊皮紙。后勝接過，只見上面幾行大字是：「定齊之日，功臣持此書命，居北海之地，襄助齊國民治。秦王政二十五年夏。」頓弱悠然笑道：「丞相看好，封邑之外，尚有襄助民治之權力。就是說，丞相還是齊地丞相。」后勝老眼炯炯生光，盯住了頓弱道：「此書何時交老夫執之？」頓弱大笑道：「論市道，齊國底定之後。若丞相不放心，此刻便是交接之時也！」后勝思忖片刻道：「還是市道交好，老夫也有個轉圜餘地。此刻攜帶此物，老夫倒是礙手礙腳了。」頓弱大笑一陣，連連讚歎丞相洞察燭照。后勝也是萬般感慨，與頓弱一一說起了諸般國政事宜。直到五更雞鳴，頓弱才回到了秦國商社。

次日清晨大霧彌漫，一騎快馬飛出了秦國商社，飛出了紛亂的臨淄。

四、飛騎大縱橫　北中國一舉廓清

王賁一接到秦王書，立即下令輕裝飛騎軍進發遼東。

兩月之間，王賁在薊城已經完成了對十萬兵馬的重新編配，組成了一支以輕裝騎兵為主力的飛騎軍。大軍編成之後沒有立即進發遼東，是因為王賁在等待約定的秦王書。從咸陽北上之時，王賁對秦王提出了一則應變之策：基於齊國實力尚在，他的薊城軍可等候一段時日再進遼東。若滅齊大戰不可免，他則率軍開赴燕齊邊境，側擊臨淄以為蒙恬軍策應；若滅齊大戰可免，或可緩，他則可在接到秦王書命後立即起兵。秦王嬴政當即接納了王賁方略，感喟讚歎道：「將兵有此大局之慮，王賁成矣！」今次王賁接到的秦王書，是嬴政依據頓弱所報之齊國朝野情勢，判斷齊國很可能不戰而降。為此，嬴政與李斯尉繚議決：蒙恬軍駐紮巨野澤對齊施壓即可，王賁可以放手開始燕代之戰。

這支遠征軍的結構很是奇特，堪稱王賁的一次大膽嘗試。

基於遼東地勢與長途奔襲戰之需，王賁的重新編配很大地改變了強勢秦軍的重裝傳統，或者可以說，很大地恢復到了早期秦軍的傳統。大改編分為兩個基本方面：一則是解決主戰騎兵的輕裝戰力，一則是解決遠征軍最為困難的後援難題。為此，王賁重新劃分了軍力構成，將十萬軍力分作了兩大營，第一大營為主戰騎兵，第二大營為戰運兼具的輜重營，兩營將士都是五萬。這等主戰營與輜重營等同劃分軍力之法，實在是亙古未見。

第一大營主戰，由王賁親自統率。這支軍馬只有五萬騎士，人各兩馬，共計十萬匹戰馬。五萬騎士的著裝，全部換作了皮製甲胄；弓箭全部換作單兵臂張弩或傳統臂張弓。其間取捨由騎士自己決斷，善弩者則弩，善弓者則弓。大型連弩與大型攻防器械一律放棄，每人只配備兩長兩短四口精鐵劍、一百支羽箭，常規攜帶三日熟食。凡此等等，皆最充分地體現了輕銳兩字。

第二大營為後援輜重軍，由嫻熟兵政的馬興統率。這支軍馬也是五萬人，步騎混編，步軍一半，鐵騎一半；運力則配備一萬輛牛車、五萬名精壯民伕及一千餘名各式工匠。

王賁很清楚，遠征奔襲戰之難，既在於將士戰力，更在於後援得力。諸多奔襲戰之所以鎩羽而歸甚或全軍覆沒，往往不是主戰將士戰力不濟，而是糧道被截斷。當年孫武率吳軍長途奇襲楚國的柏舉（註：柏舉，春秋地名，今湖北漢川北地帶）之戰之所以能夠成功，根本點是副將伍子胥依據孫武謀劃，成功解決了糧草輜重通過大別山與桐柏山之間的武陽、直轅、冥厄三個隘口大峽谷（註：武陽、直轅、冥厄三個隘口大峽谷，均在今河南信陽地帶）的難題。今燕王喜殘部遠在千餘里之外的襄平（註：襄平，戰國城邑名，秦統一後為遼東郡治所，大體在今遼寧省遼陽市地帶），甚或可能繼續東逃高句麗。如此漫漫長途，若無堅實可靠之後援，任何打法都沒有效用。而只要後援不斷，秦軍五萬精銳騎士足克燕代殘軍。

在秦軍滅楚之戰的兩年裡，駐防北燕的王賁與副將馬興備細商議，縝密地踏勘了薊城通往遼東的所有路徑，每隔三百餘里選定一個山林祕密營地，一路總共選定了六處。歷經兩年餘，這六處營地都已經修建成了堅固隱祕的倉廩。每個營地以三千精兵守護，再編配三千輛牛車、八千餘民伕、百餘名工匠。如此部署，形成的後援流程便是：每個營地都是兼具囤糧、運糧、補充修葺兵器的綜合基地，各營分段運輸，接力傳遞直至戰場大軍。軍諺云：千里不運糧。說的是長途運糧則所運糧食完全可能被人馬牛消耗一空。王賁馬興的分段接力之法，則可保軍糧輜重不因路途遙遠而消耗殆盡。若沒有成功解決這個難題，王賁便不會在廟堂朝會上力主十萬兵力平定燕代了。

王賁選定的進兵路徑，是沿著遼東海濱地帶兼程疾進，直抵遼水西岸的河谷地帶紮營。而後，再行探察燕國王室軍情，尋機決戰。也就是說，這千里行軍要盡可能地減少時日，以免燕王殘部覺察。只要迅雷不及掩耳地逼近到襄平，則要從容不迫地尋求戰機，務求全殲這股流亡最遠且最難捕捉的燕國殘餘勢力，不給北中國留下後患。唯其如此，王賁在進兵之日，先行派出了四支千騎斥候兵，專一在大軍行進的前後左右四個方向的百里之地清道。就實而論，是捕獲有可能出現的燕軍流探，並確保沿途山民獵戶商旅等不向燕軍報訊。因為，這支飛騎大軍無論如何輕裝如何偃旗息鼓，僅十萬匹戰馬展開飛馳，其隆隆沉雷之聲勢也大得驚人。若無事先縝密處置，僅獵戶商旅的獵奇之談也足以成為燕軍的消息來源，更不說燕趙兩大殘部間經常往來的斥候密使等等。

四千斥候飛騎撒開一日之後的暮色時分，王賁率領主力飛騎軍從薊城東北的郊野營地出發，一夜之間便抵達海濱山塬。冷炊戰飯之後，正是次日清晨，十萬匹戰馬展開在廣闊的海濱原野，烏雲般向東風馳電掣去了。

抵達遼水西岸河谷之時，正是第三日暮色時分。

襄平很是平靜，燕王喜卻很是懊惱。

逃入遼東五年，燕王喜自認功業甚佳。最大的功績，是重新收服了原本已經鬆散得如同百越對楚國一般的遼東流散部族，重新立定了燕國社稷，自己還是燕王。開始兩年，秦軍南下，遼東幾無外部威懾，加之與代王趙嘉密使來往頻繁，相互鼓氣要收復失地而恢復大趙大燕等等諸般舉措，殘存的大臣將士尚有鼓勇效力之心。然在秦國大軍連滅魏楚兩大國之後，襄平的士氣莫名其妙地漸漸消散了，及至秦國大軍壓向齊國邊境，大臣將士們已沮喪得無以復加了。太子丹的舊日部屬更甚，已經有幾個都尉與許多士卒重新逃回故鄉去了。追隨前來的大臣們也閉門不出，燕王喜想朝會一次議議事說說話，也沒人奉召了。思忖無計，燕王喜只好在開春又打出了「合縱代國，收復失地」的旗號，大張旗鼓地派出特使聯絡代王趙嘉，欲圖藉此振作已經奄奄一息的士氣。不想，三五番特使來往，天下都風聲一片了，消息說連秦王都警覺了，可襄平依舊死氣沉沉。燕王喜當真是心下沒轍了。當年在薊城做燕王，姬喜可以常住燕山行宮，將國事撂給太子丹而自己盡情遊樂，聲色犬馬無所不及。襄平不然，一座荒僻城邑，更兼多方匯聚的流亡族群人心浮動，老姬喜想狩獵遊樂，也不敢輕易出城。久困這座簡陋狹小的庭院「王宮」裡，老姬喜鬱悶得慌。想說話沒人，就幾個嬪妃十幾個內侍，看著都煩；想折騰那幾個豐腴的胡女嬪妃，老姬喜又沒了精神；想謀劃謀劃後路大計，又沒人奉召前來朝會。

那一日，老姬喜不堪冷清，帶著一個老內侍與一隊王室劍士喬裝成林胡商旅，出了「王宮」巡視庶民生計去了。不料，走不到短短三條小街，老姬喜便沮喪得坐在地上不走了。老姬喜想到了襄平貧苦，可還是沒想到竟有如此貧苦。雖是盛夏，可城內空曠得如同秋風掃過林木，落葉盡去，一片枯乾蕭疏。街市冷清，店鋪幾乎全部關閉。行人寥寥衣衫襤褸腳步匆匆，彷彿對一切都失去了興致，縱然是他這一隊尚算豪華的商旅招搖過市，也沒有幾個人回頭看一眼。老姬喜終不甘心，硬著頭皮走上了城頭，要看看守軍將士的軍容。可還沒走上城頭，老姬喜便心頭一片冰涼了。上城的石梯口與通往藏兵甕城的上下甬道，連一個崗哨士兵也沒有，他這一隊商旅如入無人之境便登上了城頭。城頭更令人寒心，除了幾杆紅藍色的「燕」字大旗插在垛口懶懶地舒捲著，士兵們一個沒有，城頭空曠得能過馬隊。老姬喜心有疑惑，好容易在箭樓藏兵室找到了一群士兵，卻都在扯著鼾聲呼呼大睡。喊起來一個士兵詢問，衣甲破舊面色蒼白的士兵極是煩躁，閉著眼連連嚷嚷一番：「都快餓死了！誰有錢買你物事！走走走！老子要睡覺，不睡覺撐不到明日飯時。一天一頓飯，知道麼！」說罷也還是沒睜眼，倒頭又蜷臥在青磚地面上呼呼大睡了。

老姬喜憤怒了，回宮連下三道王命，終於行了朝會。

朝會只來了六人，三位姬姓王族元老，三位城防將軍。傳送王命的御書回來稟報說，其餘大臣將軍不是不來，而是都帶著族人們狩獵去了。王室流亡到襄平後，老姬喜對廟堂權力進行了重新整飭，大權悉數由王族元老執掌。老姬喜確信，只有血統高貴的周天子王族的後裔，才能在艱難之期恪守正道。目下這三位元老，一個是領政相國姬饒，一個是執掌土地財貨的上卿姬櫝，一個是執掌王城事務的姬椋。只要此三人到了，再加三個將軍，緊要國事大體就說得清楚了。

於是，老姬喜無心多問，立即開始了朝會。老姬喜說，朝會只決兩件事：其一，追究軍糧為何不足，城防守軍何以如此乏力；其二，冬季到來之前，要否退往高句麗。老姬喜話音落點，三位白髮元老一如既往地默然著。三位城防將軍卻精神大振，立即一口聲嚷嚷起來，說今日前來朝會，為的便是這件事，若再不能使將士們一日三餐，終究要作鳥獸散！老姬喜黑著臉要元老相國姬饒說話。姬饒大搖白頭，連番羅列了燕國財富的二十餘次大流失，掰著指頭列出了襄平五年的種種支付，末了涕淚唏噓說，東燕至多只能撐持半年，若要將士們一日三餐，只怕支撐三個月都難。老姬喜大是震驚，厲聲追問執掌王室財貨的元老大臣姬櫝，原本藏匿在遼東幾處祕密洞窟的豐厚財貨何處去了？姬櫝一則惶恐一則憤然，黑著臉提醒老姬喜說，那年將太子丹頭顱獻給了秦王，燕王又下令厚葬太子丹，僅殉葬財貨就用去了祕藏的一半；後來又斡旋林胡東胡，賞賜兩胡頭領又用去許多；再後來是建造襄平王宮，向胡人買馬成軍、打造兵器等等；更有一宗，太子丹餘部逃散，裹挾財貨不可計數。凡此等等，王室祕藏財貨早於一年前便所剩無幾了。

一番折衝，根底大白，所有人都不說話了。

「卿等以為，該當如何？」終於，老姬喜開口了。

「臣啟我王，」相國姬饒蒼老的聲音滲透著憂傷，「襄平荒僻貧苦，高句麗有過之而無不及。老臣以為，復國之路只有一途：北投匈奴，燕代胡三方合縱，相機南下收復失地。捨此，不困死襄平，便困死高句麗。」

「東燕實力盡失，匈奴會收留我等？」姬椋很是沮喪。

「匈奴已經強盛，今非昔比了。」姬櫝思忖道，「匈奴與燕國，並無深仇大恨。若我王能將王宮百餘名嬪妃侍女，分給爾等一半，再湊得一些金玉絲綢，大約不會有礙。」

「或者，只能如此也。」相國姬饒點頭了。

「惜哉！如花似玉的女人也！」姬喜無限惆悵地歎息了一聲。

「左右我王用不上了，閒著也是閒著。」姬椋嘟囔了一句。

「不能！我王不能如此！」為首的襄平將軍霍然站起憤憤高聲道，「果然嬪妃侍女無用，何不配給軍營將士！幾年來連番逃亡，大臣貴胄家室俱在，唯燕軍將士有家不能歸，妻小多年不得相見，兵士們乾渴得都快瘋了！我王若能賜給軍中將士兩百個女人，末將不要軍糧，也敢保三軍拚死護衛王室！當真將女人獻給匈奴蹂躪，我等不服！」

小殿堂奇異地靜了下來，將軍們憤憤然地喘息著，元老們想笑不能笑想說不能說，無所適從地沉默著。只有老姬喜大為尷尬，第一次紅了臉，不知該如何應對這個亙古未聞的大難題。正在此時，一陣急匆匆腳步砸進庭院，人們的目光不約而同一齊轉向殿門，逃避著這令人難堪的話題。

「稟報我王，緊急軍情！」進來的是亞卿姬垣。

「如，如何？」老姬喜倏地站了起來。

「一支黑色馬隊向襄平而來，沒有旗號！」

「沒有旗號，是何兵馬？高句麗兵？林胡反叛？」

「從氣勢看，似乎是秦軍！」

「！」小小殿堂，驟然凝固了。

「走為上策！不能猶疑！」姬饒恍然高聲一句。

「且慢！」老姬喜畢竟久經滄桑，罕見地鎮靜下來，向方才憤然高聲的襄平將軍一揮手，慷慨奮然道，「大燕社稷八百餘年，不能徒然斷送在我等君臣手裡！秦國虎狼欺我太甚，殺我太子，占我都城，今日竟要趕盡殺絕，本王與燕國將士拚死一戰！本王意決：王室嬪妃侍女悉數賞賜將士！將軍作速整軍，女人今夜送入軍營！」

「燕王萬歲——」三位將軍忘情地大喊了一聲，赳赳大步去了。

三位元老與不知就裡的亞卿大為驚愕，沒有一個人說話。老姬喜卻驟然精神大振，連番下令：「王室護軍立即備戰！財貨悉數裝入馬車！諸位作速回府整肅族人，明晨齊聚王城！莫將女人扔下，匈奴人喜歡中國女人！」

「我王是說，殺退秦軍投奔匈奴？」相國姬饒恍然頓悟。

「然也！」

「老臣一言，致我王失卻嬪妃，老臣深為慚愧。」姬椋深深一躬。

「卿等毋憂也！」老姬喜頗見神祕地一笑，很為自家在危急時刻的妙算謀劃而得意非常。熟知這位老燕王的三位元老，也不約而同地笑了。多經逃亡的元老們都清楚，老燕王使的是移禍之計。大群豔麗的女人隨王室車駕行進，極可能首先成為秦軍追逐的獵物，豈不將燕王行營也裹挾了進去？而送入食色饑渴的軍營，則是危境之時的絕妙處置。一則，可大大減小燕王行營與世族部伍被秦軍追擊的可能；二則，將士們愛惜女人，寧可戰死也要護著女人，只要有幸逃出秦軍追擊，女人至少能存活大半，若結好匈奴仍能出手；三則，激勵將士戰心，一舉化解軍糧之困。當然，女人們也可能被久曠而饑渴難耐的將士們蹂躪得死去活來，保不定未遇秦軍就得折損許多，然危亡在即，也只能如此了。如此看去，這一著棋簡直就是挽狂瀾於既倒的乾坤妙手，元老們如何不佩服老燕王？

朝會匆忙了結，已經是午後時分了。王城一片忙亂之時，老燕王只做了一件事，便是聚集起王城全部嬪妃侍女百餘人安撫訓示。老姬喜紅著臉慷慨激昂地說，爾等國色，盡皆燕國之寶，當以精銳大軍專司保護。為此，將由中軍主力護衛爾等，此乃本王之苦心也，爾等務須珍重！女人們無分貴賤，哭喊成了一團。同樣是多有逃亡閱歷，女人們已經本能地覺察到老燕王要拋棄她們了。於是，柔弱者哭泣不止，剛強者呼喊不已，整個庭院亂得沒了頭緒。此時太陽將要落山，襄平將軍已經帶領著一個千人隊開到「王城」外只要接人。老姬喜二話不說，立即下令王室護軍將女人們「護送」出宮……當夜，整個襄平內外亂成了一片。城內的王室貴胄徹夜收拾財貨，城外軍營中更是人聲鼎沸徹夜不休，比任何戰場聲勢都有過之而無不及……

次日清晨，殘燕王室軍馬全部集結在了襄平城下。早已經散漫無度的五萬餘步騎竟然全數到齊了，將軍士兵人皆奮奮然滿面紅光，往昔多見的一片青白菜色竟神奇地消失了。老姬喜大是驚喜，連呼三聲天佑大燕，立即下令開拔，沿遼水北進建立北燕。

老姬喜蒼老的呼喊剛剛落點，軍馬尚未啟動，四面山塬彌漫出隱隱沉雷之聲。大臣將士們尚在詫異，不可思議的事情發生了——遙遙相對的綿長山脊陡然立起了一黑森森的城牆，城牆倏忽變作一片片烏雲四面壓來，沒有喊聲，沒有旗幟，只有一片青光閃閃的樹林與連綿滾動的沉雷……那一刻，老燕王與所有的大臣將士一樣，都陷入了可怕的夢魘，竟然沒有一個人哪怕稍微地呼喊驚叫一聲……

不消敘述那沒有任何波瀾的戰場了。事實是，五萬餘燕軍幾乎還沒有移動，便被秦軍飛騎的巨大扇形包圍了。與此同時，一支飛騎直插城下，切斷了歸城退路。所有這一切，老燕王始終都只是直愣愣地看著，彷彿在看一場宏大的飛騎演練。直到王賁高聲喝問燕王是戰是降，老姬喜還驚愣地大張著嘴巴不能出聲。第一個開口的是相國姬饒，也只是嘶啞顫抖地喊了一聲：「燕王，不能戰，降秦了！」就是那一聲喊，老姬喜還沒有下令，燕軍將士們便東張西望了。王賁又是一陣高喊，燕軍兄弟們若是願降，立即拋下兵器，帶上女人，開到山麓紮營！我軍糧草午後抵達，管兄弟們吃飽！幾句喊話如同軍令，燕軍將士們竟不可思議地高呼了一聲萬歲，立即將刀矛劍器呼啦啦擲到了地上，在一支秦軍飛騎的導引下開到山麓去了。於是，王賁又一陣高喝，王室護軍若是要戰，我出同等人馬廝殺！若是願降，拋下兵器，退出一箭之地！也是沒等老姬喜下令，數千王室騎士便擲下了刀劍退出了一箭之地。直到那一刻，老姬喜才軟倒在了王車上。

「你？是王翦？」

「你是燕王喜。」

王賁不屑於答話，見老姬喜點頭，立即喚來一名都尉吩咐了一陣。當日，燕王喜與一班王族大臣便被五千飛騎押送著，兼程趕赴薊城了。王賁進入襄平，立即召來了職司後援而頗通兵政的馬興，兩人一番會商議決：鑒於遼東戰事了結之快超出籌劃，後續文官一時無法趕來，先留下馬興率一萬步騎鎮撫遼東；通往遼東的後援路徑與兵力依舊不動，以利解決遼東之饑荒；王賁則率主力飛騎，立即回師滅代。當夜，兩人將稟報咸陽的上書擬定，立即分兵籌劃。三日後，王賁的五萬飛騎又風馳電掣般西來了。

秋風乍起，趙嘉的心緒一片蕭疏。

代國立起六年了，國事一無振作，趙嘉的代王生涯更是日見難堪。六年前，當趙國剛剛滅亡時，擁戴趙嘉逃亡立國的老世族們雄心勃勃，無不以為趙人尚武善戰，沒有了趙遷那個昏聵荒淫的君主，趙國必能再度中興，甚或能更加強盛。此等雄心，趙嘉更為執著。趙嘉深信，自己本來就是天命趙王，若非父王被那個胡倡女迷了心竅而改立了孽種趙遷，擁有天下第一流大軍與赫赫李牧、龐煖那般統帥的趙國如何能滅亡？唯其如此，趙嘉君臣逃入代地立國，上將軍趙平上書：「請以代為國號，向天下昭示更新趙國之氣象！收復失地之後，再改回趙國，向天下昭示我等君臣中興趙國之功業！」此見立即得到了趙嘉與群臣的一致首肯。從源頭上說，代國原本是春秋時期一個諸侯古國，在趙國先祖趙襄子時被趙氏吞併，自此成為趙氏部族的領地，戰國之世便是趙國的代郡了。在代地立代國，土地城池是趙國本土，王族世族及軍民人眾更是趙國老民，論事實，誰也不會將代國不認作趙國。而在秦國與趙國勢不兩立的時刻，則代國這一名號，又或多或少可減少秦國的敵意。趙嘉君臣對這一妙用雖絕口不提，然在心底卻是人人認可的。

初立代國的頭兩年，無論軍力民力如何單薄，代國君臣的復國雄心還是勃勃跳動的。然自從與燕國結盟，燕代合軍四十餘萬而慘敗於秦軍之後，代國氣象每況愈下了。趙人素來蔑視燕軍，然這次卻無法指斥燕軍。燕國在幾乎所有方面都認同了趙軍的軸心地位，太子丹承認了趙平為統帥，兵力部署也好，戰場衝殺也好，燕軍都以趙軍馬首是瞻，如此這般到頭來還是大敗而歸，趙人還罵得出口麼？因了無法找到合理解說，而又不能就此承認趙國氣數已盡，代國君臣將士的人心莫名其妙地渙散了，士氣莫名其妙地低落了，雄心莫名其妙地委頓了。

趙嘉深知其害，終於找到了一個解脫困境的出口——向太子丹發難。公開的說法是：太子丹急於復仇，擺脫趙軍而擅自兩分，致使趙軍遭受慘敗。當趙嘉在朝會上大肆講說這番道理時，作為燕代統帥的趙平頗感難堪，然最終還是保持了沉默。一則是太子丹在戰場確實沒有完全按照趙平部署行事，二則是趙平自家也必須有一番說辭。否則，在多見名將的趙軍眼裡，他將永遠蒙羞而不能抬頭。雖則如此，在趙嘉得寸進尺地向燕王喜致信，要將太子丹置於死地的時刻，趙平還是說話了。趙平的理由只有一個：「沒有太子丹，燕國必將潰散！沒有燕國，代國將失去羽翼！而代國一旦孤立，則秦軍必不能容我！」然無論如何陳說，趙嘉也沒有接納趙平之見。趙嘉一意孤行了。太子丹的頭顱被獻給秦國了。趙平畢竟敗軍之將，從此很少說話了。

雖然擺脫了一時難堪，雖然找回了些許尊嚴，可代國還是沒有起色。毋寧說，自太子丹死後，當年燕趙兩國朝野彌散出的那種對秦國的火辣辣復仇之心，也莫名其妙地瓦解了。更使趙嘉寢食難安的是，秦國將趙燕舊地治理得井井有條，廢除了燕趙法令中殘餘的春秋舊制，一步一步地推行著全新的秦國律法。農耕、百工、商市均已大體恢復，饑民也大大減少。駐防邯鄲與薊城的秦軍，除了嚴密監控老世族外，不殺戮庶民，更不無端擾民。種種治情之下，原本追隨王室殘部逃來代地的民眾，已經開始悄悄地回流故鄉了。趙嘉幾次欲圖出兵，要卡斷民眾回流之道，甚或想殺一儆百杜絕此等回流。然與大臣將軍們會商幾次，最終卻是不能決斷。原因只有一個，當此根基脆弱之時，若再截斷民眾逃生之道，結局只能有兩個：不被亂民吞噬，則必然招來秦軍攻伐。然則，若聽任如此回流下去，只怕不消三兩年，趙國老世族們便要親自下田耕作了。

「我白頭矣！天命安在哉！」

六年前，趙嘉尚是正當盛年血氣方剛的雄武公子。那時，趙嘉目睹國破家亡，壯懷悲切，慷慨激烈，廢寢忘食地謀劃著復國大業。縱然艱難小城，縱然風餐露宿，縱然宮室破敗簡陋，縱然一無享樂，趙嘉都是勃勃風發而不知疲憊為何物。倏忽六年，堪堪四十歲的趙嘉不可思議地老了，鬚髮幾乎全白了，身架乾瘦如枯竹，心力疲憊得動輒便靠在隨意一處睡著了。事情一件一件地敗了，子民一點一滴地沒了，士氣一絲一縷地淡了，根基一日一日地鬆了……每念及此，趙嘉都傷感得仰天長歎。他，一個末世之王，終於明白了無可奈何為何物，終於明白了窮途末路為何物，終於明白了自己的歸宿——除了義無反顧地追隨歷代先王於地下，他沒有任何選擇……

「稟報君上，王族大臣請行朝會。」

「上將軍？朝會？何事還須朝會？」

趙平稟報說：「一班王族元老已經密謀多日，欲圖東進遼東與燕國結盟或合為一體。請行朝會，大約是元老大臣們已經就此達成了一致，只要趙王決斷了。」此刻的趙嘉，已經對任何突如其來的變故都沒有了憤怒與悲傷，只淡淡道：「上將軍也贊同麼？」大見蒼老的趙平明朗地說：「臣不贊同，代郡乃趙國舊地，尚有地利根基，若拋棄代地而奔遼東，則不啻乞兒奔人籬下，非但失了立足根基，也必然將與燕王殘部反目。」趙嘉看了看君臣兩人一身粗麻布孝服，竟不無揶揄地笑了：「此身重孝我等君臣已穿了六年，淚且流乾矣。上將軍以為，若不奔殘燕，代國出路何在？」趙平默然片刻一拱手道：「臣乃趙氏子孫，誓死不離趙國本土。臣乃敗戰將軍，無能轄制他人，只能決斷自己。」

「好！」趙嘉陡然振作，「這方是雄烈趙氏之子孫！」

「君上決意抗秦？」

「趙氏發於軍旅，至少當烈烈而終，當死在戰場之上。」

「臣！誓死追隨君上！」

「那便整軍備戰，遲早必有一戰。」

「臣遵王命！」

當夜，趙嘉還沒來得及向趙平重新頒發兵符，斥候將軍的緊急軍報飛到了案頭：秦軍王賁部已經攻克襄平，燕王喜被俘，秦軍正在回師西來！趙嘉端詳著軍報，非但沒有了恐慌，心頭似乎還生出了些許輕鬆。此等心緒，連趙嘉自己也驚訝了。趙嘉平靜地登上了王車，趕到了上將軍趙平的六進小庭院，親自將兵符與軍報一起交到了趙平手裡。趙嘉只說了一句話：「來日戰陣，本王自領黑衣劍士為前鋒。」趙平沒有說話，對著趙嘉深深一躬，大踏步去了。

秦軍西來消息如巨石投池，代城天地翻覆了。

當初擁立趙嘉的元老大臣們因朝會動議被冷落，怒而發難，一齊帶著私兵闖入了仍然叫作王城的一片高大庭院，立逼趙嘉下令舉國北走陰山投奔匈奴。一片火把之下，趙嘉肅然挺立在廊下石階，斷然回絕了元老們的威逼。趙嘉硬邦邦的幾句話是：「百餘年來，趙國南抗強秦，北擊強胡，素以雄武強勢之道立於天下！秦人縱為虎狼，終與趙人同為華夏子孫！今趙人縱然弱勢，何能自叛華夏，寧為胡人鷹犬哉！」這硬邦邦的幾句話，元老們的私兵竟然全都肅靜了下來，對這位素來陌生的代王投去了頗有幾分敬意的目光。這一奇特景象驟然激發了趙國元老們的亂政傳統，一時對私兵對趙嘉亂紛紛喝罵不休。為首元老一聲喝令，一群世族子弟呼喝著撲來，立地便要裹挾著趙嘉北逃。趙嘉的數十名黑衣衛士怒吼一聲，一齊拔劍撲上，雙方在大庭院殺作了一團。

正在此時，趙平率領一支馬隊趕到，殺死了洶洶然攻殺代王衛士的世族弟子，當場緝拿了所有的作亂元老。依照趙國傳統，舉凡參與宮變者皆為死罪，主謀、主凶及骨幹要員更是舉族皆滅。然則，趙嘉卻在當場破例下令：「此次宮變，事屬非常。主謀、主凶、要員，立即斬決！其餘參與舉事者及其家人族人，只要願意死戰抗秦，概不追究！」趙嘉話音落點，作亂的私兵們紛紛吶喊著「死戰抗秦，不逃匈奴」，齊刷刷走到了上將軍趙平的麾下。

「整肅代城！成軍抗秦——」

趙嘉一聲喝令，奄奄一息的代城一夜之間血流成河了。數十名元老大臣全數被殺，數百名元老子弟全數被殺，無數不知朝局政事為何物而只知唯夫君馬首是瞻的妻妾們紛紛自殺，無數嬰兒童稚少年婦孺在混亂中不是被「除根」而殺，便是流離失所不知所終……一片腥風血雨的三日三夜之中，代城突兀地立起了一支猙獰變形的決死之軍，一支在絕境中被仇恨燃燒出最後一簇光焰的趙軍。從趙嘉下令燒毀趙氏宗廟開始，代城的所有房屋都在熊熊大火中變成了一片焦土；所有沒在混亂中死去的男女老幼，都拿起了長矛刀劍列隊成軍；所有的糧食財貨牛羊豬雞酒食衣物，都被搜羅出來，在城門內堆放成一座座小山，任人肥吃海喝盡情享用。只是沒有人留意，三日三夜之間，趙嘉陡然變成了一個鬚髮雪白滿面血紅的怪異老人。

第四日清晨，趙平接到了最後一道王命：清理全部成軍人數，每個姓名都刻在城門外的城牆磚石上。兩個時辰後，趙平稟報趙嘉：全部代軍九萬一千三百四十三人，每個人都將自己的姓名寫上了南門外城牆。當趙嘉帶著黑衣馬隊出城，要行最後的校軍禮時，東西不足三里的代城城牆，已經全部變成了血染的磚石。所有的名字都是用鮮血寫上去的，秋日的陽光下反射著晶晶閃爍的絳紅色光芒，刺人眼目，攝人心魄。已經麻木的趙嘉，再次被最後一支趙軍的這一出人意料之舉深深震撼了。趙嘉沒有繼續校軍禮，而是在血紅的城牆下搭起了一方祭壇，對天，對地，對祖先，聲淚俱下地稟報了趙人最後的壯舉。最後，趙嘉大步走到了城門下的一方青石條前，抽出彎刀砍斷了左手四根指頭，板刷一般在青石條上寫下了粗大鮮紅的五個大字——華夏趙王嘉！那一刻，九萬餘人眾靜如山岳峽谷，沒有哭泣，沒有吶喊，一任秋風舒捲著獵獵旗幟……

「稟報代王，秦軍開到了。」趙平的聲音劃破了寂靜。

「上馬列陣。趙軍最後一戰。」從未上過戰場的趙嘉異乎尋常地平靜。

遍野烏雲在隆隆沉雷中壓來了。

秦軍開到代城郊野的時候，正當午後。出乎趙嘉意料的是，秦軍沒有立即攻殺，而是在代城南門外五里之地紮下了營壘。王賁派軍使飛馬抵達城下，用弩箭對趙軍大陣射來了一封戰書。戰書云：「王賁拜告代王：趙秦同源。我秦軍將士，素敬趙軍。當此之時，更敬趙人死戰之志。是故，秦軍決意與趙代軍對等一戰。鑒於趙軍有兩萬餘婦孺老少，秦軍以六萬騎出戰，不以強弩，不以援兵，不以偏師側伏，全然對等搏殺。此戰秦軍若敗，王賁決上書秦王，不再攻伐代趙之地；趙軍若敗，則趙人得從天下歸一之大勢，永不反秦。代王若以為可，王賁請約期而戰。」

「明日清晨，生死一戰。」

趙嘉沒有絲毫猶豫，在城下立即批回了戰書。若依古風尚在的戰國軍旅傳統，遠來之軍約期而戰，以逸待勞的守地之軍當後延幾日，以利對方恢復，方算得真正公平。然則，趙嘉已經無暇如此氣度了。趙代軍遲戰一日，僅有的存糧便耗得許多，陡長的士氣殺心又陡然流失亦未可知。然則，從另一面說，趙軍並未以以逸待勞之勢立即對遠道而來的秦軍發動襲擊，在戰場法則已經將奇襲當作正當手段的戰國之世，趙軍此舉堪稱曾經傲視天下的大家風範。唯其如此，趙嘉毫無愧色，趙軍毫無愧色。

「諾！」王賁再次回書，只有一個字。

次日清晨，秋陽剛剛爬上山頭，淒厲的號角立即淹沒了代城谷地。

這是兩方奇特的軍陣。趙代的九萬餘大軍分為三大陣：中間大陣為火紅的三萬餘騎兵，這是五年前燕代聯軍慘敗後保留的最後一支真正的趙軍飛騎，背負弓箭手持彎刀，顯是今日代軍之主力；騎兵大陣的中央最前方，是一方數百人的黑色方隊，這是趙嘉親自率領的黑衣軍；右手大陣為同樣火紅的四萬餘步卒，一色的彎刀長矛，沒有一張盾牌；左手一陣則全部是五顏六色的老弱婦幼，各式兵器混雜，隊形大見鬆散。對面秦軍，則是整肅異常的三個黑色騎兵方陣，清一色背負弓箭手持長劍的輕裝騎士，除了衣甲顏色與兵器，輕裝程度與趙軍騎兵幾乎沒有差別。

「代王！敢請遣散老弱婦幼，我軍可再少兩萬！」王賁遙遙高喊。

「也好。邊陣後退入城。」趙嘉終於點頭。

「不退！死戰秦軍——」老弱婦幼軍爆發出一陣亂紛紛的吶喊。

王賁正欲喊話。趙平正欲下令。趙軍騎步兩大陣中曾經與秦軍殺紅過眼的老兵們不耐了，亂紛紛一陣怒吼咒罵，不待將令便揮舞著刀矛開始湧動衝殺，原本已經被仇恨絕望折磨得幾近瘋狂的將士們頃刻間失去耐性，亂紛紛吶喊變為鋪天蓋地的呼嘯吶喊，三大陣毫無隊次呼應地潮水般撲向秦軍。

在這短短瞬間，王賁厲聲喝令：「左翼騎陣截開老弱婦幼！越快越好！中右兩陣搭住趙軍，且戰且退！三里之後展開決戰！起——」整肅的秦軍騎兵大陣，立即飀風般發動了起來。左翼兩萬騎士大迴旋拉開，在河谷原野展開成一個巨大的鉗形，風馳電掣般掠過瘋狂的趙軍主力，鋒銳無匹地楔進趙軍主力與老弱婦幼邊陣的接合部，另一支則包抄外部並導引出路；一陣強力砍殺，頓飯工夫已將兩萬餘老弱婦幼從趙軍的紅色巨流的邊緣硬生生切割開來，轟隆隆逼向代城城下。不可思議的是，趙軍主力沒有糾纏干預秦軍，秦軍左翼騎兵也沒有在切開老弱婦幼之後脫身。眼看著瘋狂衝殺的趙軍主力追著秦軍大殺大砍，秦軍左翼沒有從背後掩殺趙軍，而只遠遠圈定趙軍老弱婦幼，任其哭喊叫罵，只是決然不許衝出巨大的黑色弧線。

此刻，王賁的主力飛騎大是艱難。騎兵的特質，在於凌厲的攻殺。騎兵對騎兵，要做到且戰且退，先使陷入了劣勢被動。就實而論，歷來騎兵對騎兵作戰中的有意撤退（不是戰敗的無序逃跑），不能一味撤開馬蹄飛馳，否則掩殺者完全可能衝垮撤退方的陣形梯次而導致真正的崩潰。目下之秦軍面對具有豐厚騎戰傳統且決意死戰的趙軍，這種被衝垮崩潰的可能性危險性更大。這便是王賁下令搭住趙軍且戰且退的原因所在。而要搭住趙軍且戰且退，其作戰優勢必然大打折扣，一時大有傷亡幾乎難以避免。事實上，在左翼騎兵切斷趙軍邊陣的頓飯辰光，秦軍主力已經死傷了數千人馬。

所幸趙軍只有三萬餘騎兵，秦軍主力除卻左翼還有四萬騎兵，依靠著整肅隊形間的相互接應，總算沒有被衝透大陣陷於真正崩潰。及至退出三里之外，王賁身邊的一排牛角號急促淒厲地響徹河谷。隨著淒厲的號角，秦軍陣形發生了巨大的變化：與趙軍接觸的後軍（原本的前軍）一聲吶喊，閃電般全速飛馳兩翼；前軍（原本的後軍）則在這片刻之間立即反身，展開成真正的衝殺隊形呼嘯著正面掩殺過來；及至兩軍殺作一團，飛撤兩翼的原秦軍前軍主力則已經在外圍從容整頓好了隊形，又一個梯次呼嘯著殺向了趙軍。真正的大拚殺展開之後，秦軍的應對又流水般發生了變化：原本由王賁親自率領的前軍主力接戰趙軍騎兵，原本與趙軍騎兵搏殺的秦軍後軍，則脫身殺向了堪堪趕來的趙軍步卒。

代城河谷不甚寬闊，黑紅兩方大軍堪堪十萬，大肆展開搏殺，雙方都沒有大迴旋的餘地，只能全力拚殺，直到一方完全倒下。其慘，其烈，堪稱戰國絕響。王賁素有小白起名號，說的便是每臨戰場倍加勇猛冷靜。此刻，王賁已經不需要下達任何軍令，只帶著三百精銳的中軍飛騎專一尋找趙嘉的黑衣馬隊。秦趙兩方，皆相互知底。王賁知道，趙國君主的黑衣衛士歷來都是劍士精華，人數不多卻鋒銳難當。然則，此等劍士有一個極大缺陷，便是很少戰場拚殺，缺乏大軍戰場之群體搏殺經驗。趙嘉本人，則生於趙國末世，適逢其父悼襄王非正道君主，趙嘉既沒有過趙國王子的軍旅閱歷，更沒有親自上過戰場。今日趙嘉親自率領黑衣衛士作前軍衝殺，除了死戰之志，戰力並不如何強大。王賁之所以要親自應對趙嘉，並非看重其戰力，而是明確的統帥心思：代王是趙人的最後一面旗幟，決然不能走脫！

「左前方，跟我來！」

終於，王賁在紛亂呼嘯的萬馬軍中發現了那支皂衣孝服的馬隊，看見了白髮飄飄的趙嘉。王賁低吼一聲，這支沒有任何旗幟的馬隊颶風般捲了過去。

趙嘉馬隊自真正的大搏殺開始，不知如何竟與趙平的中軍主力騎兵脫離了開來，莫名其妙地捲入了步卒邊緣。黑衣衛士們忙於全力應對這從未經歷過的成群結隊的混亂拚殺，只要與秦軍殺在一起便是，誰也無暇去權衡戰場大局。一個多時辰的連番搏殺之後，黑衣衛士已經死傷過半，又因缺乏相互呼應，馬隊馳騁漸漸散亂起來。所幸靠近步軍，這支紅色海洋中唯一的一坨黑色分外顯眼，一些老卒認出了是代王馬隊，立即蜂擁過來護衛。趙嘉馬隊與趕來的步卒呼應著，又再度奮力衝殺起來。正當此時，王賁馬隊呼嘯撲來，兩個迴旋便攪散了已經乏力的紅色步卒，將趙嘉馬隊圍困在一個看似鬆散卻又無法突圍的大圈子裡。

王賁一個手勢，馬隊中一支冷箭飛出，準確無誤地釘在了趙嘉戰馬的左前腿上。戰馬陡然嘶鳴人立，飄飄白髮的趙嘉還沒來得及呼喊一聲便被掀翻在地。一騎火紅的戰馬閃電般飛來，王賁就勢一掠，已經將趙嘉擄到了馬背之上。黑衣衛士們怒吼一聲撲殺過來。秦軍騎士早有應對，瞬間弓箭齊發，接著迴旋衝殺，不到兩個回合的反覆，黑衣衛士悉數身首異處了……

暮色時分，這場空前慘烈的大搏殺終於結束了。

秦軍將士們沒有歡呼，靜靜地肅立在屍橫遍野的戰場，直到血紅的太陽沒進了蒼茫群山。三日後，王賁給秦王的上書是：代王嘉被俘獲，趙代軍主力七萬餘人悉數戰死；代城兩萬餘老弱婦幼，在秦軍守護下仍自殺過半，剩餘人口已遷入邯鄲；代城已經成為廢墟，不能駐軍；此戰，秦軍將士戰死三萬餘，存活者人人帶傷，已退入薊城整軍待命。

旬日之後，新任長史蒙毅趕到了薊城。

蒙毅對全體將士宣讀了秦王書命，褒揚了秦軍將士對最後一支趙軍的猛勇搏殺，賞賜了三車王酒，特許滅代將士痛飲三日。當夜，王賁設軍宴為蒙毅洗塵，聚飲對談間說及滅代之戰，王賁心緒別有滋味，不禁一聲沉甸甸的長歎。蒙毅笑道：「戰場慘烈，古今皆同，將軍當有武安君白起之豪氣，何歎之有哉！」王賁搖頭道：「對代之戰，非大戰也，卻亡我三萬餘將士，賁身為大將，何能泰然處之？」蒙毅沉吟了片刻，輕輕叩案道：「將軍言及於此，不妨坦然相告：對代軍戰法，朝臣原是多有議論，獨秦王大為嘉許，將軍無須上心也。」王賁道：「朝臣之議，無非責我為濫施仁義之宋襄公，何足道哉！」蒙毅笑道：「秦王之嘉許，將軍不欲聞乎？」王賁道：「王若嘉許，當有王書。今無王書，王賁何能當真哉！」蒙毅哈哈大笑：「果然果然，秦王何料之準也！」說罷一招手，帳口肅立的一名書吏捧過來一支銅管，蒙毅挑開泥封抽出一卷羊皮紙展開，念誦道：「秦王特書：王賁對代之戰，一舉廓清北中國，其功大焉！賁之戰場處置，至為得當，大彰秦軍戰場正道，大顯華夏一統大道，各軍各將殊堪效法！秦王政二十五年秋。」蒙毅讀罷，雙手捧到了王賁面前道，「如此王書，將軍心下當安也。」王賁不禁連連拍案：「大哉秦王！大哉秦王也！力行戰場正道，何愁天下不一！」蒙毅笑道：「然則，山東說秦，依舊虎狼口碑，不亦悲乎？」王賁慨然拍案：「蓬間雀喳喳罵辭，何礙鯤鵬怒而飛哉！」

兩人一陣大笑，一陣痛飲，又說起了後續事宜。

蒙毅轉述了秦王之意：趙國之趙王遷業已被俘，囚禁於梁山；趙嘉抗秦雖失之酷烈，然終究有華夏大義，亦有趙人民心，不用押赴咸陽與亡國之君一道處置，可暫行拘押邯鄲療傷養息，若其心智恢復，日後可領代郡之地。王賁若無異議，可立即實施，秦王書命隨後即到。王賁立刻申明，秦王如此處置大合代趙情勢，他將妥善安置趙嘉拘押事宜。

言及軍事，蒙毅向王賁知會了西北兩邊的戰事進展：隴西對羌胡之戰很是順利，李信與翁仲率大軍連續出擊，已經聚殲羌胡主力大部，來春將繼續追剿羌胡餘部；北邊九原戰事尚未發作，然匈奴諸部已經匯聚陰山南麓，隨時可能大肆南下。末了，蒙毅道：「秦王之意，將軍須得有備：來春若九原軍情告急，蒙恬將立即北上；滅齊戰事，秦王還是想要將軍南下領軍。」王賁笑道：「滅國大戰，尊兄向未出手。草原之戰，王賁也從未嘗試過。長史能否轉告君上，蒙恬上將軍依舊滅齊，王賁可就近開赴九原，與匈奴放手大殺一回！」蒙毅一邊大笑一邊搖頭道：「兄弟之見，還是各安其所者好也！自錯用李信滅楚，秦王立定了戒除僥倖之心。家兄滅國，將軍草原，各棄所長，兩兩試手，秦王還睡得著覺麼？」

兩人一陣大笑間，天色已經亮了。

五、松耶柏耶　住建共者客耶

一個冬天，齊國朝野亂得沒了頭緒。

秦國大軍駐紮巨野澤畔不進不退不戰不和，誘發了齊國多方勢力的激盪摩擦。齊王田建雖無定見，然大體傾向於丞相后勝的「和秦」動議，是誰都知道的事實。唯田建之彷徨，使各方都看到了尚存爭取齊王實施自家主張之希望，情勢便愈發地盤根錯節交互糾纏。高高在上而動搖不定的齊王之下，三股主流勢力激烈地明爭暗鬥著。丞相后勝與歷來奉行「和秦安齊」方略的田氏世族力量，一直在斡旋與蒙恬大軍訂立合約，以圖最大限度地保存齊國社稷。諸多將軍則與田氏王族中以孟嘗君後裔田炑為軸心的抗秦派結合，主張防患於未然，立即進入舉國抗秦，並在孟嘗君舊日封地薛城聚結了一支五千人的門客義旅，聲言效法趙人抗秦到底。流亡臨淄的亡國世族群最是洶洶躁動，非但已經結成了六千人的抗秦義師，且不間斷地匯聚王城廣場請命，堅執請求齊王發回流民財貨以助五國義師。如此三方力量之外，齊國民眾也大起波瀾。臨淄以西不足百里的狄縣（註：狄縣，戰國齊縣，今山東省高青縣東南地帶），有沒落世族子弟田儋、田橫兄弟聚結民眾自成萬人義軍，聲言效法田單抗燕誓與齊國共存亡。若是尋常時期，此等紛紛擅自成軍的狀況，決然不能為國府所容。然則當此國難紛亂之時，成軍各方皆大義凜然，全然不懼與官府抗爭，各地官府自是不敢妄動。各方火急稟報臨淄，丞相后勝又稟報齊王田建，君臣卻都怕秦軍未到便激發內亂而先自滅亡，只好派出密使多方斡旋，力圖使各方相信王室，不要亂了大局。對聚集臨淄的逃亡世族，齊王田建與領政的后勝一方則是投鼠忌器。最大的擔心，是怕這些流亡者變成亡命之徒，鋌而走險地行刺權臣或作亂臨淄，其時臨淄城內的數千軍兵未必應對得了洶洶流民。於是也只能多方斡旋，一面答應斟酌發還流民財貨，一面拖延時日設法驅逐這些恨秦又恨齊的禍根。如此一來，任何一方都仍舊在氣昂昂行事，王室急書也好，丞相號令也好，都沒了效用，國事法度全然失序，朝局亂成了一鍋粥。

此年，齊國又逢冬旱，整個冬日未曾下得一場大雪，終日豔陽高照塵土飛揚，時有紅霾黃霾籠罩臨淄，動輒旬日不散。齊國本是天下方士淵藪，神祕詭異之學素有傳統。遭逢如此天變，各式流言一時大起，紛紛預言齊國久享一隅之偏安康樂，而今必遭天譴，將有巨大劫難！流言彌漫，各地盜賊蜂擁而生，劫掠世族莊園封地事日日不斷。朝野世族惶惶不安，一面紛紛聚結私兵靖亂，一面紛紛上書齊王堅請廓清亂民。后勝手忙腳亂，田建六神無主。左右思忖，君臣兩人終是一籌莫展。

「天欲亡齊，孰能奈何！」

田建兩手一攤，將國事全數交給了后勝，再也不見大臣了。

開春之時，頓弱的齊國探報已經堆滿了秦王書房的整整一張大案。

二月初，嬴政與李斯尉繚通盤瀏覽了頓弱的所有上書，君臣一致評判：下齊火候已到，只要處置得當，齊國完全可能不戰而降。從大局著眼，蒙氏祖居齊國，蒙氏一族至今在齊國尚有聲望根基，蒙恬是決齊安齊的最佳人選。然則，便在秦王書命已經擬就之時，九原傳來緊急軍報：匈奴單于大肆集結二十餘萬兵力於陰山南麓，欲圖春季大舉南下，北邊危機刻不容緩！君臣連夜密商，嬴政最終拍案：「大秦寧可失之於一統腳步稍緩，也不能失之於匈奴破我華夏！蒙恬立即率軍二十萬北上！下齊之戰，交王賁將軍統領！」李斯尉繚沒有絲毫異議，小朝會立定決策：蒙毅立即趕赴薊城宣示王命，秦王親自趕赴巨野澤部署蒙恬軍北上。

嬴政趕到巨野澤幕府時，蒙恬正拿著斥候軍報端詳九原地圖。

蒙恬對朝會的決斷絲毫沒有感到意外，反倒是因為終可與匈奴大戰一場而大為振作。嬴政凝視著這位少時摯友笑道：「身為上將軍而無滅國之戰，不亦悲哉！」蒙恬大笑道：「五國已下，齊國一根軟肋而已，何如大草原數十萬大軍搏殺，臣不亦樂乎！」君臣兩人大笑了一陣，軍事便告了結。教蒙恬出乎意料的是，秦王帶來了自己的長子扶蘇，要蒙恬帶著扶蘇一起北上磨練。當一身士兵戎裝的一個英武少年赳赳大步走到面前行禮時，蒙恬兩眼濕潤了。

在秦國的大臣將軍中，蒙恬是唯一能與秦王說及家事的君臣友交。蒙恬知道，秦王不立王后，雖然有數十名王妃，已經生下了二十餘個王子，但卻從來沒有將任何一個王子交王室官署，依傳統法度獲得應有的立身待遇。也就是說，所有的王子都沒有在太子傅官署就學，更沒有涉及任何國事磨練。雖然，目下的秦國沒有太子傅這一實際就職大臣，然作為職司王族子弟就學的太子傅官署，還是照舊存在的。同樣，秦王的所有王妃，也都沒有交由王室官署登錄名籍並確定爵位。而在任何一個邦國，國君的妻妾都是有法定爵位俸祿的，此前的秦國也不例外。蒙恬知道，秦王之所以如此，為的是徹底根除秦國曾經有過的宮廷內亂。然則，蒙恬還是隱隱覺得秦王如此做法有些過猶不及，幾次欲圖與秦王坦誠說說，都因軍國大事接踵而來終未一談。今日陡然得見秦王長公子，蒙恬不禁大覺欣慰，心頭一熱，話語不禁哽咽了。

「長公子大有氣象，大秦社稷安矣！」

「邦國之安在大道，何在一王子也！」

嬴政一陣大笑，頗有感喟道：「蒙恬啊，這些王子一直在王室私學發蒙，書讀了不少，武也練得些許。然則，至今沒有任何歷練。扶蘇已經將及加冠之年了，還沒真正打過一仗……其餘王子，更是少不知事。不教他等多多磨練，日後何以立足也！」

「君上洞察至明！扶蘇入軍，臣以為當有監軍名號。」

「不可。未經歷練，何能監軍？」

「若無職司，無以歷練。」

「不。」嬴政還是搖頭，「先歷練兩年，看是否成器再說。」

蒙恬再不說話了。畢竟，秦王的做法是有道理的。國君的嫡長子監軍，在六國固然是公認的傳統。然在秦國，在秦王嬴政著力防範宮闈亂權的情勢下，扶蘇既未加冠，更未明確立為太子，才具亦未有任何展現，監軍實在是徒有虛名。蒙恬所以如此主張，自然不是不明扶蘇實際情形，而全然是從促使秦王早日明確儲君處說話。在秦國大臣中，大約也只有蒙恬知道這位扶蘇王子——稟性寬厚，少年持重，文武皆通。若與蒙恬所熟識的當年的少年嬴政相比，雄武勇略膽識志向確實與少年嬴政不可同日而語，然就胸襟開闊平實對人而言，扶蘇卻另有一番氣象。蒙恬確信，這位王子只要經歷了真正的磨練，其與乃父之承接搭配，堪比秦惠王之與秦孝公。唯其如此，蒙恬一聞秦王將扶蘇交他麾下磨練，立即便想到了給這位王子一個展示才具的權力職司。如今秦王既堅執地要看看再說，蒙恬自然不好以種種預想為理由申辯了。

「好。那先做幕府司馬。」

「不。做士卒。還得隱名埋姓。」

默然良久，蒙恬向秦王深深一躬，無言地領受了嬴政的囑託。嬴政也再沒說話，招手重新喚過扶蘇，用力在兒子肩頭拍了一掌，轉身對蒙恬一拱手，大步出帳去了。扶蘇望著父親偉岸的背影，眼中不期然湧出了兩眶淚水。蒙恬低聲道：「公子可曾想好名字？」扶蘇抹著淚水道：「父王取了，伯秦。」「伯秦！好！既表排行又藏姓氏，好名字！」蒙恬一拍掌道，「公子毋憂。你只說，開始想做甚差事？」扶蘇一拱手道：「伯秦既入軍旅，自當從騎士做起。自今日後，不敢勞上將軍照拂。」蒙恬板著臉道：「照拂你甚？本上將軍奉命督導長公子歷練，莫非連你行蹤也不能知曉？你只隨我走，到九原軍營我自會教你做騎士！之後，你我旬日一會面，只不讓軍士們知道便是。」扶蘇原本打算蒙恬立即指定部屬，他立即便去入伍，今見蒙恬神色肅然，無奈一點頭，算是答應了。

「伯秦！」背身整理帥案的蒙恬猛然叫了一聲。

「啊，啊，在。」扶蘇好容易醒悟過來。

「記住，從今後你便是伯秦，要記住這個名字。」

「伯秦明白！」

旬日之後，王賁率八萬大軍抵達燕齊邊境。

紮營當夜，王賁帶著一個百人馬隊飛馳到了巨野澤秦軍幕府。蒙恬向王賁備細交接了對齊戰事與種種軍務，留下三萬步軍，次日清晨率領二十萬步騎混編大軍隆隆北上了。王賁接手對齊戰事，立即下達了第一道軍令：所留三萬步軍原地駐守巨野澤畔，營壘旗幟軍灶不減，虛張聲勢如原先人馬。部署完畢，王賁立即趕回了燕南幕府。次日清晨，王賁下令所部大軍向南開進，在沒有任何齊軍阻攔的情勢下，公然渡過了濟水。暮色時分，大軍在濟水南岸的山塬地帶構築營壘，駐紮了下來。次日清晨，王賁登上山頭瞭望，東面的臨淄城雖目力不及，但東方天際直衝霞光邊緣的一大片灰黃色霧霾，卻使王賁確定無疑地知道，臨淄城距離他不過五七十里之地，輕裝飛騎一鼓作氣便可衝到城下。

當夜，王賁接到了頓弱密書。

頓弱知會的情勢是：齊國朝野大亂，唯缺促降逼降之有效一擊。頓弱給王賁的謀劃是：齊軍自駐防巨野澤東岸，因朝野陷於混亂，一直沒有向濟水方向分兵；若王賁能對巨野澤之齊軍實施一場突襲戰，而後大軍進逼臨淄城下，百事可定。王賁思忖一番，覺得頓弱謀劃與此前蒙恬交代的下一步方略不謀而合，審時度勢，齊國也確實需要一戰。大國滅亡，真正的不戰而降是古今從來沒有過的，有的只是大戰小戰的區別而已。所謂不戰而降，尋常只能是廟堂權力與都城軍民，真正地舉國不戰而降，事實上永遠都沒有可能。

決斷一定，王賁作出部署：自己帶幕府馬隊立即南下巨野澤籌劃；裨將趙成率三萬輕裝飛騎隨後隱祕南下，三日內抵達巨野澤大營。趙成是趙高的族弟，也是秦軍一員年輕猛將，王賁很是信賴。趙成領命點兵的時刻，王賁的幕府馬隊已經飛出了軍營。

次日，王賁帶著三名司馬與一支百人馬隊，出營繞道三十里，登上了巨野澤東岸北側的一座山頭，將齊軍大營的地形察看了整整三個時辰，終於定下了決斷。三日後，趙成三萬飛騎抵達。王賁下令趙成：兵馬開入巨野澤東岸北側的山林匿形駐紮，軍士冷炊不得舉火，趙成立即入營候令。

當夜聚將，王賁在煙氣繚繞的猛火油燈下指點著地圖，對將軍們詳盡部署道：「齊軍三十萬，分作兩大營，駐紮在巨野澤東岸的這片谷地。諸位且看，這片谷地有三個出口：面對巨野澤一面敞開，是西面出口；大營背後的東北方出口，連接臨淄大道；大營東南方出口，連接薛邑大道。我軍此戰，不求斬首殺敵，只求潰敵亂敵以震懾齊國，促其早降！唯其如此，夜間突襲齊軍，便是最佳戰法！殺入谷地後，只要齊軍不死戰，我軍便只虛張聲勢，佯作追殺即可，實則任其潰逃。如此戰法，諸位可有疑義？」

「我等奉命！」大將們整齊一吼。

王賁立即下達了將令：三萬步軍由將軍閻樂率領，從巨野澤東岸之南口突入齊營，入營後一萬人衝殺，兩萬人立即擺開弓弩大陣齊射，掩護騎步衝殺；三萬飛騎由裨將趙成率領，從巨野澤東岸北口突入，作衝殺齊軍之主力；王賁自率三千飛騎，於西口策應各方。末了，王賁道：「明日全軍預備，多備火把！初更出兵，三更前隱祕進入巨野澤東岸南北兩方。四更末刻，聽中軍號角開戰！」

此夜一戰，秦軍大獲成功。所有的秦軍將士都沒有料到，三十萬齊軍會如此恐慌潰逃，六萬秦軍橫衝直撞如入無人之境。齊軍一旦發現背後兩個出口並無秦軍封堵，幾乎是潮水般湧向了兩個山口，與其說秦軍殺傷多，毋寧說齊軍人馬交互糾纏自相踐踏而死傷者多。王賁原本預料的戰果是，趁著齊軍黎明酣睡，猛烈攻殺一陣，攪亂齊軍營地便算成功。不料，一突入谷地竟是摧枯拉朽，及至天色大亮，三十萬齊軍竟全數逃出了巨野澤東岸大營，糧草輜重兵器衣甲旗幟戰馬屍體，厚厚一層鋪滿了整個谷地。王賁從傷兵戰俘口中得知：此前，齊軍主將田垸被緊急召回臨淄了，許多將軍也被部族祕密召回去了，中軍幕府只有一班司馬。秦軍殺來聲勢震天，齊軍無人號令，又不知虛實，便如此鳥獸散了……王賁來不及感喟，立即下達軍令：全軍休整一日，次日兵分兩路，進逼臨淄西南兩方，在城外郊野三里處大張聲勢駐紮。

臨淄大都，真正地群情沸騰。

最大的激盪，來自進入臨淄城的各國流亡世族。一聞齊軍戰敗，世族群大為恐慌。已經結成的「義師」原本散居在郊野尚未進城的世族營地裡，此時得各世族族領祕密指令，紛紛喬裝成齊國民眾蜂擁入城。已經等候在城內的族領們早已經祕密聯絡，謀劃好了對策。城外「義師」一經在城內聚結，流亡世族立即潮水般湧向了臨淄府庫，要搶回被齊國剝奪的財貨，然後趕緊逃離這個如今已經是最危險的城池。城內的齊軍雖則不多，然臨淄官員將軍對看護府庫卻很是上心。一聞流亡世族兵亂，守軍立即洶洶開到府庫四面各方要道堵截。於是亂兵混戰立即爆發，臨淄街巷喊殺震天，幾無一處平安所在。

丞相府得到消息，正忙著與幾個從戰場逃回來的心腹將軍商議如何勸降齊王的后勝頓時大急，臨淄府庫若是失守，自家多年心血便全部付諸流水。后勝二話不說，立即飛馬王城緊急調出三千王室護軍趕赴府庫。也是府庫財貨利害太甚，齊軍將士個個拚死效力。一個多時辰的混戰後，流亡世族畢竟不敵兩方齊軍，終於丟下滿街屍體哄然散了。此時天色將亮，后勝又連忙匆匆趕回了丞相府，顧不得稍事收拾歇息便衣冠不整地驅車進了王城。后勝不知道，也是來不及知道，此時的臨淄城才開始了真正的大亂。

被殺散的流亡世族氣恨攻心惱羞成怒，哄然散開在市井坊區以及沒有士兵守護的官署，明火執仗地大肆劫掠商鋪民居以及所有看到的有用之物。商家民戶大感恐慌，紛紛逃出庭院吶喊著狂奔躲逃。有幾處齊軍將士聚居的坊區多有兵器，民眾便聚攏起來與流亡世族亂紛紛拚殺。此時，王城護軍已經撤回。在巨野澤大敗的消息傳來後，臨淄城內的守軍已經是驚弓之鳥，紛紛思謀著如何回家與族人相聚逃亡。更兼方才一場府庫護衛戰多有死傷，兵士們早已經沒有了戰心，任官員將軍呼喊，都是裝聾作啞。及至天亮，臨淄城內煙火處處，哭聲喊聲殺聲罵聲連天而起，已經完全陷入無法控制的混亂之中。不久，城門也被洶湧人流撞開，萬千人流蜂擁出城奪路四逃……

還在夜間時分，城外王賁便得到了頓弱急報，立即在城外展開了一道橫寬數里的扇形軍陣。天亮人流出城，秦軍遊騎紛紛向人群吶喊：「秦軍不殺齊人！只拿流亡世族！舉發流亡世族者可任意離去！」臨淄齊人對流亡世族已是恨之入骨，立即紛紛向秦軍指認。混跡人群中的流亡世族一被指認，便被趕到了秦軍的馬隊圈子裡。不到一個時辰，城下已經聚集了三四千人，老弱婦幼者居多，精壯者少見。

后勝匆匆進了王城，連跑帶走氣喘噓噓趕到寢宮。守護在宮門的老內侍說，齊王在太后靈前禱告一夜，方才上榻，丞相不能入內。后勝頓時大怒，拔出長劍將老內侍刺倒，逕自大踏步進了寢宮。一溜侍女大是驚恐，亂紛紛尖叫著逃走。后勝提著帶血的長劍走進齊王寢室，對侍寢侍女高聲怒喝：

「喚起齊王！死睡數十年，該醒來了！」

「你？丞相？你你你，欲圖如何？」睡眼惺忪的田建臉都嚇白了。

「臣啟齊王：大軍戰敗散盡，臨淄血火連天，秦軍已經到了城下！」

「你你你，你要本王如何？」

「除了降秦，別無他途！」

「丞相……降，降，好，降了，降了……」

話尚未完，田建已軟軟地癱倒在了地上。后勝鄙夷地看了田建一眼，向外一揮手，幾名心腹將軍便走了進來。后勝說聲護好齊王，老夫出城，大步匆匆去了。

……

午後，一面巨大的白旗懸垂在了臨淄西門箭樓。一隊內侍侍女簇擁著一輛青銅王車緩緩出了城門，之後又一輛高車坐著丞相后勝，車後是兩排大臣與將軍。齊王田建懷中抱著王印玉匣，一頭白髮，臉色蒼白麻木得好似一座石俑。整個齊國君臣的佇列中，只有后勝顯出一絲難堪而又惶恐的笑意。在秦國上卿頓弱的宣呼聲中，齊王建向秦軍統帥王賁獻出了傳承田氏王室一百三十八年的玉印。齊王建自己，則走進了旁邊的一輛沒有任何裝飾的寬大木車。木車帶著兩名內侍兩名侍女隆隆遠去時，王賁下令秦國大軍開進了臨淄城。

多年之後，齊人中漸漸傳開了一則故事——

齊王建降秦後，秦王擔心齊人與齊王祕密聯結，效法韓國復辟，於是將齊王囚禁在了一座小城邑——共。有人說，這個共是殷商王朝的一個古老方國，在隴西邊陲之地，後來被周文王所滅。秦人接手周人地盤之後，共城便成了老秦在隴西的根基之一，最是偏遠隱祕。也有人說，這個共不是那個共，是河內的共城（註：齊王建被囚之共城，史有兩說。隴西之共城，在今甘肅涇川縣城北五里處；河內之共，在今河南輝縣。合理推測兩說來源，當是傳聞所致。馬非百先生之史料匯集《秦始皇帝傳》自注認為，齊王建囚居之所當在涇川），是西周共伯和的那座封邑。無論是哪座共城，總歸齊人都說，共城生滿了蒼蒼松柏，齊王在松柏林中被活活餓死了。也有人說，不是秦人餓死了齊王，而是齊王自家絕食死的。

得齊王身死消息，齊人流傳出一支哀傷的輓歌：「松耶！柏耶！住建共者，客耶！」這是齊人極其複雜的一種心緒，是怨聲，又是指斥，其詞直白說便是：「松林啊，柏林啊，埋葬了建！使建囚共城，實際埋葬建的，是那些外來客！」歌兒流傳開來，又有了多種解說。有人說，這是指斥齊王建聽信外邦間人蠱惑之言，結好秦國，誤了齊國。又有人說，這是齊人怨恨自己的國王不早早與諸侯合縱抗秦，以致亡國。還有人說，這個客，是指斥齊王聽信后勝而接納流亡世族，導致了齊國最後的大亂。總歸是種種紛紜，至於後世，依然還是紛紜無定。

這一年，是西元前二二一年，秦王政二十六年，嬴政時年三十九歲。

齊國滅亡了，六國全部滅亡了。天下洪流隆隆轉過了一座雄峻的高原，驟然湧向開闊的平野，蕩開了浩浩之勢，開始了一次亙古未聞的偉大轉折。

六、戰國之世而能偏安忘戰　異數也

齊國的滅亡，是戰國歷史的又一極端個案。

自秦王政十七年（西元前二三〇年），秦國開始統一中國的戰爭，歷時堪堪十年。自滅韓之戰開始，每滅一國，都是一場驚心動魄的大戰。更值得關注的是，每一國的戰爭都不是一次完結的，抗秦的餘波始終激盪連綿。我們不妨以破國大戰的順序，簡要地回顧一番。韓國戰場規模最小，然非但有戰，更有滅國四年之後的一場復辟之戰。趙國之戰最慘烈，先有李牧軍與王翦軍相持激戰年餘；李牧軍破後又有全境大戰；國破之後又再度建立流亡政權代國，堅持抗秦六年，直到在最後的激戰中舉國玉碎，代城化為廢墟。燕國則是先刺秦，再有易水聯軍大戰，又再度建立流亡政權，直到五年後山窮水盡。魏國則據守天下第一堅城大梁，拒不降秦，直到被黃河大水戰淹沒。楚國老大長期疲軟不堪，卻在邦國危亡的最後時刻創造了戰國最後的大戰奇蹟，首戰大敗秦軍二十萬，非但一時成反攻之勢，且成為戰國以來山東六國對秦軍作戰的最大勝仗之一。再次大戰，更以舉國之兵六十萬與六十萬秦軍展開大規模對峙，直到最後戰敗國滅，殘部仍在各自為戰。六國之中，唯獨赫赫大邦的齊國沒有一場真正的戰爭，便轟然瓦解了。

齊國的問題出在了哪裡？

論尚武傳統，齊國武風之盛不輸秦趙，豪俠之風更是冠絕天下。論軍力，齊軍規模長期保持在至少四十萬之上，堪稱戰國中後期秦趙楚齊四大軍事強國之一。論兵士個人技能，更是名噪天下，號稱技擊之士。論攻戰史，齊國有兩戰大勝而摧毀魏國第一霸權的皇皇戰績。論苦戰史，齊國六年抗燕而再次復國，曾使天下瞠目。論財力，齊國據天下魚鹽之利，商旅之發達與魏國比肩而立，直到亡國之時，國庫依然充盈國人依然富庶。論政情吏治，戰國的田氏齊國本來就是一個新興國家，曾經有齊威王、齊宣王兩次變法，吏治之清明在很長時間裡可入戰國前三之列。論文明論人才，齊國學風盛極一時，稷下學宮聚集名士之多無疑為天下之最，曾經長期是天下文華的最高王冠。論民風民俗，齊人「寬緩闊達，貪粗好勇，多智，好議論」，是那種有胸襟有容納，粗豪而智慧的國民，而絕不是文勝於質的孱弱族群。

如此一個大國強國，最後的表現卻是如此的不可思議。

唯其如此，便有了種種評判，種種答案。

在種種評判答案中，有三種說法比較具有代表性：一種是齊人追憶歷史的評判；一種是陰陽家從神祕之學出發的評判；一種是西漢之世政治家的評判。其後的種種說法，則往往失之於將六國滅亡籠統論之，很少具體深入地涉及齊國。先看第一種，齊人的追憶評判。在《史記・田敬仲完世家》中，以三種資料方式記載了這種追憶與評判：其一，民眾關於齊王之死的怨聲；其二，司馬遷採錄齊國遺民所回顧的當時的臨淄民情；其三，司馬遷對齊人評判的分析。齊人的怨聲，是齊人在齊王建死後的一首輓歌，只有短短兩句，意味卻很深長：「松耶！柏耶！住建共者，客耶！」今日白話，這輓歌便是：「松樹啊，柏樹啊，埋葬了建。實際囚居埋葬建的，是外邦之客啊！」按照戰國末世情形，所謂客，大體有三種情形：一種是包括邦交使節、外籍流動士子、齊國外聘官員在內的外來賓客，一種是外邦間人（間諜），一種是亡國後流亡到齊國的列國世族。齊人輓歌中的「客」究竟指哪一種，或者全部都是，很不好說。因為從實際情形說，三種「客」對齊國的影響都是存在的。因此，不妨將齊人的輓歌看作一種籠統的怨聲，無須尋求確指。但是，有一點是明白無誤的，當時的齊人將齊國滅亡的原因主要歸結於外部破壞，對齊王的指斥與其說是檢討內因，毋寧說是同情哀憐，不是輓歌的基本傾向。司馬遷本人在評論中則明確地認為，齊人輓歌中的「客」是「奸臣賓客」。司馬遷的行文意向也很明白，是贊同齊人這種評判的。

《史記》記載的齊國遺民回憶說：「五國滅亡，秦兵卒入臨淄，民莫敢格者。王建遂降，遷於共。」一烙印在齊人心頭的事實邏輯是：因為齊民完全沒有了抵抗意志，所以齊王降秦了。這裡的關鍵字是：民莫敢格者。國破城破，素來勇武的齊國民眾卻不敢與敵軍搏殺，說明了什麼？至少，可以說明兩個問題：其一，齊國民眾早已經對這個國家絕望了，無動於衷了；其二，齊人長期安樂，鬥志彌散，雄武民氣已經消失殆盡了。在百餘年之後的司馬遷時期，齊國遺民尚能清晰地記得當時的疲軟，足見當時國民孱弱烙印之深。這一事實的評價意義在於，齊人從對事實的回顧中，已經將亡國的真實原因指向了齊國自己。

第二種說法，是包括司馬遷自己在內的以陰陽神祕之學為基點的評判。《史記．田敬仲完世家》後的「太史公曰」，對《周易》占卜田氏國運深有感慨，云：「易之為術，幽明遠矣，非通人達才孰能注意焉！……田乞及（田）常比犯二君，專齊國之政，非必事勢之漸然也，蓋若遵厭兆祥云。」這裡的「厭」（讀音為壓），是傾覆之意；「祥」，尋常廣義為預兆之意，在占卜中則專指凶兆。司馬遷最後這句話是說，因為田氏連犯（殺）姜齊兩君而專政齊國，太過操切苛刻，不是漸進之道，所以卦象終有傾覆之兆。鑒於此，司馬遷才有「易之為術，幽明遠矣」的驚歎。司馬遷作為歷史家，歷來重視對陰陽學說及其活動的記載，各種曾經有過重大影響的預言、占卜、星象、相術、堪輿等，其活動與人物均有書錄。事實上，陰陽神祕之學是古代文明極為重要的一部分，捨此不能盡歷史原貌。

依據《史記》，關於田氏齊國的占卜主要有兩次。

第一次是周王室的太史對田齊鼻祖陳完的占卜，周太史解卦象云：「是為觀國之光，利用賓於王。此其代陳有國乎？不在此，而在異國乎！非此其身也，在其子孫。若在異國，必姜姓。姜姓，四岳之後。物莫能兩大，陳衰，此其昌乎！」這段解說的白話是：「這是一則看國運的卦象，利於以賓客之身稱王。然則，這是取代陳國麼？不是。是在另外的國家。而且，也不是應在陳完之身，而應在其子孫身上。若在他國，其主必是姜姓。這個姜姓，是四岳（堯帝時的四位大臣）之後。然則，事物不能兩方同時發達，陳國衰落之後，此人才能在他國興盛。」應該說，這次占卜驚人地準確，幾乎完全勾畫出了田氏代姜的大體足跡。因為，這次占卜一直「占至（田氏）十世之後」。

第二次占卜，發生在陳完因陳國內亂而逃奔齊國之後。當時，齊國有個叫作懿仲的官員想將女兒嫁給陳完，請占卜吉凶。這次的卦象解說很簡單，婚姻吉兆，結論是：「八世之後，莫之與京。」莫通削，又是暮的本字；而八世之後，恰恰是齊湣王之後。齊湣王破國，齊襄王大衰，齊王建遂告滅亡。這則卦象，同樣是驚人地準確。

陰陽神祕之學的評價意義在於，他們認為，國家的命運如同個人的命運一樣，完全由不可知的天意與當事人的作為正義性交互作用所決定：齊國的命運，既是天定的，也是人為的。就問題本身而言，這種評判是當時意識形態中極為重要的基本方面，不能不視為一種答案。總體看，先秦的所有神祕之學預測吉凶，都有一個極其重要的前提觀念：當事人行為的善與惡（正義性），對冥冥天意有著重大影響。也就是說，當事者的正義行為，可以改變本來不怎麼好的命運；而當事者的惡行，也可以使原本的天意庇護變為暗淡甚或災難。這是後世善惡報應說的認識論根基，也是前述的交互作用。

另外一個前提觀念是：正道之行，不問吉凶。這一觀念的典型是西周姜尚踩碎龜甲。《論衡・卜筮篇》云：「周武王伐紂，卜筮之，占曰：『大凶。』太公推蓍蹈龜，而曰：『枯骨死草，何知吉凶！』」這一事例，在《史記・齊太公世家》中的記載是：「武王將伐紂，卜龜兆，不吉，風雨暴至。群公盡懼，唯太公彊之勸武王，武王於是遂行。」如此理念，戰國之世已經漸成主流。典型如秦國，司馬遷記載了秦滅六國期間與秦始皇時期的多次災異與神祕預言，唯獨沒有一次秦國主動占卜征伐大事的記載。先秦時代的神祕之學對人的正義善行非常看重，所以其種種預測，往往在實際上帶有幾分基於現實的洞察，也往往有著驚人的準確性。太史公所以將韓氏的崛起根源追溯到韓厥救孤，認為因了這一「積天下之陰德也」的大善之行，才有了韓氏後來的立國之命。其認識的立足點，正在於善惡與天命交互作用這一觀念。所謂天人交相勝，此之謂也。而自魏晉之後，占卜星象等陰陽之學漸漸趨於完全窺探天意的玄妙莫測的方法化，強調人的善惡正邪對命運的影響則日漸淡薄，故此越來越失去了質樸的本相，可信度也越來越低。這是後話。

第三種說法，是西漢鹽鐵會議文件《鹽鐵論》記載的討論意見。《鹽鐵論．論儒篇》云：「齊威宣之時，顯賢進士，國家富強，威行敵國。及湣王，奮二世之餘烈，南舉楚淮，北并巨宋，苞十二國，西摧三晉，卻彊秦，五國賓從；鄒魯之君，泗上諸侯，皆入臣。（後）矜功不休，百姓不堪；諸士諫不從，各分散，慎到、捷子亡去，田駢如薛，而孫卿（荀子）適楚；內無良臣，故諸侯合謀而伐之。王建聽流說，信反間，用后勝之計，不與諸侯從親，以亡國，為秦所禽，不亦宜乎！」

這段評判，先回顧了齊宣王、齊湣王兩代中的一代半興盛氣象，又回顧了齊湣王後期的惡政，指出了百姓不堪與人才流失兩大基本面。對齊王田建的作為，則將其失政歸結為三方面：聽流說，信反間，用后勝之計。而「不與諸侯從親」，則是信用前述三方的結果。顯然，這種觀念與齊國民眾的說法，與司馬遷評判，並沒有重大差別。應當說，這些原因都是事實，但也都是最直接的現象原因，而沒有觸及根本。

那麼，根本在哪裡？實質的原因究竟是什麼？

對齊國歷史作一簡要回顧，我們可以發現，戰國時期的齊國有一個所有國家都沒有的現象：末期四十餘年沒有發生過戰爭，此前十四年也可以說基本沒有戰爭。也就是說，一百三十八年的歷史中，齊國的後三分之一多的歲月，是在和平康樂中度過的，五十餘年沒打過仗。孤立抽象地說，和平康樂自然是好事，也是人類在各個歷史時期都會生發的基本理想之一，無疑應當肯定。然則，在戰國這樣一個風雲激盪的大爭時代，一個大國五十餘年無戰，無異於夢幻式的奇蹟。作為一種歷史現象，史家無疑是注意到了這一基本事實。司馬遷在回顧齊國歷史時說：「始，君王后賢，事秦謹，與諸侯信。齊亦東邊海上，秦日夜攻三晉燕楚，五國各自救於秦，以故，（齊）王（田）建立四十餘年不受兵……客皆為反間，勸王去從朝秦，不修攻占之備。」

且略去太史公的諸如「君王后賢」這樣的偏頗評價，只就事實說話，首先理出齊襄王時期的軌跡。燕國破齊的第二年，齊襄王被莒城臣民擁立即位，此後五年直到田單反攻復國，是齊國最後一次被動性的舉國戰爭。此後十四年，齊襄王復國稱王，權力完整化。這十四年中，齊國只打了三仗：第一仗田單主政初期的對狄族之戰，有魯仲連參與，規模很小；第二仗是西元前二七〇年（秦昭王三十七年，齊襄王十四年）秦國穰侯攻齊，齊軍大敗，丟失剛（今山東寧陽東北地帶）、壽（今山東東平西南地帶）兩地；第三仗是西元前二六五年（秦昭王四十二年，齊襄王十九年），秦軍攻趙，齊國應趙國請求而出兵救趙，迫使秦國退兵。很顯然，這三仗，第一仗是安定邊境，第二仗是完全被動的挨打，第三仗則是基本主動的維護邦交盟約（出兵救趙並非全然情願）。

救趙之戰結束，齊襄王便死了。

顯然，齊國從國破六年的噩夢中掙脫出來之後，國策發生了重大變化。

此前的齊國，是左右戰國大局的超強大國之一。在齊湣王與秦昭王分稱東西二帝之時，齊國的強盛達到了頂點。可是，在燕軍破齊的六年之後，齊國跌入了谷底。府庫財貨幾被燕軍劫掠一空，人口大量流失，軍力大為削減。凡此等等，都使齊國不得不重新謀劃國策。應該說，這是齊國國策大變的客觀原因。在田單、貂勃領政的齊襄王時期，齊國的邦交國策可以概括為：養息國力，整修戰備，親和諸侯，相機出動。然則，田單迅速失勢，齊國失去了最後一個具有天下視野的大軍事家與大政治家。

從此，齊國開始了迷茫混沌的轉向。

齊國轉向，根源不在孱弱的田建，而在齊襄王與那位君王后。這雙人物，是戰國時期極為特異的一對夫婦。齊襄王田法章精明之極，善弄權術而又沒有主見。戰亂流亡之時，以王子之身甘為灌園僕人；及至看中主家太史敫女兒，立即悄悄對其說明了自家真實身分，從而與該女私通；後察覺大勢有變，又立即對莒城將軍貂勃說明了身分，於是被擁立為齊王。復國後畏懼田單尾大不掉，便聽信九個奸佞人物攻訐之言，屢次給田單以顏色；後得貂勃正色警告，生怕王位有失，又立即殺了九個奸佞，加封田單食邑；及至田單與魯仲連聯手平定了狄患，終於疏遠了田單貂勃，僅僅將田單變成了一個奔走邦交的臣子。田法章的作為，顯然是一個權術治國的君主，其正面的治國主張與邦交之道，在實際上深受自己妻子君王后的影響。

君王后是個極有主見的聰明女人，當年一聞灌園僕人田法章（後來的齊襄王）真實身分，立即便與田法章私通了。其父太史敫深以為恥，終生不復見，君王后也絕不計較而敬父如常，由此大獲賢名。以致連百餘年後的太史公也不見大節，屢次發出「君王后賢」的贊語。《戰國策》載：因君王后極力主張恭謹事秦，很得秦昭王賞識，曾派出特使特意贈送給君王后一副完整連接的玉連環，特意申明：「齊人多聰明之士，不知能否解開這副玉連環？」君王后拿給群臣求解，群臣無一能解。君王后便拿起錘子將玉連環砸斷，對昭王特使說：「謹以此法解矣！」

這是君王后強悍個性的唯一閃光，秦國不可能不察。

田建即位的第十六年，君王后病危，叮囑馴順的兒子說：「群臣之中，有個人可以大用。」及至田建拿出炭筆竹板要記下來，君王后又說：「老婦已忘矣！」

一個如此聰敏頑強的女人，能在將死之時忘記最重要的遺言，可能麼？很值得懷疑。最大的可能是兩種情形：其一，平日已經將可用之人嘮叨得夠多了，說不說已經無關緊要了；其二，陡然覺得有意不說最好，教田建自家去揣摩，以免萬一所說之人出事而誤了自家一世賢名。後來，田建用了后勝為丞相。從田建的唯母是從的稟性說，田建不可能違背母親素常主張。是故，第一種可能性最大。

田建是個聰明而孱弱，且有著極為濃厚的戀母情結的君王。在其即位的前十六年裡，一切軍國大事都是君王后定奪的。君王后的主意很明確，也很堅定：恭謹事秦，疏遠諸侯。也就是說，對秦國要像對宗主國一樣的尊奉，絕不參與秦國與其餘五國的糾葛，將自家與抗秦五國區分開來，以求永遠地遠離刀兵戰火。這一主張在君王后親自主持下實際奉行十六年，在君王后死時，早已經成為植根齊國朝野的國策。孱弱而無定見的田建，加上著意而行的大奸后勝，齊國在事實上已經沒有了扭轉這種國策的健康力量。

當然，偌大齊國，並非完全沒有清醒的聲音。

《戰國策·齊策六》載：君王后死後的第七年，田建要去朝見剛剛即位五年的秦王政，祝賀秦軍蒙驁部大勝韓魏而設置了東郡。臨行之時，齊國守衛臨淄雍門的司馬當道勸阻，問了一個最簡單的問題：「（國家）所以立王者，為社稷耶？為王而立王耶？」田建只能回答：「為社稷。」司馬又問了一個最簡單的問題：「（既）為社稷立王，王何以去社稷而入秦？」田建無言以對，取消了赴秦之行。消息傳開，即墨大夫便認為齊王還是可以改變的，於是立即風塵僕僕趕到臨淄，對田建慷慨激昂地訴說了齊國重新崛起的大戰略。這段話是：「齊地方數千里，帶甲數十萬。夫三晉大夫皆不便（親）秦，在阿、鄄之間者有百數（世族大戶）；王收而與之十萬之眾，使收三晉故地，則臨晉關（蒲津關）可以入矣！鄢、郢兩地不欲為秦，而在城南（齊楚交界之地）下者百數（大族），王收而與之十萬之師，使收楚故地，即武關可以入矣！如此，則齊威可立，秦國可亡！夫舍南面之稱制（王），乃西面而事秦，為大王不取也！」可是，這次田建卻聽風過耳，根本沒有理睬。

就當時大局而言，即或田建接納了，即墨大夫雄心勃勃的大戰略也幾乎無法實現。然則，那是另外一個問題。我們要說的是，這種主張邦國振作的精神與主張，在齊國這樣的風華大國並沒有泯滅。全部的關鍵在於，當政廟堂篤信「事秦安齊」之國策，對一切抗爭振興的聲音皆視而不見，終於導致亡國悲劇，不亦悲哉！

事實上，從抗燕之戰結束，齊國便開始滑入了軍備鬆弛的偏安之道。

田單復國後，齊襄王的十四年只有兩次尚算得主動的謀戰（挨打的一戰全然大敗，不當算作謀戰）。如此戰事頻率，尚不若衰弱的燕國與韓國的末期戰事，在戰國之世，實在可以看作無戰之期。果真如此，則齊國末世兩代君主的五十八年一直沒有戰爭。不管期間有多少客觀原因，抑或有多少可以理解的主觀原因，這都是一個不可思議的異數！

之所以是異數，之所以不可思議，在於兩個基本方面。其一，春秋戰國兩大時代，對於整軍兵備重要性的認識非常透徹。也就是說，在社會認識的整體水準上，對戰爭的警惕，對軍備的重視，都達到了古典時期的最高峰。而齊國絕非愚昧偏遠部族，卻竟然完全忘記了背離了這一基本認識，實在不可思議。其二，從實踐方面說，田氏代齊起於戰國之世，崛起於大戰連綿的鐵血競爭時代，且有過極其輝煌的政治經濟文化軍事全面興盛的高峰。如此齊國，面對如此社會實踐，竟然面對天下殘酷的大爭現實於不顧，而奉行了一條埋頭偏安的鴕鳥國策，更是不可思議。然則，無論多麼不可思議，它畢竟是一種曾經的現實，是我們無法否認的歷史。

後世輯錄的《武經七書》中，最古老的一部兵書是《司馬法》，其開篇的〈仁本第一〉有云：「國雖大，好戰必亡。天下雖安，忘戰必危。」這兩句話之所以成為傳之千古的格言，在於它揭示了一個冷酷的事實：好戰者必亡，忘戰者必危；國家生存之道，寓於對戰爭的常備不懈之中。縱觀中國歷史，舉凡耽於幻想的偏安忘戰政權，無一不導致迅速滅亡。夏商周三代以至春秋戰國，大國將生存希望寄託於虛幻的盟約之上，置身於天下風雲之外而偏安一隅，甚至連國破家亡之時最起碼的抗爭都放棄者，齊國為第一例也。

秦滅六國形勢圖

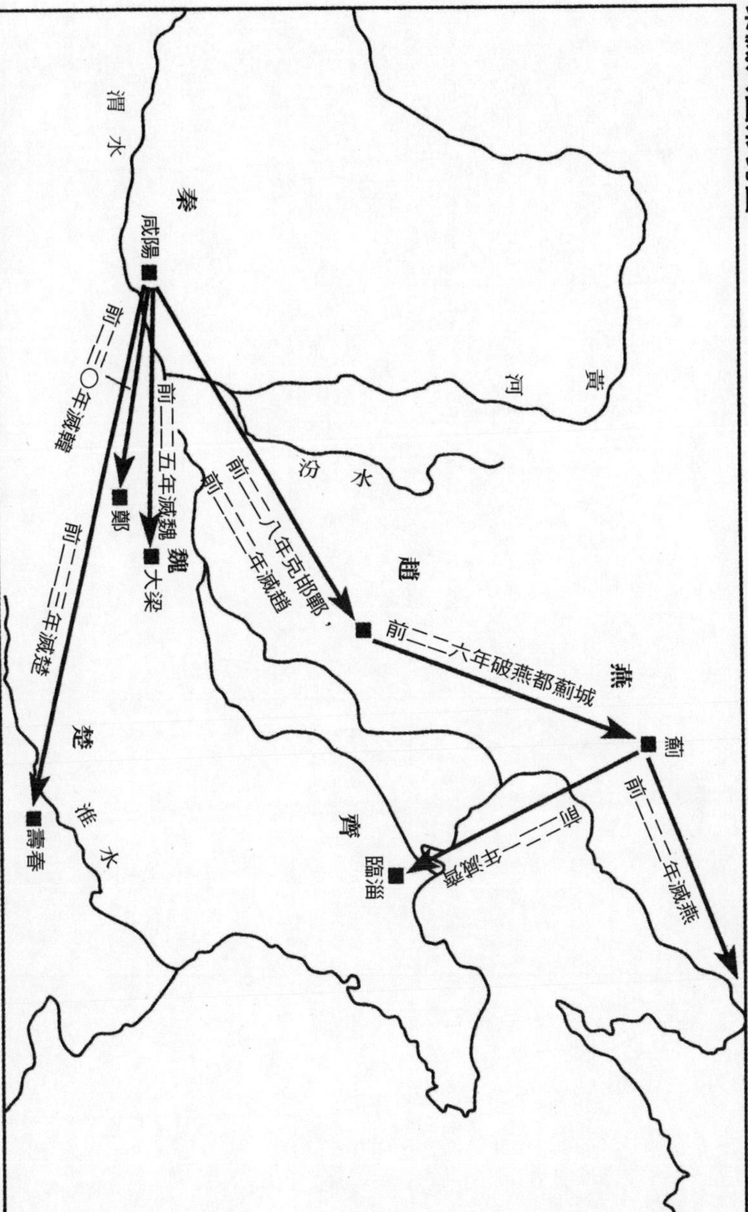

秦
咸陽
渭水
黃河
汾水
趙
魏
大梁
鄭
楚
壽春
淮水
齊
臨淄
燕
薊
前二三〇年滅韓
前二二五年滅魏
前二二八年克邯鄲，
前二二二年滅趙
前二二六年破燕都薊城
前二二二年滅燕
前二二三年滅楚
前二二一年滅齊

第十二章 文明雷電

一、欲將何等天下交付後人　我等君臣可功可罪

接到王賁頓弱兩方快報，嬴政堪堪瀏覽一遍，軟倒在了案頭。

驀然開眼，春陽灑滿榻前，嬴政驚訝坐起咳嗽一聲。趙高一股風進來，高興得嘴角眉梢蕩著笑。嬴政睡眼惺忪問：「你小子哧哧笑甚？」趙高眉飛色舞地連連比劃著：「啊呀！君上不知，了不得也！咸陽社火都鬧翻天了！三日三夜沒停鼓點！酒肆家家精光，國人還在嗷嗷叫！醉了醉了，整個咸陽整個秦國都醉了！滿城鼓聲如雷，君上也睡得呼嚕震天！大吉大吉！難得難得！」見素來只做事不說話的趙高竹筒倒豆子脆生生一大篇，嬴政笑了：「你小子是說，我睡了三日三夜？」趙高說：「三日三夜好！三三得九，至高至大，大吉大吉！」嬴政不禁皺眉道：「誰教你這阿諛之辭，睡覺也有個三三得九了？」趙高惶恐笑道：「君上不知，這幾日誰見了誰都是滿口祥瑞吉辭，小高子說溜嘴了，該打該打。」一邊說一邊收拾臥榻一邊給嬴政著衣，利落得沒有耽擱一樣，話音落點又立即扶著嬴政走進了寢室旁的浴房。嬴政看著熱氣蒸騰的水汽，說太熱了。趙高笑呵呵道：「君上也，熱水好，這是小高子自家動手燒的水，保君上浴後一身大汗身輕如仙。」嬴政一揮手笑道：「小子聒噪！」丟開大袍一步跨入碩大的浴桶，沒進了蒸騰彌漫的水霧。

及至嬴政裹著寬大輕軟的絲錦大袍出來，趙高已經備好了飯食。

雖然，拭乾的身子依舊滲著細密的汗水，嬴政卻是紅光滿面倍感輕鬆。一見大案上的老三式，嬴政胃口大開，將銅盤中肥嫩的拆骨羊肉塞進已經豁開大口子的白麵鍋盔，大咬一口，再抓起一把光溜溜的小蒜撂進口中，大吞大嚥酣暢無比。片刻之間，三張大鍋盔一大盤拆骨肉風捲殘雲般沒了蹤影，又打開陶罐呼嚕嚕喝了一大罐鮮辣香的羊骨湯，嬴政這才大汗淋漓地擦手擦汗，離座起身。旁邊的趙

高嘖嘖連聲，君上真猛士！四斤羊肉五斤鍋盔一大盆羊骨湯，大約老廉頗也不過如此了。嬴政不禁哈哈大笑：「王賁一頓咥一隻烤羊，那才叫猛士也！」驀然打住，似有回味地指著陶罐道，「方才羊骨湯，如何有淡淡藥味？」趙高惶恐道：「稟報君上，是小高子見君上多日乏力，請老太醫開了幾味強身健體之藥，單煎怕君上難喝，擱在了羊骨湯裡。」嬴政釋然笑道：「也是，六國滅了，得連軸轉了，沒神氣不行！只要真管用，藥當飯吃也好。」趙高奮然道：「君上莫擔心，小高子再想法子，定要教君上健旺如龍虎，打好天下，治好天下！」嬴政笑得一陣，恍然道：「幾日大睡，定然公事如山了，去書房。」趙高道：「丞相廷尉國尉等一班大臣都來過，都是恭賀，沒說甚大事。」嬴政猛然板著臉道：「國事你小子少多嘴！立即備車，書房外等候。」趙高再不敢說話，一陣風般去了。

嬴政在書房沒留得頓飯時刻，登車直奔廷尉府而來。

李斯入主廷尉府，已經堪堪兩年了。

當初秦王任李斯為廷尉，李斯肩頭便壓上了一座沉甸甸的大山。從走進廷尉府正廳的那一日起，李斯油然生發出一種鮮明的預感：這裡，將是自己人生功業的真正開始。因為，李斯清楚地知道，新的天下需要什麼，秦王期冀自己做什麼，自己又該當做什麼。在商鞅變法之後的秦國，廷尉這一職位是極其顯赫的。這不僅僅是說廷尉的職爵班次座居丞相、上將軍之下的所有大臣之首。更重要的，廷尉府是秦法的實際運轉軸心，是秦法的威權凝聚之所。唯其如此，在朝，在野，乃至在整個天下，廷尉府都是秦國之所以為秦國的標誌，猶如戰場標有姓氏的統帥大旗。沒有秦法，秦國不成其為秦國。沒有廷尉府，秦法不成其為秦法。

若將秦國廷尉府的實際職能與延展職能綜合起來，至少具有四個基本方面的職能權力：其一，執法行法，也就是具體地執法審案，以及隨時推行新的法令；其二，法教，轄三級法官，為朝野臣民宣法，並隨時回答種種律法疑難；其三，籌劃修法立制，法令需要修訂，抑或在擴張的新領土要推行新法，都須得廷尉府事先籌劃；其四，領銜執法六署（廷尉府、司寇府、憲盜署、國正監、御史署、刑徒署），會商行法涉法之國策方略。

秦國凡事皆有法式，政事與國計民生之謀劃，無不與律法有涉。舉凡商市稅金、關卡盤查、農田賦稅、河渠澆灌、工程徭役、獎懲查處、軍功查核等等等等，凡有疑難糾紛不能解者，最高的仲裁便是廷尉府會同六署會商，再報國君決斷。事實上，秦國執法事務繁劇，秦王極少能親自決斷涉法事務，除非事涉根本又有爭議，其餘法事無不由廷尉府主持決斷。實際上就是說，在秦國，只要廷尉府不停止運轉，任何官署癱瘓都不足以影響邦國政事與庶民生計的常態。如此廷尉府，與山東六國的執法署不可同日而語。李斯縱然是法家名士，不入秦國，也是無法想像的。此前，雖然李斯已經職任長史多年，長期參與了廟堂謀劃，被秦國朝野視為「用事」要員；然則，就功業與地位而言，那時的李斯還沒有真正步入重臣之列。畢竟，長史雖能與聞中樞機密，然爵位卻相對低下，在文官爵次中僅是略高於六百石的中爵。更大的不同是，對於國家大政而言，長史永遠都是謀劃之功，而不是重臣的治事之功。此間分際，猶如知兵名家入軍，做軍師還是做大將軍，二者是截然不同的。

六國已滅，李斯已經清晰地看到了泱泱華夏面臨的重大抉擇。

首先，依秦王嬴政的強毅稟性與超凡膽略，以及萬事力求創新的為政之風，絕不會在一統天下之後走老路，滿足於做一個諸侯朝貢的周天子。其次，天下潮流與天下民心，也不容中國再復辟三代舊制，再重演周而復始的諸侯分治刀兵四起的「無主」局面。再則，多年來與秦王及一班決事大臣會商大事，涉及未來天下，至少有一個共識是明確的：秦國必得結束數百年戰亂，還華夏一個富庶昌盛和平康寧。若得如此，退回老路顯然是逆潮流行事，顯然是與秦國中樞君臣長期達成的共識相違背的。

既然如此，新路何在？重新架構天下文明的宏圖何在？立即就凸顯出一個無法迴避也不容迴避的巨大難題。解決這個難題，以無與倫比的才具勾勒出華夏新文明的框架，將是無可爭議的萬世功業，更是修法立制之廷尉府的職能權力所在。當然，這時的廷尉府，也已經不僅僅是戰國之秦的廷尉府，而是一統天下的新大秦的廷尉府，是天下立制的軸心所在……每每想到此處，李斯便奮激不能自已。身為法家士子，他比商君幸運，比韓非幸運，更比申不害、慎到等無數法家名士幸運。猶如為將統兵，王翦王賁父子比武安君白起幸運，比司馬錯幸運，更比蒙驁一班老將幸運。王翦王賁父子力下五國，使天下結束戰亂，大秦得治天下。而他李斯，則將創制一套新的華夏文明，如浩浩江河傳之不朽。

此等功業，可遇而不可求也，夫復何言！

兩年來，李斯近乎瘋狂地勞作著，宵衣旰食乃至廢寢忘食，全然沉浸在如山一般的卷宗如海一般的事務中。李斯極善統籌，且見事極快，於千頭萬緒中舉綱張目正當其長。一接手廷尉府，李斯立即整肅了原班人馬，將廷尉府事務分作兩大攤：以廷尉府丞率原班官吏，全力行使日常執法權力；再從已滅五國的舊官吏中遴選出四十餘名能事法吏，加上頓弱從齊國斡旋來的六名法吏，編成了一個近五十人的修法署，專門整理六國律法，對比秦法與六國法令之不同，最終得會商提出在天下推行新法之種種補正。

之後，李斯立即脫身廷尉府事務，與丞相府行人署會商，從山東列國開始搜羅遊學士子，尤其著意搜求當年齊國稷下學宮流散的諸家博學名士。同時，李斯又與咸陽令會商並報秦王允准，將當年呂不韋建成的文信學宮從商旅手中收回，改建成了一座博士學宮，暫由廷尉府轄制。短短半年之內，山東士子三百餘人流入了這座博士學宮。李斯親自主持，逐一查勘了每人的學問流派，一舉設置了七十三名博士，其餘皆為學士。每個博士皆以六百石中爵大夫待之，人人一座六進庭院大宅，手筆之大遠超當年稷下學宮。開始籌劃之時，先到的名士們人人搖頭，都說如此氣象之學宮根本不可能立於秦國，這個秦王當年驅散了呂不韋文信學宮，能是大興文明的君主？至於人人六百石，更是癡人說夢。李斯朗聲大笑道：「先生等畢竟不知秦王何許人也！秦王若非超邁古今之君，李斯何敢如此鋪排哉！」

及至王書頒行，博士學宮立署開張，博士們人人高車駿馬日日進出六進大宅，這些飽學之士始而人人驚愕，繼而唏噓感奮，頓時對秦王生發出了山東流言之外的一番認同一番讚歎。年餘之期，博士宮呈現出一片蓬勃奮發氣象，人人孜孜伏案，日日論戰會商，活生生回到了當年稷下學宮的勤奮勃發。李斯給博士們的職事是：通覽近三千年之所有典籍，錘鍊新天下之可行典章；凡有疑難，一體會商，信則存信，疑則存疑，務必求其精要以供君前決斷。

諸事擺布妥當，李斯又給自己遴選出六名精幹書吏，兩名書吏專司聯結廷尉府所屬各方事務，四名書吏襄助自己的書房勞作。李斯立下的法度，旬日一出戶，以一日一夜之時，巡視各方事務並決斷積壓待決文卷，其餘時日，任何官吏不見。從此，李斯一頭埋進了書房，開始了畢生最為奮發的書案籌劃生涯，沒日沒夜地寫著畫著閒晃著思忖著……

「廷尉大人，別來無恙！」

「君上？……」

大步踏進李斯書房的嬴政，笑吟吟剛詼諧一句，陡然停住了腳步。聞聲抬頭的李斯顯然還沉浸在迷惘的思緒裡，目光深邃飄移，看秦王如影影綽綽一團雲霧，一時竟忘記了站起身來。片刻之間，嬴政也似乎忘記了李斯，內心的震撼在掃過書房的驚訝目光中毫無保留地顯現出來。這是一間寬闊如同大廳的書房，書架圖板交錯林立，各種規格不一的長大竹簡掛滿了書架、石柱與一切可見的空間。各種書案連綿迴旋，堆滿了展開的卷宗與羊皮書，即或是連綿書案之間的曲曲折折的甬道，也間或參差不齊地碼放著一座座卷宗小山。厚厚的紅氈地面之上，鋪開著種種圖表簡冊，有的尚未乾透，墨蹟還隱隱泛著水光。中央則是六張連排大案，案案文卷如山，身旁地面也是同樣的文卷如山，李斯的身影埋沒其中，若無聲響根本就不見蹤跡……然則，最讓嬴政怦然心動的，還是那無數竹簡圖板上撲面而來的滿當當的大字。李斯寫字，原本便有一種令人無法言說卻又能真切感知的神韻，蒼勁如鐵勒銀鉤，秀美如山川畫卷，工肅如法度森嚴，每每令不善書字的嬴政驚歎不已。如今，這些大字層層疊疊比肩而立，在牆在柱在地如溝壑縱橫如平野蒼茫，遙遙看去直如萬仞山川之長風鼓蕩林海，離離蔚蔚浩浩蕩蕩氣象萬千地彌漫出一種無法描摹的意境，使這大而狹小的書房變得廣闊而又深遠，恍如群山巍峨海潮激盪……

「大哉！嬴政今日始知華夏文字之美也！」

「臣見過君上！」李斯這才完全清醒，從書山字海中小心翼翼地繞將過來。

「廷尉辛勞如此，我心何堪矣！」嬴政深深一躬。

「臣不敢當。」李斯連忙扶住了秦王，「君上勤政不息，臣焉敢不竭盡全力。」

「倏忽兩年，先生老矣……」嬴政打量著李斯，有些哽咽了。

「老則老矣，臣精神也！」

此時的李斯，灰白的鬚髮雜亂無章地散披在肩頭，匆忙戴上的玉冠還歪在頭頂，一身麻布綿袍空蕩蕩皺巴巴地掛在精瘦的身架上，一雙皮靴趿拉得幾乎露出了踝骨；眼窩發青，臉上隱隱可見難以擦拭乾淨的斑斑墨蹟。整個人邋遢得活似一個窮途末路又放蕩不羈的市井布衣，若非在廷尉府這間書房，若非蒼白的臉上泛著爍爍紅光，若非那雙炯炯有神的眼睛蕩漾出明亮智慧的光芒，只怕誰也認不出這是素來整潔利落且講究頗多的李斯了。饒是如此，嬴政一絲也笑不出來，目光中第一次流露出真誠的欽敬與感動，驟然之間對李斯有了前所未有的一種認知。

「先生，郊野踏青一番，鬆鬆神！」

「不能。」從來沒有拒絕過秦王任何安排的李斯，第一次幾乎想也沒想便說出了兩個字，瞬息之間似乎又覺不妥，歉然一笑道，「臣正欲請見君上，許多事得立即著手了。」

「好！這就說！」嬴政立即將方才的話忘乾淨了。

「這裡太……」

「這裡最好，先生只說。小高子！給先生弄一案吃喝來，要熱！」

站在門廳廊下的趙高遙遙答應一聲，騰騰騰飛步去了。李斯揉了揉潮濕的眼睛，二話不說，一拱手領著秦王穿過了兩條甬道，來到了一方僅容兩人站立的丈餘高的帷幕前。嘩啦一聲，李斯拉開了帷幕，赫然顯出一方高大的板牆，熟悉的蒼勁大字撲面而來——

〈定國圖治十大事略〉

一典章諸事：君號　國運　朝儀　禮法　服飾　文書制式等

二國制諸事：天下治式　官制更新　律法一統等

三文教諸事：同文字　定雅言　廢詩書　立法教等

四通國諸事：連接馳道　開闢直道　同一車軌等

五統器諸事：同一度量衡三器　各立校正之具等

六水利諸事：掘六國堤防　通天下河渠　行農田水法等

七定邊諸事：南百越　西羌胡　北匈奴　通連六國長城等

八息兵諸事：收天下兵器　去天下私兵　除天下之盜等

九安邦諸事：根除復辟　六國之王　六國王族　六國世族等

十社稷諸事：隳六國王城　除六國宗廟　安聖賢後裔等

良久默然，嬴政一拍掌高聲道：「舉綱張目，大開茅塞也！」李斯笑道：「君上，此乃廟堂歷年共識，臣歸總整理而已。臣已草成上書一卷，供君上決斷。」嬴政接過李斯捧起的沉甸甸一大卷簡冊，頗具意味地笑了：「十大方面，大事千數百餘，件件破天之荒，先生不覺難亦哉？」李斯淡淡一笑道：「君上，此中尚未包括目下該當立即著手的幾件大事。」嬴政道：「當務之急，也是開手之事，說。」正在此時，門廳傳來趙高獨特的聲音：「稟報君上，飯食業已備好，敢問食案安在何處？」嬴政一揮手笑道：「好！廷尉先咥飽再說。如此書房，顯是不能吃飯了。」李斯一拱手道：「君上若不責臣村氣，臣在廊下咥了。」嬴政大笑：「如此村氣好啊！風和日麗，正當廊下與先生痛飲一番。小高子，廊下列案。」

片刻間，兩大食案在寬綽的廊下安好。趙高已經將嬴政著意帶來的一車王酒悉數搬在了階下碼放整齊，案上兩罈業已開口，兩大銅爵也已經斟滿，整個庭院立即彌漫出一片濃郁的酒香。君臣兩人落座，嬴政笑道：「來時我已咥飽了。先生勞累空腹，先咥飽再飲酒，不拘禮儀，來，大鍋盔！」李斯接過了嬴政夾在自己盤中的熱騰騰厚鍋盔，眼中淚光閃爍，一句話也沒說便開始狼吞虎嚥。嬴政不忍直面端詳，將目光轉到庭院去了，直到李斯叮噹放下玉筷，嬴政這才轉過身來。兩人對飲了三大爵，李斯便說起了開手三件大事：封賞功臣將士、撫慰老秦民眾、安定天下人心。嬴政連連拍案，欣然認可。

末了，李斯又說起了博士學宮，說時勢已到火候，當將博士學宮改為國府之下的獨立官署，不再由廷尉府下轄。嬴政問，博士中可有真才實學之士？李斯說：「君上若求商君那般治世大才，學宮尚無入眼之人。然若就目下所需看，這般飽學之士卻是歷來秦國所缺，文明創制不可或缺，其中，不乏當年稷下學宮幾位名士。」李斯一口氣念出了一大串名字：周青臣、淳于越、叔孫通、鮑白令之、伏勝、羊子、黃疵、正先、桂貞、沈遂、李克、侯生、盧生、高堂生、東園公、綺里季、夏黃公、用里先生（註：所列博士，皆為史料匯集之秦博士姓名，其中最後四人是西漢初期的商山四皓）。李斯還在數著念，嬴政搖搖手笑道：「有用便好。我只怕此等飽學儒生成事不足，敗事有餘。」李斯說：「至少目下是有用的，博士們也很為秦王一天下感佩不止。」嬴政搖搖手道：「廷尉只說，博士學宮以何人掌事？甚個名頭？」李斯道：「周青臣理事治學俱佳，可為掌事，名頭，似可稱作僕射。」嬴政大笑拍案道：「好！僕也，射也，皆領事之名也，便是僕射了。」

長史蒙毅大忙起來了。

秦王從廷尉府回到王城，立即將李斯的〈定國圖治十大事略〉上書交給了他。秦王的決斷很明確：立即謄刻分送各大官署，限各署大臣一月之內思謀諸事應對，四月末行大朝會議決。此前，蒙毅得做另一件大事：會同國正監之考功署，統錄並確定文武百官、將士臣民、六國人士於一統天下之功績，擬定封賞王書，籌劃朝會大行封賞。這件事非同小可，既是激勵秦國朝野的喜慶盛事，又是撫慰天下人士的安定民心長策。更要緊的是，這是一樁繁劇而縝密的事務，牽涉面之多幾乎涉及所有臣民，尤其也包括了山東六國臣民，要在一月之內備細列出談何容易！然則，年輕的蒙毅沒有絲毫的畏難之心，立即全副身心地撲了上去開始連軸轉了。這便是那時的秦國，上下同心同欲，任事不避險難，勞作不畏艱辛，奮發惕厲而著意創新，質樸求實以能事為榮，孜孜不倦以公事為本，民風官風之清新之純厚，對當時天下有著極大的魅力。秦統一六國而能使「民莫不虛心仰上」，與其說天下人對秦王膜拜，毋寧說天下人對秦所開創的國風民性的心悅誠服。

倏忽一月，蒙毅終於從考功署的密室中走了出來，長長地出了一口氣。

整整一車簡冊拉進了王城，在秦王書房擺成了又一座文卷大山。正沉浸在列國郡縣地圖下的嬴政看得又氣又笑：「你這個蒙毅，教我一卷一卷翻麼？」積起一臉夜色的蒙毅連忙道：「不不不，這是備王查閱細目，封賞事大，難保無人喊冤。」嬴政一揮手道：「縱有喊冤，過後再改也來得及，只不能慢！你只說，我聽。」蒙毅立即拿起山頂一卷道：「這是歸總大目，我先將分類稟報君上定奪。」一口氣，蒙毅說了整整一個時辰。

依據秦國法度，蒙毅的功績輯錄有四大類若干細目：

其一，軍功。分為將軍之功、軍尉之功、士兵之功三目。

秦國軍功考定之法，遠比後世朝代詳明合理，說具有科學性亦不為過。其間根本，是士兵斬首之功、將尉戰勝之功的區別。尋常只知秦軍以斬首記功，也就是山東六國所說的「首功」。然則，這只是秦國軍功的一大類。因為此類軍功最能激勵民眾從軍殺敵，為變法之要，且震撼天下，是故常被後人誤解為秦國唯一的軍功。實則，秦國軍功制的目的在於激勵將士殺敵，是以對種種戰場之特殊情形，皆作了詳細區分，既不至功勞被埋沒，亦不致將尉士兵混同冒功。士兵軍功之特異在於：陷隊之士（敢死隊）優待軍功，十八人斬首五級，即人各賜爵一級；若戰死，則允許家人承襲爵位。而大小將官的軍功，則不以斬首記，而以勝敗記。若將尉也以斬首記功，一則容易冒功，二則容易使將官忙於斬首而忽視號令職能。這種勝敗之功，又以職務高低分為兩個等次：什長（統十卒類似班長）以上，千夫長以下（統稱軍尉），皆以每戰總體殺敵人數是否超過定數記功；千夫長之上的將軍，則以攻占城池、殺敵人數、最終勝負等三方綜合論功，尤以最終勝負為根本。《商君書・境內》篇提到了兩種定數：百夫之旅，每戰斬首三十三級以上者，百夫長等同士兵之斬首一級；將軍統兵野戰，每戰斬首八千以上，並最終獲勝者，該將軍等同士兵之斬首一級。這種軍功制，山東六國謂之「本賞」，意為以戰勝為根本論軍功。孤立地看，尚難以知其在當時的意義。而若與山東六國軍功制對比，則立見高下。當時的山東六國，只有斬首之賞，而沒有勝負本賞；也就是說，只要斬首，雖戰敗也有賞賜，沒有斬首，雖勝亦不賞賜。顯然，這是極不合理的。荀子在〈議兵〉篇評論秦國軍功制說：「秦人……非鬥無由也，功賞相長也！故四世有勝，非幸也，數也！」

三大類中，士兵之功、軍尉之功，皆由上將軍府會同考功署確定封賞等次，後報秦王以王書形式下達即可，不列入朝會封賞之列。所以，蒙毅所要完成的最大一宗是將軍軍功。若以萬人兩將軍計之，則秦軍六十萬便有一百二十名將軍，再加上國尉府與關塞系列的其餘將軍級的武職官員，至少當在兩百餘人。要將如此之多的將軍軍功準確無誤地在一個月內輯錄確定下來，誠為不易也。

其二，政功。分為建言之功、統事之功、民治之功三目。

所謂政功，即與軍功相對的文官功績。商鞅在秦國變法之徹底，體現在方方面面。以賞功制而言，以「獎勵耕戰」為軸心，臣民於國有功皆賞，文治之功更不能忽視。作為國家體制的基本一面，秦國政府官員也有爵位系列，與軍功爵位是分中有合的兩個系列：高端重合，常態兩分。文官是十一級爵位，從低到高分別是：有秩吏、後子、君子、大夫、顯大夫、客卿、上卿、公、關內侯、列侯、君，其最高三級，與軍功爵重合。當然，從實際情形說，戰國變法百餘年前後定會有所變化，不能一概而論。就功績論，謀劃之功主要是計從屬官吏的襄助功績，各種言官的建言功績；統事之功，則多涉大臣，是計各署主官的為政功績；民治之功，則多涉郡守縣令及地方官吏之政績。其間重合，自不待言。

政功殿前封賞不包括吏員。也就是說，吏的功績不由秦王在朝會封賞，而由丞相府、國正監會同確定封賞等次，再報秦王以王書名義頒行。依秦國法度，君子（含君子在內）以下的三級為吏，俸祿大體在一百石上下至三百石上下。蒙毅所要做的，是輯錄確定全部官員功績。政功彈性極大，繁細多變遠遠甚於軍功，錄功實在是很難的一件事。

其三，民功。分為耕耘之功、商旅之功、百工之功三目。

自商鞅變法之後，秦國民爵之實施已經深有根基，庶民對爵位的追求與尊崇也已經濃烈異常，蔚為風尚。以至後世學人指斥云：「秦……時不知德，唯爵是聞。故閭閻以公乘侮其鄉人，郎中以上爵傲其父兄。」（註：見《晉書・庾峻傳》）秦國民功封賞大體有三種情形。其一，農人耕耘有成，多納粟穀超過定數，即可記功，交納功績累計到定量，即可拜爵一級。此等定數究竟幾多，史無可考了。然《史記・秦始皇本紀》所列的一則救災拜爵記載，卻大致可見端倪：「始皇四年，天下疫，百姓納粟千石，拜爵一級。」其二，商旅、百工或以作為，或以金錢，或以財貨，或以義舉，但凡助國，俱可記功。功績累積到定數，即可拜爵。秦王曾專門給商人寡婦清記功拜爵，還立了一座懷清臺便是例證。其三，民眾在特殊時期或服從法令或勇赴國難，亦可群體記功賜爵。譬如秦昭王時期發河內之民後援長平大戰，便人人賜爵一級。史料多有記載的（馬上將要開始）的天下移民遷徙，也多次各賜民爵一級。凡此等等，皆為民爵。

民爵之特異，在於國家不承擔俸祿，而只彰其聲譽榮耀與尊嚴。是故，民爵無論大小，皆以王命特書正式拜之，其聲勢禮儀往往比官員晉爵還來得隆重。為此，蒙毅得據郡縣年報詳加輯錄，務使翔實準確。

其四，列國人士功。分為善秦之功、義舉之功兩目。

秦自崛起東出，於邦交縱橫與戰場較量兩方面皆極富策略。其中之重要方面，是對曾經襄助過秦國的外邦人士記功拜爵，後來遂成定制。所謂善秦之功，有三種情形。一則，山東人士促使本邦與秦國結好的功績。如秦昭王時期周室兩分，西周大臣周佼全力推動了西周與秦國結盟，被秦國封為梗陽侯；後來東周大臣周啟又推動東周與秦結盟，被封為平原侯。二則，偏遠部族的統領與秦國或結好或臣服的功績。如秦惠王曾因巴國（川東之地）臣服，封巴氏頭領為不更爵。三則，山東名將名臣之後裔投奔秦國效力，彰顯秦國善政，亦可記功封爵。嬴政即位之後，外邦有識之士基於天下將一的潮流，助秦投秦者更多，是故蒙恬本次輯錄的此類功績分量很大。

所謂義舉，則主要指外邦民眾對秦友善之功，或曾捐助財貨，或曾在秦軍重大戰事中辛勞嚮導，或曾助秦軍解困，或曾引領族人投奔秦國等等等等。此等功績，尋常都有即時賞賜。目下蒙毅所輯錄者，則是有累積大功而需要重大賞賜者。

「外功大增，好！」聽到此處，嬴政大笑著插了一句，「秦功秦爵惠及天下，華夏我民孱弱一掃，盡成虎狼也！」蒙毅不禁也笑了起來：「君上所言極是，獎勤罰懶，誰想軟也軟不下去。」兩人一陣笑聲，蒙毅又說了起來。

上述兩類功績，不包括在秦國重金賄賂之下出賣本邦的奸佞之臣。譬如對趙國郭開、齊國后勝這般害國害民權奸，秦國除了重金財貨賄賂，也都曾許諾過重大的封號與治權利益。然就其實際而言，這只是一種策略權變。就事實而言，戰勝之後，秦國無一例外地除掉了這些萬民側目的權奸。故此，此類人既無須記功，更不能與前述正當功績相提並論。

「臣稟報完畢。這一案是錄功冊籍，共計六十餘卷。」

「好！輯錄縝密得當，蒙毅終練成也！」嬴政很是滿意地讚歎了一句。

「謝君上褒獎！這是臣與國正監擬出的封爵排序，須朝會之前定奪。」

嬴政掂著蒙毅再次捧來的沉甸甸一卷，又看了看這位年輕大臣熬夜過甚的青色臉膛，點了點頭道：「朝會之前，你且歇息兩日。我這裡有長史丞。」蒙毅一拱手道：「君上書房燈火徹夜，我比君上還小得幾歲，撐得住。臣得籌劃朝會，臣告辭！」說罷一陣風般去了。

四月末，秦國第一次大朝會隆重舉行了。

依著古老的傳統，一統天下之後的第一次大朝會是開國首朝，最是要大肆鋪排的。事實上，乙太史令領銜的太廟、太祝、太卜與博士學宮組成的大朝禮儀專署，也是將這次大朝以「新朝開關，天子即位」兩大慶典籌劃的。蒙毅備細詢問之後，立即稟報給了秦王決斷。嬴政聽罷淡淡笑道：「甚個新朝開關，甚個天子即位，等廷尉府一體籌劃好再說不遲。長策未出，事事說舊話，件件走老路，鋪排個甚？」於是，諸般盛大禮儀一律終止，還是老秦本色行事，隆重歸隆重喜慶歸喜慶，豪闊奢靡一概沒有。當然，也還有更實際的兩個原因：一則天下初定餘波震盪，王翦蒙恬王賁馮劫馮去疾李信蒙武姚賈頓弱等諸多大將功臣不能趕回咸陽與會，真正的盛大慶典便少了應有的宏大硬正之氣。二則諸般大略尚立定綱目，除了李斯，任事重臣們還多陷在繁雜的戰事善後與新地民治事務中，心思尚未轉向對新治的思謀；嬴政自己，也還全力埋在各種軍國大略的籌劃中；此時虛空鋪排，未免有失草率。故此，秦王嬴政寧願常態從事。

儘管如此，大朝會還是瀰漫出一片肅穆莊重的慶典氣息，大臣們濟濟一堂，峨冠博帶分外整肅。初夏的清晨尚算涼爽，冠帶整齊的大臣們卻顯得有些悶熱，額頭無不滲出涔涔細汗。只有嬴政，還是素常朝會的一頂黑玉柱冠，一領輕軟的繡金絲袍，分外的輕鬆清爽。

「諸位，今日大朝只有兩事。」司禮大臣宣布了朝會開始之後，嬴政拍案道，「一則封賞功臣，二則宣示新天下圖治方略。真正大典，尚待來日。」

「宣示封賞王書——」司禮大臣一聲長呼。

蒙毅大步走到王臺中央的高階之上，展開竹簡，朗朗之聲迴盪在殿堂——

〈大秦王封賞書〉

大秦王特書：秦定天下，賴群臣將士之辛勞，賴天下臣民之擁戴。今輯錄群臣歷年功績，首封大功績者如左：

將軍王翦　爵封武成侯，食邑頻陽十三縣，子孫得襲爵位

將軍王賁　爵封通武侯，食邑九千戶

將軍蒙恬　爵封九原侯，食邑八千戶

將軍李信　爵封隴西侯，食邑三千戶
將軍蒙武　爵封淮南侯，食邑兩千戶
將軍馮劫　爵封關內侯，食邑千戶
將軍馮去疾　爵封關內侯，食邑千戶
將軍嬴騰　爵封關內侯，食邑千戶
將軍楊端和　爵封大庶長，俸祿萬石
將軍辛勝　爵封大庶長，俸祿萬石
將軍章邯　爵封大庶長，俸祿萬石

此為軍功之封。政功之封如左：

丞相王綰　爵封徹侯，食邑萬二千戶
廷尉李斯　爵封通侯，食邑六千戶
大田令鄭國　爵封關內侯，食邑五千戶
國尉尉繚　爵封關內侯，食邑五千戶
上卿頓弱　爵封關內侯，食邑四千戶
上卿姚賈　爵封關內侯，食邑四千戶
長史蒙毅　爵封大庶長，俸祿萬石
中車府令趙高　爵封大庶長，俸祿八千石

列國善秦之功大者，封賞如左：

將軍馬興　爵封武安侯，食邑六千戶
將軍召平　爵封東陵侯，食邑五千戶

將軍令狐范　爵封五馬侯，食邑三千戶

將軍杜赫　爵封南陽侯，食邑三千戶

將軍戚鰓　爵封高武侯，食邑兩千戶

將軍馮毋擇爵封武信侯，食邑千戶

將軍王陵　爵封襄侯，食邑千戶（註：這個王陵，不是秦昭王時期的老將王陵，而是後來降於劉邦而在西漢初封為安國侯的王陵）

大夫崔意如　爵封東萊侯，食邑千戶

大夫沈倧　爵封竹邑侯，食邑千戶

大夫崔仲牟　爵封汶陽侯，食邑千戶

大夫姜叔茂　爵封巴陵侯，食邑千戶

大夫趙亥　爵封倫侯，俸祿八千石（註：倫侯爵位，未見秦國爵位之正式名稱。倫者，類也。推測其實，當類似大庶長，因對列國人士之封賞重在榮耀，須得相對抬高，故而冠以侯爵）

大夫韓成　爵封倫侯，俸祿八千石

孔子後裔孔鮒　爵封文通君，俸祿八千石

其餘群臣將士與列國人士之有功者，著丞相府會同國正監明定封賞，得以王書頒行爵封。大秦王政二十六年夏。

沉沉大殿肅然無聲，大臣們都在屏息傾聽著。一舉大封二十八侯君五大庶長，這在秦國歷史上實在是前所未聞的壯舉，孰能不悚然動容？秦國法行百餘年，極其看重封爵，六代秦王之中，每代所封侯爵大體都只在兩三位上下（註：秦國前期有「君」之封號，依據爵位法度，君實則是最高侯爵徹侯的另一名稱，因比照山東封君而沿用。類似於後世部長級中也有「主任」名號）。秦昭王時期侯爵最多，也沒有超過十位。故而，王翦在率軍滅楚之前有感喟云：「為大王將，有功終不得封侯。」雖然是王翦基於朝局需要而有意如此說之，也確實可見秦國封侯之難。尤其是對此前稱作「外邦功臣」的封賞，既遠遠超出了老秦臣子們的預料，也遠遠超出了外邦功臣們與新近進入咸陽的博士們的期冀。老秦臣子們的驚訝，更多的是為封賞規模如此之大而震撼。外邦功臣與博士們，則為第一次親身體察這個強盛一統的新大秦的博大胸襟而激奮，聽著那些熟悉的名字一個個掠過耳邊，情不自禁地生發出萬般感喟，一時之間唏噓之聲不絕於耳……及至蒙毅宣讀完畢，舉殿大臣還沉浸在種種思緒中不知所以。

「封賞王書宣示完畢，諸臣可有異議？」司禮大臣高聲問了一句。

「秦王萬歲！」

「功臣萬歲！」

大臣們如夢方醒，紛紛攘攘地高喊了起來。雖然不甚齊整，卻也未見異議。司禮大臣便高聲宣呼：「朝會無異議，秦王部署圖治方略——」

「臣有異議！」

一個聲音突兀響起。大臣們尚在愣怔之中，博士群中霍然站起一人高聲道：「臣，博士僕射周青臣有言。今秦一天下，秦王便是天下共主，當今天子。歷來天子開國封賞，一有對歷代聖王後裔之封地賞賜，二有對此前敵國之社稷封地，三有對新朝功臣的諸侯之封，凡此三者，古謂諸侯之封，向為封賞至大也！今天子不作諸侯三封，臣冒昧敢問秦王：考功遺忘乎？留待後封乎？抑或新朝不封諸侯乎？」

「是也是也，我也覺少了最大一封！」

「臣叔孫通有對。」又一名博士離座起身高聲道，「一統天下，萬事功業，秦王當下書天下大酺，以為盛典之慶，以安天下民心！」

博士們紛紛點頭呼應。司禮大臣目光望著王案不知所措。

「諸位，少安毋躁。」

嬴政從王案前站起身來，走到了王臺中央的臺口站定，話音緩和，神情凝重：「天下大酺之議，准行。秦一天下，也該教人民高興一回。功臣封賞事，目下所能為者，唯功績查核大要無差，有寬嚴各予封賞而已。至於博士僕射所言之諸侯三封，關涉新天下治式方略之如何實施，容一體決之。其餘凡有不盡如人意處，盡可向國正監考功署進言，以待後決。」幾句話落點，博士們已經解透王意，認定秦王分封諸侯要待後決之，於是紛紛點頭，再沒有人說話了。

「今日，本王側重要說者，一統圖治之精要也！」

嬴政的聲音高昂地迴盪起來，「月前齊國已定，天下已告一統，華夏已告更新！然則，一統天下該如何治理，此亙古未有之難題也。何以謂之難題？蓋三皇五帝，以至夏商周三代，從未有過三百餘年之動盪，更未有過兩百餘年之大爭。動盪也，大爭也，所為者何？天下怨懟三代之舊制也，力圖爭出一條新路也！禮崩樂壞，瓦釜雷鳴，高岸為谷，深谷為陵，此之謂也！否則，動盪殺伐五百餘年，天下血流漂杵，生民塗炭流離，豈非失心瘋狂哉！唯其如此，今日之一統天下，非往昔三代之一統天下也。往昔三代，名為一統，實則天子虛領諸侯，諸侯封國自治。此間種種弊端，五百餘年業已盡顯光天化日之下！唯其如此，今日之一統天下，究竟要走老路，抑或要走新路？此，我等君臣之難題也！老路弊端，顯而易見；新路利害，聞所未聞。是故，抉擇之難，亙古未見。就其根本言之，欲將何等一個天下交付後人，我等君臣，可功也，可罪也！若能趟出一條新路，免去連綿刀兵震盪，免去華夏裂土之患。此，我等君臣之功也！若不思革故鼎新，不思變法圖治，依然走『法先王』老路，則天下仍將分治裂土動盪不休。此，我等君臣之罪也！功也罪也，何去何從？諸位戒慎戒懼，思之慮之，今日無須輕言。月後大朝，會商議決。」

嬴政戛然而止，舉殿鴉雀無聲。

二、椰林河谷蕩起了思鄉的秦風

五月初三，蒙武急報抵達咸陽：上將軍病危嶺南，請急派太醫救治。

一接急報，嬴政急得一拳砸案，立即吩咐蒙毅趕赴太醫署遴選出兩名最好的老醫家，以王室車馬兼程全速送往嶺南。說罷沒有片刻停留，嬴政又匆匆趕到了廷尉府。李斯一聽大急，一咬牙道：「臣先撇下手頭事，立即趕赴嶺南。」嬴政一擺手道：「目下最不能動窩的便是廷尉，我去嶺南，接回老將軍。我來是會議幾件可立即著手之事，我走期間可先行籌劃，不能耽延時日。」李斯欲待再說，見秦王一副不容置辯神色，遂大步轉身拿來一卷道：「君上所說，可是這幾件事？」嬴政嘩啦展開竹簡，幾行大字清晰撲面——

大朝會前廷尉府先行十事如左：

勘定典章

更定民號

收天下兵器

一法同度量衡

一法同車軌

一法同書文

一法同錢幣

一法定戶籍

一法定賦稅

登錄天下世族豪富，以備遷徙咸陽

「好！廷尉比我想得周全！」

「這些事，都是大體不生異議之事，臣原本正欲稟報君上著手。今君上南下，臣便會同相關各署，一月之內先立定各事法度。君上回咸陽後，立行決斷，正可在五月大朝會一體頒行。如此可齊頭並進，不誤時日。」

「得先生運籌，大秦圖新圖治有望也！」

嬴政深深一躬，轉身大步去了。回到王城，嬴政又向蒙毅交代了一件須得立即與丞相府會同預謀的大事：盡速擬定新官制，以供五月大朝會頒行。末了，嬴政特意叮囑一句：「若老丞相尚無定見，可與廷尉會商，務求新官制與新治式兩相配套。」諸事完畢，已經是暮色降臨了。嬴政立即下令趙高備車南下。蒙毅見秦王聲音都嘶啞了，心下不忍，力勸秦王明日清晨起行，以免夜路顛簸難眠。嬴政搖了搖手道：「老將軍能捨命趕到嶺南，我等後生走夜路怕甚？不早早趕去，我只怕老將軍萬一有差……」蒙毅分明看見了秦王眼中的隱隱淚光，一句話不說便去調集護衛馬隊了。

背負夕陽，嬴政的駟馬王車一出咸陽便全速疾馳起來。跟隨護衛的五百人馬隊是秦軍最精銳騎士，人各兩匹陰山胡馬換乘，風馳電掣跟定王車，煙塵激盪馬蹄如雷，聲勢大得驚人。蒙毅原本要親率三千鐵騎護衛秦王南下，可嬴政斷然拒絕了，理由只有一句話：「王城可一月沒有君王，不能一月沒有主事長史。」而且，嬴政堅執只帶五百人馬隊，理由也只是一句話：「嶺南多山，人眾不便。」

關中出函谷關直達淮南，都是平坦寬闊的戰國老官道，更兼趙高駕車出神入化，車一上路，嬴政便靠著量身特製的座榻呼呼大睡了。以這輛王車的長寬尺度，趙高曾經要在車廂中做一張可容秦王伸展安睡的臥榻。可嬴政卻笑著搖頭，說你小子只趕車不坐車，知道個甚？車行再穩也有顛簸，頭枕車廂，車軸車輪咯噔聲在耳邊轟轟，睡個鳥！車上睡覺，只有坐著睡舒坦。於是，精明能事的趙高請來了王室尚坊的最好車工，依著秦王身架，打造出了這副前可伸腳後可大靠兩邊可扶手的座榻。嬴政大為滿意，每登王車便要將座榻誇讚幾句，說這是趙高榻，如同蒙恬筆一樣都是稀罕物事。每遇此時，趙高便高興得紅著臉一句話不說嘿嘿只笑，恨不能秦王天天有事坐車。

然則，這次嬴政卻總是半睡半醒，眼前老晃動著王翦的身影。

蒙武的信使稟報說，上將軍原本坐鎮郢壽，總司各方。可在靈渠開通後，蒙武任囂趙佗等，分別在平定百越中都遇到了障礙，最大的難點是諸多部族首領提出，只有秦王將他們封為自治諸侯邦國，才肯臣服秦國。蒙武等不知如何應對，堅執要各部族先行取締私兵並將民眾劃入郡縣官府治理，而後再議封賞。兩相僵持，平定百越很難進展了，除非大舉用兵強力剿滅。上將軍得報大急，遂將坐鎮諸事悉數交付給姚賈，親率三千幕府人馬乘坐數十條大船，從靈渠下了嶺南。到嶺南之後，王翦恩威並施多方周旋，快捷利落地打了幾仗，剷除了幾個氣焰甚囂塵上的愚頑部族首領，終於使南海情勢大為扭轉，各部族私兵全部編入了郡縣官府，剩餘大事便是安撫封賞各部族首領了。之後，王翦又立即率趙佗部進入桂林之地，後又進入象地（註：象地，秦統一後設為象郡，今廣西憑祥地帶）。及至象地大體平定，上將軍卻意外地病了，連吐帶瀉不思飲食，且常常昏迷不醒，不到半月瘦得皮包骨了。軍中醫士遍出奇方，只勉力保得上將軍奄奄一息，根本症狀始終沒有起色。蒙武得趙佗急報，決意立即上書秦王，並已經親自趕赴象地去了。

「倘若上天佑我大秦，毋使上將軍去也！」

嬴政心底發出一聲深深的禱告，淚水不期然湧出了眼眶。

車馬晝夜兼程，一日一夜餘抵達淮南進入郢壽。嬴政與匆匆來迎的姚賈會面，連洗塵代議事，前後僅僅兩個時辰，便換乘大船進入雲夢澤直下湘水，兩日後換乘小舟從靈渠進入了嶺南。雖是初次進入南海地面，嬴政卻顧不得巡視，也沒有進入最近的番禺任囂部犒軍，逕自帶著一支百人馬隊，兼程越過桂林趕赴象地去了。

旬日之後的清晨時分，揮汗如雨的嬴政終於踏進了臨塵城（註：臨塵，象郡治所，今廣西崇左地帶，西距中越邊境之友誼關〔古睦南關〕不足百里）。

這是一座與中原風貌完全不同的邊遠小城堡。低矮的磚石房屋歪歪扭扭地排列著，兩條狹窄的小街也彎彎曲曲。灼熱的陽光下匆匆行走的市人，無不草鞋短衣赤膊黝黑，頭上戴著一頂碩大的竹編，嚮導說，那叫斗笠。小街兩側，有幾家橫開至多兩三間的小店面，堆著種種奇形怪狀的竹器，還有中原之地從來沒有見過的一種綠黃色彎曲物事。嚮導說，那叫野蕉，是一種可食的果品。一間間破舊的門板與幌旗上，都畫著蛇魚龜象等色彩絢爛而頗顯神祕的圖像，更多的則實在難以辨認。唯有一間稍大的酒肆門口，獵獵飛動著一面黑底白字的新幌旗，大書四字——秦風酒肆。嚮導說，那是秦軍開的飯鋪，專一供偶有閒暇的秦軍將士們思鄉聚酒……舉凡一切所見，嬴政都大為好奇，若是尋常時日，必定早早下馬孜孜探祕了。然則，此刻的嬴政卻沒有仔細體察這異域風習的心思，匆匆走馬而過，連嚮導的介紹說辭也聽得囫圇不清。

一邁進秦軍幕府的石門，嬴政的淚水止不住地湧流出來。

不僅僅是遠遠飄盪的濃烈草藥氣息，不僅僅是匆匆進出的將士吏員們的哀傷神色。最是叩擊嬴政心靈的，是幕府的驚人粗簡滲透出的艱難嚴酷氣息，是將士們的風貌變化所彌散出的那種遠征邊地的甘苦備嘗。幕府是山石搭建的，粗糙的石塊石片牆沒有一根木頭。所謂幕府大帳，是四面石牆之上用大小竹竿支撐起來的一頂牛皮大帳篷。嚮導說，嶺南之民漁獵為生，不知燒製磚瓦，也不許採伐樹木。幾乎所有的將士都變得精瘦黝黑，眼眶大得嚇人，顴骨高得驚人，嘴巴大得瘆人（註：瘆，秦人古語，流傳至今，駭恐之意。原意為寒病症狀，發冷而顫抖），幾乎完全沒有了老秦人的那種敦實壯碩，沒有了那極富特色的細眯眼厚嘴唇的渾圓面龐。所有的將士們都沒有了皮甲鐵甲，沒有了那神氣十足的鐵胄武冠，沒有了那威武驕人的戰靴。人人都是上身包裹一領黑布，偏開一衿，怪異不可言狀；下身則著一條長短僅及踝骨的窄細布褲，赤腳行走，腳板黑硬如鐵。嚮導說，那上衣叫作布衫（註：布衫為秦時創制。《中華古今注》云：「始皇以布開衿，名曰衫。用布者，尊女工，尚不忘本也。」合理推斷，當為秦軍下嶺南之後，因時改制中原之衣所致，後人冠以始皇之名而已。戰國之世，黃河流域尚有大象，嶺南氣候當更為燠熱），下衣叫作短褲，都是秦軍將士喊出來的名字。嬴政乍然看去，眼前將士再也沒有了秦軍銳士震懾心神的威猛剽悍，全然苦作生計的貧瘠流民一般，心下大為酸熱……

靜了靜心神，嬴政大步跨進了幕府大帳。

在枯瘦如柴昏睡不醒的王翦榻前，嬴政整整站立守候了一個時辰沒說話。

幕府大帳的一切，都在嬴政眼前進行著。也是剛剛抵達的兩名老太醫反覆地診脈，備細地查核了王翦服用過的所有藥物，又向中軍司馬等吏員備細詢問了上將軍的起居行止與諸般飲食細節。最後，老太醫吩咐軍務司馬，取來了一條王翦曾經在發病之前食用過的那種肥魚。老太醫問：「此魚何名？」軍務司馬說：「聽音，當地民眾叫作侯夷魚（註：侯夷魚，亦作鱸鮐魚。據《夢溪筆談・藥議》，侯夷魚即河豚。其解毒之法見《神農本草》）。」旁邊中軍司馬說：「還有一個叫法，海規。」老太醫問：「何人治廚？」軍務司馬說：「那日上將軍未在幕府用飯，不是軍廚。」中軍司馬說：「那日跟隨上將軍與一個大部族首領會盟，這魚是那日酒宴上的主菜。上將軍高興，吃了整整一條三斤多重的大魚，回來後一病不起。在下本欲緝拿那位族領，可上將軍申斥了在下，不許追查。」問話的太醫是楚地吳越人，頗通水產，思忖片刻立即剖開了魚的肚腹，取出臟腑端詳片刻，與另位老太醫低聲參詳一陣，當即轉身對嬴政一拱手道：「稟報君上，上將軍或可有救。」

「好！是此魚作祟？」蒙武猛然跳將起來。

「侯夷魚，或曰海規。」吳越太醫道，「吳越人喚作河豚，只不過南海河豚比吳越河豚肥大許多，老臣一時不敢斷定。此魚肝有大毒，人食時若未取肝，則毒入人體氣血之中，始成病因。老臣方才剖魚取肝，方認定此魚即是河豚。」

「老太醫是說，此毒可解？」嬴政也轉過了身來。

「此毒解之不難。只是，老將軍虛耗過甚……」

「先解毒！」嬴政斷然揮手。

「蘆根、橄欖，立即煮湯，連服三大碗。」

「橄欖蘆根多的是！我去！」趙佗答應一聲，噌地躥了出去。

不消片刻，趙佗親自抱了一大包蘆根橄欖回來。老太醫立即選擇，親自煮湯，大約小半個時辰，一切就緒了。此時，王翦依然昏睡之中，各種勺碗都無法餵藥。老太醫頗是為難，額頭一時滲出了涔涔大汗。趙佗也是手足無措，只徘徊著焦急搓手。蒙武端詳著王翦全無血色的僵硬的細薄嘴唇，突兀一擺手道：「我來試試。」眾人尚在驚愕之中，蒙武已經接過溫熱的藥碗小呷了一口，伏身王翦鬚髮散亂的面龐，嘴唇湊上了王翦嘴唇，全無一絲難堪。蒙武兩腮微微一鼓，舌尖用力一頂王翦牙關，王翦之口張開了一道縫隙，藥汁竟然順當地徐徐進入了。蒙武大是振作，第二口含得多了許多。趙佗與司馬們都抹著淚水，紛紛要替蒙武。蒙武搖搖手低聲一句：「我熟了，莫爭。」如此一口一口地餵著，幕府中的將士們都情不自禁地哭成了一片……只有秦王嬴政筆直地佇立著，牙關緊咬著，一句話也說不出來，內心卻轟轟然作響——何謂浴血同心，何謂血肉一體，秦人將士之謂也！

「老哥哥！你終是醒了！」

掌燈時分，隨著蒙武一聲哭喊，王翦睜開了疲憊的眼睛。當秦王的身影朦朧又熟悉地顯現在眼前時，王翦眼眶中驟然溢出了兩汪老淚，在溝壑縱橫的枯瘦臉膛上毫無節制地奔流著，卻一句話也說不出來。俯身榻前的嬴政強忍不能，大滴灼熱的淚水啪嗒滴在了王翦臉膛。

「……」王翦艱難地嚅動著口唇。

「老將軍，甚話不說了……」

「……」王翦艱難地伸出了三根乾瘦的手指。

「好！三日之後！」嬴政抹著淚水笑了。

南國初夏似流火，臨塵城外的山林間卻是難得的清風徐徐。

嬴政王翦的君臣密談之地，趙佗選定在了這片無名山林。搭一座茅亭，鋪幾張蘆席，設兩案山野果品，燃一堆艾蒿驅除蚊蠅，君臣兩人都覺比狹小悶熱的幕府清爽了許多。王翦的病情有了起色，嬴政卻絲毫未感輕鬆。老太醫稟報，說上將軍體毒雖去，然中毒期間大耗元氣，遂誘發出多種操勞累積的暗疾，預後難以確保。原本，嬴政要立即親自護送王翦北歸。太醫卻說不可，以上將軍目下虛弱，只怕舟車顛簸便會立見大險。嬴政無奈，只有等候與王翦會談之後視情形而定了。王翦神志完全清醒了，體魄已遠非往昔，目下尚且不能正常行走。這段短短的山路，是六名軍士用竹竿軍榻抬上來的。眼看偉岸壯勇的上將軍在倏忽兩年間變成了搖曳不定的風中燭，嬴政心頭便隱隱作痛。

「君上萬里馳驅，親赴南海，老臣感愧無以言說……」

「老將軍，滅楚之後命你坐鎮南國，政之大錯也！」

「君上何出此言？」王翦蒼白的面容顯出了一絲淡淡的笑意，「壯士報國，職責所在，老臣何能外之？戰國百餘年，老秦人流了多少血，天下人流了多少血，老臣能為兵戈止息克盡暮年之期，人生之大幸也！君上若是後悔，倒是輕看老臣了。」

「老將軍有此壯心，政無言以對了。」

「君上，老臣身臨南海年餘，深感南海融入中國之艱難也！」

「老將軍有話但說，若實在無力，仿效楚國盟約之法未嘗不可。」嬴政當當叩著酒案，心頭別有一番滋味，「一路南來，眼見我軍將士變形失色，嬴政不忍卒睹也！上將軍素來持重衡平，今日只說如何處置？若我軍不堪其力，嬴政當即下令班師北返……」

「不。君上且聽老臣之言。」王翦搖搖手勉力一笑，喝下了一碗司馬特為預備的白色汁液，輕輕搌拭了嘴角餘沫，頓時稍見精神，沉穩地道，「整個嶺南之地，足足當得兩個老秦國，其地之大，其物之博，實為我華夏一大瑰寶也！便說老臣方才飲的白汁，南海叫作椰子，皮堅肉厚，內藏汁水如草原馬奶子，甘之如飴，飲之下火消食，腹中卻無饑餓之感。將士們都說，這椰子活生生是南海奶牛！還有案上這黃甘蕉，還有這帶殼的荔枝，還有這紅鮮鮮的無名果，還有這橄欖果；還有諸多北人聞所未聞的大魚、大蝦、巨鯨等海物，更有蒼蒼林海無邊無際，珍稀之木幾無窮盡也！」王翦緩了一口氣，又道，「君上見我軍將士形容大變，威武盡失，其心不忍，老臣感佩之至。然則，老臣坦言，實則君上不知情也。北人但入南海之地，只要不得熱瘟之類怪病，瘦則瘦矣，人卻別有一番硬朗。老臣若非誤中魚毒，此前自覺身輕體健，比在中原之地還大見精神。將士們雖則黑了瘦了，然體魄勁健未嘗稍減，打起仗來，輕捷勇猛猶過中原之時！容顏服飾之變，多為水土氣候之故，非不堪折磨也。就實說，我軍將士遠征，除了思鄉之情日見迫切，老臣無以為計外，其餘艱難不能說沒有，然以秦人苦戰之風，不足道也！」

「噢？老將軍之言，我倒是未嘗想到。」

「君上關切老臣，悲心看事，萬物皆悲矣。」一句話，君臣兩人都笑了。王翦又說了南海之地的諸多好處，末了道，「番禺之南，尚有一座最大海島，人呼為海南島，其大足抵當年一個吳國。若連此島在內，南海數郡之地遠大於陰山草原。君上當知，當年先祖惠王獨具慧眼，接納司馬錯方略一舉並了巴蜀，秦始有一方天府之國，一座天賜糧倉。今君上已是天下君王，華夏共主，當為華夏謀萬世之利也。任艱任險，得治好南海。為華夏子孫萬世計，縱隔千山萬水，也不能丟棄南海！此，老臣之願也。」

「政謹受教。」案前蘆席的嬴政挺身長跪，肅然拱手。

谷風習習，嬴政心頭的厚厚陰雲變得淡薄了，心緒輕鬆了許多，吩咐趙高喚來遠遠守候在山口的趙佗，在亭下砍開了三個大椰子。嬴政親自給王翦斟滿了一碗椰汁，又吩咐趙高也品嘗一個，然後自己捧起一個開口的椰子仰著脖子灌了起來，不防椰汁噴濺而出，頓時灑得滿脖子都是。趙高驚呼一聲，連忙跑來收拾。嬴政一把推開趙高，饒有興致地仰天倒灌著，硬是喝完了一個椰子，末了著意品咂，一臉迷惘道：「甚味？淡淡，甜甜，沒味？沒味。」引得王翦趙高趙佗都呵呵笑了。嬴政素來好奇之心甚重，索性將案上的山果都一一品嘗一遍，末了舉著剝開皮的一截兒甘蕉煞有介事道：「還是這物事好，要再硬得些許，再扁得些許，便是果肉鍋盔了。」一句話落點，君臣四人一陣大笑。

鬆泛之間，王翦又喝下了一碗椰汁，靠著亭柱閉目聚斂精神。片刻開眼，氣色舒緩了許多。趙佗向趙高目光示意，兩人悄悄退到亭外去了。嬴政躊躇道：「老將軍病體未見痊癒，這裡風又大，不妨來日再議了。」王翦搖搖手道：「今日老臣精神甚好，得將話說完。日後，只怕難有如此機會了……」嬴政當即插言道：「老將軍何出此言，過幾日元氣稍有回復，我親自護送老將軍北歸養息！」王翦勉力一笑：「君上，還是先說國事，老臣餘事不足道也。」嬴政素知王翦稟性穩健謙和，今日挺著病痛堅執密談，必有未盡之言，於是收斂心神，心無旁騖地轉入了正題。

「敢問老將軍，大治南海，要害何在？」

「君上問得好。老臣最想說的，正是這件事也！」

「老將軍……」

「君上，楚國領南海數百年，始終未能使南海有效融入中國。其治理南海之範式，與周天子遙領諸侯無甚差異。甚至，比諸侯制還要鬆散。大多部族，其實只有徒具形式的朝貢而已。如此延續數百年，南海之地，已經是部族諸侯林立了。若再延續百年，南海諸族必將陷入野蠻紛爭，淪為胡人匈奴一般的部族爭鬥。其時，南海必將成為華夏最為重大持久之內患，不說一治，只怕要想恢復天子諸侯制，也是難上加難也！」

「此間因由何在？」

「楚領南海數百年間，南海之民有兩大類：一為南下之越人，是為百越；二為南海原有諸族，向無定名。越人多聚閩中東海之濱，進入番禺、桂林、象地者不多，且與原住部族水火不容，爭鬥甚烈。南海原住諸族，無文字，無成法，木石漁獵，刀耕火種，尊崇巫師，幾如遠古蠻荒之族。楚國沿襲大族分治之古老傳統，非但不在南海之地設官立治，且為制衡所需，在大部族之間設置紛爭，埋下了諸多隱患。凡此等等，皆是淪入野蠻殺戮之根源。總歸說，不行文明，南海終將為患於華夏！」

「我行文明，該從何處著力？」

「根本一，不能奉行諸侯制。若行諸侯制，華夏無南海矣！」

「根本二？」

「大舉遷徙中原人口入南海，生發文明，融合群族，凝聚根基！」

「遷中原人口入南海？」嬴政大覺突兀，顯然驚訝了。

須知此時六國方定，整個華夏大地人口銳減，楚國故地以外的北方人口更是緊缺。王綰李斯等已經在籌劃，要將三晉北河之民三萬家遷入榆中助耕，以為九原反擊匈奴之後援；還要將天下豪富大族十萬戶，遷入關中之地。儘管後一種並非人口原因，但此時人口稀少這一點是毫無疑問的。當此之時，王翦要將中原人口遷徙南海，且還要大舉遷徙，嬴政如何能不深感吃重？

「君上毋憂，且聽老臣之言。」王翦從容道，「老臣所言之遷徙，並非民戶舉族舉家南下之遷徙。那種遷徙，牛羊車馬財貨滾滾滔滔，何能翻越這萬水千山？老臣所言之遷徙，是以成軍人口南下。至多，對女子適當放寬。也就是說，以增兵之名南下，朝野諸般阻力將大為減少。」

「為何女子放寬年歲？」

「原由，女子越多越好。能做到未婚將士人配一女，則最佳。」

「老將軍是說，要數十萬將士在南海成家，老死異鄉？！」

眼看嬴政霍然站起不勝驚詫，王翦並無意外之慼，望著遙遙青山緩緩地繼續說著：「君上，楚國擁南海廣袤之地，國力卻遠不如秦趙齊三大國，根本原因何在？便在名領南海，而實無南海。倘若楚國有效治理南海，如同秦國之有效治理巴蜀，其國力之雄厚，其人口之眾多，不可量也，中原列國安能抗衡？其時一天下者，安知非楚國焉！為華夏長遠計，若要真正地富庶強盛且後勁悠長，便得披荊斬棘於南海寶地，不使其剝離出華夏母體。而若要南海不剝離出去，便得在南海推行有效法治。而行法之要，必須得以大軍駐紮為根本。山重水複之海疆，大軍若要長期駐紮，又得以安身立命為根本。從古至今，男子有女便是家，沒有女子，萬事無根也……」

不知何時，王翦的話音停息了。

嬴政凝望著碩大的太陽緩緩掛上了遠山的林梢，思緒紛亂得難以有個頭緒。一陣濕漉漉的海風吹來，嬴政恍然轉身，正要喊趙佗送老將軍回去，卻見亭下已經空蕩蕩沒了王翦，山口只有趙高的身影了。嬴政一時彷徨茫然，逕自沿著亭外山道走了下去。走到半山，鳥瞰山下，環繞小城的那條清亮的大水如一條銀帶展開在無邊無際的綠色之中，臨塵小城偎著青山枕著河谷，在隱隱起伏的戰馬嘶鳴中，彌漫出一種頗見神祕的南國意蘊。眼看夕陽將落，河谷軍營炊煙裊裊，嬴政的腳步不期然停住了，心頭竟怦然大動起來。他驚訝地發現，除了林木更綠水氣更大，這片河谷與關中西部太白山前的渭水河谷幾乎一模一樣……

驀然，軍營河谷傳來一陣歌聲，分明是那熟悉的秦風——

蒹葭蒼蒼　白露為霜
所謂伊人　在水一方
溯洄從之　道阻且長
溯游從之　宛在水中央
……

和聲越來越多，漸漸地，整個河谷都響徹了秦人那特有的蒼涼激越的亢聲，混著嘶吼混著吶喊，一曲美不勝收的思戀之歌，在這道南天河谷變成了連綿驚雷，在嬴政耳邊轟轟然震盪。剎那之間，嬴政頹然跌坐在了山坡上……

旬日之後，太醫稟報說王翦元氣有所恢復，舟車北歸大體無礙了。

嬴政很高興，當夜立即來到幕府，決意要強迫這位老將軍隨他一起北歸。嬴政黑著臉對趙高下令，這輛車只乘坐上將軍與一名使女，行車若有閃失，趙高滅族之罪！趙高從來沒見過秦王為駕車之事如此森森肅殺，嚇得諾諾連聲，轉身飛步便去查勘那輛臨時由牛車改製的座車了。嬴政匆匆來到幕府，眼前已經沒有了王翦及一班幕府司馬，空蕩蕩的石牆帳篷中只孤零零站著趙佗一人。

「趙佗，老將軍何在？」

雙眼紅腫的趙佗沒有說話，只恭敬地捧起了一支粗大的竹管。嬴政接過竹管匆忙擰開管蓋抽出一張卷成筒狀的羊皮紙展開，王翦那熟悉的硬筆字便一個個釘進了心頭：

老臣王翦參見君上：老臣不辭而別，大不敬也。方今南海正當吃重之際，大局尚在動盪之中。老臣統兵，若拋離將士北歸養息，我心何忍，將士何堪？老臣只需坐鎮兩年，南海大局必當廓清。其時，若老臣所言之成軍人口能如期南下，則南海永固於華夏矣！老臣病體，君上幸勿為念。生於戰亂，死於一統，老臣得其所哉！封侯拜將，子孫滿堂，老臣了無牽掛。暮年之期，老臣唯思報國而已矣！我王身負天下安危治亂，且天下初定國事繁劇，懇望我王萬勿以老臣一己為念耽延南海。我王北上之日，老臣之大幸也，將士之大幸也，華夏之大幸也！老臣王翦頓首再拜

「趙佗將軍，請代本王拜謝全軍將士……」

嬴政深深一躬，不待唏噓拭淚的趙佗說話，轉身大步去了。

次日清晨，太陽尚未躍出海面，嬴政馬隊已經銜枚裹蹄出了小城。馬隊在城外飛上了一座山頭，嬴政回望那片雲氣蒸騰的蒼茫河谷，不禁淚眼朦朧了。驀然之間，河谷軍營齊齊爆發出一聲聲吶喊：「秦王萬歲！秦王平安──」嬴政默默下馬，對著蒼茫河谷中的連綿軍營深深一躬，心中一字一頓道：「將士們，秦國不會忘記你們，天下不會忘記你們，嬴政更不會忘記你們……」

三、典則朝儀煥然出新　始皇帝大典即位

李斯得蒙毅消息，立即驅車進了王城。

秦王回來得很突然，前後不足二十天，王翦也未如所料同車歸來，這使李斯蒙毅大感意外。然見秦王風塵僕僕神色沉鬱，兩人頗覺不安，又都一時默然。午膳之後，嬴政終於緩和過來，先將王翦留書交給兩人，而後又將南海諸事通前至後說了一遍。李斯蒙毅深為感奮，異口同聲主張先決南海諸事。君臣會商兩個時辰，增大後援、明定治式、增派官吏、特許南海將士已婚者之家室南下隨軍等諸般大事一一議決。最後，唯有一事棘手：如何向南海大軍派赴數萬女子？女子從何處來，徵發何等樣女子，此等女子如何賞賜，要否婚配法令等等，無一不是新事無一不是難題。

掌燈時分，李斯依據王翦對秦王的留書，提出了一個總體方略。向南海遷徙人口，統以軍制行之，男女皆在成軍人口中遴選，也就是說，除卻將士家眷，老弱幼一律不在遴選之列。舉凡南下女子，俱得在三十五歲以下十六歲以上，少女得未定婚約，成年婦人得是寡居女子。女子人數，以五萬為限，由老秦本土之內史郡及中原三郡（河東郡、三川郡、潁川郡）選派，一年內成行。

「好！再加一則。」嬴政拍案，又對旁邊錄寫的長史丞一揮手，「適齡寡婦南下，特許攜帶其年幼子女。」李斯笑道：「君上明斷也！一則，軍中必有壯年而不能生育之將士，可解其無後之憂；二則，年幼子女成人，亦可增大文明血脈。」

「臣有兩補，未知可否？」素來寡言的蒙毅頗見躊躇。

「說！此事亙古未見，要的便是人人說話。」

「其一，是否可特許南海將士與當地部族通婚，以利族群融合？」

「好！蒙毅之見，長遠之圖也，臣贊同。」李斯立即附議了。

「此策遠圖，甚好。」嬴政點頭，「只是，依南海情勢，不宜倉促行之。我看，大體放在三五年之後。一則，其時南海大勢已定；二則，將士居家初見端倪，可免諸多錯嫁錯娶；三則，南海諸族對我軍將士敵意已去，通婚更為順暢。如何？」

「君上明斷！」李斯蒙毅異口同聲。

「蒙毅其二如何？」嬴政笑問。

「二麼……」蒙毅顯然有些顧忌，還有些難堪，紅著臉道，「六國王城正在拆遷，其中宮女甚多。臣以為，君上可否允准，選其中色衰者……總歸是，可補女子不足之難……只是，事涉王室，臣冒昧難言。」

「廷尉以為如何？」嬴政板著臉。

「這這這，臣不好說。」李斯期期艾艾大覺難堪。

「有何不好說也！」突然之間，嬴政拍案大笑一陣，站起來指指點點，「多好的主意，有甚臉紅？有甚不好說？六國侍女成千上萬，若留在六國王城，無非淪為六國老世族利誘作亂之士的本錢！這是頓弱密書的說法，本王接納了，才將六國侍女與王城一併遷入咸陽北阪！萬千女子終生不見人事，陰氣怨氣衝天，本王睡得過幾個？這下好！蒙毅之策，解我心頭鬱結也！」嬴政一陣大笑，鏗鏘爽朗直如豪客。不待驚喜萬分的李斯蒙毅說話，嬴政又轉身大手一揮高聲下令，「小高子！立即下書給事中（註：給事中，秦王室官職，掌宮內事務，多由宦官擔任。呂不韋時期，嫪毐任此職），全數登錄北阪之六國侍女嬪妃，半月之內，全數交長史蒙毅處置。但有延遲隱匿，軍法論罪！」

「嗨！」趙高答應一聲，匆匆去了。

「臣以為，此事得先行知會上將軍，否則紛爭起來……」

「知會老將軍該當。」嬴政打斷了李斯話頭，「紛爭卻是不會。以老將軍世態洞察之明，絕會妥善處置。蒙毅，只在對老將軍書中提及一句，六國宮女嬪妃，是安定南海之利器，賞賜功勳之重寶，望妥為思謀。」

「我王胸襟，臣感佩之至……」蒙毅長跪拱手，有些哽咽了。

議定了南海大事，嬴政心下輕鬆了許多。

李斯蒙毅一走，嬴政這才覺得連日舟車戰馬兼程趕路，身上到處瘙癢難忍。熱水沐浴一番稍有好轉，走進書房正欲處置連日積壓文書，然一身紅斑瘙癢依舊隱隱難消，嬴政一時瞀亂得又是一身津津汗水。趙高捧來一罐冰茶，嬴政汩汩吞了，似有好轉，片刻又復發作。嬴政莫名其妙地大怒，一把將胳膊紅斑抓得鮮血斑斑，嗞嗞喘息著似覺有所和緩。趙高大急，撲拜在地哽咽道：「君上不可自傷！小高子一法可試，只是望君上恕罪！」嬴政又氣又笑道：「與人醫病，恕個鳥罪！你小子昏了懵了？」趙高又是連連叩頭：「君上，方士入宮，歷來大罪！小高子憂心君上暗疾，不得已祕密訪察得一個高人啊！」嬴政驟然冷靜下來，盯著趙高不說話了。

自嬴政六歲起，趙高便是外祖給自己特意遴選的少年僕人。嬴政八歲返回秦國，趙高跟隨入秦。為長隨嬴政，少年趙高自請去勢，以王室法度作了太監之身，忠心耿耿地追隨嬴政整整三十一年了。可以說，趙高熟悉嬴政的身體，遠遠超過了專精國事而心無旁騖的嬴政自己。趙高說自己有暗疾，嬴政是不需要任何辯駁的，儘管此時的嬴政並未覺察出如何暗疾如何症狀。嬴政要想的是，趙高祕密延攬方士入宮，這件事當如何處置？秦國自商君變法，便嚴禁巫術方士丹藥流布。自秦惠王晚年瘋疾而張儀密請齊國方士之後，此禁令雖不如往昔森嚴，然依舊是秦法明令。至少，晚年臥榻不起的秦昭王便一直沒有用過方士。嬴政的祖父孝文王一生疾病纏身，以至於自家學成了半個醫家，也沒有用過方士。嬴政的父親莊襄王，中年暗疾，呂不韋曾祕密延攬方士，然卻未見效力，後來也祕密遣散了。如今趙高祕密訪察得一個方士來給自己治病，究竟該不該接納？以趙高之才具與忠誠，既有如此舉措，嬴政寧可相信自己確實患有尋常醫家束手無策的暗疾。趙高幾乎是自己的影子，要說患難與共，趙高是當之無愧的第一人。更有一點，趙高勤奮聰穎，對秦國法令典籍之精熟，除李斯之外無出其右。甚或，趙高之書法，也被知情者認定與李斯相當。如此一個人物，當年若不去勢，而在秦國或從軍或入仕，一定是一等一的大將能臣。而趙高，卻自請去勢，選擇了終生做自己的奴僕，整整三十一年，任嬴政如何發作，都一無怨尤地侍奉著自己。那個大庶長爵位，對於不領職事的趙高其實並無實際意義，趙高只為嬴政活著。如此一個趙高，嬴政能認定他引進方士是奸佞亂法麼……

「君上，又流血了，不能抓啊！……」眼見嬴政又狠狠抓撓紅斑，趙高以頭搶地痛哭失聲了。

「好，你去喚那方士來。只，這一次。」嬴政瘙癢難熬，牙縫噝噝喘息。

「哎！」趙高如奉大赦，風一般去了。

片刻之間，一個白髮紅袍竹冠草履的矍鑠老人，沉靜地站在了王案之前。嬴政一言不發，只袒露著上身的片片紅斑與方才抓撓得血淋淋的一隻胳膊。老人瞄了一眼旁邊大汗淋漓的趙高，微微一笑，拿出了腰間皮盒中的一粒朱紅藥丸。趙高會意，立即接過藥丸捧到案前低聲道，敢請君上先行服下。嬴政微微眯著眼睛，二話不說接過藥丸丟入口中，咕咚一口冰水吞了下去。案前老人近前兩步，雙手距嬴政肌膚寸餘緩緩拂過，一層淡淡的粉塵狀物事落於片片紅斑之上。盞茶工夫，便見紅斑血痕消失，肌膚顏色漸漸復歸常態，嬴政緊皺的眉頭已經舒展開來。老人又退後幾步站定，舒展雙臂遙遙撫向嬴政。如此又是盞茶工夫，嬴政猛然咳嗽了一聲，咯出了一口血痰，長長地喘息了一聲。老人徐徐收掌，向嬴政深深一躬，又向趙高一拱手，逕自轉身去了。

「回來。」嬴政叩了叩書案。

老人回身，卻並沒有走過來。

「先生高名上姓？」

「老夫徐福，山野之民。」

「先生醫術立見功效。但有閒暇，當討教於先生。」

「秦王視老夫療法為醫術，至為明銳，老夫謝過。」

一句話說罷，老人走了。嬴政邊穿衣服邊吩咐趙高，好生待承這位人物，待忙完這段時日再理論此事，目下切勿聲張。趙高雙腿已經軟得瑟瑟發抖，臉上卻是舒坦無比的笑意，一邊抹著額頭汗水一邊諾諾連聲，一溜碎步去了。

夜風清涼，嬴政神清氣爽，展開了一卷又一卷文書。

南下期間，李斯將涉及廷尉府的預行之事已經擬定了詳細的實施方略，並已經會同蒙毅擬好了頒行天下的文書。嬴政一一看過，件件都批了一個大字：「可。」刁斗打響四更的時刻，嬴政開始讀博士學宮的整整一案上書。這些上書，是李斯轄制博士學宮期間預擬的新朝種種典章。嬴政南下期間，這些待定典章已經分送各大臣官署預覽，各署附在上書之後的建言補正者不多，大多都是一句話：「典章諸事，聽王決斷。」嬴政一一看罷，深為這些飽學博士的學問才具所折服，件件有出典，事事有流變，確實彰顯了他在朝會上著力申明的圖新之意。全部典章，除了略嫌繁冗，實在是無可挑剔。反覆思忖，嬴政還是糾正了兩處涉及自己的典章。

其一是君主名號。博士學宮擬定的名號是「泰皇」，論定出典如此說：「古有天皇，有地皇，有泰皇，泰皇最貴。臣等昧死上尊號，王為泰皇。」嬴政也曾聽李斯講述過這一動議，知道泰皇有兩說，一則云泰皇即三皇（天皇、地皇、人皇）之中的人皇，一則云泰皇即太昊，是三皇之前的稱謂。然嬴政總覺這一名號虛無縹緲，尚不如戰國尊崇的帝號實在，當年秦齊分稱西帝、東帝，就是將帝號看得高於王號。然則，若單取帝號，似乎又不足以彰顯遠承聖賢大道之尊崇，崇古尊典的博士們也一定不以為然。思忖之下，嬴政心頭大亮——皇帝！對，便是皇帝，有虛有實有古有今！於是，嬴政提筆，斷然在旁邊用朱筆寫下了兩行大字：「去泰，著皇，採上古帝位號，號曰『皇帝』。他如議。」一

其二，廢除了謚法。謚者，行之跡也。後人以一個簡約的名號，對死者一生行跡作一總括性評價，此所謂謚法。此種法度，據說是周公所定，其本意大約在告誡君王貴族要以後世評價預警自身。博士們上書：以謚法定制，秦王為泰皇，當追尊其父莊襄王為太上皇。後來的漢高祖劉邦即位之時，完全採取了這一謚法，追尊其父為太上皇。然則，嬴政卻以為這種謚法很是無謂。後人話語，很無聊。一則，誘使君王沽名釣譽，容易虛應故事；二則，誘使言官史官以某種褊狹標準評價前人，事實上遠離當時情境，徒然引起種種紛爭。於是，嬴政提起朱筆，慨然批下了幾行文字：「太古有號無謚，中古有號，死而以行為謚。如此，則子議父，臣議君也，甚無謂，今弗取焉！自今以來，除謚法。本王為始皇帝。後世以計數，二世三世至於萬世，傳之無窮！」

曙色初上時分，蒙毅準時踏進了秦王書房。

嬴政從書案前站起，疲憊地指了指兩大案朱筆批過的文書道：「都好了，一一擬好詔書，朝會之前頒行。」便搖搖晃晃地被輕步趕來的趙高扶走了。蒙毅一一查對文書，發現秦王大半夜批閱的文書竟多達百餘件，一時感慨不已，轉身立即吩咐書吏抄錄整理再謄刻。而後，蒙毅靜下心來開始草擬第一道皇帝詔書了。

五月末，咸陽舉行了最盛大朝會——皇帝即位大典。

朝會之前，先期頒行了〈大秦始皇帝第一詔書：大秦典則〉（註：典則，意同典章，出自《尚書・五子之歌》：「有典有則。」典章一詞，後世隋代始有），以期在皇帝即位大典第一次尊典實施。這道詔書頒行咸陽各大官署與天下郡縣，明定了天下臣民關注的諸多事宜，一時朝野爭相傳誦蔚

為大觀。這道皇帝詔書所確定的典制，一直在中國延續了兩千餘年：

〈大秦始皇帝第一詔書：大秦典則〉

大秦始皇帝詔曰：自朕即位，採六國禮儀之善，濟濟依古，粲粲更新，以成典則。自國，自朕，以至諸般文明事，皆以其實施之。為使天下通行，典則之要明詔頒行：

其一　國號：秦

其二　國運：推究五行，秦為水德之運；水性陰平，奉法以合

其三　國曆：以顓項曆為國之曆法

其四　國朔：奉十月為正朔歲首，朝賀之期

其五　國色：合水德，尚黑，衣服旄旌節旗皆尚黑

其六　國紀：以六為紀，法冠六寸，輿六尺，六尺為步，乘六馬

其七　國水：奉河為國水，更名德水，是為水德之始

其八　君號：皇帝。朕為始皇帝，以下稱二世三世以至萬世

其九　皇帝諸事正名：皇帝自稱朕，皇帝命曰制，皇帝令曰詔，皇帝印曰璽，車馬衣服器械百物曰車輿，所在曰行在，所居曰禁中，所至曰幸，所進曰御，皇帝冠曰通天冠高九寸，臣民稱皇帝曰陛下，史官紀事曰上

其十　諸侯名號：皇帝所封列侯，統稱教

十一　上書正名：臣下上書，改書為奏

十二　人民正名：人民之名繁多，統更名曰黔首

十三　書文正名：凡書之文，其名曰字

十四　書具正名：凡書文之具，其名曰筆
天下治式等諸般大事，待大朝議決之後，朕後詔頒行
典則所涉其餘細則實施，統以廷尉府書令發於朝野

大秦始皇帝元年夏

於是，這次大典朝會自然而然地變成了亙古未聞的一次盛典。除王翦蒙恬等邊陲諸將未曾歸國，幾乎所有的文武大臣與郡縣主官都如期趕到了咸陽。依著博士們制定的大典新朝儀，皇帝即位大典從卯時開始，整整進行到豔陽高照的午時。博士叔孫通，是參與制定這次朝儀的重要人物。若干年後，此人根據記憶與私家典藏，為西漢開國皇帝劉邦恢復了秦始皇的即位朝儀，由此身大臣之列。

據叔孫通所複製的朝儀，始皇帝的即位大典大體是這樣進行的。

天亮時分（平明），大臣們一律著朝服在大殿外車馬場列班等候。而後，由謁者（掌賓客官員）以爵位高低，分班次將大臣們分別領上大殿平臺，再分列等候。殿門平臺直到大殿兩廂，整肅分列著皇室甲士並特定旗幟。大臣引導完畢，臚傳（上下呼傳禮儀官）之呼聲從大殿內迭次傳出：「趨——趨——」如天音呼喚，莊嚴肅穆。隨著迭次呼聲，一隊隊殿下郎中（皇室侍衛官）整肅開出，從大殿門口分列兩廂直達殿內陛（帝座紅氈高階）下，在廣廈之下形成一條寬闊的甬道。此時，悠揚肅穆的鐘鼓雅樂聲起，謁者導引著大臣們始從郎中夾道中走進殿門，直達陛下。武臣以通武侯王賁為首，依爵次列於陛下西方；文臣以徹侯王綰為首，依爵次列於陛下東方，兩兩相向肅立。所有大臣列就，謁者僕射（總掌贊禮官）面向大殿屏後一躬，高呼：「皇帝御駕起——」幾名臚傳遂接連高呼，呼聲迭次向後蕩出。傳呼聲落點，皇帝坐在特製的車輛（輦）中，由六名內侍推車，六名侍女高舉著車蓋一般的傘蓋徐徐而出，恍若天神。帝輦一動，殿中的皇室衛士一齊高舉旗幟，郎中們一齊長呼：

「警——」皇帝輦徐徐推至帝座前，頭戴通天冠，身著特定御服，腰繫長劍的皇帝被內侍扶持下輦，穩健地步登帝座，肅然面南。皇帝坐定，謁者僕射高宣：「皇帝即位，百官奉賀——」於是，天子雅樂大起，謁者導引著兩列大臣分三班向皇帝朝賀：首班最高侯爵，次班大庶長至左庶長，再次五大夫至官大夫；每班朝賀皆撲拜於地，高呼：「皇帝萬歲——」謂之山呼。分班次朝賀完畢，大臣們依爵次魚貫進入事先寫好名號且各自固定的座案就座。百官坐定，謁者僕射又高呼：「法酒上壽——」雅樂再度大起，謁者依次導引爵位最高的九位功臣，分別向皇帝賀壽，頌禱皇帝萬歲萬歲；每賀，其餘百官必須高聲同誦萬歲。此謂之觴九行，或謂之九觴。整個朝儀過程，有執法御史不斷巡視，舉凡儀態不合法度之官員，立即被導引出大殿。故此，沒有一個人敢輕慢喧譁，肅穆得太廟祭祀一般。九觴之後，謁者僕射高呼：「罷酒——」於是，酒具撤去。

謁者僕射再度高呼：「皇帝下詔——」這才輪到皇帝開口了。

「太過繁冗。明日重新大朝，再議國事。」

輪到皇帝開口，皇帝煩躁了，拍案兩句話，不坐帝輦逕自走了。

皇帝揮汗如雨地走了，舉殿大臣哄然笑了起來，一邊紛紛攘攘地擦拭著額頭汗水，一邊揶揄嘲笑著煞有介事的博士們。「熱死人也！大熱天硬教人穿這大袍子！」「這叫甚慶典，折騰得人路都不會走了！」「鳥個典！擺著酒不教人喝！活饞人！」「那叫法酒！你不是九侯，能喝麼？」「九侯如何，也才一人一爵！」「誰弄的這朝儀？氣死人也！」「不折騰我等老胳膊老腿，人博士憑甚立功？」「博士博士，狗屎不如！」

不知誰高聲貶損了一句，殿中一陣哄然大笑，大臣們紛紛抹著汗水去了。漸漸地，大殿中只有博士僕射周青臣與叔孫通等一班博士了。周青臣很是難堪，大步走向還在歸置大殿的謁者、御史與郎中們，黑著臉高聲道：「群臣對皇帝大不敬，御史親見，為何不緝拿問罪！」領班御史丞轉過身來哈哈大笑道：「朝儀已罷，說幾句閒話也問罪？虧了你老博士飽讀詩書也！」其餘郎中謁者也紛紛笑嚷：「受教受教，皇帝沒蓋偌大國獄，拿人關到博士府去，你管飯也！」旁邊叔孫通頗是機變，過來一拱手低聲道：「稟報僕射，丞相拜謁學宮，尚等我等議事。」周青臣心頭驚喜，佯作氣哼哼一甩大袖，就勢走了。

四、呂氏眾封建說再起　帝國朝野爭鳴天下治式

整整一個午後，博士學宮都彌漫著一種亢奮氣息。

丞相王綰親自拜謁學宮，本來就是一件非同小可的盛事。然最令學宮感奮的，還是丞相親邀博士們會商一件根本大事：新朝圖治，當在天下推行何種治式？老丞相說得很明白，典則也好，朝儀也好，皆無涉根本，無須糾纏。國家根本在治式，透徹論定治式，才是博士學宮真正功勞。年餘以來，博士們已經察覺出，新朝的大勢越來越微妙了。博士們原以為天經地義的諸侯制，在新朝卻被莫名其妙地擱置了。秦王首朝封賞，竟然沒有諸侯一說。然則，秦王也沒有說不行諸侯制，放下的話是，容後一體決之。這就是說，事情尚在未定之中，各方還都沒有形成政見方略。同時，法權在握的廷尉府傳出的消息是：李斯與一班親信吏員日夜揣摩天下郡縣，似有謀劃郡縣制之象。此時的秦王，依舊沒有明白定策。從南海歸來後，秦王除了確定典則與皇帝大典朝儀，對最為重大的治式事宜，始終未置可否。如此微妙情勢之下，又逢皇帝剛剛即位之日，位高權重的老丞相親自拜謁學宮且明白會商大事，此間究竟蘊藏著何等奧祕？

在從王城回來的路上，周青臣著意邀叔孫通同車。車行幽靜處，周青臣突兀問：「足下以為，丞相府廷尉府，孰輕孰重？」叔孫通以問作答：「江水河水，孰大孰小？」周青臣一笑：「江亦大，河

亦大，奈何？」叔孫通答：「兩大皆能入海，唯能決之者，長短也。」周青臣恍然：「如此說，謀之長遠，其勢明矣！」車行轔轔，兩人不約而同地大笑了一陣，又異口同聲說了一句：「正道悠長，《呂氏春秋》也！」

柳林中擺開了恭賀皇帝即位的盛宴，酒是丞相府賞賜的。

王綰已經白髮蒼蒼了。自從對六國大戰開始，十年之間，王綰全副身心地運籌著秦國政事，從未在四更之前走進過寢室。戰國通例，官員奉事五日歇息一日，此所謂「五日得一休沐」也。秦國勤政，六日歇息一日。可王綰自從做了丞相，卻從來沒有歇息過一日，縱是火熱的年節，都守在政事廳不敢離開也不能離開。王綰只有一個心思，丞相府須得一肩挑起千頭萬緒的政事，好教秦王李斯等全力謀劃戰勝之道。然則，不知從何時起，王綰有了一種感覺——對這個秦王，他越來越陌生了。滅楚之後，這種陌生感突兀地鮮明起來。就實說，王綰與秦王從來沒有過重大歧見，諸般政事之默契一如既往，然則，這種陌生感卻揮之不去。思緒飄向遠方，不經意間，王綰似乎也想明白了：秦王事事圖創新，自己卻似乎事事都循著常規與傳統。陌生之感，由此生焉。十幾年來，自己似乎沒有出過一次令人耳目一新的謀劃。與李斯尉繚兩位大謀臣相比，自己確實少了些獨具慧眼的長策大略。在預謀政事上，王綰也似乎總跟不上秦王大跨度的步幅，至少是很感吃力。凡此等等，都是實情，但王綰依然相信，這不是陌生之感的源頭。以秦王稟性，若僅僅是如此這般，早早已經明說了。

滅楚之後，秦王將李斯擢升為廷尉，且顯然將廷尉府變成了統籌新治的軸心，這教王綰很不是滋味。李斯的功績才具，王綰是認同的。就廷尉府的職責權力而言，秦王也沒有逾越法度。然則，新朝圖治這般重大而涉及全局的謀劃，廷尉府難道比總攬國事的丞相府更合適麼？顯然不是。此間之要，人事也。人事之要，政見心界也。

王綰與秦王之間，有著一道雙方都明白的心界鴻溝。這道鴻溝，與其說是實際政見不合，毋寧說是所奉信念不同。王綰信奉《呂氏春秋》，秦王則信奉《商君書》。這兩部治國經典的差異，生發了王綰與秦王之間難以彌合的心界鴻溝。兩部經典的差異有多大，這道心界鴻溝便有多深。當年，王綰是奉呂不韋之命，到太子嬴政身邊做太子府丞的。很長時間裡，王綰都是呂不韋與少年太子少年秦王之間的有效橋梁。秦王親政後，《呂氏春秋》事件發作，王綰沒有跟呂不韋走，而是選擇了輔佐秦王。但是，王綰卻不因人廢言，對《呂氏春秋》所闡發的治世大道，王綰始終是信奉的。即或在秦王面前，王綰也從來沒有隱瞞過。對此，秦王當然是清楚的。可是，秦王從來沒有因為王綰信奉《呂氏春秋》而減弱對王綰的倚重。否則，王綰何以能做十餘年的丞相？直至封賞功臣，直至秦王變成了皇帝，王綰的丞相之職也未見動搖跡象。

久歷風霜的王綰看得明白，秦王對自己，一如當年對呂不韋：只要你不將治學信念化作不同政見，不將政見化作事端，永遠都不會有事。也就是說，只要王綰目下安於現狀，不將自己心頭突突躥跳的信念搬出來變為政見，天下首任丞相是無可動搖的。

難處在於，王綰摁不住這頭在心頭躥跳的巨鹿。

滅楚之後，王綰有了一種越來越清晰的感覺：天下到了歧路亡羊之時，必得有人出來說話！目下，能夠擔當這個說話者職責的，大約只有自己了。博士們分量不足，奏對又往往陷於虛浮。元老大臣們失之淺陋，無以論證大道。即或是目下領事的一班重臣，其學問見識也沒有一個人足以抗衡李斯，不足以發端大事。只有王綰，根基是老秦名士，少年入仕而歷經四王，資格威望足以匹敵任何元老勳貴，論治學見識，王綰是呂不韋時期頗具名望的才士。最要緊的是，只有王綰清楚地明白新朝圖治的實際要害何在，不至於不著邊際地虛空論政，反倒引起群臣譏諷。王綰隱隱地覺得，這是上天的冥冥之意，這是無數聖賢典籍的殷殷之心。天道在前，聖賢在前，丞相權力徹侯爵位何足道哉！

「諸位，皇帝即位，圖治天下，何事最為根本？」

「治式——」

酒宴剛一開始，王綰一句問話便將來意揭示明白。博士們不約而同地昂揚應答，顯然也明白告訴了王綰，他們是有準備的。王綰一時大為欣慰，一改很少痛飲的謹慎之道，與博士們先連飲了三大爵，以表對皇帝即位的慶賀。置爵於案，王綰慨然道：「老夫今日拜謁學宮，一則，感念眾博士為國謀治，刷新典則、創制朝儀有功！二則，共商新朝圖治之根本。諸位皆飽學之士，尚望不吝賜教。」

「鮑白令之敢問丞相，天下大道幾何？治式幾何？」

「天下大道者二，王道，霸道。天下治式者二，諸侯制，郡縣制。」

「淳于越敢問丞相，人云廷尉府謀劃郡縣制，丞相何以置評？」

「圖治之道，人皆可謀可對。廷尉府謀郡縣制，無可非議也。」

「伏勝敢問丞相持何等主張？諸侯制乎，郡縣制乎？」

「諸位以為，老夫該當何等主張？」

王綰揶揄反問，柳林中蕩起了一片笑聲。詰難論戰原本是戰國之風，博士們已經在幾個回合的簡單問答中大體清楚了老丞相的圖謀，正欲直逼要害，卻被王綰輕輕蕩開，不禁對這位老丞相的機變詼諧顯出了幾分由衷的佩服，一時笑出聲來。

「在下叔孫通有對。」一個中年士子站了起來。

「先生但說。」

「謀國圖治，當有所本。秦國圖治之本，在《呂氏春秋》！」

「何以見得？」王綰淡淡一笑，掩飾著心頭的驚喜。

「天下治式兩道，諸侯制源遠流長，郡縣制初行戰國。」叔孫通從容地侃侃而談，「戰國大爭之世，七國不奉諸侯制而奉郡縣制，大戰之需也，特異之時也！今秦一天下，熄戰亂，不當仍以戰時之治行太平盛世。是故，新朝當行諸侯制，回歸天下大道……」

「采！」片言隻語將郡縣制之偏離正道揭開，博士們一陣亢奮。

「然則，」聲浪平息，叔孫通突然一個轉折道，「若以三代王道為諸侯制根本，始皇帝必難接納。何也？戰國變法迭起，棄置王道已成時勢。當此之時，若以三代王道論證諸侯制，必有復辟舊制之嫌。為此，必得以《呂氏春秋》為本，方得有效也。」

「采——」博士們更見奮然了。

「《呂氏春秋》，有諸侯制之說？」王綰饒有興致。

「有！眾封建論也！」

「鮑白博士學問最博，背誦給丞相。」周青臣指點著高聲應答的紅衣博士。

「丞相且聽。」鮑白令之高聲念誦道，「《呂氏春秋．慎勢篇》云：天下之地，方千里以為國，所以極治任也。國非不能大也，其大不若小，其（地）多不若少。眾封建，非以私賢也，所以便勢，所以全威，所以博義。義博、威全、勢便，利則無敵。無敵者，安。故，觀於上世，其封建眾者，其福長，其名彰……王者之封建也，彌近彌大，彌遠彌小。故，海上有十里之諸侯……多建封，所以便其勢也。」略微一頓，鮑白令之慨然道，「呂氏之論，封建諸侯為聖王正道。封建越多，天下越安，此謂眾封建也！」

「鮑白之論，我等贊同！」博士們不約而同的一片擁戴、附和聲。

「敢問老丞相，博士宮可否上書請行諸侯制？」周青臣小心翼翼。

「有何不可？老夫也是此等政見。」王綰叩著大案坦然高聲道，「你等上書皇帝，老夫也要上書皇帝。其時，皇帝必發下朝議會商。但行朝會議決，公議大起，治式必決。」

「丞相發端，我等自當追隨！」叔孫通一聲呼應。

「我等追隨！」博士們異口同聲。

王綰離座起身，對著博士們深深一躬，轉身對周青臣一點頭，逕自去了。博士們心氣勃發，紛紛請命草擬上書。周青臣與叔孫通等幾個資深博士略事會商，當即公示了一個方略：人人都作上書之文，夜來公議公決，選最雄辯者為博士宮聯具上書，面呈皇帝。博士們哄然喝一聲采，紛紛散去各自忙碌了。

次日清晨再度朝會，大出群臣意料，只一個時辰便散了。

皇帝大典後，嬴政很感疲憊煩躁，昨日回到東偏殿書房冷水沐浴一番，靠在臥榻便迷糊了。不想午間小憩竟作了沉沉大睡，直到日薄西山才驀然醒來，氣得將趙高狠狠罵了幾句。夜來精神倍增，嬴政將李斯、王賁召進王城，再加原本在書房值事的蒙毅，要事先會商一番明日朝會如何動議治式。三人走進書房，嬴政遠遠一招手道：「來來來，脫了厚袍子坐！小高子，冰茶！」不料，三人都沒有應答，而是按著爵次順序，王賁在前李斯居中蒙毅在後，一起躬身大禮，畢恭畢敬地齊呼了一聲：「臣等參見皇帝陛下！」嬴政恍然起身，大笑道：「免了免了，書房折騰個甚！大朝擺擺架勢罷了，事事如此折騰還做不做事了？日後書房議政老樣子，誰喊皇帝陛下，叫他出去晾著！」一串笑語申斥，三位大臣呵呵笑了起來，氣象頓時和睦如初。

三人就座，各去朝服冠帶，長髮散披，通身一領麻布長衫，再飲下一碗冰茶，頓時大覺涼爽。嬴政一說事體，李斯不禁一聲感喟：「惜哉！尉繚子也。若他能動，此事容易多了。」王賁蒙毅也是一聲歎息。嬴政低聲道：「先生風癱，太醫無以救治。我已請一東海神醫看過，也依然未見起色。還有老將軍，但有他在朝……天意也，夫復何言！」一說到王翦，嬴政眼中泛起了淚光。李斯蒙毅也雙眼潮濕了。

「君上，還是議事了。」王賁岔開了話題。

嬴政說了事體，期冀明日朝會能一次議決郡縣制，以便早日推行；預料群臣中可能有主張諸侯制者，故得預為綢繆。李斯稟報說，郡縣制之實施方略經多次補正，已經確定了，只待議決推行。蒙毅說，重臣之中明白主張郡縣制者，只有素常小朝會的王翦、李斯、王賁、蒙恬、尉繚幾人，而能在大朝會動議者，大約只有李斯了。嬴政點頭，李斯也沒有說話。一直默然的王賁卻突然說，廷尉動議不宜。嬴政問為何？王賁說，郡縣制諸侯制之爭，大多將軍不甚了了，大多文臣則無甚定見。若有重臣主張諸侯制，很可能群臣便跟著走了。那時，才該廷尉殺出。嬴政大笑道，說得好！朝會也是戰場，精銳要用在最難之時。蒙毅問如此誰來動議？王賁斷然道，我來，我與尉繚前輩聯具如何？嬴政李斯蒙毅三人異口同聲說了聲好。如此商定之後，王賁李斯驅車去了尉繚子府邸先行知會。嬴政吩咐蒙毅立即為兩人草擬上書。三更時分，王賁李斯返回皇帝書房。與尉繚子情誼篤厚的李斯稟報說，臥在病榻的尉繚子欣然允諾了。嬴政心頭頓時踏實了許多。於是，王賁拿了蒙毅起草的上書底本，立即回府準備去了。小朝會便在深夜中散了。

誰也沒有料到，朝會局勢會發生如此突兀的變化。

朝會伊始，嬴政剛剛申明了主旨，丞相王綰便第一個出班奏對。依照新朝儀，王綰站在自己的座案前捧著上書高聲念誦：「臣，丞相王綰，昧死有奏皇帝陛下，主張新朝奉行諸侯制。臣呈上奏章——」於是，眾目睽睽之下，殿前御史接過了新朝的第一道奏章，雙手捧到了始皇帝案頭。大殿群臣始而驚訝——歷來只處置政務而不提政見的老丞相竟能發端大政！繼而恍然——新朝遵奉何等治道，非老丞相發端莫屬！於是，一時紛紛議論。

正當此時，博士僕射周青臣霍然站起，高舉上書高聲念誦：「臣，博士僕射周青臣，昧死有奏皇帝陛下，呈上博士七十人聯具之〈請行封建書〉——」殿東一大片博士整齊站起，齊聲高誦：「臣等昧死啟奏皇帝陛下，請行封建，以固大秦！」如此聲勢，又一齊口稱昧死，秦國廟堂見所未見，一時群臣彷徨，有諸多元老便要站起來呼應。

實際說，秦之典則禮儀雖細，然也不可能事事定則。譬如這大臣口稱「昧死以奏」，便不是禮儀典則所定。然若依著「尊上抑下」的典則精神，臣下自己要在言事時，或加上彰顯忠心之詞，或加上勇於任事之詞，典則禮儀自是不能禁止。也就是說，臣下自甘卑下奉迎，有利於鞏固皇權，法度禮儀不會禁止。後來，諸多臣下起而仿效，奏章之首多稱「昧死以奏」以為表白，遂使後世學人多以為臣稱「昧死」乃秦時訂立制度使然。此間誤會，何其深也！延續唐宋之後，諸多儒臣奴性大肆氾濫，以至有人整日念叨「臣罪當誅兮，皇帝聖明！」顯然，這是事實存在的一種自虐，絕非制度所立。此乃後話。

目下的王綰與眾博士口稱昧死，可謂既表惶恐，又表忠心，亦表無所畏懼。就其本意，無疑與「斗膽直言」之類的表白相近，也許本無他意。然在質樸厚重的秦國朝會上，大臣言事，歷來極少這種自我表白，有事說事罷了。如今老丞相慷慨發端，一大片博士慷慨相隨，人人昂昂高呼昧死以奏，大臣們如何不怦然心動？

「臣，通武侯王賁有奏。」

一聲渾厚而沉穩的宣示，大殿中立刻肅靜下來。誰都知道，王翦王賁父子連滅五國，在新朝具有無與倫比的分量。更有一點，父子兩人都是寡言之人，朝會極少開口，開口則絕不中途退縮。當此之時，王賁挺身而出，定然大事無疑。舉殿肅然之間，只見王賁前出兩步，捧著一卷竹簡高聲道：「臣與關內侯尉繚聯具奏對，請行郡縣之治，今呈上奏章。」殿前御史接過竹簡，王賁坐回了班次。見如此兩位重臣與丞相大相逕庭，主張郡縣制，群臣這才稍見清醒，不再急於附議，一時方安靜了下來。

「老臣有奏……」王綰再度慷慨奏對。

「朕有決斷。」皇帝開口了，打斷了王綰。嬴政第一次使用這個拗口的字，顯得有些生硬，也滲出幾分冷冰冰的氣息，「丞相、博士宮、通武侯、關內侯，各有奏章，且主張已明，當下議決，未免倉促。朕之決斷：發下今日三則奏章，各官署集本部官吏議之，或釀成共識，或兩分亦可。旬日之後，朝會一體決之。散朝。」說罷，皇帝逕自走了，朝會也就散了。

旬日之間，咸陽各官署及治情已經穩定的郡縣官署，都開始了哄哄然的議政。

議政決事，既是秦國之傳統，又是秦國之法度，並非散漫議論。春秋戰國之世，尚大體延續著古老的三代議事傳統，列國都不同程度地實施著一種大事須交群臣公議的決策法則。戰國動盪多戰，決事力求快速高效，公議制不可避免地有所淡化，然卻沒有從制度意義上消失，在事實上也經常見諸各國。就秦國而言，大事交付公議多見於史料記載：秦穆公合大夫而謀政，秦孝公廷議變法，秦惠王議伐巴蜀，秦昭王議殺白起，秦王政議逐客、議破四國合縱、議禪繼、議帝號等。也就是說，雖然戰時決事需要快捷，尋常軍國大事皆由君主與相關重臣立決立斷，但關涉根本的長策大略，還是很看重公議決斷的。

議政作為一種制度，其實施流程表現為：某臣動議（顯而易見的實際大事，不需動議也可由君主發動公議）——君主發其上書於各官署下令議之——各署得將議決對策正式呈報君主——君主集重臣或全體大臣最終議決。若群臣所議一致，君主也見識無二，則君主可不行朝會而決斷；若群臣對策不一，則君主必得行朝會決斷，而不能獨斷。此，議事制度之根本也。譬如目下諸侯制與郡縣制之爭，既是國家根本長策之爭，又是最具權力的兩方重臣之爭，牽涉既廣，利害且深，皇帝自不能當場獨斷，發下群臣公議，是所有人都能接受的穩妥方式。此等議事制度，是華夏族群在艱難生存中群策群力之遺風，彌足珍貴。然則，這一議事制很快就消失了。這是中國歷史上一件並不如何矚目，然卻影響深遠的大事。不久之後，我們將目睹這一事件的來龍去脈。

嬴政深感朝會之出乎意料，散朝後立即召進李斯王賁會商。

李斯說，博士宮聯具請行封建，意料之中不足為奇。戰國末世改制，若沒有諸侯制聲音，反倒是怪事了。而老丞相王綰不事先知會，而突兀力主諸侯制，才是真正的棘手。王賁說，老丞相歷來與聞決策，該當明白君上圖治趨向，今突兀轉向諸侯制，完全可能引發大局動盪生變。王賁深表贊同，補充說，此等動盪與其說遲滯郡縣制推行，毋寧說為天下復辟者反對郡縣制立下了一個新的根基，後患多多。蒙毅則以為，王綰突兀發難，很可能是受了博士們煽惑，未必是自家真心主張；其中根源，必是王綰自覺新政軸心不在丞相府所致。

「不。三處須得澄清。」一直凝神傾聽的嬴政輕輕叩著書案，「其一，王綰之舉，絕非突兀。其二，王綰主張，絕非復辟。其三，王綰之心，絕非自覺權力失落。不明乎此，不能妥善處置紛爭。」

「君上三說，依據何在，敢請明示。」王賁一如既往地直率。

「先說一。」嬴政順手從文卷如山的旁案拖過一只早已打開的長大銅匣，拿出一卷竹簡展開在案頭，「這是《呂氏春秋》，兩位可能不熟，廷尉該當明白。《呂氏春秋》明白主張封建制，而且是眾封建，諸侯封得越多越好。王綰素來信奉呂學，未嘗著意隱瞞。當此之時，王綰必感事關重大，而又無法說服我等君臣，故聯手博士，形成朝議對峙，逼交公議而決。顯然，老丞相是有備而來。三位皆曰突兀，因由在於忽視了王綰的治學根基，似覺老丞相沒有理由如此主張。可是如此？」

「君上明察！」三人異口同聲，李斯猶有愧色。

「再說二。」嬴政指點著案頭書卷，「王綰主張封建諸侯，基於治國學說，基於安秦之另一思路！而非基於復辟遠古舊制，更非基於復辟六國舊制。此與當年文信侯根基同一。而六國王族、世族鼓蕩封建諸侯，則是明白復辟。即或博士宮七十博士主張封建諸侯，一大半也是基於治學信奉之不同，也非世族復辟之論。」

「君上明察！」

「再說三。」嬴政又從旁案拖過一只木匣，拿出一卷道，「滅楚之前，老丞相曾經上書請辭，理由便是『治事無長策，步履遲滯』。十餘年來，老丞相勉力支撐，未嘗一事掣肘，縱無大刀闊斧，亦絕非糾纏權力進退之輩。」

「臣之指斥，草率過甚！」蒙毅當即肅然長跪，拱手如對王綰致歉。

「凡此者三，決我方略。」嬴政對蒙毅淡淡點頭一笑，繼續道，「一則，唯其王綰有呂學根基，有備而發，兩制之爭當認真論爭，絕不草率從事。二則，唯其老丞相博士等，非六國王族世族之復辟，兩制之爭，當以政見歧異待之；縱有後患，屆時再論。三則，唯其老丞相非關私欲，兩制之爭不涉國政權力。」

「臣等贊同！」

「君上方略至當。」李斯一拱手，心悅誠服而愧色猶在，「王綰之於呂學，臣疏忽若此，深為慚愧也！今據君上處置兩爭之三則方略，臣以為根本在第二則，即以政見歧異待之。既為政見之爭，必涉呂學與諸家之道。此，臣之所長也。臣自請主力，與老丞相等一爭是非曲直。」

「廷尉主力，正當其時！」王賁拍掌大笑。

「聽說《呂氏春秋》乃廷尉當年總纂，正當其人！」蒙毅和了一句。

「好！廷尉主戰。」嬴政一拍案，「然，此事至大，不能廷尉孤軍獨戰。」

「陛下毋憂，我等當妥為謀劃。」不期用了新稱謂，李斯自己也笑了。

「臣等與廷尉協力！」王賁蒙毅立即跟上。

「好！兩制之爭乃華夏根本，務求全勝！」

「赳赳老秦，共赴國難！」

李斯王賁蒙毅不期然異口同聲冒出一句久違了的老秦誓言，一時君臣四人的眼睛都潮濕了。片刻默然，嬴政高喊小高子上酒。趙高捧來四爵老秦酒，君臣四人汩汩痛飲而下，頓時人人一身大汗，同聲大笑一陣，匆匆散去各自忙碌了。

在嬴政君臣籌劃之時，各署議治的消息也紛紛激盪開來。蒙毅總司中樞，絡繹不絕的消息都是「本署多以封建諸侯為是，以郡縣制為非」。蒙毅非但備細閱讀了每一份呈報進皇城的議治書，還親自趕赴丞相府、上將軍府、大田令府、司空府、司寇府、內史府、博士宮七大最主要官邸分別聽了議治論爭，終於對種種紛爭大體清楚了。

蒙毅對皇帝的稟報是：歸總說，群臣議論多以封建諸侯制為是。其間情形又分四類。其一，丞相府與博士宮之議，一致以呂學為根基，認定封建諸侯為安秦大道。其二，大田令等實際治事官署，則多從經濟民生出發，以為郡縣制易於凝聚國力民力，易於農耕河渠之通暢，多以郡縣制為是。其三，郎中、御史、太廟令、太史令以及諸多皇族大臣，則多從傳統出發，認定封建制利於族群血統之穩定延續，故以封建諸侯為是。其四，上將軍府與國尉府最為特異，由於王翦蒙恬皆不在咸陽，國尉府又一直由尉繚虛領而無實際長官，故吏員之議頗為別致：大多以郡縣制為戰時權宜之計，安定天下則當奉行封建諸侯制。

「南北上書到了麼？」嬴政淡淡一笑。

「南海上書、九原上書，剛剛到達。」

「如何說法？」

「王翦老將軍力陳封建弊端，力主郡縣制。蒙恬將軍亦同。」

「扶蘇回來沒有？」

「皇長子明日將抵咸陽。君上，如此做……」

「不怕。事關長遠，教皇子們聽聽有好處。」

「那，最好明令皇子們只聽不說，持公允之身。」

「不！可以說話。面對如此利害，一個毫無評判的皇子何以立足天下？」

「君上，皇子們尚未加冠……」蒙毅欲言又止。

「準時大朝，放開一爭！」嬴政斷然拍板，沒有理睬言猶未盡的蒙毅。

始皇帝元年五月末，事涉華夏根本的一場創制大論戰正式拉開了帷幕。

除了王翦蒙恬與據守隴西的李信，頓弱姚賈等所有的在外大臣與已經有穩定官署的大郡郡守、大縣縣令，都被召回了咸陽。更有不同者，大殿內皇帝階下專設了皇子區域，二十餘名皇子全部與朝。咸陽所有官署的所有官員，除了有秩吏之下的吏員，舉凡官員一律與會。素常寬闊敞亮的正殿，黑沉沉一片六百餘人，第一次顯得有些狹小起來。卯時鐘鼓大起，帝輦在迭次長呼中徐徐推出。高冠帶劍的皇帝穩步登上帝座，大朝會宣告開始了。

「諸位，朕即皇帝位，今日首議大政。」

所有的殿門與所有的窗戶全部大開，沉沉大殿在盛夏的清晨頗為涼爽。皇帝一身冠帶，平靜威嚴地繼續宣示著主旨，「天下一統，我朝新開。或行封建諸侯，或行郡縣一治，事關千秋大計。日前，首議三奏業已發下，各署公議也大體清晰。歸總論之，主張依然兩分。今日大朝，最終議決，朕將親為決斷。朝會議政，不避歧見，諸位但言無妨。」

「臣，博士鮑白令之敢問，陛下對新治大計定見如何？」

「大朝議政，不當揣摩上意。」皇帝冷冰冰一句回絕了試探。

「臣，博士僕射有奏。」西邊文職大臣區後的博士區，昂然站起了掌持博士學宮的周青臣，慷慨激昂道，「皇帝陛下掃滅六國，威加海內，德兼三皇，功過五帝，為千古第一大皇帝也！然則，平海內易，安海內難。天下九州，情勢風習各異，難為一統之治。大秦欲安，必得以《呂氏春秋》為大道，眾封建。封諸多皇子各為諸侯，輔以良臣，因時因地而推治，如此天下可定也！」

「臣，博士淳于越附議！今皇帝君臨天下，四海歸一，當繼三代之絕世，興湮滅之封國，使諸位皇子、開國功臣，皆有封國之土，皆有勤王之力！如此封藩建衛，土皆有主，民皆有君，皇帝陛下亦省卻治民之勞，鬱鬱乎文哉！泱泱乎大哉！」這位素有稷下名士聲望的淳于越跟了上來，文臣坐席區諸多要員頓時振作矚目。

「臣，博士叔孫通轉呈山東游士奏章！」

一言落點，舉殿驚訝。朝會者，君臣之議，是為朝議。遊學士子為庶民，故為野議民議。野議民議無固定程序，也並不包括在君主「下議」的議事制度之內。然則，華夏族群自遠古以來，即有濃厚的野議之風，也有許多相應的上達形式，明如謗木制、諫鼓制、請命制等，暗如童謠、民歌、公議、請見、上書等，甚或包括了特定的流言。戰國之世，重視野議之風猶在，齊威王整肅吏治的舉措之一，便是以謗木制搜集民眾建言及對官吏的舉發。當時天下對齊人風習的評判，其中有一句「多智，好議論」。這個「好議論」，說的便是野議之風的普及強大。庶民野議但以上書方式呈現，往往是最為重大的民議，甚或可被視為某種天意。當此重大朝會，陡然出現野議奏章，此間意蘊難以逆料，大殿群臣立即靜如幽谷。

「既有野議奏章，當殿宣讀可也。」皇帝說話了。

「臣遵詔。」叔孫通展開一卷，高聲念誦起來，「臣等山東游士二百一十三人，啟奏皇帝陛下：大亂初定，天下思治，流民思歸。我等布衣遊學之士，痛感天下失治之苦。為此，懇望皇帝陛下封建諸侯，我等願各為良輔，使四方有治，使黔首有歸。如此，則天下大幸也！」念誦完畢，叔孫通高聲補充道，「民心即天心。士為天下根本，得士之心者得天下！臣贊同天下士子之議！」

「臣等贊同游士奏章！」博士席一片呼應。

「群小私心罷了，談何天心天意天下士子？」文臣區突兀一句冷笑揶揄。

「何人之言，誅心乎！論政乎！」叔孫通高聲頂了回來。

「老夫頓弱！答之足下。」頓弱雖見蒼老，精神依舊矍鑠，離開侯爵座案站到了空闊處，破例地沒有面對皇帝，卻面對著沉沉座案區高聲道，「諸位連同老夫在內，十有八九都曾是布衣之士遊學列國。此戰國之風也，入仕之道也，原本好事！然則，戰國士風雄強坦盪，無論政見如何，所論皆發自本心！是故合則留，不合則去。今日，二百一十三名士子論政上書，竟能異口同聲贊同封建諸侯，而獨無一人異議，豈非咄咄怪事乎？其間因由，不言自明。今六國皆滅，一班狗苟蠅營之士失卻奔走依託，又自覺才具不堪為皇帝大用，於是乎，唯求天下諸侯多多，好謀一立身之地。人求立身生計，原本無可指責。不合此等人物，偏以玩弄天下大計為快，以民議天心為名，實謀一己之出路，誠非私哉！諸位且說，老夫之論，誅心耶？論政耶？」頓弱原本戰國末期名家名士，桀驁不馴，當年以見秦王不拜而名聞天下。此時一片言論不作奏對，卻作了論戰之辭，一時大見老來風采，舉殿聽得入神沉寂，忘記了喝采。

「不，不是誅心，卻也不是論政！」叔孫通紅臉嚷嚷，引來一片笑聲。

「此等野議，臣等以為不說也罷！」文臣席有幾人高聲非議。

「是也是也，自請為諸侯輔臣，有私無公！」

一片嚷嚷中，周青臣淳于越叔孫通都愣怔了，博士席也一時默然了。

「老臣王綰有奏。」

鬚髮雪白的王綰終於不能坐視了。這班博士不著邊際不諳事理，王綰大為皺眉，自覺如此下去，只怕這個重大長策便要被這些虛空宏論付諸流水。王綰決計親自闡發，於是離座出班，直接面對著帝座，蒼老的聲音在大殿中迴盪起來，無一言不是實實在在。

「陛下明察：方今諸侯初破，天下初定，復辟暗流依舊湧動。大勢論之，趙魏韓之地一旦有事，尚可就近靖亂。然則，燕齊楚三地偏遠難治，若有不測之亂，咸陽鞭長莫及。此際之險，與周滅商之初相類也。大秦欲安天下，當效法封建分治，分封皇帝諸子為封國諸侯，鎮守偏遠邊陲，以安定天下。此，久遠之計也，非一時之謀也。」

「老丞相差矣！」姚賈站了起來。

「上卿何見之有？」王綰淡淡地回了一句。

「皇帝陛下，諸位大臣，」姚賈在空闊處時而面對帝座，時而面對群臣，雄辯之風不下頓弱，「歷經戰國，天下大勢已成兩種治式：封建諸侯為一道，郡縣統治為一道。今丞相既論治道，卻是天下兩分：趙魏韓之地一道，燕齊楚之地一道。持論根基，又唯在地理之遠近，平亂之難易。如此姚賈敢問丞相：天下統一而一朝兩治，政出多門而紛紜不定，圖亂乎？圖治乎？再則，天下治道若以地理遠近、平亂難易而決斷，易治者嚴，難治者寬，豈非縱容遠政不法生亂？如此治道，公平何在！正道何在！」姚賈氣勢凌厲，所攻也確實皆在要害，群臣立感決戰氣息，大殿中一時肅然無聲。

「上卿少安毋躁。」

王綰淡淡一笑，突然振作精神侃侃而談，「老夫所言，因時因地而施治也，天下正道也，非自老夫始也。在秦，自我惠文王之世取巴蜀，以王族大臣直領巴蜀近百年，與封建諸侯何其相類也！昭王之世，有穰侯治陶地。當今皇帝之初，有王弟成蟜治太原。此其實也。以治道之論，則文信侯之《呂氏春秋》有切實之論，非但主張眾封建，更主張以地理遠近定封國大小：王者封建，地越近而封國越大，地越遠而封國越小，故海上之地有十里諸侯也。凡此等等，皆因遠近不同而施治也，何由生亂乎！以目下情勢，皇帝領趙魏韓三地，是為帝畿；燕齊楚三地，則封建諸侯，勢同三代天子一治，何有天下兩治也！」王綰有理有據有史有論，殿中形勢又是一變，大臣們都流露出敬佩的神色，博士們更是奮然快慰。

「丞相論史，不足為證！」

年輕的蒙毅第一次挺身站立在殿堂論政了：「蒙毅職任長史，多聞國史典籍。丞相所言之史實，不合比作封建諸侯。自孝公以下之歷代秦王，雖時有王族子弟或重臣領於一方，然皆以國府郡縣官吏施治，王族子弟與重臣之效用俱在鎮撫，以利推行法治。此等領治，賦稅皆上繳國府，領治之地更無私兵私官，實乃郡縣一治之特例，與封建諸侯大相逕庭也！」

「呂氏之學，亦不合大道也！」

李斯站了起來。思忖情勢，李斯覺得自己該說話了。李斯也沒有面對帝座，面對面地與王綰對立著道：「文信侯眾封建之論，不合大道者二。其一，不合五百年來天下潮流。自春秋以至戰國，禮崩樂壞，瓦釜雷鳴，高岸為谷，深谷為陵；國變，君變，官變，民變，法變，最終釀得潮流大變。其間諸子百家風起雲湧，競相探索治國之道，而終歸釀成變法大潮。變法者何？變國家也，變治道也，變生計也，變民眾也。一言以蔽之，變天下文明之蘊涵也！千變萬變，軸心在於治式之變。封建諸侯裂土分治，導致天下大戰連綿動盪不休。人心思治，人心思一，思的便是天下一統，思的便是一法施治，思的便是拋卻封建。文信侯之時，天下歸一之心尚在端倪，尚未聚成大潮，故文信侯未能洞察大勢也！今日之天下，若果真行封建諸侯，無異於拋離天下民心，無異於再植裂土分治之根，棄華夏五百餘年之探索而重歸老路焉！老丞相厚學明察，拘泥於一家之學而不審時勢，何異於刻舟求劍哉！」

「老夫願聞其二。」王綰絲毫不為所動，只冷冷一笑。

「其二，丞相所言，今日新朝情勢幾同於周之滅商，在下不以為然。」

「丞相所言大是！」博士坐席一片反對李斯之聲。

「是與不是，且看史實。」李斯從容言道，「其一，三代之時，天下未曾激盪生發，不知郡縣制也，唯知封建制也。其時行封建，與其說遵奉王道，毋寧說別無選擇也！是故，不足為亙古不變之依據。其二，周行諸侯制，前後所封王族與功臣千八百餘國，可謂眾封建矣！然則，周武王屍骨未寒，周室便禍亂大生，發難者恰是王族之管、蔡諸侯！如此封建，談何拱衛天子？談何拱衛王室？至於周幽王鎬京之亂，王族大諸侯晉國魯國齊國皆不敢救，若非我老秦人棄置恩怨，千里勤王浴血奮戰，何有洛陽周室之延續哉！更不說諸侯相互如仇讎，相互攻伐而不能禁止，以鄰為壑而踐踏民生……凡此等等，封建諸侯豈非天下禍根哉！」李斯一番話痛切肅殺，所言又無不是諸侯制要害，群臣神色又是一變。

「人非聖賢，事無萬全。廷尉如此苛責聖王大道，夫復何言！」

王綰不屑地冷漠一笑，坐回了文臣首座，板著臉一句話不說了。

「臣，博士鮑白令之，敢請諸王子之見！」博士席突兀一聲。

「臣等敢請諸王子奏對！」博士們一片呼應。

大臣們似覺唐突，又似乎對博士們此等頗具離間意味的動議大有懷疑，舉殿無一人附議。王子們則惴惴不安地望著帝座，紛紛低下了頭去。

「願說者便說，無須顧忌。」皇帝說話了。

「兒臣扶蘇有奏。」英挺的皇長子一站起來，群臣眼睛立即亮了。只見扶蘇向帝座一躬，肅然正色道，「兒臣以為，大秦一統華夏，皆由將士鮮血而來，理當推行郡縣，由國家統一治民，使民無私政之苦。扶蘇縱為皇子，若求封國而行私政，大秦國法安在？」

「好！」文武兩大區，皆有人高聲拍案讚歎。

「胡亥有奏！」一聲清亮稚嫩的童音陡然蕩開。

群臣大為驚訝，後排座案的臣子們紛紛站起向前打量。皇帝不禁呵呵笑了：「你小子也敢有奏？好！有膽色，說。」皇帝話音落點，一個童稚話音在大殿中清亮地飛旋起來：「胡亥身為皇子，不求一己之利，唯願天下大治！胡亥不做封國諸侯，只做大秦良臣！」

「采——」舉殿無分政見，爆發出一陣哄然笑聲。

「皇子童稚輕言，不足以論長策！」鮑白令之昂昂然喊了一聲，大臣們頗覺滑稽，又是一陣哄笑。正在此時，東區武臣席中王賁站了起來：「臣等有奏。」一句話落點，大殿立即肅靜下來。誰都知道，如此重大的議政，擁有最高爵位的幾位武臣至今還沒有人說話。

「臣通武侯王賁，得武成侯王翦、九原侯蒙恬、隴西侯李信之托，代奏皇帝陛下：華夏邊地之治，若陰山，若隴西，若遼東，若南海，尤須郡縣一治。若行封建，華夏必失萬里屏障也。周室之亡，亡在諸侯。諸侯之患，動亂之源也。大秦不行封建，動亂將大為減少。縱然六國舊世族圖謀復辟，亦不至裹挾民眾。其時復辟世族孤立天下，我大秦六十萬鐵軍何懼之有？此，臣等之奏對也，皇帝陛下明察。」

王賁的話語一如既往地平實，沒有一句激昂之辭，卻使已經漸漸悶熱起來的大殿如秋風掃過，頓見一片肅殺氣息，大臣們頓時平靜了，沒有人想說話了。只有博士們驚愕地相互顧盼著，似乎不明白這個黝黑粗壯的鑾實將軍何以竟能有如此威懾力。

「各方大要清楚，老臣敢請陛下決斷。」王綰以為不需要再爭了。

「敢請陛下決斷！」舉殿一聲。

「好。」皇帝拍案，「旬日之內，朕以詔書說話。散朝。」

五、力行郡縣制　始皇帝詔書震動天下

嬴政破例沒有回東偏殿書房，逕自到了皇子學館。

皇子學館設在王城西苑，原本隸屬太子傅管轄，總司皇族子弟文武啟蒙之學。太子傅是一個似無實權卻又極為要害的職司，其官署與職司所在分為四處，堪稱最為特異。其一，身為大臣的太子傅的個人住宅，在皇城之外的官邸區；其二，太子傅的公事官署，設在皇城內的官署區，與皇帝處置日常政務的東偏殿相鄰；其三，對太子的教習督導職能，由專設在太子府的官署行使；其四，對太子之外的皇族子弟的教習，由專設在皇城西苑的皇家學館行使。嬴政自親政之後一直沒有立太子，沒有設置太子傅，也沒有裁汰一名太子傅官署的屬員。是故，太子傅官署職司只剩下了教習全體皇族子弟這一項，由原先的太子傅丞領事，官署吏員全部移到了這座皇家學館。嬴政從沒來過西苑，若非趙高領道，還當真在這林木蔥蘢山環水繞之中猜不出學館究竟藏在何處。

「參見父皇——」

嬴政一進庭院，眼見二十餘名冠帶整齊的皇子齊刷刷長跪拱手響亮呼喊，不禁驚訝地笑了：「小子們有備也，知道我來？」旁邊趙高惶恐道：「小高子教小內侍知會了一聲，怕皇子們不在。陛下來一次難也。」嬴政一揮手大笑：「好好好，都在這大樹下坐了，說說話。」皇子們歡聲雀躍而散，紛紛在最大的一片蔭涼下的青磚地面上坐了下來。獨有一個童稚皇子氣喘噓噓抱來了一個木墩放在樹蔭下，銳聲一喊：「父皇入座！」嬴政怦然心動，哈哈大笑間透出滿心歡暢，一俯身抹著小皇子通紅臉龐上的汗水高聲笑問：「你小子是胡亥？」小皇子一挺胸脯赳赳銳聲：「然也！我是大秦皇子胡亥！」嬴政道：「木墩是你的常座麼？」小皇子赳赳銳聲：「非也！此乃胡亥戰馬！」嬴政道：「你要戰馬做甚啊？」小皇子赳赳銳聲：「殺敵報國！安我大秦！」嬴政不禁再度歡暢地大笑起來，雙手

一卡將胡亥提起放到了木墩上：「好！你的戰馬你騎！父皇做步卒，長矛護著你！」一時間，寬闊幽靜的庭院響徹了皇子們歡快的笑聲。趙高過來低聲道：「扶蘇皇長子到九原侯府邸去了，其餘皇子都在。」

「小子們靜了，父皇要說話。」

嬴政從來沒有過此刻這般欣然輕鬆，見熙熙攘攘的皇子們安靜下來，站在大樹下笑著高聲道：「小子們今日都去了朝會，都好！給嬴氏長臉！扶蘇好，胡亥更好！小小孩童，如此識得大體，難得！胡亥，小子說說，誰是你的老師啊？」

「稟報父皇：內師同教，外師乃太史令胡毋敬！」

「都派定外師了？」

「派定了！」

「各人說，外師都是何人？」

於是，皇子們依著年歲從大到小一個個報來。嬴政聽出了眉目，除了嬴政已經知道的蒙恬為扶蘇外師，總歸個個皇子的外師都是文職高爵重臣，只有少子胡亥的外師是個爵位最低實權最小的太史令。而文臣外師之中，唯獨沒有李斯。

「好。都有了外師便好。」嬴政笑道，「沒有太子傅，父皇當初接納了太子傅丞的建言，給你等人人派了一個大臣做外師。於今看來，頗見效用也。嬴氏王族，自來有一條法度：唯才是繼！父皇沒有明立太子，便是要你等各自奮發，由朝野公議評判考校。當年，父皇便是這樣做了太子的。如何，父皇可算公平？」

「父皇大公——」一片響亮的呼喊。

「然則，」嬴政臉色倏忽一沉，「爭要明爭，要爭才具，爭見識，爭節操。誰要權謀折騰，私相暗鬥，自相殘殺，父皇決執國法嚴懲不貸！記住沒有？」

「記住了！」

「好！」嬴政又恢復了笑容道，「少皇子胡亥，朝會見識為皇子表率，才具尚有潛力。為示獎掖，父皇為其定一外師。」

「謝過父皇！胡亥這便去拜師！」

「你小子等著，定好了大庶長知會你。」

嬴政第一次稱呼了趙高的爵位，趙高亢奮得心頭突突直跳，一片暖意洋溢不去，回來的路上紅著臉一句話不說，小心恭順如同兒子侍奉父親一般。趙高沒有料到，更大的一個意外也即將來臨。在輜車行將駛出西苑時，皇帝吩咐停車。趙高停下單馬輕車，扶皇帝下車，照例肅立在車旁——他是否跟從皇帝，得看皇帝如何行止。不料皇帝一下車便道：「走，隨我一起走走。」趙高心頭一熱，立即跟著皇帝的步子小心走了起來。皇帝又氣又笑道：「你小子走到旁邊來，老跟在身後做狗麼？」趙高連忙走到皇帝身旁稍稍側後處，脹紅著臉道：「小高子，本，本來就是陛下一，一隻狗，小高子願意一輩子……」「住口！」皇帝低聲一喝，順勢坐在道邊一處茅亭下，見趙高嚇得大汗淋漓，又淡淡笑道，「趙高，你跟隨我近三十年了，功勞多多，卻無甚自家樂趣，且正道才具也都埋沒了……起來！聽我說話。」看著熱淚縱橫地從地上爬起來的趙高，嬴政正色低聲道，「這次，我想派給你一件正經差事，卻沒有任何官身名頭。少子胡亥，頗有我少年之相……然畢竟童稚未消，尚待查勘。我意，五年之內，你做胡亥老師。只教胡亥兩樣根本：一則精熟秦法，一則精熟書法。這兩件事，都需要工夫，只有你騰挪得開。五年之後，若胡亥有成，我便可另派大臣為外師，使其通曉政事。你意如何？」「君上啊……」趙高淚流滿面撲拜在地，一句話也說不出來。嬴政扶起了趙高，又拂去了趙高身上的塵土：「這是祕事。胡亥的名義外師，是李斯。記下了？」

「記，記下了……」趙高心頭大為酸熱，身下突然熱乎乎一片。

「走，回去還得擬詔。」

「君上……」趙高軟在了地上，腿邊一大攤熱烘烘水漬。

「你小子尿了？好出息也！」嬴政大笑一陣，大步走到軺車前拿來一件長衫放到了亭柱下，「換了，我在車旁等著。」

哇的一聲，趙高哭了……

是夜，皇帝書房的燈火一直亮到東方發白。

當李斯與一班圖籍吏員登車駛出皇城時，誰都沒有力氣說話了。一連串飛去的軺車上，飄盪著連綿不絕的鼾聲，引得清晨值事的城門郎中笑出了聲。及至抵達廷尉府庭院，扯著鼾聲流著涎水的李斯卻在刮木摺下的咯噔一聲中驀然醒了過來，懷中緊緊抱著一只大銅匣下車，目光直愣愣瞪著前方走向了書房。馭車吏似覺不對，連忙飛步搶前打開了一道又一道大門小門，眼睜睜看著夢遊的李斯大步匆匆進了書房。剛剛坐進書案提筆在手，李斯呼嚕一聲癱倒了。馭車吏這才喊來官僕，一起將李斯抬到了寢室。三日後李斯醒來，皇帝的詔書已經頒行了。當府丞將詔書恭敬地送進書房，為主官鏗鏘誦讀時，李斯的淚水打濕了衣襟……

〈始皇帝力行郡縣制詔書〉

始皇帝詔曰：朕曾下議國之治式，封建說與郡縣說對峙難下。朕會同相關大臣復議，亦再度查勘天下大勢，議決推行郡縣制。自今之後，天下力行郡縣，封建諸侯不復存焉！所以行郡縣者，朕執三勢：

其一，治勢也。戰國之世，七國皆數千里也，若行分封，皆可做數十成百邦國。然則七國無一封建諸侯，無一不行郡縣。何也？分治則弱，一治則強。分治則亡，一治則興。晉為春秋大國，封建世族而瓜分為三。姜齊春秋大國，封建世族而有田氏代齊。楚為五千里大國，封地分治而國力難聚，終為我所滅。凡此等等，皆為圖治之勢也。人云，不行封建，無以防田常六卿之亂。朕云，不行封建，何來田常六卿？故郡縣制者，天下圖治時勢也。

其二，民勢也。封建之眾，其國必小。國小而欲爭強，必重黔首賦稅。其時國府法令難行，必致生靈塗炭。黔首起而群盜生，其國必起動盪，終將釀成天下亂源。郡縣一治，則國必大。國大則緩急可濟，賦稅徭役可因時因地而行，民得安也。故，行封建以治則民亂，行郡縣以治則民安。何去何從，至明焉！

其三，國勢也。三代中國皆行封建，天下分治久矣！諸侯多不以天下為念，唯以私治為念，圖謀與國府疏離。如此者三代，中國諸侯法令異制，以致田疇異畝、文字異形、言語異聲、錢幣異質、車行異軌、度量衡異法，華夏業已裂土裂民矣！唯其諸事皆異，天下共苦，戰鬥不休。今天下初定，再行封建，又復立國，何異於再樹兵也！若逆勢行之，則華夏必裂土萬千，國力彌散，終將為夷狄匈奴所吞滅也！楚領南海而行封建，致今日南海百粵幾不知華夏為何物也。故，上將軍王翦有言：「若行封建諸侯，則中國無南海也。」誠哉斯言！若不能凝聚華夏諸族，使我中國文明立足萬世，秦一天下何由哉！

為此三勢，朕今決斷議政之爭：自今廢除封建，分天下為三十六郡；律法一體，官制一體；治權集於國府，決於皇帝，上下統一政令，舉國如臂使指。如此治權不出多門，私欲不至成災，天下至大之德也！始皇帝元年夏。

府丞稟報說，皇帝詔書已經頒行天下，咸陽四門也都依著傳統張掛了。咸陽城萬人空巷，都擠到城門看皇帝詔書去了。李斯油然生出感奮之心，當即下令備車趕赴咸陽南門。郡縣制傾注著李斯心血，而今一朝成形，李斯實在是感慨萬端了。

及至將到南門，人海汪洋攢動，軺車根本無法行走。李斯只好下車，走進了一家老秦人的酒肆，想聽聽人們如何說法。不想酒肆空空蕩蕩，只有兩個侍者在忙著向前櫃搬運酒罈。李斯笑道：「如此冷清，還是酒肆麼？」一個侍者頭也沒抬高聲道：「先生知道甚，你且等著，不消半個時辰，我家的酒便不夠賣了。」正在此時，一個老人風風火火大步走進，連連嚷道：「快快快，快拿布筆，寫下來！」一個侍者問：「店東寫甚？」老人興沖沖道：「寫下三十六郡，掛在牆上！一會兒人多了，都要爭著說，難免有人記不住！快去拿！」一個侍者快步拿來了筆墨與一方白布，老人提起大筆正要寫，又道：「不行不行，我記得不全，快去請個先生來！」旁邊李斯笑道：「我給你寫，掙碗酒喝如何？」老人大喜過望道：「啊呀呀，莫說一碗酒，一罈酒送先生！老夫說，先生寫！請！」李斯一笑，大步走到案前，提起筆便一個個寫了下去。老人高聲念得兩個，自家便忘記了。李斯完全不待他說，筆下流淌出一排排大字。老人不禁跟著高聲念誦起來。寫在白布上的三十六郡（註：秦初設三十六郡之名，有《漢書》之班固說，有《史記集解》之裴駰說。另有《晉書》四十郡、《舊唐書》四十九郡、王國維四十八郡說。後三說所列新郡，當為秦後期增設郡）是——

內史郡　隴西郡　北地郡　漢中郡　巴郡　蜀郡
上郡　雲中郡　九原郡　河東郡　三川郡　南陽郡
潁川郡　南郡　太原郡　上黨郡　巨鹿郡　邯鄲郡
雁門郡　代郡　上谷郡　漁陽郡　遼西郡　遼東郡
右北平郡　碭郡　泗水郡　薛郡　琅邪郡　齊郡

九江郡　會稽郡　長沙郡　南海郡　桂林郡　象郡

「采——」

李斯寫字期間，人群已經漸漸聚攏在店堂圍觀。見李斯落筆，人群爆發出一陣哄然喝采聲。李斯擱下大筆，向眾人一拱手高聲道：「目下三十六郡為初分，天下大安之際，或將增設新郡，父老們拭目以待！」話音落點，一陣萬歲聲大作，李斯便被種種詢問淹沒了。

正在李斯欲在酒肆痛飲之時，府丞匆匆趕來說，皇帝緊急召見。

六、李斯受命籌劃　帝國創制集權架構

王綰的辭官書送進王城時，嬴政堪堪用罷午膳。

大半年來，嬴政每用罷午膳便覺神思困倦，時有不知不覺歪倒案邊睡去。無奈之下，嬴政索性下令趙高在書房公案旁設置了一張便榻，再張一道帷帳，每日午膳後臥榻小憩一陣。不想如此一來大見效用，片刻迷糊醒來，分外的神清氣爽。於是，日每午間小睡，也就成了嬴政不成文的規矩。今日正要撩開帷帳，逢蒙毅匆匆送來了王綰的辭官書。嬴政站在帷帳外瀏覽一遍，朦朧之意竟沒了蹤跡。心事一生，頓覺悶熱難當，嬴政獨自出了東偏殿，漫步到殿後的林蔭大道去了。

王綰的辭官書不長，理由也只有幾句：年高力衰，領事無力，見識遲暮，無以與皇帝同步。就事論事，王綰所言都是實情。論年歲，王綰已經年近七旬，經年在丞相府沒日沒夜連軸轉，精神體魄已大不如前了。論政見，王綰力主封建制，且公然以《呂氏春秋》為根基，也確實與嬴政的決事軸心難以同心協力。唯其如此，王綰確實該讓出領政丞相的位置了。還在滅齊之前，嬴政已經思謀好了王綰

的歸宿：晉爵一級，加食邑千戶，以徹侯之身兼領博士學宮，整飭天下典籍以為治國鑒戒。甚或，嬴政一直在思謀，想給王綰在未來的新官制中謀一個類似太師一般的尊榮職位。也就是說，一定要讓王綰以功臣元老之身平安離開權力軸心。之所以如此，並非嬴政偏袒，恰恰在於王綰與嬴政有人所共知的根基疏離——王綰是呂不韋的門人，也是呂學的忠實信奉者；嬴政，卻是法家商鞅的忠實信奉者，是呂不韋真正的政敵。二十多年來，有信念的王綰能放棄治道歧見，忠實地以嬴政軸心的法家決策領政治事，誠不易也。臣職若此，身為君主的嬴政能以治道之爭而另眼看待王綰麼？更有一層，嬴政對當年逼文信侯呂不韋自裁，始終有一種負疚之心，而今對呂不韋的這位最大的門人，實在不想做出任何冷面絕情之舉。在此之前，若王綰上書辭官，嬴政一定是要教王綰盡享尊榮而淡出的。然則，如今有了這一場公然爆發的諸侯制郡縣制之爭，且天下皆知，王綰恰恰要在此時辭官，嬴政便頗見難堪了。所謂難堪，是嬴政無論如何處置，都會不上不下不妥貼。王綰終將被天下看作因政見不合而遭貶黜，嬴政也終將被天下看作對呂學一門餘恨難消而最終報復。從權謀看去，嬴政若要擺脫這種難堪境地，最好的辦法便是拖，一直拖到有一個合適的時機。然則，天下初定，大政如山，若不盡快解決此事，實際便等於將真正的施政丞相府的職能效用大大地打了折扣。而如果沒有一個強勢的丞相府，則嬴政這個皇帝勢必處於手忙腳亂之境地，諸多需要他總體籌劃的大事便無法推進。如此兩難，取捨何在……

「君上，丞相府呈來〈郡守縣令擬任書〉。」

蒙毅的匆匆稟報，使嬴政的思緒驀然折回，轉身之際問了一句：「國正監附議沒有？」蒙毅道：「丞相府上書剛到，國正監便跟了來，言丞相府擬定派任官員中有二十餘人是博士，不宜派任郡守縣令。」

「二十餘博士？」

「正是。臣已數過，二十三人。」
「你意如何？」
「臣亦贊同國正監之說，郡守重臣，博士不宜派任。」
「丞相可有親筆附言？」
「有。兩句話：郡縣未必盡法家之士，博士未必盡王道之人。」
「派任博士中，你能記得幾個？」
「周青臣、叔孫通、淳于越、鮑白令之、侯生、盧生……」
「周青臣？博士僕射也做郡守？」
「正是。臣沒有記錯。」
「老丞相也！」嬴政一聲歎息，斷然一揮手，「即宣李斯進宮。」
蒙毅匆匆去了。嬴政回到書房，立即吩咐專掌圖籍的書房內侍張掛起了李斯主持繪製的天下郡縣圖，拿著丞相府擬定的郡守縣令名冊，站在了地圖前，看一個往地圖上寫一個。行將寫完三十六郡，李斯匆匆來了。嬴政沒有說話，只顧寫著最後幾個郡守。李斯也沒有說話，只凝神端詳著圖板上的一個個名字。
「廷尉以為如何？」嬴政擱下了大筆。
「恕臣直言：如此派任，天下大亂也。」
「此乃朕親自遴選，廷尉不以為然？」
「臣據實評判，無論是否陛下親選。」
「廷尉評判，依據何在？」
「臣啟陛下，」李斯全然依著新的典則禮儀說話，平靜如水中顯出另一番凝重，「非博士無才也，非博士不忠也。根本處在於：目下大勢，不容書生為政。天下初定，陛下若欲重整華夏文明，必將雷電施治，大刀闊斧地整飭天下積弊。當此之時，戰國遺風猶存，列國王族世族及依附遺民，必然圖謀復辟；天下郡縣推行秦法，亦必有種種磕絆；腹地郡縣，有復辟作亂之憂；邊陲郡縣，有夷狄匈奴之患。如此大局之下，任何郡縣都將面對治情動盪起伏之勢。說危機四伏，亦不為過。一班博士，尤其儒家博士，素無法行如山之秉持，輒遇亂象，每每以王道仁政彷徨忖度，而不知奉法立決。如此二十餘郡相互生發相互激盪，天下如何不大亂也！」

「廷尉之見，當如何應對？」

「全面更新官制，集權求治。」

「集權求治？」嬴政目光驟然一亮，「願聞其詳！」

「陛下明察，」李斯顯然是成算在胸，沒有絲毫躊躇不定，「戰國官制，行於戰爭連綿之時，故有兩大弊端：其一，為求快捷而歸併職司，官制粗簡過甚，諸多權力模糊不清；其二，官府職司以支撐戰爭為根基，官吏構成以將軍軍吏為主，軍事壓倒政事。而今天下歸一，文明施治將成主流，戰國官制必得翻新，方能應時而治。官制翻新之要：以郡縣一治為根基，以求治天下為宗旨，以施政治民為側重，以治權集於中央（註：中央，先秦概念，四方之中。《韓非子・揚權》：「事在四方，要在中央。」）為軸心。如此，則可與郡縣制一體配套，自上而下有效施治。臣之謀劃，是謂集權求治也！」

「好！」嬴政奮然拍掌，「廷尉大論，至精至要！可當即著手籌劃。」

「陛下，此事關涉全局，非廷尉職權所在。」

「廷尉且坐。」嬴政轉身吩咐，「小高子，冰茶。」片刻之間，一個侍女捧來了一個厚布套裹的陶壺，低聲稟報說大庶長給少皇子教習書法去了，每日一個時辰。說著斟滿了兩碗冰茶，飄然去了。嬴政說聲知道了，一如既往地坐在了李斯對面，全無新定典則的皇帝程序。李斯也渾不在意，只顧汩汩飲下一碗冰茶，拭了額頭汗水，才抬頭感喟一聲：「咸陽如此燠熱，陛下不去章臺避暑，難為也！」嬴政笑道：「大事接踵，避個甚暑，忙完了這一陣子，一起看看新天下，比窩著避暑好多也！」李斯心下感喟，一時默然了。

嬴政倏然斂去了笑容，肅然挺身長跪，一拱手道：「大戰拜將，大政拜相。今日，嬴政拜相了。敢請先生，為天下領政！」說罷深深一躬，頭頂玉冠幾乎撞地。李斯大驚，連忙扶住了皇帝，額頭汗水涔涔而下，眼中熱淚潸潸湧出，伏地三叩首，抬頭挺身長跪，肅然一拱手道：「陛下但覺臣能，臣何惜赴湯蹈火以報陛下！以報國家！」

「國府官制，是該整飭重建了。」嬴政遞過一方汗巾，看著擦拭汗水淚水的李斯，叩著書案道，「官制不重建，無以治天下。老丞相業已上書辭官，你看，這是辭官書。」李斯一目十行地瀏覽完辭官書，抬頭道：「敢問陛下，欲如何使老丞相淡出？」嬴政道：「此事廷尉無須過問。你只即刻會同相關各署籌劃新官制，同時準備，旬日之內接掌丞相府。」李斯不再說話，只深深一躬。嬴政又道：「官制籌劃在廷尉府職司之外，是故，我教蒙毅擬定一卷特命詔書，今夜送到你府。明晨，廷尉便可會同各署開始籌劃了。」

「臣遵陛下命！」

次日午後，皇帝車駕駕臨丞相府前。

一切禮儀都是按著新的典則進行的。王綰雖頗感意外，但還是平靜地迎接了皇帝。嬴政沒有與任何重臣同來，只有駕車的趙高跟隨著。君臣兩人在正廳坐定之後，皇帝吩咐趙高守在了廊下，也教王綰摒退了廳中吏員侍從，只君臣兩人遙遙對案。一頭霜雪的王綰大見憔悴，溝壑縱橫的臉膛隱隱現出紫黑的老人斑，枯瘦的身架挑著一領空蕩蕩的官袍，令人不忍卒睹。嬴政還沒有說話，雙眼便潮濕了。

王綰卻是坦然，不待皇帝開口，一拱手道：「老臣之辭官書，業已於昨日呈上陛下。老臣年高力衰，治道之見又與陛下疏隔，在職在政皆多不便，是以請辭，萬望陛下見諒。」嬴政思忖片刻，決意坦誠相見，遂道：「老丞相領政十七年，此前又輔佐嬴政十餘年。三十餘年來，老丞相全力操勞，無一事不以國家為上，無一事不以秦法而決，此間勞績功績，不下於王氏蒙氏戰場翦滅六國，嬴政何能忘哉！然則，丞相辭官，正當天下初定之期，正當郡縣制封建制大爭之後，委實非同尋常也。當此之時，你我君臣於治道之歧見，業已彰顯天下，且牽涉出《呂氏春秋》舊事。政若不欲丞相辭官，必遲滯國事；政若放丞相辭官，則必落褊狹報復之名。老丞相若為嬴政，不亦難乎！」

「步步走來，其勢難免。老臣於陛下有愧，於國家無悔。」

「力主封建，再行辭官，老丞相皆無私念，於嬴政何愧之有哉！」

「老臣懇望陛下，但以國事為重，毋以老臣為念。」

「以國事為重，嬴政只能使老丞相淡出朝局了……」

「老臣，謝過陛下。」

「敢問老丞相，可否領博士學宮，以正天下典籍？」

「重操文信侯之業，老臣愧不敢當也。」

「如此，老丞相……」

「臣本老秦布衣，園林桑麻，此生足矣！」

默然片刻，嬴政離座起身，對著王綰深深一躬：「為圖天下大治，嬴政寧負褊狹報復之名，送老丞相辭官，不得已也……」王綰顫巍巍起身，正要說話，嬴政一揮手高聲道，「大庶長趙高，錄朕詔書。」趙高大步走進，坐進旁邊書案提起了大筆。嬴政站定，肅然道：「始皇帝詔命：致仕丞相王綰，以徹侯之身歸鄉，咸陽府邸仍予保留；食邑加封千戶，著內史郡每年依法奉之。」

「陛下！……」

王綰老淚縱橫，欲待拜下謝恩，被嬴政一把扶住了。這時，嬴政才鄭重地問到了一件大事：「老丞相去官，何人當為丞相？」「丞相之職，非李斯莫屬。」王綰沒有絲毫猶豫，顯然是早有成算。嬴政這才長長地出了一口氣，心頭泛起了一陣淡淡的暖意。他想知道，也必須知道，王綰舉薦二十餘名博士就任郡守縣令，究竟是蓄意為封建制張目而侵蝕郡縣制，抑或是全然基於安撫人心？而這一答案，只能隱伏在王綰舉薦丞相人選之中。所幸的是，王綰終歸有大道之心，這使嬴政心頭在處置王綰辭官事件上的陰霾大大地淡薄了。嬴政不想更多地勾起王綰的既往話題，於是再沒有多說，留下了兩車王酒，便回皇城去了。

旬日之後，李斯順利地接掌了丞相府。

為確保郡縣制快速實施，始皇帝召回了將軍中最具政才的馮去疾、馮劫兩人。在李斯籌劃官制期間，以推行郡縣制為軸心的丞相府政事，都由二馮連袂處置。李斯則一力會同相關各署，謀劃新朝官制並擬定各署首任主官人選。此時新政初開，舉國官署熱氣蒸騰生機勃發，李斯與一班大員同心協力反覆會商論爭，歷時一月又一旬，新官制方略擺上了皇帝案頭。嬴政身著一領吸汗的麻布大衫，大開書房門窗通著風，散披長髮，銅網香爐燃著驅蚊的艾蒿，悉心揣摩了一夜，提起粗大的朱筆批下了十七個大字：「郡縣統治，官制提綱，集權中央，施治四方。可。」

始皇帝詔書頒行朝野，廣袤的帝國再一次轟動了震驚了。

短短兩三月之內，這個皇帝新朝接連推出三大創制，件件都是震古鑠今的創新之舉，天下臣民目不暇接，一次又一次地震驚著議論著。無論都市城邑，無論亭里村疇，無論邊陲山野，無論商旅百工，舉凡有人聚匯處，人們無不興奮萬分地驚歎著爭論著。驚歎著新朝新皇帝超邁古今的膽魄，宏闊無比的新政，爭論著如此背離傳統根基究竟能否長遠立足？

此時，帝國尚未爆發「禁議」事件，戰國議政之風猶存，言論之自由奔放依舊。連番大事激盪不絕，天下公議自然風起雲湧。如今新官制頒行，可謂最切近士人利害的大政。士人歷來是天下公議之主導階層，輒遇關乎人仕生計的大政頒行，種種議論自然更是激切。然則，公議風行天下，畢竟還是有主流的。無論是士人，還是百業庶民，細細品味新官制之後，還是對新朝的氣度與胸襟不得不由衷地敬服。即或是六國世族，除了狠狠罵幾句背棄王道必遭天譴之類的大話，也實在無法找到一處可資攻訐的實際弊端。至少，新官制以及其後頒行的任官詔書中，多少皇皇大位，卻沒有一個皇族子弟！僅此一點，庶民們已經對老世族的任何攻訐都足以嗤之以鼻了。

且品味一番帝國這一絕世創制的全貌。

帝國新官制的總體風貌，完全體現了李斯對始皇帝闡述的總綱：以郡縣一治為根基，以集權求治為宗旨，以施政治民為側重，以治權集於中央為軸心。在此明白無誤的總綱之下，帝國新官制從上到下建立了一個完整的施政體系。這一施政體系分為四級系統，層層轄制，從皇帝宮殿直到村疇鄉野，一體納入治道。

其一，中央決策系統：皇帝系統。

在帝國開創的官制中，所謂皇帝最高權力，不是僅僅由皇帝一個人來實施，而是由圍繞皇帝建立起來的一個政務系統來完成。帝國新官制中的皇帝系統包括：皇帝本人，郎中令（九卿之一，總領宮殿、諫官、謁者各署，掌一應宮殿並皇帝護衛事，幾類後世之元首辦公廳），尚書丞（直接為皇帝執掌圖書典籍及祕記奏章事，幾類後世之祕書處），奉常（九卿之一，總領太廟、太祝、太史、太宰、太卜等署，總掌意識形態事），衛尉（九卿之一，設衛令、公車司馬等署，總掌皇城屯兵），太僕（九卿之一，以原中車府令為基礎擴大，設兩丞，總掌皇室車馬交通事），宗正（九卿之一，以原騶車庶長署擴大而設，總掌皇族事務），將作少府（掌皇室工程，設左右前後中五校令，管轄工徒），大內（掌皇室府庫並地方朝貢），太子太傅（以原太子傅擴大而設，掌太子並皇族子弟教習）。也就是說，皇帝總領九大機構，行使國家最高決策權力。在這九大機構中，主要的輔助決策機構是郎中令、尚書丞、奉常、宗正、太子太傅五大機構，其餘四大機構為皇室事務機構。

其二，中央政務系統：以丞相為軸心的三公九卿系統。

三公是：丞相、太尉、御史大夫。三公稱謂，來自周室官制，為太師、太傅、太保，為遠古官制中地位最為尊崇的三人。春秋戰國之世，三公之實不在，三公之說猶存，多為對地位尊崇的權臣的一種敬意說法。帝國官制明確以丞相、太尉、御史大夫為三公，是確立這三個機構的政務軸心地位，與周代三公的「協理陰陽」之類的虛事有本質的不同。帝國三公，各為一個系統——

丞相綜合系統：開府總領國政，設左右丞相，亦稱相國，多有下屬事務官署。

太尉兵政系統：開府總領涉軍政務，以老秦國尉府擴大而設。

御史大夫監察系統：開府，監察百官並天下郡縣，以原御史署及原國正監擴大而設。

三公之下為九卿。九卿者，分別執掌九大領域之施政系統也。之所以將九卿置於三公之下，其實際作用在於明確層級權力：九卿在三公（主要在丞相）領導之下施政，以保不政出多門。九卿之中，五卿隸屬皇帝系統，四卿隸屬三公系統。三公之四卿為：廷尉（執法機構，設左監、右監、獄正三署，側重受命於御史大夫府），治粟內史（以原大田令府擴大而設，掌經濟民生諸事，隸屬丞相系統），典客（以原行人署、屬邦署合併擴大，掌邦交並邊陲部族事務，隸屬丞相府），少府（以原關市、邦司空等署合併擴大而設，掌國家賦稅，設六丞，隸屬丞相府）。

九卿之外，帝國尚有若干散官機構，或歸皇帝系統，或歸三公系統。中央主要散官機構是：客卿（才士之虛職，可與聞國事，多為試用，皇帝系統任命，任事歸丞相系統），博士學宮（以博士僕射為主官，設博士七十餘人，掌典教禮儀博通古今，備諮詢國政，皇帝系統任命，任事亦主要隸屬皇帝系統），中尉（掌京師治安，設兩丞，轄斥候、司馬、千人三署，隸屬太尉系統），內史（掌京師政務，列中央官吏，隸屬丞相系統）。

其三，郡縣施政系統：郡守縣令為軸心的地方系統。

郡官主要是：郡守（一郡主官，總掌政事，後世稱太守），郡丞（輔助郡守掌事，郡守之副），郡尉（一郡武官，掌守軍並治安事），監御史（中央之御史大夫派進各郡的監察郡政之官員，後世改稱刺史），郡法官（掌律法典籍並律法答問，備官員民眾諮詢），郡卒史（掌郡文書事，轄書吏十人），主簿（掌一郡財政賦稅，或兼領文書事），斷獄都尉（掌一郡司法，受中央廷尉府與郡守雙重管轄），牧師令（邊疆郡設置，掌畜牧，屬吏六人），長史（邊疆郡設置，爵同郡丞，掌兵馬）。

縣官主要是：縣令（一縣主官，總掌政事）、縣丞、縣尉、縣法官、獄椽等，職司與郡同名官一致。除此之外，縣府有若干辦事吏：道嗇夫（掌官道修築及維護），倉嗇夫（掌禾倉，並按民戶收糧），田嗇夫（掌督導耕耘），苑嗇夫（掌監護山林水面），廄嗇夫（掌督導牛馬牲畜之繁殖養育）。

其四，鄉官系統：最基層的三級民治——鄉、亭、里。

這個最基層的治民系統，當從最下說起。據《漢書・百官公卿表》記載，秦時一縣，土地大體在方百里上下，人口眾多的縣地面稍小，人口稀少者則地廣。但總體說來，都比後世的縣要大得多。為此，縣以下分三級治理：

最下施治單元為里，大體相當於後世的村。里設里正一人，統掌行法施政。里正之下，設里宰一人（掌均平分肉），里監門一人（護衛里正），伍老（掌五家行法連坐事，多少以里轄民戶數目而定）。

十里為一亭，設亭長一人，統管全亭施政到民；亭有吏員四人：亭父（掌亭所開閉掃除雜務，亦稱亭卒），求盜（掌亭內治安，亦為亭卒之一，若後世捕快），田典（掌督察民戶耕耘），牛長（掌每年四次督察耕牛，並賽牛賞功事）。不久之後，列位看官將遇到掀起天下大波瀾的一個著名亭長——劉邦。

十亭組成一鄉。鄉官，以三老為最尊。所謂三老，本指上壽（百二十歲）、中壽（百歲）、下壽（八十歲）三種老人。作為帝國施治的鄉三老，大體是八十歲上下的三位老人，執掌民風民俗教化，以利法令推行，是以列位鄉官之首。鄉政的真正施治官吏，是有秩（總掌鄉政）、嗇夫（掌聽訟、賦稅）、遊徼（掌捕盜）。

如上四大系統，非但在戰國末世堪稱宏大奇蹟，即或在今日看去，也滲透著濃郁的系統管理思維。帝國對施政系統的四層級分割——國、郡、縣、鄉，兩千餘年後仍被看作國家治理的黃金分割法則，以至在整個人類世界都成為國家治理的通行劃分。那時候，已經開始衰落的西方的古希臘還是城邦制，不知大國系統為何物；羅馬帝國還在萌發階段，更不知千里萬里的大國為何物；世界其他地區的族群，也沒有湧現任何一個具有如此規模的國家，當然更談不上有宏大的國家治理思維。也就是說，秦帝國在人類歷史上第一次開創了宏大的國家行政系統，而且一次到位，具有後人無法觸動其根基的科學性。如此宏大的文明視野，如此深遠的歷史洞察，不能不令人歎為觀止。後人尚且如此，已經習慣了施治鬆散的戰國人民，如何不感到驚心動魄的新潮撲面而來？

然則，老百姓更看重效用。在士人世族對新官制的一片驚歎之中，天下黔首卻更多地關注著皇帝對新朝官員名籍的發布。畢竟，只有具體的主政官員，對老百姓才有著直接的利害。果然，新官制詔書頒行旬日之後，皇帝的第一道拜官詔書跟著頒行了。皇帝詔書拜定的中央高官是：

三公：左丞相李斯、右丞相馮去疾、太尉王賁、御史大夫馮劫

九卿：廷尉姚賈、治粟內史鄭國、典客頓弱、郎中令蒙毅、奉常胡毋敬、少府章邯、太僕馬興、宗正嬴騰、衛尉楊端和

武職：大將軍王翦、大將軍蒙恬、隴西將軍李信、九原將軍辛勝、南海將軍趙佗、閩越將軍任囂、少傅孔鮒（文散官）、博士僕射周青臣（文散官）

拜官詔書頒行之日，天下激起了更大的議論風潮。

雖說郡守縣令的任職還沒有發布，然僅僅是中央國府的重臣，已經使天下臣民瞠目結舌了。議論蜂起，民眾最不可思議的竟都是有關皇帝的事。一則，如此多的皇皇要職，竟沒有一個皇族子弟，奇也哉！當然，那個宗正嬴騰是不作數的，那是執掌皇族事務的官員，自然得是皇族了。二則，皇帝即位大典時沒有冊封皇后，這次大拜官還沒有冊封皇后，奇也哉！天子不立后，不明正妻之位，奇也哉！三則，皇帝大典沒立太子，這次大拜官也沒立太子。分明皇帝有二十餘個皇子，不立太子，奇也哉！紛紛稱奇之餘，有人便盛讚皇帝大公天下，實在是亙古未聞的聖明天子。中有好事者，仿效官府考功之法，將多年來皇帝所做的大事一一按照年月日排列，結果是大為驚愕——皇帝的大事件件相連，閒暇空隙比老百姓還少！於是，市井之徒驚歎：「皇帝連放屁的空都沒有！」議論流播，邊遠郡縣的民眾想起既往官府對秦國秦王的譏諷咒罵，更是感慨萬千，說皇帝忙得連自家的事都顧不得想了，這樣的皇帝想叫他學學桀紂只怕都難，罵人家未免太刻薄了。

議論激盪之中，咸陽傳出了博士淳于越最為響亮的非議之辭：「嗟乎！今皇帝有海內，而子弟為匹夫，豈能長治久安哉！」此話傳之咸陽，傳之天下，六國老世族們無不紛紛稱快，一時爭相傳誦。黔首庶民則相反，輕蔑地不予理睬，反倒是萬歲聲彌漫了天下城鄉。各郡縣紛紛上書奏報：「民多以

為大聖作治，建定法度，顯著綱紀，大矣哉！」「天下咸伏，男樂其疇，女修其業，事各有序，莫不安所！」

百餘年後，西漢賈誼的〈過秦論〉坦率地記述了帝國初期的蓬勃局面，其云：「秦並海內，兼諸侯，南面稱帝，以養四海。天下之士，斐然向風。若是者何也？曰：近古無王者久矣！周室卑微，五霸既沒，令不行於天下，是以諸侯力政，兵革不休。今秦南面而王，是上有天子也。既元元之民冀得安其性命，莫不虛心而仰上。」西漢名士嚴安亦云：「元元黎民得免於戰國，逢明天子，人人自以為更生。」亙古以來，民眾人人自以為重活了一回，這樣的盛世能有幾次？

官制詔書與拜官詔書頒行後的一個月裡，中央最要害的三公九卿共十二官府便全部整合完畢了。各自開府的三公官署最先就緒。丞相府以原王綰的丞相府邸為根基，房屋擴大了許多，吏員增加了將近百人。太尉府以原國尉府為根基，房屋未增一間，只增加了許多熟悉軍政的文吏。御史大夫是新創大府，一時沒有合適的足供開府的大官邸。王賁飛書與老父親會商，王翦立即從南海向皇帝上書，自請將原來的上將軍府邸劃作御史大夫府。嬴政立即允准，並下令郎中令蒙毅為王翦新起一座家居府邸。

與此同時，李斯、馮去疾的丞相府與馮劫的御史大夫府，已經將解決三十六郡郡守與一千餘縣令的應對方略擬定好了。其時郡縣初設，新郡老郡新縣老縣相交錯，官吏更是良莠不齊。除了秦國老郡，新郡多為假郡守（代理），諸多邊陲新郡還沒有郡守，縣令缺額更是達到六成。這些郡縣的政事，都由秦軍駐守將軍兼政署理，亟待納入正軌。

左相李斯通盤籌劃，擬定了一個「因地任官」的總體方略，分為三種情形分別解決：其一，東南邊地五郡之郡守縣令，由大將軍王翦統籌決之，後報丞相府並皇帝認可；其二，西北邊地五郡之郡守縣令，由上將軍蒙恬並隴西將軍李信統籌決之；其三，一統之前由秦王確認的老十郡郡守不變，其轄下所缺縣令，由郡守舉薦，奏報皇帝確認；其四，其餘十六郡之郡守縣令，由丞相府擬定人選，奏報皇帝確認。方略擬定之後，李斯特意親筆附言：「天下初定，官吏珍稀。欲決施政之難，臣敢請兩策：一則甄別六國舊吏，擇其能事而無大瑕疵者放手用之；二則下詔各郡縣招募遊學之士，入郡縣為吏，後報御史大夫府核定。」

嬴政當即批下：「可。」並又增加了一則用人之路，「諸功臣子弟，擇其能者，亦可先假郡守縣令，待其政績彰顯，朕行拜官。」

皇帝開此一路，李斯卻有些為難了。畢竟，郡守縣令都是獨當一面的治民重臣，依據不得世襲的秦法，功臣子弟若本人沒有功績，則依然布衣之身，是做不得如此顯要職官的。如今皇帝特許以「假」職（代理）試用功臣子弟，不失為救急之法。然則，功臣子弟如何遴選，牽涉太多。於是，李斯決意聽其自然，將皇帝制批立即送達各署，並下令可相互舉薦功臣子弟。李斯抱定的主意是：有人舉薦便報皇帝，無人舉薦便待後再說。不料皇帝制批一頒，咸陽又是議論大起。這次是老秦大臣們萬般感慨，如此一條可行之路，竟還是沒有皇族子弟，皇帝於心何忍也！如此感喟之下，功臣們竟是無一人舉薦相互熟悉的子弟了。

秋風初起之時，中央直選的十六郡守將要赴任了。其中只有一個功臣子弟，便是李斯的長子李由，職假三川郡守。李由之任，是在缺任一郡而又一時遴選無門的情勢下，馮劫全力舉薦的，皇帝親自准許了。這教李斯很感難堪，立即舉薦王翦的長孫王離取代。皇帝徵詢王賁之意，王賁堅執說王離才具不堪大任，正要送其入軍歷練。皇帝最後決斷，取了李由，並不許李斯變更。李斯才不再說話了。

臨行之日，嬴政親率三公到十里郊亭，為郡守們舉行了餞行大禮。最隆重的儀式是，皇帝特賜了每個郡守一尊尚坊特鑄的青銅郡鼎，鼎身鐫刻著郡名與首任郡守姓名。當十六名郡守捧起刻有自家姓名的郡鼎時，人人熱淚縱橫，奮然不能自已，直覺自己的生命血肉已經融進了將要踏上的那一方陌生的土地……

郡守餞行禮歸來，皇城東偏殿的燈光又亮到晨曦初上。

始皇帝的目光，轉向了一個極少為人重視的領域。

七、方塊字者　華夏文明旗幟也

程邈沒有料到，他的出獄比入獄更加的不可思議。

十年前，程邈是下邽縣（註：下邽縣，戰國秦所設，今陝西關中之渭南市地帶）的縣丞。其時，秦國剛剛開始籌劃滅韓之戰。滅韓沒有動用藍田大營即將練成的主力新軍，而以內史郡的幾萬守軍出戰，統兵將軍是內史郡郡守嬴騰。既為郡守，內史騰自然通曉關中各縣治情，於是選定了關中東部官吏最整肅的下邽縣，以為後援大營所在地。那時，程邈由縣署被派入後援大營，職任糧秣司馬，專一執掌糧草進出。程邈知道，自己之所以被選中入軍，除了軍政才幹尚可，是因了他有一樣難得的長處，字認得多寫得快，且對各國文字與各種書體都能辨認出來。可剛剛入軍一月，程邈便被下獄了。

程邈的罪名，特異得連廷尉府的勘審官也瞪大了老眼——錯書地名！

廷尉府勘審官問程邈，錯書了何字？程邈一筆一畫，工整地寫下了兩個字：宜陽。勘審官端詳片刻皺起了眉頭，這有何錯？程邈又提起筆，以獨特的書體快速地寫下了兩個字。勘審官大是驚訝，這是甚寫法？甚字？程邈說，這是隸書，還是宜陽兩字，是在下的公文寫法。勘審官似乎明白了，板著臉道，你沒寫錯，可糧秣送錯了地方？程邈點頭道，正是，糧草送到南陽去了，多走了三百餘里路，致宜陽駐軍斷糧旬日餓斃三人。勘審官在秦法中反覆查找，也找不出相關治罪條文。左思右想，勘審官拜謁了專一執掌律法答問的國府法官。領事的法官僕射聚集了全部十名法官，會商半日，最後的答覆是：程邈之罪，法無條文，案無先例，得廷尉府酌情處罰。勘審官無奈，只得報給了老廷尉。老廷尉苦思三日，擬出了一則判罰書令：下邽縣丞程邈，不當以非官定書體書寫公文，以致大軍斷糧旬日，餓斃士卒三人，處下獄待決。

宣刑之日，程邈不服，當庭質詢老廷尉：何謂官定書體？秦國有文字以來，國府幾曾明定過書體寫法？遍查官署公文，天下八書皆有，何獨以在下之隸書定罪？老廷尉素稱鐵面執法，思忖半日，遂將判罰書中的「非官定書體」磨去，改成了「非公認書體」。程邈還是不服，氣昂昂辯稱：秦政求實效，有用便得公認，既往隸書皆得官府認同，我書便何以不是公認？老廷尉左右思忖，最後索性直白判定：程邈寫字，致人錯認，故罪。程邈還是不服，我沒寫錯，是他要認錯，我何罪哉！老廷尉拍案道，餓斃士卒由你而起，此乃事實！認錯者有罪，寫字者豈能無罪？先下獄，老夫後報秦王決斷！程邈又氣又笑又無可奈何，終於被押進了雲陽國獄。臨上囚車，程邈還是高喊了一句：「書文無法！律條無載！程邈無罪！」

秦法素稱縝密，以山東六國的揶揄說法，是凡事皆有法式。可程邈案竟成了無法可依的奇案，一時便在朝野傳開了。得此緣由，程邈在雲陽國獄備受獄吏關照，破例地可以得到一枝大筆一坨大墨，也破例地可以在牆上寫字。如此光陰如白駒過隙，待牢房四面石牆寫得擦洗了數十百次之後，程邈已經忘記了一切，只知道寫字，也只會寫字了。

程邈沒料到自己竟能出獄，且還是皇帝特詔開釋，奉常大人親車來接。

如同雲裡霧裡，當程邈看見滿頭霜雪的奉常胡毋敬時，驚訝得連話都說不出來了。一路之上，身居九卿高位的胡毋敬，對程邈禮敬有加，說皇帝已經知道了他的事，特意下詔開釋的，皇帝說程邈是才具之士，要他為國家做一件大事。程邈已經無心官權之事了，一路沒說一句話，木然如同泥雕。胡毋敬也不勉強，只兀自說著該說的話。到了咸陽，胡毋敬將程邈安置在驛館最好的庭院，又特意叮囑了驛館令幾句，這才離開了。程邈甚也沒想，只在那從來沒有見過的華貴浴桶裡狠狠泡了一個多時辰，爬上涼爽的竹席榻呼呼大睡了。

當程邈醒過來的時候，驛館令正惶恐不安地守在榻前。驛館令說，他已經睡了五日五夜沒吃沒喝沒如廁，皇帝都派出太醫來守護了。程邈哈哈大笑，太醫？老夫？海外奇談也！笑聲尚未落點，外廳走進了一位鬚髮雪白的老人，手中那只精美的醫箱顯露著久遠的磨拭痕跡，任誰也不會否認他是醫者。程邈侷促地笑著，接受了老人的諸般檢視。老人說，足下心氣沉靜，幸無大事，只調養歇息大半年自當恢復。於是，驛館令派一精幹官僕日夜侍奉，程邈過上了想也不敢想的大人日子。然則，真正使程邈清醒過來的是，一月之後的一個黃昏，皇帝的六馬高車駛到了驛館門前。驛館令疾步匆匆趕來，進門便高喊了一聲，皇帝高車來接大人！那一刻，程邈終於從震撼中清醒了過來，一句話沒說出口，號啕大哭起來。

程邈知道，自己的那點長處終於要派上大用場了。

這是一次最為特異的小朝會，五人身分差異極大。

嬴政在東偏殿廊下親自迎接了程邈，親自將程邈領進了書房，親自介紹了先到的三位：丞相李斯，奉常胡毋敬，中車府令趙高。君臣落座，人各飲了一大碗冰茶，小朝會便告開始了。皇帝未曾開宗明義，先離案起身，對著程邈深深一躬道：「先生錯案，政知之晚矣！敢請先生見諒。」程邈大是惶恐，連忙撲拜在地道：「皇帝陛下整飭文字，萬世文明之功業也！程邈一介小吏，能為華夏文明效力，誠三生大幸也，何敢以一己錯案而有私怨！」皇帝扶起了程邈，轉身對旁案錄寫的尚書高聲道：「朕之特詔：任程邈為御史之職，專一監察文字改制事，隸屬御史大夫府。」程邈一時老淚縱橫，拜謝之際已經哽咽不能成聲了。

皇帝重新就座，叩著書案開宗明義道：「改制文字，書同文，原本丞相首倡。今日小朝，專議此事。唯丞相領國，政事繁劇，文字改制事由丞相總攬決斷，以奉常胡毋敬、中車府令趙高、御史程邈三人副之。尤以程邈為專職專事，領文字改制之日常事務。」四人一齊拱手領命之後，皇帝便向李斯一點頭，將會商事交給了李斯主持。

「三位都是天下書家，書文異制之害，當有切膚之痛。」思謀已久的李斯，一開口直奔要害，侃侃而言道，「方今天下，華夏文字至少有七種形制，官民寫法至少有八種。是謂『言語異聲，文字異制，書體異形』。言語異聲者，世間最難一致之事也。即或有官定雅言，亦難一統天下萬千百種地方言語。故此，言語一統暫不為論。當此之時，文字若再不能一制，則華夏文明將無以融合溝通！文字若同，言語異聲便不足以構成根本障礙。畢竟，書文交流有同一法度，華夏文明便有同一血脈交融。唯其如此，文字改制，勢在必然！」

「丞相之論大是！」胡毋敬程邈異口同聲，趙高紅著臉連連點頭。

「文字改制，三大軸心。」李斯開始了具體部署，「其一，核定七國文字總量，一一確定每個字是否進入新制文字。此間尺度，需慎重考量。其二，確定一國文字為基準，統一改制其餘六國文字。此間尺度，即是否以秦國文字為本，須考量諸多方面。陛下之意，無論以何國文字為準，必得使天下人心服。」

「正是此理。」嬴政道，「秦人蠻夷，文明個樣子出來教天下人看！」

一言落點，在座四人都不約而同地笑了。改制文字而不求以秦文字為根本，皇帝的胸襟無疑使這四位大書家感佩不已。說起來，李斯是楚人，程邈是韓人，趙高是趙人，胡毋敬是齊人，沒有一個是老秦人。然則，誰也沒有對皇帝的說法有絲毫的不認同。根本原因，是在多少年的風雨中，他們都完完全全地將自己的血肉性命乃至整個家族部族的命運融進了秦國，沒有一個人不以為自己是這個質樸硬朗的西部大國的子民。而今天下一統，皇帝的這句秦人話語倒是分外有親切感了。

「其三，確定一種清晰無誤之書體，使任何字，都能看清間架筆劃。」李斯精神分外振作，繼續著改制部署，「也就是說，人可以不認識這個字，然一定能看清這個字！程邈當年獲罪，正是字有連筆而大形相近，以致被輜重營將軍錯認宜陽為南陽。此點，雖說於公文尤為重要，然於書文傳播、商旅帳務、民眾生計等，亦同樣重要！」

「如此三事，件件至大，須得有個分工領事。」資望最深的胡毋敬說話了。

「我意，三件大事實為兩面，前兩件一面，後一件一面。」李斯笑道，「奉常胡大人執掌舉國文事，可領前兩事；太僕趙高、御史程邈可領書同文一事。諸般實施，一體由程邈執掌。凡事不能決者，到丞相府會商方略，而後報陛下定奪。」

「其實，最大書家是丞相！」趙高猛然插了一句，額頭滲出了涔涔汗水。

「太僕之書，亦工穩嚴謹也。」胡毋敬倒是破例讚賞了趙高一句。

「小高子多大才具，得他做完事，由你等說了算。」嬴政突然喊出已經很少出口的對趙高的暱賤之稱，又揶揄地看了趙高一眼，似乎刻意在提醒著什麼。第一次以朝臣之身在這座自家最熟悉不過的書房參與朝會，趙高亢奮得手心額頭不時冒出汗水。可目下皇帝一句暱賤之稱竟如一劑神奇之藥，趙高心下頓時舒坦，汗水沒了，臉也不紅了，只盼皇帝再罵自家幾句。李斯胡毋敬兩人，則不約而同地笑出聲來。程邈有些不知所措，也跟著笑了。

小朝會之後，胡毋敬的奉常府立即忙碌了起來。

兩件事各有繁難。全面勘定七國文字，相互參補而最後確定華夏總字數，這件事難處在數量大活路細，稍不留神便有脫漏。胡毋敬原是太史令，幾乎熟悉所有的才具文吏，當即從下轄各府遴選出一百三十餘人，組成了一個堪稱龐大的勘字署，開始了夜以繼日的勞作。確定文字基準，難處則在於梳理文字歷史脈絡，參以現行七種文字各自的數量多寡、表意豐薄、形制繁簡、書寫是否清晰等等方面，最終方能確定。可以說，這件事實際是一次浩繁的文字考據工程，比勘字更見治學功底。反覆思忖，胡毋敬從博士宮遴選出了六位儒家博士，自家親自主持，立了個名目叫文字春秋署，博士們一口聲喝采。畢竟，戰國之諸子百家，論治學還得說儒家功力最厚。孔子作過《春秋》，編過《詩經》，給《周易》補寫過爻辭，件件都做得縝密仔細無可挑剔，成為天下公認的經典。自孔子之後，儒家治學蔚為風氣，及至子思、孟子師徒更是發揚光大。若非儒家始終堅持復辟周道，定然另外一番氣象了。

一個月後，六位博士一致認為：華夏文字的正統傳承，乃是秦國文字，而不是山東六國文字。胡毋敬大是驚喜，卻絲毫未顯於形色，反倒是黑著臉道：「文字基準要服天下之口，諸位且說其理何在？」這六位博士是李克、伏勝、東園公、綺里季、夏黃公、用里先生，後四人後來成為西漢初的「商山四皓」。六人皆不善言談論戰而學問扎實，在博士中別具一格，治學正當其任。六博士人各闡發論據，整整說了兩日。六博士論證被全數整理出來後，胡毋敬參以自家見解，寫成了長長一卷《華夏文字流變考》，這才來到丞相府。

李斯瀏覽一遍，不禁拍案感喟：「華夏正字居然在秦，天意也！」

就史實說，華夏文字歷經數千年，至春秋戰國經五百餘年多頭散發，其流變傳承已經鮮為人知了。就其本源說，華夏文字產生的根基有兩個：一為象形，一為表意。象形與表意的先後，是後世之東漢許慎《說文解字・序》所描述的大過程：「古者，庖犧氏之王天下也。仰則觀象於天，俯則觀法於地，視鳥獸之文（紋）與地之宜，近取諸身，遠取諸物，於是始作易，八卦以垂憲象。及神農氏結繩為治而統其事，庶業其繁，飾偽萌生。黃帝之史倉頡，見鳥獸蹄迒之跡，知分類可相別異也，初造書契……倉頡之初作書也，蓋依類象形，故謂之文。其後形聲相依，即謂之字。」宋代學者孫星衍，則對這一大過程概括為：「倉頡之始作，先有文（象形），而後有字（表意）。」

濾去漫漶神祕的傳說色彩，這一歷史大過程的真實面目是：最初，人們基於種種需求，開始有了最簡單的直線刻劃符號。後來，開始畫出某物之形，而使對方能夠辨識。這是最初始的象形，實際是簡單圖畫。遠古之世，人們畫的物事日漸增多，畫法便有了一定的約定俗成的規則。隨著規則的漸漸普及，對物事的畫法也越來越簡練，大體具有抽象特質的象形字便出現了，只不過依然帶有畫的底色。後來，人們在直面交流之外，間接交流的需求日益強烈，許多事情也需要記錄下來，於是有了使象形之畫進一步具有表意功能的需求。許慎說這種需求的產生，基於克服「庶業其繁，飾偽萌生」的作假行為，應該也是一種獨到評判。到了黃帝時代，象形與表意兩種功能都經歷了漫長的錘鍊。黃帝便下令將這些象形表意之字（畫）整理出來，公布出來，以作天下人群寫劃的共同標準。承擔這一使命的，據說是史官倉頡。於是，有了倉頡造字的傳說。究其實，沒有必要懷疑倉頡造字的歷史傳說。畢竟，無論文字是如何長期自然形成，每個階段的質變提升，都必然有統事者的創造勞作。如同目下秦國的文字改制，以及後世任何一次文明改制一樣，沒有才具出色者的具體勞作，階段飛升是不可能完成的。

自有了最初的一批文字，華夏文字便以書寫刻劃材料的不同，而在各個時期呈現出不同的風貌。原因很簡單，在不同材料上書寫刻劃文字，需要不同的工具，書寫刻劃出來的字形也不盡相同。於是，黃帝之後的文字，有了陶文、甲骨文、金文、史籀文（石鼓文）四大階段。

陶文者，刻劃於陶器之文字也。這應當是字畫成為文字的最早形式。大禹立國，始有夏代，其時的文字大多刻劃在陶器上。當然，或可能也在甲骨上鐫刻文字，或可能也在青銅器上鐫刻文字。因為，有禹鑄九鼎而鐫刻九州之圖並物產貢賦的說法。然則，這兩種有可能的書寫形式，都不是夏文字的主流形式。是故，夏代文字之真實面目，到戰國末世已經無從確指了。

甲骨文，是殷商初中期的文字，因大多刻於龜甲之上，後世稱為甲骨文。甲骨文是真正成熟起來的第一個文字系統，其書寫方式已經擺脫了畫的特質，而具有橫平豎直的文字書寫特質。然，甲骨文仍有明顯的不足。其一，文字量很少，不足以應對後來的天下需求。後人發現的甲骨文，大約有三千多個應用字，能辨識者千餘字。即或加上有可能未曾應用的文字，大約總量也不會超過五六千字。其二，書寫形式沒有統一標準，師徒傳承各自不同，很容易造成混淆。其三，因刻劃材料的稀缺，刻劃技法的專門性，甲骨文主要為王室紀事、占卜之用，很難在普通官署與民眾中普及，文字的作用大受限制。

金文，是殷商中後期與周代的文字，因大多刻鑄於青銅器之上，世稱金文。西周時期，金文已經大大超越了甲骨文，成為基本成熟的文字系統。其一，金文的文字數量已經大大增加，基本可以敘述一件事情的進行過程了。諸多貴族每逢大事，便鑄造特定形式的青銅器，將這件大事的來由刻鑄在該青銅器之上。後世發現的「毛公鼎」，其文字量長達四百九十七字，足見一斑。其二，因青銅器不易損毀，又是可以人工製造之物，每鑄可能多件，文字傳播便優於甲骨文許多。其三，書寫形式已經相對簡單，比形制古奧的甲骨文易於學習，且已經有了初期的書法風格。其四，在金文蓬勃發展的周代，由於文字已經為相對多的人掌握，其餘書寫材料也大量出現於普通官署以及國人（非奴隸平民）之中。皮張、絲帛、竹片、木板、石板、石塊等等，都可能成為刻劃文字的物事。只不過王室貴族的官方書寫形式的主流一直是青銅器，是故稱為金文罷了。

史籀文，大體是西周中後期與東周前期（春秋早期）的文字。周宣王時，叫作籀的太史奉命整理出大約九千字的官方制式文字，是以世稱史籀文。史籀文的實際意義在於：這是西周時期規模最大的一次文字整理，在華夏歷史上第一次以官方形式公布標準文字。應該說，周室太史令的九千餘字便是當時的正統文字。因後世唐代發掘出十個鼓形的石塊，每個石鼓上都刻著一首《詩經》風格的四言詩，記述秦國國君的狩獵狀況，文字形制便是早已失傳的春秋早期的史籀文，故而唐之後將史籀文也稱為石鼓文。

西周末期，秦人救周於鎬京之亂，被封為大諸侯國，合法繼承了周人故地。久居邊陲而半農半牧的秦人，忠實地秉承了周文明的基本框架，文字則原封不動地照搬了史籀文。後世王國維云：「史籀一書，殆出宗周文盛之後，春秋戰國之間，秦人作之以教學童。……秦人作字書，乃獨取其文字，用其體例，是史籀篇獨行於秦之一證。」（註：見王國維《觀堂集林》卷五〈史籀篇疏證序〉）也就是說，春秋時期的秦國，將史籀文奉為標準教材，童稚發蒙學字，學的便是這種華夏正統文字。學童如此，官府公文民間紀事自然也是以史籀文為國家文字。直到戰國之世，秦國始終使用的是西周王室整理頒行的史籀文。

然則，自春秋開始，山東諸侯的文字卻是另外一番變化。由於天子威權鬆弛，由於諸侯自治不斷擴大，由於整個天下日漸活躍，由於文字書寫材料不斷豐富，由於蓬勃的商旅使社會生活日漸豐富，由於戰爭的日漸增多，由於人們對文字形式的交流需求日益迫切等等等等，原因不一而足。總歸是，在中央王室已經無力統籌的情形下，各國的文字都自行其是地發展起來了。發展的基本趨勢是兩方面：一則各自增加文字量，造出了許多符合實際需求且符合華夏文字特質的新字，使文字表意功能驚人地豐富起來；二則書寫形式多樣化，書寫材料多樣化。國與國之間的文字，原本已經有了差異。在不同材料上以不同工具書寫不同國家的不同文字，其間生發的種種流變，遠遠超出了任何一國的控制。春秋早期，各大諸侯國的文字尚大體遵循著周王室頒行的史籀文規則。然經過五百餘年的激盪生發，七大戰國的文字已經有了很大的差異，以至與「言語異聲」一樣，「文字異形」也成為一種最為普遍的分治表徵。

基於上述流變，到了始皇帝推行文字改制之時，與秦國奉行的正統文字相比，山東六國文字的最大特異在於兩處：一是中原文明長期興盛，名士學人燦若群星，以至文字量之增加程度遠遠大於秦國文字；二是書寫形式大為簡約，體現出極大的書法藝術性與族群地域的個性特質，許多字的寫法，幾乎已經脫離了象形文字的基本形制。就文字表意的豐富性、文字形制的簡約優美性而言，秦國的文字顯然是凝滯了一些。

「若以秦文字為準，表意缺憾能否彌補？」

嬴政備細看完了《華夏文字流變考》，又聽完了胡毋敬與六博士的稟報，第一句話便不遮不掩直奔要害，「若天下士人文不能表意，秦字豈非遺禍天下哉！」

「陛下毋憂，斷無此理。」胡毋敬慷慨道，「六國新造文字而秦國文字所無者，勘字署業已一一列出，全部補入秦文字。經勘字署反覆計數勘合，七國文字情形是：魏國常用字兩千一百餘個，總共有字兩萬六千一百餘個；趙國常用字一千三百餘個，總共有字兩萬一千三百餘個；韓國常用字兩千一百六十餘個，總共有字兩萬三千九百餘個；燕國常用字一千八百多個，總共有字一萬八千餘個；楚國常用字一千九百餘個，總共有字兩萬一千餘個；齊國常用字兩千一百餘個，總共有字兩萬一千餘個。」

「秦國如何？」

「經勘字署詳查：自商君變法之後，秦字亦漸漸增多，常用字增至一千三百五十個上下，總共有字一萬一千六百六十二個。」

「秦無他有之新字，大體幾多？」

「合六國新字，總計一萬三千八百六十餘個。」

「兩方互補，華夏文字總計近三萬！」博士夏黃公慨然補充。

「書文表意，足堪天地四海之宏論也！」博士李克奮然呼應。

「好！以新補秦，而成天下一統文字，不失為既承文明大統，又保文明創新之最佳應對！」皇帝拍案決斷，顯然很是高興，「然則，秦字形制繁複，六國文字簡約。繁簡失衡，必不能流傳久遠。此間要害，是要創制出一種新書體，不致多生歧義。否則，依然無法通用。」

「陛下明斷！」胡毋敬與博士們異口同聲。

文字基準一定，程邈頓時吃重了。

所謂文字改制，要害是書同文。何謂書同文？就是要給所有的字一個統一明確的寫法，以利辨認。程邈在獄中十年，潛心於寫字，消磨之餘也從自身坎坷中悟透了其中奧祕。大凡天下文字，難寫不打緊，關鍵是要好認；好認的關鍵，則是要有統一的公認的寫法。只要寫法有公認法度，再難認的字，也會有確定不移的所指。屆時，除非你不認識那個字，便只有寫錯的字，而沒有認錯的字。譬如那個「南陽」與「宜陽」，假如有官定寫法，何至於將軍錯認？自春秋戰國以來，天下書寫形式各以方便為要，已經生成了八種寫法：一曰大篆，這是秦國的史籀文的正統寫法；二曰小篆，這是秦國官府在戰國時期對史籀文的實用寫法，相對簡約；三曰刻符，這是刀刻竹簡的書法；四曰蟲書，也便是鳥書，是諸多好古文士書寫傳信喜歡用的一種書法，字頭多為蟲鳥狀，是名；五曰摹印，是各國用於官印的一種刻劃書法；六曰署書，這是各國官府相對通行的一種公文書法，相對規整，並得配以特殊印記；七曰殳書，殳者，兵器也，殳書是刻在兵器上的文字書法，筆劃相對簡約；八曰隸書，是胥吏（官府辦理文書之吏員）為書寫快捷而創出的一種書法，因有「佐隸（吏）之書」的效用，被天下稱為隸書。

反覆思謀，程邈確定了一個書同文方略，呈給了李斯。

程邈的方略是：小篆為本，隸書為輔；其餘各書，民人自便。程邈對李斯的說明是：「小篆為公文，為書文，為契約文，效用在便於確認。隸書為輔，效用在快捷便事。至於民人士子人各互書，則聽任自便。」

今世看去，因小篆距離今人已經非常遙遠，故云小篆利於確認，尋常人很難理解。然若只以後世之文字比照揣摩，便即豁然：以宋體為根基的印刷體書法，寫起來很費力，然因其標準規正，讀起來卻很輕鬆；若書報皆以自由體手寫，無疑大大地不利於閱讀。是故，小篆如同後世之印刷體，它以犧牲書法藝術的豐富變化為代價，成就了文明傳播的最強大載體。此，秦篆之歷史效用也。

「好！老夫認同！」李斯欣然拍案了。

三日之後，程邈的方略呈到了皇帝案頭。由於始皇帝對書法不甚了了，李斯親自帶著程邈覲見了皇帝，分別做了一番備細說明。皇帝聽得興致勃勃，問程邈何以實施？程邈稟報說：「小篆乃官制文字，非功力深厚者不能成其章法。臣擬請丞相、奉常、太僕三人大筆，各作一篇頒行天下，以為規範，如同度量衡之法定器量。可否，陛下定奪。」始皇帝立即欣然拍案：「好！屆時多刻一幅，朕掛在書房好好揣摩，也學他一手書法！」李斯與程邈不禁大笑起來。程邈又稟報說，隸書創制，他要特請一人襄助，敢請陛下允准。始皇帝笑云：「延攬書家本是御史職責所在，要朕說話麼？」程邈說：「此人才具赫赫，只稟性乖張，對秦政多有非議，故此先行稟報。」始皇帝一陣大笑：「罵幾句秦政有何要緊，只要他願為天下做事，朕親自見他聽他罵，又有何妨！」

紅日升上了涿鹿山峰巒，王次仲師徒開始了一如既往的晨書。

山崖下，一個壯實的少年一邊費力地攪和著石坑裡的紅色物事，一邊高喊著：「老師，朱墨好了——」喊聲迴盪山谷，山崖旁的小道上走來了一個鬚髮雪白的老人，布衣竹杖步履輕健。老人大步走到石坑前，竹杖在大石啪嗒一磕，手中的竹杖陡然一變，杖頭鬃毛勁直飄飛，幾類長大的馬尾散開空中。看了看石坑中亮汪汪的汁液，老人嘉許地一點頭：「小子有長進，墨色正了。」又抬頭看了看頗為光潔的玉白石崖，「小子石工本事尚可，沒白費工夫，這石崖打磨得好。」少年高聲笑道：「老師要奇文留天下，能沒有一方好山麼！」一邊說一邊搬來一只陶盆，利落地用大木勺將石坑中的物事舀滿了一盆，快步端到了山崖旁邊的木架下，又搖晃敲打了一陣丈餘高的木架，轉身一拱手道：「老師，梯架穩當無誤！」老人一點頭，杖頭伸入石坑，那勁直飄飛的一大片散亂鬃毛立即團成了一個油亮鼓蕩的紅包。趁勢一提一甩，石坑中一片漣漪蕩開，老人也大步走到了山崖下。少年興沖沖道：「老師，今日寫甚？」老人道：「小子想學甚？」「八分書！」少年毫不猶豫地回答。老人悠然一笑：「也好，今日八分書，留給天下一篇檄文。」

少年頂起了陶盆。老人走上了梯架。長大沉重的竹杖大筆伸出，平穩得沒有一絲晃動。老人大筆在玉白石崖上橫空一劃，一道平直舒展的朱紅色立即在石崖展開。崖下少年一聲高喊：「燕頭雉尾！簡略徑直，八分即止！好！」架上老人也不說話，又奮力劃得一筆，長大的竹杖筆頭便伸到少年頭頂的陶盆中吸墨。老人抬筆，少年便飛步取墨，頂來陶盆在木架下等候。如此大筆縱橫間歇，堪堪兩個時辰，老人才下了木架。

「秦為無道，虎狼殘苛，毀棄書道，摧我文明，天道昭彰，安得久長！」少年高聲念誦了一遍，跳腳拍掌歡呼起來，「老師萬歲！大文萬歲——」

「萬歲？只怕老夫也是第二個程邈。」老人搖頭淡淡一笑。

「老師！這篇石崖文定會傳遍天下，得取個名字也！」少年兀自興致勃勃。

「小子且說，何以能傳遍天下？」

「字好，八分隸書！文好，言天下之不敢言！」

「說得不錯，取何名頭啊？」

「王次仲討秦檄！」

「秦何負天下，得次仲檄文討之也！」突然，一陣大笑在山谷迴盪開來。
「你是何人！」少年一個箭步，橫身山崖旁邊的道口。
「你是……程？程邈！」老人回身，直愣愣盯著山道上的來人。
「次仲兄！程邈來也——」

一個老人丟開了竹杖大筆。一個老人丟開了背上包袱。兩老人幾乎同時驚喜地叫喊著雙雙撲來，緊緊地抱在了一起……兩人顧不得品評石崖書文，也全然忘記了手邊筆墨與行頭物事，你拉著我我拉著你便抹著老淚興沖沖去了。及至少年背著包袱抱著大筆趕回到山崖後的林間茅屋，兩位老人已經坐在大樹下大碗開飲了。這一飲，從正午到暮色，從暮色到月色，從月色到曙色，又從曙色到月色，幾無休止了。日夜唏噓感慨，到第三日暮色時分，大樹下的兩位老人躺倒了，茅屋前的少年也呼呼大睡了……

程邈與王次仲的結識相交，有著常人難以體會的特異坎坷。

王次仲者，燕國上谷郡人也，祖上曾是燕國王族支脈。燕易王之後，燕國權臣子之當政，逼燕王噲禪讓，以致燕國陷入大亂。在那場動亂中，次仲祖上追隨了子之一黨。後來，燕太子姬平（燕昭王）借助齊國力量平亂，即位後整肅王族，次仲祖上被貶黜為平民，流徙到上谷耕牧自生了。三代之後，次仲一族進入商旅，全部的王族標記便只有一個自行確定的姓氏了。王次仲生於燕國末世，對燕國沒有絲毫的留戀，少年未冠便隨著族人的商旅車馬進入了中原，在文華篤厚的大梁求學了。修學十年中，次仲為減輕家人之累，常到有熟識吏員的官署幫辦文書，以求得到些許衣食資助。次仲天分頗高，文書製作得極其出色，舉凡謄刻抄寫，都比尋常文吏快捷許多。其時，魏國法度鬆弛，官署公文不限書體，通行一種快捷的隸書。勤奮聰慧的王次仲，很快便成了大梁頗具名望的少年才具之士。正當此時，次仲父親積勞辭世，次仲不得不歸家執掌商旅車馬以謀舉家生計。次仲經商的第三年，第一次進入了秦國，結識了程邈。

在秦川東部的下邽縣城，六輛滿載貨物的牛車正要進城，王次仲卻被莫名其妙地帶進了縣署。一個黑臉縣丞拍下一方竹板說：「足下這照身帖字跡不法，依秦制不能通行。」王次仲久受山東士風浸染，素來鄙視秦人無文，聞言冷笑道：「秦法有字式，未嘗聞也！」黑臉縣丞道：「秦法固無字式，然足下照身帖之字秦人不識，豈非白白誤事？為足下計，換帖再來。」王次仲道：「只怕是你自家不識罷了，休以官法塞我之口。」黑臉縣丞立即變了臉色，便你這般隸書，也敢蔑視於我？當下拉過筆墨皮紙，提筆刷刷寫了幾行推了過來，冷笑道：「自家看看，本官隸書如何？」王次仲一看之下，當即深深一躬道：「大人隸書卓然一家，在下敢請師從學書。」黑臉縣丞揶揄笑道：「山東商旅求秦吏學書，虧足下想得出也。」王次仲再度深深一躬：「在下原本士子，並非商旅，若得大人收為門人，在下願棄商學書。」黑臉縣丞一陣輕蔑大笑：「我秦人不收草包弟子，你若能寫得三兩個字來，或可再說。」王次仲也不說話，走到公案前，提筆便在縣丞寫字的皮紙空餘處刷刷刷寫下了兩行隸書。黑臉縣丞臉色倏地一變，當即霍然起身深深一躬：「先生書體勁健靈動，簡約清晰，在下程邈願師從先生，棄官學書！」

一時之間，兩人不約而同地大笑起來。

「程兄鍾子期，次仲俞伯牙也！」

「因書而知音，奇哉快哉！」

一場痛飲之後，兩個年輕的書癡結成了意趣相投的摯友。

十年之後，在兩人相約棄官棄商一同遊歷寫遍天下山崖巨石的時候，程邈突然下獄了。得聞凶信，王次仲沒有絲毫猶豫便處置了全部商旅事務，攜帶著多年積累的千餘金趕到了下邽，要罄盡全部家財營救程邈。然秦國律法之嚴遠過山東，王次仲連番奔波於下邽咸陽，不說營救無門，連與程邈見得一面也未能如願。最後，王次仲只從一個熟識的下邽縣吏手中得到了一方白帛，那是程邈留給他的遺言：世無邈矣，兄自珍重，天下石崖書盡之日，邈在雲端也！捧著那方白帛，王次仲痛不欲生，驅車趕赴雲陽國獄之外，燒盡了他與程邈多年寫下的三車竹帛，將筆硯墨也全部投入了大火，毅然決然地走進了滔滔渭水……若非忠實的商社老執事死命相救，王次仲早已經葬身渭水了。老執事說，公子縱不為自家性命想，亦當為程邈先生想；先生被暴秦所害，公子安得不為先生張目，而徒然輕生哉！大病一場，王次仲終究站起來了。老執事死了，家道凋零了。王次仲將老執事的孫子收作了學生，在一個月黑風高的夜晚離開了沉睡的妻子和兒子，從此遁出了塵俗，走進了廣袤嵯峨的山川湖海，將對秦國暴政的仇恨寫上了萬千石崖……

……

「大夢重生，不意程兄竟做了秦國高官，天意何其弄人哉！」

「塵俗之身何足道哉！不能割捨者，你我心志也！」

「人生已分道，既往心志，過眼雲煙耳。」

「兄言差矣！心志恆在，人生豈能兩分？」

一番痛飲暢敘，一番沉沉大睡。醒來之後，兩位患難重逢的老人卻生分了。程邈真誠地笑著，王次仲卻冷冷地板著臉。程邈反覆地訴說著自己的下獄不是暴政陷害，而是確實因寫字引發出斷糧餓死人，畢竟應該有所承擔，一命償一命，況乎餓死三命？磨叨竟日，王次仲鬱悶稍減，長吁一聲道：「程兄自家業已不恨秦政，夫復何言哉！只說，找老夫何事？」程邈驚訝笑道：「次仲明知故問，除了你我未了夙願，能有何事？」王次仲硬邦邦道：「秦國文字繁雜紊亂，粗野無文，老夫不屑為他耗去白頭！」程邈大笑一陣，遂將新朝文字改制的事從頭說起，宗旨、方略、文字勘定、書寫範式、皇帝與丞相的特殊重視等等，最後直說到始皇帝對王次仲的罵秦說法，末了道：「次仲捫心自問，亙古以來天下可有如此君王？可有如此宏闊深遠之文字改制？你我生於世間，所求者何，不過以書為命耳！今有如此良機，你我可成夙願，可建功業，上可對天，下可對地，何為一己之心病自外於天下文明哉！」

「然則，老夫有個分際？」

「說！你要如何？」

「只做事，不做官，事罷則去。」

程邈大笑一陣道：「兄弟也，我還沒說！這件事做完，我還想做官麼？跟你一起，重遊四海！你若不放心，我當即辭官，你我一起白身做事！」

「好！程兄此心，解我千愁也！」王次仲大喜過望，立即高喊徒弟收拾行裝，轉身又笑道，「你老兄還是別忙辭官，官身好做事。人求人者，心志而已了。」

心意一決，兩人與壯實的少年徒弟背著簡單的行囊立即出山。程邈的隨從車馬一直在山口紮營等候，兩人一到立即開拔，連夜向南進發了。王次仲感慨於車馬隨從雄壯整肅。程邈笑答，這是皇帝特意叮囑太僕署派的，為的是你，不是我這個御史能有的。王次仲默然了。次日宿營造飯，王次仲立即拉著程邈開始謀劃書體新法。王次仲說，隸書八分求的是實效，快捷方便為本，必須有個根基：改大篆小篆的象形結構，以橫平豎直的書寫筆劃為結構；否則，文字還是不脫畫形。程邈大為贊同，又提出一條：書體的要害是轉折筆，要改大篆小篆的圓轉為方折，運筆會加快許多。兩人一口聲相互贊同，舒暢得大笑了好一陣，依稀又回到了當年互相求師的樂境。

李斯將政事交給了右相馮去疾，一心沉浸在了文字的海洋裡。

總司改制運作的程邈奏請皇帝允准，將一應參與文字改制的官吏都搬進了博士學宮。李斯等創制小篆者一座庭院，程邈等隸書創制者一座庭院，勘字署吏員一座庭院，所有的博士都是後盾，可隨時參與會商。程邈一攤進展扎實，與王次仲兩人一商定方略，主要的事便是日日寫字日日議字，可說是日有進展。李斯胡毋敬趙高這一攤，卻卡住了十餘日沒有進境。最要害的難處是三處：

其一，字制之難。戰國之世，小篆業已生發為一種流行書體。唯其流行，形制便因國因地因人而異，沒有統一形制。要統一形制，必得先定法度，並得先寫出若干字樣範式。而法度範式之難，如何能沒有爭議？

其二，字數之難。也就是說，是將勘定的天下三萬餘文字全部寫成小篆，還是只寫一部分，抑或只寫常用字？全部寫，數量太大，延誤改制期限。部分寫，則存在如何分割，寫哪些字？凡此等等，亦有爭議。

其三，文體之難。也就是說，寫成何等樣東西？是一個個單字排著寫？還是編成某種文體，既利於識字，又利於知識傳播？寫單字快捷，然卻過於簡單，對童稚發蒙顯得很是枯燥無味。而編訂文體，則難免用字重複，起不到增大識字數量的效用。這一難，最費心思。

旬日之間連番會商，又廣採博士們種種謀劃，李斯胡毋敬趙高三人又反覆議論揣摩。最後議決之日，李斯出面，對應上述三難，確定了三條法度。一則，小篆形制，以秦篆（秦國書寫的小篆）為本。原因是秦篆形繁，寫難識易，不易混淆。為防文字形制過簡而不易區別，這次改制須明確數目字寫法：凡數目字，文（筆劃）單者，取茂密字替代，一二三四五六七八九十，分別寫作壹貳叁肆伍陸柒捌玖拾，以利各種書契之明白無誤。二則，本次改制，小篆書體只寫常用字；其餘文字，由勘字署吏員在小篆範式確定之後一一寫出；如此既不遲延改制，又使所有文字皆有範式。三則，小篆常用字確定為三千，由李斯、胡毋敬、趙高各寫一千字。此千字不能寫單字，必須成文，且必須盡量減少重複用字，以利於初學識字之趣味盎然。為最大限度避免重複用字，三人書寫範式文字的用字領域給予區分，各有命題：李斯〈倉頡篇〉、趙高〈爰歷篇〉、胡毋敬〈博學篇〉。

諸事確定，李斯三人各自離群索居，開始了文體構思。

程邈兩頭照應，給李斯三人每人各配了一名勘字署吏員、一名博士、一名繕寫能吏。勘字署吏員專門職司三方通聯，以確定用字不相重複；博士專司會商文體，以出風采；繕寫能吏專司謄刻抄寫副本。

這一夜月明星稀，庭院沉寂。李斯鄭重沐浴了一番，整裝束髮，來到了庭院大池旁設置好的香案之前。李斯拈起香炷深深一躬，拜倒在地，莊重地禱告：「倉頡書聖在上，大秦丞相李斯奉天子之命，一統天下文字。今欲以小篆為天下範書，祈求書聖佑護，賜我神思，賜我才具，佑我千字文華彩成章。倘有正字不周之處，伏唯書聖見諒。」

河漢璀璨的夜空，滾過了一陣隱隱沉雷。李斯禱告完畢，站起身來仰望星空，卻沒有一絲雲跡。李斯心下一熱，大袖一甩，毅然走進了書房。李斯在長案前落座，鋪展開一方製作精美的羊皮紙，肅然提起了大筆。萬籟俱寂之時，李斯原本並無成文的心田突然泛起了滾滾滔滔的波瀾，詩情勃發，一個又一個秀麗遒勁的秦篆工穩地從筆端流淌出來……

〈倉頡篇〉

倉頡作書　文明始成　甲骨之刻　古奧粗簡　史籀大篆　形繁難辨
及秦壹治　新書勘定　皇帝立國　愛育黔首　臣服四海　遐邇王土
化被草木　人皆更生　車塗同軌　田疇為畝　度量衡齊　郡縣鄉亭
華夏九州　兵戈止息　封建不再　萬民康寧……

李斯專注地寫著，燭淚不斷地流著，燭花不斷地爆響著。雄雞一聲長鳴，刁斗噹噹打響，李斯才擱下大筆，頹然軟倒在地。

霜降時節，文字改制宣告大成了。

慶功大宴上，始皇帝饒有興致地親自吟誦了李斯的〈倉頡篇〉千字文章，大加讚賞。又教趙高胡毋敬分別吟誦了自家寫的千字文章。當趙高那奇特的嗓音念誦出「天地日月，周而復始，寒來暑往，乾坤陰陽，春夏秋冬，雨雪風霜，耕耘生計，爰歷參商」之時，始皇帝大大地驚歎了，當場下詔將趙高的食邑增加了兩百戶。

君臣一番酬酢之後，程邈命書吏們抬來了連續九方可折疊的大板，一一靠著大殿石柱展開，每板都是拳頭大的隸書新字，整肅排列如森森方陣，煞是壯觀。嬴政皇帝親自走到大板前瀏覽片刻，高聲讚歎道：「隸書新體，簡約清晰，獨具神韻，必將有大用！好！程邈、王次仲二位，為天下文明建一大功也！」程邈尚在擔心王次仲執拗褊狹，不想這位老友早已經是老淚縱橫泣不成聲了。皇帝一聲感喟歎息，高聲下詔道：「自今而後，無論王次仲在朝在野，皆為大秦書監！足跡所至，官民俱奉！」王次仲百感交集，撲拜謝恩之後一句話也說不出來了。皇帝饒有興致，舉著酒爵走到了王次仲案前，求教隸書奧妙：「敢問先生，朕不明隸書簡化之根本何在？尚請明示。」

一涉書法，王次仲大見精神，立即答道：「隸書之變，在於將古篆之象形變為筆劃。取最簡之筆，以直方為形，非但書寫快，且易為人識。」

「能否取一字例說之？」

王次仲從旁案拿過一枝毛筆一張皮紙，工整地寫成了一字：「陛下且看，此乃大篆的安字，其形為廊下女子與男子相擁。」待皇帝點頭，王次仲又寫下一字，比方才顯然快了一些，「陛下，此乃丞相三人的小篆，安字，取屋下女子之形。雖簡去男子，然意形仍在：屋柱著地，屋內女子長裙拖曳，猶是象形之體。」

「改得好。」皇帝點頭，「屋下有女，自安也。」

「陛下請看隸書的安字。」王次仲提起筆來，幾乎瞬間寫成了一字，「隸書之安，僅取屋頂以為意，女子之形，簡為跪坐。這一橫，是長案，案下交叉者為雙腳。意存而形簡，是為隸書也。」

「噫——當真神妙也！」

皇帝確實是驚訝了。對於不善書法的嬴政而言，對文字的要求歷來是會寫能認便可，從來沒有想到過一個字的改形會有如此大的學問。然則，天縱稟賦的嬴政，有著常人無法望其項背的悟性與洞察力。在這片刻之間，嬴政驀然大悟了文字的神奇，悟到了文字對於文明無可估量的深遠效用。皇帝大步走到了九張高大的隸書大板前，叩著大板高聲道：「方塊字者，華夏文明之旗幟也！但有方塊字在，華夏文明恆在！」

「皇帝明察——」

「皇帝萬歲——」

「方塊字萬歲——」

隨著慶功大宴的歡呼聲，始皇帝的〈書同文詔〉頒行天下了。

第十二章 盤整華夏

一、歲末大宴群臣　始皇帝布政震動朝野

大雪飄飛的正月正日，嬴政度過了四十歲生日。

帝國奉十月為正朔。一年開始之月為正，一月開始之日為朔。帝國更新曆法之後，十月便是正月，十月初一便是正月正日。嬴政生日的正月正日，卻是古老的年節開端，正月初一。自古以來，無論何代何國奉何月為正朔，譬如「夏正以正月，殷正以十二月，周正以十一月」等，其本意並不在否定天地運行十二月之時序，而在彰顯國運。這便是司馬遷所云的「推本天元，順承厥意」。也就是說，推出與本朝國運相符的天地元氣行運所在，以此月此日為開端以使天意佑護。唯其如此，自然時序的正月正日，可謂永恆於國別正朔之外的天地正朔。於是，以正朔而言，皇帝每年便有了兩次壽誕之期。

壽誕賀生，嬴政歷來淡漠。一則忙得連軸轉，沒心思。一則是秦法禁止下對上賀壽，尤其禁止臣民為君王賀壽。自從十三歲即位秦王，對於生日，嬴政的唯一記憶是八歲之前每到正月正日，外公與母親都會給他一件特異的禮物，那支一直伴隨他到加冠之年的上品短劍，便是六歲那年的正月正日外公卓原送給他的生日喜禮。後來回秦，父親莊襄王早死，母親趙姬忙於周旋呂不韋與繆毒情事漩渦，少年嬴政的生日，再也沒有任何標誌了。嬴政所能記得的，只有趙高在每年歲末的夜半子時首刻，總要準時給他撲地大拜，噙著眼淚低呼一聲君上萬歲。每逢此時，嬴政都是哈哈大笑，本王生當天地正朔，大年節普天歡慶，強於私壽萬倍，哭個鳥來！今歲更忙，年初滅齊之後，一事接一事無一日喘息，及至彤雲四起大雪彌天，嬴政方才恍然大悟，冬天到了，一年快完了。

一個大雪飄飛的深夜，李斯馮去疾驅車進了皇城。

外殿值事的蒙毅很是驚訝，連忙稟報了內殿書房正在伏案批閱公文的皇帝。嬴政以為兩位丞相必有要務，立即親自迎了出來。書房敘談，兩位丞相的議題竟只有一個：要給皇帝操持四十歲壽誕慶典。嬴政大感意外，連連搖頭搖手道，法度在前，不能不能。馮去疾稟報了一則出人意料的消息：今歲恰逢新朝爰歷，改奉正朔；各郡縣已有急書詢問，言山東臣民多畏秦法嚴厲，鄉三老紛紛詢問各縣官署，不知可否歡度年節？李斯的見識是：新朝改正朔，易服色，然不能棄天地正朔於不顧。年節風習久遠，輒遇正月，天下臣民莫不歡慶，秦若迴避年節，傷民過甚。然則，皇帝若頒行明詔，特准黔首歡度年節，反倒弄巧成拙。李斯與馮去疾商定的辦法是：皇帝只須事先明詔郡縣，當在歲末之夜大宴群臣以示慶賀，即作了天下過年之表率。既不違天地正朔，又使天下民心舒暢，更可一賀陛下四十整壽。

「一舉三得！臣等以為當行！」馮去疾快人快語。

「臣民忌憚年節，倒是沒有料到也。」

「畏法敬治，此非壞事。」李斯興致勃勃。

「兩丞相是說，默認天地正朔，兩正朔並行不悖？」

「陛下明察！」

「也好，歲末大宴群臣。」嬴政拍案，「只是，與壽誕無關。」

歲末之夜，始皇帝在咸陽宮大宴群臣。這是變法之後的秦國第一次年節大宴，顯得分外地隆重喜慶。奉常胡毋敬總司禮儀，事先宣於各官署的宗旨是「新朝開元，皇帝即位首歲，始逢天地正朔，是為大宴以賀」，一句也沒涉及皇帝壽誕。然則，群臣心照不宣，都知道今夜年節是皇帝四十歲整壽，雖沒有一宗賀禮，然開宴之時的萬歲聲卻是連綿不絕分外響亮。胡毋敬原定的大宴程序是：開宴雅樂之後，博士僕射周青臣率七十名博士進獻頌辭，褒揚皇帝赫赫功德，而後再由三公九卿及領署大臣各誦賀歲詩章，再後由皇帝頒賜歲賞。事實上，連同李斯在內，所有的大臣都備好了賀歲詩章，且主旨都很明確：以賀歲為名，以頌揚皇帝功業為實，真正給皇帝過一次隆重的壽誕大典。但是，胡毋敬與群臣都沒有料到，雅樂之後，胡毋敬正欲高宣頌辭程序，皇帝卻斷然地搖了搖手。之後，皇帝舉著大爵離開了帝座，走下了鋪著厚厚紅氈的白玉階，過了丹墀，站到了群臣坐席前的中央地段。

「我等君臣，遙賀邊陲將士功業壯盛！」

「我等君臣，遙賀郡縣值事吏辛勞奉公！」

「我等君臣，遙賀天下黔首生計康寧！」

「我等君臣，共度新朝歲首！」

皇帝高高舉起了酒爵，高聲宣示著賀詞，一賀一飲。四爵酒飲罷，朝臣們已經是心頭酸熱雙眼矇矓了。不知是誰高喊了一聲：「我等臣民，恭賀陛下壽過南山——」突然之間，壽過南山的聲浪哄哄然淹沒了宏大的殿堂，震盪了整個皇城。聲浪終於平息，胡毋敬又欲高宣進獻頌辭，皇帝擺了擺手，笑吟吟說話了：「壽過南山，朕倒是真想！然則，能麼？江河不捨晝夜，歲月不留白頭，逝者如斯，雖聖賢不能常駐世間！唯其如此，我等君臣要將該做的大事盡速做完，以功業之壽，垂於萬世千秋！」

皇帝的激昂話語迴盪在耳畔，舉殿靜如幽谷。群臣都不說話了，連此等慶典場合最有可能也最為正當的萬歲呼應聲也沒有了。因為，那一刻，在煌煌燭光之下，大臣們看見了皇帝臉龐分明的淚光，看見了四十歲君王兩鬢的斑斑白髮，看見了素來偉岸的皇帝身軀已經有些肩背佝僂了……

「臣等，敢請陛下部署來年大政。」李斯第一個打破了幽谷之靜。

「臣等敢請陛下！」舉殿一呼，勢如山岳突起。

「好！我等君臣過他一個開事年！」皇帝奮然一句，滔滔如江河直下，「克定六國，一統天下，遠非天下至大功業也！若論一統，夏商周三代也是一統，並非我秦獨能耳。至大功業何在？在文明立治，在盤整天下，在使我華夏族群再造重生，以煥發勃勃生機！此，秦之特異也。難不難？難！能不能做到？能！為甚來？當年商君變法之時，秦國積貧積弱，幾被六國瓜分。然則，先祖孝公與商君同心變法，深徹盤整秦國二十餘年，老秦人如同再造，由一個備受欺侮的西部窮弱之邦，一舉崛起為虎狼大國！今我秦國，受命於天，一統華夏，便要效法孝公商君，改制華夏文明，盤整華夏河山，如同再造秦國一般再造華夏！人或云，華夏王道數千年，文明昌盛，無須折騰。果真如此麼？朕說，非也！有此必要麼？朕說，有！今日殿中群臣，匯聚天下之士，老秦人反倒不多，諸位但平心想去：華夏文明數千年，何以泱泱數千萬之眾，卻飽受四夷侵凌，春秋之世幾乎悉數淪為左衽？及至戰國，何以匈奴諸胡之患非但不能根除，反倒使其聲勢日重，壓迫秦趙燕邊地日日告急？何以閩粵南海諸族，稱臣於華夏千餘年，又做楚之屬國數百年，非但沒有融入華夏，反成東夷南夷之患，屢屢侵害楚齊蹂躪中原？是秦趙燕三國無力麼？是魏韓楚齊四國無力麼？非也！根由何在？在內爭！在分治！在不能凝聚華夏之力而消弭外患！人云華夏王道，垂拱而撫萬邦，滑稽笑談哉！朕今日要說：華夏積弊久矣！諸侯耽於陳腐王道，流於一隅自安，全無天下承擔，全無華夏之念！中國大地畛域阻隔，關卡林立，道各設限，幣各為制，河渠川防以鄰為壑，輒於外患競相移禍……凡此等等，天下何堪？長此以往，華夏安在！唯其如此，我等君臣須得明白：華夏之積弊，非深徹盤整無以重生！如何深徹盤整？文明再造也，河山重整也，天下太平也！」

那一夜，帝國群臣再次長長地陷入了幽谷般的寂靜。

大臣們人人噙著淚光，深深沉浸在被震撼之後的感動之中。李斯紅了臉，第一個將賀壽詩章揉成了一團，丟進了燎爐。素來飽學多識議論縱橫的博士們也臉紅了，紛紛將揉成一團的頌辭詩章丟進了燎爐。一時之間，大殿廊柱下的二十餘座燎爐紅光四起火焰飛動，依舊是沒有一個人說話。大臣們羞愧者，並非那些頌辭詩章為皇帝賀壽，而是那些頌辭詩章所讚頌者，無一不將「四海一統」作為至高無上的功業，而皇帝卻以為至大功業並非一統疆域，而在深徹盤整華夏，在文明再造，在河山重整，在天下太平。此等超邁古今的目光，此等博弈歷史的襟懷，使大臣們心悅誠服又汗顏不止……

都城的年節社火仍在狂放地鬧騰，帝國的所有官署卻已經開始悄悄地運轉了。

彌天大雪沒能阻止三公府的快馬軺車。旬日之內，李斯王賁馮劫如流星般掠過了所有的軍政官署，部署督導來年大事。三公如此，原本已紛紛放棄沐浴省親的吏員們更見奮發，大咸陽的所有官署都晝夜進出著匆匆車馬，公文書令隨著漫天大雪源源不斷地流向各郡各縣，龐大的帝國機器以前所未有的效能啟動了。

二、決通川防　疏浚漕渠　天下男女樂其疇矣

一班將軍出身的大臣也忙得連軸轉了。

皇帝年節大宴之後，從咸陽蕩開的盤整華夏的長策偉略潮水般席捲了新帝國的廣袤領土，南北東西無不激盪彌漫著亢奮新奇的改制之風。皇帝又召三公小朝會，議決將盤整華夏的諸般改制與工程，分作六大項，並同時確認了領事大臣與臂膀人選；左丞相李斯總攬全局，郎中令蒙毅總攬後援各方，總歸是力求效用卓著。

散朝之後，王賁特意邀了馬興一起來到治粟內史府。

王賁與馬興所領事項都與鄭國相關，一個總領道路整合，一個總領溝洫整合。皇帝給兩人派定的臂膀大臣，卻都是鄭國。皇帝的說法是：「老令既是水家大師，也是工程大師，治水開路都是軍師。」王賁當場慨然申明：「老令是孫臏，王賁馬興是田忌！」路上將此話一說，馬興連連拍掌，大

贊王賁應對得當，王賁很是得意了一陣。就實說，兩位侯爵大將都沒如何看重此等疏渠築路事，都以為率領幾萬大軍與幾十萬民力開道通水還不是戲耍一般。鄭國閉著眼睛都能說清天下河渠，幾條大路更不在話下，只要在地圖上一圈，哪到哪，兩人便可以風風火火動手了。

可到治粟內史府一說，鄭國卻良久默然。王賁大急道：「你老令倒是說話也，你指哪我打哪，何難之有哉！」鄭國搖頭笑道：「老夫何疑兩將軍也，老夫所慮者，此事至大，兩將軍，甚或皇帝陛下，都太過操切了。」馬興大惑不解：「不就疏浚河渠開通道路麼，究竟何難？」鄭國道：「穩妥做去不難，太過操切便難。」王賁依舊雲山霧罩，索性道：「老令便說，此事該當如何著手？」鄭國搖頭笑道：「此事你說我說，都無用，得向皇帝陛下說。」王賁道：「這有何難，我等即刻去皇城，老令此些許準備便是。」

聽王賁馬興一說，嬴政立即召見了鄭國。

儘管皇帝也與王賁馬興一樣，不知道鄭國所說之難究竟在何處，也不明自己如何操切了。但嬴政相信，只要鄭國這樣的工程大師有異議，那就一定得聽他說。嬴政吩咐蒙毅，在書房立起了一張特意標明河渠與道路的〈天下郡縣渠路圖〉，一則便利鄭國說明，二則也向這位執拗的老令暗示他並非操切，對天下河渠道路還是有所揣摩的。這便是嬴政，對臣下之言既要聽，也不想無選擇地囫圇吞之。

「人言河渠難。殊不知，開路更難。」鄭國這第一句話，便教嬴政驚訝。畢生治水的鄭國，竟推崇分明簡單得多的開路工程，實在不可思議。鄭國卻全沒在意皇帝與王賁馬興的驚訝，只顧侃侃地說著，「路為何物？民生之氣口也，邦國之血脈也。山川阻隔窮鄉僻壤，得一路而有生計。是故，自來有愚公移山而求一路之說。天下百業，城邑鄉野，得道路聯結而通連周流。是故，自來有借道通商借道滅國之事。今秦一天下，河渠道路自該整治，此陛下之明也。然則，老臣敢問陛下之志：天下渠路，欲一體謀劃乎？欲零打碎敲乎？」

「何謂一體謀劃？何謂零打碎敲？」嬴政有些不悅。

「一體謀劃者，以天下道路河渠結網通連為宗旨，縝密勘察，先統出圖樣，而後再行施工也。零打碎敲者，目下之法也：陛下派兩員大將，老臣指劃一番，通連幾條舊道，疏通幾條舊渠而已。」

「老令明察！」嬴政立即醒悟到其中差別，對鄭國非議自己全不在意，「政不明者，如何方能渠路一體謀劃？敢請老令拆解。」

「河渠道路之關聯，自三代以來，經兩大轉折。」鄭國的探水鐵尺指上了地圖，「三代井田制之時，渠路合一，路隨渠走，這便是阡陌之制。春秋中期之前，天下只有先鎬京、後洛陽，京畿一條王道不涉河渠而直通河外。諺云周道如矢，此之謂也。而其餘道路，皆與田疇溝洫同一，只在封閉的田疇內相通，而不通外界。既占耕田，又不實用。商君變法所以要開阡陌，便是要破除渠路合一之封閉，為民眾生計另開新路。自此以後，也因商旅大起戰事多發，專門道路之需求日漸迫切，天下道路方才脫開河渠，真正成為以通行車馬人眾為宗旨的路。各國皆脫開原有河渠，紛紛修築大道。就施工而言，道路修築與河渠水事也分成了兩家：道路屬邦司空管轄，河渠屬大田令管轄。施工兩分，治業之術也自成兩家。由此，渠路真正兩分了。然則，由於列國分治所限，戰國道路河渠雖已多開，然卻有很大缺陷。」

「缺陷何在？」嬴政有些急。

「一則渠路衝突甚多，二則各自斷裂。總歸是，不成通連之網。」

「老令是說，要支幹搭配，渠路互通，使天下渠路結成四通八達之網？」

「陛下天賦洞察，老臣感佩！」

「好！正要如此大成互通！」

「然則，如此互通成網，至少須得十年之期。」

「十年？」嬴政一皺眉立即轉而笑道，「長了些，可也沒辦法。」

王賁突然插話道：「老令勘查成圖，大約得幾許時日？」

「若說勘察地理，老夫可說成算在胸，唯須查勘幾處難點而已。」鄭國思忖著不慌不忙道，「成圖之難，在於互通成網之總構想。老夫愚鈍，快，也得一年之期。」

「成圖之後，快慢是否在施工？」王賁顧不得鄭國的揶揄，直戳戳一問。

「是。然也得依著築路開渠之法，不能修成廢路廢渠。」

「自當如此。」王賁一笑，轉身一拱手高聲道，「臣啟陛下，老令圖樣但成，臣必全力以赴，不使耽擱！」

「臣亦如此！」馬興立即跟上了自己的老主將。

「莫急莫急，當心吃老令罵。」皇帝搖手制止了兩位急吼吼的大將。

「陛下之意，老臣倒是迂腐了？」鄭國呵呵笑了，「該快者也得快，老臣也不會總給千里馬勒韁。一年之內，兩位盡有一件大事可做。」

「願聞將令！」王賁馬興赳赳齊聲。

鄭國不禁大笑起來：「好！老夫也法令一回：決通川防，疏通淤塞漕渠，此兩事無涉通連，大可先期開工也。」

君臣四人一陣大笑平息，皇帝道：「老令勘察之事，王賁選出一千精銳騎士護衛，朕再配一輛駟馬快車、兩名太醫，務使勘察順暢。」

「是！臣再派出將軍王陵，統領行軍護衛事！」王賁極是利落。

「陛下，工程勘察而已，鋪排太大了……」

「老令差矣！」皇帝搖了搖手，「天下初定，六國老世族已經有蠢動跡象。頓弱報說，六國都城各有抗拒遷徙之預謀，一些老世族已經圖謀遠遁。當此之時，若有人欲圖壞我大事，安知不會對老令心懷叵測？如此處置非有意鋪排，不得已也。」

「如此，老臣……」鄭國想說，可終於沒有開口。

三日之後，鄭國帶著三十名工師，乘著皇帝特賜的四馬青銅車，在王陵所率一千精銳飛騎護衛下隆隆東去了。王賁與馬興立即齊頭並進：王賁領決通川防，馬興領舊漕渠疏浚。由於兩事均不涉水路勘察等新渠路開通，故兩人商議後以戰事籌劃，採取了統籌之法：以郡縣為本，凡受益之郡縣，以郡丞親率民力施工；王賁馬興各向每郡派出兩名水工，各率一千軍士，督導查驗兩方工程，均以一年為限，務須完工。水事涉及民生，各郡縣不敢也不想怠慢，民眾則更是無不踴躍赴工。短短兩個月內，南北江河之間的原野上便轟轟然開始了川防河渠大工程。

先說王賁的決通川防。

川防者，江河之堤防也。大禹治水後，江河之道清晰，幾無人工堤防。夏商周三代，但有治水都是疏通入流入海，築堤攔水之事極少。自春秋開始，因王權衰落諸侯分治，逐漸興起了在各自境內的江河修築堤防。這種堤防在當時主要起兩種作用：對於可灌農田之水流，是上游築堤攔截以斷下游他國用水，如「東周欲種稻，西周不放水」的兩周爭鬥；在水量豐沛的大河大江，則是築堤攔水以逼向他國為害，或淹沒他國農田，或吞噬他國民居。兩種川防之中，尤以後者為甚，尤以大河流域為最甚。

由於秦國關中水系相對自成一體，又幾乎獨據渭水全程，故無川防戰之事。然自函谷關外開始，與大河相關的周、韓、魏、趙、燕、齊，都曾經壅防百川，各以自利，同時為害他國。後世《漢書‧溝洫志》曾描述了趙魏齊三國的一段大河堤防戰。大河東岸，趙魏兩國地勢高，齊國地勢低下。為防趙魏兩國河段的洪水淹沒本國農田，齊國在距離河岸二十五里處修築了一道大堤，從此只要河水大漲，東溢遇到齊國大堤，便西捲回來，反而淹沒了地勢高的趙魏農田。趙魏兩國不滿為甚，會商共同築起了一道大堤，也是築在距離河岸二十五里處，只不過方位不是正對面罷了。如此，河水但漲，便在兩邊堤防間汪洋游盪，汛期一過，積起了厚厚的淤泥，漸漸隆起成為美田。三國民眾紛紛進入堤防耕田，無洪水之時除了爭奪耕田，倒也平安無害。民眾為了牢固占據耕田，蓋起了房子，聚成了村落。忽然遇到大洪水時，則沖毀堤防一齊淹沒，死人無算。於是，三國便在原堤防處後退，再度建起更高的堤防以自救，以致堤防漸漸逼近了城郭，一旦堤防再度被沖毀，大水衝進城裡，民眾只能住在水中排水自救了，淹死者不計其數。也就是說，處下者不願讓地給洪水以出路，處高者不願下游築堤而洪水倒捲，各以堤防為戰，致百姓長期遭殃。

戰國另一堵截洪水的惡例，是魏國丞相白圭。白圭乃戰國初期名相，然由於商旅出身，大約利害之心甚重，於是在大河修築了堤防，將洪水逼向了他國。孟子曾當面指斥了白圭的做法，義正詞嚴云：「子過矣！禹之治水，水之道也，以四海為壑。今子以鄰國為壑，水逆行，謂之洚水。洚水者，洪水也！」

凡此等等不合理川防之害，鄭國已經於王賁大軍開掘鴻溝以滅魏國時，提出了長遠的應對方略，其上書痛切云：「秦一天下之勢已成，其時務必戒絕以水害人之法。戰國各以川防阻隔水道，水利皆無，水害百生，有違天道，莫此為甚！洪水不能分之，河溢不能洩之，盡堵盡截，天下萬民終將為魚鱉哉！」當時，秦王嬴政慨然拍案決斷：「秦國但一天下，定然決通戰國川防，使人為水害在我華夏絕跡！」

此等工程大得人心，無論曾經敵對的民眾有過多少仇怨，民眾群體的寬厚都在此刻淋漓盡致地呈現出來。各郡縣民力無不欣然認同官府，哪怕是得堤防暫時益處而尚在耕耘堤防內之淤田民戶，也都拭著淚水拋離家園，搬到了新居，拿起了鍬耒，開掘那熟悉的堤防了。王賁看得萬般感慨，一時對開掘河水淹灌大梁有了一種深深的悔意。

再說馬興的疏浚漕渠。

自春秋之世治水始興，人工開鑿之水道有兩種，一曰漕，二曰渠。漕者，可以行舟之水道也。當時主要用作輸送糧秣，即後世所謂的運河。渠者，行水之溝也，人工開鑿也。戰國之世，山東六國修築的漕渠甚多。除秦國水利工程外，最大者是溝通河、淮兩大水的鴻溝。鴻溝是行舟兼行水的最大的戰國運河，各有支渠通入宋、陳、蔡、薛、曹等中小諸侯國，又通過支渠與濟水、汝水、泗水三河溝通，故效用很大。然因戰亂多發，鴻溝又分屬魏、韓、周、楚、陳、宋等大國小國，故很少統一維護疏通，戰國末世損毀淤塞更是嚴重了。王賁軍水淹大梁之期，鴻溝曾一度斷流，損毀更大。後來，秦軍雖修復了鴻溝幹渠，然諸多支渠卻無法顧及，以致其效用大為降低。

戰國之世，另外的漕渠主要有：楚國溝通漢水與雲夢澤的漕渠，溝通震澤（太湖）與江水的漕渠，溝通江南五湖間的幾條漕渠（史無確指）；齊國有溝通淄水與濟水的漕渠；魏國有西門豹治鄴時開鑿的灌溉鄴地的引河十二條水渠，有史起開鑿的引漳水入河內之地而大富魏國的漕渠（註：引漳水入鄴之渠有三說，一云西門豹，一云史起，一云兩人共同〔西門豹先而史起後〕。此取《呂氏春秋》與《漢書・溝洫志》之同一說）。民眾曾為史起引漳而歌之，云：「鄴有賢令兮為史公，決漳水兮灌鄴旁，終古舄鹵兮生稻粱。」當然，秦國的著名管道更多：李冰渠（都江堰）、鄭國渠、興成渠及滅六國後新開的靈渠等等。戰國末世二十餘年，六國瀕臨亡國，完全沒有人力財力心力整飭農田水利，凡山東六國之漕渠，其主幹水道幾乎無一例外地淤塞了損毀了。

馬興的漕渠工地主要集中在兩大區域：江淮之間與大河兩岸。

江淮之間，是疏通當年楚吳越三國舊漕渠。大河兩岸，是疏通當年周、韓、魏、趙、齊五國舊漕渠。而通連這兩大區域的，則是引河入淮的鴻溝水道。馬興事先已經將鄭國的河渠圖揣摩透徹，此番施工，親自率八千士兵督導二十餘萬民力再度大力疏浚鴻溝。王賁滅魏後修復鴻溝時，由於楚國尚在，實際上只修通到楚國的陳城地界而已。實際上，鴻溝的最大淤塞恰恰在於進入淮水的楚國南段。馬興這次疏通，非但清淤加深管道，而且將原管道拓寬了三尺餘，損毀段則全部加固重修。馬興已經聽鄭國說過，鴻溝將是天下唯一的一條大渠大道合為一體的南北幹道幹渠，正當中國腹心，決使其巍巍然用之千古。其餘漕渠，馬興一律交給了各郡縣，自己只派水工司馬定期查驗。如此堪堪將近一年，天下的舊漕渠已經眼看著全部翻新了。

在後來的渠路一體大工程中，馬興還開通了另外幾條新漕渠：會稽郡的通陵渠、長沙郡的汨羅渠、隴西郡的秦渠、陳郡的琵琶溝等。四年之後，天下漕渠路工程全部告竣，皇帝東巡到碣石之際，專門刻石銘記了盤整華夏之盛事，其中對水事記曰：「……皇帝奮威，德並諸侯，初一太平。墮壞城郭，決通川防，夷去險阻。地勢既定，黎庶無繇，天下咸撫。男樂其疇，女修其業，事各有序。惠被諸產，久並來田，莫不安所。群臣誦烈，請刻此石，垂著儀矩。」

在帝國遺留的所有石刻中，碣石門辭是以記載川防漕渠工程為主的。它所描述的工程實施效果確實是令人驚喜的：川防險阻沒有了，漕渠水道疏通了，耕地穩定了，庶民沒有增加徭役，天下都很安定；男子喜歡自己耕耘的土地，女子專注自己的家業，各種事情都很有秩序；水利整修惠及各個產業，許多原來因水害而分開的村落族群又合併到一起了，家家戶戶莫不安居樂業。山東農耕在戰國末世已經很是凋敝，應當說，自帝國決通川防疏浚漕渠工程之後，天下農耕之再度興盛眼見是要來了。始皇帝時期，政績通報極少後世不實惡風，這種記載評判應該是基本接近事實的。因為，它不是祕密奏章的祕密頌揚，而是通報給上天的，是刻在山石上的，是誰都能看見的。戰國雄風尚存，始皇帝君臣實在沒有那種刻意粉飾而自招天下唾罵的偽善政風。一個時代的基本風貌，改也難。

三、塹山堙谷　窮燕極粵　帝國大道震古鑠今

倏忽歲末，又是大雪飄飛了。

這次沒有人再思謀賀壽，大臣吏員們的心思，都牢牢黏在與自己相關的那些工程事項的進展上，為紛至沓來的捷報歡呼著，為來年更大的圖謀振奮著，總歸是所有的官署都將年節沐浴省親假忘記了。眼看歲末之夜將到，一座座官署依舊是車馬進出晝夜不斷門庭若市。嬴政皇帝思忖一番，覺得還是該與李斯說說，教各官署放官員們歸家省親。剛吩咐趙高備車，蒙毅匆匆趕來，稟報說鄭國大人呈來緊急奏章，請求最快覲見皇帝。嬴政看了看漫天飛雪一揮手道，知會老令等著，朕與丞相一起去他府上飲酒。話音落點，趙高駕馭的垂簾篷車已經輕快地駛到了廊下，皇帝一步登上篷車轔轔去了。

丞相府前燈火煌煌，車馬吏員進出不息，一看便是晝夜忙碌的架勢。嬴政吩咐將車馬停在旁門稍微僻靜處，吩咐隨車衛尉進府知會李斯。片刻之後李斯匆匆出門，聽皇帝一說事由，立即力主皇帝下車在丞相府召見鄭國，說丞相府與鄭國的治粟內史府還有諸多大事需要會商，也要皇帝定奪。嬴政笑道，丞相府的事永沒盡頭，改日再說；老令可是事不要命不開口的人，走，丞相也該與老友會會了。李斯苦笑著搖搖頭，只好登上了篷車。車方上道，嬴政正要回頭與李斯說話，驀然卻見李斯軟軟靠著車廂的厚氈扯起了粗重的鼾聲。嬴政嚥下了口邊話語，輕輕一跺腳，篷車立即變成了最平穩的中快速。到得鄭國庭院，嬴政正要吩咐趙高將李斯背到臥榻去，不料李斯卻在車輪倏忽一停中突然睜開了眼睛。

「丞相瞌睡如此靈便，羨煞我也！」皇帝一陣哈哈大笑。

「慚愧慚愧。」李斯一邊說一邊下車來扶皇帝。

「不須不須，我比你精神好。」嬴政一步下車笑道，「丞相鐵人，都撐不住了。朕看，還是官署

休事好，教臣子們好好歇息半個月，不能硬撐也。」

「臣遵命。」一想到自己方才的酣睡，李斯覺得任何話都不用說了，轉身對跟隨前來的書吏叮囑了幾句，書吏立即匆匆趕回丞相府了。

鄭國迎到廊下，嬴政李斯正迎面踏上石階。君臣三人談笑風生地進了正廳，圍著燎爐飲得一大碗熱騰騰黃米酒，不待嬴政詢問，鄭國一拱手明明白白一句：「陛下，老臣勘察完畢，請開春之後大開道路工程。」「好！」嬴政拍案笑道，「老令說能開工，定然是水到渠成也。」鄭國道：「盤整華夏，萬馬奔騰，老臣何能不感奮哉！老臣已經勘定了天下路渠之構架大綱，陛下定奪之後，可立即大舉籌劃。」嬴政道：「朕拉丞相來，料到老令必是這件大事。老令便說，我君臣三人先斟酌一番。」鄭國已然有備，一拍掌，三名書吏從大屏後隆隆推出了一幅兩丈餘高的大板圖，往中央一矗，當真威勢赫赫。嬴政李斯大為振奮，不約而同地霍然起身走到了圖前。

「〈四海大道圖〉！好名稱！」

「啊呀！這番氣象可比當年鄭國渠大多了也！」

在皇帝與丞相的驚訝讚歎中，鄭國走了過來，探水鐵尺啪地彈開打上板圖道：「陛下、丞相且看，老臣將天下官道盤整，分作四種情形：其一曰郡縣官道，其二曰內史郡通外官道，其三曰天下馳道，其四曰天下直道。四種道路之交叉接合，老臣與百餘名屬下已經反覆查勘無誤。直道最難，老臣曾特意趕赴九原與蒙恬上將軍會商旬日，方才確定。凡此四種情形，容老臣一一申明……」眼見鄭國喉管喘聲甚重，皇帝一揮手道：「教一工師來說，老令只須補正便了。」鄭國素無虛應故事，一轉身指定了旁邊一個推圖進來的中年官員：「這是老臣大弟子，職任府丞，熟悉全程勘察。」中年府丞執一木桿，指點著大圖從天下官道說起，整整說了兩個時辰。其間，嬴政李斯鄭國三人均感站得疲累，於是重新坐回到案前，遙遙看著圖板聽著解說。鄭國時不時補插幾句要點，答皇帝丞相幾句疑問，及至全部將天下道路解說明白，雄雞的長鳴已經在茫茫飛雪中迴盪了。

鄭國勘定的天下大道有四百餘條，由低至高，分作四大層級分別整合。

第一大層級：郡縣官道三百九十餘條。

此時所謂的郡縣官道，實際是山東六國的既定官道。就實而言，這些官道大體上尚能通行。然由於道路沒有定制，車軌沒有定制，六國滅亡前的十餘年裡，又幾乎沒有一國整修過道路。所以，到秦統一後的頭幾年內，山東郡縣的道路狀況已經很是混亂了。若非更大的改制事端一個接著一個，天下早已經怨聲載道了。唯其如此，鄭國給郡縣官道確定的盤整方略是十六個字：路政統合，路通車通，斷路連接，車路合一。路政統合，以達路通車通，是以車同軌為軸心，在改車的同時也改路，拆毀種種戰時路障，取締種種戰時關卡，務求車行天下而無人為路障。斷路連接，是修補各國戰時阻敵而毀卻的路面。此等情形在戰國末世極為嚴重，諸多道路事實上在戰事過後已經成為壕溝壁壘，一路不通者十之八九。

凡此等等改制建制，一律由國府統一督導，由各郡縣自行修復疏通，並依法建立路政法度。以如此方略整合之後，郡縣官道方能納入天下大道之網。僅是開始這一大坨，皇帝便聽得皺起了眉頭：「瑣細繁難，朕看只有丞相府攬得了這攤子也！」「好！臣交憑去疾領事。」李斯欣然領命了。

第二大層級：內史郡通外官道十二條。

內史郡，是老秦國故土的軸心部分，關中為根本。從郡縣劃分而言，老秦故土從北到南劃作了九原郡、上郡、北地郡、隴西郡、內史郡、漢中郡、巴郡、蜀郡，共計八郡。然從道路修築而言，內史郡因是帝都京畿之所在，所以也是所有大道的出發點與歸宿點。是故，內史郡官道是打通關中與老秦本土各郡，也同時兼通天下的主要大道，但不包括馳道、直道兩大最高等級，共計十二條：

其一，涇水道：以咸陽為起點，北越涇水，經義渠，抵達北地郡全境。

其二，汧水道：以咸陽為起點，西過陳倉，進入隴西郡南部。

其三，渭水道：從咸陽出發，沿渭水峽谷之北岸西進，直抵隴西臨洮。

其四，子午道：從咸陽正南入子午谷，沿南山（秦嶺）峽谷南進，抵達漢中郡，全程千餘里。（後世三國時，蜀國大將魏延主張北出子午谷襲擊長安，即此道。）

其五，水道：從關中中部的駱峪山口起，沿南山穿行，抵達漢中郡西部的水。

其六，褒斜道：從關中西部郿縣的斜水河谷口起，南下接續褒水河谷，以河谷故道為根基拓寬，抵達漢中郡治所，全長五百餘里。褒斜道為周人開拓的古道，歷經秦惠王伐巴蜀拓寬，仍不能適應帝國圖治之需求，故再度拓寬，其中一大半由棧道構成。

其七，陳倉道：以關中西部陳倉關為起點，南下大散嶺，沿故道水（嘉陵江上游）河谷越南山（秦嶺），再入褒水河谷，抵達漢中。陳倉道也是關中通蜀道路的北段，其路途有迂迴，稍遠，但坡道稍緩，易於車馬行走。（二十餘年後劉邦「明修棧道，暗度陳倉」，即此陳倉道也。）

其八，金牛蜀道：咸陽進入蜀郡之官道。此道北段乃陳倉道、褒斜道，自漢中郡開始入蜀段，稱金牛道，其名稱源於秦惠王時張儀金牛賺蜀五丁開路的傳說。蜀道也是故道，鄭國一體納入整合拓寬。

其九，巴山道：關中入巴郡山道。因此道南經大巴山與米倉山，故後世稱為米倉道。此道原本已經商旅踩踏成行人山道，此次也要整修為棧路結合的山道。

其十，白水道：隴西入蜀之道。因隴西之牛馬獸皮與蜀中之米鹽多有交換，商旅之路日見迫切，故鄭國勘定此道：從隴西郡上邽（天水）南下，沿白水河谷越南山（秦嶺），直入蜀中。

十一，蒲津道：關中北部通往河東地區的大道。以秦國舊都櫟陽為起點，經下邽，過洛水，越過少梁山地，再過大河之蒲津橋，抵達河東蒲阪。這是一條戰火連綿的古道，是老秦國與老魏國長期拉據的戰場。如今一統，成為除函谷關大道外，關中通向山東的又一條大道。

十二，武關道：關中經武關通向東南的主道。春秋戰國時期，武關是秦國的東南門戶，是與楚國抗爭的要塞。如今一統圖治，武關古道的起點是老秦國大軍後援根基所在的藍田塬。經關中任何道路入藍田塬，大道經藍田谷，經武關出東南山地，抵達南陽郡與故楚荊襄地區，成為關中通東南的最大出口。

凡此十二條大道，均為關中通聯天下的出口大道。就實際說，十二條大道沒有一條是新拓道路，而是全部在舊道根基上拓寬加固整修，並建立嚴格的路政法度。此間拓寬、整修、建制之難，雖較整合山東舊道容易，然就其山川艱險而言，卻另有一番艱難。因這十二條大道都在老秦本土之內，嬴政皇帝與李斯丞相沒覺得如何吃力。皇帝只問了鄭國一句：「十二大道有無改道？」鄭國說：「有小改，無大改。」皇帝篤定笑道：「那便不怕，統交李信攬了。」李斯立即贊同道：「隴西侯正欲整合臨洮長城，左右一肩挑了，正當其人！」

第三大層級：天下馳道，以四大馳道為交織幹線。

馳者，車馬疾行也。馳道者，車馬疾行之道也。今日話語，馳道是帝國時代的高速公路。這種馳道，經鄭國審慎踏勘，只確定了四條幹線：第一條，咸陽至函谷關的出關馳道，東西方向；第二條，函谷關連通燕齊（東窮燕齊）之馳道，可稱秦燕齊馳道；第三條，函谷關連通吳越（南極吳楚）之馳道，亦稱秦吳越馳道；第四條，函谷關連通南海諸郡（南極海粵）之馳道，可稱秦楚粵馳道，五嶺之南亦稱揚粵（越）新道（註：揚粵新道兩說法：《史記》、《水經注》等云揚越新道，《漢書・西南夷兩粵朝鮮列傳》云揚粵新道，所指路線同一。顏師古注云：「本揚州之分，故云揚粵。」慮及「揚粵」名稱易為今人理解，故從《漢書》用法）。

咸陽至函谷關的出關馳道的路徑是：沿渭水南岸的故道拓寬東去，經櫟陽、下邽，進入桃林高地，過函谷，出函谷關，與關外兩馳道分別接口。這是早已形成的關中東出的中樞幹道，除卻區段修補，基本不存在工程問題，只是要重新統一整合路政。

秦燕齊馳道的具體路徑是：連接周、韓、魏三國的河外故道，北出安陽，經邯鄲，向北抵達薊城，由薊城東南折，進入齊地，直達臨淄，最後抵達最東部的瀕海要塞即墨。這條馳道，雖多有當年各國的骨幹官道做根基，但如今這些官道都如同前述郡縣道一樣，斷斷續續千瘡百孔，即或個別區段路面尚好，亦不合新馳道之堅固宏闊規制。因此，除了不須重新勘察路線，馳道工程幾乎是全部重修。

秦吳越馳道的路徑是：北以函谷關馳道為接點，南抵郢壽馳道為轉折點，東南經丹徒、吳中，過震澤南岸，進入會稽郡，再南下進入閩越之地。

秦楚粵馳道的路徑是：北以函谷關馳道為起點，經洛陽、新鄭、安陵南下，經故楚陳城、汝陰，抵達故楚都城郢壽（壽春），再南下穿越衡山郡、長沙郡，翻越五嶺抵達南海郡，再抵達桂林郡。此道自五嶺以南，時人稱為揚粵新道。帝國末期中原大亂，南海尉趙佗封閉了揚粵新道，才免使南海三郡在楚漢相爭的大動盪中得以自得。這是後話。

這條大道的壯觀景象，明末詩人鄺露有《赤雅》筆記云：「自桂城（桂林）北至全湘七百里，皆長松夾道，秦人置郡時所植。少有摧毀，歷代必補益之。龍拏鳳跱，四時風雲月露，任景任怪。予行十日抵興安，至今夢魂時時見之！」帝國消逝近兩千年後，旅人一過馳道尚魂牽夢縈，足見其壯美絕非虛言也。關山重重兼戰亂未及，使揚粵新道得以保留後世，堪稱歷史奇蹟。秦末之項羽集團，是以大焚燒、大劫掠、大坑殺、大破壞著稱於中國歷史的狂暴邪惡的復辟勢力。其鐵蹄所及，帝國壯美工程無不化為廢墟，其破壞力與匪盜暴行，遠遠甚於陳勝勢力與劉邦勢力。更有甚者，項羽集團大開焚毀、掘墓、劫掠等大破壞惡風，成為中國暴亂勢力毀滅文明之鼻祖。惡魔之行，莫此為甚！若非趙佗關閉揚粵新道，項羽勢力果真南下，豈有帝國大道之壯美遺存哉！

馳道之壯美，更在其築路規制與行車路政。

後世西漢文帝時，有個儒家名士賈山上書，專門總結秦政得失以供漢文帝借鑒。此人文章遠不如賈誼〈過秦論〉那般深遠宏闊，然卻具有另一樣長處：紀事翔實，對已經逝去的帝國工程多有具體描述。其中，對帝國馳道的描述是：「（秦）為馳道於天下，東窮燕齊，南極吳楚，江湖之上，瀕海之觀畢至！道廣五十步，三丈而樹，厚築其外，隱以金椎，樹以青松。為馳道之麗至於此，使其後世曾不得邪徑而託足焉！」略去賈山的種種基於特定出發點而生出的偏頗評判，帝國馳道的築路規制大體可見，經後世史家考證，亦為實際情形。

馳道寬五十步：即三百秦尺（六尺為步），合今六十九點三米。

三丈而樹：即道路中央三丈為高速中道（馳道），兩邊栽植青松隔離。

厚築其外，隱以金椎：路基夯實，上以黃土、砂石、石灰夯築厚厚路面；路肩培土中隱藏一定密度的鐵條（賈山稱為金椎），效用類似後世之鋼筋混凝土，既抬升路面，又兼顧平整便於排水。

整體規制：馳道最外兩側各有一道壕溝，一則排水，二則與田疇隔離。兩道壕溝內側是間距確定的連綿青松，形成馳道兩邊的林木隔離帶。外側青松與「中道三丈」青松之間，為臣民車馬行走。中央三丈，為皇帝車馬及緊急國務車馬的高速馳道。如此遙觀總體形制：四道青松分割成三條大道，中央皇室國務高速道，兩側臣民高速道。如此連綿千里，青松蔽日煙塵不起，翻山越谷直達海天，其壯麗氣象實在給人以震撼！若將稍後的西方羅馬大道與秦帝國大道相比，其宏闊規模、總體長度、天下通連等所有方面，均遠遠不能同日而語。前邊那位酈露，之所以在近兩千年之後過秦馳道殘存段落，仍然有「任景任怪」（任你感歎風景，任你怪哉不可思議）之歎，實在也是難免了。

西漢之時，歷經楚漢動亂大破壞，帝國馳道之效能完整者，大約只有關中出關馳道了。《三輔黃圖》記載，西漢完全承襲了帝國路政：「漢令：諸侯有制得行馳道中者，行旁道，無得行中央三丈也。不如令，沒入其車馬，蓋沿秦制。」如此宏大的交通網，更配以如此嚴密的路政管理法度，秦帝國於兩千餘年之前能如此文明發達，當真令人不可思議。

第四大層級：關中至九原直道。

在帝國大道中，只有這一條直道是鄭國單獨列出的。直道者，塹山堙谷而直通目的之大道也。這是一條逢山開路，遇谷填埋，不迂不繞，從關中徑直北上九原的一條大道。所以叫作直道，言大道本身徑直，有著久遠的理念根基。秦人秉承周文明，而周人曾經有過一條已經湮滅的直道。《詩・小雅・大東》歌云：「周道如砥，其直如矢。」唱的便是這條古老的王道——路面像磨刀石一樣光潔，路線像射出去的箭一樣筆直，何其令人神往也！帝國北上直道所要做到的，則是實實在在修一條平直的有實際用處的大道。

鄭國查勘天下大道，所以北上九原，是受了嬴政皇帝的祕密囑託。皇帝派給了鄭國一輛王車，也帶給了鄭國一卷密書，書云：「北邊匈奴，終將為華夏大患也，不能根除，朕寢不安枕矣！根除匈奴之患，根基在諸多後援；後援之難，道路險狹遙遠。老令可藉踏勘燕趙之際，入九原與蒙恬會商，若能勘定一條最具效用之大道，則反擊匈奴事半功倍矣！」鄭國會見了蒙恬，兩人一致認同皇帝見識。歷經月餘踏勘會商，終於確定了修建後援大道的兩大方略：築路以秦趙故道為根基，利用有效路段，取直增補，拓寬加固；路政由九原大軍專一管制，專行糧草輜重車馬與大軍馳援。

戰國時期，關中曾經有一條北去上郡、雲中、九原的通道。當年蘇秦說燕文侯曾提到這條故道，云：「秦之攻燕也，逾雲中、九原，過代郡、上谷，彌地數千里。」趙武靈王胡服騎射之後，曾率軍經雲中、九原南下襲擊秦國未遂，走的便是這條故道。就實際情形說，關中至九原邊地，不是路不通，而是路難走：一則繞山繞水多迂迴，全程數千里太過遙遠；二則山道崎嶇坎坷，諸多路段甚或時斷時續，車馬行走很是艱險，無法保障源源不斷的糧草輜重輸送。既往，九原秦軍都是未雨綢繆，事先分段輸送，囤積糧草輜重，否則無以應對突然之需。秦滅六國激戰十年，蒙恬軍始終不能脫身南下，根本原因在九原形勢之險：歷年所囤糧草輜重堪堪一場大戰，若一戰失利，則無以立即再度出擊，而只能後退據守。蒙恬大軍始終不能放手一戰，非無戰力也，根本在於無法解決二次反擊的後繼糧草。若不具有失敗之後立即展開第二次反擊的能力，則為大局計，秦軍寧可與匈奴長期對峙。這便是在戰國大動盪中錘鍊出來的秦國戰略：軍力固然壯盛，依然看重強敵，若無失敗之後再度大舉反攻的戰力與後援，則寧可維持對峙。此等戰略，長平大戰是也，滅楚大戰是也，對匈奴大戰仍是也。唯其如此，秦多大戰，而大戰幾無敗績。

「直道全長，千八百里。老臣謀劃，三五年後開始施工。」

「何以如此？」皇帝顯然有些著急。

「直道工程浩大，非百萬民力無以成其事，須通盤籌劃。」

「老令所言在理。」李斯贊同道，「屆時天下道路盤整完畢，民力可保。」

「好。教胡人再作幾年夢。」思忖良久，皇帝終於忍下了一口氣。

後來，直道終於轟轟然開工了。然則，終究還是沒有全部完成。據當代秦史專家王學理先生之《咸陽帝都記》研究考證：秦直道的起點是林光宮（陝西淳化縣北），咸陽至林光宮，則有一條三百里馳道直通。這段馳道之所以不算作直道，一在於路政法度不同，二在於築路堅固程度不一，三在於管轄體制不同。出林光宮北上，經今日旬邑、黃陵、富縣、甘泉、志丹、安塞、靖邊、橫山、榆林、內蒙古之伊金霍洛旗、東勝，最終抵達九原（今包頭地帶），共計十三個縣市，全長一千五百餘里。其選線大部沿子午嶺主脊東側、橫山西側，北出秦長城，越鄂爾多斯東部草原而抵達九原。

秦直道之最壯觀者，在於途經山地的大道幾乎都在山脊行走，史家稱為「沿脊線」。其遺址路基的寬度尚在三十至五十五公尺之間，其彎度半徑不少於四十公尺，足見宏大規制。司馬遷曾步行直道，親自踏勘，在〈蒙恬列傳〉後邊留下來的感歎是：「吾適北邊，自直道歸，行觀蒙恬所為。秦築長城亭障，塹山堙谷，通直道，固輕百姓力矣！」

究其實，這條無與倫比的高速軍用大道，在西漢之世才發揮了真正的作用。漢文帝能發八萬餘騎兵快速抵禦匈奴，漢武帝能「勒兵十八萬騎，旌旗徑千餘里，威震匈奴」，若無秦直道之力，豈能為哉！太史公不思國家民族受惠，不思反擊匈奴的巨大效用，大而無當地浩歎一聲，將直道歸罪於蒙恬的「阿意興功」，雲山霧罩地迂闊了一回，不足道也。

及至兩千年後的明清時期，人們面對如此壯闊的山脊大道遺跡，已經無法想像了。於是，紛紛疑其非人力所為。陝甘地方志多有呼直道遺址為「聖人道」、「聖人條」者，且自作聰明解說云：「聖人道……秦以天子為聖，故名。」（註：見《古今圖書集成・職方典・慶陽府・古跡考》，轉引自馬非百資料集《秦始皇帝傳》。）令人哭笑不能也。

四、鑄銷天下兵器　翁仲正當金人之像哉

開春之際，隴西李信突傳急報：諸羌聯結西匈奴大舉復仇！

諸將一聞戰報，紛紛丟下工程前來請戰，連王賁馮去疾馮劫三位三公重臣都風風火火趕來了。嬴政又氣又笑道：「回去回去，都回去！李信是依法急報，又沒說打不過要增兵，湊個甚熱鬧？都給朕記住：目下盤整華夏第一！仗有得打，然不是今日。隴西除了李信，還有個大將阮翁仲，不須你等操心！」一番斥責，一班大將們反倒是嘿嘿嘿抓耳撓腮地笑了。也是，李信那小子自滅楚吃了一敗，恨不得所有的仗都自己打了，他能說要增兵？然則，這次羌狄加匈奴，可是二十餘萬人馬，李信統共不

過八萬步騎，就算有翁仲輔助，撐得住麼？一番猶疑思忖，有人嚷嚷說打仗不能靠一兩個大將，靠的是兵力戰法，還是該當增兵。

「朕親自西巡督戰。你等回去，各做各事。」皇帝板著臉又說了一句。

「不能！陛下不能涉險！」所有大將異口同聲地喊了起來。

「鳥個涉險！」皇帝驟然口出粗話。大將們驚愕未定，又是一片哧哧笑聲。皇帝兀自板著臉道，「隴西是老秦老根，匈奴羌胡從此下口，我正求之不得。引它全部壓到隴西，我更求之不得。急甚來？誰若想去，只有一條，必得給朕打一次敗仗回來！」一席話落點，大將們沒有一個人再說話了。皇帝顯然是深謀遠慮，要以誘兵之計吸引匈奴大舉南來，而後在隴西大舉殲滅。果真如此，九原大患豈非大大減輕？而誘敵佯敗，李信做不來麼？看來，這次確實不能爭了。一番思忖，大將們呵呵笑著匆匆散了。

旬日之後，皇帝車馬隆隆開向了隴西。

這是嬴政第一次以皇帝之身出巡，雖在老秦本土，聲勢也還是比以往精悍的快車馬隊大了許多。郎中令蒙毅親率一萬精銳鐵騎護衛，太僕趙高親駕六馬王車，皇帝書房的政事官吏大部隨行。最大的不同，是行營中第一次有了十名內侍十名侍女。嬴政的本意，此番隴西之戰無論如何打法，隴西兵力都稍顯單薄，以出巡之名隨帶一萬鐵騎，既不使匈奴警覺，又足為隴西軍力增補。一接到軍報，嬴政驀然生出一個從來沒有過的想法：匈奴既然屢屢想從隴西打開缺口，能否將計就計誘其主力南來，在隴西大舉會戰滅之？畢竟，在隴西決戰匈奴，種種優勢大於九原多矣。最根本一點，隴西山川縱橫交織，起伏不定的山地環繞著盆地一般的大小草原，實施大軍伏擊圍殲，比廣袤的陰山大草原不知有利多少倍。果真要實施這一方略，必將牽涉全局兵力擺布。究竟能否實施，則要視匈奴羌狄之種種實際情形及其可能發生的變化而定，當然，首要之點是要與李信備細會商。一路西來，嬴政的這一謀劃越來越清晰了。行至上邽宿營，嬴政終於思慮成熟，當夜擬就一卷詔書，要李信不要急於與匈奴開戰，隴西之戰容一體決之。

不料，詔書正要在清晨發出，臨洮軍報飛到了。

李信的軍報說：匈奴羌狄大舉來犯，在枹罕河谷草原大肆劫掠，似有長久盤踞枹罕之圖謀。他深恐隴西諸部族因此動盪，因此派出三萬飛騎誘敵東來，在臨洮狄道峽谷設伏痛擊，一戰斬敵首五萬餘，匈奴殘部狼狽逃去，羌、狄兩大部族業已歸降。由於李信正在枹罕草原處置羌狄部歸降事務，不能親迎皇帝，臨洮將軍阮翁仲正在狄道，業已東來迎接皇帝了。

「罷了罷了。」嬴政搖著軍報皺眉苦笑。

「陛下，隴西侯有何不妥麼？」蒙毅大是疑惑。

「不說了。打仗都是快手，能說不好麼？」嬴政釋然笑了。

「陛下，翁仲將軍要來迎接，行營是否等候兩日？」蒙毅轉了話題。

「等甚？又不是不認路。」

車馬再度隆隆上路了，沿渭水河谷西進兩日之後，抵達秦長城腳下。一看見山脊上的那一道蜿蜒巨龍，嬴政立即下令人馬就地駐紮，自己只帶著蒙毅與一個百人隊徒步登長城去了。這片山地是渭水源頭，人呼首陽山。這道長城，是秦惠王時期平定戎狄叛亂後開始修建，秦昭王時期大舉增修，從臨洮到首陽山綿延數百里，成為防守西匈奴越過狄道峽谷的有力屏障。嬴政徒步登上了垛口，迎著山風遙望起伏無垠的蒼翠山巒，遙望沿山脊而去的老秦長城，思緒一時飄得很遠很遠。蒙恬曾經上書，提出連接北邊的秦趙燕三國老長城，以為長期防備匈奴的有效根基。依此方略，擴大連接又將如何？將臨洮秦長城推進北上，直至九原秦長城，再連接秦趙燕三國長城，最終直達遼東，又將如何？果真如此，這道長城將綿延萬餘里，成為亙古未聞的萬里要塞！那時，整個華夏將能對流竄如草原烈火的種種邊患做到常備不懈，長久為患華夏的匈奴諸胡只能與我互通商旅，而不能任意興兵，長久以往，華夏匈奴成為和睦鄰邦甚或融為一體，亦未可知也！嬴政想得很專注，若是長城大計得以實施，再配以直道後援，無疑將真正成為根除邊患的屏障，效用遠遠大於年年屯集重兵……

「陛下退後——」

嬴政從蒙毅的驚恐長呼中驀然醒悟時，已經不覺走進了長城之外的山巖林木，正站在通往首陽山巔的崎嶇小道上。隨著蒙毅的驚呼，谷風浩蕩的密林巨石中驟然一陣奇特的吼嘯，山鳴谷應間沉雷夾著颶風迎面撲來。蒙毅與甲士們尚未聚攏，密林山巖上已撲出兩隻斑斕猛虎，一聲吼嘯從正面躍起撲來！嬴政一個激靈一身冷汗，一大步繞到一棵大樹後拔出了長劍……千鈞一髮之際，山谷間暴起一聲雷吼直與虎嘯爭鳴，吼聲未落，一個巨大的身形掠過甲士，驟然撲在皇帝大樹之前。嬴政一眼瞄過，此人高約兩丈餘，黑衣黑甲銅套護腕，頜下硬須如蓬刺四張，當真宛若天神。

「陛下退後！」巨人一聲大喝的同時，兩隻斑斕猛虎從巖石上一齊凌空撲下，長嘯中張牙舉爪勢不可擋。此時蒙毅與眾甲士也已經趕到，在嬴政身前依山勢高低錯落排開，一齊挽弓待發。倏忽之間，巨人大吼一聲，兩臂齊伸如蒼鷹展翅，兩隻巨掌叉開五指如碩大的異形鐵鉗，同時迎住了兩隻猛虎的脖頸，驟然之間竟將兩隻猛虎凌空提起。兩隻大虎飄飄凌空無可著力，大張的虎口發出一陣怪異的喘嘯。巨人兩臂齊伸，大喝一聲去也，便見兩隻猛虎像兩隻斷線紙鳶，飛入了深深峽谷之中。

「采——」滿山將士歡聲雷動。

「臨洮將軍阮翁仲，參見陛下！」巨人大步回身，聲如洪鐘震盪。

「好！果然翁仲將軍也！」嬴政一陣大笑，「朕聞先祖武王有孟賁烏獲，不想我臨洮竟有天神壯士，天賜於朕，可喜可賀也！」

「天神壯士！翁仲萬歲——」將士們又是一片歡騰。

「翁仲謝過陛下獎掖！」阮翁仲慨然一句，又道，「末將奉隴西侯將令，恭迎皇帝陛下巡視臨洮！」

「好！今夜與將軍痛飲，明日進發臨洮。」

當夜，嬴政皇帝在行營大帳設小宴與翁仲聚談夜飲，只有蒙毅陪同。嬴政興致勃勃，聽這位恍若天神的將軍猛士稟報了狄道大捷的經過，又饒有興致地問起了這位猛士的家世。翁仲不善言辭，紅著臉結結巴巴說不利落，可在皇帝的笑語誘導下，竟漸漸地沒了侷促，口齒也神奇地利落起來，引得皇帝不時舒暢地大笑不止。

一出生，翁仲便是一個不可思議的神異孩童。翁仲還記得父母的說法，自己生下時長不過一尺八九寸，可上秤一稱，竟有二十斤之重，如同一塊石頭！三天后，翁仲開始瘋長，一歲時竟長到五六尺高，四肢不軟，硬朗如常，鄉鄰無不嘖嘖稱奇。十歲時，翁仲長到了一丈二尺餘，心智清明，體魄強健，毫無病態，鄉鄰們更是驚呼不止了。最奇特的是，翁仲食量驚人，每頓可吞下三十多張大鍋盔，二十餘斤牛羊肉。翁仲父親亦農亦牧，農閒時還兼做胡馬生意，原本臨洮富戶，可在翁仲長到十五歲時，硬是教翁仲吃得窮困潦倒了。其時正逢秦軍在隴西徵發，父親立即將翁仲送到了縣府。那日，黑衣縣令驚愕萬分地走出公案，仰頭打量著矗立在大廳的這個近兩丈高的少年巨人。已經是破衣爛衫的父親，惶恐地站在少年巨人身旁，一個十足的小矮人而已。

「吃得多，不怕。真有力氣麼？」縣令的目光活似在打量一頭怪物。

「此子，拉動兩頭公牛尚可……」

「當官府謊言，大秦有國法！」

「大人，這是實情……」

翁仲憋不住開口了：「老父錯也，在下能與三頭牛較力。」

縣令的嘴巴半天沒有合攏，突然大喊：「來人！三頭公牛！」

那一日，縣府前的車馬場人頭攢動呼喊連天。三頭公牛被套在一輛押送囚犯的鐵籠車轅中，咻咻喘氣長角晃動，一看就是草原牛羊群中最為凶猛狠惡的種牛。少年翁仲赤膊站定，兩手挽著連接鐵車後尾的粗鐵鏈，腳前六尺處是一道又粗又長的白灰線。這是翁仲自家的方法，他若被三牛拉過六尺白線，願以謊言服罪。當縣令親自舉旗，劈下令旗大喊開始後，駕車的三名士兵站在車上揚鞭狂抽，一面大鼓也驟然擂動了。三頭公牛哞哞怒吼連聲，發瘋般向前猛衝。少年翁仲大吼一聲，兩手挽定鐵鏈，兩臂小山般鼓起，紋絲不動地釘在原地，雙腳眼看著陷進地中三尺餘深！人群奮激地狂呼著，三士兵的趕牛鞭都打折了，少年翁仲還是紋絲不動。僵持片刻，少年翁仲雷鳴般大吼一聲，鐵車猛然連連倒退，幾乎將要翻倒。三頭公牛長吼一陣，片片白沫大噴而出，山一般頹然倒地，眼瞪腿蹬癱臥不起了……那一刻，全場人眾都沒了聲音。縣令終於清醒過來，立即下令收翁仲做了縣卒，職司臨洮縣捕盜事。翁仲衣食有了著落，卻因此沒能進入秦軍主力。

半年後，在緝拿一起馬群失竊案罪犯時，翁仲失手扭斷了兩盜的腿腳胳膊，兩盜不治而死。依據秦法，翁仲被縣令判為杖笞六十。行刑之時，翁仲絲毫沒有反抗，趴到磚地上自己拉開了衣褲。縣卒們打得一頭汗水，翁仲卻鼾聲如雷，在雨點般的大杖下睡著了。縣令哈哈大笑，走下公案猛然踹了翁仲一腳：「你小子好瞌睡！起來說話，可是伏法？」翁仲爬起來揉著一雙銅鈴大眼，高聲道：「大丈夫報效國家，要這般挨打麼？」縣令彷彿沒聽見，自顧笑道：「好！翁仲尚知守法，本縣稟明郡守，擢升縣尉！」少年翁仲滿面通紅，大聲嚷嚷道：「縣令大人，難道大丈夫是靠打爛尻門子升官麼？不能正經八百地建功立業麼？」在縣令與眾人的哄堂大笑中，翁仲依舊高聲嚷嚷著：「笑甚笑！我翁仲大丈夫也，總有一天要為國立功！」

翁仲二十歲那年，隴西軍馬因李信滅楚戰敗而大部東調了。

羌狄眼見有機可乘，遂聯結西匈奴，再次大肆劫掠臨洮。臨洮守大為驚慌，連夜修書飛報咸陽請求援兵。然天還沒亮，翁仲飛步趕到了臨洮守幕府，將截回的軍報砸到了公案上。臨洮守既驚又怒，連呼翁仲通羌叛逆。翁仲憤憤然吼道：「萬餘兵馬還要援兵，大草包一個！翁仲身為保民縣吏，豈能容得！」眼見這黑鐵塔矗在案前，還氣昂昂以為縣吏比臨洮守還大幾級一般，分明說不清，打又打不過，臨洮守又氣又笑又哭笑不得道：「好好好，算你保民縣吏厲害。你只說，萬餘兵馬如何對付數萬羌匈飛騎？否則，莫給老夫添亂！」翁仲高聲吼道：「草包讓開！翁仲但領三千兵馬，決保臨洮安然無恙！」臨洮守思緒飛轉，連忙拍案高聲道：「一言為定，老夫給你三千軍馬！快去點兵準備，老夫還有急事！」翁仲雷鳴般一陣大笑，撿起臨洮守拋來的令箭大步砸出了廳堂。臨洮守連忙喚進司馬，叮囑重新飛報咸陽，而後又連忙趕赴軍營去應對翁仲了。

一切都在奇特地變化著。二次飛書的司馬趕夜路太急，又驟遇雷電暴雨，人馬一齊被突如其來的泥石流淹沒。臨洮守得信之日，羌匈飛騎六萬餘已經殺入了隴西草原。翁仲二話不說，率領三千秦軍騎士奔向了最西邊的枹罕。臨洮守萬般無奈，只好親自率領餘下的八千餘步騎隨後趕去策應，只圖死戰而已了。不料，翁仲大是奇特，徒步飛馳竟絲毫不輸秦軍快馬。趕到枹罕草原河谷的一道山口之日，正與遍野蜂擁的羌匈飛騎撞個滿懷。將士們尚在急促地會商戰法，翁仲連聲大吼：「全軍矛子！都給我堆起！留下一百人下馬，專給我送矛！你等只管捉活人！」

隴西山地草原的秦軍，配置及戰法與九原大草原不同，最大特異處是人人兼具騎步兩戰之長；兵器不同則在於人手一支三丈長矛，但遇山地隘口便下馬森森然列陣阻擊。如今，騎士們見這位幾與三丈長矛等高的壯士聲如雷吼，沒有片刻猶豫立即照辦。三千支長矛堪堪在山口堆集好之時，羌匈飛騎漫山遍野呼嘯壓來了。翁仲攬起十幾支長矛挾在腋下，大吼一聲飛步迎上，一支支長矛尖厲地呼嘯著撲向羌匈人馬，其勁急聲勢竟比秦軍的強弩大箭還更具威力。瞬息之間，羌匈騎兵紛紛人仰馬翻。翁仲一邊飛步遊走，一邊接過流水般送來的長矛，一支支間不容髮接連飛出。潮水般的羌匈飛騎如遇銅牆鐵壁，驟然倒捲了回去，亦有一群群死命衝來，大吼著要殺死這個怪物。不料，如此一來更得翁仲所願，兩手各握三支長矛，向下連刺帶打，戰馬也好騎士也好，遇之無不紛紛倒地。羌匈飛騎的戰刀弓箭偶中翁仲之身，也如水擊山岩飛濺而去。激戰片時，翁仲殺得性起，雷吼一聲劈手撕扯開一匹戰馬，兩手各提半片血肉橫飛的馬屍排山倒海般打來，恍如一尊血紅的天神踏步在一群侏儒之間……羌匈騎士們一時大駭，遙遙望見山岳般的血紅巨人，人馬一齊癱軟在地，海浪退潮般倒在了草原上，一片天神饒命的呼救聲……

那一戰後，得隴西秦軍將士一致擁戴，臨洮守上書咸陽報翁仲奇偉軍功，一力舉薦翁仲做臨洮將軍。秦王嬴政那時便知道了翁仲，並不止一次地半信半疑人間竟能有如此奇偉之士，卻始終因為牽絆中原滅國大戰，而未能宣召這位臨洮守護神。

……

三日之後，皇帝行營抵達臨洮。蒙毅詢問翁仲：「皇帝行營駐紮臨洮城內好，還是城外好？」翁仲慷慨答道：「草原之地自來都是城外好，打仗利落，跑起來也快！」蒙毅將翁仲答話稟報皇帝，皇帝一陣大笑，立即下令在臨洮城外的洮水河谷紮營了。一輪圓月堪堪掛上湛藍的夜空，李信馬隊飛馳歸來了。李信稟報給皇帝的喜訊是：西匈奴、西羌與戎狄諸部已經族首共同議決，全部臣服大秦，不復與北匈奴單于聯結。李信已經帶回了臣服盟約，只要皇帝頒賜幾個封號以詔書回覆，盟約便告成立，中國西部的胡患便告終結。皇帝很高興，也很驚訝，西匈奴頗具實力，何以一戰便告臣服？李信又稟報一番，皇帝這才明白了其中原委。

六年前，翁仲率三千軍馬血戰草原，使羌匈八萬餘飛騎不能逾越洮水山口，西匈奴與羌狄各部確實被打怕了。天神翁仲的故事在西部草原傳開，西羌戎狄與西匈奴各部一致相約，但有翁仲在，不復再進中原。倏忽幾年過去，北匈奴大單于忽然在今年初派祕密特使南來，對西匈奴單于通報了一個祕密消息，說那個凶狠的翁仲已經死於瘟病了，臨洮正告空虛。西匈奴單于野心復起，遂再次聯結羌狄大舉進犯。及至李信設謀，翁仲率軍在狄道伏擊，匈奴將士見天神般的翁仲復出，立即便大亂潰退了。秦軍所以能大舉追擊數百里，一大半是因為匈奴羌狄大感恐懼之故。

「如此說，你等原本並未準備大打？」皇帝饒有興致。

「正是。」一臉溝壑縱橫的李信已經歷練成穩健明銳的大將了，「臣得陛下西巡消息，本意欲等陛下巡視隴西後統籌決之。臣之設想，陛下或欲放緩隴西戰事，以吸引匈奴大舉壓來隴西一戰滅之。不意正當此時，羌匈飛騎已到，臣只想以翁仲部稍作狙擊。一仗不打，畢竟也是誘敵痕跡太重。臣不曾料到的是，羌匈飛騎畏懼翁仲能到如此程度。臣久歷沙場，深知一軍勝負不能托於一將之身。不想，臣又迂闊了一回……」

「天意也！將軍無須自責了。」皇帝舒暢地大笑起來。

「隴西底定大局，翁仲當居首功！」李信也笑了。

「匈奴見翁仲如見天神，望風而逃，亙古奇聞也！」蒙毅更多的是困惑驚訝。

「說奇不奇。」李信笑道，「胡人多信天神巫術，真以翁仲為天神亦未可知。」

「天賜奇偉之士，我大秦真正長城也！」嬴政皇帝慨然一歎，對蒙毅吩咐道，「飛書咸陽，下詔少府章邯：舉凡繳集天下兵器，一律鑄為若干金人，具以翁仲將軍之像，鐫刻翁仲之名，永鎮咸陽！」

「陛下明察！」李信蒙毅異口同聲。

隴西會戰雖未成局，然西部大局一舉安定，畢竟是有秦以來前所未有。嬴政皇帝大為舒暢，大舉犒賞了隴西將士，擢升翁仲為食邑六千戶的大庶長爵，加李信食邑千戶。皇帝徵詢李信翁仲，是否要將一萬鐵騎留在隴西。李信翁仲同聲謝絕不受，慨然立誓確保西部康寧。皇帝心下大定，旬日之後返回了咸陽。

少府章邯奉命收繳鑄銷天下兵器，實在有些棘手。

章邯之難，不在兵器收繳，而在如何鑄銷？章邯雖不能確知天下兵器幾多，然卻也明白，定然是數以百萬計的天大數目。如此巨大數量的銅鐵兵器，要熔鑄成何等物件，才能全部消受淨盡？自半年前受命，章邯與經濟官署幾經會商，先後醞釀出了三則出路，一次一次均遭否決。第一次謀劃的出路是：大量鑄造犁鏵以助牛耕，部分無償分發邊遠郡縣鄉野，部分用於官市出售。然交丞相府會同九卿議決，詰難立即浮現出來。依據秦法不救災的傳統，無償分發容易誘發民眾惰性，不宜；而官市出售，官府得利，則有違息兵安民大義，也不宜。王賁的太尉府還提出了一個新的疑難：若大量犁鏵流入民間，事實上超過了耕田所需，不法世族若再從民眾手中收買，進而祕密打造兵器，豈非自種禍根？此議一出，朝議譁然，自然而然地否決了第一種看似最為正當良善的出路。

第二次謀劃的出路是：仿鑄九鼎，永鎮咸陽。一交丞相府會同九卿議決，胡毋敬的奉常府立即大出詰難。呂不韋滅周時，九鼎業已神祕失蹤，如此龐然大物能神祕失蹤，必是天意無疑，天意使九鼎消遁於人間，今日何能違天而使其重現？更有一條，秦一天下開萬世先河，改正朔定國運，一切自成嶄新法統。九鼎縱然神聖，終為三代天子權力之信物，大秦皇帝超邁古今，何能仿效三代天子信物而獨無創新乎！戰國末世，敬天法地順乎自然的理念依然根基深厚。此論一出，於情於理於傳統，皆是赳赳雄辯，連原本無可無不可的皇帝也沒了話說。自然而然地，熔鑄九鼎也行不通了。

第三次謀劃的出路是：鑄造六條十餘丈長的巨鯨，安置在蘭池宮的蘭池水景中，與那條石鯨相輝映。這次一交議決，章邯更遭非議。一種非議是：以銅溺水，暴殄天物，荒誕之尤！一種非議是：銅鐵入水必鏽蝕，與白玉巨鯨完全不能同日而語。於是，這第三種方略還沒有呈報到皇帝案頭，便被否決了。

在此期間，天下兵器已經越來越多地聚集到咸陽來了。章邯長期執掌秦軍大型器械兵，對種種涉及工程的事務很是精到。如今一見各種兵器源源不絕而來，章邯顧不得鑄銷方略尚無頭緒，只有先行處置這如山一般堆積的兵器存放事務了。章邯立即派出少府丞與王賁的太尉府會商，提出以上繳的上好兵器先行置換秦軍的舊兵器。然太尉府一經查勘，卻發現可置換者數量很小。一則是秦軍兵器庫接近報廢的舊兵器很少，二則是山東六國兵器形制與秦軍兵器不合，主要缺陷是部件不能通用，除了一次性使用的刀劍長矛，其餘諸如弓箭、弩機、雲梯、雲車、戰車、塞門刀車等攻防器械，基本上無法置換。於是，章邯目下的事務變得簡單明白了許多：分類拆卸，分類處置，銅鐵熔鑄事待後再決。

月餘之後，萬餘名士兵工匠將兵器分類拆卸完畢了。司馬報來的數字是：銅料兵器六十六萬餘件，鐵料兵器八十九萬餘件，銅鐵部件一百三十六萬餘；雲梯雲車戰車弓箭等木料部件，二百三十六萬餘；馬具車輛之皮料部件，一百四十五萬餘。章邯立即下令：木料皮料，全部運進少府國庫；銅鐵兵器與部件，一律分類碼放，等待熔鑄。雖然，鑄造何物還沒有定論，然章邯也不打算自家再思謀了。章邯拿定主意，一邊下令調集中原各郡縣冶煉工匠入咸陽，一邊上書奏報皇帝決斷熔鑄器物。一個多月裡，工匠紛紛到達咸陽，在渭水南岸紮成了連綿十餘里的冶煉大營，冶煉橐龠爐六萬餘座，若每爐工師僕役統以八人計，則一次聚集工匠民力約五十萬，實為亙古未聞之大冶煉也。不料，此時皇帝卻出巡隴西了。

「冶煉開爐——」

皇帝詔書飛回咸陽之時，章邯跳起來大吼了一聲。

那夜明月高懸，渭水南岸紅光彌天，十萬餘只橐龠爐的冶煉之火映得咸陽城闕一片通紅閃爍。橐龠者，鼓風冶煉爐也。一只巨大的鼓風牛皮橐高高矗立，一支粗大的竹管伸進近兩丈高的爐膛下，四名赤膊壯漢用力壓下牛皮橐上的大板，一股強風鼓進爐膛，烈火熊熊而起，熔爐鐵兵部件漸漸化成了鐵水，夜空中鐵花飛濺分外絢爛壯觀。這種鼓風煉鐵之法，在春秋戰國時期已經大為普及。老子為了說明天地氣運之道，找到的最好比喻物是橐龠，其云：「天地之間，其猶橐龠乎？虛而不屈，動而愈出。」

第二年秋風來臨之時，兵器銅鐵終於化成了十二尊巨大的金人，分兩排矗立在咸陽宮前的廣場上。每尊金人高五丈六尺，重三十四萬斤，金光燦燦地鳥瞰著車馬行人，其赫赫威勢遠遠超過了三代之九鼎。直到西漢之世，這十二尊金人依然威勢赫赫地矗立在長樂宮門前，匈奴人長安見之，無不視若天神跪拜。到東漢末年，又一個等同項羽的大破壞者董卓，熔鑄了十尊金人鑄了小錢。所餘兩尊，至魏晉南北朝大亂之世，又為苻堅所毀。巍巍帝國金人，終不復見矣！

五、信人奮士　爍爍其華

離開九原大軍，離開蒙恬，扶蘇很有些不捨。

扶蘇沒有料到，父皇會以如此形式召他回去。父皇的詔書是頒給蒙恬的，事情卻是關涉扶蘇的。父皇詔書說：隴西大定之後，北胡一時收斂，我亦須時日積蓄後援，九原近年當無大戰，故此，著扶蘇先回咸陽。上將軍若有急需，可在大將中遴選一人北上。蒙恬接到詔書，當夜便為扶蘇舉行了餞行禮。軍宴之上，蒙恬多有感慨，舉著大爵高聲道：「自公子入九原，老臣心下負重六年矣！今日還國，冠劍任事，公子正當其所，國家之幸也！」扶蘇分明看見了蒙恬眼角的淚光，不禁怦然心動了。六年來，扶蘇從一個十六歲少年成長為一個行將加冠的英武青年，其間之種種坎坷歷練，除了扶蘇自己，只有蒙恬最清楚。對於這位與父皇同年的上將軍，扶蘇的敬佩是發自內心的。蒙恬的才具胸襟，蒙恬的明銳洞察，蒙恬的睿智詼諧，蒙恬的明朗豪邁，無一不在長長的相處中一絲一縷地鐫刻在扶蘇身上。在九原住得時日越久，扶蘇越發深刻地體會了父皇當年將他交付給蒙恬的苦心。平心而論，在一個少年的成長之期，能以蒙恬這般人物為師，能在雄風浩蕩的九原大軍中歷練，是扶蘇的幸運。一朝分別，扶蘇確實有些百感交集，說不清其中滋味了。

扶蘇的還國感歎，更多的來自父親。

頒行詔書的特使是蒙毅。扶蘇從這位年僅三十出頭便已經兩鬢斑白的中樞重臣身上，依稀看到了父親的迅速衰老，更從蒙毅時而流露的感喟中，真切品味到了父親的巨大辛勞。倏忽十餘年之間，秦國擴展為整個天下。國家驟然大了，國事驟然多了，父親從一國秦王也變成了天下共主，變成了皇帝陛下。這種變化的實際內涵，已經遠遠超出了尋常臣民的視野，留在他們心目中的，只是皇帝無比神聖的權力與光環。只有扶蘇清楚地知道，對於父親這樣的君王而言，國家的大擴與權力的猛增，只意味著對父親生命的更大掠奪，只意味著嬴氏皇族之間更加蕭疏。扶蘇與父親相處不多，然卻以生命血肉的傳承凝結，直覺地體察著父親的靈魂。父親的心頭沒有皇族，沒有家室，只有國家，只有天下。父親做秦王，秦王沒有王后；父親做皇帝，皇帝沒有皇后。包括扶蘇在內，所有的皇子也便只有生母，沒有國母。父親已經邁過了四十整壽的門檻，可還是沒有立太子。嬴氏皇族子弟數千逾萬不乏英才，卻沒有一個人做國家重臣，更沒有一個人承襲祖先爵位。也就是說，貴為皇帝的父親，一不立后，二不立嫡，三不用皇族拱衛，真正地孤家寡人一個。

僅僅從這些最基本處而言，縱然是力行禪讓尊奉德政的三皇五帝，又有哪一個人能夠做到？自古至今，只有皇帝父親做到了，義無反顧且一無彷徨，以至最通曉上古王道的儒家博士們都為皇帝感到恐慌了。那個淳于越曾在博士宮論政中說過幾句結實話：「今陛下有海內，而子弟為匹夫。卒有田常六卿之患，國無輔拂，何以相救哉！」儘管此話已經傳遍天下，父親卻是不聞不問。扶蘇知道，這也是父親獨特的治國方略：無論任何言論，只要不寫進奏章不說在廟堂，父親便永遠地沒聽說過，永遠地不據以論事。如此這般的皇帝父親，大公至明又躬操政事，起居無度又永無歇息，豈能不迅速地衰老？當蒙毅不期然說到父親身邊多了一個東海神醫時，扶蘇的心猛地一揪——若無疑難大疾，父親會撇開太醫而延攬東海神醫？要知道，東海神醫，不過齊國方士的另一個名稱罷了。自扁鵲入秦後，先祖孝公與商君補正了秦法，嚴禁方士巫醫進入秦國。父親歷來奉商君之法如神聖，若無枯竭之感，如何能如此祕密破法？蒙毅很可能以為扶蘇不知東海神醫為何物，一時不留意說了。但在扶蘇聽來卻如寒霜破夏，明朗的心驟然縮緊了……

風塵僕僕地趕回咸陽，扶蘇立即晉見了父皇。

「好！小子長大成人了！」

嬴政皇帝很是高興。看著兒子一身邊軍皮甲胄一領金絲黑斗篷大步走來，英挺雄武穩健端方，嬴政心頭驟然一熱，這個兒子太像當年的自己了！嬴政皇帝第一次讚賞地拍了拍兒子的雙肩，第一次放下了幾乎永無休止的案頭事務，第一次下令在書房設置了小宴，疲憊鬆弛地靠著座榻與兒子攀談起來。父親問著，扶蘇說著，說了九原大軍幾年來的種種防範與反擊，敘說了自己的軍旅歷練，敘說了一路南來的種種見聞。皇帝父親饒有興致，問兒子以為天下治情如何？扶蘇說，父皇的盤整華夏大略業已初見成效，道路暢通，商旅來往大見稠密；川防盡去，大河舟船密集了許多；田渠通暢，農耕田疇大見好轉，一路都是生機勃勃。皇帝父親呵呵笑了，見事貴見缺，說說有甚缺憾？扶蘇坦然道：「目下治情，兒臣以為兩處須得留意。」「你且說！」皇帝父親立即目光炯炯了。扶蘇說：「一是涉及民生的諸般實事尚有雜亂，如天下錢幣改制、民眾遷徙互補、人口登錄、田稅徭役等須得盡快一體盤整。」

「說得好！」皇帝父親欣然拍案，「這次召你回來，正是民生改制。」

「兒臣領命！」

「好。說第二件。」

「中原百姓多有失田，須及早謀劃應對之策。」

「失田？從何說起？」皇帝顯然很是驚訝。

「父皇，失田事不違法度，故很少為人矚目。」扶蘇思緒飛動，說得很是平穩，「自商君變法以來，民田得以自由買賣。依據秦法，買賣田地不違法度。是故，近年來山東世族與富商大賈藉饑荒、遷徙、漕渠工程等種種機會，大肆購買黔首耕田。民之田產，遂不斷流入權貴富豪。黔首盡失田產之後，則淪為世族傭耕之家，幾與當年奴隸（註：奴隸一詞，戰國秦漢語詞，語出《後漢書・西羌傳》：「以爰劍嘗為奴隸。」並非當代西方語彙）無異。就盤整華夏而言，失田之禍在於導致民窮民變，不合大局。然就治國政道而言，買賣田地卻合於法度。有此乖謬，民戶失田很難處置，卻又不能不處置。」

「怪也！」皇帝大皺眉頭，「土地買賣百餘年，何以從未有人提及如此弊端？」

「父皇明察：戰國之世，各國迫於刀兵連綿，多行戰時統管；各國世族則擁有治權封地，與自家田產無異，無需強購民田；其餘富商大賈，縱能買賣民田，數量畢竟不大，不足以引起震盪。秦國則基於尚農抑商獎勵耕戰，富商大賈很少，土地買賣更不成其為事端。是以，戰國之買賣土地，並未彌漫成各國禍患。如今不同，天下兵戈止息，封地一律廢止，郡縣世族與富商大賈欲發其家，欲張其財，只有通過土地買賣一途。」

「依你所見，買賣民田已成天下流風了？」

「兒臣經三晉故地，暗訪了諸多郡縣。至少，中原買賣土地已有蔓延之勢。」

「豈有此理！」皇帝一拳砸到銅案上。

那日，皇帝與長子一直敘談到五更雞鳴方散。

旬日之後，扶蘇在太廟舉行了加冠大禮。皇帝親臨太廟，奉常胡毋敬做了皇長子加冠的司禮大臣。姚賈給扶蘇戴了布冠（文冠），王賁給扶蘇戴了皮冠（武冠），李斯最終給扶蘇戴上了玉冠（成人冠）。三冠禮成之後，嬴政皇帝走下帝座，親自給扶蘇佩上了一口尚坊特製的玉具劍。之後，蒙毅宣誦了簡單明瞭的皇帝詔書：「自即日起，皇長子扶蘇冠劍與政，會同丞相府行民生改制諸事。」當英挺厚重的扶蘇冠劍斗篷步出大殿，站在廊下向與禮大賓們拱手致謝時，整個太廟庭院響徹了萬歲歡呼聲，青蒼蒼松林也彌漫出種種不安的議論聲。

帝國朝野很少有人見過扶蘇，然對這位皇長子卻從不陌生。

這種熟悉的感覺，來自不斷流傳的有關「公子伯秦」的頗具幾分神祕的傳聞。種種傳聞都歸結為一個鐵定的口碑：伯秦剛毅武勇，信人奮士，必將成為天下棟梁！傳聞中的公子伯秦，布衣入軍起於卒伍，曾率十騎士喬裝商旅，千里深入狼居胥山，一舉探清了匈奴單于庭的兵力隱祕。一年之後，伯秦擢升為千夫長，屢次不避艱險，率部護持陰山牧民脫離了匈奴飛騎的追殺。人言，伯秦之奇不僅僅在作戰勇猛多智，更在結人膽識非凡。伯秦曾多次深入草原與胡人周旋，竟神奇地使匈奴人的十三個才士心甘情願地歸順了秦軍，有的做了幕府司馬，有幾個還做了九原郡的縣令。有人說，伯秦剛毅武勇，折服了匈奴才士。有人說，伯秦酒風豪爽，喝倒了一大片匈奴酒徒，胡人甘願臣服。更多的說法則是，伯秦風骨高遠篤行信義，一諾千金，融化了胡人之心。

有一個故事說：伯秦曾與一胡人部族頭領相約，以海鹽絲綢交換胡馬。約定之期已過三日，胡人依舊未到。部下皆主張返回，伯秦卻力主等候，說這個族領不是失約之人。月餘之後，伯秦人馬與一百輛牛車已經斷了糧草，可伯秦還是原地不動。及至胡人頭領帶著傷痕累累的數百男女趕來，伯秦人馬已經奄奄一息了。這個因驟然遭遇內亂兵變而延誤約定的胡人族領大為感奮，當即便要率領殘餘族人跟伯秦南下投奔秦軍。伯秦卻拒絕了。伯秦對胡人頭領說，你族危難未平，投奔秦國是為不信；此時秦納你族，實則乘人之危，是為不義。伯秦不才，願無償助你本次財貨，並率我部之力助你平叛。三年之後你族康寧興旺，其時若願歸秦，則伯秦當以大賓之禮迎之，永世以同懷視之！胡部族人聞言，無不涕泣感動拜謝伯秦。三日休整之後，伯秦率部與胡人部族並肩殺回，一舉平定了該部叛亂。頭領重新得位之後，伯秦所部卻悄然離開了。三年之後，這個頭領果然帶著舉族萬餘男女並十餘萬頭牛羊馬匹，轟隆隆開到了九原，投奔了大秦。

「我歸大秦，非畏秦力，實服公子伯秦之信人大義也！」

胡人頭領的這句話，使伯秦的公子身分大白於天下。從此，人們破解了一個長期隱藏在心頭的祕密：神祕的伯秦故事，說的竟然是皇帝長公子扶蘇！與此同時，胡人頭領的這句話，也轟轟然震撼了老秦人長久信奉的一條鐵則：胡人豺狼之心，非戰無以服之。老秦人從伯秦的故事中，依稀看到了全然不同於強兵尚武的另外一種力量，既新奇又不安。

帝國重臣們對這位扶蘇公子也是一樣，既熟悉，又陌生，既讚歎不已，又忐忑猶疑。古往今來，儲君為國家後繼之根本。今日扶蘇公子加冠帶劍，顯然距離正式立為太子只有一步之遙了。如此泱泱華夏，如此英才儲君，帝國元老們的欣慰是不言自明的。然則，胡人頭領的那句話卻也如同符咒一般縈繞在元老重臣們的心頭，總是對這位公子有著一種不明不白的隱憂。畢竟，在戰國鐵血大爭百餘年之後，強力興亡已經成為一種深深植根於天下的信念，信義之類的作為與精神，太容易使人等同於迂腐的仁政，等同於空泛的王道了。當此之時，誰能無條件地斷然肯定，扶蘇的這種信義之行便沒有迂闊的王道根基？而若果然如此，從來都是奉法尚武的帝國治道，豈不是一場隱隱可見的治國信念紛爭？而這一切的一切，都得等這位業已加冠帶劍的扶蘇公子的施政作為來說明了。

三日之後，扶蘇正式拜會了左丞相李斯。

李斯很是看重與扶蘇的相處。皇帝派扶蘇隨蒙恬歷練了六年軍旅，目下又派定扶蘇隨他歷練國務，應該說，對於重臣元老，這是很難得的殊榮。李斯入秦已經近三十年了，在做丞相之前，李斯始終是奮發精進專於功業，從來沒有就朝局人事用過心思。然則，取代王綰做了首相之後，李斯不自覺地生發出些許微妙的心思。但遇大事，李斯都開始自覺不自覺地要從朝局人事想想了。布衣出身的李斯，對自己的人生從來是清醒的。封侯拜相，顯然已經是位極人臣了，功業巔峰了。往前走，大體當以如何保全功業，如何保全已經蓬勃繁衍起來的巨大家族為根本了。少年青年的拮据滯澀，使李斯對「廁中鼠」的貧賤屈辱有著極深的烙印。這種烙印，隨著境遇的不斷攀升，已經化作了潛藏在靈魂深處的一絲隱隱的恐懼，一種永遠不願提及的記憶。未達巔峰之時，奮然攀登的李斯顧不得去想，顧不得回首顧盼，只是無所畏懼地奮爭著。一旦達於巔峰，驀然回首，李斯對遠遠逝去的往昔突然有了一種恍若隔世之感……此間種種滋味，在更深人靜之時，李斯不知已經品咂過多少次了。唯其如此，李斯對扶蘇與他的共事生出了一種從來沒有過的心思：扶蘇眼見將成太子，未來也必是二世皇帝無疑，對扶蘇不能純粹以公事論，而必得以儲君論，要盡可能多地體察這位未來的皇帝與始皇帝之間不同的政風，至少，要做到自己在扶蘇心中的分量不下於蒙恬。

「長公子冠劍視事，老臣深感欣慰也！」

「扶蘇受命師從丞相，歷練才具，不敢言視事二字。」

李斯在正廳會見了扶蘇，大賓常禮，豁達親切。扶蘇則謙恭厚重又絕不顯半分偽善，深深一躬，毫無倨傲浮華之氣。兩人說開政事，坦率相向，很是相得。李斯一一說了諸般民生改制的原定方略，申明民生改制以幣制、田畝、度量衡、戶籍登錄、賦稅徭役五件大事為根本。末了，李斯笑道：「老臣之見，民生改制事統交公子總攬，若有疑難，老臣參與斟酌即是。」扶蘇一拱手道：「總攬民生改制，扶蘇力所不能。扶蘇所欲者，師從丞相修習國事處置也，丞相幸勿推辭為是。」李斯一擺手道：「不然。公子縱然師從老臣，老臣亦當因材施教。公子少學有成，又在邊地歷練軍政多年，見識膽識多有口碑，完全具備領事才具。若公子果真以修習吏員居之，歷練進境必緩。老臣之意，公子至少自領兩事，重擔在肩，修習則事半功倍也。」扶蘇一拱手道：「丞相如此說，扶蘇領命，敢請派事。」李斯殷殷關切道：「幣制、田畝兩事，一涉天下財貨，一涉農耕盛衰，於民生最為根本，於改制最為要害。老臣之見，公子領此兩事，或可一舉把握天下脈搏。公子以為如何？」扶蘇欣然道：「丞相信得扶蘇，扶蘇自當全力而為！只是，扶蘇初涉民治，敢請丞相派一幹員襄助。」李斯爽朗大笑道：「公子臂膀，老臣業已物色定也！」說罷啪啪拍掌，大屏後便走出了一個人來。

「御史張蒼，見過公子。」

當一個長大肥白衣袂飄飄的人物走到面前時，看慣了黝黑精瘦士兵的扶蘇不期然笑了。待來人站在廳中一禮，扶蘇點了點頭沒說話，卻皺起眉頭看了看李斯。李斯笑道：「張蒼者，原本老丞相王綰之幹員也，在老相府掌秦國上計（註：上計，先秦及秦時考核官員政績的制度，多以經濟事項為主，兼具後世之審計功能）。老丞相去任之時，舉薦張蒼入了御史大夫府，總監天下上計。若論理財之能，經濟之通，只怕天下無出其右耳！」眼見此人肥白如瓠，大白臉膛耀人眼目，全無精悍氣象，扶蘇心下終有狐疑，遂一拱手不無揶揄地笑道：「先生雍容富態，不知大腹裝滿何物耶？」

「在下腹中無他，唯天下帳冊而已。」

「翻翻帳冊，天下錢幣幾何？」

「天下錢幣，二十一枚而已。」

「二十一枚？笑談！」

「七國錢幣各金、鐵、布三式，正是二十一枚。」

「好。天下田疇幾多？」

「水旱兩等，百步一畝。」

「先生急智過人。然，所言終覺大而無當也。」

「公子差矣！」張蒼正色道，「今天下初定，民戶未錄，民田未核，錢幣未理，公子所問縱神仙不能作答。公子若果真求才，不當以相貌存疑於人。張蒼若任事無能，公子自可以法度貶黜之，何須此等乖謬考校哉！」

「扶蘇謹受教也。」扶蘇離案起身，深深一躬。

「原是在下憤懣偏頗，不敢當公子如此大禮。」張蒼也是深深一躬。

李斯不禁一陣大笑：「張蒼啊，你憤懣何來？老夫舉薦你遲了麼？」

「不不不。」張蒼滿臉通紅嚷嚷道，「在下生得白，又生得肥。人便說在下肥白如瓠，必是沉淪奢靡之徒！得此口碑，縱然在下滿腹才具也只能做個理財小吏。就這，還怕在下貪瀆，又要教在下改做御史！敢問丞相，在下能不憤懣麼！」

「憤懣憤懣！要我也憤懣！」扶蘇高聲跟著嚷嚷。

哄然一聲，三人一齊大笑起來。

這個張蒼，二十餘年後成為西漢首任計相（總司天下財政），輔助蕭何領政，堪稱中國古代最著名的會計大師。後來，張蒼一直做到御史大夫、丞相。張蒼對曾經親為效力的帝國很是敬重，是力主漢承秦制的主要人物之一。甚至連正朔、服色等，張蒼都主張秉承秦制。漢武帝之前，西漢對秦法秦制全載式繼承，張蒼居功至偉也。這是後話。

扶蘇領張蒼回府，立即關在書房密商起來。先議幣制，張蒼連說不難，只在確定錢幣種類與數量後開工鑄造便是，而種類與數量，則丞相府早已大體有數，唯需查勘補正而已。再議田畝改制查勘，張蒼連連搖頭，說此事牽涉甚深，不好快捷利落。扶蘇問難在何處，牽涉如何之深？張蒼說，田畝改制容易，只需確定度量之法，進而一體推行於天下而已。田事之難，難在查核民戶田數。

「民田如何難以查清？」扶蘇很是驚訝。

「公子不知此間奧祕也。」張蒼皺眉道，「天下初定，秦法尚未劃一推行，山東郡縣之土地買賣已經風行數年了。當此之時，天下民眾不知大秦新政將如何推行田法，故失田之民不敢言自家無田，買田富豪則更是隱匿不報。其間因由在於兩處：其一，秦法有定：無田之民為無業疲民，將被罰為各種苦役刑徒，是故失田之民不敢報；其二，買田富豪多報田產，則必然增加田賦，是故亦必然隱瞞。有此兩因，天下黑幕成矣！」

「先生是說，買賣雙方聯手，對官維持原狀？」扶蘇驟然一驚。

「公子！……清楚民田流失？」張蒼更見驚訝。

「略知一二。」扶蘇肅然拱手，「先生可有良策？」

「難。」

「先生但說，難在何處？」

「難在縱有良策，亦難行之。」

「先生以為，扶蘇不堪大事？」

「非也。」張蒼思忖著字斟句酌道，「目下，山東民人業已生出了一個新詞，名曰兼併。何謂兼併？富豪大族吞噬民田，如同春秋戰國之大國吞併小國也。由此可見，土地兼併若放任自流，必將成為天下最大禍端。然則，若欲深徹根除兼併，目下又確實不是時機。」

「何以見得？」

「公子明察：若欲根除兼併，必得全力推行新田法，確保民戶耕田不使流失。果真如此，又於

『民得買賣』之秦法相違。既要民得買賣，又要不使失田，此間如何衡平，需要時日揣摩探索，不能倉促如打仗。事有行法之難，此其一也。其二，天下初定，創制大事接踵而來，內憂外患俱待處置，當此之時，大動田產干戈，只怕各方都難以認同……」

扶蘇默然了。張蒼顯然比他更清楚土地兼併之實情，否則不會如此憂心忡忡。張蒼所說的兩大難處，也確實切中要害。根除兼併之患，實在是一件需要從根本處著手的根本大事。不說別的，僅僅「民得買賣」這一條秦法，你便不能逾越。且不說它是商君之法，帝國君臣誰能許你輕易廢除；更根本者，是交換市易已經成為民生經濟之鐵則，潮流使然，若取締土地買賣，豈非又回到了夏商周三代的王土井田制去了？僅是這根除兼併本身之難，已經在當下很難有所作為了；更不說內憂外患諸般大事，父皇與元老重臣們始終瞪大眼睛盯著六國復辟，盯著匈奴外患，能許你大肆折騰一件並不如何急迫的事端？然則，這件事若擱置不提，扶蘇也是無論如何不能容忍的。大禍已經顯出端倪，不覺察則已，既已覺察，如何能無聲無息？聽任民田流失，分明是聽任農人變為奴隸，流失的又豈止是民眾耕田，流失的分明是民心根基，是帝國河山！如此大事，身為皇長子的自己能畏難不言麼？不，那不是扶蘇！

「先生所言，皆在道理。然則，還是要有所為。」扶蘇終於說話了。

「公子但有決斷，張蒼萬死不辭！」

「第一步，先令天下黔首自實田。可否？」

「好方略！」張蒼驚喜拍掌道，「試探虛實深淺，定然舉朝贊同！」

「第二步，深入郡縣暗查，清楚兼併真相。」

「這一步也可行！」

「第三步，會同廷尉府密商根除兼併之新田法，相機推行。」

「只要不牽動大局，暗中綢繆，在下以為皆可！」

「好！」扶蘇拍案，「說做便做，先擬黔首自實田奏章。」

暮色降臨之時，奏章已經擬好了。匆匆用罷晚湯，扶蘇驅車先去了丞相府。李斯一聽要民戶自報田產，一時大覺新奇，未嘗多想便是一番讚歎，說扶蘇可以立即上奏皇帝實施。扶蘇對丞相深表謝意，說這是丞相舉薦張蒼的功效，扶蘇納言而已。片時說完，扶蘇立即告辭丞相府，驅車又進了皇城。嬴政皇帝第一次聽兒子稟報政事處置，饒有興致地看了奏章，對扶蘇的主張很表讚賞。嬴政皇帝說，令天下黔首自報田畝，也算是前所未有的創舉，理政能出新，便是興盛氣象，好！明日頒行這道詔書。

扶蘇也沒有再就查田事作更多陳述，轉而就錢幣改制申明了方略：幣分兩等，以金幣為上幣，以「溢」為名；錢奉秦半兩為國錢，形制不變。嬴政皇帝看了看扶蘇特意寫在竹簡上的「溢」字，笑問：「何以不用金之鎰，卻要用這個水之溢？」扶蘇答道：「幣制之議，丞相原本已有預定方略，用的便是這個水之溢。」扶蘇提起案頭大筆，又寫下了一個「鎰」字說，「據兒臣副手張蒼所說，這個水之溢是奉常胡毋敬特意進言丞相定名的，棄金改水，意在合秦之水德國運（註：秦之金幣名稱有兩說，《戰國策》云「鎰」，《漢書．食貨志》云「溢」。歷史的分析，兩者皆對：戰國之秦尚未確認「不是沒有」國運水德，完全可能繼承周室名稱，並與山東六國同一，用「鎰」為金幣名稱；而統一帝國之秦，國運定為水德，改「溢」為金幣名稱，事亦正常。漢承秦制，直到西漢初期，劉邦賜張良之金百溢，用的仍是「溢」字，可見其實）。」嬴政皇帝大笑道：「啊呀呀，竟然有此一端，我忘了。」扶蘇笑道：「戰國金幣重量，多從周室，一斤黃金為一金；秦之金幣，重量略微加大，一溢二十兩。」嬴政皇帝笑道：「好好好，你盡可放手做事，只多多與丞相會商便了。」

扶蘇回到府邸，已經是三更時分了。

張蒼還等候在書房。扶蘇說了拜會丞相與晉見父皇的情由，張蒼很是高興了一陣。張蒼說：「只要各郡縣數字一上來，水深水淺便告清楚，其時相機行事不難。」扶蘇坐在案前良久默然，突兀歎息一聲道：「父皇體魄更見艱難矣！」一句話教張蒼瞠目結舌，大覺莫測深淺，只有大瞪眼看著扶蘇不說話。然張蒼畢竟明銳過人，思忖片刻小心翼翼道：「公子是說，此事，不宜遲延？」扶蘇長吁了一聲，緩慢沉重地道：「此事之大，非父皇威權，不足以掀開黑幕。」張蒼老老實實一句道：「公子所言，臣以為是。」扶蘇奮然拍案道：「大政創制，各方都在轟轟然前推，可誰都沒看到這口隱藏在茅草中的陷阱！你我分明看到了，卻連大喊一聲都不能，人何以堪！」張蒼霍然起身，一拱手道：「公子有此心志，張蒼一策可謀。」扶蘇急迫道：「先生但說！」張蒼道：「此事若得根本解決，正道是御史大夫府、治粟內史府、廷尉府聯手。這三家，一府職司糾察百官，一府職司天下農耕，一府職司行法弊案。公子目下所為，改制之非常情形也，預謀可也，不宜久行。臣願先期與三府通聯，為公子大舉伸張疏通行道。只要三府聯手，查勘確實，此事有望成功！」

「若得如此，先生不世之功也！」扶蘇對張蒼深深一躬。

「赳赳老秦，共赴國難！」張蒼慨然一句老秦誓言。

一月之後，治粟內史府的密室舉行了一次祕密會商。

當張蒼以田畝改制為名義，將種種兼併跡象透露給三位重臣的時候，張蒼沒有料到，兼併民田之弊端並沒有令三位重臣如何驚訝。幾經周旋，張蒼更清楚了這是人人都知道而人人又都不願在此時揭開的一個公開的祕密。其間原因只有一個：六國初平，天下板蕩未息，世族復辟暗潮洶湧，此時觸及田產兼併牽涉面太大。說到底，是投鼠忌器。雖則如此，三位重臣得知公子扶蘇殷殷之心，還是慨然表示了贊同先期查勘。在廷尉姚賈的動議下，這次會商放在了治粟內史府，理由只有一個：治粟內史府執掌耕田，最為名正言順。

雖是初次會商，且多少帶有未奉皇命的祕密意味，然三位重臣卻都是坦率直言的。大將出身的馮劫最是粗豪，大手一揮昂昂高聲道：「鳥個合法！吃人不吐骨頭！老夫只一句話，查出哪個狗官私吞民田，皇帝陛下不拿他，老夫也活剝了他！查！怕甚來！牽涉越廣，禍患越大，沒準那些復辟老世族，就是憑吞併民田撐持著！」姚賈面無喜怒，話卻是憂心忡忡：「近年來，田產弊案日見增多，諸多冤獄皆牽涉土地買賣，甚或有公然奪田之事。然則，此等弊案一經報官，立即變得若明若暗迷離不測。若無堅韌心志，要揭開這道黑幕，難亦哉！」鄭國一直不說話，直到扶蘇目光炯炯地盯住他殷殷期待，才歎息了一聲開口道：「田產之事，自古第一難題也！三代不許易田，民如死水。戰國變法開買賣土地之先河，隨即風靡天下，自此民有活力也。然則，既有買賣之法，兼併之禍便在所難免。根除兼併，為淵驅魚也，豈不難哉！老夫執掌天下田土，安能不知兼併為害之烈？所以不言者，非其時也。」

「所謂兼併，巧取豪奪者多，公平買賣者少。」姚賈插了一句。

「鄭老哥哥，你只說兼併最厲害是哪裡？」馮劫急了。

「潁川郡、泗水郡、陳郡。天下兼併，莫此為甚。」

「都是老楚國之地？狗日的！」馮劫狠狠罵了一句。

「敢問老令，如何查勘最為有效？」扶蘇恭敬地對鄭國拱手一禮。

「欲得真相，唯有暗查。」鄭國雪白的眉毛猛然聳動了。

「暗查有證據之難。」姚賈板著黑臉。

「敢問廷尉，何等證據最有力？」扶蘇思忖著。

「買賣田產之書契。」姚賈毫不猶豫。

「白說！誰會把書契交給你！」馮劫憤憤然。

「三位大人，切莫為難。」扶蘇淡淡一笑，「今日會商，原非要立馬解決此等大事，知會綢繆而已。目下大事多多，確實不宜大舉徹查兼併事。扶蘇之見，三位大人各安其事，只給我一個南下名頭即可。」

「如何如何，公子要自家暗查？險！不行！」馮劫拍案高聲。

「確實不宜。」姚賈鄭國異口同聲。

「三位大人，」扶蘇起身肅然道，「國有隱憂，捨我其誰？千里胡人之地，扶蘇尚來去自如，中國縱有險難，扶蘇何懼之有哉！扶蘇所需者，南下之名也，敢請三位大人設法。」說罷，扶蘇對三位重臣逐次深深一躬。

三位老臣默然了，淚光縈繞在每個人的眼眶。國有如此儲君，大臣夫復何言？馮劫立馬拍案，說他可奏明皇帝，請公子南下考功郡縣。姚賈立即搖頭，說不行不行，此事名頭太大，又與公子目下所領政事無關，刺眼刺耳。馮劫急道：「你廷尉府有更好名頭？說便是了。」姚賈思忖搖頭道：「老夫那裡更不行，與公子目下情形八竿子打不著，只怕還得老令這裡著手，最是相關。」鄭國思忖片刻道：「也好，此事落在老夫身上。」馮劫急道：「老哥哥有甚辦法，說說看！」鄭國搖著雪白的頭顱道：「辦法還得想想，一下不好說。」馮劫頓時怏怏不樂，引得幾個人都笑了。

三日之後，鄭國進了皇城，向皇帝稟報說：公子扶蘇所提之令天下黔首自實田，是古往今來從來沒有過的料田新法，老臣欲觀其效，想到三晉北楚幾個郡縣就近轉轉看看，敢請陛下允准。嬴政皇帝一則感喟老臣謀國精誠，二則為這位老臣的奔波勞累擔心，一時沉吟著決斷不下。鄭國顫巍巍一拱手道：「農耕為國家根本，長公子領事整田，陛下大明也。然則，長公子從未涉足田事，老臣委實放心不下。」嬴政皇帝恍然笑道：「對也！如何將這茬忘了？教扶蘇跟老令一起去，也好教他長長見識，對也對也，該教他看看郡縣民情了。」鄭國躊躇不敢領命，只說長公子從邊地回來不久，未免太過辛勞。嬴政皇帝大笑一陣道：「老令白髮如雪，尚且奔波國事，他一個後生說甚辛勞？去！老令要出事，朕拿他是問。」

六、韓楚故地的驚人祕密

五月初，無垠麥田綠黃變幻，隨風起伏波浪翻湧。

這是潁川郡西北部的肥美平原。潁川郡有山有水，汝水、潁水、洧水三條大水由西北向東南橫貫全郡，潁水居中且水量最大。故此，帝國創立郡縣制時，以潁水定名這片肥美的平原為潁川郡。西北的太室山，西南的魯陽山，在潁川郡原野上如遙遙相望的一對兄弟長久地矗立著。十多年前，這裡是韓國的故土，其肥美豐饒足與東北面的魏國大梁平原不相上下。川防決通漕渠整修之後，潁川農耕大見起色，今歲麥田長勢顯然較往年旺實了許多。麥田一見黃，農夫們撒滿了田疇，黃一片收一片，開始了算黃算割。

時當正午，豔陽高照。道邊田間的農夫們，正在收割一片熟透了的麥田。一個年輕的後生卻是奇異，裸著黝黑的脊梁任憑大汗淋漓，只望著遠處青蒼蒼的太室山咬牙發怔。旁邊田壟一個奮力勞作的老人偶爾直起了腰身，看見後生愣怔不動，壓低聲道：「陳勝！掌工家老剛走，你小子便立木，小心受罰！」後生沒有回頭，恨聲恨氣砸過來幾句話：「傭耕還賣命！又不是自家田疇，勞也白勞！」老人低聲呵斥一句：「你小子閉嘴！不要命了！」說罷向四面遙遙打量一番，見田道無人，方喘著粗氣高聲道，「天正熱，掌工家老不會來，我等樹下歇歇了！」老人話未落點，麥浪中立起了一片草笠一片黝黑的脊梁，紛紛撈起掛在腰帶上的白布用力抹著汗水，高聲嚷嚷著渴死了，疲憊地奔向了田間大樹下的井臺。

「狗日的！若是自家田畝，今年一准好日子！」
「自家田畝？只怕下輩子也是作夢！」
「對對對，說也白說。」汩汩飲水的年輕農夫們紛紛點頭。
「後生們，少說兩句不成麼？」老人捧著水瓢低聲呵斥。
「日後我富貴了，一定不忘你等！」那個叫作陳勝的後生突然喊了一句。
一片哄然笑聲中，老人苦笑搖頭：「做人傭耕，何富貴也？」
「你個小子要富了，我變狗！」有人高喊一聲。
井臺下又一陣哄笑嚷嚷：「中！你小子趕緊富貴，做我爹！」
老人沒有笑，歎著氣搖搖頭：「陳勝這後生，瘋了，瘋了。」
「一群烏鵲，何能知鴻鵠高飛之志哉！」那個陳勝冷冰冰一句。
農人們驚愕了，哭笑不得地紛紛搖頭，認定這個口出狂言的後生當真瘋了。
老人淡淡道：「都喝飽了，後晌還要趕活。那小子，教他自家作夢去。」
農人們苦笑著，有人提起喝空的大木桶開始搖動轆轤絞水，有人端起方才沒顧得喝的大陶碗汩汩大飲，又從旁邊竹筐裡撈出一張麵餅大啃。那個備受嘲笑的後生陳勝，則獨自坐於一旁，誰也不睬，兀自出神。
正當此時，炎炎陽光下的田道上，走來了兩個年輕的黃衫人：一個又高又黑又瘦，一個又矮又白又胖，一個帶劍，一個帶傘，很難看出操業身分。井臺下的農夫們一陣騷動，顯然怕是雇主的掌工家老。老人搖搖手道：「沒事。不是掌工家老，是兩個遊學士子。」說話間兩個黃衫人已經來到樹下，白胖者向農人們一拱手笑道：「諸位父老，勞苦了。」神態謙恭又笑容滿面。農人們紛紛拱手回應：「不勞不勞！先生勞苦哩！」老人起身一拱手道：「兩位先生若不嫌農夫愚魯，敢請歇息片刻。」黑瘦高挑者笑道：「農耕乃國家之本，何敢嫌棄農人父老。我等乃農家士子，正欲求教農事哩。」說罷兩人在井臺石板上坐了下來，連石板的塵土也沒有去撣，顯然不是精細講究的文人士子。農夫們頓時沒了拘謹，各就各位又自顧吃喝起來。老人一招手，一個後生兩手端來兩個大陶碗：「這是新井水，先生中不中？」兩人一笑，立即一拱手接過了大陶碗，同聲笑答：「新井水正好，清涼解渴。」說罷各自端起大碗一飲而盡。飲罷井水，黑瘦者打開隨身皮囊，拿出一個草包打開笑道：「這是新鄭醬肉，清晨買的，沒餿。」旁邊白胖者目光一掃人群笑了：「差強一人一塊。來，三老做里宰（註：里宰，秦時鄉吏，掌分肉。《史記・陳丞相世家》載，陳平曾為里宰，分肉食甚均），分給兄弟們。」說罷捧起黑瘦者面前的草包，恭敬地交到了老人手中。老人寬厚歉意地笑了笑，一句話沒說接下了。老人說聲分肉，後生們便一個個從老人面前走過，人各一塊，立即開始了大口撕啃。只有那個孤僻獨坐的陳勝沒有來領肉，目光依舊愣怔地遙望著遠山。

「陳勝，肉！」有後生大喊了一聲。

「多謝，不餓。」陳勝冷冰冰一句，沒有回頭。

「後生苦哩！先生莫怨他不知禮數。」老人歉意地笑了。

黑瘦者一拱手道：「這位兄弟有何苦情，老伯能否見告？」

「他呀，想房，想地，想富貴哩！」一人高聲應答，眾人竊竊哄笑。

「胡說！」老人呵斥一聲，後生們悄悄地沒了聲息。老人轉身一拱手道，「先生見笑了，方才陳勝兩句狂話，後生們笑鬧於他，非當真也。就實說，陳勝後生可憐也！耕田沒了，莊院沒了，父母沒了，十五歲便做了孤苦傭耕，八年過去，而今連妻也還沒娶哩！」

「如何？他沒房子沒地？」白胖黃衫者驚訝了。

「他沒有，誰又有了？我等都一樣，能娶妻者沒幾個！」一個後生高聲嚷嚷。

「大秦律法，每丁百畝耕田。如何能沒了？」黑瘦黃衫者大皺眉頭。

「一言難盡也！」老人長歎一聲，「先生還是莫問的好，說不清。」

「老伯呵，」白胖黃衫者恭敬道，「我等農家士子，揣摩推究的正是農事，相煩說與我等。即或涉及官府，我等士子也當為民請命，上書郡守決之。」

「一言難盡也！」老人還是一聲長歎，「說起來，法是好法，官是好官，皇帝也是好皇帝。可法也好，官也好，皇帝也好，管得了白晝，管不了黑夜呵。律法明令，每丁百畝耕田不假，但都叫人撬走了。沒地了，只有給地主做傭耕，掙幾個血汗錢過日子。就說陳勝後生，原先家道多好，自父母兄妹暴死，好端端二百畝肥田硬是被撬走了……命也！奈何？」

「老伯，何謂撬走？」黑瘦黃衫者目光炯炯。

「不說了不說了。」老人站起身大喊一聲幹活，逕自走進麥田去了。

「不能說！」一個後生低聲一句，也匆匆走了。

眼見農人們紛紛走進了麥田，黑白黃衫者沮喪地對望一眼，也站起身來，踽踽離開了井臺。將近地頭，突聞身旁麥田低聲一句：「先生跟我來！」兩人回頭，只見一個身影正俯身田壟麥浪間快步而去。黑瘦者一點頭，兩人立即俯身飛步趕去。片刻之間，前行身影停在了一道廢棄的乾涸溝渠中，兩人也跟著跳了下去。

「足下便是那個陳勝兄弟？」黑瘦者一拱手。

黝黑的光膀子後生一點頭，低聲急促道：「先生果能上書郡守？」

「能！」黑瘦黃衫者肅然點頭。

「好！我說，我不怕！」陳勝胸脯急促地起伏著，「撬走民田的，不是官府，不是商賈，是韓國老世族！潁川郡有三個縣，都曾經是老韓國丞相張氏的封地。韓國沒了，張氏變成了大商，經年在老封地尋機買田，潁川郡一大半土地都成了張氏暗田！農人住的房子種的地，明是自家的，其實都是張氏的！」

「張氏後裔何人？」

「都說是公子張良，長得像婦人，心腸如蛇蠍！」

「為何不敢說？」

「誰敢洩約，有刺客來，遲早沒命！」

「買地價公平麼？」

「公平個鳥！他說原本便是封地，給你幾個錢已經便宜你了！」

「如此買賣，老百姓也信？」

「他們說，秦人江山長不了。流言紛紛，老百姓知道啥，能不信麼！」

「買賣耕田可有書契？」

「有！是密契。」

「何等樣式？」

陳勝二話不說，轉身幾大步走到一片荊棘叢生的溝岸前，打量片刻俯身刨去，手臂頓時劃出一片血珠。黑瘦黃衫者嘩啷抽出短劍道：「兄弟不能帶血太多，你指點便可，我來。」陳勝直起腰大手一圈：「挖開這一坨草木，撬開一方石板。」黑瘦者立即揮起短劍，三兩下貼地掃斷了一大片荊棘草木，而後俯身挖土，動作利落之極。不消片刻，石板顯出。白胖黃衫者立即躍上溝岸望風，說聲周遭沒人。黑瘦者立即將短劍插進石板縫隙，用力一撬，石板翻開，赫然顯出了一只鏽蝕斑斑的銅匣。陳勝俯身捧起銅匣，突然放聲痛哭：「爺娘魂靈在天！兒子再也不要忍了！」黑瘦黃衫者淚光瑩然，緊緊地咬著牙關不說話。

「這是我門唯一存物。」陳勝抬頭，雙手捧著銅匣交到了黑瘦者手中道，「除了先祖靈牌，便是二百畝肥田六次買賣的密契。陳勝徒然一身，無以供奉先祖，只好出此下策祕密埋藏。先生可將密契帶走。先祖靈牌，敢請先生指定一個穩妥之地，陳勝但有活泛之時，自會相機取回！」

「兄弟赤心，在下先行謝過。」黑瘦者肅然正色道，「兄弟先祖靈牌，我以密封銅匣存放潁川郡郡守處。我交兄弟一件信物，任時皆可取出。」說罷，黑瘦者從腰間皮袋掏出一方小小的圓形黑玉牌道，「兄弟謹記，此玉牌不得示人，只能交於潁川郡守。」

「陳勝明白！」

片刻之間，三人兩道各自消失在茫茫麥浪之中了。

旬日之後，一隻快船從泗水南下，船頭正站著兩位遊學黃衫人。

從薛郡的泗水登舟南下，比馳道飛馬慢了許多，卻也從容了許多。但遇兩岸農人耕耘整田，快船靠上岸邊，兩士子便與農人們攀談起來。如此走走停停，五七日才出了薛郡進了泗水郡地界。這泗水郡乃魚米之鄉，其時之富饒遠超江南嶺南與吳越，原是楚國最為豐饒的淮北腹地。泗水郡北接巨野澤，南近淮水南岸的楚國故都郢壽，中有彭城、沛縣、蘄縣、城父等等富庶城池，堪稱楚地第一郡。這一日快船過了胡陵渡口行得片時，遙遙一座大城在望。船頭兩黃衫人對望一笑，吩咐船工在前方渡口停靠。

不消頓飯時光，快船靠上了一片濃蔭下的岸邊渡口。黑瘦黃衫人對老船工低聲吩咐幾句，與白胖黃衫人一起舉步登岸，逕自走向距渡口不遠的一座大石亭後的亭署。這是秦時的亭治所在，也就是鄉以下管轄里（村）的基層治所。秦國郡縣制對鄉、亭兩級基層治所都賦予了另一重使命：同時兼作接待來往公事吏員的驛站，並擔負傳郵公文職事。唯其如此，帝國郡縣的鄉亭治所大都設在水陸方便的渡口道口。兩黃衫人堪堪走近大庭院前的車馬場，便有一個持戈老亭卒迎了過來。

「這是泗水亭。兩位先生可是公務？」

「我等乃潁川郡吏，路過貴亭，欲會亭長。」白胖黃衫人笑容可掬。

「大人稍待。亭長，有官賓！」

「聽見了，來也！」大亭院中遙遙一聲，聲音洪亮渾厚。

隨著話音，大門中走出一人，身材適中面目開朗，頭上一頂矮矮的綠中見黃的竹皮冠頗見新奇，頦下一副短鬚，使輕鬆的臉膛顯得成熟而多智，其步態語調卻給人一種類似痞氣的練達。他臉上掛著自然的微笑，幾乎是一出兩扇大石門就遙遙拱手作禮而來，走到兩人面前三尺處躬身笑道：「大人遠道而來，多有勞苦，小吏有禮。」

兩黃衫人一拱手算作回敬。白胖者笑問：「敢問亭長高姓大名？」

「有勞大人動問。小吏姓劉名邦，字季。叫劉邦、劉季都一樣。」

「劉亭長，我等欲在貴亭歇息兩日，或有公務相託……」

「好說！不歇息沒公務，要我這亭治何干？劉邦絕不誤事。」

兩黃衫人頗為高興。這個亭長沒有尋常小吏那種猥瑣卑俗唯唯諾諾，既似官風又似俠道的幹練，使人覺得如同面對一個老友一般。兩黃衫人對望一眼，同時點了點頭，說了聲好。劉邦側身相讓，一拱手說聲大人請，陪著兩黃衫人走進了亭院。

這是秦時通行的標準亭院：六開間，三進深，左右兩分。第一進右三間，住六名傳郵騎卒，左三間住一名管郵件的小吏。第二進，右三間是亭長室，左三間是接待過路官吏的賓客室。第三進是後院，庖廚、庫房、馬廄與幾名亭卒等均在後院。一進亭長室，兩黃衫人剛剛坐定，劉邦高喊一聲：「給大人上茶——」話音落點，一名年輕小吏便捧著大盤進來擺上了陶壺陶碗，熟練地斟好了涼茶。黑瘦黃衫者默默飲茶，似乎不善言談的模樣。白胖黃衫者卻與亭長頗為相得。

「亭長這官兒做得頗有氣象也！」白胖黃衫人頗有讚賞。

「慚愧慚愧！小亭長既管官道傳郵，又管十里之民，事不大頭緒繁。不提著神氣擺布，還真是亂麻一團哩！」劉邦天生地自來熟，話語叮噹一連串。

「亭長何時退出軍旅？」

「慚愧！在下沒趕上為國效力，想吃軍糧沒混上。」

「噢？亭長大都是退役百夫長做的也。」

「回大人，」劉邦一拱手道，「簡言之，一個老友舉薦我做了縣府外吏，跑腿辦些小差。縣令見在下尚還使得，適逢泗水亭長三年前病故，就叫在下補了缺。」

「好！」白胖黃衫人一笑，「比老兵亭長做得好。」

「大人誇獎，在下自當銘記！」

「說說正事了。」

「好！公務何事？要否本亭效力？」

「先說小事。我有一宗郵件，要盡快傳往咸陽。」

「多大物件？公文還是器物？」

「一只銅匣。不大。」白胖黃衫人比劃著，卻沒有回答是否公文。

「大人放心！我泗水亭傳郵從未出過差錯，除非寫錯了地名人名。」

「好！亭長是個幹才。」

「只是大人需登錄姓名、官職、傳郵何物。成例，大人不必介意。」

「那是自然。我乃少府尚書，姓張名蒼，傳郵冊件一函。」

「老二！記：少府尚書，張蒼，冊件一函——」

呼喊落點，庭院立即傳來高聲應答，顯然是一邊複述一邊寫。

「老二，是何官職？」白胖黃衫人有些驚訝。

劉邦一陣大笑：「我的大人也！亭長老大，傳郵吏次之，豈不老二嘛！」

白胖黃衫人噗哧一笑：「奇也！老二？還有老三麼？」

「有！一直到老十二。」劉邦呵呵笑著，「亭員十二，分為前老六，後老六。前老六是正吏，後老六是亭卒。郵卒、庖廚、馬夫都算，統共老十二。」

「亭長之治不像官署，倒像是江海風塵之門派了。」

「大人有所不知。」劉邦幾分詭祕又幾分嬉戲地眨著亮閃閃的細長眼睛笑道，「殺豬殺尻子，各有殺法。鄉野吏員僕役都是粗人，老二老三一吼叫，又豁亮又明白。我若腆著肚子板著臉，官腔叫傳郵吏，叫庖廚，叫馬嗇夫，不說我煩，粗人聽著也不厲害！有的你叫幾聲他還木著，不知道是叫他。所以呀，索性老大老二老三。嗨！粗是粗，管用！大人可去打聽，俺劉邦做亭長幾年，沒出過一件差錯。」

「好好好，管用便好！」白胖黃衫人爽朗地笑了。

「亭長倒是個人物也。」黑瘦黃衫人罕見地說了一句。

敘說得片時，亭長劉邦將兩位官賓安置到了最靠近後院的兩間大房子，說這裡又涼快又幽靜，是亭院最好的住處。白胖黃衫人打趣笑道：「你說最好便最好？安知你不會留著最好的房子給大官住？」劉邦哈哈大笑道：「大人呵，留好房子等大官，那是蠢貨！劉邦要那樣，還不叫唾沫星子給淹死了？我這泗水亭，統共十三間賓客房，誰來了都盡最好的安頓，不獨對大人。說白了，誰來得早誰住得好。要是只剩最後一間，賓客不滿意，我便給他加派個亭卒侍奉，賓客還是高興。所以呀，人都說，劉邦安房間，人人都喜歡！大人你說，目下天氣大熱，一個賓客沒有，我能將最好的涼快房間空著麼？」白胖黃衫人聽得饒有興致，對黑瘦黃衫人笑道：「這劉亭長是個好商人也！賣貨不惜售，揀好的出手，剩一個不好的，還給你額外好處。有道理有道理，理財經事之道也！」黑瘦黃衫人淡淡一笑道：「夜來小酌一番，亭長意下如何？」劉邦立即爽朗地一拱手：「在下高攀！兩位大人只管歇息，一切有我。」

暮色時分，河畔亭院清風習習。

劉邦將酒案設在了庭院正中。兩位黃衫人一進庭院，不約而同地說了聲好。院中大青磚地面已早早用清水澆潑過幾次，三方蘆席三張木案，整齊潔淨又空闊通風，耳聽流水蛙鳴，目望朗星明月，實在是難得的天成村野意趣。案上酒食，是久負盛名的泗水青魚、粳米飯團、蘭陵老酒。兩位賓客一來，劉邦就一拱手笑道：「這魚是我下水撈的，米是自家人送的，酒是我買的，全與官錢無涉。兩位大人放心吃喝，秦政奉公守法，在下還是明白的。」白胖黃衫人笑道：「吏員住驛站，自家補錢便可請客。說好的我等補錢，如何要你自家勞作了？」劉邦呵呵笑道：「常在水邊走，謹防打濕鞋。亭吏亭卒十幾個，我得自家乾淨才是嘛。」黑瘦黃衫人不禁拍案讚歎道：「好！奉公守法，亭長有大明！」

說話間三人邊飲酒邊說話，漫無邊際說開去了。兩位黃衫人問民生，問風習，連養魚之法也問了。劉邦事無不答，答無不清，獨特的痞氣語言多見諧趣，院中陣陣笑聲不斷。只說到養魚事，言語利落的劉邦顯得吭哧起來，紅著臉說叨不清，末了索性爽快道：「不瞞兩位大人，劉邦農作不精，老父不待見，老罵我痞子一個。我能出來混事，就是吃了農作不精的虧。慚愧慚愧！」黃衫人不禁揶揄道：「如此說來，劉太公倒是慧眼識人了？」黑瘦黃衫人搖手笑道：「無妨無妨。人各有長，足下做亭長，當得一個能才！」劉邦大笑道：「大人見識，顯是比我那老子強多也！」話未落點，三人一陣大笑。

片時之後，兩位黃衫人不期然說到了民田土地，一口聲稱讚泗水郡物產豐饒魚米之鄉，說若能在此建造一座數萬畝桑園，定然於國家大利。劉邦一聽，臉上有了陰影，連忙問兩位大人是否為此而來。白胖黃衫人沉吟道：「亭長脾性可人。我等也不相瞞：我等乃少府吏員，特為查勘皇室桑園而來。」「噢？大人不是潁川郡吏？」劉邦的目光驟然閃爍起來。「這是少府令牌。」白胖黃衫人拿出了一面手掌大的銅牌一亮，月光下少府令三字赫然在目。見劉邦連連點頭，白胖者收起令牌道，「我等前來查勘泗水郡山川田土，欲在此地遴選數萬畝田園，為皇室建造一處桑麻苑囿，以供尚坊製作絲綢。亭長若能襄助，也算一功了。」

「敢問兩位大人，皇室何以要在泗水郡占地？」

「人言泗水郡荒田多多，無人耕耘……」

「哪個鳥人胡說！」劉邦猛然一拍大腿，臉色顯然陰沉了。

「亭長是說，泗水郡沒有荒田？」

「豈止沒有荒田……咳！不說也罷，誰占不都一樣？」

「公事官話，亭長何須顧忌？」

「這天下事也是奇了！」劉邦憤憤然道，「分明是民田流失，可上有一層流水，誰也看不見那條地河！分明是耕田照常，可人卻說土地多有荒蕪！分明是民失田產，淪為傭耕與販夫走卒，可人卻說泗水豐饒民眾富足！鳥！誰說得清？」

「所謂地河，敢問其詳。」

「不能說也！」對邦搖頭，「再說，我說了你信麼？」

「唯見真相，如何不信？」

「你便信了，又有何用？那是通海地河，你能填平了？」

「精衛尚能填海，況乎國家？」黑瘦黃衫人目光驟然大亮。

「除非，兩位大人有通天之路。否則，只怕劉邦白搭進去了。」

「亭長請看，此乃何物？」黑瘦黃衫人從腰間抽出了一方物事，直抵劉邦案前。劉邦定睛端詳，頓時倒吸了一口涼氣：幽幽月光之下，一方黃金鑲黑玉的令牌爍爍生光，中央黑玉上「帝命」兩個白字赫然入目！劉邦死死盯著令牌一動不動，額頭汗水驟然涔涔流下。片刻之間，劉邦霍然起身一揮手：「走！我帶兩大人去見一個人，保你清楚！」白胖黃衫人猶疑笑道：「夜半三更，方便麼？」劉邦道：「不遠。白日還不定能見到人。走。」黑瘦黃衫人一拱手道：「亭長豪傑之士也！我等信了，走！」劉邦領著兩位黃衫人大步出門，一邊高聲道：「老二！招呼著，有人找我，就說到縣府公事去了。」傳郵吏大步匆匆過來道：「明白！老大只管去，一切有我！」

星月幽幽，一隻小船悄無聲息地順水漂向了沛縣城。

小小船艙中，白胖黃衫人低聲道：「亭長，是到民戶查訪麼？」坐在艙板上的劉邦頗神祕地嘿嘿一笑：「民戶查訪須一個一個問，累你流幾鼻子淚還費時耗日。我帶兩位大人去一個地方見一個人，一次查清。」白胖黃衫人一笑：「一次查清？劉亭長未免大言過甚了，既是地河，官府也沒此等帳冊。」劉邦一笑：「世間之大，無奇不有。有人敢做，就有人知道。既有地河，就有神工。兩大人但放寬心，保你一個鐵證如山。」

船到沛縣西門。劉邦吩咐水手靠在岸邊，自己一步跨上岸去了。片刻劉邦回來，城門下水柵已經悄悄打開，小船從水門輕盈地划了進去。進城泊好船隻，三人棄舟登岸，曲曲折折向一條小巷走來。在一座低矮堅固的石門前，劉邦舉手叩門三響，而後便耐心地等候著。片刻間大門輕輕地吱呀一聲，一個女人開門驚訝道：「呀！果真劉大哥！快進來。」劉邦側身一拱手：「兩位大人請。」兩黃衫人道一聲多謝，舉步跨進了門檻。

女人關門後快步趨前，一邊向亮燈的正屋喊道：「劉大哥來了！」隨著女人話音，屋內有男子高聲答應，隨即一個中等身量的微胖身影快步出門笑道：「劉大哥鼻子好長也，如何便聞到我剛弄到的老酒了？呵，兩位是？」劉邦一拱手笑道：「老二，這是少府兩位尚書大人，言語投機，高朋新友！」白胖黃衫人忍住笑一拱手道：「張蒼。夜來叨擾，敢請見諒。」微胖主人謙和地拱手笑道：「沛縣功曹蕭何，見過兩位大人。」

「走！家裡坐，老二有好酒好茶！」

劉邦彷彿是在自己家中一般，熱情豪爽地禮讓著客人。進入正屋，主人蕭何禮讓客人坐定，方才開門的女人已經捧著大盤斟來了涼茶。蕭何笑道：「此乃震澤春茶煮的，清涼敗火，多飲無妨。」女人是一個溫潤賢淑的少婦，嫻雅有度地斟好茶便退了出去。

「兩大人先飲茶，我與老二在後屋說幾句話。」

劉邦向兩位客人一拱手，然後拉著蕭何去了後屋。兩黃衫人打量著這間小廳，同時微微點頭贊許。廳中除了三方几案，便是四個特大的竹製書架，竟然碼滿了簡冊。顯然，這個豐厚慈和的縣吏，定然是個頗有學問的能吏。在這片刻之間，劉邦蕭何從後屋走了出來，蕭何手中還捧著一個不算小的鐵箱。蕭何將鐵箱放到黃衫人案前，微微一笑道：「尚書大人，這是泗水郡民田暗中買賣之大要，雖算不得明細，卻也有八成憑證了。」

「八成憑證？」白胖黃衫人顯然是發自內心地驚訝了。

「此等買賣，已經遍及楚地了。」蕭何淡淡緩緩的語調中顯然蘊藏著一種幽深的鬱悶，打開鐵箱，拿出了厚厚一大本黑乎乎的劣質羊皮紙大冊，從那新舊不一的書脊縫製針線上可以看出，這本大書是反覆拆裝的。蕭何又捧起鐵箱反轉一扣，一大堆寬大的竹簡嘩啦傾倒在案上。蕭何指點道：「兩大人且看，這本帳冊是田產交易目次，這堆寬簡是少許密契。整個泗水郡，民田流失總數大體在百萬畝上下，占全部民田的七至八成！」兩黃衫人一時驚愕，打量著一大堆聞所未聞的物事默然了。黑瘦黃衫人拿起了一支寬大竹簡，面色沉鬱地端詳著。竹簡只有兩行字，比尋常買賣田產的書契簡約了許多。

民周勃賣田百六十畝於項氏　勃戶以田主之名為傭耕

不告官　不悔約　若有事端殺身滅族

年輕的黑瘦黃衫人緊緊握著竹板的大手微微顫抖著，喉頭嚥嚥喘息著：「這位周勃，兩位熟識？」劉邦憤憤道：「豈止熟識？不是蕭何兄弟，周勃早餓死街頭了！耕田全被強買光也，了無生計，只好給人做喪葬吹鼓手！」說著拿起了一支竹板，「看！還有這個樊噲，地賣光了沒法活，只好屠狗賣肉，整日混個肚兒圓都難！一家老小更是半饑半飽！不說了不說了，黑殺人！」

「冒昧一問，足下一介小小縣吏，何以能搜羅到如此多祕事？」

見白胖黃衫人似有疑慮，那個沉靜的蕭何冷冷一笑，眼中突然閃射出奇特的光芒道：「祕事？對你等廟堂大員而言，是祕事。對村夫，對縣吏，則是大太陽下人人看得雪亮的明事！蕭何不過有心，記下了聽到見到的每一筆帳而已。你若還想細究，蕭何可以給你講幾千幾百個血淚故事。」

黑瘦黃衫人離座起身，深深一躬道：「功曹真天下良吏也，後必有報。」

蕭何連忙也是一躬：「在下在民知民而已，豈有非分之想哉！」

劉邦一捋短鬚笑道：「大人，你說皇帝能堵住這道地河麼？」

「亭長慎言。」白胖黃衫者臉色頓時一沉。

「大人且莫多心。」蕭何道，「我等絕不會對他人言及。便是今日之事，若非劉亭長親來，蕭何絕不會和盤托出。大人，對劉亭長，對在下，這都是殺身之禍也。我等一念，無非盼天下太平，使耕者有其田，民得以溫飽也！……劉亭長，也是被奪地之家……」

「如何如何，亭長家的地也奪？」白胖黃衫人又是一驚。

「亭長？嘿嘿，在項氏眼中連條狗都不如！」劉邦憤然拍案了。

「劉亭長也是有苦難言也！」蕭何一歎，「劉家原有兩百餘畝好田。亭長父親劉太公，是十里八鄉間聞名的忠厚長者。因了這泗水郡的彭城六縣原本是項氏封地，那項燕雖則戰死了，可兩個公子項梁、項伯都在，數千族人尚在，財力根基尚在。項氏家老帶著一班當年的私兵，喬裝成商旅專一在舊封地購置田產。誰若不從抑或報官，利劍便在身後。幾年前，項氏商旅逼著亭長老父劉太公賣田，用二十個舊楚金幣，強買去了劉家二百餘畝好田……那時候，亭長還是個浪蕩子。家道中落，他才不得不出來謀個小吏做了。否則，飯也沒處吃了。」

「我要是皇帝，非滅了項氏！」劉邦面色鐵青一拳砸案。

黑瘦黃衫人慨然一歎：「害民老世族者，長久不得也！」

劉邦道：「兩位大人，入秋時節，我要領泗水郡幾百人去咸陽服徭役。若還須得找我，就到民伕營。要證據，劉邦蕭何包了！」

白胖黃衫人一拱手道：「記住了！兩位善自珍重，莫被人黑了。」

劉邦哈哈大笑：「黑我？我不黑他算他運氣也！」

黑瘦黃衫人一拱手正色道：「亭長，我本欲親帶這等憑證上路，又恐保管不便。我意，公事路徑更穩妥。我將這個鐵箱用官印封定，敢請亭長派傳郵快馬專送咸陽廷尉府如何？」

劉邦離座慨然一拍胸脯：「絕保無事！出了事我劉邦第一個被黑！」

蕭何笑道：「劉季善結交，有一好友名夏侯嬰，是我縣車馬吏，最是與劉季相愛（註：相愛，為《史記．夏侯嬰列傳》之原用語。古人言相愛，謂情誼篤厚，男女皆可用）。若派此人充亭卒飛馬，最是可靠。」劉邦大笑道：「都叫你兜底了，借人跑公事，我想落個能事吏都不行了！」四人一陣笑聲，黑瘦黃衫人朗聲道：「亭長得人，自能成事。好，此事交給你了！」

白胖黃衫人立即動手歸置大書竹簡。蕭何又拿來幾塊舊布將鐵箱內四面塞緊，鐵箱合上猛力一搖，一絲聲息皆無。白胖黃衫人從隨身皮袋中取出一條柔韌的寬帶皮條，將鐵箱渾然裹定；又拿出一個小皮盒，挖出一大塊封泥將箱鎖封成一個略顯凸起的渾圓。黑瘦黃衫者掀開腰間皮盒，取出一方小銅印，不輕不重地摁在了鎖頭封泥上。蕭何一瞥，目光大亮，在劉邦耳邊輕聲說了一句。劉邦卻是只盯著封泥目光發直。黑瘦黃衫者渾然不覺，解下短劍一摁劍格，劍身驟然彈出，劍根處竟鑲有一只長條玉印！黑瘦黃衫人一振劍身，玉印正在掌心之中，向印上一哈熱氣，向箱蓋寬皮帶壓下。待玉印抬起，赫然一排紅字撲入眼簾——天字密事失者滅族！

「嘿！」劉邦一拳砸在了手心。

五更雞鳴，天色最黑的時分，小船悄無聲息地漂出了沛縣水門。

七、國殤悲風　嬴政皇帝為南海軍定下祕密方略

扶蘇張蒼一到函谷關前，被撲面而來的悲愴驟然淹沒了。

函谷大道兩邊，擺放著無邊無際的祭品香案，飄動著瑟瑟相連的白布長幡。關前垂著一幅與關山等高的輓詩，戰車大小的黑字兩三里外便觸目驚心，上云「國維摧折」，下云「長城安在」。扶蘇大驚，立即飛馬函谷關將軍幕府。將軍說，旬日前南海郡飛來快報，武成侯王翦、淮南侯蒙武病逝嶺

南，靈車將從揚粵新道北上，從函谷關進入老秦。消息傳開，秦中軍民大為傷慟，三五日間紛紛聚來關前路祭……扶蘇尚未聽完，兩腿一軟兩眼一黑便跌倒案前。片時醒來，見張蒼淚流滿面地抱著自己，扶蘇霍然站起一拱手道：「敢請先生先回咸陽稟明父皇：扶蘇前往揚粵新道，護送武成侯靈車回秦！」張蒼稍一猶豫，對旁邊的函谷關將軍說了聲敢請將軍護衛長公子，便匆匆上馬西去了。扶蘇與函谷關將軍會商片刻，兩人立即分頭行事。函谷關將軍點兵的時刻，扶蘇在幕府換了應有裝束，又草草用了些許飯食，率領著五千整肅的甲士隆隆南下了。

兩日兼程，扶蘇軍馬抵達衡山郡的雲夢澤北岸。等候兩日，終於看到了茫茫碧藍的大澤中白帆白幡交織成白茫茫一片的船隊，當「蒹葭蒼蒼」的悲愴秦風從船隊飄來的時候，扶蘇與所有的將士都痛哭失聲了。靈柩登岸時，船隊將士與岸上將士哭成了一片。不期天公傷慟，滂沱大雨山水昏黑，將士們的淚水歌聲與大雨驚雷融合成了驚天動地的輓歌。護送靈柩北上的桂林將軍趙佗與扶蘇素未謀面，兩人相見，卻在大雨中抱頭痛哭了。

當晚會商北上，扶蘇說南海將士缺乏，勸趙佗率軍返回。趙佗卻說，南海將軍任囂受武成侯臨終囑託，將各方大事均已安置妥當，交給他三千將士，教他一定要護送兩老將軍靈柩安然抵達咸陽，自己不能回去。扶蘇不再勉強，便問起了護靈諸般事宜。趙佗說，武成侯遺言，蒹葭蒼蒼之秦風，幾已彌漫成南海將士的軍歌，他若北上回秦，必以這支秦風相伴，使他魂靈仍在南海將士之間。趙佗說得泣不成聲，扶蘇聽得淚如雨下，一切都在無言的傷痛中確定了。

次日清晨，扶蘇與趙佗率領的八千甲士護靈上路了。

當先一輛三丈餘高的雲車，雲車垂下一副輓詩，高懸一面秦軍大纛；輓詩右云「南海長城，楚粵柱石」，左云「六軍司命，華夏棟梁」；那面迎風獵獵的黑色大纛旗上，上一行白色大字「武成侯王翦、淮南侯蒙武」，中央四個斗大的白字「魂歸故土」；雲車之後，趙佗率三千南海步軍開路，人手一支兩丈餘長矛，每支長矛上都挑著一幅細長的白幡，白茫茫如大雪飄飛；南海步軍之後，是兩輛各以六馬駕拉的巨大靈車；靈車之後，是扶蘇率領的五千護靈騎士，人各麻衣長劍挺立，黑森森如松林無垠。靈車轔轔行進在寬闊的林蔭馳道，蒹葭蒼蒼的秦風歌聲悠長連綿地迴盪著。一路北上，道中商旅停車駐馬，四野民眾聞聲而來，肅穆哀傷遍及南國。

靈車一人函谷大道，頓時陷入了無邊無際的汪洋路祭。幾乎整個關中東部的老秦人都湧出了函谷關，白幡遮掩了蒼蒼山林，哭聲淹沒了隆隆車馬。王翦蒙武的名字，老秦人是太熟悉了。舉凡老秦人，莫不以為王氏蒙氏乃大秦河山的兩大柱石，王翦、王賁、蒙武、蒙恬，這父子四人幾乎便是老秦人心目中永遠佇立的巍巍銅像，忽然之間，如何便能沒了？秦人自古尚賢敬功，即或有了孝公商鞅變法，老秦人還是常常念叨起良相百里奚，還是常常唱起那首悼亡的〈黃鳥〉，時不時想起被穆公殉葬的子車氏三賢。而今，兩座大山一齊崩塌，老秦人如何不痛徹心脾。老人孩童男人女人農夫商賈巫師名士，能走路的都來了。人們都要在大秦第一功臣的靈柩回歸故土的第一時刻，用熱辣辣的情懷擁抱老秦人的英雄烈士。淚眼相望的關中父老們，爭相傳頌著武成侯與南海秦軍的秦風故事。多有子弟進入南海軍旅的家族，更是舉族扶老攜幼而來，一路吟唱著那首思鄉情歌，幾乎是情不自禁地捶胸頓足了。當靈車軍陣緩緩進入函谷關城的那一刻，佇立在關城女牆的三萬餘秦軍將士齊聲唱起了秦風，漫山遍野萬眾呼應，唱到「所謂伊人，在水一方，溯洄從之，道阻且長」時，悲聲大起，關山嗚咽，所有的老秦人都哭了……

悲傷的扶蘇，更多地擔心著父親。

扶蘇知道，父皇最是敬重愛惜功臣。舉凡能才，父皇無不與之迅速結成篤厚的情誼，且從來不去計較那些常人難以容忍而名士又常常難免的瑕疵與狂傲。山東老世族攻訐父皇，說秦王用人時卑躬屈膝，不用人則殘忍如虎狼，這便是當年尉繚子說出的那句話「少恩而虎狼心，居約易出人下，得志亦輕食人」。然則，李斯也好，尉繚子也好，頓弱也好，鄭國也好，姚賈也好，王次仲也好，茅焦也好，淳于越、叔孫通、周青臣一般博士也好，無論哪個山東名士，只要親見了父皇且與父皇相處幾日，則無一不對父皇感佩有加，甘為大秦忠誠效力，數十年無一例外。人固可一時一事偽善之，然則數十年面對接踵而來的英雄名士，始終如一地敬重結交，偽善為之，豈非癡人說夢！所以如此，在於父皇從不猜忌用事之能臣，從來沒有過某功臣功高震主之狐疑。文臣如王綰李斯，武臣如王翦蒙恬，此四人堪稱帝國四柱，然父皇卻無一不與之情同摯友。即或有政見分歧，只要不涉及根本性長策大略，父皇從來都是豁達處置，誰對聽誰，絕不以王權強扭政事。唯其如此，父皇親政二十餘年，秦國僅僅犯過一次大錯，那便是逐客令事件。然則即或是逐客令，父皇幾乎也是閃電般收住了腳步，立即召回了李斯，並從此以李斯為用事重臣。而自滅六國大戰開始以來，父皇在雷電風雲變幻莫測的天下大決中，堪稱沒有一次根本性失誤。所以能如此驚人地明斷決策，其根本之點，便是父皇敬重能才信任功臣，真正地做到了群策群力。此間的滅楚之戰牽涉出的人事格局，堪稱典型。滅魏之後，因王賁崛起，父親生出了大用年輕將領之心，是以讚賞李信的勃勃雄心與二十萬伐楚的方略，而擱置了王翦的六十萬方略。及至李信兵敗，父親立即大徹大悟，非但全力起用王翦，將舉國大軍交於王翦，且徹底排除了軍功衡平的想法，滅國大戰再未交於任何未曾統領過大軍的年輕將領。從此而有王翦滅楚，王賁斬除燕趙根基並最後滅齊，而有王翦滅三國，王賁滅兩國的王氏巨大軍功。耐人尋味者，縱然是父親少年摯友的蒙恬上將軍，也沒有滅國之戰，而始終扛著風雲難測的九原邊患。凡此等等，皆在一個根本理念，便是父皇處置根本大事上力求以最可靠統帥決戰國家命運，而不以國家命運輕易弄險，輒有挫折，則立即悔悟。這一切，事後看來似乎是那麼簡單，然身處其中，卻絕非易事。便是被諸多名士們尊崇的夏商周三代聖王，其對能才功臣之殺戮也是屢見不鮮。春秋戰國之世，各國殺戮功臣遺棄能才，更是連篇累牘地發生著。即便是父皇之前的秦國，也有過車裂商君、棄用張儀范睢、逼殺白起的恥辱事件。獨有父皇親政之後的秦國，除政見根本兩端的呂不韋被父皇逼殺（賜死），此後沒有一個功臣出事；縱然是父皇稱帝，連藉機貶黜功臣的事端也沒有發生一件。可以說，始皇帝之秦帝國，其人才之雄厚之穩定，足以傲視千古！

忽然之間，棟梁摧折，父皇挺得住麼？

靈車在關中整整走了三日三夜，進入咸陽，反倒平靜了。白茫茫的輓幛長幡淹沒了寬闊的正陽大道，數不清的香案祭品堆滿了每家門前。舉凡青壯都趕到了十里郊亭，城門內外與大街小巷則聚滿了默默飲泣的老人婦孺。扶蘇護持著靈車進入太廟外松林時，遠遠便看見了郎中令蒙毅率領的皇室儀仗，看見了巍巍石坊前顫巍巍走來的父親。那一刻，扶蘇心頭猛然一陣絞痛，眼前一黑便從馬上栽倒下來。直到夜來甦醒，扶蘇眼前仍然死死地定著那個驚心動魄的瞬間——四十歲出頭的父親，竟然在一夜之間變成了兩鬢如霜鬚髮灰白的老人！

「長公子，兩老將軍靈柩無差，已經進了太廟冰室。」

扶蘇是在張蒼的溫聲細語中清醒過來的，第一句話便問：「目下何時？」張蒼說：「堪堪二更。」扶蘇霍然坐起，叫一聲備車，便要進皇城探視父親。張蒼連忙攔住，說皇帝有口詔：扶蘇自請護靈，殊為可嘉，養息復原後再議國事。正在此時，趙高來了，說皇帝陛下問長公子有無大礙？見趙高雙眼紅腫，扶蘇忙問：「父皇目下如何？」趙高吭哧著說：「陛下剛剛從太廟冰室回來，又進了書房，連晚湯都沒進，沒人敢勸。」扶蘇問：「蒙毅也不勸阻？」趙高說：「陛下已經叫郎中令守靈了，說在王賁蒙恬趕回之前，蒙毅專一守護靈柩。」扶蘇一聽，當即在張蒼耳邊低語了幾句，轉身對趙高一揮手道：「走，我進皇城。」趙高吭哧著不知如何應答，扶蘇已經大步出廳登車去了。趙高恍然大悟，二話不說連忙趕了出去。

東偏殿密室，嬴政皇帝正在召見將軍趙佗。

趙佗稟報說：兩位老將軍，病逝得都很意外。蒙武老將軍是在巡視閩越的回程中，一夜長臥不起，卯時過後軍務司馬進帳探視，老將軍已經沒有了氣息。武成侯王翦，則更是出人意料。四月末的那日，暮色降臨時，河谷軍營又響起了思鄉的秦風。趙佗額外補充了幾句，說自從五十萬成軍人口下嶺南，尤其是有了那數萬女子南下，將士們大多都有了妻室家園，許多將士還與南海人成婚，軍營是大大地穩定了。然每逢早晚，將士們還是遙望北方，一起唱那首思鄉情歌，雖沒有了原先那般激越淒苦，卻也是遙望北方思念悠悠。趙佗聽中軍司馬說，就在那晚，河谷歌聲方起，武成侯便默默流淚了。武成侯走出了幕府，中軍司馬連忙帶著幾名護衛軍士跟去。武成侯罕見地大發雷霆，誰也不許跟隨。一個多時辰後，中軍司馬放心不下，還是帶著幾名護衛去了河谷。月光下搜尋了許久，衛士們才在一片山坡椰林的茅亭下，發現了已經沒了氣息的武成侯。趙佗說，那片椰林，那座茅亭，正是當年陛下與武成侯最後會談的所在。後來，隨軍的老太醫說，自從皇帝那年北歸，老將軍的怪魚殘毒便時時發作，老太醫多次要直接稟報皇帝，都被老將軍事先發覺截下了。此後，老將軍嚴令幕府將士吏員，敢有私議或洩露他病況者立斬無赦……

「陛下，這是武成侯除日常起居之外的全部遺物。」

看著案頭一方銅匣，嬴政皇帝眼簾一垂，大滴淚水啪嗒打上了衣襟。默然片刻，嬴政皇帝終於開口了，平靜中帶有幾分肅殺：「趙佗，朕問你幾事，須得如實作答，不得有絲毫虛假。即或善意，也不得虛言。你可明白？」

「末將明白！絕無虛言！」

「第一宗，任囂將軍體魄如何？有無隱疾？」

「稟報陛下：任囂將軍體魄大不如前，隨軍太醫說是水土不服所致。」

「有無就地治癒可能？」

「有。然得靜養，不能操勞。兩老將軍一去，任將軍已經瘦成人乾了……」

「第二宗，軍中大將，體魄病弱者有幾個？」

「除卻任囂將軍，皆是年輕將尉，沒聽說誰有病。隨軍老太醫最明白！」

「第三宗，士卒軍兵死傷如何，可曾有過瘟病流行？」

「稟報陛下：我軍從淮南一路南下，抵達南海、桂林、象郡，歷時半年餘；開始水土不服者尚多，拉肚子成風。過五嶺之後，日見好轉。抵達南海三郡，大多將士水土不服早沒了，吃甚都沒事！陛下那年去時，也曾親眼看見，除了黝黑精瘦，加想家，其餘沒有異常！畢竟，南海三郡也是山美水美吃喝美！」

「好。第四宗，你自覺體魄如何，有無隱疾？」

「稟報陛下：末將願受太醫署勘驗！」

「朕要你自家說，自家身子自家最明白。」

「是！末將堅如磐石，從無任何隱疾！隨軍太醫說，末將不知藥味！」

「好。第五宗，南海大軍，軍心穩定否？」

「陛下……這，這是……」

「照實說。」

「陛下！」趙佗一聲哽咽撲拜在地，「南海秦軍老秦人，何變之有啊！」

「將軍請起。」嬴政皇帝頗見艱難地扶起了趙佗，又靠上了座榻，看著哽咽拭淚的趙佗良久無言。終於，嬴政皇帝輕輕歎息了一聲，坐正身子肅然道，「將軍心下責朕多疑，朕無須計較也。朕今日要說的是，天下大局尚未安寧，山東之復辟暗流依然洶湧。當此之時，數十萬老秦軍民長駐南海三郡，實則是老秦人去做南海人也！也是說，老秦人為華夏，挑起了融合南海這副重擔。若有變故，朕心何安？非朕不信父老兄弟也，時勢使然也。將軍本秦人，然多在軍旅，未必清楚關中人口大局。朕今實言相告：今日關中，老秦人已經不足三成了。但有風雲動盪，豈非大險哉！……」

「啊——」驟然之間，趙佗倒吸了一口涼氣。

「為治天下，未雨綢繆。」嬴政皇帝倏忽淡淡一笑，復歸肅然，「唯其南海偏遠，若有危局，朕無法親臨決斷。為國家計，為華夏計，朕今授你危局之方略：中原但有不測風雲，南海軍切勿北上靖亂，當斷然封閉揚粵新道，不使中原亂局波及南天。」

「陛下！南海軍乃老秦人根基所在，何以不能北上靖亂？」

「將軍謹記：老秦人北上，則華夏從此無南海矣！」嬴政皇帝拍了拍王翦的遺物銅匣，眼中驟然一層淚光，「老將軍遺書未開，朕也知道，老將軍說的必是此事。」

「陛下！……」

「趙佗啊，是老秦人都該知道，」嬴政皇帝淡淡地笑了，「殷商之後，若非老秦部族數百年困守隴西，華夏豈有西土哉！唯老秦部族與西部戎狄血火周旋數百年，才能在立國之後逐一統合戎狄。老秦人為華夏留住了廣袤的西土，也要為華夏留住廣袤的南海。朕要你不北上中原靖亂，苦心在此也……」話未說完，皇帝猛然一咳，一坨暗血噴濺胸前，身子一軟倒在了座榻上。

「陛下——」趙佗嘶聲大吼，撲到榻前淚水泉湧……

扶蘇趙高匆匆走進皇城東偏殿密室時，嬴政皇帝剛剛從昏迷中醒來。

扶蘇第一次見到了那個神祕的方士，一個矍鑠健旺卻又沉靜安詳的老人，寬袍大袖，散髮竹冠，散淡閒適，舉止從容，確實叫人想起傳聞中的世外高人氣象。密室廳堂沒有一個太醫，父皇顯然是剛剛在這個方士的救治下清醒過來。雖然還沒換去那領胸前濺血的絲袍，人卻是大見精神，臉膛有了血色，目光也明亮了許多，若非嘴角那絲疲憊的笑意，大體已經與尋常時日的父皇相差無幾了。剎那之間，扶蘇對自己從來沒見過卻又從來深為厭惡的方士生出了一絲好感，第一次向方士一拱手示謝。老方士淡淡一笑淡淡一點頭，一句話也沒說逕自去了。扶蘇知道父皇素來剛嚴奮烈，最是膩味皇子們的眼淚哭聲，一直強忍著淚水緊咬著牙關，侍立在榻側默然凝視著父皇胸前的血跡，生怕一開口失聲痛哭。

「扶蘇，黑了，瘦了。」嬴政皇帝打量著英挺的兒子，從未有過如此溫和。

「父皇！」扶蘇哽咽一聲，情不自禁撲拜在地，還是大放悲聲了。

「哭甚？起來。」嬴政皇帝微微皺眉，語調卻依然罕見地溫和。

扶蘇站起來時，趙高已經領著一名侍女捧來了兩隻大銅盤。趙高盤中是一領輕軟的乾淨絲袍，侍女盤中是一罐熱氣蒸騰香氣誘人的羊骨湯。趙高兩人未到榻前，嬴政皇帝已經起身下榻了。扶蘇連忙過去扶持，被父親斷然地推開了。換過絲袍，喝罷了一罐羊骨湯，嬴政皇帝的額頭滲出了一片涔涔汗珠，頓時大見精神。

「扶蘇，你來擬詔。」嬴政皇帝輕輕吩咐了一句。

第一次為父皇草擬詔書，又是在如此特異的時刻，扶蘇心頭一熱，當即肅然在書案前就座，提起了一管粗大的蒙恬筆。嬴政皇帝看了一眼雙眼通紅腫脹的趙佗，清晰緩慢地口述起來：「秦始皇帝特詔：王翦、蒙武辭世之後，南海三郡俱以駐軍大將統領軍政，郡守官署得受大軍節制。今命：將軍任囂為南海尉，將軍趙佗副之，統領三郡大軍並三郡政事；任囂體魄若有不支，將軍趙佗得立即擢升南海尉。山川阻隔，朕特許南海尉對軍政大事相機處置，後報咸陽。」

「錄定。」筆走龍蛇，扶蘇以隸書之法最快地完整記錄下了詔書。

「付趙佗密詔。」密室大廳寂然無聲，嬴政皇帝又開始了低沉清晰的口述，「朕已對將軍趙佗立定南海應變密策，若逢非常之期，特許趙佗向將士出示此詔，以朕之密策行事。凡我老秦子弟，一律不得抗命。」

扶蘇的額頭滲出了涔涔汗水，心頭一時怦怦大跳。直到此時，他才明白了父親那驟然變白的鬚髮中蘊藏著何等煎熬。雖然，扶蘇不知道父親部署給趙佗的祕密方略究是何策，然扶蘇卻確切地明白，那一定不是目下之策，一定不是常態之策，一定是非常時期的非常之策！也就是說，父親已經在籌劃未來，已經在預防可能的不測風雲。當大臣國人都被巨大的傷慟淹沒時，父親的目光卻超越了茫茫山川的阻隔，超越了歲月風雲的變遷，對遙遠的南天邊陲設定了機密長策。倏忽之間，扶蘇再一次地感受了父皇的博大深遠，對父皇的崇敬感佩更是無與倫比地深厚了。

「扶蘇，你去制詔用印。」

當偌大密室只剩下嬴政皇帝與將軍趙佗兩人時，趙佗一抹流淌滿臉的汗水淚水，猛然長跪在地，挺身拱手慷慨嘶聲：「陛下！趙佗若負華夏，縱身死萬箭，魂靈亦不得入老秦故土！」嬴政皇帝扶起了趙佗，又拿過一方汗巾遞給了趙佗，意味深長地歎息了一聲：「將軍誓言，朕將銘刻在心也！赳赳老秦，共赴國難。朕信你，也信五十餘萬老秦兒女。」

「陛下！南海將士願陛下康寧長壽……」

「趙佗，」嬴政皇帝驟然正色，「這正是朕要對你叮囑的最後一件事：朕之病況，你之所見，必得是永遠的祕密。明白麼？」

「趙佗明白！」

扶蘇捧來了一隻大盤，盤中攤開著兩張用過皇帝之璽的精美羊皮紙，旁邊是兩支尚坊特製的詔書銅管，一粗一細，形制顯然不一。嬴政皇帝就著大盤看了一遍，點了點頭。扶蘇將銅盤放置案頭，先將那道寫滿一紙的明詔捲成細筒，塞進那支較粗的銅管，再摁下外鎖，塗好封泥，再用好封泥小印，一道詔書便告完成。那道密詔不同處在於，銅管較細較長，且帶有內鎖，啪嗒摁下管蓋，永遠休想打開。這是密詔特管，只能一次性切割開啟；之所以管身較長，是供切割尾部不傷及詔書。

一時兩詔書就緒，一名老尚書輕步走進，將兩支銅管裝入一只扁平的精美銅匣，又以封泥封印封就了外鎖，遂問：「陛下，可是將軍自帶詔書？」見皇帝點頭，尚書捧過一冊厚厚的羊皮紙本，一拱手道：「敢請將軍在此用印具名。」趙佗大步走到尚書案前，拿出了自己的將軍印，在翻開的冊頁上的兩行大字後分別用印，又分別寫下了趙佗兩字，親自奉詔帶詔便告完結。

「將軍欲何日啟程？」

「稟報陛下：趙佗明日立即南下！」

「也好。大喪之期，朕不能為將軍餞行了。」

「陛下珍重！」趙佗肅然拜倒，額頭重重觸地，連續六叩涕泣不能成聲，額頭滲出了血跡。任扶蘇如何流淚相扶，趙佗都沒有起身。六叩罷了，趙佗霍然站起風一般地抱著銅匣衝出了密室。風聲之中，隱隱傳來漸漸遠去的哭聲……嬴政皇帝凝望著窗外漆黑的夜空，心頭猛然一揪，一個踉蹌幾乎跌倒。

也許是君臣皆有某種預感，也許是舉國彌漫的大喪悲愴，這次的咸陽之別，誰也沒有既往的出征豪情，心頭俱各壓著一方沉甸甸無法撼動的巨石。趙佗沒有料到的是，自此一別咸陽，再也沒有回到故土。十數年後，中原復辟勢力大暴亂，趙佗忠實奉行始皇帝預謀方略，緊急關閉揚粵新道，率數十萬老秦軍民固守南海三郡，非但使南海三郡得以避免一場歷史浩劫，且使南海三郡在中原大動盪時期有了井然有序的長足發展，民眾風習大大趨於文明。

《漢書．高祖本紀》記載：「粵人之俗，好相攻擊。前時秦徙中縣（中原）之民南方三郡，使與百粵雜處。會天下誅秦，南海尉（趙）佗居南方，長治之，甚有文理。中原人以故不耗減，粵人相攻擊之俗益止，俱賴其力。」也就是說，趙佗秦軍封閉揚粵新道而固守嶺南期間，名義稱王自立，實則忠實奉行始皇帝既定密策，非但沒有藉機脫離華夏文明，而且在與粵人部族雜居中，堅持以商君秦法消弭老秦人私鬥惡習為楷模，使南海三郡文明之風大興。其結果是，固守嶺南的中原人口一直沒有減少，而能始終維持著強大的鎮撫力量，嶺南部族的惡鬥之風也因此而消弭。

數十年後，西漢天下大定，趙佗部秦軍沒有繼續保持名義上的稱王自立，而是真誠地接受了西漢中央政權的轄制。從此，西漢王朝鞭長莫及的南海三郡，自覺地融入了華夏文明的主流。《漢書・西南夷兩粵朝鮮傳》記載了漢文帝給趙佗的詔書，也記載了趙佗通過特使陸賈呈給漢文帝的上書，兩書對比，襟懷立見。

漢文帝的詔書有三層意思：其一，簡述了高皇帝劉邦以後的權力更迭，申明了自己即位的種種原因；其二，通報了對挑起漢粵爭端的長沙將軍的罷黜，通報了對趙佗故鄉祖陵的修治；其三，表示了恢復漢粵關係，並兩家罷兵的真誠意願，以「吏曰」（有人提出）的口吻，試探性提出「服嶺以南（長沙以南），王自治之」。也就是說，願意與南粵趙佗結成鬆散的諸侯自治關係，實際便是恢復到戰國時代楚國對嶺南的自治狀態。漢文帝詔書可以看出一個明顯的基本點：不敢指望南海三郡回歸華夏主流文明。原因當然也很清楚，其時西漢國力尚在元氣衰弱的恢復時期。

而趙佗之回書，卻是另外一番況味：其一，陳述了漢粵衝突的原因，申明是長沙王作祟，高皇后偏聽所致；其二，申明在閩粵南粵多有小部族稱王的情形下，自己稱王是「聊以自娛」，並非真正地圖謀割地自立。最後，趙佗將其自覺回歸華夏文明的心曲坦誠地說了出來：

「……老夫身定百邑之地，東西南北數千萬里，帶甲百萬有餘，然北面而臣事漢，何也？不敢背先人之故。老夫處粵四十九年，於今抱孫焉！然夙興夜寐，寢不安席，食不甘味，目不視靡曼之色，耳不聽鐘鼓之音者，以不得事漢也！……老夫死骨不腐，改號不敢為帝矣！」

一句「不敢背先人之故」，隱藏了多少歷史的風雲奧祕。

長處嶺南四十九年，抱孫之期尚寢食不安，而原因竟是「不得事漢」，其間隱藏了何等深厚的大精神！

第十三章 鐵血板蕩

一、陰山草原的黑色風暴

父親的喪禮尚未完畢，蒙恬馬隊風馳電掣北上了。

九原將軍的祕密特急軍報飛抵皇帝案頭的同時，正在與二弟蒙毅商議父親喪葬的蒙恬，也接到了同樣內容的祕密特急軍報。沒有片刻停留，蒙恬立即驅車進了皇城。蒙恬踏上東偏殿石階時，正在廊下等候的嬴政皇帝老遠便笑了：「我說不須特召，如何，人來也！」蒙恬尚未除服，一身麻衣匆匆拱手道：「敢請陛下准臣除服，立即北上九原！」嬴政皇帝拉住了蒙恬的手笑道：「知道知道。莫急莫急。憋了多少年的火氣，好容易得個出口，誰能忍得了？走走走，進去說話。」這便是嬴政皇帝，輒遇突發挑戰，立即意氣風發。蒙恬深知這位少年至交的稟性，不覺笑道：「這次一定要教胡人知道，秦川牛角是硬的！」嬴政皇帝不禁大笑道：「好！也教他知道，釘子是鐵打的！」

一路笑聲中，君臣兩人走進了皇帝書房的密室，立即在早已張掛好的北邊大地圖前指點起來。嬴政皇帝道：「這個頭曼單于膽子大，竟敢以傾巢之兵南下。我正求之不得，一定實做了他！」蒙恬道：「這次軍報，是臣多年前安進匈奴單于庭的祕密間人發出的。確定無疑。匈奴人必以為秦國沒了王翦大將軍，南方軍力吃緊，中原又有老世族動盪，是故要發狠咬我一口！看來，這頭匈奴野狼當真是等不及了。」嬴政皇帝大笑道：「他才是野狼嘛，我老秦人名號是甚？是虎狼！啐它骨頭渣不留！」蒙恬指點地圖道：「臣之謀劃是：這次大戰一舉越過河南地，占據北河，占據陰山草原！而後稍作整休，立即第二次大追殲！拿下狼居胥山，進占北海，則華夏北邊大安也！」嬴政皇帝笑道：「你籌劃多年，定然胸有成算，該咋打咋打，我是不管。我只給你糧草管夠，教將士們結結實實打狠仗！」蒙恬問：「陛下欲以何人總司後援？」嬴政皇帝思忖道：「九原直道尚未完工，道路險阻並未根本改觀。我意，還是馬興老到可靠，你以為如何？」蒙恬立即點頭：「陛下明斷，臣亦此意。」嬴政皇帝道：「你可兼程北上，我送走兩老將軍之後，也北上九原。北邊其餘事宜，屆時一體決之。」

在嬴政皇帝送蒙恬出宮時，恰與匆匆進宮的蒙毅撞個正著。見蒙毅已經是一身官服，嬴政皇帝驚訝道：「正在老將軍喪葬之期，你何能擅自除服？」蒙毅慨然拱手道：「國難大於私孝，外患在即國務緊急。臣職司中樞，若不能助陛下處置政事，豈非愚孝！先父地下有知，亦當責我不忠於國家也！」蒙恬在旁含淚笑道：「陛下，二弟已經除服了，不說了……」嬴政皇帝眼中驟然泛起了一層淚光，對著蒙氏兄弟深深一躬道：「兩位放心，老將軍安葬，嬴政親為護靈執紼！」

回到府邸，蒙恬略事收拾，立即率五百馬隊出了咸陽。

蒙恬馬隊沒有直接北上，而是特意繞道頻陽美原山莊，前來拜會通武侯王賁。這是皇帝的祕密叮囑，也是蒙恬的內心期盼。一身麻衣重孝的王賁，正在日夜忙碌地操持著父親的陵墓修治，倏忽間鬢髮灰白骨瘦如柴，蒙恬幾乎不敢認了。蒙恬深知王翦王賁父子的特異關係：形似相拗，實則父子情誼至深。王翦終生眷戀故土，暮年之期也始終念念不忘散淡的田園日月，然卻在秦軍戰敗的艱難時刻臨危受命，一頭霜雪而南下萬里，直至身死異鄉。王賁少年從軍，對父親從來沒有過尋常人子的侍奉之情，在軍事上也多與父親背道而馳，然在內心，王賁對父親卻是極為依戀的。蒙恬清楚地記得，當他從九原兼程趕回咸陽奔喪時，聽到的第一個消息便是：王賁趕赴函谷關外拜迎靈柩，哭昏了不知幾多次，以至皇帝不得不下令將王翦靈柩也與蒙武靈柩一併移送太廟冰室保護，以等待葬禮，而將王賁送回頻陽，以修治陵墓為名義使其養息。皇帝的原本排定的葬前喪禮，則慮及王翦深戀故土，派扶蘇直接護送其靈柩回歸頻陽，並代皇帝專一守靈，直到皇帝親自主持安葬。今日一見，蒙恬方知王賁根本沒有一刻養息，一直在無盡的自責與哀痛中奔波操勞，任誰也不能勸阻。

蒙恬與王氏一門，有著特殊的關聯與特殊的情誼。

論國政，蒙恬與王翦同為秦王嬴政的早期骨幹，又共同受命整訓新軍。蒙恬對王翦視若長兄。論軍中資歷，蒙恬高王賁一輩。然王賁軍旅天賦極高，戰功顯赫，爵位軍功皆在蒙恬之上，事實上與蒙恬又是年齒相仿的同輩。舉凡軍國大政，蒙恬與王賁倒是更為合拍。更為重要的是，王氏蒙氏同為將門，同為秦軍砥柱，又同遭父喪；而蒙恬一旦北上九原，顯然便無法與會王翦葬禮了，若不能在行前一見王賁，蒙恬永遠不會安寧。

與此同時，蒙恬還潛藏著另一個心思。這番心思，也正是嬴政皇帝的憂慮。嬴政皇帝要蒙恬試探，看看能不能藉大舉反擊匈奴之戰，將王賁從無盡的哀思中拖將出來。嬴政皇帝憂心的是，以王賁的執拗專一，若沉溺哀思不能自拔，很可能會從此鬱鬱而終。果真因此而失一天賦大將，皇帝是不敢想像的。為使蒙恬心無顧忌，嬴政皇帝特意叮囑：若王賁果有君之達觀，能夠北上，陰山之戰仍以君為統帥，王賁為副帥，不奪君多年謀劃之功。蒙恬很為皇帝這番叮囑有些不悅，坦誠地說：「陛下少年得臣，至今幾三十餘年矣！安能如此料臣？蒙恬若爭軍功，豈能放棄滅齊一戰？只要陛下為國家計，為臣下計，蒙恬夫復何言！」生平第一次，嬴政皇帝被人說得臉紅了，大笑一陣道：「好好好，蒙恬兄如此胸襟，我心安矣！」

沒有料到的是，蒙恬在靈棚祭奠之後與王賁會談，王賁已經麻木得無法對話了。蒙恬無論說甚，王賁都只默默點頭，喉頭哽咽著語不成聲。蒙恬無奈，最後高聲幾句道：「王賁兄，胡人三十餘萬大舉南下！你最善鐵騎奔襲之戰，又熟悉北邊地理，打他一仗如何！」王賁目光驟然一閃，喉頭卻又猛然一哽，白頭瑟瑟地搖著，終於嘶啞著聲音艱難地說話了：「打仗……不，仗打不完。老父最後一程，我，我得親送他上路……」一句話未了，王賁倒在了靈前，再也不能說話了。

不到兩個時辰，馬隊捲出了頻陽縣境。

踽踽離開美原山莊的蒙恬，心下感慨萬端。王賁沒有錯，不能在這位天賦大將最為痛心的時刻苛責於他。畢竟，王賁最後的昏厥，一定是在渴望戰場與為父作最後送行的劇烈衝突中心神崩潰了。早知如此，何如不說？然則，也不能責備皇帝。

在嬴政皇帝看來，蒙氏兄弟能如此達觀，天賦戰場奇才的王賁何以不能？而將一個酷好兵家的大將引出哀思的泥沼，還能有比大戰場更具吸引力的事麼？以蒙恬對王賁的熟悉，這位有小白起名號的將軍，最大的特質便是冷靜過人。唯其如此，王賁心境似乎又不能純粹歸結為被悲傷淹沒。誰又能說，王賁不是因深信蒙恬能大勝匈奴，而寧願自甘迴避？否則，王賁能聽任匈奴大舉南下，而不怕終生秉持大義的老父親魂靈的呵斥？一切的一切，蒙恬都無法說得清楚了。因為，任何一個發端點都充滿了合理的可能性。蒙恬只確切地知道一件事：大舉擊退匈奴的重任，責無旁貸地壓在了他的肩上，無人可以替代了。於是，蒙恬再不作他想，兼程飛馳中思緒一齊凝聚到了大河戰場。一日一夜，蒙恬馬隊便從關中飛越上郡，進入了九原。

欲明此戰，得先明此時的秦胡大勢。

戰國之世，秦、趙、燕三國在主力集中於華夏大爭的同時，俱與北方胡族長期抗衡著。一百六七十年間，總體情勢有進有退。若以對胡作戰論，燕國大將秦開平定東胡相對徹底，連續幾次大戰，一舉使東胡部族退卻千餘里，其勢力一直延伸到今日朝鮮，而有了燕國的樂浪郡。東胡至此潰散，融入了匈奴族群。北部對胡作戰的主力，則是趙國。趙武靈王胡服騎射之後，對北胡幾次大反擊，大破長期盤踞河套以南的林胡、樓煩，修築長城並設置了雲中、雁門、代郡三郡。此後，北方諸胡勢力大衰，幾乎全部融入了匈奴。至此，北患主流變成了匈奴。所謂胡患，則成了一種泛稱。及至戰國中期，趙國主力集中對抗秦國，北方對胡之戰一直處於守勢，除李牧軍反擊匈奴大勝之外，沒有過大戰反擊。西部對胡作戰主力，自然是秦國。秦的西部對胡作戰，側重點先在西部的對夷狄之戰，中、後期則越來越偏於防禦北方的匈奴。九原駐軍的穩定化，是秦對匈奴作戰的長期化標誌。但是，直到秦一中國，秦對北方匈奴之戰主要是奉行防禦戰略，沒有過大戰反擊。

戰國後期，匈奴勢力已經大增，遠遠超過了戰國前、中期的諸胡勢力。

其時，匈奴軍力已經全部奪取了早先被趙國控制的陰山草原，其機動掠奪能力，則已經延伸到了大河以南。也就是說，今日山西陝西的北部，事實上已經變成了與匈奴拉鋸爭奪的地帶。大河從九原郡西部分流，向北分流繞行數百里，又復歸主流。這條分流，時人稱為北河。大河主流南岸的大片土地，也就是九原郡南部，時人則稱為河南地。此時的匈奴軍力，已經越過了北河，大掠奪的範圍事實上覆蓋了整個河南地與東部的雲中郡、雁門郡、代郡、上谷郡，甚或包括了更東邊的漁陽郡。秦一統華夏之後，上述諸郡雖有郡縣官府設置，但始終處於一種戰時拉鋸狀態，並不能實現全境有效的實際控制。滅國大戰如火如荼之際，嬴政皇帝始終不動北方的蒙恬大軍，其根本之點，正在於以上郡（大體今日陝北地）北地郡（大體今日寧夏）為依託，堅守最後的防線。

所謂九原大軍，實際上一直駐紮在九原郡最南部，也就是河南地的南邊緣。

雖則如此，秦帝國一統華夏之後，嬴政皇帝與蒙恬反覆會商，還是沒有急於對匈奴大反擊。其戰略出發點，是對匈奴作戰的特殊性。蓋匈奴飛騎流動，勢若草原之雲，若不能一舉聚殲其主力大軍，則收效甚微；零打碎敲，抑或擊潰戰，結果只能是長期拉鋸；若主動出擊，則很難捕捉其主力。唯其如此，要經大戰聚殲其生力軍，則必須等待匈奴集中兵力大舉南下的最佳戰機。久經錘鍊的秦國軍事傳統，給了嬴政皇帝及其大將們超凡的毅力與耐心。嬴政皇帝與北方統帥蒙恬，以及所有的秦軍大將都確信：匈奴迅速膨脹，一定會對華夏之地發起大舉進攻，只在或遲或早而已。西部對匈奴夷狄之戰的大勝，事實上也是等待戰機的結果。嬴政皇帝原本之所以準備不打，也是怕北匈奴主力警覺。然則，後來的事實迅速證明，驕狂的匈奴完全沒有在意西部數萬人的敗仗。在當時的頭曼單于看來，數萬人的試探之戰敗於一統強秦，再正常不過了，要一舉奪取華夏北方，只有主力大軍大舉南下！

數百年來，胡人也好，匈奴也好，與華夏族群的種種聯結一直沒有斷絕過。遠自春秋時期的攻入中原自建一國，直到後來的相互遷徙，民眾通婚，商旅往來，華夏族群與北胡族群從來沒有陌生過。其間的基本點是：華夏族群從來沒有過吞噬北胡族群的意願，始終相對自覺地秉持著和平往來的法則；而胡人族群則始終圖謀穩定地占據華夏北部的農耕富庶之地，占據不成，則反覆掠奪，從未滿足於商旅往來或民眾融洽相處。如此長期往來，胡人匈奴對華夏大勢從不陌生，華夏族群對匈奴大勢也照樣不陌生。頭曼單于與他的部族首領將軍大臣們很清楚：秦一中國之後，山東六國的復辟動盪很難立即根除；秦國主力大軍兩分邊陲，王翦大軍遠在南海，蒙恬大軍則遠在九原，兩支大軍相距遙遙萬里，幾乎沒有互相呼應的可能；只要一方軍情有變，大秦天下便會顯露出巨大的紕漏與軟肋。頭曼單于與部族首領們堅信，上天一定會賜給他們這個時機。

「王氏蒙氏一齊倒，上天之意啊！」頭曼單于幾乎是跳起來吼喝了一句。

「蒙恬軍三十萬，一群肥羊啊！」將軍們也狂亂地呼喊著。

間人祕密傳回的匈奴單于庭大宴上的驕狂呼喊，時時刻刻都激怒著蒙恬。在頭曼單于們看來，而今王翦死了，蒙武死了，連帶傷及的必然是王賁與蒙恬，如此四位赫赫大將一齊轟然崩塌，無疑是上天之意了。至於李信的幾萬隴西軍，擁有近五十萬兵力的匈奴單于能放在眼裡麼？在頭曼單于們看來，李信以二十萬精兵大敗於奄奄一息的楚國，此人定然不足道也；至於那個翁仲，一個勇士而已，匈奴人個個都是勇士，一個大個子勇士怕他鳥來！

蒙恬尚未抵達，九原大軍的幕府已經緊張有序地運轉起來了。

九原秦軍對匈奴作戰歷經長期謀劃，諸方準備很是充分。更有一點，基於戰時情勢多變，嬴政皇帝與蒙恬早已對九原邊軍立下規制：無論主將是否在幕府，但有軍情，立即由副將以既定方略實施作戰。此時的九原將軍，是曾經做過滅燕之戰副將的辛勝。一統帝國之後，秦軍大將除馮劫、馮去疾、章邯三人入朝從政外（王賁的太尉仍然視同軍職），其餘大將皆以其不同稟賦兩分在南北大軍。辛勝稟性沉穩，長於軍務料理，又通曉北邊地理，故被嬴政皇帝任為九原將軍，為蒙恬的副帥。一得祕密急報，辛勝立即展開了種種戰前實務：知會各郡縣官署，使老幼人口疏散；派出數十名飛騎斥候，出北河作遠端探察；整修大型軍械，檢視壕溝鹿砦與預先謀劃好的伏擊戰場等等。蒙恬歸來，立即毫無停頓地融進了這架已經高速運轉起來的軍事機器之中。

兩日之後，一個意外的驚喜使蒙恬精神陡增。

那日暮色，一支馬隊飛到，不期卻是長公子扶蘇與少府章邯。扶蘇說，他在得知九原軍報後向父皇請戰，父皇二話沒說便允准了。章邯則是父皇親自點將，派來輔助上將軍。蒙恬心下高興，連說好好好，正當其所！在當晚的洗塵軍宴上，蒙恬立即對兩人明確了職事：扶蘇為飛騎將軍，統率五萬最精銳騎士為反擊前鋒軍，屆時專一大舉追擊匈奴；章邯仍統掌全軍大型器械，務期摧毀匈奴騎兵的第一波大衝擊。扶蘇曾在九原大軍多年，既熟悉軍情，又熟悉地理，用不著細加叮囑。章邯稍有不同，長期為秦軍大型器械將軍，通於製作又精於戰陣，正是九原大軍最為急需的一個要緊人物。然則，章邯卻因為做了幾年少府，對九原大軍的大型器械的特異性相對生疏。為此，蒙恬備細作了一番交代。

多年以來，蒙恬非但精細地揣摩了當年李牧戰勝匈奴的戰法，而且精細地揣摩了白起王翦王賁的種種成功戰法，同時結合秦軍優勢，謀劃出了對匈奴作戰的基本方略：首戰以重制輕，反擊以快制快。兩個基本點中，首戰乃大舉殲敵之要害環節，是故最為重要。所謂以重制輕，其實際所指，是以秦軍器械精良之優勢，在最初的防禦戰中最大限度地殺傷匈奴軍主力。因為，只有在此時，匈奴騎兵的衝殺是最為無所顧忌的；一旦進入追擊戰，則敵軍全力逃亡，聚殲殺傷則會大為減少。秦軍防禦戰的軸心，是五萬餘架大型機發連弩，外加拋石機、猛火油、滾木礌石、塞門刀車等等配備。為最為充分地利用這些匈奴人無法製造的大型兵器，蒙恬早早勘選了幾處特定地點，在這些地點祕密開掘了巨大的山洞與隱蔽極好的壕溝鹿砦，隱藏了數量不等的大型連弩。所謂特定地點，便是匈奴騎兵無論是進還是出，都必須經過的幾個山口。所有這些山洞壕溝鹿砦，都是在匈奴部族每年深秋撤離草原後從容發掘的，又經多年反覆修葺改進，其堅固隱蔽已經大大超出了當年李牧的藏軍谷與藏軍洞。蒙恬交給章邯的使命，是立即熟悉所有的大型器械分布點，將其調配到最具殺傷功效的配合境地。

「上將軍毋憂！章邯久未戰陣，早憋悶死了！」

「扶蘇亦同！決教匈奴單于知道，秦軍飛騎比他更快！」

兩員生力大將龍虎軒昂，蒙恬辛勝不禁舒心地大笑起來。

秋風初起的時節，匈奴人大舉南下了。

頭曼單于雄心勃勃。這次南下，不是每年必有的尋常大掠，不是搶得些許牛羊人口財貨後便回到狼居胥山大草原。這次是攻占，是要一舉越過陰山，越過北河，穩定占據河南地，如同當年的中山國一樣，在華夏北邊立國稱王，再圖進軍中國腹心。唯其如此，匈奴諸部舉族出動，人馬牛羊汪洋如海，在廣袤的藍天下無邊無際地湧動著。因舉族舉國出動，匈奴人馬分作了三大部：第一波是前鋒騎兵，由全部五十餘萬精壯男子構成，各部族首領親自任本族大將，全部前軍則由兩位單于庭大將軍統率；第二波，是頭曼單于庭及其親自統率的單于部族，有單獨的兩萬飛騎護衛，其餘是數十萬單于族男女人口並龐大的財貨牛馬車隊；第三波是其餘各部族人口與牛羊馬群，由各部族不能參戰的族領統率，相互照應行進。

這次進軍，實際是匈奴大舉南遷。因其不僅僅是騎士，頭曼單于定下了嚴厲的進軍令：進入陰山之前從容行進，日行六十里一宿；抵達陰山之後，單于庭部族並第三波非戰人口，全部在陰山北麓結營駐紮；前軍主力歇息三日，全力飛越陰山南麓大草原進逼北河；主力大軍抵達北河之日，頭曼單于親率兩萬護衛飛騎後續進發，一舉進占河南地；戰勝秦軍並單于庭立定之後，全部人口進入陰山南麓草原與北河、河南地，重新劃分放牧領地。

如此歷經月餘，匈奴諸部終於抵達陰山北麓。

當晚，頭曼單于在草原月光下大行聚酒，預先慶賀戰勝之功。篝火營帳連綿天際，直與天邊星月融成了一片。歌聲吼聲牛羊馬嘶聲，激盪彌漫了碧藍穹廬下的青青草原。數十萬匈奴騎士們，快樂的匈奴男女們，盡情地瘋狂地痛飲著馬奶子酒，撕扯著血珠飛濺的半生烤羊，吶喊著歌舞著直到月明星稀。夜半狂歡最高潮時分，頭曼單于登上了一輛高高的馬車徐徐馳過一片片營地，不斷地反覆地高喊著一句吉祥的戰勝頌詞：「陰山河南地，盡是我草原——」隨著單于馬車飛過，「陰山河南地，盡是我草原」的吼聲淹沒了廣袤的陰山，彌漫了遼闊的草原。

三日之後，匈奴主戰騎兵分三路南下了。

匈奴三路是：西路軍十萬，從北河西段南下，側擊秦軍左翼；中路軍三十萬，從正面進逼九原軍幕府所在地之主力秦軍；東路軍十萬，則對雲中郡發動大掠，以補充後續人口之糧草給養。因匈奴騎士隨身攜帶馬奶子乾肉，故喜好長驅直入直接作戰，而不習慣大軍從容進至戰地，紮營整休後再戰。是故，這日殘月尚在中天，匈奴飛騎已飀風般捲過陰山南麓，從無比開闊的陰山草原壓向了大河地帶。匈奴飛騎抵達河南地秦軍營壘之前時，堪堪正是午後斜陽時分。

此時的秦軍防地，北距大河尚有三百餘里，正在河南地的最南端。蒙恬之所以長期在此駐軍，而沒有趁匈奴每年北撤之時占據整個河南地，本意正在於給匈奴以秦軍無力奪取河南地之假象，實則以河南地的連綿山地作為縱深誘敵聚殲的戰場。

此地正當要害，正好卡住了匈奴人繼續南下的一大片山地的三道山口。要南下，非過此山不能；要拔除秦軍，也非此山無以作戰。匈奴人多年屢屢深入劫掠，對秦軍營地也頗是熟悉。往年不來尋戰秦軍主力，在於匈奴人並未立定占據河南地之心，大掠一番即行回撤。而秦軍則是固守營地，全然一副只要彼不過我防區我便不理之態勢。故此，兩軍從未在河南地的秦軍主力所在地發生過大戰。今日不同，匈奴軍決意占據河南地以經營根本，是故西中兩路四十萬大軍心無旁騖，一過大河便茫茫洪水般壓向秦軍左翼與正面山地。

崇信搏殺而不大講究戰法的匈奴群很是直接，中路進逼的三十萬大軍分作三股，每路十萬各攻一道山口。隨著震天動地的喊殺聲，這片東西綿延數十里的山地頓時鼎沸了。蒙恬親自鎮守的中央山口最為寬闊，可以並行十多輛馬車，其地勢也相對平緩，外表看去並不如何易守難攻。更為奇異的是，山前開闊處並無據險防守最為必要的壕溝鹿砦，騎兵飛馬完全可直接抵達山口。當匈奴飛騎漫山遍野展開壓來的時候，秦軍山地除了獵獵整肅的一片片旗幟長矛與諸多遠處無法辨認的器物，整個山地都靜悄悄一無聲息。便在匈奴騎兵洪水般捲到山前五六百步（註：秦六尺為步，秦尺大約今日八寸餘，五六百步大體折合今八百餘公尺到一千餘公尺）的時候，秦軍山地驟然戰鼓雷鳴山崩地裂……

一場亙古未見的酷烈大戰驟然爆發了。

秦軍旗幟驟然撤去，山口兩邊各自三層成梯次排列的大型連發弩機萬箭齊射，一齊向山口前的中央地帶傾瀉。連弩兩邊則是無盡的飛石雨與滾木礌石猛火油箭，呼嘯著連天砸向山口兩邊的飛騎。秦軍的弩機連發大箭舉世罕有其匹，射遠達八百步之外，每支長箭粗如兒臂長約丈餘，箭頭幾若長矛，便是尋常城門也經不得片刻齊射。此時弩機大箭狂飛呼嘯，每箭幾乎都能洞穿或打倒幾名匈奴騎士。更兼兩邊步軍以單兵弩機射出的萬千火箭，帶著呼嘯飛舞的猛火油烈焰飛入匈奴騎兵群，遍地秋草烈火大起，匈奴騎士的皮衣皮甲立即成為最好的助燃之物，一時烈火騰騰鮮血飛濺人仰馬翻，整個山地草原頓時陷入了一片火海……

匈奴群大為憤怒，呼嘯連天輪番衝殺，沒有絲毫的畏懼退縮。秦軍更是久經儲備，大軍並未殺出，只長大箭鏃與種種飛石如連天暴雨傾瀉著，似乎無窮無盡決無休止。縱然連番衝殺山呼海嘯，匈奴騎兵群始終不能越過山地前數百步的射殺地帶。堪堪一個多時辰過去，秦軍山地巋然不動，匈奴騎兵群眼前卻已經是戰馬騎士屍骨層疊，一時大見障礙，要想再次大舉衝殺都很難了。眼見碩大的太陽已經枕上了山尖，兩名單于庭大將止住了嗷嗷吼叫的各部族頭領，下令立即回撤陰山。

夜半時分，恨聲連天的匈奴主力回撤到陰山中部草原，恰與南來的頭曼單于會合。未過片時，其餘兩路也相繼撤回。頭曼單于立即聚來大將匯集軍情，才知三路人馬無一例外地鎩羽而回，其遭遇也一模一樣，都是被秦軍的箭雨風暴阻擊在了山口要道，死傷慘重。各部大體稟報歸總，戰死騎士竟在八萬之多，輕傷重傷難以計數。也就是說，五十萬大軍在第一日幾有一半人馬喪失了戰力，而秦軍卻連營地都沒有出來。

「氣煞老夫也！」頭曼單于捶胸頓足，一時沒有了主意。

大將們紛紛請戰，主張明日改變戰法，飛騎迂迴奔襲秦軍後路。單于庭的統兵大將立即反對道：「我五十萬人馬連秦軍一個山口也沒能撕開，連雲中郡大掠都被擋在了山外，秦軍顯然有備，此戰不能再打！」紛紜爭論嚷嚷不休，進退兩難的頭曼單于終於決斷：撤回陰山北麓整修旬日，探清秦軍情勢後再戰。正在此時，遊騎斥候緊急飛報：秦軍騎兵大舉反擊，正從北河大舉向北殺來！頭曼單于怒火中燒，大吼下令：「蒙恬秦軍竟敢與老夫飛騎搏殺，好！正中我下懷！能戰者全體上馬，老夫兩萬精銳飛騎前鋒衝殺，殺光秦軍——」

喝令之間，頭曼單于飛身上馬，親率北撤大軍颶風般向南殺來。

統帥蒙恬，已有連環部署。九原秦軍的強弩防禦步軍，總數不到十萬。匈奴騎兵群一退卻，強弩步軍立即換乘快馬，從事先勘定的祕密路徑分頭進入陰山地帶的預設壁壘。與此同時，二十萬埋伏在北河草原山巒河谷的飛騎，分作左中右三路，同時迂迴包抄匈奴騎兵的陰山集結地。左（西）路，是從北河出發的扶蘇部五萬飛騎；中（南）路，是從幕府營地出發的蒙恬部十萬主力，右（東）路是從雲中郡出發的辛勝部五萬飛騎。蒙恬預定的戰法是：河南地首戰之後匈奴若退，則秦軍飛騎立即出動，一鼓作氣追殺，不使匈奴主力大軍脫身；辛勝軍與蒙恬的主力軍合擊追殺匈奴主力大軍，扶蘇軍則以追殺頭曼單于庭精銳飛騎為使命，可臨機決斷戰法。首戰防禦，一切皆如所料，全軍立即依照預定部署奮然北進。匈奴斥候遊騎發現的秦軍，正是大舉越過河南地向陰山草原正面進逼的蒙恬主力。

向南殺來的匈奴大軍與向北殺來的帝國大軍，驟然碰撞在陰山南部草原。藍天明月之下，數十萬飛騎如無邊海浪彌漫草原，呼嘯著展開了真正的輕騎搏殺。蒙恬對秦軍將士的預先軍令，竟然是嬴政皇帝與他的兩句話：「老秦人是馬背部族，飛騎鼻祖！一定要殺出威風，教匈奴人知道釘子是鐵打的！」此令粗豪簡潔響亮上口，一經傳下立即成為秦軍飛騎的戰地軍誓，遍地吼得嗷嗷叫。秦軍騎士一路北上，這道軍令被無盡的怒吼迅速簡化為三句話：「馬背部族！飛騎鼻祖！釘子是鐵打的！」每次吼一句，輪番吼來，聲震草原，大見威風。

兩軍無邊展開，一邊是翻毛羊皮白茫茫，一邊是深色皮甲黑濛濛，毫不費力辨認得清清楚楚，大對夜戰路子，更對兩邊騎士的簡潔稟性。秦軍騎士多為滅國大戰之主力，久經錘鍊，對酷烈搏殺如家常便飯，更兼一班老秦將士聞戰則喜的老傳統，飛揚呼喝全無生死畏懼，立即以萬人將軍為大區，分作十數個巨大的戰團各自楔入了白色海洋。秦軍此時的兵力是堪堪十萬，而匈奴騎兵群是三十餘萬，分區楔入包圍分割，正是蒙恬預定的戰法：敵軍多於我軍時，以楔入之法實施斬首戰！斬首記功乃是秦軍老傳統，然自滅國大戰開始，秦軍威勢日盛，敵軍動輒一擊即潰，真正的搏殺斬首大戰已經很少了。今日對手盡是驕狂不可一世的飛騎，原本便驕傲無比的秦軍，被那馬背部族飛騎鼻祖的誓言激發得更是熱血沸騰殺氣貫頂，分明數量少，卻更為勇猛，排山倒海一無懼色地分作條條巨龍，將白茫茫海洋攪成了無數個巨大的漩渦。

秦軍騎兵的基本陣形，仍是白起開創的三騎陣。一個百夫長率三十三個三騎錐，便是一個威力巨大的獨立搏殺群。而匈奴騎兵則仍然是千百年幾乎不變的原始野戰之法：部族軍為最大群落，之外基本各自搏殺，百夫長千夫長乃至萬軍大將，一旦陷入混戰，立即無法控制全軍。因此，饒是匈奴騎兵眾多，還是被秦軍一塊塊撕裂，一塊塊吞噬。更有一點，匈奴騎兵白日尚未真正搏殺便遭重創，南來大軍人與馬十之六七都有輕傷，不是胳膊腿傷痛無力，便是某處疼痛難忍；雖說奮然搏殺中忘乎所以，吃力處畢竟依然吃力，往往不是戰刀砍殺滯澀，便是戰馬轉動不靈，與未經搏殺的帝國生力軍相比，幾個回合立見下風。

秦軍更有一長，這便是兵器。匈奴是胡人彎刀，秦軍是闊身長劍，形制各有所長。秦軍兵器優勢在材質優良，在製造精細。其時，中原冶煉技術比匈奴高出許多，秦軍鐵劍俱以摻有各種合金成分的精鐵鍛鑄，其硬度彈性均大於胡人彎刀。戰場千軍萬馬大搏殺，刀劍互砍遠遠多於真正殺人的一擊。而一旦互砍，比拼的首先是兵器的硬度與彈性，硬度不夠容易缺口甚或被砍斷，彈性不夠則容易折斷。秦軍兵器製作之精嚴，堪稱天下無雙，一口長劍至少可保一戰不毀。而且，秦軍騎士還以軍法規定，每人一長一短兩口劍、一張弓，以防萬一兵器有失。匈奴畢竟鐵料銅料相對稀缺，戰刀大多是人手一口，但有閃失便無可替換。凡此等等對比之下，不到一個時辰，匈奴騎兵群便漸漸顯出了劣勢，而天色也已經漸漸顯出了晨曦……

正在此時，西北方向殺聲大起，一股黑色洪流如怒潮破岸，洶湧直逼匈奴騎兵群中央的頭曼單于大旗。匈奴大軍立見混亂，一片呼喝聲大起，紛紛大叫單于退兵。

這支生力軍，正是扶蘇的五萬精銳飛騎。

白日大戰之際，扶蘇所部隱藏在北河北岸的河谷地帶。一得匈奴人回撤銷息，扶蘇立即率部在夜色中從西北大迂迴向東北疾進。扶蘇很熟悉陰山大草原地理，本意是要在中途截殺正在南進的頭曼單于。不料趕赴陰山中部草原之時，頭曼單于已經與北撤主力會合。扶蘇部便隱蔽在了一片山地之後，欲待匈奴人分部北歸時專一咬定頭曼單于。堪堪等得小半個時辰，卻聞殺聲大起，匈奴軍全部反身殺回了南部草原。扶蘇深知秦軍戰力正在最旺盛時期，必能頂住匈奴衝殺，不必急於從後追殺，故有意後於匈奴軍大半個時辰，方才南進。所以如此，在於扶蘇要留下堵截追殺頭曼單于的必要距離。對於飛雲流動的大規模騎兵群，貼得太緊往往容易使其在混亂中脫身。然則，扶蘇又不能使頭曼單于真正成為匈奴騎兵群的軸心，必須在要害時刻攪亂匈奴人的軸心。及至尾追到南部草原戰場，晨曦中眼見匈奴軍顯出了混亂，扶蘇立即決意趁勢一擊，迫使匈奴人真正潰退。是故一發動衝殺，扶蘇部便全力衝向已經能清楚看見大旗的頭曼單于的護衛飛騎。

頭曼單于正在混戰搏殺中思謀是否退兵，突見一支生力軍從側後大舉殺來，又見自家人馬亂紛紛吼叫已經生出畏懼之心，立即喝令退兵。大草原之上面臨同樣飛騎的敵手，一旦退兵便得放馬飛馳，否則會被敵軍緊緊咬住追殺，有可能全軍覆滅。而一旦放馬逃命，則必然漫山遍野陣形大亂，根本不能整體呼應。此時的匈奴群，正好遭遇了這種騎兵作戰最為狼狽的境況，兵敗如山倒，遍野大逃亡。秦軍飛騎則根本不需要主將軍令，立即聚成了一股股黑色洪流，遙遙從兩翼展開包抄追殺。扶蘇的五萬飛騎衝殺在最前端，分成五股大肆展開：左右兩翼各一萬，圈定單于部不使其遍野流散；中央兩路則如巨大的鐵鉗張開，死死咬定那支大旗馬隊追殺不放；另有一萬騎士，則左右前後策應，隨時馳援各方。

此時正逢秋陽升起，漫天朝霞之下，草原蒼蒼人馬茫茫，黑色秦軍如風暴席捲陰山，白色匈奴則如被撕碎的雲團漫天飄飛身不由己。如此數十萬騎兵群的大規模追殺，在整個草原戰史上都是空前絕後的。

此時，可以聽聽歷史的聲音——

《史記・蒙恬列傳》云：「是時，蒙恬威震匈奴。」《鹽鐵論・伐功》云：「蒙公為秦擊走匈奴，若鷙鳥之追群雀。匈奴勢懾，不敢南面而望十餘年。」《漢書・匈奴傳》云：「……頭曼不勝秦，北徙十有餘年。」《漢書・韓安國傳》云：「蒙恬為秦侵胡，辟數千里……匈奴不敢飲馬於河，置烽燧，然後敢牧馬。」

這是西元前二一五年初秋的故事。

深秋時節，嬴政皇帝在遍野歡呼中抵達陰山草原。

此時，三十萬秦軍已經全部越過了河南地，在北河之外的連綿山地築成了新的基地大營。一個多月的大追殺，匈奴諸部族殘餘已經逃得無影無蹤了。自北海（今貝加爾湖）以南，數千里沒有了胡馬蹤跡。狼居胥山（今烏蘭巴托地帶）的匈奴單于庭，也只有倉促逃走所留下的一道道越冬火牆的廢墟了。九原雲中雁門代郡的牧民們歡天喜地地大舉北上，全然不顧深秋衰草，一反時令地在陰山南北處處紮下帳篷，燃起了晝夜不息的篝火，歌舞賽馬摔跤等等慶賀狂歡連篇累牘不一而足。農人商旅也欣欣然北上，漫遊在傳說中的陰山大草原之上，品味一番「天似穹廬，籠罩四野」的神韻，徜徉在牧人狂歡的海洋裡。那一日，聞得皇帝陛下要親臨陰山，整個大草原驟然歡騰了起來，萬歲呼喊聲聞於天，所有商旅馬隊的酒都賣得一乾二淨了。

秦軍營地更是前所未有的振奮歡騰。

嬴政皇帝帶來了百餘車御酒，舉行了盛大的犒軍典禮。史無前例的，每個百人隊賞賜了三罈御酒。在歷來大軍犒賞中，王酒之於士兵大多都是象徵性的，能千人隊得一罈王酒和水而飲，已經是難能可貴了。即或當年滅趙那樣的慶賀，也同樣是千人一罈王酒。今日皇帝千里北上，竟能使百人而得三罈御酒，其賞賜規格顯然大大高於滅國大戰，將士們的驚喜情不自禁地爆發了。入夜犒軍大典，三十萬將士人手一支火把，在大草原連綿排開，直如漫天星辰。雲車上的蒙恬高呼一聲分酒，片刻之間，每人面前的大陶碗裡居然都有了八九成滿的一碗真正的御酒。對於士兵們來說，這是不可想像的巨大榮耀。獵獵火把之下，所有的將士都舉著陶碗淚水盈眶了。隨著蒙恬的又一聲高呼，將士們全體舉碗痛飲，而後驟然爆發了一聲震盪整個陰山草原的皇帝萬歲的吶喊，四野民眾隨之齊聲吶喊，皇帝萬歲的聲浪鋪天蓋地地瀰漫了整個大草原。

聲浪漸漸平息之後，嬴政皇帝的聲音在高高雲車上迴盪起來：「將士們，臣民們，朕今犒軍，賞格高於滅國大戰！因由何在？只在一處：翦滅六國者，平定華夏內爭也！驅除匈奴者，平定華夏外患也！生存危亡，外患之危大於內爭之危！華夏文明要萬世千秋，便得深徹根除外患！否則，華夏族群便有滅頂之災！華夏族群便永遠不得安寧！唯其如此，大秦非但要驅除匈奴於千里之外，還要修一道長城，將外患永遠地隔離華夏文明之外！」

「修長城——」整個陰山草原都在震盪。

「皇帝萬歲！長城萬歲——！」萬千軍民都在吶喊。

那一夜的景象，長久地烙印在了邊地民眾的記憶裡。多年以後，西漢初立而匈奴再度南下，紛紛南逃的陰山牧民們每每想起秦時的輝煌與榮耀，無一人不是萬般感慨：「還是人家老秦厲害！殺匈奴如猛虎驅羊，就連犒軍酒也是三十萬人一聲吼！始皇帝一說修長城，嘖嘖嘖！是軍是民都嗷嗷叫，老秦了得也！」

次日，嬴政皇帝在幕府備細聽取了蒙恬扶蘇辛勝章邯四人的軍情稟報。扶蘇很為沒有捕獲頭曼單于而愧悔，向皇帝自請處罰。嬴政皇帝看了看急於為扶蘇辯解的蒙恬三人，破例地擺擺手呵呵笑道：「算了算了，功過相抵。真要處罰，只怕我要費牛勁也。」蒙恬三人不禁一齊笑了起來。歸總軍情之後，君臣議定了五件大事：第一件，明年再次追殺匈奴，徹底平定陰山以北；第二件，立即籌劃修建長城，以為永久屏障；

第三件，實設邊地郡縣，將北河與陰山邊地統一設縣管轄（後實際設二十四縣）；第四件，向北河遷徙數十萬成軍人口，一則修長城，二則仿效南海郡秦軍長久定居戍邊，後來，遷徙北河的數十萬成軍人口定居北邊，鎮撫千里，稱為「新秦」之地；第五件，加緊修築九原直道，以保障糧秣輸送。

諸事議定，嬴政皇帝在當夜與蒙恬密談了許久。

嬴政皇帝先告知蒙恬，兩位老將軍的葬禮都以國喪大禮舉行了，王翦葬於美原山塬，蒙武葬於北阪山塬，都是他親自護靈下葬的，蒙毅也日夜跟隨著忙碌。蒙恬眼含淚光，默默地對皇帝深深一躬，不再就父親喪事說一句話了。蒙恬清楚地知道，皇帝必然有更為要緊的大事要說。默然一陣，嬴政皇帝對蒙恬說起了一件異事。在蒙恬北上之後，他想看看大喪之際的咸陽民情，一日晚上帶著四名衛士出了皇城，走進了咸陽街市，後來又出了咸陽東門，漫步到了蘭池宮外。便在宮外那段林蔭大道的陰影中，突然躥出了幾名劍術極高的刺客。那夜他沒有帶劍，若非一步滑倒跌入樹後，那飛來兩劍定然刺中要害了。四名衛士飛步趕來，那幾名刺客卻死戰不退，若非用了弓箭，四名衛士未必殺得了幾名刺客。縱然如此，兩名衛士還是戰死了。當夜，咸陽令立即在關中大肆搜捕捉拿刺客餘黨，分明是疑犯多多，一連大索二十日，卻一個也沒有捕獲。

「有此等事？」蒙恬大是驚愕。

「此次之險，過於荊軻行刺……荊軻一支匕首，此次五七口長劍。」

「劍鋒淬毒？」

「正是。」

「蘭池宮靠近尚商坊，必是山東六國老世族所為！」

「大體不差。」嬴政皇帝點頭道，「教人疑慮者是，當年荊軻行刺，祕密預謀何其久也！如何山東老世族業已失國，竟能在短短時日內，籌劃得如此縝密之行刺？」

「更有要害處！」蒙恬見事極快，「刺客何以能如此準確地得知陛下行蹤？」

嬴政皇帝默然了。望著幕府外隱隱遊動的甲士，望著甲士身後藍幽幽的夜空，嬴政皇帝很長時間沒有說話。蒙恬正欲開口，皇帝擺了擺手低聲道：「還有一件更大的黑幕。」蒙恬驀然一驚，頓時打住了衝到口邊的話語。嬴政皇帝說：「扶蘇與張蒼的南下密查，揭開了一道教人驚心動魄的黑幕。扶蘇沒來得及稟報，北上了。鄭國與張蒼深覺此事重大，還是在蘭池刺客事件之後全盤祕密奏報了。」皇帝緩緩地說著，臉色從未有過的陰沉可怕。及至說完，素來鎮靜從容的蒙恬連手心也出汗了。

「此乃國本之危，陛下可有對策？」

「你且先說，何以應對？」

「老世族害國害民，必得放開手腳大力整肅！」

「是也，是也。」嬴政皇帝緩緩點頭，緩緩說著，「顯而易見，我等君臣，既往還是將山東六國老世族小覷了。朕沒有料到，六國老世族能有如此險惡之密謀，能有如此舉事之實力。百足之蟲，死而不僵也！更有甚者，朕沒有料到，老世族竟能搜刮自家老封地民眾之田產。其狠其黑，莫此為甚！『富者田連阡陌，貧者無立錐之地』，朕一想起張蒼的這句話，每每都是心驚肉跳。蒙恬兄，復辟勢力向老秦人宣戰了……」

「陛下！再打他一場定國之戰！捨此無他途。」

「說得好！立國之後，再打他一場定國之戰！」

君臣兩人的笑聲迴盪在穹廬般的幕府，迴盪在大草原金色的黎明。

二、驚蟄大朝　嬴政皇帝向復辟暗潮宣戰

多雪的冬天，大咸陽分外地寒冷。

宏大的帝國都城，始終籠罩著一層肅殺的寧靜。沒有任何政令詔書頒發，沒有任何禮儀慶典舉行，甚或連「立冬之日，天子親率三公九卿大夫，以迎冬於北郊」的迎冬大禮都沒有了，隆冬時節躲避疾疫的閉戶省婦令（註：《呂氏春秋・仲冬紀》云：「仲冬之月……土事無作，無發蓋藏，無起大眾，以固而閉……命之曰暢月。是月也，省婦事，毋得淫，雖有貴戚近習，無有不禁。」）也沒有官府宣示了。總歸是，舉凡都城國人最為熟悉，甚至已經化成了程序習俗一部分的一切尋常動靜都沒有了，似乎整個皇城整個官府都告消失，帝國回到了遠古之世一般。然則，越是靜謐越是無事，國人越是不安：秦政勤奮多事，果然如此沉寂，豈非大大地不合常理？人皆同心，疑慮也就如紛紛然雪花一般，在市井巷閭間、在酒肆商鋪間、在學館士吏間飄散開來，反覆往來，漸漸地也就聚成了幾種議論主流。

一種最驚心動魄的說法是：今歲冬月，彗星出於西方，主來年大凶！另一種說法則頗見欣欣然：燕人方士盧生入海為皇帝尋求仙藥，今歲歸來，獻給皇帝的卻是一方刻著遠古文字的怪石，經高人辨認，遠古文字竟是一句不可思議的預言：「亡秦者胡也。」高人破解，言胡為匈奴，皇帝正是為此北上，命蒙恬北擊匈奴大勝，這個咒已經破了！還有一種說法則大是憂心忡忡：始皇帝那年在陽武博浪沙遇大鐵錐刺殺（註：陽武為秦縣名，大體在今開封西北。博浪沙為其時馳道路段名，大體在今開封與鄭州之間，在今河南原陽縣。博浪沙事件在始皇帝二十九年，西元前二一八年，韓國舊貴族張良主謀），今歲又在蘭池遭逢刺客，分明是山東六國老世族作祟；兩次卻都沒有拿獲刺客，當此之時，不定又要來一次逐客令，將山東人氏趕出關中哩！山東商旅聚居的尚商坊，卻流傳著另外一種更具眉目

的說法：入冬以來，皇帝已經祕密舉行了三次重臣小朝會，李斯的丞相府更是徹夜燈火，連博士學宮都在日夜忙碌，長公子扶蘇也已經從北河趕回了咸陽，凡此等等跡象，來年必有大事無疑！種種消息議論紛紜流播，大咸陽的沉寂中雪藏著一種難言的騷動，惶惶不安的期待充塞在每個人的心頭。

終於，冬盡之時一道詔書傳遍了朝野：開春驚蟄之日，皇帝將行大朝會。

大咸陽鬆了一口氣，然終是其心惴惴。原因，便在這春季大朝會的日子。開春朝會固然尋常，每年必有的鋪排一年國事的程序而已，然詔書明定為驚蟄之日，便有些暗含的意味了。是時，《呂氏春秋》已經在天下廣為傳播，人們對月令時令與國事大政的種種神祕關聯已經大體清楚。而在《呂氏春秋》問世之前，基於天人感應的國事運行程序，還是一種深藏於天子王城與上層官府的頗為神祕的治道學問，尋常庶民是不明所以的。《呂氏春秋》以月令時令論國事，向天下昭示了自古祕而不宣的天人治道之祕笈，使天子諸侯的基本國事動作成為大白於天下的可以預知的程序，誠一大進步也。儘管世事滄桑治道變遷，然其根基傳統畢竟是不會輕易改變的。依據《呂氏春秋》以及種種在民間積澱日久的天人學問，人們很清楚驚蟄之日的特異含義。

蟄者，冬眠之百蟲也。驚蟄者，雷聲驚醒冬眠百蟲也。自立春開始，驚蟄是第三個節氣，大體在每年二月初的三兩日，後世民諺云：「二月二，龍抬頭。」說的正是驚蟄節氣。《呂氏春秋・仲春紀》云：「仲春之月（二月），日夜分，雷乃發聲，始電。蟄蟲咸動，開戶始出……無作大事，以妨農功。」也就是說，自古以來，二月之內除了傳統認定的「安萌芽，養幼少，存諸孤，省囹圄，止獄訟」等等安民政令之外，是忌諱「做大事」的。就其時盛行的天人感應學說而言，若政令違背時令，則有大害：「仲春（二月）行秋令，則其國大水，寒氣總至，寇戎來征；仲春行冬令，則陽氣不勝，麥乃不熟，民多相掠；仲春行夏令，則國乃大旱，暖氣早來，蟲螟為害。」也正是因了這種種已知的禁忌與程序，人們雖則不安，卻還是認定：驚蟄大朝不會有國政大舉，更不會有大凶之政。

然則，驚蟄之日當真炸響了一聲撼動天地的驚雷，天下失色了。

因是大朝，各官署都在先一日接到郎中令蒙毅書文知會：午時開朝，皇帝將大宴群臣，應朝官吏俱在皇城用膳。這也是秦政儉樸的老傳統，但有涉及百人以上的大朝會，事先一律將衣食安置明告，以免種種重疊浪費。官員們一得書文便知行止，紛紛在午時之前不用午膳便驅車進了皇城。各官署接到的預定程式是：大宴之後行朝會，丞相李斯稟報政事，各官署稟報疑難待決之事，皇帝訓政。因了沒有任何例外，與朝官員們在市井議論中被浸泡得重重陰影的一顆心終於明朗了起來。

誰也沒有料到，驚蟄雷聲因博士僕射周青臣的一番頌辭而爆發。

舉凡大朝，博士學宮七十二博士無分爵位高低，從來都是全數參加。在老秦國臣子眼中，這是秦國自來的敬賢傳統，名士不論爵，該當。無論博士們說了多少在帝國老臣們看來大而無當的空話，舉朝對博士與聞朝會都一無異議。而博士們則更以為理所當然，博士掌通古今，豈有大政不經博士與聞論辯之理？是故，博士們每次都是氣宇軒昂，想說甚說甚，從無任何顧忌。今日大宴一開始，博士們驚訝地發現，皇帝驟然衰老了，鬚髮灰白面色沉鬱，一時相互顧盼議論紛紛。

博士僕射周青臣執掌博士宮事務，與皇城及各官署來往最多，也是博士中最為深切了解秦政及帝國君臣辛勞的一個，今日眼見皇帝如此憔悴衰老，心下大是不忍，幾次目光示意博士區首座的文通君孔鮒，很是指望這個不久前被皇帝特意請入咸陽統掌天下文學之事的孔子後裔與儒家首領，能夠代博士們說得一席話，對皇帝有些許撫慰。可孔鮒卻是目不斜視正襟危坐，似乎根本沒有看見任何人，也沒有聽見任何議論。周青臣有些難堪，也有些憤然。他雖是雜家之士，也素來敬重儒家，然卻始終不明白以人倫之學為根本的儒家名士，為何在一些處人關節點上如此冷漠？譬如這個孔鮒，自進入博士宮掌事，從來對其餘諸子門派視若不見，終日只與一群儒家博士議政論學，還當真有些視天下如同無物的沒來由的孤傲。周青臣很清楚一班非儒家博士早有議論，都說儒家若當真統帥天下文學，諸子百家定然休矣！雖則如此，周青臣卻從來沒有捲進非儒議論之中，更沒有與孔鮒儒家群有意疏遠，當然更不會以自己的學宮權力刁難儒家。全部根基只在一點：周青臣明白，秦政有法度，對私門內耗更是深惡痛絕且制裁嚴厲，自亂法度只會自家身敗名裂。然則，今日周青臣卻不能忍受這位文通君的冷漠了。周青臣逕自站了起來，一拱手高聲道：「陛下，臣有話說。」

「好。說。」嬴政皇帝淡淡地笑了。

「啟奏陛下，」周青臣聲音清朗，大殿中每個人都抬起了頭，「臣聞冬來朝野多有議論，言秦政之種種弊端，以星象預言秦政之艱危。臣以為，此皆大謬之言也！往昔之時，秦地不過千里，賴陛下明聖，平定海內，驅除匈奴蠻夷，日月所照，莫不賓服；以諸侯為郡縣，人人自安樂，無戰爭之患，傳之萬世。自上古以來，不及陛下威德也！陛下當有定心，無須為些許紛擾而累及其身也！」

「好！為僕射之言，朕痛飲一爵！」嬴政皇帝大笑起來。

大臣們為周青臣坦誠所動，舉殿歡呼了一聲：「博士僕射萬歲！」

「周青臣公然面諛，何其大謬也！」一聲指斥，舉殿愕然了。博士淳于越霍然離座，直指周青臣道，「青臣以今非古，不敬王道，面諛皇帝，蠱惑天下，此大謬之論也！」淳于越昂昂然指斥之後，又立即轉身對皇帝御座遙遙一拱手，「臣聞：殷周之王千餘歲，封子弟功臣，自為枝輔。今陛下有海內，而子弟為匹夫。卒有田常、六卿之臣，無輔拂，何以相救哉！事不師古而能長久者，非所聞也！今青臣非但不思助秦政回歸王道，卻面諛陛下，以重陛下之過，非忠臣也！」

一言落點，舉殿譁然。淳于越僅僅指斥周青臣還則罷了，畢竟，博士們的相互攻訐也是帝國君臣所熟悉的景象之一了。然則，此時距郡縣制推行已有八年，淳于越卻因指斥周青臣而重新牽涉出郡縣制與諸侯制之爭，且又將自己在博士宮說過不知多少次的「陛下有海內，而子弟為匹夫」再次在大朝會喊將出來，若非偶然，則必有深意，這個儒家博士究竟意欲何為？一時間議論紛紛，大殿中充滿了騷動不安。

「少安毋躁。」嬴政皇帝叩了叩大案，偌大正殿立即肅靜了下來。

「既有爭端，適逢朝會，議之可也。」

嬴政皇帝話音落點，大殿中立即哄嗡起來。身為大臣誰都清楚，皇帝的議之可也，可不是教臣子們如市井議論一般說說了事，而是依法度「下群臣議之」。也就是說，可以再次論爭郡縣制是否當行。這不是分明在說，郡縣制也可能再度改變麼？如此重大之跡象，誰能不心驚肉跳？整個大殿立即三五聚頭紛紛顧盼議論起來，相互探詢究竟該如何說法？

「陛下，周青臣之言面諛過甚，臣等以為當治不忠之罪！」

一群博士首先發難，鋒芒直指周青臣。廷尉姚賈挺身而出高聲道：「陛下既下群臣議之，則周青臣所言，自當以一端政見待之，何以論罪哉！再說，秦法論行不論心，例無忠臣之功，焉有不忠之罪也！爾等不知法為何物，如何便能虛妄羅織罪名！」一番話義正詞嚴慷慨激昂，熟悉秦法的大臣們無不紛紛點頭，博士們頓時沒了聲息。

淳于越大是難堪，「非忠臣」之說原是自家喊出，卻被素來開口在後的這個執法大臣批駁得體無完膚，頓時氣咻咻難耐。看看文通君孔鮒還是正襟危坐無動於衷，淳于越一拱手高聲道：「臣與二十三博士具名上書，再請終止郡縣制，效法夏商周三代，推恩封地以建諸侯。事不師古而能長久者，未嘗聞也！」

「臣等附議！事不師古而能長久者，未嘗聞也！」

二十餘名博士齊聲高呼，其勢洶洶然，大殿驟然震驚而沉寂了。帝國官員們的最大困惑是，這群博士在八年之後兀自咬定郡縣制不放，背後究有何等勢力？否則，縱然名士為官，焉能如此目無法度，敢於以如此強橫之辭攻訐既定國政？

「淳于越之言，食古不化也！」老頓弱顫巍巍站了起來，蒼老的聲音依然透著名家名士的犀利氣勢，「就今日之論，淳于越明是為皇帝叫屈，實則為諸侯制張目！大秦郡縣制業已推行八年，華夏一治，民不二法，天下黔首無不康寧。爾等突兀攻訐，究竟意欲何為？山東老世族洶洶復辟，爾等則洶洶主張諸侯制，豈非沆瀣一氣哉？」

「此言過甚！」淳于越面色通紅，憤然高聲道，「山東六國老世族，大多已經遷入咸陽，淪為尋常民戶，如何復辟耶？大人誅心之論，大為不當！」

「誅心之論！大為不當！」博士群齊聲一喝。

「世族復辟，誰云誅心？」一個冰冷明朗的聲音突然插入。

大臣們又是一驚，歷來不問政的長公子扶蘇站起來了。幾乎同時，甬道走來了肥白如瓠的張蒼，抱著一只大銅箱放到扶蘇案前，昂然肅立著不說話。扶蘇拍了拍銅箱高聲道：「老世族要復辟，此乃鐵證也！列位該當知道，近年土地兼併之風日見其烈。故楚之泗水郡，已有民諺云：富者田連阡陌，貧者無立錐之地。殊為痛心！去歲，曾有十餘博士上奏皇帝，請徹查大臣與郡縣官吏侵占田產事，以解民倒懸。其間，適逢扶蘇受命職司田畝改制，遂會同御史大夫府並治粟內史府祕密查勘。月餘之期，扶蘇與御史張蒼祕密查勘了陳郡泗水郡。這只大箱，便裝著兩郡田產兼併之黑幕！張蒼，打開銅箱，給大人們說說吞田憑據。」

「是。」張蒼一點頭掀開了箱蓋，兩手掬出一捧寬大的竹簡高聲道，「此箱竹簡，已然經過御史大夫府與廷尉府合署勘驗，登錄在案。今日為陳情於朝會，如數借出。此箱竹簡非竹簡，全數是田產密契！合計買賣六十九宗，全部是低價吞併良田。買主全然一家，彭城項氏。賣田者，全數是當年項氏封地之民戶。」張蒼嘩啦放下一捧竹簡，又拿起一支道，「密契極其簡約，兩行字：『民某某，自賣田產若干畝於項氏，某某以傭耕之身為名義田主，不告官，不悔約，若有事端，殺身滅族。』據查，項氏後裔以如此密契在泗水郡吞併田產，業已達四十萬畝之多。」

「泗水郡是楚國項氏，陳郡是韓國張氏。」扶蘇高聲接道，「陳郡陽城，有民戶陳勝者，遭張氏公子張良刺客威逼，賣盡全數田產二百餘畝，父母家人不堪貧困而死，陳勝則為人傭耕，無力成婚立家，實同鰥夫，輒生為盜之心！」扶蘇從張蒼手中接過一隻黑乎乎的皮袋打開，抽出了一支寬大的竹板，「諸位大人請看：這是陳勝賣田密契，末端一幅血畫！畫的甚？一劍刺一冠！冠為何物？是官，是官府。在陳勝等民戶看來，官府不能整肅黑幕，便當殺之！後經我等祕密查勘，至少在陳郡泗水郡，沒有一個國府官吏私吞民田。私吞民田者何許人也？六國老世族也！老世族縱然失國，依舊衣食無憂田產豐饒，為何以如此惡黑手段貪得無厭地搜刮民戶？真相只有一個：積聚實力，圖謀復辟！否則，大秦律法不禁田產買賣，何以卻要買了田產，卻仍使傭耕戶頂著田產主人之名，自家藏身其後。與此同時，卻在天下大肆鼓噪，說大秦官吏吞併民人田產。世間黑惡，莫此為甚！諸位博士既曾請查兼併，果真對山東故地如此黑幕一無所知乎！」

扶蘇戛然而止，整個大殿靜得如深山峽谷。

且不說博士們如芒刺在背，面色陰鬱無言以對，不知情的帝國老臣們也額頭涔涔冒汗，心頭突突亂跳。事實上，土地兼併之風誰都不同程度地知道些許，然大多數官員都認定必然是國府貪官所為，不定身邊哪位重臣便是元凶。唯其如此，大多官員對土地兼併諱莫如深，與其說是不知情，毋寧說是投鼠忌器。畢竟帝國新立，內憂外患如山重疊，大事又接踵而來，國府君臣忙得日夜連軸轉，死咬住一件尚不明了的事大作文章，也確實有失大局。然今日經扶蘇一說，帝國老臣們恍然之餘，又不禁心驚肉跳了。果真兼併之後有如此黑幕，豈非這六國貴族要從水底動手將帝國拖下水淹死不成！一個不爭的事實是，對於六國貴族復辟，大多數大臣並沒有看得如何嚴重，而以今日情形看，卻是大大地懵懂了。

「老臣補正事實。」右丞相馮去疾打破了舉殿沉寂，高聲道，「老臣職司天下戶籍，對六國貴族清楚得很！淳于越說老世族大部遷入咸陽，大謬也！事實如何？自皇帝陛下遷六國貴族詔書頒發，至今業已八年，遷了幾多？只有一千餘戶！六國大貴族哪裡去了？跑了！楚國項氏景氏昭氏屈氏、韓國張氏、齊國田氏、魏國魏氏張氏陳氏、趙國趙氏武氏、燕國姬氏李氏等等等等，舉凡六國大貴族，都逃跑了，藏匿了！狗日的！老夫要早知道這些鳥族黑惡害民圖謀復辟，當初該一個不留！狗日的！」粗豪的馮去疾竟在朝會上破口大罵起來。

「陛下，臣有一議。」文通君孔鮒終於開口了。

「說。」嬴政皇帝淡淡一個字。

「臣以為：一則，朝會當歸正道。公子扶蘇所言，既有鐵證，著廷尉府依法勘審便是，無須反覆糾纏。二則，縱然實情，不能因此而疑忌尊奉諸侯制之儒家博士。儒家博士固然主張諸侯制，然與六國貴族復辟畢竟有別。臣等奉行諸侯制，主張以陛下子弟為諸侯。六國貴族復辟，則圖謀恢復自家社稷。此間異同，不言自明。敢請陛下明察。」

「言之有理。」嬴政皇帝拍案高聲道，「無分大臣博士，只要在朝會說話，俱皆論政，無涉其心。文通君若有正題，盡說無妨。」

「如此，臣昧死一請。」

「說。」

「去冬臣曾上書，請編《王道大政典》，敢請陛下允准。」

「也好。」嬴政皇帝淡淡一笑，「找文通君奏章出來。」

蒙毅做了郎中令，依舊兼領皇帝書房長史，每臨大朝必在帝座側後侍立，一則督導兩名尚書記錄，一則隨時預備皇帝諸般政事所需。見皇帝吩咐，蒙毅立即快步走向帝座大屏之後，片刻捧出了一卷竹簡。

「文通君奏請編書。諸位聽聽，一併議之可也。」

蒙毅展開竹簡，站在帝座側前高聲念誦起來：「臣，文通君孔鮒啟奏陛下：今大秦一治天下，誠夏商周三代王道復出也。三代天子一治，於今皇帝一治；人主不同，治道同也。故此，臣擬與儒家博士協力編修夏商周三代以來之《王道大政典》，以為大秦治國鑒戒。典籍修成，臣當與儒家博士以典為教，弘揚王道大政於天下，以成皇帝陛下文明宏願。臣心耿耿，臣心昭昭，陛下明察。」

隨著蒙毅的聲音迴盪，大臣們的心頭又一次突突亂跳起來。這個文通君硬是要將三代天子的「一治」與大秦皇帝的「一治」扯成一樣，分明荒謬得可笑，卻又一副神聖肅穆之相，他與那班儒家博士究竟想做甚？自《呂氏春秋》事件後，秦國朝野對編書的背後蘊含已經大大地敏感起來，幾乎是一聽說編書便大皺眉頭，誰都要本能地先問一句，真是編書麼？究竟想做甚？這文通君口氣甚大，舉殿大臣一時竟沒人說話了。

「諸位大臣，」嬴政皇帝平靜地開口了，「為修明文治，朕特召孔子九代孫孔鮒入朝，封爵文通君，官拜少傅，領天下文學重任。文通君與諸博士聯具上書，請編王道經典。此為天下大事，諸卿但抒己見。」

博士坐席區一則振奮，一則惶惑。振奮者，如此大事終上朝會也。惶惑者，皇帝一番話不痛不癢，揣摩不出可否之意，若亂紛紛議來，這些不知編修經典為何物的粗豪大臣動輒便罵人，能有個主見麼？

「老臣敢問，」奉常兼領太史令的胡毋敬率先開口，「文通君編修《王道大政典》，與大秦新政有何裨益？」

孔鮒一拱手答道：「我等上書業已言明：三代一治，秦亦一治；皆為一治，自當引為鑒戒。秦政若能以三代王道一治天下，豈非巍巍乎大哉！」

「此言大而無當。」扶蘇高聲道，「三代王道乃沉淪治道，百餘年無人問津也。大秦新政與三代王道南轅北轍，如何竟能以王道之學作大秦治國鑒戒？子矛子盾，尚請自圓。」

「長公子差矣！」博士淳于越昂昂然道，「治國之道，原非一轍，相互參校，可見真章。以三代王政參於大秦，有何不可？今公子見疑，莫非大秦不行王道於天下，而欲專行苛政於天下乎！不敢使天下流播王道之學，豈非掩耳盜鈴哉！」一席話尖刻流利，帝國大臣們都不禁皺起了眉頭。

「淳于越之言，陳詞濫調也！」廷尉姚賈奮然高聲，「一言以蔽之，三代王道乃復古懷舊之道。自春秋以至戰國，以至大秦，數百年惶惶若喪家之犬，天下誰人不知？若想用王道兩字將三代諸侯制說成萬世不移，用苛政兩個字迫使大秦改弦更張，癡人說夢也！以實論之，掩耳盜鈴者只恐不是別人，而是儒家博士！」

「廷尉之言，何其凶悍也！」博士鮑白令之冷冷笑道，「若不尊聖王，不修大道，不言三代，不涉經典，天下文明何在也！文學良知何存焉！若編修一書而能使天下大亂，我等文學之士豈非神聖哉！大秦新政豈非不堪一擊哉！」

「屁話！」御史大夫馮劫終於忍不住了，霍然起身憤憤然罵道，「編一鳥書，是不能使天下大亂！老秦人見的書多了，《商君書》你等博士編得來麼？《韓非子》你等編得來麼？《尉繚子》你等編得來麼？就是《呂氏春秋》，你等編得來麼？大秦不怕編書，要看編甚書！編出一部爛書，分明是在大鍋裡扔一粒老鼠屎！那個韓非子咋說來？對了，俠以武犯禁，儒以文亂法，儒家是五種毒蟲之一！要說不堪一擊，那是臭烘烘的爛書！」

「大人位居三公，誠有辱斯文也。」博士群中站起了叔孫通，揶揄一句粗豪的馮劫，轉而侃侃道，「三代經典，我華夏文明精華，治國大道淵源也。今若以馮劫大人之言，蔑視典籍，屏棄王道，只恐百年之後國人皆愚不可及，天下皆一片蠻荒也！」

「此言大謬也！」蒙毅大踏步走下帝座，站到自己座席前高聲道，「屏棄三代王道，絕非屏棄文明。天下文明，大成於春秋戰國五百餘年，與三代王道何涉也！不習三代，也絕非使天下蠻荒。孔子有言：『民可使由之，不可使知之。』真正欲使天下蠻荒者，不是別人，正是孔子！正是儒家！儒家欲攻訐新政，便打出王道大旗，以替民眾呼籲文明自居。而一旦為政，則誅殺論敵，唯我獨尊！蒙毅敢問諸位：孔夫子當年為政魯國，能允許少正卯如此在廟堂放肆麼？今日，儒家博士們卻以文明面目教訓我等，何其可笑也！」

殿中驟然沉寂，隱隱瀰漫出一片肅殺之氣。

「陛下，老臣有奏對。」東區首座的李斯站了起來。

「丞相盡說。」嬴政皇帝依舊淡淡一笑。

殿中迴盪著李斯莊重清晰的聲音：「今日大朝，原本鋪排國政，不意竟因博士僕射周青臣首肯秦政，引出博士淳于越非議郡縣制，並再請奉行諸侯制。大政穩定八年，而能突兀出此驚人之論，李斯以為，事非尋常也。詩云：風雨如晦，雞鳴不已。六國貴族黑惡兼併欲圖復辟，朝野議論蜂起欲行王道，更兼星象流言、亡秦刻石、刺客迭出、貴族逃匿，凡此等等，足證復辟舊制之暗潮洶洶不息。當朝論政，固不為罪，然定制八年而能洶洶再請，亦必有風雨如晦之大暗潮催動也。颶風起於青萍之末。此等洶洶之勢，不能使其蔓延成災。」

博士們的額頭不禁滲出了涔涔汗水。

首相李斯的語勢並不如何強烈，然其整體剖析所具有的深徹卻驟然直擊每個人的魂靈。誰能說自己沒有受到洶洶復辟暗潮的鼓舞？誰能說自己沒有異常靈敏的貴族消息通道？誰又能說，力主諸侯制與編修那部王道大典，不是在種種令人躁動不安的消息激發下催生的？甚或，誰又能說自己在聽到皇帝兩次遇刺後不是暗中多飲了幾爵？誰又能說自己不是將韓國張良的博浪沙行刺視為英雄壯舉？凡此等等，可謂人心莫測，誰又能知道了？偏偏這李斯似乎神目如電，寥寥數語便將大局說了個底朝天，博士們一時一身冷汗，似乎第一次明白了重臣巨匠的分量，人人都從心頭冒出了一絲不祥的預感。

「以今日之議，淳于越之言實屬刻舟求劍也。」李斯的聲音重新響起，「老臣願在今日大朝會再度重申：五帝不相復，三代不相襲，各有治道也。非其著意相反，時勢異也。今日，秦創大業，立制於千秋萬世，非儒家博士所能知也。流水已逝，行舟非地也。淳于越言三代諸侯制，文通君請編三代王道大典，盡皆楚商之刻舟求劍，不足效法也。是故，廢郡縣制、行諸侯制之議當作罷，不復再議也。」

博士們沒有人出聲，大臣們頻頻點頭。雖然嬴政皇帝沒有說話，但誰都清楚地感覺到一種強烈的氣息：這一頁就此翻過，廢除郡縣制之議將永遠地沉入海底。

「古諺云：廟堂如絲，其出如綸。」

李斯的聲音再次冷冰冰鑽進博士們的耳膜，「今日御前大朝會議政，尚且如此紛紜混亂，傳之天下可想而知。凡此等等根源，皆在妄議國政之風。今天下已定，法令出一，民當效力農工商旅，士當學習法令辟禁。亦即是說，士子該明白自己當行之事，避開自己不當行之事，做奉公守法國人。然則，今日諸生不師今而學古，以非議當世為能事，以惑亂民眾為才具。此皆不知國家法度也。古時天下散亂，無法一治天下，方有諸侯林立。議論之人皆崇古害今，大張虛言以亂事實。士子修學皆從私門，國家之學不能立足。今我大秦，業已別黑白而定一尊，然私學之士依然傳授非法之學。但有官府政令頒行，則人各以其學非議。入則心非，出則巷議，宣揚自家學派以博取名聲，秉持異端之說為特立獨行，鼓噪群下，張揚誹謗。此等惡風不禁，則國家威權彌散於上，私人朋黨聚結於下。六國貴族於失國之後依然能興風作浪，賴此流風也。是故，老臣奏請陛下：禁民人私相議政，去廟堂下議之制，使國家事權一統。」

「采！」帝國老臣們異口同聲一喝。

博士們死死沉寂著，沒有一個人再試圖說話。

「有鑒於此，老臣請力行焚書法令。」

如同一聲驚雷，博士們刷地站了起來，驚愕萬分地盯著這位枯瘦冷峻的首相。

「好古非今者，盡以史書為據。」李斯對博士們森森然的目光渾然無覺，「為此，老臣奏請：舉凡史書，非秦記者皆燒之；除博士宮國家藏書之外，其餘任何人私藏詩、書及百家論政典籍者，悉交郡縣官署一體燒之。敢有以詩、書攻訐新政者，斬首棄市；敢有以古非今者，滅族；官吏見而不舉，連坐同罪；令下三十日內有藏書不交者，黥刑苦役。凡書只要不涉政事，皆可保留。民人欲學法令，以吏為師，以法為教！」

這番話如秋風過林，舉殿大見肅殺，連帝國老臣們也驚愕得張大了嘴巴卻沒有聲音。如果說去除議事制度與禁絕民人議政，老臣們還衷心贊同的話，那麼焚書之舉則多少使帝國老臣們覺得過火了。誰都知道，自商君秦法便有焚燒詩書令，然商君之世及其之後，秦國事實上並沒有延續這一法令。也就是說，始皇帝之前五代秦王，只有過那一次焚書令，而且遠遠沒有今日李斯所請的這般鋪天蓋地。畢竟，秦國以敬賢敬士而崛起，老秦人對書，對讀書士子，還是從心底裡敬重的。

「可有異議？」嬴政皇帝的問話彷彿從天外飄來。

「滅絕文明，滅絕天理，不可啊……」孔鮒絕望地嘶喊了一聲。

突然，嬴政皇帝大笑著站了起來。大臣們這才驚訝地發現，皇帝今日是帶劍臨朝的。嬴政皇帝扶劍走出了帝座，居高臨下大笑道：「好個文明也！好個天理也！此話該教那些兼併民田的六國貴族們說說，也該教那些流著血汗為人傭耕的農人們說說！好詞都是儒家博士的？儒家便是文明？儒家便是天理？儒家經典便是文明？王道仁政便是天理？好大的口氣！好大的身分！何等文明？何等天理？復辟的文明！亂政的天理！朕今日就是要殺殺這復辟文明的威風，滅滅這王道天理的志氣！朕就不信，沒有這般文膽，沒有這般天理，天會塌下來，地會陷下去！大秦郡縣制就會被取代！六國貴族也好，這家那家也好，誰想復辟，盡可與大秦較量！朕今特詔：丞相李斯所奏，照准實施。這，是朕對復辟者的一道戰書！」

一番嬉笑怒罵，挾雷霆萬鈞之勢震懾人心，博士坐席區一片沉寂，大臣們驟然爆發出一陣哄然吶喊：「皇帝萬歲──大秦萬歲──」

三日之後，嬴政皇帝的詔書附著帝國丞相府令頒行天下了。

嬴政皇帝的詔書只有兩句話：「大朝所議，制曰：可。准以丞相府令頒行郡縣。」

隨附的丞相府令名為〈文治整肅令〉，全部將李斯的朝會奏對化作了實際政令，其包括方面是：

其一，廢除議事制度。所謂禁議論，這是最實際的一條。要申明的是，被禁止的議事不是正常的朝會議事，而是由皇帝「下群臣議事」的有關特定重大事件的商討決策制度。就其實際而言，這種議事與其說是一種明確的決策程式，毋寧說是戰國論政風習所形成的一種傳統。但無論如何，這是一種通行的事實，而且為朝野所認可。所以，若不明令禁止，則有可能在大事不交群臣議決時反而遭受非議。是故，李斯主張禁議論，首先便是廢止最具有傳統根基的「下群臣議事」的習慣程式。這便是李斯所說的「禁之便」（禁了有好處）的實際所指。中央國府取消議事傳統程式，流播民間的種種議論沒有了強大的傳遞管道，帝國決策便很容易保持一致。從當時的情形看，禁議事不能說沒有合理性。

其二，禁止民人私議政事，尤其嚴厲禁止「以古非今」，明定「以古非今者，（滅）族！」這個民，是朝臣之外的所有民眾，其本意目標當然首指士人階層。就事實而言，這是中國歷史上第一次以強權鎮壓民眾言論的重大事件，其負面影響極為深遠。然則，值得注意的是，這一禁令明確指定了非議秦政的具體所指：以古非今。從尊崇革新維護革新的意義上說，它充滿了不惜以強大權力維護新政成果的堅定性，最大限度地張揚了戰國時代「法後王」的變革精神。但是，禁止議論政治，也開啟了思想專制的先河。從史料角度說，尚未發現帝國時期真正因「以古非今」言論而被滅族的記載。這一事實間接地證明：這一法令的威懾意義大於實際執行的強度。

其三，焚燒史書及民間所藏詩、書，期限為三十天。這一政令的當時含義很清楚：根除攻訐秦政的根基依據。李斯的廟堂對策及其政令，也都同時明確了豁免方面：醫藥卜筮種樹之書不在此列，官府藏書不在此列，法令典籍不在此列，秦國史書不在此列，各種政令典籍與理財資料（圖書計籍）等也不在此列。後來的史料證實，這道政令在實施中遠遠沒有政令本身那般徹底。真正的天下典籍，除了藏於洛陽周室的先秦史書損毀最大，可說是基本不存外，其餘百家典籍並未損毀多少。主要原因在兩處：一則是官府收藏的諸子百家典籍仍在，二則是散布天下的民間藏書不可能被全部收繳。東漢王充的《論衡・書解篇》云：「秦雖無道，不燔諸子，諸子尺書文篇，具在可觀。」《通志》卷七十一云：「（先秦典籍之喪失）非秦人亡之也，學者自亡之耳！」劉大櫆之《海峰文鈔・焚書辨》云：「六經之亡，非秦亡也。（秦防儒者）道古非今，於是禁天下私藏詩書百家語，博士之所藏俱在，未嘗燒也。」李斯奏對中分明說民間百家語在焚燒之列，何有王充等「不燔諸子」之說？只能說明，這道政令在實際執行中是有著很大的彈性的。畢竟，這道政令的本質目標是與復辟暗潮相呼應的「道古非今」的政治思潮，而不是藏書本身。

其四，禁私學。春秋戰國學術繁榮以至鼎盛，私學之興起居功至偉。帝國政令禁止私學，對中國文明的殺傷力遠遠大於「焚書」與「禁議事」兩項。因為，這是從根本上遏制了文明源頭的多樣性與豐富性。私學被禁，名士大家的私學弟子若不散去，便得祕密藏匿於深山大澤，或得改換名目以繼續傳授學問。後世史家發掘這一方面的史料極少，只有一條記載，這便是《漢書・楚元王傳》。其云：

「楚元王交，字游……好書，多才藝。少時嘗與魯人穆生、白生、申公俱受詩於浮丘伯。伯者，孫卿門人也。及秦焚書，各別去。」

其五，立官學。所謂「以吏為師，以法為教」，根基在確立官學。立官學，是禁私學的必然補充。但從實際情形看，秦帝國之初正當戰國私學傳統極其強大之時，官學在事實上也只能是國家設立的博士學宮而已，各郡縣尚沒有興辦官學之時機與能力。

帝國政令的目標很清楚，就是要通過官學來保持國家政令的統一，來凝聚種種社會思潮。值得注意的是，同時期的西方羅馬帝國也是以法令為教，以律師為傳授教習。兩大尚未相通的文明體系，在同一時期採取了本質同一的治理方式，蘊含著何等必須探究的東西，實在值得深思。

請注意，西元前二一三年春，始皇帝嬴政禁止並焚燒民間私藏政治典籍，是中國歷史上影響極其深遠的「焚書」事件。與其後的「坑儒」事件一起，嬴政皇帝乃至整個秦帝國，因此而被釘在了歷史的恥辱柱上。兩千餘載厚誣之下，已經無以使後人認知全貌了。人們因此而將嬴政皇帝看作暴君，而將秦帝國視作暴秦，甚或不屑於做任何歷史真相的追究了。作為一起有著深刻歷史背景，且發自必然的政治事件，「焚書」事件在政治上的積極意義，已經被後世儒家夾雜著仇恨心理的單向價值評判淹沒了。這種居於統治地位的單向評判，大大掩蓋了「焚書」事件反復辟的政治本質。在歲月流逝的長河中，一場反倒退反復辟的政治戰役，被褊狹地演繹成了一場惡意毀滅文化的暴行。這種評判，折射著我們民族時常痙攣性發作的對重大歷史事件的刻意失察，折射著我們常常因這種刻意失察而導致的種種悲劇。至少，人們已經忘記了，「焚書」事件是帝國新政面對強大的復辟勢力被迫做出的反擊，是新文明為徹底擺脫舊時代而付出的必然代價。

三、光怪陸離的鐵血儒案

博士學宮激起了巨大的波瀾。

驚蟄朝會的次日夜裡，統領學宮的文通君孔鮒逃亡了。博士僕射周青臣連夜稟報了奉常胡毋敬，兩人一起夤夜晉見皇帝。嬴政皇帝淡淡一笑：「走了也好，只要儒家不生事，去留自便。」胡毋敬周青臣一時大為惶惑，秦政歷來法行如山，高懸廷尉府正堂的便是商君名言：「有功於前，不為損刑。有善於前，不為虧法。」皇帝更是從未寬恕過一個罪犯。如何有封君爵位的大臣逃亡了，皇帝竟能淡然處之？

嬴政皇帝見兩人愣怔，又是淡淡一笑道：「孔鮒並無實際職掌，其心又不在國政，走便走了。焚書也好，禁議也好，本意都在威懾而已，還能真殺這些文士了？」兩人這才長長地出了一口氣，出得皇城便呵呵笑了。奉常胡毋敬總領文事，叮囑周青臣：不聞不問，聽之任之。於是，周青臣回到博士學宮也便沒了任何動靜，只與幾個志在治學的博士埋頭整理經典。

周青臣沒有料到，孔鮒逃亡之後的三日裡，博士連續逃亡四十餘名，幾乎清一色的儒家博士，七十二博士只剩下了二十餘名博士。周青臣大為驚慌，立即再次稟報胡毋敬，兩人又再次進了皇城。皇帝這次顯然認真了一些，召來丞相李斯共同議決。李斯見嬴政皇帝並無追回逃亡博士之意，思忖片刻，提出了一個方略：在焚書令之後，立即頒行一道廣召天下文學之士的詔書，一則可向天下彰顯秦政弘揚文明之宗旨，二則可使天下學人聚集國府昌盛官學，三則可消解博士逃亡之種種非議。

胡周兩人立即贊同，周青臣還特意補充道：「廣召文學之士，又不究博士擅自逃亡罪行，儒家有可能生出的流言，便會不攻自破！」嬴政皇帝笑道：「既云廣召，索性也將方士術士一併延攬，免得此等人在民間滋事。」顯然，皇帝對方士術士並無反感，帶有幾分戲謔。胡周兩人是立即贊同了。李斯有些猶豫，遲疑著沒有說話。

贏政皇帝笑道：「方士術士未必沒有管用者，然大多荒誕無疑。教他等在民間行騙，不若將他們召進學宮，看看他們究竟有多大神通。若是術不應驗，我大秦律法豈是白設？」李斯恍然大悟，立即連連點頭。

秦政高效，次日立即頒行了〈廣召天下文學方術士詔〉。

說也奇了，雖然以焚書為軸心的整肅文治令頒行之後，天下士人大為震動，各郡縣也不時傳出藏書世族紛紛逃匿的消息。然召士詔書一頒行，還是立即大見效應。半年之內士子們絡繹不絕地奔赴咸陽，秋風蕭瑟的時節，博士宮已經聚集了千餘名各色士子。一時之間，咸陽博士宮生機勃勃，帝國文風大盛，似乎已經完全掩蓋了因焚書禁議而引起的朝野震盪。但博士僕射周青臣卻很清楚，此番招納士子，博士宮來者不拒一無遴選，是故魚龍混雜，沒有一個舉足輕重的名士大家，根本不可能擔負興盛文明之重責。唯一的效用，無非是消解復辟暗潮與儒家名士對帝國新政的攻訐罷了。

然在對士子們一一登錄清楚之後，周青臣又一次驚訝了——千餘名士子中，竟有六百餘名儒家士子，二百餘名方士術士，三百餘名占候、占氣、占星與堪輿之士！其餘農家、水家、工家、醫家等實用學派卻只有數十人，兵家法家道家墨家等，則更是寥寥無幾。周青臣大覺蹊蹺，反覆勘驗，仍然如此。至少，數量最大的士子們都自稱是儒家弟子，所習經典也大體都是詩、書六藝，師從傳承也都路徑清楚，你能說他不是儒家士子？而方士術士則更是怪異，都透著幾分神祕，人人宣稱自家有特異之能，一見周青臣便紛紛自請為皇帝袪除暗疾，為帝國祈福禳災。占候占氣占星堪輿之士，則人人都說天機不可預洩，再問便是望天不語。周青臣大覺不是路數，當即稟報奉常並上書皇帝，詳細稟報了種種情形，末了憂心忡忡道：「博士學宮原本文明之地，近日已是怪力亂神充斥也！臣請為博士學宮建立選士法度，不能見人皆納。」

未過三日，胡毋敬帶來了一個顯赫的校士大臣，博士學宮頓時大亂了。

這位校士大臣，是御史大夫府的御史丞，也就是馮劫的副手。御史大夫位列三公，總司帝國百官查核考校，職責重大權力顯赫。然大秦政風清廉唯法是從，是故這御史大夫府對帝國群臣而言，並無威勢赫赫之感。然一入魚龍混雜的博士宮，御史丞之糾察威力立即大顯功效，旬日之內立殺方士術士三十餘人，博士宮頓時人人驚駭了。

那日，周青臣奉命召集全部官士聚在了學宮中央的露天論學臺前。

這御史丞也是奇特，滿頭灰白鬚髮，古銅色臉龐始終盪漾著一絲似笑非笑的紋路，人莫測深淺。那日擺好了法案，十名執法重劍甲士兩側一站，御史丞先宣讀了勘驗士子的御史大夫令。令云：「諸生奉詔為官士，當考校才具，量才錄用，虛妄不實者依法處置之。」而後御史丞淡淡宣布，先行勘驗方士術士之才具。戰國之世誰都清楚，秦法「不兼方」。也就是說，不容納方士術士，禁止方士術士。然皇帝詔書大召方士術士，似乎是法令改了，方士術士們也才敢紛紛冒將出來。今日一聞勘驗之說，方士術士們儘管心下忐忑，也還是驚喜萬分地接受了。誰能說，這不是皇帝在選傳說中的求仙聖使？

「方士許勝。」御史丞看著簡冊念了一個名字。

「方外之人許勝，參見大人。」一個老方士神閒氣定地離座站起。

「先生何能？」

「老夫遍識天下百草藥石，一應暗疾，不問可知。」

「好。先生請看，此乃何物？」御史丞從案旁竹筐中拔出了一叢綠草黃花。

老方士接過這叢花草反覆端詳，已經是滿頭汗水無以張口，突然憤憤道：「此草腥臊惡臭，絕非入藥之物。」

「座中可有農家之士？」御史丞高聲發問。

「在下農家是。」一個端正的布衣後生站了出來。

「敢問足下，此草何物？」

農家布衣之士尚在五步之外，一拱手便答：「回大人，此乃野苦菜，生於麥田雜草之中。大人剛剛從青泥拔出，故有泥腥之臭。」一言落點，座席中一片哄笑。

「敢問先生，此物可在百草之中？」

「大人戲謔過甚也！」老方士滿臉脹紅。

「再問先生，老夫有何暗疾？」御史丞渾然不計老方士情急羞惱。

「大人……大體，陽事不舉……」老方士艱難地吭哧著。

「陽事不舉？好眼力。多久了？」

「大，大體三五年。」

「啊，人言方士專一看陽事，果然不差。」御史丞揶揄一句，突然回頭問，「你等且說，老夫幼子多大？」

「剛過滿月之喜！」重劍甲士們異口同聲。

「就是說，十一個月之前，老夫還舉得？」

「大，大人……戲謔過甚……」

「方術不驗，才具虛妄。斬，立決。」御史丞那絲似笑非笑的紋路倏地沒了。

「大大大大人，這這這……」

老方士上牙打著下牙一句話沒說得囫圇，已被兩名黑鐵塔般的重劍甲士轟然架起拖了出去。片刻之間，場外一聲慘嚎。方士術士們人人變色。如此這般的勘驗方術士之法，便是後來被博士們大肆攻許，並被司馬遷寫入《史記》的一樁所謂暴行：「秦法：不得兼方。不驗，輒死。」如此旬日之後，方士術士們再無一人敢說自己如何神乎其神了，人人都是一句話：「在下無能，不敢期冀錄用，乞放在下回歸山野。」再考校占星、占氣、占候、堪輿等陰陽家諸流派士子，也都無一人敢說自家通曉天機了。御史丞見此等尋常神氣活現，動輒以仙人或上天代言人自居的術士們大見畏縮，連囫圇話也說不來了，只知諾諾連聲，不勝其煩，遂下令道：「法家墨家兵家農家醫家等非儒家之士，不須考校，等候任職便是。儒家之士太多，旬日之後，老夫與奉常大人請得幾位學問之士再來查驗。」說罷宣告散場了。整個博士學宮如逢大赦，頓時癱倒了一大片。

在博士官士們惶惶不可終日的時候，有兩個人物開始了祕密謀劃。

這兩個人物不大，效用卻非同小可。他們直接引發了一場千古鐵血大案，堪稱颶風起於青萍之末。故此，對這兩個人物得從頭說起。這兩人都是博士，一名盧生，一名侯生。侯生是故韓國人，是博士學宮的儒學博士。盧生是齊國人，也是博士學宮的儒學博士。只是盧生的名頭大一些，當年是被皇帝近臣趙高領進博士學宮的，掛著儒家博士名頭，終日卻神祕地忙碌著誰也不清楚的事情。盧生任博士大約半年之後，侯生奉博士僕射周青臣之命，做了盧生的輔學（副手）。侯生問：「盧生治何學問，如何需要輔學？」周青臣皺著眉頭說：「莫問莫問，上命差遣。」直到三年前，盧生知會侯生，說要在天下查勘民情風習，以對皇帝提出對策。侯生以為必是安邦祕密使命，大為奮然，欣欣然追隨而去。也就是在那次歷時年餘的名山大川遊歷中，侯生知道了盧生的真實身分與真實使命，驚愕得好長時日回不過神來。

那是在遊歷到故齊國的之罘島時，侯生實在不堪這種無所事事的閒逛，憤憤然要回咸陽，盧生才對他說出祕密的。盧生說，他是齊國方士，是與另一個老方士徐福一起被祕密召入皇城的長生特使；使命是兩項：一則護持皇帝體魄健旺，二則為皇帝求取長生仙藥。徐福留在皇城守護皇帝，而他之所以進了博士宮，是要物色求仙人才。侯生畢竟有些正道治學根基，更兼篤信儒家不涉怪力亂神之信條，遂大大地不以為然，指斥盧生是盜名欺世，給儒家頭上栽贓。盧生不慌不忙悠悠一笑，大說了一番祕密使命的好處，末了道，只要足下忠實追隨老夫做事，至少三兩年後，老夫舉薦足下做個太史令不是難事。侯生心頭怦然大動，頓時紅著臉不說話了。

畢竟，學而優則仕，是每一個儒家士子的夢想，侯生如何拒絕得了一個赫赫太史令的誘惑。盧生見侯生入轂，破例講述了他的兩則驚人之舉。一則，朝野祕密流傳的那句「亡秦者胡也」的預言刻石，是他的發示。侯生大為驚訝，連問了一串，何處見到石刻的？如何能證實是上古遺物？為何說是足下的發示？凡此等等，盧生一律都是笑而不答，只一句話了事，你只知道可也，無須多問。第二則，是他對皇帝講述了「真人密居密行而長生不死」之道，皇帝才修築了復道、甬道，將所有的宮室車道都遮絕連接起來了。

「子云方士虛妄，足下自忖可能如此改變皇帝？」盧生悠然一笑。

「人臣……不能……」終究，侯生還是沒話可說。

盧生又說了一件事。一日，他隨皇帝從高高復道前往梁山宮，在山腰看見了山下大道上的丞相儀仗車馬氣勢威赫。皇帝皺著眉頭說了句：「丞相騎從如此之盛，暴殄天物也！」沒過多久，不料皇帝又見丞相車騎，卻少了許多。皇帝大怒，說這分明是身邊人洩露了朕話，下令一一拷問那日侍從。最終無人承認，於是皇帝便將那日身旁的人都殺了。盧生說，幸虧那日他不在皇帝身邊，而是先期到梁山去為皇帝配藥，否則豈能有得今日？

「子云效力皇帝，足下不覺膽寒麼？」

「寒……」侯生記得，自己當時確實打了個冷顫。

當遊歷到會稽郡時，盧生吩咐侯生在震澤（今太湖）東岸的一座山莊等候，他自己要去做一件私事。盧生一去月餘，回來後風塵僕僕疲憊至極，倒頭大睡了好幾日才緩過神來。究竟何事？盧生始終沒有吐露一個字。然其舉止神色卻呈現出一種難以按捺的興奮，以至侯生疑慮了許多時日。後來，回程路過侯生故里，盧生頗為神祕地一次給了侯生百金，說是此次完成使命的皇帝賞賜，教侯生好生安置家人。侯生原本尋常人家，得此重金大為驚喜，對盧生的種種疑慮立即煙消雲散，覺得這個神祕兮兮的方士一定是個通天人物，否則，何以能如此不動聲色地舉手便有百金之賞？也就是從攜帶重金榮歸故里的那一次開始，侯生成了盧生的莫逆至交。

御史丞的勘驗殺人事件，在博士宮引起了極大恐慌。六百餘新進儒生，更是彌漫著驚恐不安，紛紛流傳著國府獨獨刁難儒家的祕密流言，日夜都在三五成群地議論如何在勘驗儒生博士之前逃生。第三日的深夜子時，盧生輕步走進了侯生的四進庭院，逕入寢室將沉睡的侯生拉了起來。侯生萬分驚訝地看著這個突兀站在榻前的熟悉身影，無論如何不明白盧生從來沒有來過這裡，如何能不驚動一個僕人而如此準確地摸到自己榻前？然一切都來不及細問，侯生便跟著盧生走了。垂簾輜車一陣曲曲折折，來到了一座極其隱祕的莊院。盧生只淡淡說了一句，此乃老夫密居，神仙也找不到。在一座四面石壁的地下密室裡，侯生看到了種種生平未見的稀奇古怪物事。燭光之下，種種石工刀具、各種顏色的怪石、各種顏色的草藥、各種式樣的鼎爐、叫不上名字的種種丹砂粉末等等等等如山堆積，侯生又一次驚訝得語不成聲了。

「今日正事，足下切勿分神。」盧生正色一句，拿來了兩罐涼茶。

兩人在一張座案前對面坐定，盧生卻良久沒有說話。侯生不明就裡，對此等神祕所在又大覺不適，焦急地催促盧生快說。盧生長吁一聲，突兀開口道：「足下身為儒家博士，寧不為儒家存亡憂心乎！」侯生驚訝道：「儒家有存亡危機？兄臺何須危言聳聽也！」盧生輕輕冷笑一聲道：「方士術士尚且慘遭橫禍，儒家豈能沒有更大災劫？」侯生道：「儒家畢竟正經學派，有教化之能。」盧生冷冷道：「正經學派？足下何其童稚也！老夫最清楚，在皇帝眼裡，方士尚且有用，儒家連狗屎不如！看看你等儒家博士之傴促，看看老夫之舒泰，你說，皇帝看重哪家？」侯生道：「既然如此，這，這次皇帝為何也殺方士術士？」盧生道：「這便是大險所在。皇帝為了根除六國老世族復辟，要先根除種種呼應。這是打國事仗，叫作翦除羽翼，孤其軸心！先拿這群方士開刀，一石二鳥。既向天下表白自家不信虛妄，又教天下明白，復辟貴族與方士術士一般，都是妖邪虛妄之士！方士之後，便是儒家！足下不信麼？」侯生惶惑道：「兄臺如此明白，何不事先警示同門？兄臺既非儒家，何以如此關照儒家？」

「老夫不是真方士，方士不是老夫同門。」

「啊！那那那，兄臺何許人也！……」

「好。老夫今日便顯了真身。」

「真身？」侯生心頭猛然一個激靈，如遇妖邪一般。

「老夫，本名魯定文，魯國宮室後裔……」

「啊！周，周，周公之後？」侯生又一次瞠目結舌了。

盧生長長地舒了一口氣，又汩汩大飲了一陣涼茶，這才沉重緩慢地說起了自己的家世。盧生說，自己是魯公嫡傳子孫，自魯頃公二十四年之後（註：魯國滅亡於魯頃公二十四年，西元前二五六年，時秦昭王五十一年。楚國滅魯），魯室公族悉數敗落流散。自己的父親不堪屈辱，不到三十歲便死了，臨死時給兒子取了個名字，叫作定文。魯定文是被母親在艱難中教養成人的。還在童稚時期，母親便親自教定文讀《魯頌》。每日雞鳴時分，魯定文便要捧著竹簡在小小庭院裡高聲念誦：「大哉周公，允文允武。諸侯於魯，大啟爾宇。敬明其德，敬慎威儀。濟濟多士，克廣德心。保彼東方，魯邦是常。復周公之宇，萬民是若！」

魯定文十六歲那年，母親大病了一場，痊癒後一雙眼睛莫名其妙地失明了。一天，母親將兒子喚進了狹小庭院最後一進的家廟，教兒子跪在了列祖列宗的木雕像前。白髮蒼蒼身著赭紅補丁衣裙的母親，靠著紅漆剝落的大柱，莊重地開口了：「定文，你本何姓？」「定文本姓姬，乃周公後裔。」魯定文沒有絲毫猶豫。「而今姓甚？」

「定文而今姓魯，明魯國不滅之志！」魯定文同樣沒有絲毫猶豫。母親又問：「魯定文志向何在？」魯定文高聲回答：「光復魯國社稷，傳播周公禮制！」母親又問：「魯定文，母親今日為你銘刻終身之誓，你可願意？」魯定文昂昂回答：「定文謹受母教！」

那天，白髮母親用大朱砂筆在魯定文的背上盲寫了四個大字——復魯社稷。清晰的感覺告訴魯定文，失明的母親絕沒有將筆劃重疊在一起。而後，母親顫巍巍地摸索著用縫衣針一下一下地刺扎著紅字……少年魯定文脊背鮮血橫流，沒有一聲哭喊。母親的淚水不斷打在了他的背上……刺完字的第三日深夜，母親無聲無息地死了。魯定文在母親的手邊發現了一方白絹上的六個血字：「兒求學，莫守喪。」料理完母親喪事，魯定文背起了母親早已預備好的青布包袱，走出了破敗的庭院。

末了，盧生平靜地說：「我孤身求學，歷盡艱辛，終於入了儒家，做了孟子首徒萬章大師的弟子。然則，我心中的誓願一刻都沒有泯滅。於是，多年之後，我又孤身遠遊，在齊國海邊遇到了一位老方士。與方士交，我看到了踏進各國君主最機密處的路徑。於是，我修習了方士之學，且學得很是精通……」

「兄臺何以走到了皇帝身邊？」侯生急不可耐。

「老夫很早便開始揣摩秦王，直到他滅了六國。老夫的評判是：如此一個終日忙碌的急功君王，其體魄必定有種種隱疾。於是，老夫遊歷到了咸陽，以喜好車馬結識了精通車馬的趙高。切記，趙高是唯一能對皇帝言及隱疾的人物，別看他是個宦者。老夫有意無意地在趙高面前多次為盛年勞碌者醫治隱疾，大有成效。一日夜裡，趙高終於來找老夫了，要請老夫祕密住進皇城，以防不時之需。老夫深知秦王虎狼稟性，審慎從事，先舉薦了最具大名的方士徐福。後來，徐福與皇帝言及，可為皇帝預謀長生之道，這才將老夫正式引薦到了皇帝面前。」

「兄臺如此苦心，與恢復社稷何干？」

「足下以為，老夫指望皇帝恢復魯國？」盧生冷冷一笑，「大事謀大道。恢復魯國唯有一法：恢復諸侯制。然則，皇帝分明是諸侯制死敵。於是，也只有一條路可走：先滅秦，再使天下重回春秋戰國！其時，縱然魯國不能恢復，為天下除卻這一毀滅周禮王道的文明桀紂，亦是大功一件也！」

「滅秦……」侯生倒吸了一口涼氣。

「我不滅秦，秦必滅我。任誰不能置身事外。」

「兄臺關照儒生，是要這等人滅秦？」

「欲滅秦者，大有人在。」盧生冷漠而明徹，「儒生確實不能滅秦，然卻能為滅秦張目，能以史筆討伐暴秦，能教天下人知道秦國是暴虐桀紂！關照此等人，便是為天下反秦聚集力量。明白麼？」

「啊，明白也！」侯生恍然大悟了。

「大險在即，要當即給儒生們說得明白，教他們盡快逃離咸陽！」

「那，我等走不走？」

「走。後天夜三更，老夫在南門外郊亭等候足下，一起遠走！」

「可……這……」侯生臉紅了。

「儘管跟老夫走。財貨金錢足夠足下揮金如土。」

「好！盡遵兄臺之命！」侯生頓時興奮起來。

一切盡如謀劃。兩日之內，侯生以老博士資望祕密接觸了各個儒生群的軸心人物，將種種險情做了最嚴重的描述，鼓動儒生們立即逃亡。侯生沒有完全遵照盧生叮囑行事，不但密會了儒生，也密會了方士術士與其餘各家士子的要害人物。在侯生看來，單單儒生逃亡太過引人注目，萬一有事則大禍全在儒家，而學宮一起逃亡，非但聲勢更大，且容易使官府難以追查真相。戰國私學昌盛，即或同一學派，師生傳承也大多以區域集結為主，同是儒生，便有了齊儒魯儒宋儒楚儒等等名目。尋常而言，一方之儒生都會有一個頗具資望的會學執事者，以發動各種學術活動。儒家如此，其餘各家也大體相同。天下一統之後，各方士子匯聚咸陽，這種地域之別非但沒有消失，反而是更為明顯了。其間原因，在於天下方離諸侯紛爭之世而初歸大海，各方士子們驟然匯入汪洋，不自覺地有著幾分畏懼防範之心。

侯生只要找到了這些會學執事者，一切消息都會迅速地不脛而走。侯生忙碌兩日之後，眼見博士學宮已經騷動了起來，心下大覺滿意，當夜登上一輛垂簾輜車出城了。之後，盧生侯生便從博士學宮銷聲匿跡了。兩日後，待博士僕射周青臣覺察出學宮一片混亂，士子們紛紛收拾行裝逃亡時，御史大夫馮劫已經帶著一千甲士開進來了。

發現盧生侯生失蹤，並立即稟報皇城者，是另一個神祕人物——方士徐福。

那一夜，當徐福第一次未奉召喚而請見皇帝時，趙高大大皺起了眉頭，硬是不敢去稟報皇帝。趙高很清楚皇帝對方士的根本想法：有用則用，絕不涉及治病之外的任何事。見趙高板著臉不說話，素來氣度嫻靜的徐福正色道：「今日之事，關涉秦政成敗。大人若不稟報，寧不計梁山之禍乎！」趙高悚然一驚，二話沒說走進了皇帝書房。

「方士與盧生同門，何其無情耶？」嬴政皇帝揶揄地笑了。

「啟奏陛下：盧生非方士也，其本名魯定文，實乃魯國公室之後裔。」

「如何？」嬴政皇帝驚愕了，臉色頓時肅殺。

徐福詳細訴說了盧生的真實身分與諸般經歷，自然也包括了那令人聞之驚心的刺字情節。嬴政皇帝問徐福如何知曉？徐福遂說出了一個更為驚人的祕密：盧生當年投奔的老方士，正是徐福的老師。其時，徐福正在之罘島採藥，兩年後歸來方知有了如此一位同門師弟。老師祕密叮囑徐福說，這個盧生無祥和之氣，似有仇恨在身，教徐福暗中訪查其底細並留心其行止。徐福稟性寬和，並未上心。直到三年前徐福接到了老師一宗密件，這才大為驚慌。老師說，三名弟子赴東海仙山採藥，發現了之罘島的一片隱祕山谷裡建造了一座頗具氣象的宮室，石坊刻著「魯宮」兩個大字，宮中時常有人出沒。弟子們於夜間進入探察，竟不意發現了一場百餘人的聚會。主持聚會的正是盧生，聽到看到的與會人物都是赫赫大名：楚國項梁、韓國張良、魏國張耳陳餘、齊國田儋田榮田橫、趙國臧塗、燕國李左車等等。這些人商討的大事，是要在齊國沿海建造一個祕密聚攏六國老世族的營地，伺機拿下老齊國的即墨，以為各國老世族復辟根基。大驚之下，徐福給皇帝留下了一書，說要緊急採擷幾味奇藥，便離開咸陽去祕密查訪盧生底細了。在故魯之地大半年，徐福終於探清了盧生的全部根基，立即趕赴故齊海濱稟報了老師。老師大為惱怒，深感盧生以方士之名行復辟之實，既是對方士的極大辱沒，也將給方士帶來毀滅性災難。老師給徐福的叮囑是，伺機將真相揭示給皇帝，不能使方士綁在儒家的戰車上毀滅……

「何以等到今日稟報？」嬴政皇帝毫無喜怒之色。

「陛下信用盧生甚過於在下，若盧生不逃，福恐皇帝難以置信。」

「那次你一去日久，便是此事？」

「正是。此乃物證。」

徐福打開了捧來的大木匣，一一拿出了諸多憑據：老師當年收納盧生的門生登錄冊籍、老師給他的密件、同門方士在之罘島畫下的羊皮魯宮圖，等等。最要緊的憑據，是一卷羊皮繩穿編的《魯國公族籍》，最末幾支竹簡赫然有字：「頃公之玄孫，定文，遊歷天下不知所終，人云更名盧生。」徐福說，這是他在魯國下邑一家敗落世家的老人手中重金買來的。老人祖上原本是魯國史官，秉承祖先遺願，四海查詢魯國公族後裔，一有消息便記載下來。遇他時，老人將死，他才以安葬重金換取了這卷冊籍……

「狗彘不食！」嬴政皇帝突然拍案喝罵了一聲，被一種受騙受辱之感深深激怒了，「盧生喪盡天良也！朕用他聚召文學方術之士，原本要大興太平之風！他要煉求奇藥，朕便給他錢！耗費幾多，一無所獲！朕何其厚待，他竟然如此一個復辟狂徒！誹謗秦政，妖言惑眾，與六國老世族沆瀣一氣！……來人！宣馮劫！」

對馮劫的命令，皇帝是咬牙切齒迸發出來的：「儒家之士愚頑無良，一體拿下勘問！徹查博士與盧生侯生之關聯，不得放走一人！」待馮劫大踏步出殿時，嬴政皇帝轉身對一直佇立的徐福道：「先生舉發盧生，大功一件。自今日起，盧生所有職事皆由先生執掌。先生若有所請，擬好上書報來。」徐福深深一躬道：「陛下為方術之士根除異類，免除災劫，老夫銘感不盡也！」說罷告辭去了。

「先生留步。」皇帝的目光冰冷，「先生不以為，大索之罘島是根本麼？」

「稟報陛下。」徐福依舊平靜如常，「大索之罘島確是根本，老朽亦願帶路。然則，目下正當大潮之期，海浪猛惡難當，船隊無法越海，是故老朽未曾提及。若陛下以為可，老朽縱然身陷魚腹，也當帶路前往。」

「登臨之罘島，每年何時最佳？」

「冬夏兩季，潮水平緩之期。」

「好。先生嚴守機密了。」皇帝一點頭，徐福終於走出了書房。

馮劫風風火火進入博士學宮，非但全部堵截了尚未逃走的儒生方術士，而且快馬追回了百餘名已經逃出咸陽的士子。馮劫與御史丞並幾名老御史，立即分作了幾班，對所有博士學宮的官士逐一勘審。徒有虛名的方士術士們早已領教了御史大夫府的利害，紛紛說是儒生們鼓噪逃亡，不干自己事。儒生們更是驚恐萬分，紛紛說出了自家如何得知逃亡說辭等等諸般情節，沒有一個人奉行儒家對待舉發的「為大人隱，為親友隱」的諸般教誨，競相攀扯舉發，一時人人無一事外。

月餘之間，事件經過脈絡全部查清。馮劫聚集全體學宮人士，黑著臉宣布了涉案人犯的三條大罪：其一，不思守法，自甘妖言蠱惑；其二，誹謗秦政，通連呼應復辟；其三，官身逃亡，褻瀆官士公職，惡意鼓噪動盪，危及大秦新政之根本。涉案人犯四百六十七人，全數下獄待決（註：儒案人數四說：《史記·秦始皇本紀》云四百六十餘人，《文選·西征賦》注云四百六十四人，王充《論衡》云四百六十七人，衛宏〈尚書序〉云七百人。從王充說）。宣布一罷，儒生們昏厥了一大片，哭喊連天捶胸頓足，紛紛大叫冤屈。馮劫冷笑一聲，對甲士方陣大手一揮逕自走了。

暮色時分，博士學宮空蕩蕩一片。周青臣望著血紅的殘陽，踩著飄零的落葉，踽踽徘徊在空如幽谷的論學堂湖畔，一時悲從中來，不禁放聲大哭……

四、孔門儒家第一次捲入了復辟暗潮

咸陽大起波瀾，孔子故里也陷入了前所未有的緊張之中。

自孔子離世，儒家的政治主張一直未能得以伸展。孟子之後，這個學派似乎已經筋疲力盡，奔走仕途矢志復辟的精神大大衰減，漸漸地專務於治學授徒了。不期然，這種無奈的收斂，卻使儒家意外地發展為天下最為蓬勃的學派，各郡皆有儒家名士之私學，堪稱弟子遍布天下。與此同時，孔氏一門穩定傳承繁衍頗盛，至秦一天下，孔門已經傳到了第九代。這一傳承的嫡系脈絡是：孔子、孔鯉（伯魚）、孔伋（子思）、孔白（子上）、孔求（子家）、孔箕（子京）、孔穿（子高）、子慎、孔鮒（子輿）。

九代之中，除第八代子慎做過幾年末期魏國的丞相，其餘盡皆治學。

秦一天下之後，帝國一力推行新政創制，大肆搜求各方人才。舉凡六國舊官吏之清廉能事者，盡皆留用；舉凡天下學派名士，各郡縣官署都奉命著力搜求，而後直接送入咸陽博士學宮。在此大勢之下，嬴政皇帝與帝國重臣們在開始時期的見識是一致的：四海歸一，當以興盛太平文明為主旨，盡可能少地以政見取人。也就是說，搜求人才不再如同戰國大爭之世那般以治國理念為最重要標準，允許將不同治國理念的學派一起納入帝國海洋。當然，這裡有一個不言自明的尺規：必須擁戴帝國新政。基於此等轉變，嬴政皇帝與李斯等一班重臣會商，決意以對待儒家為楷模，向天下彰顯帝國新政的納才之道。

舉凡天下皆知，秦儒疏離，秦儒相輕，其來有自也。孔子西行不入秦，後來的儒家名士也較少入秦，即或是遊歷列國，儒家之士也很少涉足秦國。其間根源雖然很難歸結為單一原因，然儒家蔑視秦人秦風，認秦為愚昧夷狄則是不爭的事實。應該說，在秦孝公之前，秦人對儒家的這種蔑視是無奈的。而自孝公商鞅變法崛起，秦國自覺地搜求經世人才，對主張復辟與仁政的儒家，是打心眼裡蔑視的。戰國百餘年，山東士子大量流入秦國，儒家之士依然寥寥無幾。不能不說，這種其來有自的相互蔑視起了很大的阻礙作用。秦帝國一旦能敬儒而用，則無疑是海納百川的最好證明。嬴政皇帝曾經笑歎云：「朕願為燕昭王築黃金臺，但願儒家亦有郭隗之明睿也！」如此這般，這個近百年幾為天下遺忘的曾經的顯學流派，被嬴政皇帝的詔書隆重而顯赫地推上了帝國政壇：孔鮒被皇帝任命為幾比舊時諸侯的高爵——文通君，官拜少傅，統領天下文學之士。秦及其之後的兩漢，所謂文學之士，是諸般治學流派的泛稱；統領文學之士，便是事實上的天下學派領袖。

後來的事實表明，這是極具諷刺意義的一幕。秦帝國在歷史上第一個將備受冷落的儒家學派推上了學派領袖的位置，這個學派卻並沒有投桃報李，而是舊病復發一意孤行，獲罪致傷之後更是矢志復仇，以至於千秋萬代地對秦政鞭屍叱罵，絕無一絲中庸之心。

此時的這個孔鮒，已經匆匆逃出咸陽，急慌慌回到了故里，立即召來胞弟子襄緊急會商。孔鮒將大朝欲將焚書的事情一說，精明幹練的子襄立即有了對策——藏書為上。孔鮒秉承了儒家的書生傳統，四體不勤五穀不分，對實際事務最是懵懂，但遇實事操持，都是這位精明能事不大讀書的弟弟作主。是故，子襄一應，孔鮒立即癱在了榻上放心了。後來，孔鮒投靠了陳勝反秦軍，莫名其妙死於陳下之地。其時，正是這子襄繼承了孔門嫡系，延續了孔門血脈，後來先做了西漢的博士，又做了長沙太守。

子襄吩咐一個女僕照應兄長，立即出來撞響了茅亭鐘室裡的大銅鐘。鐘聲急促盪開，莊院外讀書的弟子們紛紛從松柏林中走出，匆匆奔莊院而來。未幾，百餘名弟子聚齊到大庭院中。子襄站在正廳前的石階上神色激昂地高聲道：「諸位弟子們，秦皇帝要焚燒天下典籍，儒家災劫即將來臨！我等要將全數典籍藏匿起來，書房只擺醫農卜筮之書。若孔門儒家有滅族之禍，任何人不得洩露藏書之地！無論誰活下來，都要暗中守護藏書，直到聖王出世徵求。若有膽怯背叛儒家者，任何時日，儒家子弟均可鳴鼓而攻之！明白麼？」

「明白！」弟子們雖然驚愕萬分，還是激昂地呼喊了一聲。

「好！分成兩班，一班整理書籍，一班做石條夾壁牆。立即動手！」

弟子們口中答應著，事實上卻慌亂一團。蓋儒家崇尚「文質彬彬，然後君子」，絕不像墨家那般以自立生存為藝業根本。除了趕車，儒家士子對農耕工匠商旅諸般生計事十有八九不通，比孔子時期的立身教習尚且差了一截。今日驟逢實際操持，頓時亂了陣腳，既不知夾壁牆該如何修法，更不知石條該到何處倒騰。不甚讀書的子襄這才恍然大悟，驟然明白了哥哥的這班弟子的致命病症。於是子襄二話不說，立即走下石階開始鋪排：一邊先點出了二十名弟子去整理簡冊，一邊教弟子們一一自報自家是力氣大還是心思巧。片刻報完，子襄高聲喝令，力氣大的站左，心思巧的站右。而後，子襄召來六名府中工匠，兩名石工領著力氣大的一隊弟子去尋覓石條，四名營造工領著一隊心思巧的弟子籌劃夾壁牆。匆匆鋪排完畢，子襄親自各處督導，開始了萬般忙亂的祕密藏書。

忙碌月餘，好容易將典籍藏完，焚書的事卻似乎沒有了動靜。非但沒有郡縣吏上門搜書，這個赫赫文通君逃亡的事也沒人來問。子襄心下大是疑惑，以秦政迅捷功效，竟能有月餘時間藏書，原本便不可思議；更兼兄長拜爵文通君，幾與那些功臣列侯等同，這個虎狼皇帝能丟在腦後不聞不問？問及兄長，孔鮒卻是無論如何說不出個清楚道理。精明的子襄一時沒了主張，不知道究竟是逃走好，還是守護在故里好。如此萬般疑惑萬般緊張，不時有各郡縣傳來繳書焚書消息，偏偏孔府一無動靜。煎熬之間，眼看北風大起冬雪飄飛河水解凍驚蟄再臨，還是沒有人理睬這方儒家鼻祖之地。一時間，孔鮒反倒有些落寞失悔起來，早知皇帝沒有將儒家放在心上，何須跟著那班勾通六國貴族的儒家博士起哄？自先祖孔子以來，孔門九代，哪一代拜過君爵？居君侯之高爵寧不珍惜，以致又陷冷落蕭疏之境地，報應矣！

然在孔鮒長吁短歎之時，子襄卻驀然警覺起來，對這位文通君大哥道：「為弟反覆思忖，此事絕不會無疾而終。以嬴政虎狼機心，安知不是以孔門儒家為餌，欲釣大魚？」

「大魚？甚是大魚？」孔鮒很有些迷惘。

「大哥可曾與六國世族來往？」

「識得幾人，無甚來往。」

「這便好。但願真正無事也。」

在這憂心忡忡惶惶不安之時，孔府來了兩位神祕人物。

當子襄從莊外將這兩個人物領進已經沒有書的書房時，孔鮒驚愕得嘴都合不攏了。手忙腳亂地揉了幾次眼睛，才一拱手勉力笑道：「兩位遠來，敢請入座。」兩人卻也奇怪，只淡淡地笑看著孔鮒，良久一句話不說。孔鮒見子襄直直地佇立著不走，這才恍然道：「老夫慚愧，忙亂無智了。這是舍弟子襄。子襄，這位是魏公子陳餘，這位是儒門博士盧生……」子襄當即一拱手道：「公子、先生見諒，時勢非常，我兄多有迂闊，在下不得不與聞三位會晤。」年輕的陳餘朗聲笑道：「久聞孔門仲公子才具過人，果名不虛傳也！我等與仲公子豈有背人之密，敢請仲公子入座。」如此一說，子襄倒有些失悔言辭激烈，立即一臉笑意地吩咐上酒為兩位大賓洗塵。片刻酒食周到，小宴密談便隨著觥籌交錯流轉開來。

盧生先行敘說了孔鮒離開咸陽後的種種事端，說到自己謀劃未果而終致四百餘儒生下獄，一時涕淚唏噓。孔鮒聽得心驚肉跳，第一個閃念便是如此相互攀扯，大禍會否降臨到孔門？子襄機警，當即問道：「先生既與侯生共謀，又一起逃秦，如何那位先生不曾同行？」盧生憤憤然道：「虎狼無道也！我等逃出函谷關，堪堪進入逢澤，卻被三川郡尉捕卒（註：郡尉，秦郡武官，掌「典兵禁，捕盜賊」；捕卒為捕盜軍吏，幾如後世捕快）死盯上也！情急之下，老夫只有與侯生分道逃亡。侯生奔了楚地項氏，老夫奔了魏國公子。」子襄又道：「先生既被緝拿，何敢踏入孔府是非之地？」盧生冷冷一笑道：「誰云孔府乃是非之地？天下焚書正烈，咸陽儒案正深，孔府卻靜謐如同仙境，豈非皇帝對文通君青眼有加耶？」子襄淡淡道：「先生無須譏諷也。颶風將至，草木無聲。安知如此靜謐不是大禍臨頭之兆耶？」一直沒說話的陳餘搖搖手道：「先生與仲公子毋得誤會。時勢劇變，當須同心也！我等今來，其實正是盧兄動議。盧兄護儒之心，上天可鑒！」於是，陳餘當即將盧生身世真相與其後演變敘說了一番，孔氏兄弟竟聽得良久回不過神來。

「盧兄原來真儒也！老夫失察，尚請見諒。」孔鮒深深一躬。

「先生有勾踐復國之志，佩服！」子襄也豪爽拱手，衷心認同了這位老儒。

「儒家大難將至，聖人傳承務須延續。」盧生分外肅穆。

「先生之論，孔門真有大難將至？」孔鮒為盧生的神色震驚了。

陳餘道：「秦滅先王典籍，而孔府為典籍之最，豈能不危矣！」

「先王之典，我已藏之。老夫等他來搜，搜不出，還能有患麼？」

「文通君何其迂闊也！孔府無書，自成反證。君竟不覺，誠可笑也！」

「大哥，公子言之有理。孔門得預備脫身。」子襄立即警覺起來。

「走……」孔鮒本無主見，事急則更見遲疑。

「那，弟子們無書可讀，教他們各自回家罷了！」孔鮒長歎一聲。

盧生連連搖手：「差矣！差矣！儒家之貴，正在儒生弟子也！」

「百人無事可做，徒然招惹風聲，老夫何安！」

「文通君短視也！」盧生連連叩案，「而今天下典籍幾被燒盡，諸多儒生又遭下獄。天下學派凋零，唯餘儒家孔門主幹尚在，若干儒家博士尚在，此情此景，豈非上天之意哉！設想天下一旦有變，聖王復出，必興文明。其時，儒家之士與孔門所藏之典籍，豈非鳳毛麟角哉！……其時也，儒家弟子數百，人人滿腹詩書，將是一支何等可觀之文明力量也！」

「先生言之有理！」子襄奮然道，「那時，儒家將是真正的天下顯學！」

「可，逃往何處……」孔鮒又皺起了眉頭。

「文通君毋憂，此事有我與盧兄一力承當！」陳餘慷慨拍案。

終於，孔鮒拿定了主意，吩咐子襄立即著手籌劃。四人的約定是：三日準備，第三日夜離開孔府，向中原的嵩陽河谷遷徙。盧生說，嵩陽是公子陳餘祖上的封地，他多年前在嵩陽大山建造了一處祕密洞窟，兩百餘人衣食起居不是難事。子襄原本有謀劃好的逃亡去向，今日一聞陳餘盧生所說，立即明白了六國老世族祕密力量的強大，二話沒說便答應了。

當夜，子襄正在忙碌派遣各方事務，孔鮒又憂心忡忡地來了。孔鮒對子襄說：「這個陳餘小視不得，與另一個貴族公子張耳是刎頸之交，聽說與韓國公子張良及楚國公子項梁等都是死命效力復辟的人物。孔門與他等綁在一起，究竟是吉還是凶？他能想到逃出咸陽，也是這陳餘潛入咸陽祕密說動的。這班人能事歸能事，可扛得住虎狼秦政麼？」子襄正在風風火火忙碌，聞言哭笑不得道：「大哥且先歇息，忙完事我立即來會商。」

四更時分，子襄走進了孔鮒寢室。孔鮒在黑暗中立即翻身離榻，將子襄拉進了一間密不透風的石屋，也不點蠟燭，黑對黑地喁喁而語了。子襄說：「目下時勢使然，不得不借助六國老世族，雖則冒險，值得賭博一次。」孔鮒連連搖頭說：「大政不是博戲，豈能如此輕率？」子襄說：「得看大勢的另一面，秦政如此激切，生變的可能性極大。且秦政輕儒，業已開始整治儒家。孔門追隨秦政，至多落得個不死，而融進六國復辟勢力，則伸展極大。」

「六國貴族要成事，最終離不開儒家名士！」子襄一句評判，接著又道，「大哥且想：六國貴族要復辟，必以恢復諸侯舊制王道仁政為主張！否則，便沒有號召天下之大旗。而在復辟、復禮、復古、仁政諸方面，天下何家能有儒家之深徹？六國貴族相助儒家，原本正是看準了這一根本！是故，他等要復辟，必以儒家，必以孔門為同道之盟！孔門有百餘名儒生，何愁六國貴族不敬我用我？」

「孔門九代以治學為業，墮入復辟泥潭……」

「大哥差矣！」子襄慷慨打斷，「九代治學，孔門甘心麼？自先祖孔子以來，孔門儒家哪一代不是為求做官而孜孜不倦？學而優則仕，先祖大訓也。祖述堯舜，憲章文武，先祖大志也。復辟先王舊制，原是儒家本心，何言自墮泥潭哉！儒家本是為政之學，離開大政，儒家沒有生命！秦皇帝屏棄儒家，不等於天道摒棄儒家。與六國貴族聯手，正是儒家反對霸道而自立於天下的基石！」

「子襄，你想得如此明白？」孔鮒盯著弟弟驚訝了。

「大哥不要猶疑了。」

「兄弟不知，我是越來越覺得儒家無用了……」

「大哥何出此言也！」子襄笑道，「便以目下論，儒家也比六國老世族有大用。他等被四海追捕，朝夕不保，只能祕密活動於暗處。我儒家則是天下正大學派，公然自立於天下，連皇帝也拜我儒家統掌天下文學。儒家敢做敢說者，正是他等想做想說者。他等不助儒家，何以為自家復辟大業正名！大哥說，儒家無用麼？」

「有道理也！」孔鮒點頭讚歎，「無怪老父親說襄弟有王佐之才也！」

一番密談，儒家軸心的孔門終於做出了最後的決斷：脫離秦政，逃往嵩陽隱居，與六國老世族復辟勢力結盟，等待天下生變。孔鮒心意一決，情緒立即見好。子襄忙於部署逃亡，孔鮒便與陳餘盧生不斷地飲酒密談。臨走前的深夜密談中，盧生陳餘向這位大秦文通君說出了又一個驚人的祕密：在製作「亡秦者胡也」預言之後，他們將謀劃一次更為震驚天下的刻石預言！孔鮒忙問究竟，盧生壓低聲音道：「文通君且想，始皇帝若死，天下如何？」孔鮒思忖片刻道：「諸侯制復之？」陳餘笑道：「太白太白，那不是預言。預言之妙，在似懂非懂之間也。」孔鮒恍然，悶頭思忖良久，突然拍案道：

「地分！始皇帝死而地分！」

「文通君終開竅也！」陳餘盧生同聲大笑。

「如此預言常出，也是一策。」孔鮒為自己從未有過的洞察高興起來。

「說得好！」盧生笑道，「年年出預言，攪得虎狼皇帝心神不安！」

「此兵家亂心之術也！」陳餘拍案。

「甚好甚好。」孔鮒第一次矜持了。

「再來一則。」子襄一步進門神祕地笑道，「今年祖龍死。」

「妙！采！」舉座大笑喝采。

不料，第三日夜裡諸事齊備，孔門儒生正在家廟最後拜別先祖時，充作斥候的兩名儒生跌跌撞撞跑來稟報說，有大隊騎士正朝孔府開來，因由不明。孔府人眾頓時恐慌起來。

自焚書令頒行之後，薛郡郡守連番向總掌文事的奉常府上書，稟報本郡孔里的種種異動跡象，請命定奪處置之法。老奉常胡毋敬歷來謹慎敬事，每次得報都立即呈報皇城，並於次日卯時進皇城書房領取皇帝批示。對於文通君孔鮒已經逃回故里，然未見舉族再逃跡象的消息，嬴政皇帝非但沒有震怒，似乎還頗感欣慰地對胡毋敬道：「孔鮒以高爵之臣不告私逃，依法，本該緝拿問罪。念儒家數代專心治學，更不知法治為何物，只要孔鮒逃國不逃鄉，終歸是大秦臣民，任他去了。」對於孔府修築石夾壁牆藏書，而未向郡縣官署上繳任何典籍的消息，嬴政皇帝也淡淡笑道：「還是那句話，只要孔鮒仍在故里，任他去了。」胡毋敬大覺疑惑，思忖良久，終歸恍然，一拱手道：「自此之後，焚書令與孔里之事，老臣不再奏聞陛下，盡知如何處置了。」嬴政皇帝破例一笑，沒有說話。

胡毋敬明白者何？蓋當初李斯將驚蟄大朝之議，以奏章形式正式呈報後，嬴政皇帝的朱批是：「制曰：可。」當初，帝國群臣正在憤激之時，誰也沒有仔細體察其中況味。胡毋敬則總覺焚書令雷聲大雨點小，心下多有疑惑然也未曾深思，今日皇帝對孔府藏書如此淡漠，實則默認了孔府藏書之事實。胡毋敬認真追思，方才恍然明白：皇帝一開始便對焚書採取了鬆弛勢態，「制曰」的批示形式，已經蘊含了這種有可能的緩和。

帝國創制時，典章明白規定：命為「制」，令為「詔」。命的本意，是諸侯會盟約定的條文或說辭；令的本意，則是必須執行的法令。由此出發，「制」與「詔」作為皇帝批文的兩種形式，其間也有區別：制，相對緩和而有彈性，其實質含義是「可以這樣做」；詔，則是明確清楚的命令，其實質含義是「必須這樣做」。到嬴政皇帝時期，秦政已經非常成熟，在百餘年中所錘鍊出的極其豐厚的大政底蘊，對繁劇國事的處置之法，已經達到了爐火純青之境。天下大事如此之多，君王未必總是以命令方式行事，其間必然有許許多多需要謹慎把握的程度區別。所謂「王言如絲，其出如綸」——君王言論如絲般細小，傳之天下則會劇烈擴大——說的便是君王政令的謹慎性。唯其如此，帝國創制之時，特意將皇帝的批示形式分作了兩種：「制」為鬆緩性批示，實施官員有酌情辦理之彈性；「詔」為強制性批示，實施官員必須照辦。事實上，這是中國古代最高文告形式的獨特創新。《史記・始皇本紀・正義》云：「制、詔三代無文，秦始有之。」說的正是這種君王文告的創制。嬴政皇帝對李斯的焚書奏章以「制曰」批示——可以這樣做，而不是以「詔曰」批示——必須這樣做。

其間分野，自有一番苦心。

然則，盧生侯生逃亡，進而犬儒案爆發，嬴政皇帝變了。

變之根由，在於由此而引發的兩件事：一則，涉案儒生多有舉發，言文通君孔鮒主事學宮期間，與六國老世族多有勾連，多次參與六國世族公子宴會論學，曾邀諸多儒生與宴，席間每每大談諸侯制；二則，薛郡急報，孔府故里多日異常，似有舉族逃鄉之象。對於儒生舉發，嬴政皇帝雖則不悅，卻也沒有如何看重，只淡淡一句道：「其時尚未有驚蟄大朝，此等書生議論，說便說了。」然自薛郡急報之後，嬴政皇帝顯然有些憤怒了——這孔鮒還能當真沒有了法度？擅自逃國，對朕一句話沒有！如今又要擅自逃鄉，不做大秦臣民了？縱然如此，嬴政皇帝也還是沒有大動干戈，只吩咐御史大夫馮劫派出幹員到薛郡督導查勘，並未生出緝拿孔鮒之意。然則未過多日，馮劫派出的御史丞發來快馬密報：兩名喬裝成商旅的人物進入了孔府，其中一人是逃亡的盧生。

「目無法度，莫此為甚！」

嬴政皇帝頓時大怒，手中的銅管大筆砸得銅案噹噹響，立即下令馮劫率兩千馬隊趕赴薛郡圍定孔里，不使孔門一人走脫！馮劫走後，嬴政皇帝兀自憤怒不已，連連大罵：「孔儒無法！無道！無義！勾連復辟，大偽君子！枉為天下顯學！」嚇得遠遠侍立的趙高大氣也不敢出。罵得一陣，嬴政皇帝大喝一聲，「小高子！去孔里！」趙高風一般捲出。片刻之後，嬴政皇帝登上了趙高親自駕馭的六馬高車，在一支三百人馬隊護衛下風馳電掣飛出了咸陽。

次日暮色，皇帝車馬抵達薛郡時，孔里已經空蕩蕩了無人跡。

馮劫稟報了經過：他的馬隊是午後時分趕到的，其時孔里一片倉促離去的狼藉，已經沒有了一個人影。經搜索查證，孔族千餘人分多路全數逃亡，去向一時不明，孔府未見可疑之物。嬴政皇帝望著眼前空蕩蕩的莊院，冷冷笑道：「好個孔府儒家，終究與我大秦新政為敵也！彼不仁，朕何義？先開孔府石牆！」

片刻之間火把大起，一千甲士在薛郡營造工師指點下，開始發掘孔府內所有的新牆。不到兩個時辰，十幾道新牆全部推倒，然卻只有數百卷農工醫藥種樹之書，未見一卷詩書典籍。所有的人都大感意外，一時沒了聲息。嬴政皇帝端詳一陣，突然一陣大笑道：「好！儒家也學會了疑兵欺詐，足證其護典之說大偽欺世也！」轉身下令道，「在孔里紮下行營。朕偏要看個究竟，這個孔鮒還有何等行騙小伎！」

行營堪堪紮定，李斯姚賈胡毋敬三位大臣也風塵僕僕趕到了。

嬴政皇帝當即在孔府正廳小宴，一則為三位大臣洗塵，一則會商如何處置孔儒事件。薛郡郡守與馮劫先後稟報了種種情形。之後，胡毋敬向姚賈一拱手道：「敢問廷尉，孔儒之觸法該當幾樁罪行？」姚賈道：「依據秦法，孔儒觸法之深前所未見。其一，孔鮒身居高爵，不辭官而擅自逃國，死罪也；其二，抗法而拒繳詩書，死罪也；其三，以古非今，鼓噪復辟，妄議大政，滅族之罪也；其四，裹挾舉族離鄉逃匿，既荒廢耕田，又實同民變，滅族罪也；其五，藏匿重犯盧生，不舉發報官，連坐其罪，同死罪也。至少，如此五大罪行不可饒恕。」

「老臣敢請陛下三思。」胡毋敬長吁一聲道，「自焚書令頒行以來，陛下苦心老臣盡知也！然連番事態迭起，若依舊如前，半鬆半緊，只恐臣等與郡縣官署無所措手足矣！」

「老臣附議奉常之說。」李斯當即接道，「陛下為謹慎計，以『制曰』頒行焚書令，老臣當時未嘗異議也。然，樹欲靜而風不止。我退一步，則復辟暗潮必進百步矣！老臣之見，孔儒事既不能輕，亦不能緩，當立即依法處置。何也？孔儒乃儒家大旗，其與六國復辟世族沆瀣一氣，亦必成復辟勢力之道義大旗……」

「滅軍以斬旗為先！」大將出身的馮劫立即響亮地插了一句。

「臣亦願陛下三思。」薛郡郡守也說話了。

「看來，朕是錯了！」嬴政皇帝萬般感慨地長歎了一聲，「朕原本只說，儒家畢竟治學流派而已，只要大秦誠心容納，儒家必能改弦更張。畢竟，儒家也非全然沒有政見。朕之不可思議者，何以這儒家硬是看不到秦政好處？看不到民眾安居樂業？當年，孔夫子不是也曾對齊桓公驅逐四夷大加讚歎麼？大秦一舉擊退匈奴，平定南粵，華夏四境大安，儒家能眼睜睜看不見麼？朕想給儒家留一片寬闊的迴旋之地，給了他文通君高爵，給了他統領天下文治的百家統領地位，想致儒家興教興文，匯聚百家而成就我華夏文明之盛大氣象……不可思議也！不可思議也！如何這儒家能死死抱住千年之前的井田制、諸侯制不願撒手？果真復辟，有何好處？瘋癡若此，亙古未聞也！」

舉座一時寂然。帝國大臣們從來沒有見過皇帝如此感慨。

「儒家惡癖，戀屍狂而已！陛下想他做甚！」馮劫高聲一句。

「老臣之見，」李斯一拱手道，「儒家所以如此瘋癡，根本只在兩處。一則，儒家政道從來不以人民處境為根基，『民可使由之，不可使知之』，『刑不上大夫，禮不下庶人』，此之謂也。井田制也好，諸侯制也好，仁政也好，都是對世襲貴族大有好處。秦政使黔首人皆有田，使奴隸脫籍而成平民；而貴族，則永遠失去了法外特權，永遠失去了世襲封地。秦行新政，而貴族無所得，儒家必然視秦政為惡政也！二則，儒家褊狹迂腐，恩怨之心極重，歷來記仇，睚眥必報。儒家以仕途為生命之根，秦政卻素來輕儒，百餘年從來沒有用過一個大儒。孔門第八代子慎，在魏國行將滅亡而政道最黑之時，卻做了魏國丞相。可見，儒家做官，從來不以該國政道是否合乎民心潮流而抉擇，而只以能否給他帶來特權而選擇。陛下雖用儒家，卻沒有賦予儒家任何法外特權。故儒家之心，終與秦政疏離。亦即是說，儒家從來沒有將秦政看作自家追思的政道。儒家，只牢牢記得秦政輕儒的仇恨！」

「丞相之說，老臣以為切中要害。」胡毋敬由衷地附議了。

「好！」嬴政皇帝斷然拍案，「姚賈說話，此事如何處置？」

「依法論罪，目下之要是搜出孔府藏書，使證據俱在。」

「白說！」馮劫大皺眉頭，「牆都推倒了，還能何處去查？」

「也是。然，這千萬卷簡冊，他能都背走了？」胡毋敬大感疑惑。

「陛下，列位大人。」薛郡郡守一拱手道，「臣有一想，孔子陵墓占地百餘畝，正在孔子舊居之下，其地上地下均有石室，素不引人注意……（註：《史記・孔子世家》云：「孔子冢大一頃。故所居堂、弟子內，後世因廟，藏孔子衣冠琴車書。」《索隱》云：「孔子所居之堂，其弟子之中，孔子沒後，後代因廟，藏夫子平生衣冠琴書於壽堂中。」）」

「郡守是說，書藏在墓裡！」馮劫大是興奮。

姚賈點頭道：「孔府房屋不多，確實很難藏書。」

「孔子冢如小山，倒真是出人意料之所。」李斯也有些心動了。

「那還說甚？老夫明日開墓！」馮劫高聲大氣。

「然則，掘孔子墓妥當麼？」胡毋敬頗見猶豫。

「有何不當！以老夫子墓藏書便當麼？」馮劫臉色頓時陰沉。

「戰國以來，業已有人呼孔子為學聖了。尤其齊魯之士，更是尊孔……」

姚賈正色道：「國事以法為重，老奉常無須多慮也。」

「朕意，明日先開孔子故居之牆，再開墓。」嬴政皇帝終於拍案了。

孔里之北泗水滔滔東去，河濱坐落著孔子墓地。

孔子死後漸漸獲得了諸多敬意，但直至戰國末世，仍然只是一個因復辟理念而幾為天下主流遺忘的正常的大學者，並無任何神聖光環。就實而論，孔子墓地得以保留並得到良好維護，並非後世儒家所宣稱的諸般天命神聖所致。其真實根源，在於儒家以人倫為本主張禮治，所有的禮儀中又最為看重葬禮，不惜耗時耗財耗人生命以完成葬禮。《史記・孔子世家》記載：「孔子葬魯城北泗上，弟子皆服三年。三年心喪畢，相訣而去，則哭，各復盡哀，或復留。唯子貢廬於冢上，凡六年，然後去。」毋庸置疑，這是非常動人的師生之道。一個學派的人士自願地耗時耗財耗命，全然可視作一種自由信念，與他人無涉。然則，若從當時實際想去，這種葬禮與大爭之世其餘學派珍惜時光生命以奮發效力於社會相比，距離很遠很遠。若孔子達觀如莊子，節葬如墨子，看重生命功效如法家兵家與其餘諸多實用學派，孔子的墓地完全可能如同許許多多的諸子大師那樣無可尋覓了。

這座孔子墓地最顯赫的標誌，是一片各色樹木匯聚的獨特小樹林。據說，這片樹林是孔子死後各國的儒家弟子各持其國之樹木前來栽種的，是故樹色駁雜。林間一條大道直通墓地，道口兩側是兩座古樸的石闕。因了這兩座石闕，時人亦稱孔墓為闕里。《史記集解》引《皇覽》對孔墓的描述是：「孔子冢去城一里。冢塋百畝，冢南北廣十步，東西十三步，高一丈二尺。冢前以瓴甓（磚瓦）為祠壇，方六尺，與地平。本無祠堂。冢塋中樹以百數，皆異種，魯人世世無能名其樹者。」墓塋旁邊，是孔子當年的舊居。按時人說法，叫作孔宅舊垣。種種情形可見，孔子的墓地是簡樸而清幽的。至於占地百畝，在地廣人稀的時代是一件很平常的事情。

清晨，大隊肩扛鐵耒的士兵在馮劫指令下開始了墓地開掘（註：秦始皇掘孔子墓，歷史學家馬非百先生之資料集《秦始皇帝傳》輯錄了諸多文獻記載：《論衡・實知篇》，《太平御覽》八六、六九引《異苑》、《春秋演孔圖》，《古今圖書集成・職方典・兗州府・紀事一》等）。

與此同時，另一大隊士兵在姚賈胡毋敬指令下開始拆孔子舊垣的石壁牆。大約一個多時辰後，幾道拆毀的石牆中發現了百餘卷典籍。姚賈胡毋敬大體清點後，立即飛報了皇帝行營。嬴政皇帝立即驅車到了舊垣，親自察看了起出來的藏書，思忖片刻下令道：「廷尉可會同御史將藏書登錄，以為憑據。之後將石牆依舊砌起，書卷照舊藏入。」胡毋敬大是不解。嬴政皇帝卻轉身對薛郡郡守下令道：「自今日之後，派幹員祕密守住孔里，但有可疑人等前來起書，立即緝拿。」郡守領命。胡毋敬這才恍然了。

午後時分，墓口開出了一條寬闊的坡道，士兵們已經在坡道兩側舉起了火把。嬴政皇帝大步來到墓口，卻被馮劫攔住了：「陛下請帶劍進墓！」嬴政皇帝一陣大笑：「朕乃活天子，見一死人，用得著帶劍麼？進！」馮劫說聲老臣先行，從兵士手中接過一支火把，第一個大踏步進了墓道。嬴政與李斯姚賈胡毋敬等也隨後走下了坡道。

墓道盡頭是一方寬敞的黃土大廳。郡守與幾名將軍各持一支火把，大廳一覽無餘。只見中央一方棺槨平臥於三尺石臺之上，棺槨之前是一尊孔子坐案觀書的泥俑；泥俑左後側是一張長大的木榻，榻上有粗布帷帳，帳中有棉被草席；泥俑右後側是一方長案，案上一鼎一爵，案側一隻原色木酒桶；泥俑正前方是一輛軺車，車蓋高五七尺，車後一座弓箭架，弓與箭俱全；土廳右角是一張琴臺，靠土牆處有一竹製大書架碼滿了簡冊，各有寫字的白布條貼於簡冊之上。

「陛下，這方土廳沒有藏書之地。」馮劫顯然很是失望。

姚賈走到書架前道：「《周易》、《詩》、《春秋》、《尚書》，至少這裡有四部書。」

「墓室六藝俱全。陛下，地下孔夫子依然故我。」李斯打量著四周。

「如此土墓室，不像有藏書。」胡毋敬有些困惑。

「要否啟開棺槨查看？」馮劫不死心。

嬴政皇帝沒有理睬馮劫，也一直沒有說話，只在火把下巡視著大廳，神色頗見肅穆。走到書架前，嬴政皇帝指點著那些書卷道：「孔夫子增補《周易》韋編三絕，編修《春秋》耗盡心神，集採民詩多少勞碌，夫子該當擁有如此幾部典籍。留給他了。」走到食案前，嬴政皇帝頗覺好奇，打開了木酒桶湊上聞聞笑道：「好香！果然數百年蘭陵美酒也！」說罷，用食案上的細長酒勺舀出一勺一飲而盡，品咂著笑道：「真好酒也！來！每人一勺，其餘仍留給夫子。」皇帝如此，大臣們頓見輕鬆，君臣笑聲中李斯等大臣每人一飲，紛紛讚歎不絕。

嬴政皇帝繼續徘徊著。走到榻前，嬴政皇帝撩帳坐於榻上，感慨歎道：「夫子節儉，果然不虛也！」走到南牆下，嬴政皇帝取下弓一拉竟大為驚奇：「孔夫子能開得如此硬弓？」說罷，嬴政皇帝欣然取下一支箭搭於弓弦，拉滿弓一射，一支羽箭嗖地沒入了東牆黃土中。大臣將軍們一片喝采讚歎。嬴政皇帝笑道：「看來，夫子還真有些許功夫。若去從軍，定是大將之才。」走到泥俑前，嬴政皇帝對著泥俑深深一躬道：「夫子，嬴政總算見到你老人家了。非嬴政著意擾你清夢也，實是夫子後脅迫我太過也。嬴政今日一別，復你陵墓如昨。夫子啊，嬴政告辭了……」

「陛下快來看也！」馮劫突然叱叫了一聲。

嬴政皇帝驀然回身，見馮劫舉著火把連指東牆，於是大步來到了牆下。端詳之下，只見黃土牆上依稀幾排暗紅色的大字——秦始皇，何強梁，開吾戶，據吾床，張吾弓，射東牆，唾吾漿，以為糧。

土廳的大臣將軍們一時驚愕了，默然了，目光一齊聚到了皇帝臉上。嬴政皇帝未見如何震怒，一臉驚訝道：「怪亦哉！子不語怪力亂神，莫非夫子也作偽？世間果真有如此神異之事，能生知後世數百年？」

「豈有此理！夫子一派胡言！」胡毋敬憤憤然。

「直娘賊！老殺才死了還要咒人！鳥個大師！」馮劫連連大罵。

姚賈一直若有所思地打量著牆上字跡，此時上前用手輕摸土牆，又用指甲輕輕摳劃字跡，不禁一聲驚呼：「陛下，有鬼！」眾人一時大驚，紛紛拔劍在手護住了皇帝。嬴政皇帝大笑道：「散開散開！朕看看夫子如何裝神弄鬼！」姚賈連連搖手高聲道：「不是神鬼！是這字跡有鬼！乾紅字下是新朱砂，上邊暗紅色作假！上邊乾黑，下邊鮮紅！」眾人又是一驚，圍上前一看，果然——暗紅色表皮下顯出了一片鮮紅！

「土墓有暗道，孔府搞鬼！孔鮒孔襄！」馮劫大吼。

「儒家欺秦太甚也！」驟然之間，嬴政皇帝面若冰霜。

請注意，孔墓留字是諸多史料留下來的一則讖言，具體文句各典記載不一，唯有最後一句各典相同，都是「前至沙丘當滅亡」。就實而論，孔子素來厭惡怪力亂神，果能有此讖言，豈非徐福盧生等欺世術士之流？是故，這則讖言的最後一句，是最明顯不過的後世儒家作偽。各典對嬴政皇帝的入墓作為說法不一，獨對最後一句的「沙丘滅亡」四字卻驚人地統一，分明後世儒生增加之，如此大偽欺世，豈不發人深思？

五、長公子扶蘇與皇帝父親的政道裂痕

寬闊明亮的皇帝書房裡，正在舉行一場事關重大的小朝會。

嬴政皇帝回到咸陽的第三日，一俟善後的馮劫胡毋敬歸來，立即召集了這次重臣小朝會。李斯、馮去疾、馮劫、蒙毅、姚賈、胡毋敬六人肅然在座。嬴政皇帝常服散髮坐於御案之後，雖鬚髮灰白大見瘦削，人卻是精神奕奕，毫無疲憊之相。

「種種事端接踵而來，得拿出一則總體對策。」

大臣們連日思謀之下，嬴政皇帝話音一落點，便爭相說了起來。馮劫率先開口，憤激之言擲地有聲：「老臣身為御史大夫，監察天下不法！以為對六國貴族復辟，對勾連復辟之儒家，當一併強硬對之。殺！不大殺復辟人犯，天下難安！」

「御史大夫之言深合秦法。」姚賈接道，「儒家愚頑無行，屢抗新政法令，種種劣跡朝野皆知。若是其他臣民，任誰也罪責難逃！大秦法不二出，天下例無法外之人。儒家不思大秦善待之恩，竟能淪為復辟鷹犬而自甘，足證其無可救藥也！若不依法處置，大秦法統何在！」

「老臣贊同！」素來寡言的右丞相馮去疾憤憤難忍，「六國貴族復辟，利害根基所在也，誰都想得明白。可這儒家捲入復辟不可自拔，老臣百思不得其解！自古至今，幾曾有過如此喪盡天良的學派？嘴上天天說民心即天心，可他想過人民生計麼！教他當官興盛文明，他卻不做，偏偏地要跟著六國貴族復辟，這還是治學之人麼，全然一隻讀書虎狼！」

「不不不。虎狼是我老秦人，莫高抬了儒家。」嬴政皇帝揶揄一句，舉座不禁大笑起來。

「以法而論，儒家確該處置，臣無異議！」蒙毅很硬朗地一句了結。

「老奉常以為如何？」嬴政皇帝看了看一臉憂思的胡毋敬。

「陛下，老臣斗膽了。」胡毋敬髮如霜雪的頭顱微微顫抖著，「老臣主張處置儒家，然不敢贊同大殺儒家。自古以來，書生意氣不應時。此等人看似口如利劍懸河滔滔，然則，卻極少真有擔待。以老臣揣摩，儒家縱然追隨六國貴族，也不過在六國貴族扶持下隱匿不出而已。充其量，做做文事謀劃，斷無舉事作亂之膽魄。恕老臣直言：華夏三千年以來，革命者、叛逆者、暴亂者、弒君者，幾乎沒有過一個治學書生。此等人，不理睬也罷。戰國游士遍天下，說辭泛九州，又將哪一國罵倒了？留下他們，正可彰我大秦相容海量，老臣以為上策也！」隨著胡毋敬話音，舉座一時驚愕了。顯然，在孔府事件後這個總領文治的老臣仍如此建言，大臣們大出意料。

嬴政皇帝面無表情地沉默著。

「老奉常差矣！」李斯慨然開口，打破了沉默，「天下大事固不成於書生，然卻發於書生，壯於書生。若無書生，叛逆也好，革命也好，十有十敗！書生亂國，其為害之烈不在操刀主事，而在鼓噪生事，在滋事發事！長堤之一蟻，大廈之一蟲，書生之亂言也。書生若懷亂政之心，必為反叛所用。其鼓噪之力，謀劃之能，安可小視哉！老奉常治史一生，不見孔子殺少正卯乎！孔子這個老書生如何？很清楚言可生亂，亂可滅國！我等治國大臣，豈能以小仁而亂大政乎！」

「丞相如此責難，老夫夫復何言？」胡毋敬歎息一聲不說話了。

殿中又是一陣頗見難堪的沉默。

「這事得一次說清，不能再拖！」馮劫顯然很生氣。

「說甚？一個字，殺！」馮去疾臉色鐵青。

「不是一個字，是四個字：依法刑處。」姚賈冷冷一句。

「嘿嘿，一樣。」馮劫笑了。

「此事乃大，朕得多說兩句。」

嬴政皇帝在李斯說話時已離開座案，在空闊處閒晃著沉思著，此時回身平靜地道，「老奉常與丞相之言，與諸位之異，道出了一個大題目：治國為政，仁與不仁，容與不容，界限究竟何在？」嬴政皇帝似乎是邊想邊說，不甚流暢然卻極富力度，「先說仁與不仁。何為仁政？孔夫子一生講仁，儒家幾百年講仁，然卻從未給『仁』一個實實在在的根基。作為國家大政，對民眾仁是仁，抑或對貴族仁是仁？天下郡縣一治民眾安居樂業是仁，抑或諸侯裂土刀兵連綿是仁？儒家從來不說。大約也不願意說。說清楚了，也就沒那個『仁』了。法家何以反對儒家之仁？從根本上說，正是反對此等大而無當又寬泛無邊的濫仁！春秋戰國五百餘年，真正確立仁政界標者，不是儒家，而是法家。是商君，是韓子。不是孔子，不是孟子。商君有言，法以愛民，大仁不仁。韓子有言，嚴家無敗虜，而慈母有敗子。秦法不行救濟，不赦罪犯，看似不仁。然卻激發民眾奮發，遏制罪行膨脹，一舉而達大治，實則大仁！為政之仁，正在此等天下大仁，而不在小仁。何為大仁？說到底，四海安定，天下太平，民眾富庶，國家強盛，就是大仁。欲達大仁之境，就要屏棄儒家之濫仁。就要蕩滌污穢，清滅蠹蟲，除掉害群之馬！」

寬闊敞亮的書房靜如幽谷，嬴政皇帝的聲音持續地迴盪著。

「再說容與不容。容者，兼存也，共處也。然則，天下有善惡正邪，人眾有利害糾葛，政道有變法復辟，學派有法先王法後王。此等紛紜糾葛之下，任是國家，任是學派，果能一切皆容乎？不能也。孔子講中庸，何以不容少正卯？墨子講兼愛，何以不容暴君暴政？法家講愛民，何以不容疲民，不容游俠儒生？凡此等等，根源皆在一處：大道同則容，大道不同則不容。相容一切，無異於污泥濁水，無異於毀滅文明。今我大秦開三千年之新政，破三千年之舊制，而這棵大樹的根基，卻只能扎在腳下這方老土之中。當此之時，這棵大樹要壯盛生長，便容不得蟲蟻蛇鼠敗葉殘枝。否則，大秦的根基便會腐爛，大樹便會轟然折斷。其時也，六國貴族之復辟勢力，容得大秦新政麼？不會。決然不會！若我等君臣為彰顯相容之量，而聽任復辟言行氾濫，誤國也，誤民也，誤華夏文明也。戰國之世血流成海，淚灑成河，屍骨成山，不都是在告誡我等：諸侯裂土乃千古罪人麼？儒家以治史為癖好。嬴政寧肯被儒家在史書上將嬴政寫成暴君，寫成虎狼，也絕不會用國家安危去換一個仁政虛名，絕不會用文明存亡去換一個相容，換一個海納！」

大臣們都靜靜地聽著，忘記了任何呼應。嬴政皇帝罕見地說如此長話，始終沒有暴躁的怒氣，始終都是平靜而有力。在靜如幽谷的大書房，嬴政皇帝轉入了最後的決斷申明：「至於如何處置儒家罪行，朕意已決：依法論罪，一人不容。何以如此？一則，大秦法行在先，觸法理當懲治。二則，儒家既不願作興盛文明之大旗，便教他作鼓噪復辟之大旗。朕要嚴懲儒家以告誡天下：任誰要復辟，先得踏過大秦法治這一關。」

「陛下明斷！」六大臣奮然一聲。

老奉常胡毋敬起身深深一躬：「陛下一席話，老臣謹受教也！」

「老奉常與朕同心，國家大幸也！」嬴政皇帝笑了。

馮劫高聲道：「陛下，要震懾復辟，儒生不能用常刑！」

「噢？當用何刑？」

「坑殺！」

「為何？」

姚賈接道：「坑殺為戰場之刑，大秦反復辟也是戰場。坑殺寓意：深徹埋葬王道舊制！」

「說得好。」嬴政皇帝淡淡一笑，「再打一場反復辟之戰，埋葬王道舊制。」

月亮在浮雲中優哉遊哉地飄盪著，扶蘇心急如焚。

幾日前，九原幕府接到了皇帝書房發出的國事快報，第一則便是孔府儒案處置事：經朝會議決，對涉案儒生四百餘人將行坑殺！當時，扶蘇正在陰山軍營籌劃第二次反擊匈奴之戰，一接到蒙恬消息立即飛馬趕回了九原幕府。扶蘇一看快報大感驚愕，一時愣怔著沒了話說。蒙恬也是第一次對皇帝政令沒有了即時可否，皺著眉頭叩著書案良久沉吟。

如此默然了大約頓飯時刻，扶蘇回過神來斷然道：「不行。我得回咸陽！」蒙恬道：「公子回去說甚？」扶蘇道：「不能殺儒生，更不能坑殺！」蒙恬道：「不好。」扶蘇道：「如何不好？」蒙恬道：「陛下不是輕斷之人，一旦決斷，只怕是泰山難移也。」扶蘇道：「縱然如此也得一爭，父皇終歸是明白人。」蒙恬道：「公子果然要去，得聽老臣一法。」扶蘇道：「大將軍但說。」蒙恬道：「老臣對皇帝上書，諫阻坑儒。公子只以探視父皇為由回咸陽，呈遞老臣上書，而後相機進言。如此，或可有效。即或無效，亦可保公子無事。」扶蘇驚訝道：「保我無事？國政進言，我能有甚事？」蒙恬輕輕歎息了一聲道：「老臣所謂無事者，公子資望也！公子幾為儲君，朝野矚目，若與皇帝陛下正面歧見，有損公子根基。老臣出面，則無所顧忌。」扶蘇肅然凝思片刻，對蒙恬深深一躬：「大將軍照應之策，扶蘇銘感在心。然則，扶蘇不敢納將軍此策。」蒙恬驚訝道：「公子此話何意？」扶蘇道：「此事我只一身承擔，不能攪進大將軍。將軍但想，王翦老將軍、蒙武老將軍業已辭世，太尉王賁又重病在身，統率舉國大軍之重任壓在了大將軍一人之肩！唯大將軍一言舉足輕重，更不可與父皇公然歧見。扶蘇身為父皇生子，父皇縱然不納我言痛責於我，又有何妨？至於資望，至於根基，我大秦君臣素以公心事國，焉能因一時一事之歧見而有他！」扶蘇說得慷慨激昂。蒙恬沉默了。臨行之時，蒙恬親為扶蘇餞行，幾次欲言又止，最後只叮囑了一句話：「公子莫太意氣用事，慎之慎之。」

扶蘇沒有料到，風風火火趕回咸陽，卻未能立即見到父皇。昨日請見，趙高說父皇一夜未眠，方才剛剛入睡，要否喚醒皇帝，公子定奪。扶蘇深知父皇終日勞累，歇息極少，入睡又極是艱難，二話沒說走了。昨夜扶蘇再次請見，趙高頗見神祕地低聲說皇帝堪堪服罷仙藥，正在養真人之氣，實在不宜擾之。扶蘇有些沮喪有些疑惑又有些痛心，還是忍著一句話沒說，站在殿外長廊足足等了兩個時辰。將近四更時分，正好遇見值事完畢匆匆出來的蒙毅。驚喜的扶蘇正要開口詢問，蒙毅卻連連搖手拉著他便走。到了車馬場，蒙毅低聲急迫道：「陛下為儒案心頭滴血！誰敢提說公子回來？聽臣一言，作速回九原！」話音落點，不待扶蘇說話，蒙毅逕自登車去了。一時之間，扶蘇大覺事態複雜，額頭汗水涔涔而下。

扶蘇沒有出宮，一直在皇城林間池畔閒晃著，力圖想得明白一些。顯然，兩次未見父皇，是趙高不敢稟報父皇所致了。這趙高功勞雖大，也是追隨父皇數十年的忠臣死士，然如此煞有介事地哄弄他這個幾為儲君的皇長子，未免也太過分了。蒙毅匆匆一言，扶蘇斷定是趙高畏懼父皇發怒而沒有稟報，父皇並不知道他回來請見。如此一想，扶蘇既為趙高之事有些不快，又為父皇並非有意不見自己頗感欣慰。再想蒙毅所說因儒案事父皇心頭滴血，扶蘇心頭大是酸熱，幾乎是一閃念便要放棄自己的諫阻進言。然閒晃一陣，扶蘇終是平靜了下來。想自己無事，自然是依著蒙毅之說立回九原。然則，扶蘇身為父皇長子，分明對國家大政有主見卻知難而退，老秦人之風骨何在？公心事國之忠誠何在？雖說目下的自己既沒有被正式立為太子，也沒有正式的職爵，依法度而言還是白身一個。然從事實說話，父皇對自己的器重賞識是大臣們有目共睹的。九原帶兵殺敵，與聞幕府軍事，主持田畝改制，查勘兼併黑幕，凡此等等大事祕事，哪一宗不是照著秦國王室錘鍊儲君的做法來的？唯其如此，扶蘇何能自己見外於國家，見外於父皇，心有主見而隱忍不發？

月亮沒了，星星沒了，太陽出山了，扶蘇還直挺挺地站在殿廊。

匆匆趕來的蒙毅驚訝了，默然盯著扶蘇看了片刻，一句話沒說大步進殿了。未過片時，趙高匆匆出來高聲一宣：「陛下宣公子扶蘇晉見——」扶蘇心頭一熱，顧不得揣摩計較這種鄭重其事的禮儀法度究竟意味著何等結局，大踏步走進了東偏殿。

「兒臣扶蘇，見過父皇！」

嬴政皇帝顯然是徹夜伏案還未上榻，正在清晨最為疲憊的時刻，鬚髮花白腰身佝僂，眼角還積著隱隱可見的兩坨眼屎。看見扶蘇進來，嬴政皇帝溝壑縱橫的瘦削臉膛沒有任何喜怒，甚或連一個點頭的示意也沒有，轉身接過了侍女銅盤中的白布熱汗巾，分外認真地擦拭著揉搓著臉膛，一顆白頭沒入了一片蒸騰而起的熱氣之中。剎那之間，扶蘇淚如泉湧，猛然轉過身去死死壓住了自己的哭聲。嬴政皇帝依舊用熱汗巾捂著臉膛，裡外三進的寬闊書房良久寂然。窗外柳林的鳥鳴隱隱傳來，沉沉書房靜得山谷一般。

「說。甚事？」嬴政皇帝終於轉過身來，通紅的兩眼盯著英挺的兒子。

「父皇不能如此操勞……」

「放屁！」嬴政皇帝驟然怒喝一聲，胸脯急促地喘息著，猛烈地咳嗽起來。

「父皇——」扶蘇大駭，一步撲過來抱住了父親。

啪的一聲，嬴政皇帝狠狠摑了兒子一掌，一口鮮血猛然噴濺而出。扶蘇一臉血淚，嘶喊一聲來人，奮然抱起父親疾步走到了榻前，將父親小心翼翼地平放在榻上。聞聲趕來的蒙毅趙高大是失色，趙高看得一眼轉身飛步出去了。尚在扶蘇蒙毅手足無措之間，趙高帶著老方士徐福來了。老方士淡淡地揮揮手叫兩人站開，仔細看了看面容蒼白失血噝噝喘息不能成聲的皇帝，從容地從竹箱拿出了一粒丹藥在藥鼎壓碎，調和成不夠常人一大口的藥汁，盛在一隻趙高捧來的特製的細薄竹勺中。老方士走到榻前伸出一手，大袖拂過皇帝面龐，皇帝立即張開了緊閉的大口。幾乎同時，趙高手中的竹勺已經準確輕柔地伸到了皇帝口邊，吱的一聲，藥汁便被皇帝吸了進去……莫名其妙地，扶蘇猛然一個激靈，脊梁骨一片涼氣。

大約頓飯時辰，嬴政皇帝臉上有了血色眼中有了光彩。老方士一句話不說，逕自飄然去了。嬴政皇帝長吁一聲，不要任何人扶持便利落地坐了起來，與方才簡直是判若兩人。皇帝站起來的第一句話是對趙高說的：「先生何時出海？」趙高道：「所需少男少女業已集夠，先生說立冬潮平出海。」「替換之人何時進宮？」皇帝又問了一句。趙高道：「先生說下月即到，先生說這位老方士是真正的神術，侍奉陛下比他更為妥當。」嬴政皇帝長吁一聲，看了看蒙毅，突然高聲道：「孔夫子不語怪力亂神，朕卻得靠這般方術之士活著，不亦悲哉！」驀然長歎之中，淚水盈滿了眼眶。

見素來強毅無匹的皇帝如此傷感，蒙毅扶蘇趙高三人一時都哭了。蒙毅含淚哽咽道：「陛下莫得自責過甚。無論方士，抑或太醫，能治病都算得醫家了。秦法禁方士，該改一改了。果有仙藥出世，也算人間一幸事了。說到底，大秦不能沒有陛下啊！」嬴政皇帝突然一陣大笑，連連搖手道：「不說了不說了，人旦有病，其心也哀。朕，終歸塵俗之人也！」

「父皇！兒臣願為父皇尋覓真正的神醫……」

「住口！」嬴政皇帝突兀發作，又是一聲怒喝。

蒙毅連連眼神示意。扶蘇緊緊咬住牙關不說話了。

「你等去了。朕聽聽這小子有甚說。」

「父皇！兒臣沒甚事，只是回來探視父皇……」

「好了。沒人了。說。對，還是先去換了衣裳，我等你。」

見父親平靜下來，卻又對自己說沒事的話置若罔聞，扶蘇便知今日非得說話不可了。父皇對人對事明察秋毫，真正地難昡以偽。父親對自己莫名地惱怒，竟前所未有地打了自己一個耳光，顯然，父親一定清楚地知道自己要說何事，也一定是對自己的主張分外震怒。甚或，父親的傷感也是因自己而起的。要教自己在父親如此疲憊憔悴的病體下，再去說出完全可能再度激怒父親的歧見，扶蘇實在沒有這個勇氣了。父親今日突如其來的吐血昏厥，給扶蘇的震撼是從來沒有過的。第一次，扶蘇真切地感到了父親隨時可能倒下的危機，慌亂的心一直都在瑟瑟發抖……然則，這是父皇的命令。扶蘇從小便清楚地明白一點，父皇的命令是不能違拗的。況且，父皇是那樣令扶蘇敬畏的父親。

當扶蘇換了文士服裝，又擦拭去臉膛血跡走進書房時，腫脹臉上的掌印卻分外地清晰了。儘管扶蘇竭力低著頭，還是覺察到父親的目光久久停留在自己的臉上。扶蘇沒有說話，打定主意只要父親不逼他他便不說話。父親若要再打，扶蘇寧願父親打自己消氣，心下反倒會舒坦許多。然則，父親已經復歸了平靜，復歸平靜的父親的威嚴是無可抗拒的。

「扶蘇，說話。」

「父皇，兒臣沒有事了……」

「扶蘇，國事不是兒戲。你，記恨父親了？」

「父皇——」突然，扶蘇撲拜在地痛哭失聲了。

嬴政皇帝良久無言，一絲淚水悄悄地湧出了眼角，卻又迅速地消失在縱橫的溝壑之中。嬴政皇帝肅然端坐，聽任扶蘇悲愴的哭聲迴盪在沉沉大廳。直到扶蘇漸漸止住了哭聲，嬴政皇帝才淡淡開口：「扶蘇，你我既為父子，又為君臣，國事為重。」

「兒臣遵命……」扶蘇終於站了起來，艱難地說著，漸漸地平靜下來，「父皇，兒臣星夜趕回，是為儒生一案，直陳兒臣之心曲……父皇聽，也可，不聽，也可，只不要動怒……父皇明察：方今天下初定，首要大計在安定人心。人心安，天下定。儒家士子，一群文人而已，即或對大秦新政有所指責，無礙大局。大秦新政破天荒，天下心悅誠服，需要時日。只要儒生沒有復辟之行，兒臣以為，可不處死罪。當年，周武王滅商之後，伯夷、叔齊寧為孤忠之臣不食周粟，武王不殺不問，正在於幾個迂腐之士不足以動搖天下。若殺了伯夷、叔齊，反倒給了殷商貴族以煽惑人心之口實……當今儒生之言行，兒臣以為，大多出於其學派懷舊復古之惰性，意在標榜儒家獨步天下之氣節而已。此等迂腐學子，認真與其計較，處死數百人，只會使六國貴族更有攪亂人心之口實，亦使民眾惶惶不安。此中利害，尚望父皇三思……即或決意治罪儒生，兒臣以為，莫若讓這些四體不勤五穀不分的書生去修長城……坑殺之刑，兒臣以為太過了。」

「蒙恬可有說法？」嬴政皇帝冷冷一句。

「大將軍不贊同我回咸陽。」扶蘇這次答得很利落。

「我是問，蒙恬對儒案有何說法。」

「兒臣匆忙，未曾徵詢大將軍之見。」

「果真如此？」

「父皇……」

「連此等小事都理會不清，日後還能做大事？」

「敢請父皇教誨。」

「我懶得說！」嬴政皇帝突然拍案怒喝了一聲，見扶蘇嚇得臉色蒼白長跪在地顯然擔心自己動怒傷身，心下一熱，粗重地喘息一聲又漸漸平息下來，「你連從政（註：從政，秦漢辭彙。語出《史記・孔子世家》：「諸侯卿相至，常先謁然後從政。」）權謀都不明白，連最簡單的君臣之道都弄不清，一顆仁善之心有何用？國家大政，件件事關生死存亡，豈是一個善字一個仁字所能了結？只說目下此事。我下令將儒案以國事急報之法知會在外大臣，其意何在？自然是要大臣們上書，表明自家見識。蒙恬何其明銳，安能不知此意？你既還國，蒙恬能不對你說自家想法？蒙恬既無上書，又無說法，豈不明明白白便是反對？方才你那般說法，更是真相立見：你護著蒙恬，蒙恬護著你；以蒙恬之謀略，定然要你攜帶他的上書來咸陽，不讓你出面異議；以你的稟性，則定然是不要蒙恬出面，深恐蒙恬與我生出君臣嫌隙。你說，可是如此？」

「父皇明察……」

「明察個屁！」嬴政皇帝又暴喝了一聲，又漸漸平靜下來，靠著座榻大靠枕緩緩道，「父皇不是說，你與蒙恬合弄權謀。若有此心，父皇何能早早將你送到九原大軍？當然，父皇也不怕任何人弄權謀，誰想靠權謀在大秦立足，教他來試試。父皇是說，你身為皇長子，該當補上這一課，懂得一些謀略之道。權謀權謀，當權者謀略也。政道者何物？大道為本，權謀為用。無大道不立，無權謀不成。明君正臣可以不弄陰謀，然不能不通權謀。《韓非子》為何有專論權謀的八奸七反，他是權謀之人麼？他是給法家之士鍛鑄利器！自古至今，多少明君良臣名士英雄，皆因不通權謀而中道夭折；多少法家大師，也因不通權謀或不屑權謀，最終身首異處。韓子痛感於此，才將法家之道歸結為三大部分：法、術、勢，並窮盡畢生洞察之力，將權謀之奧祕盡數揭開。」

「父皇，兒臣確實不喜權謀……」

嬴政皇帝臉倏地一沉，還是再度平靜了下來，以從來沒有過的耐心平靜緩慢地說了起來：「你給我記住：權謀不全是陰謀。從稟性喜好說，父皇也厭惡權謀。然從根本說，那只是厭惡陰謀。父皇更推崇商君。因為，《商君書》是大道當先，以法治大權謀治世，從來不弄陰謀。然則，只有商君那般天賦異稟的大家，才能將法治大權謀駕馭到爐火純青境地。任何陰謀，都不能在商君面前得逞，除非他自甘受戮。然對於天賦尋常者而言，還是須得借助大家之學，錘鍊洞察之力。《韓非子》何用？錘鍊洞察之力第一學問也。父皇自忖，不及商君多矣！父皇尚且從來沒有輕視過韓子，遑論你個後生也。一部《韓非子》父皇雖不能倒背如流，也讀得透熟透熟了。須知，君道藝業不以個人好惡為抉擇。田單反間燕國，燕昭王獨能洞察而對樂毅堅信不疑。燕昭王死後，田單再度施展反間術，燕惠王卻立即落入圈套，罷黜了樂毅，以致燕國從此大衰。因由何在？在燕惠王毫無大局洞察之能！先祖孝公在外患內憂相迫之時騰挪有餘，使商君能全力變法。因由何在？在事事洞察大局，事事防患於未然！一個君王，一個領袖，若無洞察大勢之明，若無審時度勢之能，僅憑仁善，只能喪權失國。燕王噲不明天下之大勢，不識燕國之大局，一味地迂腐仁善，學堯舜禹禪讓王位於子之。其結局如何？燕國動盪不休，幾於滅亡！目下一樣，天下大勢如何，秦政大局如何，都得審時度勢……」

「父皇，兒臣願讀韓子之書。」扶蘇見父皇大汗淋漓，連忙插言。

「好。不說了。」嬴政皇帝頹然閉上了眼睛。

扶蘇轉身輕步走到外間，對守候在門廳的趙高一招手，趙高立即帶著兩名侍女飛步進來。眼見父親已經扯起了粗重的鼾聲，口水也從微微張開的口中很是不雅地流到了脖頸，扶蘇不禁淚如泉湧，不由分說扒開了手足無措的侍女，抱起父皇大步走向了寢室。趙高大是惶急，又不能阻攔，連忙碎步小跑著前邊領路，時而瞻前時而顧後一頭汗水也顧不得去擦了。

當扶蘇來到丞相府時，李斯等正在最忙碌的時刻。

扶蘇已經痛苦得有些麻木了。父皇對他第一次說了那麼多話，卻幾乎沒有涉及坑殺儒生之事。以父皇那日境況，扶蘇是寧可自己死了也不願再與父皇糾纏下去。可事後一想，又覺此事還是不能就此罷了。扶蘇也明白，此事顯然是不能再對父皇說了。可扶蘇還是想再與丞相李斯說說，畢竟，李斯是在大政方略上最能與父皇說話的重臣。想到父皇說自己沒有洞察之能，沒有權謀意識，連最簡單的君臣之道也弄不清，扶蘇決意不明說此事，只說自己受蒙恬之托來探視老丞相。然則一走進丞相府政事堂，扶蘇卻有些驚訝了——馮去疾、馮劫、姚賈、蒙毅、胡毋敬五人都在，人人案上一堆公文，直是一個僅僅只差父皇的重臣小朝會。剎那之間，扶蘇有了新的想法。

「臣等見過長公子！」李斯六人一齊站了起來。

「諸位大人請坐！」扶蘇連忙一拱手，「我從九原歸來匆忙，受大將軍之託前來探視丞相，不想卻有擾政事，列位大人見諒。」

「不擾不擾，長公子拿自家當外人了。」豪爽的馮劫第一個笑了。

「也是。長公子與聞，正好免得再勞神通報大將軍。」馮去疾也笑了。

「長公子請入座。」李斯慈和地笑著，轉身高聲吩咐上涼茶。及至侍女將冰鎮涼茶捧來，扶蘇又汩汩飲了，李斯這才笑道，「老夫之見，廷尉將儒案情形稟報長公子聽聽，再說。」幾人紛紛點頭。姚賈拍了拍案上一束竹簡，一拱手道：「老臣稟報長公子：儒案人犯已經全部理清，涉案儒生共計四百六十七人，方士術士一百零一人，其餘士子一百三十二人，共計七百人。處刑之法：四百六十七名儒生，一體坑殺；其餘涉案人等，及涉案儒生之家人族人，俱發北河修築長城。」說罷，雙手捧起案上那卷竹簡遞了過來。

「不須不須，聽聽便了。」扶蘇笑著推過了竹簡。

「長公子，這次可是大煞復辟勢力之邪風了！」馮去疾興奮拍案。

「不來勁！以老夫之想，七百人全坑！」馮劫憤憤然。

「非如此，不足以反擊復辟。」姚賈補了一句。

蒙毅始終沒說話。李斯只看著扶蘇，也沒有說話。

「敢問長公子作如何評判？」一頭霜雪的胡毋敬不合時宜地開口了。

假若沒有胡毋敬這一問，扶蘇也許就不說後來引起父皇震怒的這番話了。然胡毋敬一問，扶蘇已經想好的種種謀略片刻之間煙消雲散了。扶蘇只有一個念頭：此時不說，便沒機會說了。扶蘇一拱手道：「我多在軍中，國事不明，尚請丞相與列位大人解惑。」李斯笑道：「長公子何惑，老夫等能解得麼？」年輕的長公子正色道：「扶蘇之惑，何以處置儒生要以戰場之法？坑殺儒生，何以能安天下？斬決儒生，抑或罰做苦役，何以便不行？」激昂莊重又頗具幾分憤然，幾位大臣一時大為驚愕。這便是「信人奮士」的扶蘇，永遠地熱血沸騰，永遠地正面說話，永遠地不知委婉斡旋為何物，一旦開口，總是肅殺凜然。

「長公子此問，老夫不好一口作答。」一見豪爽的二馮尚且愣怔，李斯委婉地開口了，臉上掛著幾分苦笑，「儒案之糾葛，在於其背後的六國貴族，在於復辟勢力。坑殺儒生而赦免其餘，亦在震懾其背後之復辟勢力。歸總說，不能就儒案說儒案，不能就坑殺說坑殺。若老夫問長公子一句，儒生復辟皆不可殺，則大秦新政何以自安？公子將作何回答？」

「丞相乃法家名士。」扶蘇似感方才太過激烈，懇切道，「丞相與列位大人該當知道，儒家之藏書議政，以至於與六國貴族來往，大半出於迂腐之稟性。可以懲罰，可以教他們修長城，甚或可以教他們從軍，何須定要奪其性命，且還定要坑殺而甘休？如此做法，丞相，列位大人，不以為小題大作麼？」說著說著，扶蘇又是一臉憤然。

李斯歎息一聲，目光掃過了幾位大臣，眼神分明有某種不悅。

「長公子此言，似有不當。」姚賈淡漠平靜地開口了，「人言儒家迂腐，老臣不以為然。儒家迂腐，在於吃飯、睡覺、待客、交友等諸端小事也。就政道大事說，儒家從來沒有迂腐過。孔夫子殺少正卯，迂腐麼？孟夫子毒罵墨子縱橫家，迂腐麼？孔鮒主張諸侯制，迂腐麼？孔門與張耳、陳餘、張良等貴族公子勾連復辟，迂腐麼？儒家復辟，人多以為是六國貴族鷹犬。老夫卻以為，儒家本來就是復辟學派，是想教天下回到夏商周三代去。毋寧說，六國貴族是儒家鷹犬。要說迂腐，只怕是我等了。」

「廷尉大人未免危言聳聽也！」扶蘇顯然對姚賈暗指自己迂腐有些不悅，冷冷笑道，「數百年來，儒家勢力越來越小。時至今日，連個學派大家都沒有，何能呼風喚雨攪亂天下？廷尉莫非囚於門派之見，欲滅儒家而後快乎！」

「長公子這等說法，好沒道理。」馮去疾不高興了。

「簡直胡說！」馮劫臉黑得難看極了。

「言重了言重了，何能如此說話？」李斯瞪了二馮一眼。

扶蘇渾然不覺，正色道：「列位大人莫非懼皇帝之威，不敢直陳？」

「公子此言差矣！」李斯笑容收斂，一拱手道，「皇帝陛下之威，在於洞察之明，決斷之準，而不在凶暴。三十餘年，皇帝沒有錯殺過一人，沒有錯斷過大事。唯其如此，皇帝的威嚴使天下戰慄。皇帝從不寬恕一個違法之人。此乃皇帝之稟性，亦是法治之當為。今儒生復辟反秦，我等若直陳赦之，皇帝不會答應，法度亦不允許。與其說老夫等畏懼皇帝，毋寧說老夫等與皇帝同心，一樣忠於法治。壞法之事，老夫等豈能為哉！」

「如此說來，坑殺儒生無可變更？」

「正是。」

「列位大人，扶蘇告辭。」

「長公子且慢。」李斯誠懇地一拱手道，「長公子乃國家棟梁，實為儲君。老夫一言相勸，公子明察：大秦以法治立國，公子卻以善言亂法，此遠離大秦新政之道也。老臣勸公子精研商韓，鑄造鐵一般之靈魂……」

扶蘇沒有說話，大袖一拂逕自去了。

李斯望著扶蘇背影，沉重地歎息一聲。幾位大臣也人人默然，一種不安的氣氛籠罩了原本一片蓬勃生氣的政事堂。扶蘇畢竟是實際上的儲君，持如此歧見，其影響豈止僅僅在一時一事？李斯在一片默然中間晃了好大一陣，最終斷然道：「老夫以為，此事非同小可，我等當立即奏明皇帝。」廳中沒有一個人說話，但卻人人都點頭了。

四更時分，扶蘇突然接到了一道緊急詔書。

來下詔的是上卿郎中令蒙毅。皇帝的詔書只有寥寥數語：「扶蘇不明大勢，不察大局，固執一己之見而攪擾國政，殊為迂闊！今授扶蘇九原監軍之職，當即離國就任，不奉詔不得還國！始皇帝三十五年夏。」

夜不能寐而一直在後園閒晃的扶蘇，是在庭院堂前遇到蒙毅的，一時大覺突兀又似在意料之中，接過詔書只低聲問了一句：「敢問上卿，父皇發病沒有？」蒙毅一拱手道：「敢請長公子廳堂說話。」扶蘇見蒙毅沒有立即要走之意，木然一拱手，將蒙毅禮讓進了剛剛重新點燃燈火的正廳。扶蘇懵懂入座。蒙毅吩咐所有僕人侍女都退出大廳，又命自己的衛士守在廊下不許任何人靠近，這才坐到了扶蘇對面大案前。

「長公子，陛下很是震怒。」蒙毅只說了一句，輕輕地打住了。扶蘇依舊木然著，沒有淚水，沒有歎息，直如一尊木雕。蒙毅默然片刻，一拱手低聲道，「長公子，聽臣一句話：盡速回九原，不能固執了。」

扶蘇艱難地撐著座案站了起來，長歎一聲，轉身便走。蒙毅一步跨前攔住道：「長公子莫急，聽臣將話說完不遲。皇帝並未限定今夜，明日之內北上無事。」扶蘇還是沒有說話，只木然地佇立著。「長公子，臣實言相告。」蒙毅從來沒有過的沉鬱，淚水溢滿了眼眶，「此次長公子擅自還國，諫阻坑儒，實在一大憾事也。此前，陛下已命我暗中籌劃冊立太子大典了。不合長公子不耐一事，擅自還國。還國罷了，不合長公子又一錯再錯。初次，兩度得趙高委婉推託，便當見機離去。然公子卻因我一言，將趙高推託誤作皇帝不知，堅執請見。見則見了，陛下雖則震怒而驟然發病，畢竟還是前所未有地對公子說了那麼長的話。那時公子若走了，或只在府中讀書，或只在皇城侍奉陪伴陛下，也沒事了。不合公子依舊不忍，又找去丞相府論說。說則說了，又那般激烈。如此折騰者再三，以致，陛下不得不出此一策……」

「上卿明言，扶蘇政見錯在何處？」

「長公子之錯，可說不在政見本身，不在是否反對坑儒。」蒙毅激切而坦誠，「恕臣直言，公子之錯，在於決策已定之後攪擾國政。我知道，公子也一定知道，我兄蒙恬也未必贊同坑儒，因他至今沒有上書陛下。再實言相告，蒙毅也以為此事值得商榷。還有，老奉常胡毋敬也曾在小朝會反對。然則，我等沒有說出來。胡毋敬說了，也是適可而止。因何如此？時也，勢也。此時此勢，不是迫於朝議，更不是迫於皇帝陛下之威嚴壓力。此時此勢，乃天下之大勢也，乃新政之大局也！今日儒案，事實上已經不僅僅是行法寬嚴之事了。復辟反復辟，國家生死存亡之大爭也。誰能說，皇帝陛下之決斷，就一定是錯了？蒙毅與家兄不言，胡毋敬言則適可，根源都出一轍：既拿不準自家是否一定對，也無法判定皇帝陛下一定不對。論天賦，論才具，論堅毅，論洞察，論決斷，皇帝陛下皆超邁古今，我等何由執意疑慮？更何況，皇帝陛下確實對儒家做到了仁至義盡。是儒家有負秦政，不是秦政有負儒家。即或你我反對坑儒，你能說儒家沒有違法麼？不能！當此之時如同戰場：軍令一旦決斷，便得三軍用命，不許異議再出。公子試想，今日陛下若是你自己，朝臣反覆議決後仍有一個人要再三再四地固執己見，且此人不是尋常大臣，而是萬眾矚目的國家儲君，你將如何處置？那日，皇帝曾對公子反覆講說洞察大局的謀略之道，用心良苦也，公子何以不察若此哉！」素來寡言的蒙毅，突然打住了。

良久無言，扶蘇對蒙毅深深一躬，轉身大步走了。

扶蘇沒有回頭，偉岸的背影在大廳的燈火深處搖曳著漸漸消失了。

「長公子……」

蒙毅佇立良久，出門去了。回到皇城，狼藉一片的書房裡沒有了皇帝。幾個侍女正在惶恐萬狀地歸置著諸般物事。一個侍女說，皇帝陛下揮劍打碎了三只玉鼎，中車府令抱住了皇帝的腿，也被皇帝打得流血了。後來，皇帝一個人怒氣衝衝出去了，中車府令瘸著腿趕去了。蒙毅一聽，二話沒說便帶著幾名尚書向池畔樹林尋覓而來。終於，在朦朧清幽的太廟松林前，蒙毅看見了踽踽獨行的熟悉身影。驟然之間，蒙毅淚如泉湧，匆匆大步走了過去，卻不知從何說起，只默默地跟著皇帝漫無邊際地遊走著。

「說話。」嬴政皇帝終於開口了。

「稟報陛下：長公子知錯悔悟，清晨便要北去了……」

「那頭強驢，能聽你說？」皇帝的聲音滯澀蕭瑟。

「陛下，長公子遇事有主見，未嘗不是好事。」

「秦箏弄單弦，好個屁！」

蒙毅偷偷笑了。皇帝罵出口來，無疑便是對兒子不再計較了。大約只有蒙毅趙高幾個人知道，皇帝極少粗口，只有對自己的長子扶蘇恨鐵不成鋼時狠狠罵幾聲，罵完了便沒事了。正在此時，驀然傳來皇城譙樓上柔和渾厚的鐘聲。蒙毅輕聲道：「陛下，晨鐘，該歇息了。」嬴政皇帝卻突然轉過身來：「蒙毅，跟我去北阪。」蒙毅方一愣怔又突然明白過來，立即答應一聲，快步前去備車了。

清晨的北阪，無邊無際的六國宮殿在茫茫松林的淡淡薄霧中飄盪著。

此時，咸陽至九原的直道已經將要修成。出咸陽北門直上北阪，掠過六國宮殿區抵達甘泉宮，便進入了直道的起點。咸陽至甘泉宮路段，是內史郡幹道之一，寬闊平整林木參天，氣象規制皆同關外大道。當扶蘇匹馬出城一氣飛上北阪時，正是這片被劃作皇城禁苑的山塬最為清靜無人的時刻。扶蘇駐馬回眸，良久凝望著塬下沉沉皇城，一時悲從中來，情不自禁地失聲痛哭了。父皇這次的震怒是前所未有的，斷然一道詔書將他趕走，連見他一面也沒有心思了。扶蘇不懼父皇的任何懲罰，打他罵他，甚或教他去死，扶蘇都不會有任何不堪之感。扶蘇不能忍受的，是他給父親帶來的震怒傷痛，是他再次激發了父親的吐血痼疾。

身為長子，扶蘇深知父親稟性。

父親的靈魂中有一座火山，一旦爆發便是可怕的災難。扶蘇聽各種各樣的人說起過父親，隨著年歲的增長，扶蘇也不斷地咀嚼著父親，漸漸地有了清澈的印跡。在扶蘇的記憶中，父親的幾次爆發都曾經幾乎毀滅了一切，連同父親自己的生命。跟隨老祖母太后的老侍女說過，父親少年時期因不能馴服一匹烈馬摔得吐血，後來又在立太子的較武中用短劍刺傷過自己的左腿。扶蘇從老侍女的口氣中聽出了究竟，其實完全可以不那樣做。但最令扶蘇驚悚的，還是父親做秦王的兩次爆發。第一次是痛恨老祖母有失國體，殺死了老祖母與嫪毒的兩個私生子，還殺死了據傳是七十餘為老祖母說話的人士！老祖母晚年自甘接受形同囚居的寂寞，其實正是恐懼父親的爆發。第二次，是那天下皆知的逐客令。事後想來，逐客令顯然是一則極其荒唐而不可思議的決策，但盛怒之下的父親，不由分說便做了。聽蒙恬說過，那次父親也吐血了。這便是父親的爆發，摧殘自己，也毀滅大政。後來的父親，再沒有了這般不計後果的爆發，但卻不能說父親沒有了真正的暴怒。唯一的不同是，錘鍊到爐火純青的父親，怒火爆發時不再輕斷大政，而只有摧殘自家了。扶蘇不止一次地聽人說過，年輕時父親的體魄原本是極其強健的，直到平定六國，父親始終都是一團熊熊燃燒的烈火。可就在將近十年之間，父親驟然衰老了。自從聽到方士住進皇城的祕密傳聞，扶蘇便有了一種不祥的預感。及至這次還國，眼見了父親因自己而突然噴血昏厥，眼見了老方士施救，眼見了無比強悍的父親在那種時刻聽人擺布而無能為力，扶蘇的內心震撼是無以言說的。蒙毅說得對，自己不該在如此時刻如此固執於一宗儒生案；自己若果能如父親所教，能有些許謀略思慮，事情豈能如今日這般？做不做太子，扶蘇還當真沒放在心上。扶蘇失悔痛心者，迅速衰老的父親是在最為憂心的時刻被自己這個長子激發得痼疾重發的。長子者何？家族部族之第一梁柱也。而自己，非但沒有為父親分憂解愁，反倒使父親雪上加霜，如此長子，人何以堪！

「父皇，兒臣去了……」

扶蘇面南佇立，對著皇城的書房殿脊肅然長跪，六次重重撲拜叩頭，額頭已經滲出了斑斑血跡。清晨的霞光中，扶蘇終於站了起來，一拱手高聲道：「扶蘇不孝，妄談仁善。自今日始，父皇教扶蘇死，扶蘇亦無怨無悔！」

扶蘇艱難地爬上了馬背。那匹罕見的陰山胡馬蕭蕭嘶鳴著，四蹄躊躇地打著圈子不肯前行。一時之間，扶蘇淚如雨下，撫著戰馬的長鬃哽咽了，老兄弟，走吧，咸陽不屬於扶蘇。突然之間，陰山胡馬昂首長長地嘶鳴一聲，風馳電掣般飛進了漫天霞光之中。

這一去，扶蘇再也沒有回到大咸陽。

六、鐵血坑殺震懾復辟　兩則預言驚動朝野

立秋時節，驪山谷前所未有地被選作刑場，人海汪洋不息。

秋月刑殺，這是華夏最古老的傳統之一。《呂氏春秋》云：「孟秋之月，以立秋……是月也，修法制，決獄訟，戮有罪，嚴斷刑，天地始肅，不可以盈。」這般天人交相應的政事規矩，在那時幾乎是人人皆知的常識，誰也不會驚訝。關中人眾所以驚訝騷動而絡繹趕來者，對將驪山選作刑場之不可思議也。一統之前，秦國刑場例在咸陽渭水草灘，從來沒有過第二個大刑場。這次大刑卻定在距咸陽將近百里的驪山，大大地出乎所有人意料了。蓋驪山者，關中吉祥之地也。驪者，純黑也，與秦之尚黑暗合，大得秦國朝野喜好。驪山之名兩說：一云其山純青（黑）色，又形似驪馬而名；一云春秋早期之古驪戎部族曾居此地，出過一個大大有名的美女驪姬，因而得名。然則，驪山之被天下視為神異之地，更重要的原因卻是：驪山是始皇帝的預選陵寢之地。自嬴政做秦王開始，秦國的三太——太廟、太史、太卜便依例開始了為秦王選定陵墓的籌劃，雖因種種急政而斷斷續續，終究是一直在進行著。大約十多年前，驪山方圓二三十里之地才正式被劃作禁苑之地，工匠開始了進入。目下，這皇帝陵園雖遠未成型，然其大體的格局氣象還是已經具備了。當此之時，要在皇帝陵園區內做刑場，這豈不荒誕麼？然種種消息議論之中，也有一種清醒的說法：將大刑場定在驪山，是皇帝陛下親自決斷的，這裡是遷入關中的六國貴族聚居之地，皇帝就是要這些貴族看刑場！

消息傳開，關中秦人恍然大悟了。

怪不得郡縣官府連日飛馬下令各鄉、亭、里，凡新入山東人士務必在立秋之日趕赴驪山谷觀刑，違者依法嚴懲不貸。而對已經大為減少的老秦民戶，官府卻只一句話，想去便去，由你。議論風傳，老秦人反倒大大生出了好奇新鮮之感，許多人要看官刑，也有許多人要看看從來沒有見過的帝王陵園究竟甚樣。於是，立秋日一大清早，四鄉民眾便絡繹不絕地奔向了驪山谷，與口音各異的六國貴族們交匯成了駁雜不息的人流，種種議論飛揚不亦樂乎。此時，秦政禁議論很是明確：禁止以古非今的攻訐言論，而不是禁止一切人議論一切國事。以始皇帝君臣之為政錘鍊，決然不至於愚蠢到不許民眾開口說話的地步。為此，此等場合的消息流布議論生發，依然是前所未有的。

刑場設在一片平坦的谷地，觀刑人眾從兩面山坡一直鋪滿到谷地四周，卻靜悄悄地再沒了聲息。人們發現，今日這個刑場大是怪異，沒有刑架木樁，沒有赤膊紅衣的行刑手。大片馬隊圈定的谷地內，卻有數以千計的士兵在掘坑，一排排土坑相連，濕乎乎的新土散發出清晰的泥土氣息，看得人心頭怦怦大跳。老秦民戶們悄悄相顧，悄悄地說著：皇帝好心，要在殺了這些人犯後就地埋葬哩，一人一座墓還陪葬在皇帝身邊，皇帝也膽子正，不害怕哩。但說著說著就不說了。因為，誰都覺察出了一種異樣的氣息在彌漫——六國貴族們都臉色蒼白，緊咬著牙關不說話，有人還是穿著粗麻布衣來的，一臉哀傷絕望，看得老秦人心酸。

午時終於到了，一大片衣衫不整形容枯槁的儒生被押進了山谷。

刑場中央的土臺上，兩排號角齊鳴。臺角的司刑大將長喊一聲：「主刑大臣到——」御史大夫馮劫、廷尉姚賈便走到了臺前。姚賈念誦了一篇決刑書，如同鐵硬的石工錘叮叮噹噹砸在青色的山石上：「大秦皇帝詔：查孔門儒生四百六十七名，無視大秦新政之利，不思國家善待之恩，以古非今，攻訐新政，散布妖言，誹謗皇帝，勾連六國舊貴族，圖謀復辟三代舊制。屢犯法令，罪不容誅！為禁以文亂法之惡風，為禁復辟陰謀之得逞，將所有觸犯法律之儒犯處坑殺之刑！大秦始皇帝三十五年秋。」之後，馮劫一聲高喝。

多少年之後，皇帝的陵墓上已經是草木森森了，關中民人還能記得那清晰的一幕：儒生們被推下了深深的土坑，泥土開始飛揚起來，先是種種撕裂人心的慘叫，漸漸便是一聲聲沉悶的低嚎，漸漸地便沒有了聲息……一個老秦農人說，那日他夢遊一般出山，在山腳聽見了一個白髮老人與一個年輕人夢境般的對答，起了一身雞皮疙瘩，頓時癱在地上了。

「亞父，儒生們再也不能說話了麼？」

「儒生們是不能說話了。然，有人替他們說話。」

「亞父，你害怕麼？」

「亞父怕不怕都不打緊了。你個後生怕不怕？」

「項羽不怕！」

「為何？」

「項羽不讀書，不說話，只殺光秦人，燒盡咸陽！」

「不書不語唯殺人，天意何其神妙哉！」

西元前二一二年秋，四百六十七名方士儒生被坑殺，這是整個人類文明史上最大的慘案之一。儘管它在當時有著最充分的政治上的合理性，然經過漫漫歲月的種種堆積之後，這一慘案卻僅僅以摧殘文明的野蠻面目，久遠地留在了中國人的記憶之中。嬴政皇帝的歷史銅像在焚書的煙霧與坑儒的黃土中，變得光怪陸離恍若惡魔了。

坑儒之後，皇帝的一道詔書立即明頒天下郡縣，張掛於所有城池四門。

假若說，坑儒消息傳開之初，天下大為惶惶不安，更多的是恐懼彌漫；及至皇帝詔書頒行，且明白曉諭其中道理，天下則真正地被震撼了。這道皇帝詔書是：

〈大秦始皇帝坑儒詔〉

秦始皇帝特詔：朕定六國，一天下，不封建諸侯而力行郡縣制，非為皇族一己之私，實為華夏一體昌盛大出天下也！封建諸侯，固利朕之私利，朕安能不知哉！然則，華夏裂土分治，天下大戰不休，我民屍骨成山，朕安能棄天下大利而唯顧皇族一己之利耶？今有儒生者，朕曾封其首學孔鮒為文通君，使其居天下百家之首，厚望其興盛新政文明；諸多儒生，亦成大秦博士，厚望其資政治道而共謀華夏強盛。朕何負儒家？秦何負儒家？孰料儒家「祖述堯舜，憲章文武」之稟性難移，不思時勢之變，不思人民之安居樂業，唯念復古復辟之舊說，在朝鼓噪諸侯制，在野勾連六國貴族，既不奉公，更不守法。孔鮒擅離職守而逃國，裹挾舉族而逃鄉，君臣人倫之道盡皆淪喪，有何面目立於天地間也！在朝儒生亦不思悔過，黨附真儒生假方士之盧生，聚相以古非今攻訐國政，最終竟欲一體逃國。如此儒家，無法，無天，無君，無國，唯奉一家私念為至高，談何禮義廉恥哉！唯其如此，朕決意不以常刑處置儒犯，對觸法儒犯四百六十七人一併坑殺，其族人家人俱發北河以築長城，並四海緝拿要犯孔鮒與六國復辟貴族。所以如此，在於儒家與六國貴族沆瀣一氣大行復辟，實平定六國大戰之延續也。故此，朕不以尋常罪犯待儒家，而以戰場之敵對儒家，以明新政，以正國法，以鎮復辟。朕並正告天下欲圖復辟者：朕不私天下，亦不容任何人行私天下之封建諸侯制；爾等若欲復辟，盡可鼓噪騷動，朕必以萬鈞雷霆掃滅丑類，使爾等身名俱裂。謂予不信，爾等拭目以待！大秦始皇帝三十五年秋

這道詔書如同一聲驚雷，在天下轟隆隆震盪著。

人們從來沒有聽過一位帝王如此說話，更從來沒有見過一位帝王如此公然地宣示坑殺之正當合理。可是，平心而論，皇帝說得不對麼？儒家做得好麼？一個被皇帝如此器重的學派，不好好為國家效力，卻做出了那麼多烏七八糟的事情，也確實不是個好東西！說來也是，儒家在士人階層頗有治學聲望，然卻在尋常民眾中最是沒有人望。不說別的，就憑四體不勤五穀不分不愛勞動這一則，已被民眾多視為痞子懶漢。再加上那些「刑不上大夫，禮不下庶人」、「民可使由之，不可使知之」之類的話語，誰聽誰厭煩。而目下儒家所鼓噪的，又恰恰是民眾最苦不堪言的分封制，老百姓誰個能說儒家好？一聽皇帝詔書，十有八九都喊殺得好，儒家該殺。人家皇帝都不要自家子孫做諸侯，你個儒家屌鳥動彈鼓甚鬧勁？還不是想自家弄一塊封地滋潤滋潤？著，碰上了一個鐵腕皇帝，封地沒撈上還將

自家賠給了土地，自作孽，不可活，活該他倒楣！如此言論形形色色不一而足，漸漸彌漫天下，實實在在給儒家與六國貴族以前所未有的巨大震懾。

一時之間，甚囂塵上的六國貴族大為驚慌了。

在各郡縣的嚴厲追查下，六國大貴族的後裔們暗中兼併舊時封地的黑幕活動，幾乎是齊刷刷沒了蹤跡。當大將楊端和率五千飛騎趕赴舊齊國緝拿藏匿的復辟者時，隱身於濱海小島的一批六國公子們早作鳥獸散了。楊端和在之罘島盧生建造的洞窟宮殿裡，搜索到了種種物證帶回。御史大夫馮劫與廷尉姚賈立即聯具發出了緝拿令，開列的名錄是：舊楚公子項梁項伯兄弟並項氏族人、舊韓公子張良、舊魏公子張耳陳餘、舊齊公子田儋田橫等兩百餘人。

此時，天象出現了一次異常——熒惑守心！

熒惑者，火星也，因其運行複雜多變而常使人迷惑，故名。守，星駐某宿二十日以上叫作守。心，二十八宿中的心宿，屬東方七宿。熒惑守心，是說熒惑星進入了二十八宿之一的心宿，停在那裡久久不動了。這熒惑星是天象五大星之一：太白（金星）、歲星（木星）、辰星（水星）、熒惑（火星）、填星（土星）。五星與三垣二十八宿一起，構成了遠古占星術的星象基本框架。三垣是紫微垣、太微垣、天市垣，也就是三大星區。二十八宿是天空中相對靜止的二十八個星區，因其餘諸星常以不同路徑進入這些星區，或住或走如旅途歇腳，故稱宿，也稱舍；這些星區分為東南西北四個屬區，古人以其意象屬性分別呼東方青龍，西方白虎，南方朱雀，北方玄武。

在五星之中，熒惑是一顆執法之星，是一顆災難之星，天下悖亂傷殘賊害疾癘死喪饑饉兵災等等天譴之罰，盡在熒惑意涵之中。從總體上說，熒惑不斷在天際運行，出現在何方，便代表上天對其下分野實施懲戒，其星象分野所對應的地區便將出現災難。當然，災難的程度，要依據熒惑的種種狀態來確定。今次熒惑守心，若按遠古九州之星象，心宿之分野對應當為豫州；若按戰國星象分野，心宿對應該當是韓魏北楚諸國；若按秦一天下之郡縣制分野，則當為三川郡、潁川郡、南陽郡、陳郡、河東郡等中原地區。熒惑停留在心宿中不走，心宿分野之地當然不是好事。然則，戰國秦漢之星象學又有一說：心宿既是天上的「明堂」，又是熒惑的廟。明堂，是天子宣明政教的殿堂；廟，則是心神之居所，通常為祭祀供奉某個特定對象的場所。也許兩者職能矛盾，魏晉之後的星象家，則以房四星為天上明堂，專以心宿為熒惑之廟，不再重疊。心宿既是熒惑之廟，熒惑回歸心宿便又可看作復歸本位，幾類後世所謂的神靈在本廟顯身。

如此，熒惑守心這一異常星象，有了兩種可能的解釋：其一，以熒惑之執法使命與災難意涵，天下腹心必有動盪劫難；其二，以熒惑復歸本廟而顯像，則並非立刻降臨災難，而是對天下發出的另一種更為深刻的警訊。戰國秦漢之世，天人交相應的理念很是普及，民眾對星象之敏感，對國事之關注，遠遠超過後世民眾在儒家教化下的無知與麻木不仁。所以，此星象一出，星象家的種種拆解便不脛而走，加之各方附會，又有了種種彌漫天下的流言。有人說，中原地區將有大災大劫了。有人說，這是上天執法星對皇帝坑殺儒生的警示，預示著將有災難降臨大秦。也有人反駁說，恰恰相反，這是上天執法星對皇帝坑儒的認可！否則，熒惑如何不在西方七宿出現而獨獨在中原心宿出現？又是中原儒生最多，中原復辟者最多！更有人憂心忡忡，說坑儒也好復辟也好都是小事，只怕天下將有更大的事端了。

種種議論彌漫山東之時，驟然爆出了兩則更為驚人的預言。

第一宗，隕石預言。深秋之時，中原東郡（舊衛國與魏國部分地區）在大白天突然降落了一顆流星，抵達地面時化作了一塊形狀奇異的巨石。隕石至地，在戰國已經不足為奇，人們不會因隕石降落而視為神異。神異處在於，隕石降落之時還乾乾淨淨沒有一個字，過了一夜，隕石上竟赫然刻出了七個大字——始皇帝死而地分！發現者大驚，立即稟報鄉里，層層飛報咸陽。嬴政皇帝得報，心知又是六國貴族陰謀，立即派出馮劫率一班御史趕赴東郡查勘。可查勘訊問多日，周圍所居民戶竟全都說一無所見，刻字之人竟絲毫沒了線索可查。馮劫大怒，依據秦法不舉發罪犯則連坐同罪之條，當即將隕石周圍的民戶成人全數斬首。之後，馮劫又調來大批熔鐵工匠，將刻字隕石硬生生煉成了鐵水。

嬴政皇帝聽馮劫稟報了事體經過，很為六國貴族這等鼠竊狗偷之伎倆厭煩。思忖幾日，嬴政皇帝思謀出一則對策：下令博士學宮祕密編一首破解此等伎倆的詩謠，教樂人廣泛傳唱，與此等卑劣刻石針鋒相對。未過旬日，有一首歌謠在天下流傳開來：「熒惑守心，法星顯身。幽幽晦冥，火以濟陰。郡縣天道，地何以分？唯災唯劫，盡在世蔭。」

消息傳開，歌謠傳開，山東之地又一次震恐了，惶惑了。

民眾普遍的斷言是：皇帝這是真的與六國貴族較上勁了，誰不舉發六國貴族便殺誰，秦之連坐法來了！及至歌謠傳開，紛紛有高人拆解，說這歌謠是真正的天機，你看，火以濟陰，秦為水德陰平，熒惑屬火，不是水火相濟麼？水火相濟，不是氣勢更盛麼？最後一句更是，災劫不是老百姓的，全是世襲世蔭貴族的！一時間，民眾紛紛咒罵六國貴族害民，各郡縣紛紛舉發貴族逃匿者的線索，天下風聲更緊了。從此以後，再也沒有了公然留字的人為預言。然則未過多時，卻又生出了一則更為神異的神靈預言。

第二宗，江神預言。也是深秋之時，陳郡郡丞趕赴咸陽稟報政事，進入函谷關已經入夜。郡丞事急，未在函谷關歇息連夜趕路。夜過關中華陰縣境內的平舒道驛站外，突兀遇見一個黑斗篷黑面紗者攔在空曠的道中。郡丞愕然勒馬，黑衣人雙手遞過來一件物事，只壓低著聲音說了一句話：「為我遺滈池君。」郡丞愣怔著接過物事，黑衣人又突兀陰沉而清晰地說了一句：「今年祖龍死。」郡丞不解其意，下馬問究是何意。正當此時，黑衣人卻倏忽消失得無影無蹤。郡丞大為疑惑，飛馬趕到咸陽，立即先到了奉常府求見胡毋敬拆解。胡毋敬原本太史令出身，對諸般神祕陰陽之學甚是熟悉，聽郡丞說罷，一言不發便領著郡丞進了皇城晉見皇帝。

及至郡丞出示了黑衣人所奉之物，嬴政皇帝不禁驚訝了——這是一方再熟悉不過的玉璧，八年前巡視楚地不小心滑落到了江水中的那方玉璧！胡毋敬說，此事大見神祕，作祟者很下了一番苦功，件件宗宗都符合陰陽五行之說。滈池君是關中水神，秦為水德，水神便是陛下；江神也是水神，以五行國運，也是秦之水德的保護神，自家的神。江神告關中水神以讖言，是保護神對所護國運的垂青照應。祖龍，龍之始也，龍，人君之象也，陛下為始皇帝，寧非祖龍乎？送璧人一身黑衣又倏忽不見，顯然是楚地民眾傳聞中的山鬼之形。這件神異之事的通篇意涵是：江神委託山鬼，以始皇帝沉入江水的玉璧為物證，以水神護佑之情，預告奉行水德之皇帝：今年你要死了！

聽完胡毋敬一番解說，嬴政皇帝默然了一陣，突然揶揄冷笑道：「山鬼還知道一歲之事？如此說今年將完，朕活不過幾個月麼？」胡毋敬憂心忡忡道：「老臣以為，真假姑且不論，這件事涉及陛下，先當嚴守機密。」嬴政皇帝一陣大笑道：「老奉常好迂闊也！人家說朕要死，要的便是天下人人皆知。你不說，人家不說麼？嚴守機密，掩耳盜鈴乎！」胡毋敬依舊有些惶惑：「陛下，這神鬼之事，有時也不好說。」嬴政皇帝一揮手笑道：「裝神弄鬼有甚不好說？這件事一看就明白。老奉常不信，朕便給你一個預言：不出旬日，今年祖龍死這句話便會傳遍天下。不定，幾個月後又會變成明年祖龍死。此等鼠輩伎倆，也在朕面前擺弄，六國貴族伎窮也！」

胡毋敬大覺奇怪的是，這件事還真教皇帝說準了。他下令嚴加保密，甚或將那個陳郡郡丞留在咸陽三個月不許返回。然則未過一月，山東各郡縣便紛紛報來，說民間有流言多發，有說祖龍今年死，有說祖龍明年死，有說山鬼預言者，有說水神預言者，形形色色不一而足。胡毋敬大為憤怒了。在他這個篤信天道星象的半個陰陽家心目裡，星象神鬼等等諸事原本是一種莊重的事，你可以不信，但你不能斷然地說它是子虛烏有；見諸政事，種種讖言更須用心揣摩，體察其中奧祕。可如今這六國貴族硬是變得廉恥全無，一而再再而三地用陰陽神祕之學裝神弄鬼煽惑民心，當真是罪不可恕也！隕石刻字太過粗鄙，胡毋敬倒是沒有相信。然這次江神讖言，胡毋敬卻是認真了。至少，那方沉璧復出，你便無法說它是裝神弄鬼。可皇帝一眼便看穿了其中齷齪，且後來迅速應驗。這令胡毋敬很是沮喪，又很是憤然，感慨之餘嚴厲下令：今後凡有此等流言，傳播者一律發北河苦役！

憤怒而沮喪的胡毋敬再次晉見皇帝，請皇帝下詔博士學宮再編歌謠破解祖龍死流言。嬴政皇帝又是一陣大笑：「老奉常啊，算了算了。你篤信陰陽五行之學，制定典章時給朕弄了那麼多名堂，國運啊國色啊白帝啊青帝啊，結局如何？反教這些無恥之徒給利用了。你憤然，你生氣，朕解得也。可再用這等下流手法去應對，大秦新政不也淪為下三爛了？」說著，皇帝倏地變了臉色道，「不理睬他們！國有國法，政有正道。他敢復辟作亂，朕便敢殺他個乾淨！朕偏不信邪！嬴政便是死了，也要睜大眼睛看著，誰能將朕的郡縣制翻了天去！」

胡毋敬是真正地服了，真正地明白了甚叫正道大道，甚叫不言怪力亂神。

但接踵而來的一件事，卻又叫這個老奉常迷惑了——皇帝竟沒殺侯生！

那日陳郡急報：在陳郡陽城縣山谷緝拿到逃匿的侯生。胡毋敬大是驚喜，立即下令將侯生妥善押解來咸陽。胡毋敬同時稟報了御史大夫馮劫與廷尉姚賈，請兩府準備處刑。然則，侯生被押解到咸陽時，胡毋敬卻接到蒙毅送達的皇帝詔令：將侯生解到鴻臺，皇帝將親自勘審侯生。

那一日，鴻臺上除了皇帝，只有胡毋敬與蒙毅趙高三人。鴻臺是滅楚前後建成的，正在南山北麓的半山腰，臺高四十丈巍巍插天，上有一座供皇帝起居的觀宇亭。人立臺上，仰望陣陣飛鴻過天，鳥瞰關中山水茫茫，實在壯觀得難以描摹。忙碌的皇帝每遇不堪疲累之時，便登臨鴻臺試射飛鴻。飛鴻沒射得幾隻，然每次都是心神暢快地離開鴻臺。

當侯生被一只巨大的升降木櫃送上鴻臺時，胡毋敬幾乎不敢相信自己的眼睛了。昔日意氣飛揚的侯生，已經變成了一個黝黑乾瘦蓬頭垢面形容枯槁的人乾了。最重要的是，侯生雙眼半瞎了，直挺挺戳在那裡形同木雕。嬴政皇帝端詳片刻，走到了侯生面前淡淡道：「侯生，還能認出我是誰麼？」

侯生冷冷道：「忘不了。皇帝陛下。」嬴政皇帝一揮手，趙高將侯生扶到了一張大案前坐定，又捧來了一陶壺涼茶。侯生一句話不說，抓起陶壺汩汩飲盡了整整一大壺涼茶。嬴政皇帝問：「餓麼？」

侯生道：「當然餓了。」嬴政皇帝一揮手，趙高又捧來了一隻大盤。嬴政皇帝道：「這裡不是皇城，只有乾肉米酒，先壓壓饑再說。」侯生也是一句話不說，一雙黑手抓起大塊醬牛肉便啃，足足三斤重的兩塊牛肉片刻間沒了蹤影，一皮囊米酒也汩汩而下，末了意猶未盡地抹抹嘴：「好！老夫死亦心甘也！」嬴政皇帝平靜道：「侯生，既知當死，朕問你幾句話，你若願實言則說，不願實言也盡可不說，如何？」侯生慨然一拱手道：「人皆有心。今得陛下一茶一食，老夫願實話實說。」

「盧生何在？」嬴政皇帝開始了問話。

「盧生老賊誑我分道，丟下老夫走了。人云他跳海斃命，未知真假。」

「你何以要進陽城山谷？不怕緝拿？」

「老夫欲尋盧生。老夫疑他未死。老夫要扒下老賊人皮。」

「你目何以受傷？是否全然失明？」

「山野逃亡，安能無傷？老夫不說也罷。」

「大秦新政究有何失，引你等如此作為？」嬴政皇帝轉了話題。

「皇帝陛下要老夫誹謗秦政？」

「庭前議政，例無誹謗之罪。先生有話但說。」

「好！皇帝有氣度。」侯生霍然起身厲喝一聲，「嬴政！大秦必亡！」

押送將軍勃然變色，鏘然抽出了長劍。嬴政皇帝擺了擺手，面對侯生深深一躬道：「先生果能匡正國策，願聞教誨。」侯生木然地望著蒼蒼南山，冰冷而緩慢地說著：「秦政之亡，在嬴政無視天道也。其一，嬴政身為皇帝，暴殄天物，浪費民力，濫造宮室。老夫雖然目盲，然也看得見這秦中八百里，樓臺殿閣連天而去。嬴政捫心自問：如此豪闊何朝有之？何代有之？若將它們變成布帛菽粟，當有千萬庶民得以溫飽。嬴政與聖王之德何堪相比也！」

「其二如何？」

「其二，六國宮女集於一身，麗靡爛漫，驕奢淫逸，鐘鼓之樂，流漫無窮。民有鰥夫曠男，宮有怨女悲魂。此等違背天理人倫之事，歷代聖王所不齒。嬴政為之，何以不亡？」

「願聞其三。」

「殺人無算，白骨如山，暴政苛刑，赭衣塞路！塞天下之口，絕文學之路，燒三代典籍，掘先哲之墓！修長城絕我華夏龍脈，築馳道毀我民居良田。此等無道之國，無道之君，雖十亡，不足以平天下之怨。秦皇不亡，豈有天理也！」侯生突然打住了。

「先生，朕聽著，請說。」嬴政皇帝靜如一池秋水。

「不夠麼？沒有了！」侯生氣咻咻喊了一句。

「嬴政願聞大政之失，譬如郡縣制究有何錯？復辟舊制究有何好？」

「人德尚且不立，談何大政。」

「可否說，先生挑不出秦之大政弊端？」

「老夫不屑言敗德之政。」

「啊，明白也。」嬴政皇帝微微一笑，繼而突然仰天大笑一陣，轉身看著侯生笑道，「先生這班儒生，當真不可思議也！評判一個國家，一個君王，不看大政得失，專攻一己私德，這叫甚眼光？分明如村婦之舌，如市井之議，卻偏偏地裝扮成聖人之道，誠可笑也！你等儒家，何以不見大秦一統天下，結束數百年戰亂，而使天下兵戈止息？何以不見大秦掃滅邊患，使華夏族類得以長存？何以不見郡縣制替代諸侯制，使華夏族群裂土不再，內爭大戰從此止息？何以不見天下奴隸得以實田，萬民安居樂業？修馳道、掘川防、拓疆域、一文字、一度量衡、私田得以買賣、工商得以昌盛，如此等等，何以不見？……是也，嬴政是拆遷了六國宮殿，是集中了六國宮女。然則，連綿宮殿嬴政住得幾何？萬千宮女嬴政消受得幾個？至於為何要拆遷六國宮殿，六國宮女派甚用場，朕不想說！何以如此，只怕你等迂腐儒家永遠不能明白。朕只說一句：此乃防範復辟之需，此乃安定邊陲之需，而絕非嬴政臥榻之需！縱然過了些許，何傷於秦之大政大道，何傷於大秦文明功業？方才先生所言，嬴政可以改弦更張，可以反躬自省。然，絕不表明六國貴族與爾等儒家之夢想能夠成真。朕可直言相告，就像先生對我一般：只要人民擁護大秦新政，大秦就永遠不會滅亡！幾百儒生，幾個博士，幾萬貴族，就想顛覆大秦，就想復辟舊制，先生不覺是螳臂擋車麼？朕還要告訴你，你這個博士，你等那個儒家，其實並沒有真實學問。自孔孟以後，儒家關起門自吹自擂，不走天下，不讀百家，狹隘又迂腐，論國論政全無半點雄風，朕為之寒心，天下嗤之以鼻，儒家若不再生，必將自取災亡也！」一席嬉笑怒罵的雄辯戛然而止了。

侯生木然沉默著，終於沒有說一句話。

胡毋敬驚訝的是，當押送將軍要押走侯生時，已經平靜的皇帝開口了：「下詔馮劫，有直諫之功，開釋侯生，許其自由。」那一刻，所有人都愣怔了，侯生也愣怔了。

良久默然，侯生對著皇帝深深一躬，鬚髮叢生的臉膛滾下了兩行淚水。

皇帝淡淡地道：「先生去也，好自為之。」

正當此時，一陣奇特的尖厲呼哨破空而起，迅疾地在山谷中飛升逼近。正在趙高疾步走向觀宇亭時，嘭的一聲大響，一支響箭倒釘在了顯然是專設的一方懸空伸出的巨大木板上。趙高拿起亭下一只鐵鉗，快步上前鉗下長箭邊走邊拆，走到皇帝面前已經捧起了一個竹管。蒙毅接過竹管利落打開，抽出一方捲筒羊皮紙展開一瞄，立即快步走到皇帝面前低語了一句。嬴政皇帝臉色倏地一變，立即下令：「快！下山！」

蒼茫暮色之中，巨大的吊櫃轟隆隆沉下了山谷。

第十四章 大帝流火

一、茫茫大雪裡　嬴政皇帝踽踽獨行

接到通武侯王賁垂危的急報，皇帝車馬兼程趕到了頻陽。

王翦病逝嶺南之後，王賁一直深深陷在父喪悲愴中不能自拔。嬴政皇帝很是憂慮，諸多鋪排欲使王賁振作，依然沒有些許功效。從王翦的喪事開始，嬴政皇帝破例做了諸多刻意安排：親自執紼送葬，親自過問陵園修造，親自召見頻陽縣令安置對王氏一族的永久性照拂；又破例許王賁離職服喪，破例給頻陽美原派進了兩名太醫，破例下令掌管皇室園林府庫的少府章邯全數支付了美原的喪葬用度。種種之外，更有兩處最大的破例：其一，開秦法之禁，特許王賁之子王離承襲了大父王翦的武成侯爵位，如此一門三侯，一時震動天下；其二，嬴政皇帝與蒙恬祕密會商，以邀戰匈奴之策激發王賁。然種種措施之下，王賁還是沒能恢復心神。王賁守喪三年之後，嬴政皇帝換了一種方式：不再刻意照拂，只是隨時關注著美原的種種消息，滿心期望王賁能夠從淡淡的田園守喪中自己擺脫出來。然則，頻陽縣令與專派太醫的每旬一報，卻絲毫沒教人舒心。每報都是如出一轍：通武侯鬱鬱寡歡，少食寡言，日每除了去陵園祭拜，回府便是昏昏大睡。無奈之下，嬴政皇帝一次專門召來老方士徐福，問其能否使王賁心疾復原。徐福沒有絲毫猶豫，只是搖頭。嬴政皇帝不解，問其何故。徐福答曰：「我道有箴言：方家不入軍。蓋方士之術，根基在術者受者之心志交相感應也。若通武侯者，畢生鐵血戰場，心志頑如鐵石，心關堅如長城。方士之術，焉能入其心魄哉！」嬴政頗為不悅，皺著眉頭道：「先生是說，通武侯心死了？」老徐福良久默然，歎息了一聲：「陛下如此說，夫復何言也！」

自此以後，嬴政皇帝當真是沒轍了，只有打算抽暇常去美原走走，親自與王賁說說話，再看究竟能否有救？可一次尚未成行，王賁便告垂危了。

一進頻陽縣境，縣令與一班吏員正在界亭外肅然守候。皇帝車馬沒有絲毫停留，風馳電掣般掠過了界亭，煙塵中只傳來馬隊將軍的遙遙呼喊：「頻陽縣令自入美原！」午後時分，皇帝車馬下了頻陽大道，匆匆轉上了美原鄉道。不甚寬闊的鄉道兩側，肅然佇立的人群與蕭疏的楊柳樹林融成了茫茫一片。嬴政皇帝立即下令車後馬隊緩行，自己的那輛駟馬青銅車卻絲毫沒有減速，風一般掠向了遙遙可見的莊園。

「王賁等我——」

駟馬高車在巍巍石坊前尚未停穩，嬴政皇帝一縱身下車，一聲嘶啞悲愴的呼喊便在山莊激盪開來。驟然之間，守候在石坊的人眾一齊放聲大哭了。及至趙高飛步趕來，皇帝已經大步匆匆穿過哀哀人群逕自進莊了。莊前石橋旁，一群老人簇擁著一個年輕公子肅然長跪在地。公子高聲稟報：「王離恭迎陛下！家父彌留……正在莊前茅亭迎候陛下……」嬴政皇帝急迫道：「秋風正涼，病人能在外邊麼，你等當真糊塗！」王離哽咽道：「家父執拗，定要出戶迎候陛下。家父說，陛下今日一定來……」尚未說完，嬴政皇帝已經大步過橋了。

掠過莊門前那片已經在秋風中蕭疏的楊柳林，大步走進林中那座古樸的茅亭，嬴政皇帝驚愕止步了——亭下石案上一張軍榻，榻上一方厚厚的白布大被覆蓋著骨瘦如柴鬚髮如雪的王賁。這位昔年猛將微微閉著雙目，一臉木然彌留之相，瘦骨嶙峋的兩腮抽搐著，顯是緊緊咬著牙關挺著難以言說的巨大病痛。若非當時當事，任誰也認不出這是叱吒風雲的秦軍統帥之一的王賁。驚愕端詳之下，嬴政皇帝心頭大是酸熱，一時老淚縱橫哽咽不能成聲了。

「陛下……」王賁驟然睜開了雙目。

「王賁……」嬴政皇帝拉起王賁雙手，泉湧淚水打在了白色軍榻上。

「陛下，老臣不死，是，有幾句話說……」

「王賁，你說，我聽……」

王賁目光艱難地找到了榻邊的王離，示意兒子扶起自己坐正，又示意兒子離開茅亭。王離哽咽著走到亭廊下揮揮手，守候在茅亭的王氏家人都出來遠遠站著了。王賁的目光驟然明亮，殷殷地看著嬴政皇帝緩慢清晰地開口了：「陛下，老臣所說，四件事。一則，若有戰事，陛下毋以王離為將。昔年，家父有言：此子心志無根，率軍必敗。陛下幸勿以老臣父子為念，錯用此子誤國誤軍。」嬴政皇帝垂淚道：「我知道。只教他入軍多多歷練。」王賁喘息幾聲，又道：「二則，太尉之職，李信可任。堅毅勇烈，隴西侯河山社稷之才也。」嬴政皇帝點頭道：「好。我記住了。」

王賁艱難地歎息了一聲，一絲淚水爬出了眼眶：「最後兩事。一則，陛下勞碌太過，該早立儲君了。長公子縱然有錯，其心志膽識，仍當得大秦不二儲君。老臣以為，陛下該當對九原大軍有所部署了。蒙恬、李信，當為儲君兩大臂膀……」嬴政皇帝連連點頭，哽咽垂淚道：「知道。本來，要等你一起北上九原……」王賁嘶聲喘息著，努力地聚集著最後的力量：「最後一則，老臣斗膽直言了：老臣多年體察，丞相李斯，斡旋之心太重，一己之心太過……陛下體魄堪憂，該當妥善處置朝局了……君王暮政，內憂大於外患……老臣之見，二馮一蒙主內政，蒙恬李信主大軍，可助長公子穩定朝局，廓清天下……」一語未了，王賁頹然倒在了靠枕上。

嬴政皇帝生平第一次聽到一個重臣對李斯如此評判，還沒從驚訝中回過神來；王賁又驀然開眼，慘澹地笑了：「陛下……老臣癡頑，不能自救，愧對大秦，愧對陛下……老臣，去……」一個去字未了，王賁沒了聲息，一臉滄桑倏忽舒展開來。

「王賁等我——！」一聲呼喊，嬴政皇帝撲在軍榻大放悲聲了。

……

因了皇帝執意親自操持葬禮，王賁的喪事大大地縮短了。

第一場冬雪降臨時，帝國一代名將在盛大的皇家葬禮儀仗護持下，在萬千人眾的隆重送別中，長眠在了美原墓地，永遠地陪伴在了父親王翦的身旁。嬴政皇帝親為陵園石坊題寫了銘辭——兩世名將，一天棟梁。李斯奮然自請書寫皇帝銘辭，以為勒石。嬴政皇帝思忖了一陣淡淡道：「還是朕親自寫了。朕負王氏多矣。」陵園勒石完畢，嬴政皇帝下了一道詔書，正式宣布了公子王離承襲武成侯爵位，開春之後赴九原大軍就裨將之職。詔書頒發的當夜，皇帝在美原行營召見了王離。在皇帝多方詢問之下，尚在喪服的年輕王離依然透出一股勃勃之氣，件件俱有過人見識。嬴政皇帝大覺欣慰，殷殷叮囑一番，第一次顯出了罕見的笑容。

次日清晨，雪花紛紛揚揚。車駕臨行之際，嬴政皇帝走進了王氏陵園。

皇帝將護衛甲士與趙高一班人統統留在了石坊口，只拄著一支王離送進手中的河西義僕杖一個人進了陵園。這「河西義僕」是一種河西稀有木材製作的手杖，堅剛如鐵又輕重粗細適度，握在手中極是利落稱手。王離說，這是父親親手水磨的一枝義僕杖，父親後來一直沒有離開過它。王離還說，蘇秦當年失意咸陽跋涉河西，便是得力於河西老獵戶所送的一枝義僕杖。嬴政皇帝對蘇秦倒並不如何熟悉，只一聽說這是王賁親手磨製之物，一句話沒說便接手了。

雪花如柳絮般飄灑著，三百餘畝的陵園朦朧一片。嬴政皇帝走得很慢，思緒與雪花一起漫天飛揚著。王翦王賁父子的相繼離去，使嬴政皇帝第一次有了一種泰山巍然卻無所依憑的孤獨與落寞，甚或，心底隱隱有了一絲憂慮與恐慌。對嬴政皇帝而言，這般隱憂是絕無僅有的。王翦王賁父子是太過特異的兩代名將，在帝國興起的整個過程中絕無他人能夠取代。然則，最根本處還在於，王翦王賁父子的特異稟賦——堅毅篤實，不為任何人所撼動的那種超乎尋常的定力。如果說，王翦的堅毅篤實尚具有一種智慧的周旋色彩，王賁的堅毅篤實則是赤裸裸無所掩蓋的。王翦的資望功勳，以及與嬴政皇帝早年結盟於艱難時世的經歷，決定了王翦以含蓄迂迴堅持自己主張的特異方式。雖然同樣是無可撼動，王翦的方式相對容易為人所接受。無論對君，無論對臣，甚或對部將，王翦幾乎沒有與任何人發生過直接的摩擦。令人不可思議者，正是如此一個王翦，卻沒有一次放棄過自己的主張，且一直堅持到最終的結局證明自己是對的。滅趙堅持緩戰，滅燕堅持強戰，滅楚堅持重兵大戰，平定南海堅持軍民一體長期融合等等，莫不如此。事實證明：凡此重大關節，王翦都堅持申述自己的主見，雖然絕無激烈方式，然卻從來不會放棄；而只要帝國君臣最終贊同了王翦的方略，王翦都毫無怨言義無反顧地全力實施，直至獲得最圓滿成功。王賁則不同。在帝國重臣中，王賁是最為不事周旋的一個，與任何人都沒有私交私誼，與任何人都是公事公辦。凡有大略會商，王賁只有兩種方式：要麼不說，要麼固執堅持，絕不與任何人通融，包括不與皇帝通融。而一旦進入方略實施，王賁的才具便會迸發出驚人的光彩，屢屢創出令人瞠目結舌的奇蹟。五萬軍馬水戰滅魏，不可思議一也；兩萬飛騎旬日連下楚國十城，不可思議二也；五萬飛騎數千里奔襲，最終滅燕滅代，不可思議三也；二十萬大軍脅迫齊國不戰而降，不可思議四也；十萬軍十萬民，三年大開天下馳道，不可思議五也。凡此等等，王賁都有一個最顯著特質：只要主事，拒絕一切亂命，決然是將在外君命有所不受。而每次只要任命王賁，王賁都會有一句話：若不成事，願擔全責。也就是說，王賁從來不尋求中和之道，能做則做，不能做則罷，絕不會依照他人意志敷衍了事。

雪越來越大了，天地陷入了一片混沌。

嬴政皇帝的思緒更遠了。是的，在滿朝大臣中，他本能地喜歡王賁，與王賁更對脾性。只有王賁，給他這個皇帝以最真實的感覺。在王賁面前，他沒有掩飾過自己的喜怒哀樂。王賁在他面前，也從來沒有斡旋性的話語，不贊成便說不贊成，贊成便是由衷的贊成。一種奇妙的感覺是，嬴政很為王賁對他這個皇帝的真正賞識而欣慰。嬴政很清楚，自古多少君王得臣下之力，非是臣下真正佩服君王的領事決斷才具，而是基於無法改變的君臣權力構架。一個君王能夠真正使臣下敬服自己，並且是真實地敬服，而沒有絲毫的阿諛成分，是非常非常難得的。在嬴政皇帝的記憶裡，王賁主事他最省力。王賁一旦主事，請命書文最少，回咸陽最少，一有公文十有八九是捷報或善後總報。每一件事，王賁都做得經得起任何查勘。大秦御史們不是吃素的，曾在王翦、李斯、蒙恬、李信、蒙武、馮劫等等重臣名將主持的大事中都查出過諸多大小缺失，唯獨對王賁，御史們從來沒有過一個字。論君臣交誼，嬴政與王翦李斯蒙恬王綰四人最深最久。然則，還是有許多話，嬴政皇帝無法與這四人提起。王賁寡言木訥，不善報事，在重臣之中與嬴政皇帝相處會商也最少。可嬴政皇帝只要一見王賁便大覺親切，問東問西，總歸是能想起的無一不問。王賁也是一樣，只要一見皇帝，問甚說甚，話語流暢，幾乎是全然另外一個人，連與父親王翦的爭執也從來不隱瞞。唯其如此，王賁能在最後時刻坦然說出任何臣子都不會說的話，嬴政皇帝非但沒有絲毫的逆反之感，反倒是痛徹心脾了。

誠然，若不是嬴政皇帝自己也有某種生命將盡的隱隱預感，也許不會對王翦王賁父子的相繼離去如此痛心。然則，嬴政皇帝的種種思緒也是由來已久的積壓，沒有絲毫的作偽。嬴政皇帝尤其痛心的是，在帝國新政最需要王翦王賁這般特異名將的時刻，在皇室朝局最需要這般名將的時刻，在他這個皇帝最需要這般能夠扭轉乾坤的肅殺名將的時刻，王氏父子卻相繼撒手去了。嬴政皇帝很清楚，只要王氏父子任何一個人健在於自己身後，大秦皇帝的善後都不須如此焦慮。與王翦王賁的泰山石敢當稟性相比，目下重臣之中，確實沒有一個人可及。蒙恬才具不消說得，然卻總是帶有隱隱的文士溫潤一面。在嬴政皇帝的記憶裡，蒙恬從來沒有強固地堅持過一件事。在他當年一時昏亂發作的逐客令事件中，蒙恬分明極不贊成，然卻只帶回了李斯的〈諫逐客書〉，並沒有對他當面堅持陳說厲害。相反，一直等到他有所悔悟，蒙恬才真實吐露了心曲。反倒是行事比較謹慎的王翦，那次根本不請命，說服蒙恬便派軍攔下了離開秦國的山東士子。嬴政皇帝從來沒有因此而責難過蒙恬，畢竟，蒙氏一門的特質不在強固，而在柔韌。人無完人，何能苛責臣下人人皆如聖賢哉！蒙氏一門中，唯蒙毅尚具強毅堅剛這一稟性特質。滅趙之後，蒙毅敢依法懲治跟隨皇帝數十年的趙高，且始終對趙高冷面不齒。僅此一點，嬴政皇帝便對蒙毅有足夠的器重了。

大雪紛紛揚揚之中，嬴政皇帝恍如夢境般看見了未來的一幕──

不知何時，自己落得齊桓公姜小白那般下場，臨死之前令不出宮，身後生發了巨大的動盪。此時，王氏父子相繼出場：王翦依據皇帝明白時的既定方略力挺危局，一力周旋而不與任何人妥協，甚至不惜兵戎相見，終於艱難妥善地穩定了大局；王賁不然，果決地親自率兵鎮撫咸陽，拒絕一切不合皇帝既定方略的亂命，迅速緝拿了欲圖火中取栗之人，一舉擁戴扶蘇登上了帝位，其堅剛利落，幾與皇帝當年果決平定嫪毐叛亂如出一轍……

嬴政皇帝怦然心動了，心頭酸熱了，老淚縱橫了。他毫不懷疑，以王賁的殺伐果敢，決然能做到提兵平亂而無所畏懼。蒙恬如何？以嬴政皇帝清醒的評判，蒙恬會堅持，會抗命，但絕不會無所畏懼地舉兵鎮國。李信之剛烈或可如此，然李信之軍中人望及其擁有的兵力，若不得蒙恬堅挺，顯然不足以一柱撐天。自古以來，國之良將，安危所憑也。而危難非常之時刻，大將不能依憑兵符的時刻，既往的資歷威望，大將的膽識才具便會起到決定的作用。如此之大將，捨王賁其誰也！若得王賁在世，嬴政何愁身後之事哉！

驀然，嬴政皇帝想起了李斯，想起了王賁那則令他至今心悸的遺言。

即秦王之位，嬴政便結識了李斯。親政之後，李斯一卷〈諫逐客書〉立下了定國之功，秦王嬴政立即重用了李斯。從那以後，近三十年如一日，嬴政對李斯的信任從未有過絲毫衰減。李斯的幾個兒子，娶的都是皇室公主。皇帝的幾個皇子，娶的正妻都是李斯的女兒。包括嬴政皇帝最鍾愛的幼子胡亥，定親也定的是李斯的幼女。自古以來，君王與丞相的關係親密到如此程度，只怕也是絕無僅有了。嬴政敬佩李斯的為政大器局大才具，深深地知道，沒有如此一個統攝政局的大家，一統天下並構建華夏文明只能是一句空話。滅六國時，李斯用事中樞，日理萬機井然有序，縱橫邦交多有奇謀，舉薦尉繚姚賈慧眼獨具，協同王翦蒙恬王綰一班重臣自如有加，堪稱大手筆大氣象。一統天下之後，李斯更是殫精竭慮，一體籌劃出華夏新文明框架，行郡縣，布官吏，推新政，去舊法，無一件不做得行雲流水。復辟暗潮湧起，李斯又是最清醒也是最堅定的反復辟首相。更重要的是，李斯不是盲目反復辟，而是拿出了一整套剔除復辟根基的大方略，如焚書，如禁議，如以法為教以吏為師，凡此等等，俱皆對復辟暗潮雷霆一擊而天下肅然……數十年之中，李斯沒有過任何一次官職爵位之議之請。李斯的步步升遷，全然因自家才具功勳而來……王賁究竟有何依據，說李斯斡旋之心太重，一己之心太過，並對李斯生出了如此深不可測的疑慮？莫非，王賁對李斯有私怨？不！王賁絕非此等人也！嬴政皇帝立即否定了自己的一閃念。

論稟性，嬴政皇帝當然也知道李斯有瑕疵，不如王賁馮劫等一班大將那般篤實直言，隱隱約約地有些依時依勢而決斷自家主張的意味。當年小舟求教李斯，李斯含蓄對之，先問秦王之志，而後點出《呂氏春秋》與商君之法的選擇根基所在。滅六國，定天下，建文明，反復辟，李斯始終與他這個皇帝保持著最及時的溝通。秦王但有明確的取捨抉擇，李斯便能立即謀劃出最為出色的實施方略；或帝保持著最及時的溝通。即或他這個皇帝還沒有來得及朝會議決，而李斯只要明確地知道意向，也會從最為有力的方向給他以最堅實的支持，郡縣制便是最明顯的例證……縱然如此，又能證明何等斡旋之心與一己之心？臣下與一個英明的皇帝同步，這也算得瑕疵麼？王賁啊王賁，你這個傢伙實在是多疑了。且慢罵這個老兄弟，再想想。

嬴政皇帝記得，他對李斯的所謂不滿，也只有那次在梁山宮半山腰看見了李斯盛大的儀仗車騎，冷冷說了句用得著如此麼。結果，話傳了出去，李斯立即收斂了儀仗車騎。嬴政皇帝並沒有責難李斯，而是對左右隨侍的這種口舌之風深為厭惡，查勘不出，便殺了那日在場的所有十幾名內侍侍女。

嬴政至少清楚一點，看人看大節，縱然自己這個皇帝對臣下有某種小事的不悅，也絕不會波及大事；而左右隨侍這種口舌惡風一旦流播開來，則無疑會使君臣朝局陷入無休止的權術猜忌之中，不給以最嚴厲的制裁行麼？當年齊威王連續烹殺十餘名口舌內侍，一舉震懾了齊國的偵測上意之風，齊威王願意那麼做麼，時勢所迫也。

而李斯如何？那次之後再也沒有了盛大的車騎儀仗，卻也從來沒有在嬴政皇帝前說及過此事。本來，嬴政皇帝自家還想與丞相說說，可每次見李斯一副渾然無覺的神色，也便沒有了說的心思。若說不悅，這算得一次了。然則，這又如何？以嬴政之明，能因如此一件說都沒心思說的小事對一個帝國首相生出疑忌之心？以李斯之才，能因此而對他這個皇帝生出嫌隙？笑談也笑談也。李斯不說，安知不是不屑於說哉！王賁老兄弟也，你還是心思過甚了一些。你說誰都沒錯，可說李斯的這兩句話，實在有些過了；然則，我還是要記在心裡，再想想，再看看，畢竟，你老兄弟也不是亂說話的人。李斯要給你寫銘辭，我擋了，免得你老兄弟瞪著兩眼不舒坦，我的字不如李斯好，老兄弟只當個念想便是了。

大雪漫天飛舞著，腳下也起了嚓嚓之聲……

王賁喪事期間，發生了兩起意外事件。嬴政皇帝雖然不悅，卻也沒有如何放在心上，沒有立即趕回咸陽處置。而今仔細想來，這兩件事竟是有些不同尋常了。第一件事，泗水郡在兩月之前逃亡了三百餘服徭役者。郡報說，沛縣徭役民力三百餘人，由泗水亭長劉邦帶領民力趕赴驪山。西行到豐縣一片大水旁，逃亡了數十人。亭長劉邦非但沒有報官，反倒擅自放走了想逃跑的其餘民力，自己與十餘個追隨者也逃入芒碭山去了。目下，泗水郡正在追捕之中。嬴政皇帝曾聽扶蘇說起過這個泗水亭長是個能吏，當時曾心下一動，下次巡狩到泗水郡見見這個小吏，果是能才用之何妨？不想他竟無視法度縱容逃亡，看來也不過痞子甘作流民而已。第二件事，驪山刑徒黥布祕密鼓譟數百人起事，殺死了數十名看守士兵，大約兩三百人逃亡到漢水大山裡去了。馮劫率軍趕赴驪山，已經將沒有逃走而與起事者有牽連的兩百餘人全部斬決。馮劫已經查明，這個黥布原本姓英，乃古諸侯英國後裔；因有相士說此人若受黥刑便當稱王，英布自家改姓為黥，以求鎮之，其實本人並未受過黥刑。

目下想來，這兩件事都不是小事。帝國新政歷來都是體恤民眾疾苦的，無論是種種工程，還是鎮壓六國貴族復辟，抑或嚴厲懲處黑惡兼併，哪一件不是於民有利？然則，如今竟有民眾逃亡起事了，你這個皇帝該當作何解釋？從天下大勢說，若僅僅是六國貴族復辟，僅僅是儒家亂法，嬴政皇帝有十足的信心扭轉乾坤，因為他堅信天下民眾不會亂，堅信民眾會追隨秦政。若民眾亂了，事情就大了，六國貴族與舉事民眾融合，你縱然有大軍鎮撫，也難保天下不會大亂。當然，民眾逃亡刑徒起事的背後，一定有六國貴族的密謀煽惑甚或祕密操持，畢竟，六國貴族的諸多後裔本身也在刑徒之列，他們安能無動於衷？然則，民眾能逃亡，刑徒能起事，帝國新政便沒有錯失？你這個皇帝便沒有錯失？看來，得認真查查，看各種工程能否不徵發遠道民力，驪山陵只叫關中老秦人修算了；長城也一樣，就近徵發，莫再千里迢迢地徵發楚地民眾了……

「君王暮政，內憂大於外患。」王賁的話驀然迴盪在耳邊。

「王賁啊，你老兄弟沒說錯，嬴政記下了。」

大雪無聲地飄舞著，嬴政皇帝踽踽地走著。不期然，嬴政皇帝走到了王賁墓前。王賁啊，對你說一聲，我要回咸陽去了，不能天天來陪你說話了。你說的事，我都記住了。開春之後，我便北上九原，我會留心的，會不著痕跡的。臨死之時，你老兄弟還硬挺著等我這個老哥哥，還當我是知己，話說得如此開誠布公，政何能忘記也……王賁，你老兄弟若是心寬得些許，活下來，活在嬴政身後，該有多好啊……王賁，你，你，你老兄弟已經去了，已經悔了愧了，嬴政也就不叨叨你了……你好生安息，我從九原回來，還會來看你的……

茫茫飛雪彌漫蒼穹，嬴政皇帝的潸然淚水喃喃話語，都被一天飛絮淹沒了。

二、不畏生死艱途的亙古大巡狩

隆冬之時，嬴政皇帝開始了最後一次大巡狩的祕密謀劃。

對於嬴政皇帝的巡狩，天下已經很熟悉了。平定天下之後的短短十年裡，皇帝已經四次巡狩天下了。若從秦王時期的出行算起，也就是自秦王十三年開始，嬴政的出行與巡狩總共八次，一統之前的秦王出行視政三次，一統之後的皇帝巡狩五次。大要排列如下：

秦王政十三年（西元前二三四年），時年嬴政二十六歲，第一次東出視政到河外三川郡。其時，桓齮大勝趙軍於河東郡，殲趙軍十萬，殺趙將扈輒。嬴政趕赴大河之南，主要是會商部署對三晉進一步施壓。就秦之戰略而言，秦王這次出行，實際是滅六國大戰的前奏。

秦王政十九年（西元前二二八年），時年嬴政三十二歲。其時，王翦大軍滅趙。嬴政第二次東出趕赴邯鄲，後從太原、上郡歸秦。這次出行兩件大事：一則處置滅趙善後事宜並重遊童年故地，二則會商滅燕大計。

秦王政二十三年（西元前二二四年），時年嬴政三十六歲。其時，王翦大軍滅楚。嬴政第三次東出，經過陳城，趕赴郢都，並巡視江南楚地，會商議決進軍閩越嶺南大事。

依照傳統與帝國典章，嬴政即皇帝位後的出行稱之為巡狩。

巡狩者何？《孟子・梁惠王下》云：「天子適諸侯曰巡狩。巡狩者，巡所守也。」也就是說，就形式而言，巡狩並非秦典章首創，而是自古就有的天子大政，夏商周三代尤成定制。《尚書・堯典》、《史記・五帝本紀》、《禮記・王制》、《國語・魯語》等文獻，都不同程度地記載了這種巡狩政治的具體方面。大要言之，在以征伐、祭祀為根本大政的古代，巡狩的本意是天子率領護衛大軍在疆域內視察防務、會盟諸侯、督導政事、祭祀神明。然從實際方面看，春秋之前的天子巡狩，其實際內容主要在三個方面：一則祭祀天地名山大川，二則會盟諸侯以接受貢獻，三則遊歷形勝之地。就其行止特徵而言，一則以舒適平穩，一則以路途短時間短，一則以輕鬆遊覽。真正地跋涉艱險，將巡狩當作實際政事而認真處置，且連續長時間長距離地大巡狩，唯嬴政皇帝一人做到了。

第一次大巡狩是滅六國的次年，始皇帝二十七年（西元前二二〇年），時年嬴政四十歲。這次是出巡隴西、北地兩郡，一則巡視西部對匈奴戰事，二則北部蒙恬軍大舉反擊匈奴事。這次出巡的路線是：咸陽—陳倉—上邽—臨洮—北地—返經雞頭山—經回中宮入咸陽。這次路程不長，然全部在山地草原邊陲行進，且多有匈奴襲擊的可能性危險，其艱難險阻自不待言。

第二次大巡狩，在始皇帝二十八年（西元前二一九年），時年嬴政四十一歲。

這次大巡狩的路線是：咸陽—河外—嶧山—泰山—琅邪—彭城—湘山—衡山—長江—安陸—南郡—入武關歸秦。從路程之遙與沿途舉措之多看，大體是初春出初冬歸，堪堪一年。這次大巡狩的主要使命，是宣示大秦新政之成效，確立帝國威權之天道根基。是故，其最主要舉措是四則：其一，嶧山刻石以宣教新政文明；其二，泰山祭天封禪，梁父刻石，以當時最為神聖的大典，確立帝國新政的天道根基；其三，登之罘山，刻石宣教以威懾逃亡遁海之復辟者；其四，做琅邪臺並刻石，系統全面地宣教新政文明。

以史實論，這個偉大帝國的直接史料在後來的戰亂中消失殆盡，帝國華夏大地所留下的實際遺跡則成為彌足珍貴的直接史料。譬如嶧山刻石文、之罘山第一次刻石文皆未見於《史記》，對於非常注重言論記載的太史公而言，絕不會有意疏漏，完全可能是司馬遷時已經湮滅，或被掩蓋隱藏，而後世重新得以發現。唯其彌足珍貴，不妨錄下三篇刻石文辭（註：此三篇刻石，皆以韻斷意。《史記・秦始皇本紀》「索隱」云，前兩篇為三句一韻，琅邪臺文為兩句一韻），以窺帝國風貌——

〈嶧山刻石文〉

皇帝立國，維初在昔，嗣世稱王。討伐亂逆，威動四極，武義直方。

戎臣奉詔，經時不久，滅六暴強。廿有六年，上薦高號，孝道顯明。

既獻泰成，乃降專惠，親巡遠方。登於嶧山，群臣從者，咸思攸長。

追念亂世，分土建邦，以開爭理。攻戰日作，流血於野，自泰古始。

世無萬數，陁及五帝，莫能禁止。乃今皇帝，一家天下，兵不復起。

災害滅除，黔首康定，利澤長久。群臣誦略，刻此樂石，以著經紀。

〈梁父刻石文〉

皇帝臨位，作制明法，臣下修飭。二十有六年，初并天下，罔不賓服。親巡遠方黎民，登茲泰山，周覽東極。從臣思跡，本原事業，祗誦功德。治道運行，諸產得宜，皆有法式。大義休明，垂於後世，順承勿革。皇帝躬聖，既平天下，不懈於治。夙興夜寐，建設長利，專隆教誨。訓經宣達，遠近畢理，咸承聖志。貴賤分明，男女禮順，慎遵職事。昭隔內外，靡不清靜，施於後嗣。化及無窮，遵奉遺詔，永承重戒。

〈琅邪臺刻石文〉

維二十八年，皇帝作始。端平法度，萬物之紀。以明人事，合同父子。

聖智仁義，顯白道理。東撫東土，以省卒事。事已大畢，乃臨於海。

皇帝之功，勤勞本事。上農除末，黔首是富。普天之下，專心揖志。
器械一量，同書文字。日月所照，舟輿所載。皆終其命，莫不得意。
應時動事，是維皇帝。匡飭異俗，陵水經地。優恤黔首，朝夕不懈。
除疑定法，咸知所辟。方伯分職，諸治經易。舉錯必當，莫不如畫。
皇帝之明，臨察四方。尊卑貴賤，不踰次行。奸邪不容，皆務貞良。
細大盡力，莫敢怠荒。遠邇辟隱，專務肅莊。端直敦忠，事業有常。
皇帝之德，存定四極。誅亂除害，興利致福。節事以時，諸產繁殖。
黔首安寧，不用兵革。六親相保，終無寇賊。驩欣奉教，盡知法式。
六合之內，皇帝之土。西涉流沙，南盡北戶。東有東海，北過大夏。
人跡所至，無不臣者。功蓋五帝，澤及牛馬。莫不受德，各安其宇。

琅邪臺刻石文之後，附記了這篇最長刻石文產生的經過：李斯王賁等十一位隨皇帝出巡的大臣在「海上」會商，一致認為古之帝王地狹民少動盪不休，尚能刻石為紀，今皇帝並一海內天下和平，天下相與傳頌皇帝功德，更該刻於金石以為表經。於是，產生了這篇專一地全面地敘述滅六國之後帝國新政舉措的文辭。

這三篇刻石文極易被看作歌功頌德之辭，而忽視了它對歷史真相真實記載的史料價值。就後世史家對秦史的研究而言，至少忽視了琅邪臺刻石文中的兩處事實：其一是「器械一量」一句。所謂器械，衣甲兵器也；所謂一量，統一規定形制尺寸重量也。這一事實是說，秦在統一文字、統一度量衡等等之外，還有一個統一，這就是統一大軍裝備的形制尺度與重量。在諸多史家（包括軍事史、兵器史等專史）與文化人的知識認定裡，都以為兵器衣甲裝備的標準化是從宋代開始的；因為，歷代兵書中，只有宋代編定的《武經總要》規定了各種兵器的尺寸重量。對秦帝國的兵器裝備標準化，既往的通常說法是史料無載，一直到當代考古學者在秦兵馬俑中發現了大量尺寸、重量、形制同一的箭鏃，方才提出了這一理念。事實上，琅邪臺刻石文中的「器械一量」，正是確實無誤的史料。而且，刻文中將「器械一量」與「同書文字」並列，可見其重要。《史記・秦始皇本紀》「正義」對此條的解釋是：「內成曰器，甲冑兜鍪之屬。外成曰械，戈矛弓戟之屬。一量者，同度量也。」所指意涵非常明確。只不過因為後世非秦，被人忽視而沒有作為公認史料提出罷了。其二是「六親相保，終無寇賊」。當代人大多激烈抨擊秦政中的連坐制，幾乎沒有哪個史家或學人提出連坐制在當時的實際意義。這一條給我們展示了秦帝國自家的實際解釋：連坐制的實際意義在於「六親相保」，其實際效果則是「終無寇賊」。也就是說，起於戰時管制的秦法連坐制，通過相互舉發犯罪，而達到共同防止犯罪，進而族人親人互相保護的目標。對於社會總體效果而言，沒有人犯罪了，自然也就沒有賊寇這種罪犯了。因為這一實際效果，秦統一中國之後，連坐制非但沒有廢除，反而是推向了整個華夏。自秦之後，後世斷續沿用連坐制而始終不能徹底丟棄，應該說，這種實際效果起了決定性作用，尤其在戰時社會。

就是在這次大巡狩濱海之行的後期，盧生徐福等幾個方士第一次上書皇帝，萬分肅穆地說海中有三座神山：蓬萊、方丈、瀛洲，上有仙人居之，請求攜帶童男童女出海求仙。從一個方面說，始皇帝親臨大海，眼見其壯闊遼遠，對流傳久遠的海中有仙之傳聞不可能完全拒絕相信；更兼其時嬴政皇帝的暗疾已時常發作，遂允准了盧生徐福之請，准許其籌劃出海求仙。從另一方面說，其時六國貴族多有逃亡，許多貴族後裔都逃遁到海島藏匿；嬴政皇帝完全可能以方士求仙為名目，派出精幹斥候於護衛求仙的軍士之中，以求查勘貴族藏匿之真實情形。

第三次大巡狩，在始皇帝二十九年（西元前二一八年），時年嬴政四十二歲。

這次大巡狩的路線是：咸陽—三川郡（在陽武博浪沙遇刺）—膠東郡—之罘山—琅邪臺—返經恆山—經上黨—西渡河入關中。從時間看，是仲春（二月）出發，大約在立冬前後歸秦，也是堪堪一年。這次大巡狩與上次緊緊相連，其使命大體也與上次大體相同。始皇帝第二次抵達海濱，登臨之罘山，留下了兩篇刻石文字，其內容與嶧山石刻大同小異。這次大巡狩中發生的最大一件事，是三川郡陽武縣博浪沙路段的刺殺皇帝事件。這一事件的真相後來見諸於史冊：舊韓公子張良攜力士埋伏道側壕溝，以一百二十斤大鐵錐猛擲嬴政皇帝座車，結果誤中副車，刺殺未遂。但在當時，罪犯逃匿了，真相一直不明。嬴政皇帝下令在四周大搜查了十日，也沒有緝拿到罪犯。

也就是說，這件震驚天下的大謀殺，案件當時並未告破。

這次大謀殺，給帝國君臣敲響了復辟勢力已告猖獗的警鐘，將帝國君臣從「天下和平」、「靡不清靜」的時勢評估中解脫了出來。時隔年餘，嬴政皇帝微服出行關中，夜行蘭池宮外，又遭數名刺客突襲。若非隨行四武士力戰擊殺刺客，嬴政皇帝也許那一次就真的被復辟勢力吞沒了。博浪沙大謀殺事件，蘭池宮逢盜遇刺事件，是帝國新政的一個重大轉折點。此後，嬴政皇帝與帝國權力的注意力，發生了一個極為重要的轉折性變化——從全力關注構建文明盤整天下，轉為關注對復辟暗潮的查勘，終於導致了三年之後（始皇帝三十四年）對復辟勢力的公開宣戰。從大巡狩而言，博浪沙大謀殺事件，也導致了嬴政皇帝出巡使命的重大改變——從相對簡單的新政宣教，轉變為巡邊、震懾復辟與督導實際政務三方面。這一轉變，從馬上就要到來的又一次大巡狩中，可以清楚地看出軌跡。

第四次大巡狩，在始皇帝三十二年（西元前二一五年），時年嬴政四十五歲。

這次大巡狩的路線是：咸陽—經舊趙之地—入舊燕之地—遼西郡—碣石—返回再經燕趙舊地—經上郡進入邊地—巡視北邊—南下歸關中。這次大巡狩在史料中記載得最為簡單，然實際意涵卻最為豐富，主要大事是：碣石宣教新政，督導遲滯工程（壞城郭，決川防），部署求仙事，巡視九原並部署反擊匈奴戰事。若將史料殘留的「點」聯結起來，這次大巡狩的實際作為，則立即清楚地表現出內在的軌跡——這次大巡狩，無疑是嬴政皇帝即將實施的內外戰略的預備舉措。這個內外戰略是：對外大舉反擊匈奴，對內大舉鎮壓復辟。這兩個大戰略，是緊密相連的一個整體：鎮壓復辟必須以肅清長期邊患為保證，鞏固邊地又必須以整肅內政為根基。

儘管史料對嬴政皇帝的北巡只有最簡單的九個字：「始皇巡北邊，從上郡入。」然只要將前後事件通聯，這九個字的分量便大大的不同了。就事實說，匈奴長期為患北邊，此時的秦軍已經退守到九原黃河以南的北地郡與上郡駐紮，連緊靠大河的「河南地」也成了匈奴的不固定領地。要一舉占據河南地，並掃滅陰山草原的匈奴主力，將匈奴部族驅趕得遠離華夏，便要大舉殲滅匈奴的有生主力騎兵；而要真正做到一舉大勝，沒有通盤的戰略籌劃是不可能的。此時的九原直道尚未修成，糧秣兵器仍得通過上郡輸送，諸方協同尤其要緊。事實上，正是在這次北巡之中，嬴政皇帝與蒙恬、扶蘇等協同各方會商部署，最終議決：來年大舉反擊匈奴，戰勝之後立即開始修築長城。第二年的事實進展，幾乎是完全地依照嬴政皇帝的戰略籌劃完成了。

唯其了解這一軸心目標，立即便可明白：所謂東遊碣石，所謂部署求仙，全然是政道示形之法。用今日語言說，是造勢以惑人。惑誰？自然是惑匈奴，惑一切有可能窺見其真實戰略意圖的內外敵對勢力。唯其惑人，嬴政皇帝在這次大巡狩的東部之行中，將求仙之事鋪排得很大，而且大舉鋪排了兩次：第一次，公然地隆重地派遣盧生出海，訪求兩位傳說中的古仙——羨門古仙、高誓古仙；第二次，嬴政皇帝即將離開東部之前，又大張旗鼓地派遣韓終、侯公、石生三人率船隊出海，求仙人不死之藥。

之後，嬴政皇帝的車騎儀仗銷聲匿跡了。

百年之後的司馬遷，尚且只能留下九個字。此足以說明，直到後來的西漢時期，人們僅僅知道嬴政皇帝那次去了北地巡邊，至於究竟在巡邊中做了些什麼，卻一無所知。不是司馬遷不想記述，而是因為沒有依據，使其成為了一個永遠湮沒了的祕密。

一件值得注意的事情是：在嬴政皇帝離開東部之前，此前被派出求仙的盧生入海歸來了。盧生求仙無著，卻帶回了那則載於史冊的「亡秦者胡也」的著名讖言。這則讖言的形式載體很是不清楚，只說是「圖書」。若依據傳統分析，這則預言當是圖讖形式，也就是某種皮張上畫有一幅意向模糊的圖畫，旁邊一句字跡古奧而含意似明不明的一句讖言。這幅畫究為何物，已不得而知了。然這句讖言，卻是明白無誤地被記載了下來。

這件事至少說明：其一，嬴政皇帝在東部碣石逗留的時間不會很短，估計至少兩個月上下，否則以古代船隻之航速盧生不可能完成往返。最大的可能是，嬴政皇帝在有意等候。之所以如此，完全是要教天下認定：皇帝東遊只是要求仙，別無他事。其二，天下復辟勢力也關注著邊患，企圖藉匈奴之力火中取栗，有意製造了這則讖言，藉以擾亂嬴政皇帝心神，並激發秦軍早日與匈奴大戰。因為，在六國貴族看來，匈奴正在強大之時，而秦軍正在多年大戰後的疲弱之期。與強大的匈奴開戰，時日越早，對秦軍越是不利。若秦軍主力一旦戰敗，則復辟勢力自可趁機大舉起事。

以帝國第一代君臣之雄才大略，不可能看不透如此淺薄的伎倆，更不可能如《史記集解》中東漢經學家鄭玄所解釋得那般荒唐：「胡，胡亥，秦二世名也。秦見圖書，不知此為人名，反備北胡。」距始皇帝僅百年之遙的司馬遷，自然清楚這則讖言之實際所指，更不可能不知道秦二世之名，然卻相對曖昧了許多，只錄讖言，而不直說因果關係，只在記載讖言之後說了事實：「始皇乃使蒙恬發兵……」雖然，司馬遷的指向顯然也與鄭玄相同，然卻硬是不明說。這裡顯然有兩個原因：一則是司馬遷「信則存信，疑則存疑」的相對嚴肅的治史態度，自知此等說法荒誕不經，遂不予置評；二則是司馬遷基於西漢時期之大勢，對秦帝國的歷史只能是表面相對公正，而實則腹誹。此等堆積煙雲的錄史筆法，篤信怪力亂神的解說手法，是後世史家與注釋家解讀秦帝國歷史的兩大基本弊端。唯其如此弊端叢生，遂使秦帝國的種種歷史真相的澄清變得分外艱難。這是後話。

依據常理解析，嬴政皇帝與隨行重臣成算在胸，根本不會為讖言所動。然在表面上，帝國君臣卻向外界釋放了這則讖言，嬴政皇帝也正好以此讖言為由頭北上巡邊。這當如何解釋？若果然如鄭玄所言，看作帝國君臣愚昧不識天機，誠可笑也。顯然，這是帝國君臣的將計就計——你要出讖言麼，我便正好藉此反擊胡人，做好這件最該做的大事。

當然，嬴政皇帝在東部的時日，也非全然耗費在求仙事上。畢竟，天下皆知嬴政皇帝勤政，若示形太過，則未免太假，總得有些許政事作為。於是，有了嬴政皇帝對燕齊舊地的遲滯工程的有力督促。這便是壞城郭、決川防。碣石之地，正當舊燕趙齊三國拉鋸地帶，要塞林立，川防累累，相互攻防，相互淹決，堪稱天下川防為害最烈之地。儘管此時中原川防已經順利疏通，然此地卻是遲滯了許多。嬴政皇帝就此徹底解決，正好一舉兩得。諸般工程雷厲風行地開始之後，隨行群臣會商，又在巨大的碣石門上刻下了一篇千古文字，說的主要是帝國新政中的民生工程，刻石文如下：

〈碣石門刻文〉

遂興師旅，誅戮無道，為逆滅息。武殄暴逆，文復無罪，庶心咸服。
惠論功勞，賞及牛馬，恩肥土域。皇帝奮威，德并諸侯，初一泰平。
墮壞城郭，決通川防，夷去險阻。地勢既定，黎庶無繇，天下咸撫。
男樂其疇，女修其業，事各有序。惠被諸產，久並來田，莫不安所。
群臣誦烈，請刻此石，垂著儀矩。

這篇碣石門刻文中值得注意的新提法，是「德并諸侯」。與此相聯，從上次大巡狩的之罘刻石文、東觀刻石文開始，帝國宣教中開始強調秦政的德行。而在第一次大巡狩的刻石文中，功業敘述與新政內容敘述為主，正面強調皇帝之德者很是淺淡，琅邪刻石文僅云：「皇帝之德，存定四極。」顯然，並沒有將皇帝之德擴展到一統之前。這次不同，將平定六國第一次提為「德并諸侯」。這是一個很大的變化。當然，此前的之罘山刻石文已經開始向彰顯皇帝之德靠近，但尚不鮮明，其文辭為「奮揚武德」，東觀文辭則為「皇帝明德」。然則，都沒有從總體上將統一天下、開創文明的大功業歸結為「德」的力量。這次的「德並諸侯」四個字，顯然是大大地彰顯了德功德政。馬上將要看到的第五次，也就是最後一次大巡狩的會稽山刻石文，對「德」也同樣做了鮮明強調，文辭為：「皇帝休烈，平一宇內，德惠修長……聖德廣密，六合之中，被澤無疆。」

這一宣教轉折，是帝國君臣在反復辟中的策略轉變。

秦奉法治，更兼為政求實，對王道德政歷來嗤之以鼻。雖然，秦政理念認為法治才是真正的德政愛民；但是，由於王道德政已經成為先秦治國理論的一大流派，且其主旨與法家格格不入，故而秦政從來不屑提起德功德政，更不言德治。此時為何有此一變？根基在時勢之變也。秦一天下之後，六國貴族與儒家門派對秦政的攻訐有一軸心言論，便是「暴政失德」。這一攻訐性評判，既因秦政文告從來不屑言及德政而使民眾有所惶惑，又因復辟勢力的日漸活躍而大有加劇之勢；尤其是焚書坑儒之後，秦不言德，似乎已經成了秦政本身無德的一個表徵。對此，政治嗅覺極為敏銳的帝國第一代君臣不可能沒有覺察。當此之時，正面涉及秦之德政，自然成為一種時勢所必須的策略，一種反擊復辟的宣教方略，而非秦政真正與迂腐的王道德政同流合污。

縱觀嬴政皇帝的歷次大巡狩，其艱難險阻每每令人驚歎不已。

嬴政皇帝之大巡狩，跋山涉水屢抵邊陲，卻從來沒有涉足過富庶繁盛之地。每次出巡，中原的洛陽大梁新鄭的風華地帶都是必經之路，卻沒有一條史料記載過嬴政皇帝在此間的逗留。舊齊之臨淄，更是天下赫赫大都。嬴政皇帝兩赴舊齊濱海，卻都沒有進入臨淄。東臨碣石，瀕臨燕國，嬴政皇帝也沒有去燕都薊城徜徉一番。五次大巡狩，第一次赴隴西北地與上郡，三地俱為蠻荒邊陲，俱為連綿大山，路況最差，氣候最惡，又兼有匈奴遊騎襲擊之風險，安有舒適可言哉！第二次大巡狩，幾乎整整一年皇帝都在外顛簸。登泰山封禪，而驟逢「風雨暴至」，以至只有在五棵大樹下避雨。當代人皆知，雷電風雨之中在大樹下避雨是極為危險的，而其時之嬴政皇帝不知此等科學道理，幸未被雷電擊中，何其大險也！後過江水，則「逢大風，幾不得渡」，連隨身玉璧也顛簸沉入江水。再從湘水登衡山，「遇風浪，幾敗溺」，也就是說，幾次險遭沉船而淹死。因有此等大險，所以這次大巡狩「至此山而免」，才踏上了歸程。

如此奔波一年，剛剛過了冬天，嬴政皇帝又立即再度出巡。這第三次大巡狩更險，方出函谷關，便在三川郡博浪沙路段突遭大謀殺——舊韓世族公子張良帶其結交的力士，以一百二十斤大鐵錐猛擊行刺！若非誤中副車，嬴政皇帝很可能就此歸天了。歸來途中，嬴政皇帝為一睹當年長平大戰之勝跡，硬是捨棄了相對舒適平坦的河內大道，而穿越了崇山峻嶺的上黨山地，其崎嶇艱難無須描述。年餘之後，嬴政皇帝微服出巡關中，夜行蘭池宮外，又突遭數名刺客截殺。《史記·秦始皇本紀》對遇刺險境只有淡淡兩字：「……見窘。」就實而論，隨行有四名高手武士力戰護衛，尚且陷入窘迫之境，可見其性命之險！

第四次長距離大巡狩，又是直接抵達濱海之碣石門。那時的濱海地帶，是人跡罕至的荒莽邊陲，與今日之沿海萬不能同日而語，其艱難險阻多矣！碣石門事完，嬴政皇帝又奔西北而去，進入匈奴流竄的北邊之地巡視，部署完軍政大略後，又從河西高原的荒莽上郡返回咸陽。

後世皆知，秦帝國之馳道、直道、郡縣官道相交錯，交通網絡已經是前所未有的便捷。若嬴政皇帝的大巡狩只走大道，應該是極為快捷且相對舒適的。然實際情形卻恰恰相反，嬴政皇帝足跡所過，十有八九都是沒有大道的險山惡水，其迂迴繞遠自不待言，其艱險難行更是亙古未見。姑且以大數計之，平均每次大巡狩以萬里上下計，則五次大巡狩便是五萬里上下。若再加上秦王時期的三次出行，七八萬里之數當不為誇大也。在以畜力車馬為交通工具的時代，在華夏山川之絕大部分尚未開發的時代，要走完七八萬里山水險地談何容易。

嬴政皇帝五十歲勞碌力竭，豈非古今君王之絕無僅有哉！

三、隆冬時節的嬴政皇帝與李斯丞相

從頻陽歸來，嬴政皇帝第一個召見了丞相李斯。

皇帝直截了當地對李斯提出了一個主張：停止驪山陵與長城兩大工程的遠途徭役徵發，驪山陵教內史郡老秦人修建，長城各段由附近郡縣徵發修建，中原與舊楚地不再徵發徭役。末了，嬴政皇帝問了一句：「丞相思之，是否可行？」李斯默然思忖良久，終於一拱手道：「陛下，此策雖好，有利於安定民心，然卻難以實施。」嬴政皇帝很是驚訝：「為何難以實施？有人阻撓？」「大秦律法嚴明，安得有人阻撓哉！」李斯搖頭歎息了一聲，又道，「陛下多年執掌大政，可能忽視了關中人口的變化。據老臣所知民戶數，目下之關中人口總共五百萬上下；其中，老秦人只占兩成左右，堪堪百萬人而已，且大多為老弱婦幼；其餘七八成多，都是近十年遷入的山東人口，計四百萬餘。若以關中民力修建驪山陵，老秦人實則無可徵發。所能徵發者，依然是遷入關中的山東六國貴族與平民人口。然則如此一來，驪山陵工地則有可能成為騷亂動盪之根源。」嬴政皇帝驚訝道：「何以有此一說？」李斯道：「滅六國之後，驪山陵開始大修，集中了十萬餘六國罪犯，人云刑徒十萬也。若再將遷入關中的六國貴族青壯徵發於驪山，則驪山將聚集數十萬山東精壯人口。若六國貴族趁機生亂，便是肘腋之患。此前，已經有黥布作亂，陛下安得不思乎！」嬴政皇帝默然了，良久，大是困惑地問了一句：「怪亦哉！關中老秦人如何快沒有了？」

「陛下龍行虎步，無暇顧及細節矣！」李斯悵然一歎，提起案頭大筆在備用的羊皮紙上邊寫邊道，「陛下想想：以秦昭王後期領土計算，老秦人總共千萬上下；其中隴西、河西、巴蜀、關外幾郡人口，大約占秦人六成，有五百萬上下；關中腹地人口，大約占秦人四成，有三百萬餘。關中腹地這一半人口，加上整個隴西數十萬人口，是真正的嬴秦部族，也就是老秦人了。自滅六國大戰開始，秦國主力大軍連同咸陽及各要塞守軍，再加皇室與各種官署護衛軍士等，總數將近百萬。一百萬之中，真正的老秦人至少占去七成上下。如此，以全部秦人總數計，大體是十人一兵；而若以秦國成軍人口基數計（註：成軍人口不是軍隊數量，而是男子中的適齡男子總數。以傳統徵發規律，成軍人口的三分之一可徵為兵員，三分之二當承擔國民生計，徵發成軍人口之一半的時候極少），則已經是兩男一兵了，到頂了。平定六國大戰中，秦軍將士戰死三十餘萬，後續徵發又如數補入，這就是一百三十餘萬了。平定六國之後，又徵發三十餘萬民力進入南海，其中八成是秦人男女；再加幾次徵發老秦人赴北河守邊，又有幾次與山東人口互換遷徙。總體說，關中遷出的老秦人計一百餘萬，入軍帶前後傷亡八十餘萬，總計兩百餘萬……目下之關中老秦人，除了在軍男子，八成都散布到邊陲去了……」

嬴政皇帝第一次長長地沉默了，臉色陰沉得可怕。

也是第一次，嬴政皇帝沒有理睬李斯，一個人逕自悶晃出去了。及至外廳值事的蒙毅察覺有異而匆匆進入書房，李斯還一個人木然坐著不知所以。蒙毅低聲道：「丞相連日勞碌，回去歇息也。陛下若有事，我及時知會便了。」李斯長歎一聲道：「蒙毅啊，大秦新政該有所盤整了。皇帝憂心，老夫也是寢食難安也！」蒙毅一時無對，李斯也就一拱手踽踽去了。

寒風料峭，嬴政在那片皇城僅有的胡楊林中間晃著，第一次覺得有一絲涼意爬上了脊梁，滲入了心脾。秦人從馬背部族鏖戰到諸侯，再鏖戰到戰國，再鏖戰到天下共主，靠的是甚？靠的是打不垮的以嬴秦部族為軸心的老秦人！數百年來，無論如何艱危局面，秦國都能堅挺過來，全部的根基都在於精誠凝聚萬眾一心的老秦人，在於無可撼動的嬴秦軸心。而今，嬴秦部族一朝消散了？老秦人一朝消散了？竟只有關中腹地的百萬老弱婦幼了？果真如此，天下一旦有事，關中一旦有變，秦政之底氣何在？嬴政啊嬴政，若非李斯今日算帳，你還是懵懂不知所以也。多少年來，你忙於運籌大戰場，忙於運籌創制文明，盡情地揮灑著老秦人，老秦人被徵發成軍，老秦人被派往南海，被派往北河，被派往淮北淮南，被派往遼東，被派往一切應該鎮撫的地方……老秦人無怨無悔，總是高呼著那句「赳赳老秦，共赴國難」的老誓言，義無反顧地走出函谷關，義無反顧地踏上陌生的土地，將自己豐腴富庶的故鄉留給了昔日的敵人……若是天下安寧秦政無事，驕傲寬厚的老秦人或可在青史留下巍巍然一筆。然則，如今是復辟暗潮洶湧猖獗，種種跡象都預示著六國貴族在密謀舉事，要恢復他們失去的山河社稷！若果真面臨與復辟勢力的生死決戰，嬴政啊嬴政，你手中的力量何在？若有三百萬老秦人在關中，嬴政何懼天下復辟騷亂？今日如何，你這個皇帝在關中連十萬兵力也拉不出來了，何其大險也！以戰國強力大爭之慣性，六國貴族的復辟大潮必然再次到來，沒有再次決戰的勝利，大秦新政便不能真正地鞏固。今日看來，這已經是大勢所趨之必然了。然則，果真決戰之日來臨，大秦何以安天下？

仔細想來，嬴政深深地懊悔了。悔之者何？大大低估了復辟勢力的頑韌抵抗也。身為總領天下的皇帝，你嬴政全部用盡了後備力量，消散了秦政的軸心力量，而只全力以赴地創制文明盤整華夏抵禦外患，竟沒能給鎮壓復辟留下最為可靠的一支生力軍，如此短視之嬴政，何堪領袖天下哉！若是戰場，你便是只看到了當下戰勝，而沒有看到即將到來的再次決戰。你也看了上黨的長平大戰遺跡，可你做到了武安君白起那般深謀遠慮麼？沒有！你嬴政多麼像那個頗有幾分迂闊的樂毅，一心只想以

「化齊」結束滅國之戰，結果如何？非但沒有化得了齊國，反倒是六年不下一座孤城，最終導致了齊國的死灰復燃。

戰場便是戰場，打仗便是打仗。打仗要流血，要死人，要殲滅敵方；而不會是不流血地感化對方。身在戰場卻心在感化，何其迂腐哉！政治戰也一樣，你嬴政滅人之國，奪人之地，毀人之社稷，還打算教他們真正地服從你的新政，做你的馴服臣民，當真豈有此理哉！若是秦國被滅，你嬴政能甘心臣服於人？當初若看透此點，看透復辟勢力之頑韌，自當留下老秦人根基力量。若當真有三百萬老秦人在，只怕六國貴族也未必敢如此猖獗。你嬴政今日才清醒的事，六國貴族只怕早早已看到了。否則，那麼多接踵而來的讖言流言刻字，紛紛說秦政必亡嬴政當死，其根基何在？由此看去，若果真有一日復辟勢力大舉起事，安知不是自己的方略缺失所誘發？嬴政一生歷經大風大浪，何懼決戰，然則，對此等因自己犯錯而誘發的決戰，嬴政卻感到鑽心地痛楚……

思緒潮湧，嬴政皇帝很有些埋怨李斯了。

皇帝想不通一件事：如此重大的隱患，李斯又如此清楚地了解，為何不早日說出來？是他這個皇帝不容人言？清醒地說，自己這個皇帝對言路尚算是廣泛接納的，至少，不足以使李斯這樣的首席大臣緘口不言。是李斯沒有看到這一隱患的巨大風險？以李斯的敏銳透徹，以及今日說及這一隱患時的憂慮與對老秦人口散布的熟悉，不能說李斯沒有想到。是李斯在選擇進言的最好時機？不會也。果然在選擇時機，豈不是說李斯連防患未然未雨綢繆這樣的謀劃意識都沒有了？那，究竟是何等原因使李斯一直沒有提出這個如此重大的失誤？嬴政皇帝一時想不明白了。自李斯用事以來，二十餘年中李斯始終與自己保持著驚人的一致。即或是反覆回想，嬴政皇帝仍然想不出李斯與自己曾經有過何等重大歧見。當然，〈諫逐客書〉那次不算，那時李斯還沒有進入中樞。嬴政皇帝曾經為此深以為欣慰，幾乎時常有一種先祖孝公與商君的君臣知己的感喟。若非如此，皇室如何能與李斯家族結成互婚互嫁的多重聯姻關係？嬴政皇帝自來稟性剛烈明澈，若非深感投合，絕不會基於鞏固權力而去結婚姻之盟。在嬴政皇帝內心，也從來沒有將這種君臣私誼帶入國政。也就是說，從來沒有因為姻親關係而不加辨識地認可過李斯。之所以每次大事都能契合，實在是李斯與自己太一致了，一致得如同一個人。在整個帝國群臣中，只有李斯做到了這一點，其他任何人都不可能。從當年老臣一個個數來，王綰、王翦、蒙恬、尉繚、頓弱、鄭國、姚賈、蒙武、王賁、蒙毅、馮去疾、馮劫、李信等等等等，誰沒有與自己這個皇帝有過政見爭執？確實，獨獨李斯沒有過……且慢，這，正常麼？心頭一閃念，嬴政皇帝竟然嚇了一跳，耳畔驀然響起了王賁的臨終遺言：「丞相李斯，斡旋之心太重，一己之心太過……」莫非，李斯二十餘年與自己這個君王的驚人一致是刻意的，是時時事事處處留心的結果？笑談笑談，不能如此想！果真如此，權力機謀之神祕豈非不可思議了！且慢，換個角度想想。李斯會不會不是機謀，而僅僅是畏懼自己這個君王變幻莫測而謹慎從事？畢竟，李斯並沒有附和過自己的明顯錯失，也沒有附和過某些特定事件。譬如，用李信為大將滅楚是一次明顯錯失，李斯便沒有附和。當然，也沒有反對。當年軟禁太后，滅趙之後默許趙高殺戮太后家族昔年在邯鄲的所有仇怨之家，這兩件事李斯都沒有附和。李斯與自己一致的，都是被事實證明了的正當決斷。既然如此，夫復何言？一時之間，嬴政皇帝又想不明白了……

三日之後，皇帝再次召見了李斯。

窗外大雪紛飛，君臣兩人圍著木炭火通紅的大燎爐對坐著，一邊啜著熱騰騰的黃米酒，一邊低聲地說著。嬴政皇帝沒有提說上次會談的一個字，只坦誠地對李斯說了來春準備出巡的謀劃，要李斯預為謀劃。李斯既隨和又謹慎，沉吟片刻方道：「老臣本心，陛下體魄大不如前，不宜遠道跋涉。陛下威望超邁古今，居大都而號令天下，無不可為也。陛下勞碌過甚，國之大不幸也……」見皇帝默然不語，李斯又道，「當然，若陛下意決，老臣自當盡心謀劃，務使平安妥善。」嬴政皇帝道：「來春出巡，定然是最後一次了。這次回來，哪也不去了，只怕也去不了了。這次，我想看看東南動靜，挖挖那班煽風點火的復辟渣滓。還想看看，能否將散布的老秦人歸攏歸攏。若有可能，還想看看萬里長城，那麼長、那麼大的一道城垣，自古誰見過也。一起，去看看。」嬴政皇帝斷斷續續地說著，沒有一個字觸及李斯前邊的勸諫之辭。李斯遂一拱手道：「出巡路徑不難排定。須陛下預先定奪者，留守咸陽與隨同出巡之大臣也。其餘諸事，無須陛下操心。」

「馮去疾、馮劫留守。丞相與蒙毅，隨朕一起。」

「陛下，要否知會長公子南來，開春隨行？」

「扶蘇？不要了。那小子迂闊，不提他。」

嬴政皇帝不明白自己如何一出口便拒絕了李斯，且將自己的真實謀劃深深地隱藏了起來，竟不期然承襲了趕走扶蘇時的憤懣口吻。其實，嬴政皇帝一瞬間的念頭是：不能教扶蘇再回咸陽陷入紛爭了，必須親自為扶蘇蒙恬廓清一切隱藏的危機，全面謀劃一套應變方略，而後再決斷行止。這一想法，嬴政皇帝不想說。雖然，嬴政皇帝又說了許多出巡事宜，可自己也不明白，為何再也沒有將這一最深圖謀知會李斯的欲望了。

暮色時分，李斯走出了皇城，消失在紛紛揚揚的大雪中。

李斯的心緒沉重而飄忽，如同那沉甸甸又飄飄然的漫天大雪。秋冬以來，皇帝的言行似乎發生了某種不可捉摸的變化，有了某種難以言說的心事。何種變化？何種心事？李斯似乎隱隱約約地捕捉到了某種影子，可又無法確證任何一件事情。以嬴政皇帝的剛毅明朗，不當有如此久久沉鬱的心緒。然則，這又能說明何事？皇帝盛年操勞，屢發暗疾，體魄病痛自然波及心緒，不也尋常麼？皇帝主持完王賁葬禮歸來，第一件事便想減輕天下徭役，究竟動了何等心思，僅僅是聽到了劉邦結夥逃亡與黥布聚眾作亂麼？果真如此，倒也無可擔心。然則，皇帝的沉鬱，皇帝那日聽到關中老秦人流散情形後的肅殺默然，似乎都蘊藏著某種更深的意味。況且，歷來敬重大臣的皇帝，那日逕自將他一個人丟在書房走了，這也實在是絕無僅有的事了。然無論皇帝如何撲朔迷離，至少，有一點似乎是明白無誤的：皇帝開始思索新政得失了，開始想不著痕跡地改正一些容易激起民眾騷動的法令了，提出改變徭役令便是顯然的例證。那麼，為何有如此動議？是皇帝對整個大秦新政的基本點有所鬆動，還是具體地就事論事？若是後者，無須擔心，李斯也會盡力輔佐皇帝補正缺失。然則若是前者，事情就有了另外的意味了。舉朝皆知，對大秦新政從總體上提出糾偏的，只有長公子扶蘇一個人，扶蘇的主張是稍寬稍緩，尤其反對坑殺儒生。若基於認可這種總體評判而生發出補正之議，將改變徭役徵發當作入手，則李斯便需要認真思謀對策了。原因很清楚，李斯既是大秦新政的總體制定者之一，又是總攬實施的實際推行者；帝國君臣與天下臣民對大秦新政的任何總體性評判，最重要的涉及者，第一是皇帝，第二便是首相李斯。而自古以來的鑒戒是，天子是從來不會實際承擔缺失責任的，擔責者只能是丞相；沒有哪個臣子會公然指斥皇帝，更不會追究皇帝的罪責，但言政道缺失，第一個被指責的必然是丞相；丞相固然為群臣之首，但也是臣子，並不具有先天賦有的不被追究的君權神授的神聖光環。也就是說，假若皇帝真正地在某種程度上認可了扶蘇的主張，他這個首相便須得立即在總體實施上有所變更，向寬緩方面有所靠近；否則，秦政「嚴苛」之名，便註定地要他李斯來承擔了。可是，皇帝是這樣麼？他有意提到扶蘇，皇帝如何還是一副憤然的口吻……

「稟報丞相，回到府邸了。」

輜車停住了。李斯靜了靜神，掀簾跨出了車廂。

冰冷的雪花打在臉上，李斯驀然覺察到自己的臉頰又紅又燙，心頭似乎還在突突亂跳，不禁自嘲地笑了。李斯啊李斯，你這是如何了，害怕了麼？不。你從來都是無所畏懼的，從來都是信心十足的，從來都是義無反顧的，你怕何來？論出身，你不過是一個上蔡小吏，一個自嘲為曾經周旋於茅廁的廁中鼠而已。是命運，是才具，是意志，將你推上了帝國首相的權力高位而臻於人臣極致。李斯沒有辜負這一高位，李斯不是尸位素餐者，李斯盡職了，李斯盡心了。李斯的功勳有口皆碑，皇帝對李斯的倚重有目共睹。自古至今，幾曾有過大臣的子女與皇帝的子女交錯婚嫁？只有李斯家族做到了……那麼，你究竟心跳何來？害怕何來？對了，你似乎覺察到了皇帝意圖補正新政的氣息，你覺察到了有可能的朝局變化。對了，你李斯怕皇帝補正治道，你這個丞相便要作犧牲，上祭臺。是也是也，假若當初你不那麼果決地反對扶蘇，而只是教馮劫姚賈他們去與扶蘇辯駁，今日不是有很大的迴旋餘地麼？可你，立即向皇帝稟報了扶蘇的不當言行，使皇帝大為震怒並將扶蘇趕去了九原監軍。如此一來，扶蘇豈不成了你李斯的政敵？扶蘇是誰，是最有可能的儲君。與儲君相左，你李斯明智麼？如今，皇帝有可能與儲君合拍了，你若再與皇帝政見疏離，與儲君政見相左，你這個丞相還能做下去麼？而一旦被罷黜查究，安知對秦政不滿者不會對你鳴鼓而攻之？其時，所有的功業都抵擋不住那潮水般的洶洶攻訐。商君功高如泰山，尚且因君主易人而遭車裂，你李斯的威望權力功業能大得過商君？若將「苛政」之罪加於李斯之身，又豈是滅族所能了結？李斯啊李斯，謹慎小心也，一步踏錯，千古功罪啊……

踩著寸許新雪，走進火紅的胡楊林，嬴政皇帝覺得這個早晨分外清爽。

「父皇！」一個清亮的聲音從紅葉中飄來，流露出濃郁的驚喜。隨著喊聲，一個少年手持短劍飛跑而來，撲到了嬴政皇帝懷中。「啊，長不大的胡亥也！」嬴政皇帝慈愛地拍打著少年汗水淋漓的額頭，撫摸著少年一頭烏黑厚實的長髮，「大雪天，起這麼早做甚？」少子胡亥抬頭赳赳高聲道：「雪天練劍！胡亥要殺匈奴！」嬴政皇帝不禁一陣大笑：「你小子能殺匈奴？來，砍這根樹樁，看看你力道。」胡亥脆生生說聲好，退後兩步站定，嗨的一聲吼喝，雙手舉劍猛力剁向面前一棵兩三尺高的枯樹椿。只聽嘭的一聲悶響，短劍卡在了新雪掩蓋下的交錯枝杈中。胡亥滿臉通紅，使足全力猛然拔劍，劍未拔出，雙手卻滑出了雪水打濕的劍格，噗地向後跌倒，人已滾進了雪窩之中。嬴政皇帝樂得仰天大笑，拉起了一身黑白混雜的小兒子，右手輕鬆地拔出了短劍笑道：「父皇少時也用過這般短劍，看父皇還會用不會，教你小子看看。」說罷馬步站定，沉心屏氣，單手緩緩舉劍將及頭頂，陡然一喝斜劈而下，只聽喀嚓一聲大響，樹椿的三分之一飛進了雪地。與此同時，嬴政皇帝也癱坐在了雪地上呼呼大喘，一時臉色蒼白。

「父皇萬歲——」胡亥興奮地高喊著。

「萬歲你個頭！」嬴政皇帝喘息著笑罵了一句。

「父皇起來起來。」胡亥跑過來扶起了父親，比自己劈開了樹椿還高興。

「你小子說說，方才看出竅道沒？」

「父皇大人，力氣大……」

「蠢！」嬴政皇帝又笑罵一句，「那是力氣大小的事麼？」

「父皇明示！」胡亥一臉少不更事的憨笑。

「記得了。短劍開物，忌直下，斜劈，寸勁爆發，明白？」

「明白！」胡亥赳赳高聲，兩眼卻分明一團混沌。

「你小子也！看著靈氣，實則豬頭！比你扶蘇大哥差幾截子！」

嬴政皇帝很是生氣，罵出來卻禁不住一臉笑意。不知為何，嬴政皇帝看見這個小兒子便覺得可樂，從來生不出在長子扶蘇面前的那般威嚴肅殺。這個胡亥也是特異，十五六歲的大少年了，永遠地一副童稚模樣，怯生生的聲音，憨乎乎的笑容，白白淨淨的圓面龐，恍然一個俊俏書生一般。不管父皇如何訓斥，這小胡亥永遠都是怯生生地答話混濛濛的眼神憨乎乎的笑臉，教嬴政皇帝又氣又樂。後來，皇帝也就索性只樂不氣了。此刻，胡亥便脆生生道：「不！胡亥的法令修習第一！扶蘇大哥比不過！」

「噢？那你小子說，以古非今，密謀反秦，該當何罪？」

「儒家謀逆，一律坑殺！」

「問你儒家了麼？」

「稟報父皇！老師教的！」

「老師？啊，趙高教的好學生也！」嬴政皇帝大笑起來。

「父皇！兒臣一請！」

「噢？你小子還有一請？說。」

「兒臣要跟父皇遊山玩水！不不不！巡視天下，增長見識！」

「啊呀呀，小子狗改不了吃屎，還裝正經也！」

嬴政皇帝樂不可支，笑得眼淚都出來了，一時自覺胸中鬱悶消散了許多。小胡亥紅著臉不知所措。嬴政皇帝撫摸著胡亥厚實烏黑的長髮笑道：「小子別噘嘴了，開春之後，父皇帶你去遊山玩水，啊。」胡亥哭喪著臉道：「父皇，兒臣沒記好，沒說好，你不要學了嘛。」嬴政皇帝又是一陣大樂，笑道：「你小子也！趙高教你兩句話都記不住，自家說本心話也便罷了，還賣了人家老師。」胡亥赳赳高聲道：「胡亥沒賣老師！老師好心，使胡亥教父皇高興，說這是頭等大事！」「好好好，頭等大事。」嬴政皇帝連連點頭，「左右教你小子跟著遊山玩水便是了。父皇也多笑笑了。」

少年胡亥高興地走了，說是該到學館晨課了。

嬴政皇帝兀自嘿嘿笑著，罵了句你個蠢小子讀書有甚用，逕自徜徉到白雪紅葉交相掩映的胡楊林中去了。對於自己的二十多個兒子，十多個女兒，嬴政皇帝親自教誨的時日極少，可說是大多數沒見過幾面。可以確知的是，嬴政皇帝叫不全兒女們的名字，記不全兒女們的相貌，更不清楚大多數兒女的學業才具。依據嬴氏王族的法度：由駟車庶長（帝國時期為宗正）在每季的末月，對皇子公主的諸般情形向君主歸總稟報。在秦王嬴政之前，這一法度的具體實施的通常形式是，君主親自聽取稟報，而後再親臨考校，對王子公主一一督導，每年至少四次。

自從嬴政親政，皇族法度發生了一次巨大的變化——廢除了皇后制，實際上也自然地廢除了嫡庶制。這一變化也必然帶來了後宮秩序的變化：最是人際繁雜交錯的後宮沒有了主事的國母，即或是爵位最高的妻子，也無法具有王后皇后那樣的權威。於是，歷來自成體系的皇室後宮不再成為最特異的封閉式天地，而一併納入了皇城轄制體系——事務人事俸祿等以皇城體系各自歸署轄制，皇帝的一大群妻子與一大群兒女，則由太子傅官署與宗正府會同管轄（除了皇子公主的學業歸太子傅官署，其餘有關血統認證爵位確定等一概由宗正府管轄）。

從實際效果說，這一變革完全打破了此前數千年穩定的君王後宮傳統，帶來了諸多無所適從的混亂，也帶來了諸多未曾預料到的開放與方便。最大的混亂是，包括皇帝一大群妻子在內的後宮的所有女子，其言行功過沒有了細膩有度的考察，過錯也很難做到及時制裁。因為，對皇帝的妻子們與各等級的女官宮女們，由內侍官署的太監們履行督導是很難的，而由分別隸屬於郎中令與宗正府的皇城機構與皇族機構的朝官們履行督導，更是不可能的。於是，皇帝的妻子們儘管爵位高低不同，但因為其榮辱不再與所生子女的嫡庶地位相連，而在實際上沒有了差別。這種嫡庶之別，是宗法制根基之一，在古代的地位差別幾乎是本質性的。由於沒有了這一最為重要的差別，其導致的實際後果便是：所有的後宮女子都可以做皇帝的妻子，不同僅僅在於爵位高低；而只要能為皇帝生下一個子女，則立即便是實際上的妻子。於是，女子們的諸般矛盾自然多了起來，誰能與極少見到的皇帝盡可能多地同榻共枕，便成了最為實際的爭奪內容。

與這種表面混亂相連，最大的好處是後宮女子相對開放了，活動方便了。後宮管理的官署化，使女子們和皇子公主們接觸朝官的機會大大增多，與外界交往的機會自然也大大增多了。自然而然地，後宮不再是全封閉狀態了。當然，這裡有一個大根源，這便是戰國的奔放風習依舊在焉。戰國之世，各國風習都很奔放自由。起自馬背部族的秦人趙人，更是遠遠沒有後來的拘謹。秦昭王的母親宣太后，能對著外國使節公然談論丈夫與自己的性交方式；嬴政的母親趙姬能與外臣公然私通，且與後來的嫪毐生下了兩個兒子。凡此等等，皆從一個側面證實了那時的大自由風習。

然則，嬴政皇帝並沒有因為這種奔放與自由，而成為糜爛的君王。事實恰恰相反，全副心思都在國家政務的嬴政，除了外出巡政，只要在咸陽，幾乎總是不分晝夜地在書房忙碌。用當時老百姓的話說，皇帝忙，忙得連放屁的空兒都沒有！如此一個皇帝，根本不可能如後世皇帝那般，將每晚需要同榻的女子事先選定，而後再由太監侍寢，站在榻旁記錄交配的時刻，以確證子女血統無誤。嬴政皇帝天賦異稟，體魄壯偉精力超人，然卻對男女性事既缺乏濃烈的興趣，也缺乏或細膩或狂熱的各種癖好——譬如後世諸多皇帝都具有的那種色癡色癖——為此，實在沒有刻意將某某女子銘刻在心的要死要活的心情。嬴政皇帝的時間被政務排得滿滿，性事很匆忙，也很簡單；往往是走進後宮便要發洩，要找女人，沒有任何特定目標，見誰是誰，完事即刻走人；過去了也就過去了，連交合女子的相貌都記不得了。往往是宗正府報來一個新皇子新公主出生，並同時報來母親的名字，嬴政皇帝才依稀想起連連發問，啊，是否那個女子？細細的，軟軟的，眼窩大大的？嬴政皇帝記得，自己在生下第十八個兒子胡亥之後，體魄莫名其妙地大見衰竭，對男女性事沒有了任何念想。後來，嬴政皇帝才從一個交合女子的口中得知，後宮人群之所以將胡亥稱為少子——最小的兒子，原因在女子們彼此心照不宣，皇帝不行了。可後宮女子們未曾預料到的是，自老方士徐福醫護皇帝後，情形又發生了很大的變化，皇帝又驟然雄風大長了。有時，嬴政皇帝還得接連與兩三個女子交合方能了事。所以，胡亥的少子名號還在頭上，妻子們卻又為嬴政皇帝接連生了幾個兒子幾個女兒……

從古至今，嬴政皇帝在女子事上是最為不可思議的一個，說渾然無覺亦不為過。帝國後宮女子眾多，因為沒有了皇后制與嫡庶制，所以整個後宮女子都泛化為皇帝的妻子群。如此一來，似乎嬴政皇帝擁有成千上萬的女子。六國貴族與後世史家更是加油添醋，將六國宮女連同六國宮殿一起算給了嬴政皇帝，說秦宮女子之多，連渭水也被染成了胭脂河。儘管如此，嬴政皇帝卻沒有給後世留下任何一則宮廷穢聞。大概是因為嬴政皇帝的性方式不可思議的簡單化也。而這種宮廷穢聞，後世任何一個時期的皇宮都是大批量的。

嬴政皇帝只熟悉兩個兒子，長子扶蘇，排行第十八的少子胡亥。

他還依稀地記得，為自己生下第一個兒子的，是一個齊國商賈的女兒。那是母后趙姬在最後幾年操心自己老是不大婚，委託那個茅焦為自己物色的一個女子。因為是第一個，嬴政皇帝還記得那個女子的名姓，齊姬。也因為是第一個，嬴政皇帝也還記得齊姬的美麗聰慧與明朗柔美。齊姬雖是齊國女子，卻一直跟隨著商旅家族在吳地姑胥山（姑蘇山古名）長大，一口吳越軟語經常教嬴政大笑不止。不幸的是，齊姬生下第一個兒子後沒有幾年，便因隨他進南山章臺宮而受了風寒，一病去了。那時候，第一個兒子還很小，有一日在池畔咿呀念《詩》，被嬴政聽見了兩句：「山有扶蘇，隰有荷華。」嬴政感慨中來，便給這個長子取名為扶蘇。扶蘇者，小樹也。山上生滿小樹，窪地長滿荷花。這是《詩・鄭風》中的一首歌。兒子慢慢地如同小樹般長大了，偉岸的身架，明朗的稟性，極高的天賦，像極了父親，嬴政很是為此欣慰。嬴政皇帝對扶蘇的唯一缺憾，是很早察覺出扶蘇稟性中寬厚善良的一面。自然，對於尋常臣民子弟而言，寬厚善良絕非缺憾，然對於有可能成為一個君王的少年，明顯的寬厚則多少有些教人不踏實。然無論如何，扶蘇無疑是二十多個皇子中最具大器局的一個，也是眾皇子中唯一擁有朝野聲望的一個。總體說，嬴政皇帝還是滿意的。

最熟悉的另一個，胡亥，則大為不同。胡亥的生母是不是胡女，嬴政皇帝已經記不得了。胡亥因何得名，嬴政皇帝也記不得了。嬴政皇帝記得的，是這個兒子從小便有一個令人忍俊不能的毛病——外精明而內混沌，經常昂昂然說幾句像模像樣的話，兩隻大眼卻是一片迷濛混沌；讀書不知其意，練武不明其道，言不應心卻又大言侃侃，總教人覺得他哪根心脈搭錯了茬。用老秦人的話說，一個活寶。嬴政每每被這個小兒子逗得大笑一通之後，心頭便閃爍出一個念頭：我嬴政如何生得出如此一個兒子？我的心脈也搭錯了？有一次，嬴政心頭終於閃現出一幕：一個明眸皓齒的靈慧女子正在他身下連連喘息，他不知何來興致，氣喘吁吁地問女子姓名與生身故里。女子突然開口，話語粗俗得驚人：「你噌噌只管弄哩，說啥哩先！」嬴政當時禁不住一陣哈哈大笑，倒很是大動了一陣……後來的很長時間裡，嬴政皇帝只要一想起那個女子的驚人美麗與驚人粗俗，都不禁會突然地大笑一陣。那個當時只顧享樂而沒有告訴他姓名的女子，便是胡亥的生母，一個至今也不知道姓名的可人兒，她那迷濛的目光與胡亥何其相似乃爾……

「出巡帶上這小子，也是一樂也！」

嬴政皇帝兀自喃喃一樂，大踏步回書房去了。一個早晨的雪地徜徉，又不期遇上胡亥這個活寶兒子大樂了一番，嬴政的沉鬱心緒舒緩了許多。來春要大巡狩，要做的事還很多很多。畢竟，這次巡狩不比往常，一定要從容不迫地趕赴九原幕府，不能急匆匆引發天下恐慌，要壓壓復辟氣焰，要見到扶蘇蒙恬，要做好長遠部署。這步大棋，不能再耽擱了。從九原歸來，這盤新政大棋便大體沒有後顧之憂了，自己便可以歇歇了。不然，真得勞死了。那時候，若徐福他們能真的求回仙藥，自己這個皇帝就得變個活法了。

四、大巡狩第一屯　嬴政皇帝召見鄭國密談

一個冬天，大巡狩的諸般事務謀劃就緒了。

隨皇帝出巡的大臣是：丞相李斯、郎中令蒙毅、廷尉姚賈、典客頓弱、治粟內史鄭國、奉常胡毋敬等；總領五千鐵騎的護衛大將，是衛尉楊端和；總司皇帝車馬者，是中車府令趙高；隨行皇子一個，是少子胡亥。留守咸陽總司政事者，是右丞相馮去疾、御史大夫馮劫；鎮守函谷關並兼領驪山陵刑徒者，是少府章邯。

二月初二，宏大的車騎儀仗隆隆開出了咸陽（註：始皇帝最後一次大巡狩出發日期，《史記・秦始皇本紀》為三十七年十月出，本年七月丙寅病死沙丘。顯然，「十月」為誤字或誤記。張分田先生之《秦始皇傳》〔人民出版社二〇〇三年版〕糾錯，推定為上年〔三十六年〕十月，亦不合出行慣例。我以沈起煒先生之《中國歷史大事年表》〔上海辭書出版社一九八三年版〕為本，又參照始皇帝此前「仲春」出巡之例，確定為三十七年二月出巡）。老秦人諺云：「二月二，龍抬頭。」此日最是大陽吉兆，又逢皇帝大巡狩出行，便有萬千關中百姓守候在城外道邊，要一睹這難得的盛事。太陽即將升起的時分，整個大咸陽沐浴在了漫天霞光之中。最雄偉的正陽門箭樓上，三十六支長號整齊揚起，悠揚沉雄的號聲迴盪了渭水南北。洞開的城門中，隆隆開出了整肅森嚴的皇家儀仗。首先是一個千騎方陣，一面將旗之後，騎士全部黑甲闊劍，沒有一支長兵器，顯然是一支真正的作戰之旅，而不是虛設排場的青銅斧鉞之類的禮儀排場。千騎方陣之後，是三十六面大書「秦」字的五色旌旗方陣，旗手全部是馬上騎士。旌旗方陣後，是一個一百輛戰車的方陣，每輛戰車肅立著十名重甲步卒，人人背負一架臂張連弩手中一支兩丈長矛，若走下戰車擺開，便是一個無堅不摧的連弩大陣。戰車方陣之後，是雙車並駛的二十輛特製的大型座車，內中全數是官僕宮女內侍等一應無法騎乘奔馳的人。大型座車後，是連續九個百人騎士隊護衛的九輛皇帝御車。每個百人騎隊前一輛青銅御車，每輛御車都是駟馬駕拉，九車一式，沒有任何差別，其中一輛必是嬴政皇帝的正車無疑。九隊九車之後，是一輛寬大精美的兩馬青銅軺車，八尺車蓋下肅然端坐著丞相李斯。丞相軺車之後，是兩車並行的大臣座車十餘名大臣。大臣座車方隊之後，又是一個三十六騎的旌旗方陣，旌旗方陣之後，是殿後的一個千騎方陣。衛尉楊端和身著黑色斗篷，懷抱令箭，從容策馬行進在騎陣的最前方。也就是說，嬴政皇帝的這支巡狩車騎沒有一個人步行，是一支真正能夠快速啟動的皇家巡狩之旅。

儀仗車騎開出了正陽門，相繼在寬闊的大道上展開。關中民眾與那些在大咸陽外服徭役的成千上萬民眾夾道而立，爭相觀賞這生平難逢的盛大場面，萬歲之聲此起彼伏聲震原野。熟知皇帝大巡狩的老人們說，這還不是皇帝巡狩之旅的全部人馬，還另有一支鐵騎護送著一百架大型連弩與其餘器械早便先走了，要到人煙稀少之處才與大隊會合哩。

皇帝車騎東出函谷關，經河外之地一路南來，一如既往地沒有在富庶風華的三川郡逗留，而是按預定路徑下陳郡、渡淮水，直抵雲夢澤。也就是說，雲夢澤是嬴政皇帝大巡狩的第一個最大目標地。然則，一出函谷關嬴政皇帝便覺得有些異常——開春之際正是啟耕之時，關中田野尚是一片繁忙，如何這中原之地的田野上人丁寥寥？進入陳郡更甚，非但人少，更令嬴政皇帝百思不得其解的是田野中極少看見精壯男子，除了白髮老人與總角孩童，其餘幾乎全是女子。終於，嬴政皇帝下令紮營，陳郡做第一屯行營。

李斯說，這裡是陳郡陽夏縣地面，立即下令宣陽夏縣令來見。

嬴政皇帝阻止了，說既然不是預定屯衛行營地，自家看看最好。

時當正午，身為總司大巡狩事務的李斯，立即忙著與楊端和等將軍大臣查勘臨時營地去了。嬴政皇帝在車中換了一身便裝，帶著同樣便裝的鄭國與胡毋敬兩位老臣走進了田野。蒙毅立即換了便裝，帶了幾個原先已是便裝的武士遠遠跟了上去。陽春二月的田野，因空曠寂寥而顯得分外清冷，陽光下的春風也夾帶著幾分料峭寒意。廣闊的田疇中耕者寥寥，且大多是女人與兒童。沒有耕牛，沒有丁壯，春耕時分的喧鬧熱烈一絲一毫也感覺不到。嬴政皇帝打量一陣，皺著眉頭向一片地頭的兩個人影走了過去。

「敢問大姊，這片地是你家的麼？」

正用鐵耒鬆土翻地的女人停下了手中活路，抬頭拭汗的同時瞥了來人一眼，黃瘦的臉膛彌漫著一種木然。女人淡淡道：「想買地？給你了。反正沒人種。」

「大姊，我等不買地。我等商旅只想問問農事。大姊是傭耕戶麼？」

「不是。」女人拄著鐵耒喘息著，「地真是我家的。皇帝下那麼大狠勁，殺了那麼多人，老封主跑得連影子都沒了，誰還敢黑買黑賣？而今，你想賣地都沒人要了。」

「為何啊？沒有錢人了。」嬴政向女人遞過去一個水袋。

「多謝老伯。」女人接過了水袋，向腳邊兩隻陶碗倒滿了，將水袋雙手捧給嬴政，又轉身對不遠處的少年喊了一句什麼。少年丟下鐵耒飛步跑來，端起陶碗汩地一口，立即驚喜地叫了起來：「娘！黃米酒！」

「老伯好心人哩……」女人疲憊地笑了。

「大姊，我等出門帶得多，這個給你留下了。」嬴政將皮袋遞給了少年。

「老伯……」女人眼角泛出了淚光。

「大姊，你家男人不在？如何不做牛耕？」

「你這老伯，像從天上剛掉下來。」女人淡淡笑了，顯然也想趁機歇息一下，噗嗒一聲坐在田埂上，粗黑的手不斷拭著額頭汗珠，「老伯啊，這幾年誰家有男人？男人金貴哩。你咋連這都不知道？說牛耕，牛早賣了，給男人上路用了……」

「男人，服徭役去了？」

「不是皇帝徭役，哪個男人敢春耕不下田？修長城，遠哩。」

「娘，莫傷心，還有我……」少年低聲一句。

「你？你是沒長大，長大了還不是修長城！」女人突然氣恨恨黑了臉。

嬴政頗見難堪，一時默然了。

「後生，你父親高姓大名啊？」胡毋敬慈和地看著少年。

「我父親，吳廣，走三年了。」

「後生，你父親會回來的，不用很長時日。」

嬴政認真地對少年說了一句，又對女人深深一躬，一轉身大步走了。便裝胡毋敬與鄭國也是對女人深深一躬，匆匆跟隨去了。一路上，君臣誰都沒有說話。

入夜初更時分，蒙毅到了鄭國帳篷，說皇帝召見議事。

陽夏行營紮在距鴻溝不遠的一道河谷，晚炊的熊熊篝火還沒有熄滅，一大片火光映照得河谷隱隱亮白，天上的星星都看得不清楚了。鄭國隨著蒙毅走到了行營大帳前，看見篝火旁的土丘上站著一個熟悉的身影仰望著星空，知道那定然是皇帝無疑了。蒙毅沒有說話，將鄭國領進大帳退出。未過片刻，皇帝進來了。鄭國正要施禮參見，被皇帝制止了。皇帝的心緒顯然不好，坐在大案前良久沒有說話。帳中燈火閃爍著兩顆白頭，帳外篝火呼呼聲清晰可聞。鄭國也沉默著，等待皇帝開口。

「今日所見所聞，老令作何想法？」終於，皇帝說話了。

「陛下，臣無精當見解，不敢妄言。」

「老令啊，你怕嬴政聽不得逆耳之言了，可是？」嬴政皇帝淡淡地笑了，「我知道，老令素有主見，深藏不露。那年，你分明察知黑惡兼併，卻不明白上書，而只暗中輔助扶蘇成事；你贊同扶蘇作為，卻又從不公然申明。你對新政國事有自家見識，卻從不與任何大臣談及。甚或，連你最為交好的李斯，你也緘口不言。凡此等等，嬴政心下都清楚。老令心頭始終有一片陰影，韓國疲秦的那片陰影，隱隱總以外臣自居，甘於自保，避身事外。然則，老令的公正稟性，又迫使老令不得安寧，不得不有所伸張……老令啊，這，究竟為了何來？實話實說，嬴政實在難以解得也！」嬴政皇帝以罕見的平和坦誠，對這位一貫對大政保持沉默的大臣說出了自己的困惑。

「陛下……」鄭國動容了，被皇帝的寬容與真誠感動了。但是，老鄭國依舊不失謹慎，恭敬地一拱手作禮道：「老臣以韓國間人之身入秦，終生抱愧也！多年來，老臣只涉水事農事，只涉工程籌劃，對大政不置一喙。所以如此，一則是老臣不通政道，二則是老臣不善周旋……丞相李斯與老臣交好。然，丞相總攬大局，言必大事。老臣則流於瑣碎實務，又不善溝通，不善斟酌，話語太過直白，故自甘閉門，非丞相故也……陛下洞察至明，老臣深為銘感。」

「戰國論政之風，老令寧非過來人哉！」嬴政皇帝慨然一歎，「明說，朕素來不喜四平八穩潔身自保之人。對老令，唯一之例也。唯其如此，朕亦望老令以誠相見，明告於我：大秦新政，還有根基麼？」

「陛下如此待老臣，老臣斗膽明說了。」

「說！」

「老臣對大秦新政，有十六個字，陛下明察。」

「朕盼老令真言。」

「創新有餘，守常不足，大政有成，民生無本。」鄭國一字一頓地說。

「老令可否拆解說之？」

「陛下，老臣今日絕不藏話。」鄭國心意清明，侃侃而談，「老臣以為，大秦政道以創新為本，開千古萬世之輝煌，此即創新有餘也，大政有成也。陛下之心力全副專精於文明創新，而忽視了最為通常的民眾生計。所忽視者，乃守常不足也。以國家大政說，是缺少守常安定之策。何為守常之策？說到底，就是輕徭薄賦之政。唯其平常，以陛下之雄略，反被忽視了。常則平，安則定，飽則安，暖則穩。此，固本之國策也。一味創新而不思固本，易為動盪也。大秦新政烈烈轟轟，雷霆萬鈞。所缺少者，陽春之和風細雨也。秦法之周嚴，史無前例。秦吏之公廉，史無前例。皇帝之雄明，史無前例。然則，如此雄主新政之下，卻終是天下洶洶難安，民眾輒有怨聲，根由何在？究其根本，求治太急，事功太過也。若能稍寬稍緩，輕徭薄賦，則大秦新政將光焰萬丈，萬古不磨也！」鄭國蒼老的嗓音中流露出一種無可名狀的遺憾，「老臣補天之心，陛下明察……」

「老令以為，朕當如何補正？」嬴政皇帝默然良久，突兀一問。

「陛下若能以長公子扶蘇為政，則天下可安。」

「朕不能自己補過？」

「陛下雄略充盈，不堪守常實務，交後人去做更佳。」

「老令啊，兩年前你要說出這番話，該多好。」

「兩年前說，陛下，或會殺了老臣……」

「難說。」嬴政皇帝淡淡一笑，「老令今日說得好，朕有數了。」

次日清晨，皇帝在行營大帳舉行了御前小朝會，隨行六大臣全數與會。皇帝說了昨日田間所見，徵詢丞相李斯政見。李斯明白表示：可以開始謀劃輕徭薄賦之法，然實施不宜太過操切，須一步步鬆動，以免六國貴族趁機滋事。其餘大臣皆表贊同。嬴政皇帝欣然褒揚了李斯的洞察與穩健，當場議決了著手實施之法：以李斯總掌減輕徭役賦稅之謀劃事，於巡狩途中與咸陽二馮通聯會商；巡狩結束之時確立法度，皇帝行營回到咸陽後立即頒行天下漸次實施。皇帝既沒有涉及昨夜與鄭國的密談，也沒有涉及與寬政緊密相連的扶蘇，一切都是以朝會議決的法度決斷的。大臣們一時輕鬆了許多，皇帝的心緒也明顯地好轉了。

一日一夜歇息整頓，大巡狩的車騎又在次日清晨南下了。

五、祭舜又祭禹　帝國新政的大道宣示

二月末，大巡狩行營渡過淮水，抵達雲夢澤北岸。

雲夢澤，是本次大巡狩預定方略的第一個大目標。嬴政皇帝與李斯等幾位重臣都很清楚，東南雲夢大澤與吳越齊濱海地帶，是六國貴族逃亡的兩大根基之地。嬴政皇帝此次大巡狩，除了深藏內心的北上目標之外，最實際的目標便是震懾逃亡嘯聚的復辟勢力。這是首發東南的最根本所在。為了掩蓋這一實際意圖，能夠對逃亡貴族藏匿之地收奇襲之效，嬴政皇帝決意對外示形，君臣遂密商出了一個對策。於是，去冬咸陽市井街巷彌散出一則傳聞：陰陽占候家說東南有天子氣，皇帝很是憂心，決意巡狩東南破其地脈。

戰國之世有一個奇特現象：求實之風最烈，陰陽學說最盛，兩相矛盾而並行不悖，實在為後世所無。其時，整個陰陽學說流派甚多，其主流形式至少有陰陽五行、天文曆法推演、星象（占雲、占氣、占候為其支脈）、占卜（龜筮、蓍草筮、錢筮為其形式支脈）、堪輿、相人六大流派。所有的陰陽家流派，在戰國之世都發展到了理論與實踐同樣豐富的成熟時期。無論是官府還是民眾，無不以陰陽家諸流派提出的種種預兆，以為國事家事的重要參證，一有預言則立即流傳開來。然則，參證歸參

證，又不盡然全信。於是，便有了求實之風為本而又不排斥神祕啟示的戰國風貌。秦帝國公然以典章形式宣示水德國運，焚書不焚卜筮之書，而將卜筮之書看作與醫藥種樹等同等的實用知識，是最典型例證。因了如此，六國貴族與方士儒生們製造出諸如「亡秦者胡也」、「明年祖龍死」、「始皇帝死而地分」、「楚雖三戶，亡秦必楚」等種種預言，以此等神祕啟示式的預言而擾亂天下，則也不足為奇了。也因了如此，東南有天子氣的預言，便引不起多大動靜，傳了說了，誰也未必當真。同樣，嬴政皇帝相信東南有天子氣，且執意要去壞其地脈，也沒有人認真計較該不該對不對，只當做知道皇帝去東南的理由了而已。

傳聞彌散了一個冬天，天下也大體盡人皆知了。

巡狩君臣的實際分派是：嬴政皇帝與李斯胡毋敬鄭國三大臣，做足種種宣教禮行；典客頓弱與衛尉楊端和，則率一千便裝斥候祕密查勘貴族逃亡嘯聚的藏身之地；郎中令蒙毅兩相通聯策應，行營護衛的實際執掌也統交蒙毅兼領，以使楊端和全力於查勘突襲。為此，一過淮水，楊端和與頓弱人馬全部撒向了雲夢澤周邊草木連天的島嶼與山谷；巡狩行營則大張旗鼓地進入了雲夢澤北岸，在衡山郡治所邾（註：邾，秦縣，為衡山郡治所，大體在今湖北黃岡之西北地帶）城以西五十里處紮下了大營。

嬴政皇帝在這裡要做一件大事正事——祭祀舜帝。

嬴政皇帝何以要祭祀舜帝？既要祭祀舜帝，又何以不去舜帝陵墓所在的九疑山，而要在雲夢澤望祀？欲知此間之奧祕，得先清楚舜帝其人其政。遠古五帝之中，最後兩位的舜和禹，是兩個最具特點而又政風迥然不同的聖君。舜，原本是後世所加的謚號，《史記・五帝本紀》引《謚法》云：「仁聖盛明曰舜。」據說舜帝本姓姚，名重華。後世因舜帝生於虞地，故又稱虞舜。儘管後世史書也對舜帝造出了諸多逆行，言其囚禁堯帝而自立，又隔絕堯帝兒子丹朱，使堯帝父子不能相見，方得強力自立為帝。然則，在主流正史與天下人心中，舜帝的人品功德堪稱五帝之最。其一，舜帝最孝慈，順適屢屢虐待自己的父母兄弟而不反抗，最終感化了父母兄弟；其二，舜帝愛民，法度平和公正，其事蹟多多；其三，舜帝敦厚仁德，堪稱王道典範，其事蹟多多；其四，舜帝高壽，六十一歲代堯為天下共主，在位三十九年，整整一百歲而逝於蒼梧之野；其五，舜帝功勞最大，整肅天下，又舉大禹治水，使民走出洪荒。從先秦時期的主流評價說，舜帝是以德孝王道之政名垂後世的，是一個寬嚴有度的遠古聖王。

蒼梧之野者，生滿了青色梧桐樹的山野也。遠古之時，地理無名者多矣，蒼梧之野泛指湘水南部的五嶺地帶。舜帝在南巡途中病逝在這方梧桐山野，葬於一片九水迴環的山地。因這九條山溪地勢水流風貌極其相似，很難分辨，故被稱為九疑山。《水經注》記載云：「蒼梧之野，峰秀數郡之間。羅巖九舉，各導一溪，岫壑負阻，異嶺同勢，遊者疑焉，故曰九疑山。」九疑山西北，是秦帝國開鑿的靈渠，兩地相距僅二百里上下。然九疑山距嬴政皇帝目下所在的雲夢澤東北岸，相距卻在數千里之遙，更有浩渺雲夢澤阻隔，想要萬人上下的巡狩行營直抵蒼梧之野，不是不可能，而是耗時太久且無實際意義。畢竟，雲夢祭舜帝，還有著更為實際的政事目標。

唯其如此，李斯謀劃的大典方式是「望祀」。望者，祭祀山川之特定禮儀也。其本意是說，要祭祀名山大川，得遙遙相對而祭拜。是故，望，成為祭祀山川的特定語彙。就其時禮儀而言，祭祀聖王先賢之陵墓，直稱為祭祀，很少用這個望字。李斯將「望」與「祀」合成為一個儀典，既含遙祭山川之意，又含祭祀聖王之意，其確指顯然是遙祭舜帝。

望祀禮是宏大隆重的。衡山郡守事前接到詔書：郡縣官吏可全數參與，准許附近民眾往觀。郡守將詔書發到各縣鄉，官民無不欣然歡呼，那日非但官吏無一人缺席，狩獵捕魚之民戶也停了生計紛紛趕來。所謂山高皇帝遠，在這山水連天的大澤之地，無論是官是民，要見到皇帝都太難太難了，要見到皇帝親臨隆重典禮，更是作夢也不敢想的。尤其令官員民眾感奮者，是皇帝要祭祀舜帝的後續預兆。舜帝是甚？是王道，是寬政，是愛民，是法度公正！大秦皇帝如此隆重地祭祀舜帝，其意蘊何在不清楚麼？

在肅穆的望祀祭壇上，嬴政皇帝面對南天，宣讀了奉常胡毋敬精心撰寫的祭文。祭文頌揚了舜帝的孝慈，頌揚了舜帝的愛民德政，頌揚了由堯帝奠定而被舜帝弘揚光大的王道大政，頌揚了舜帝舉禹治水的功績，頌揚了舜帝任用皋陶執法的中正平和。祭文末了，嬴政皇帝奮然念誦出一段令萬眾動容的宣示：「大秦新政，上承天道，下順民心。力行郡縣，天下一法，和安敦勉。自今於後，師法舜帝，常治無極——」皇帝的聲音還在山谷迴盪，萬歲聲便淹沒了群山大澤。

當夜，嬴政皇帝的行營大帳裡燈火通明，小朝會深夜方散。

緊急趕回的頓弱稟報說：經祕密仔細查勘，荊楚及雲夢澤周邊地帶雖有六國貴族藏匿，但多為旁系支脈的老弱婦幼；六國貴族的嫡系精壯，大多嘯聚吳越山川。頓弱的主張是：莫在雲夢澤耽延過多時日，當立即浮江東下，將吳越兩地作為搜剿重地。李斯等都表贊同，皇帝也認可了。小朝會議決：李斯蒙毅總司船隊籌劃，頓弱楊端和部先期趕赴吳越查勘；旬日後，巡狩行營浮江東下。小朝會完畢之後，嬴政皇帝特意留下了頓弱。

「頓弱，朕有大事相詢，你要據實回答。」皇帝面色肅殺。

「陛下，老臣素未有虛。」

「重新啟動黑冰臺，全力搜捕復辟貴族，可行否？」

「陛下……」頓弱驚訝又遲疑，思忖片刻明朗道，「老臣以為，黑冰臺勝任搜捕無疑。然則，老臣以為不可行。大秦以法治天下，不宜以此非常手段介入罪案緝拿。畢竟，黑冰臺精於暗殺行刺，若介入搜捕，必多有殺戮。天下已入常治之時，此法禍福難料。」

「朕之本心，當然不想壞法。」嬴政皇帝叩著書案皺著眉頭，「朕是不想再多殺人了……濮陽隕石刻字一案，殺了周圍十里之民。可說到底，正犯只有一個而已。若郡縣能將這個正犯捕拿到案，十里之民何須殺也！不想殺人，卻必須多殺人，此間煎熬，朕何以堪？若黑冰臺重新啟動，縱然多殺幾個人，然相比較於罪案不能破而牽連廣泛，孰輕孰重乎！復辟者嘯聚於濱海山川，言行盡皆祕密作為。此等暗流，縱有數十萬大軍，徒歎奈何？廷尉府與郡縣官署，僅日常民治已是人手緊張了，哪裡有多餘人力做此等須得花大力氣的事？朕之巡狩，其所以藉機搜剿嘯聚貴族，也是下策之下策。屠龍之術，卻來殺雞，朕好受麼？朕想重啟黑冰臺，實屬無奈也……老卿且說，除卻此等復辟罪案，朕過問過執法決刑麼？」嬴政皇帝說得真誠，甚至有些傷感了。

「陛下，還是依法查究最為穩妥……」

「頓弱，朕要的是限期將元凶正法之威懾！否則，朕寧可錯殺多殺！」嬴政皇帝臉色鐵青，語勢凌厲之極，「復辟勢力挑戰大秦，朕絕不讓步！」

「陛下，可否容老臣一言。」默然良久，頓弱開口了。

「朕何時不教誰說話了？豈有此理！」皇帝有些煩躁了。

「陛下，老臣執掌大秦邦交多年，黑冰臺所部亦是老臣長期親領。若為一己權力計，陛下欲重啟黑冰臺，老臣求之不得也。然則，老臣嘗讀《商君書》，對商君治國之真髓稍有領悟。老臣以為，當此之時，還是效法商君更為穩妥，更合法治精要。」

「老卿讀過《商君書》？」嬴政皇帝驚訝了。

「雖無陛下精熟字句，然卻窺其神韻。」頓弱突然現出久違了的名士風貌。

「你且說，如何效法商君？」

「陛下，商君行法，以後發制人為根基。無罪言罪行，一律不予理睬；有罪言罪行，一個不予寬恕。甘龍、公子虔等，商君明知其反對變法，然在其沒有罪行發作之時，始終沒有觸動秦國老世族。

孝公逝去而世族復辟，車裂商君，然卻得秦惠王徹底依法剷除。試想，若商君之世依仗威權，誅殺了老世族；殺固可殺，然則老秦人服氣麼？秦國能安定麼？此間，有一處發人深思：終商君之世，老世族固然暗流強大，然卻終不敢公然復辟。此間奧祕，陛下可曾想過？」

「老卿但說。」

「商君行法，以行政為最大根基。商君行政，慮在事先，有錯失便改，是先發制人。為此，商君之大政深得民心。大政得人，則民心安。民心安，則世族復辟失卻附庸，終將漸漸枯萎。若大政缺失不修，則世族復辟有鼓呼之力，民眾亦有追隨徒眾。當此之時，僅僅依靠強力殺人，揚湯止沸也。而明修大政，釜底抽薪也。而若罪案告破不及時，再以黑冰臺之非常手段介入，則更如飲鴆止渴也……」

「頓弱！」嬴政皇帝勃然大怒，突然拍案。

「老臣言盡，甘願獻出白頭。」頓弱顫巍巍站了起來。

「頓弱……你，說得對……」皇帝粗重地喘息著。

「陛下……」頓弱驚愕不知所措了。

「人云忠言逆耳，今日方知其意也。」嬴政皇帝離案起身，肅然向頓弱深深一躬，「先生之言，嬴政謹受教。」

「陛下！……」頓弱一聲哽咽，連忙扶住了皇帝。

「明修大政，釜底抽薪。強力殺人，揚湯止沸。非常暗殺，飲鴆止渴。」嬴政皇帝喃喃念誦著，不禁感喟萬端，「先生之言，何其精當也！人云嬴政精熟商君法治之道，今聞先生之言，終生抱愧也！」

「陛下……老臣在吳越之地，務必緝拿復辟逃犯。」

「好。寬以大政，嚴以行法，大秦可安也！」

三月中，一支大型船隊浮江東下了。

戰國之華夏精神，有著很強的海洋水域意識，遠非後世那般唯以內陸為能事而在大多數時期封閉海疆。僅就船隊遠航之能力而言，除了華夏大陸之大江大河大澤暢通無阻，其方士求仙船隊已能載數千人遠渡日本列島、澶洲（琉球）、夷洲（臺灣）。帝國滅亡後，少數皇族後裔也遠渡日本。更為根本的是，戰國與帝國時代有濃厚的大海崇拜風習，認為大海是神祕未知的仙境所在，探險精神尤是濃烈。更兼秦帝國的以水德為國運所確立的水崇拜理念，對整個華夏不以內陸族群自居封閉而勇敢地邁進內外水域，起了極大的推動作用。此次皇帝巡狩行營東下大江，百餘隻巨舟帆影蔽天，與兩岸巡行護衛的鐵騎號角遙相呼應，當真是聲勢浩大史無前例。

東下的第一屯駐地是廬江郡的彭蠡澤西岸。嬴政皇帝在這裡登臨了廬山。

彭蠡澤者，遠古得名之大湖也。《書・禹貢》載：「（揚州）彭蠡既豬。」豬者，水流停聚之地也。就是說，這裡在很古老的時候已是大湖了。後世因東晉設彭澤縣，陶淵明做過彭澤縣令，遂改稱彭蠡澤為彭澤；更有人誤以為彭蠡澤是後來的鄱陽湖。歷史的演化是，直到秦漢兩世，彭蠡澤與西邊的洞庭澤，都是浩渺的雲夢大澤的相連水域，都是浩浩長江在遠古之時氾濫囤聚的遼闊水倉。正是有了遼闊浩渺的雲夢大澤作為吞吐之地，浩浩江水才不至於如同黃河那樣，屢屢發生根本性的大洪水氾濫。這片遼闊水域在漫長的歲月裡一直持續著漸漸收斂的狀態，在戰國時期已經是斷斷續續地分為幾個中心水域了。於是，有了形似獨立的洞庭澤，又有了形似獨立的彭蠡澤。再到後世，雲夢澤最大的中心水域也漸漸消失了，只留下了洞庭湖與彭蠡澤收縮後的鄱陽湖。這是後話。

彭蠡澤西岸有一座名山，叫作廬山。廬山旁有大水，名廬江。據《水經注・廬江水》云：廬山之名有民間說與文獻說。民間說法是，周武王時期有才士匡俗，屢次逃避徵發而隱居此山草廬。後來匡俗成仙，空廬猶存，弟子哭之旦暮，世人感念，遂呼匡俗為廬君，隱居之山亦呼為廬山。酈道元自己堅持的是文獻說法，其云：「按《山海經》創之大禹，記錄遠矣！其《海內東經》曰：廬江出三天子都（廬山），入江彭澤西，是曰廬江之名。山水相依，互舉殊稱，明不因匡俗始。正是好事君子，強引此類，用成章句耳。」究其實，廬江出廬山，究竟何名為先，只怕很難考證清楚了。

廬山雖非五岳，卻大大有名。此山古名三天子都，見於《山海經》之記載。然則，三天子都究為何意，已經不可考了。後世學者對其實指又多有爭議，對其原本字意更無明確說法，姑且存疑了。對於廬山之壯美，《水經注》云：「雖非五岳之數，穹隆嵯峨，實峻極之名山也！」在中國古人眼裡，山水是否尊崇，根本原因在於山水所具有的神性及其累積的文明歷史足跡，而不在其真實高度，五嶽之尊崇正在於此。而此時的廬山，尚無昭昭神性與赫赫登臨，故此只有自然山水之壯美。

嬴政皇帝登臨廬山，是廬山迎來的第一次偉人登臨。

那日清晨，帝國君臣在五百名精銳步卒護衛下，由十多名山民嚮導登山。對於這次登臨，廬山留下了兩處遺跡，《水經注》均有記載。酈道元先生文字峻峭瑰麗，描述山水形勢無出其右，且看看先生的兩則紀實性描述：其一，「廬山上有三石梁，長數十丈，廣不盈尺，杳然無底……其山川明淨，風澤清曠，氣爽節和，土沃民逸。嘉遁之士，繼響窟岩。龍潛風采之賢，往者忘歸矣！秦始皇、漢武帝及太史公司馬遷，咸登其岩，望九江而眺鍾、彭焉！」其二，「廬山之南有上霄石，高壁緬然，與霄漢連接。秦始皇三十六年（註：此處當為始皇帝三十七年，《水經注》誤記），歎斯岳遠，遂記為上霄焉。上霄之南，大禹刻石，志其丈尺裡數，今猶得刻石之號焉……耆舊云：昔禹治洪水至此，刻石記功，或言秦始皇所勒。然歲月已久，莫能合辨之也。」後來又有《太平御覽》引《潯陽記》云：「上霄峰在廬山東南。秦皇登之，與霄漢相接，因名之。高處有刻名之字，大如掌背隱起焉，僅百餘言。」

這是嬴政皇帝第一次登臨不具宣教意義的大山。他登上了上霄峰，刻石頌揚大禹治水之功。他登上了三石梁，遙望東南鍾山之地，對那方虎踞龍蟠之地生出了深深的隱憂。應該說，此時的嬴政皇帝，心頭已經很清楚自己的下一步了。

廬山停留旬日，皇帝船隊直下丹陽（註：古丹陽有三，此處之丹陽，秦時為縣，大約在今安徽當塗的小丹陽鎮地帶）了。

丹陽，是江水出廬江郡進入會稽郡的第一座大城邑。丹陽與沿江的金陵邑、朱方邑、雲陽邑等，一起構成了舊吳之地的腹心地帶，時人呼之為江東是也。嬴政皇帝將江東之地作為東下第一立足點，意圖很清楚，要在這裡全力查抄六國貴族的祕密嘯聚之地。行營一紮定，嬴政皇帝便與李斯頓弱蒙毅會商，部署了查抄方略：行營只留一千精銳騎士護衛，其餘四千人馬，全數交頓弱楊端和在江東地帶突襲緝拿罪犯；皇帝行營於旬日之後緩慢東下，沿途大張旗鼓以震懾復辟勢力；一月之後，皇帝船隊與頓弱人馬在會稽郡會聚；李斯總掌皇帝行營船隊；正在盛年而精力最為旺盛的蒙毅，則專門率一支輕舟船隊近岸遊弋，兩相通聯策應。如此謀劃妥當，各方立即以部署行事。

一場震懾復辟犯罪的風暴，在江東之地驟然發起了。

嬴政皇帝尚未離開丹陽，便有頓弱的祕密急報傳來：在江左之烏江水域的蘆蕩連天地帶，有三處楚國貴族的嘯聚港汊，水軍突襲之下，一舉包圍緝拿得一千三百餘名楚國老世族後裔；初審得知，楚國在江東最有實力的是項氏部族，其嫡系後裔項梁等已經逃出丹陽，逃往金陵邑等地。嬴政皇帝立即下令：全力查抄金陵、朱方、雲陽三邑，務必緝拿項氏嫡系。此後，嬴政皇帝的船隊緩緩東下。在巨舟望樓之上，嬴政皇帝連連接到密報，也連連頒下了一道道詔令。

金陵邑連續密報的事實是：金陵邑城郊多有祕密洞窟，非但藏匿了楚國貴族後裔，且嘯聚了諸多中原貴族後裔，若得徹底查抄，便得鑿山斷龍。嬴政皇帝立即與李斯會商，一邊下令蒙毅派出便裝吏員大肆散布皇帝要破「東南天子氣」的傳聞，一邊下令頓弱楊端和立即鑿山斷壟，搗毀復辟根基之地。未過旬日，江東譁然傳開了消息：皇帝開出了萬餘刑徒，鑿開了金陵北山，掘斷了山脊長壟，金陵邑地脈已絕，虎踞龍蟠氣象不復在矣！嬴政皇帝得報，又與原本楚人的李斯會商。李斯云，楚人民風好巫術鬼神，當改地名以示天道昭彰，使民心不再為神祕流言所紛擾。嬴政皇帝當即拍案，下詔改金陵邑為秣陵。秣者，牛馬牲畜之飼料也。秣陵者，牲畜之地也。以其時實際情形，嬴政君臣改如此意帶辱沒之名稱，顯然是憤怒於藏匿復辟貴族。雖則如此，消息傳開，民眾卻是憤憤然了。江東之復辟勢力雖表面銷聲匿跡，實則卻更為隱祕，且更能蠱惑民眾了。項氏部族一直在江東地帶祕密經營至天下大亂，沒有民眾根基是不可想像的。後來，秣陵改為建業。晉滅吳，為示對吳輕蔑，又改回秣陵。隋之後，秣陵之名終告消失。

朱方邑也是大同小異。三千刑徒鑿斷了城外一座小山。嬴政皇帝下詔，將地名改為丹徒。丹徒者，身著赭色囚服之囚犯也。儘管其本意是指此地窩藏罪犯，然以丹徒為地名，顯然使人產生此地是刑徒之鄉的聯想。此一地名在近代曾改為鎮江，後來又改回丹徒了。在雲陽邑，開出刑徒鑿斷了北崗，將平直的官道挖成了曲曲折折的小道，地名改作了曲阿。這個地名的命運與秣陵相似，三國時吳改為雲陽，晉改回曲阿，唐改為丹陽。此為今江蘇丹陽，不是嬴政皇帝駐屯的丹陽。

江東緩行月餘，緝拿六國逃匿貴族兩千餘人，很是震懾了當時甚囂塵上的復辟暗流。自此之後，種種流言預言銷聲匿跡，逃亡貴族的復辟密謀更為隱祕。若非後來大局突變，很可能天下復辟活動就此漸漸萎縮。也就是在這次江東之行中，項梁與少年項羽第一次看見了威勢赫赫的皇帝，留下了項羽那句見諸史冊的名言。

那是在皇帝船隊停泊雲陽邑登岸，改作車騎南下震澤（今太湖），開往會稽郡的那一路馳道上。時當初夏，浩渺的震澤碧波連天白帆點點。大澤東岸的馳道上，皇帝的巡狩車馬隆隆南進，兩側哨騎飛馳，車聲轔轔旌旗蔽日，在青山綠水間分外壯闊。吳越民眾擁擠在道邊的每座小山包上，觀看著終生難逢的皇帝儀仗。在一座林木遮掩的山包上，有老少兩布衣隱身樹側遙望道中。老人鬚髮灰白，精瘦結實。少年則粗壯異常，虎虎生氣充盈於外。

「嬴政滅楚，項氏血流成河也。」老人低聲切齒。

「彼可取而代之！」少年一拳砸向樹身，大樹簌簌落葉。

老人大驚，一掌捂住少年大嘴：「滅族！不許瘋言！」

少年扒開老人，低聲恨氣道：「項羽不報血海深仇，誓不為人！」

「報仇？如何報仇？」

「殺光秦人！燒光咸陽！」

「還是先練好劍術再說。」老人冷冷一笑。

「不！項羽要練萬人敵！劍，一人敵罷了。」

「好，有志氣！」老人奮然低聲，「叔父教你兵書戰策，長槍大戟！」

四月初，皇帝行營抵達會稽山。

在當時的南方山脈中，會稽山是最具神聖性的名山。會稽山古名防山，又名茅山、楝山。楝者，鎮也。意此山乃揚州之鎮也。其山形四方，上多金玉，下多玞石。據《越絕書》云，黃帝曾在這座山中留下了金簡玉字的讖書，究竟預言了什麼，沒有人知道。但是，與會稽山關聯最緊密的神性，還是大禹的種種遺跡。首先，會稽山之名便是因禹帝在治水成功之後大會諸侯於此山，計功封國（會計），由此更名為會稽山；會稽者，會計也。其次，大禹在即位的第十年東巡，崩逝於會稽山，也葬在了會稽山。後世《水經注》記載了大禹陵的神祕：「山上有禹冢……有鳥來為之耘，春拔草根，秋啄其穢，是以縣官禁民不得妄害此鳥，犯則刑無赦。山東有湮井，去廟七里，深不見底，謂之禹井。」後來，夏帝少康封少子杼到會稽山，專一守護祖先大禹之陵廟；杼的後裔繁衍至東周，便成了當時的越人越國。著名的越王勾踐部族，正是大禹之夏部族的後裔。

嬴政皇帝登臨會稽山，是要隆重地祭祀大禹。

在五帝之中，禹是最具事功精神的一個。五帝之中，後人唯冠禹帝以「大」字，絕非虛妄之頌，實因其功業超邁前代，奠定華夏文明之根基也。治水以救民，劃九州而立制，設井田以安農耕，封國建制以明國家，設天子百官並常備軍隊以統諸侯……凡此等等，一言以蔽之，華夏族群邁入國家時代，自大禹始也。可以說，在嬴政大帝之前，大禹所開創的諸侯封建制之中國，一直延續了近三千年。唯其如此，嬴政皇帝對禹帝的尊奉是發自內心的，登臨會稽山祭祀大禹，也絕非望祀舜帝那般更多地具有宣教意味。

祭祀大禹之後，嬴政皇帝執意登上了會稽城外最高的一座山峰，在這裡眺望南海，佇立竟日不去。這座山峰被後人稱為秦望山，《水經注》云：「秦望山，在州城之南，為眾峰之傑……自平地以取山頂七里，懸嶝孤危，徑路險絕。扳蘿捫葛，然後能升。山上無甚高木，當由地迴多風所致。」如此高逾七里且路徑險絕之高山，此時業已羸弱的嬴政皇帝要執意攀登，全在於心頭積壓的對南海諸郡的憂慮。

放眼華夏，北方已經安定，長城已經即將竣工，大體可安也。唯獨與閩越相連的南海三郡地處偏遠，王翦蒙武又不期而逝，任囂趙佗等一班大將能否鎮撫得力，實在堪憂。更有一慮者，天下貴族欲圖復辟，紛紛逃亡荒僻山川，江東閩越已成復辟勢力嘯聚之地，安知他們不會逃向南海三郡？果然如此，南海大局還會安定麼？遙望南海，嬴政皇帝耳畔驀然響起了熟悉的秦風，那暮色之中從椰林河谷飄出的秦風，曾經深深地震撼了嬴政；若非如此，他能否慨然派出包括了幾萬女子在內的三十萬民眾下南海，當真是亦未可知也。遙遙凝望，嬴政皇帝不禁低聲哼唱起那首「蒹葭蒼蒼，白露為霜，所謂伊人，在水一方」的秦風，一首歌沒有哼完，嬴政皇帝已經是老淚縱橫了……那一日暮色，嬴政皇帝是被護衛士兵們輪流抬下山的。

夜裡，嬴政皇帝在燈下再度仔細讀了李斯寫的宣教文，下了刻石詔令。

這篇祭文被後人稱為〈會稽刻石〉，其文辭曰：

〈會稽山刻石文〉

皇帝休烈，平一宇內，德惠修長。卅有七年，親巡天下，周覽遠方。
遂登會稽，宣省習俗，黔首齋莊。群臣誦功，本原事蹟，追首高明。
秦聖臨國，始定刑名，顯陳舊彰。初平法式，審別職任，以立恆長。
六王專倍，貪戾慠猛，率眾自強。暴虐恣行，負力而驕，數動甲兵。
陰通間使，以事合從，行為辟方。內飾詐謀，外來侵邊，遂起禍殃。
義威誅之，殄熄暴悖，亂賊滅亡。聖德廣密，六合之中，被澤無疆。
皇帝并宇，兼聽萬事，遠近畢清。運理群物，考驗事實，各載其名。
貴賤並通，善否陳前，靡有隱情。飾省宣義，有子而嫁，倍死不貞。
防隔內外，禁止淫佚，男女絜誠。夫為寄豭，殺之無罪，男秉義程。
妻為逃嫁，子不得母，咸化廉清。大治濯俗，天下承風，蒙被休經。
皆遵度軌，和安敦勉，莫不順令。黔首修潔，人樂同則，嘉保太平。
後敬奉法，常治無極，輿舟不傾。從臣誦烈，請刻此石，光垂休銘。

這篇文、字皆出李斯之手的刻石文，實則是與嬴政皇帝祭祀大禹的意涵相連。也就是說，皇帝祭祀大禹，祭文自然要陳述大禹的超邁古今的功業；而面對大禹這樣一個華夏文明的奠基者，秦政及秦始皇帝的大功業自然也要向大禹提及。實際上，會稽山刻石文是偉大的嬴政皇帝與偉大的禹帝之間的一場政治對話；同時，也是帝國君臣向天下民眾再次正面地宣示新政宗旨。

這篇刻石文最值得注意者，是第一次全面回顧了六國的失政暴虐：「六王專倍，貪戾慠猛，率眾自強。暴虐恣行，負力而驕，數動甲兵。陰通間使，以事合從，行為辟方。」第一次正面提出了秦滅六國的起因與宗旨：「內飾詐謀，外來侵邊，遂起禍殃。義威誅之，殄熄暴悖，亂賊滅亡。」這既是對山東民眾的昭示，也是對復辟勢力的警告——六國乃自取滅亡，非秦無道也！緊接著，相對全面地回顧陳述了秦政的德風化俗一面，列舉了天下太平大治的種種善績。應該說，這篇刻石文與雲夢澤望祀舜帝的宣教主旨，與祭祀大禹的主旨，都是相呼應的，其總體意向既是明確的，又隱含著某種微妙的意蘊。明確的一面是：大秦新政的功績是天下有目共睹的事實，不容抹殺，也不容曲解；微妙的一面是：大秦開始遵奉王道聖君了，開始提出德政了，只要天下安定，秦政是會有所補正的。

六、長風鼓滄海　連弩射巨魚

五月初，皇帝行營返回江東海濱，從大江口入海北上琅邪了。

整個大巡狩行營分作兩支人馬進發：兩千鐵騎由頓弱楊端和率領，除護送行營部分輜重與工匠外，由沿海陸路一路查勘逃匿貴族北上琅邪；行營主體人馬，則全部乘船從海路北上。這支船隊大小船隻二百餘艘，有大型樓船十餘艘，有各式戰船百餘艘，大型商旅貨船近百艘。其時的大型樓船，除水手之外可乘坐近百人，並可同載三個月口糧器物；戰船則有艨艟、大翼、小翼、橋船等等各式名目。商旅貨船在戰國秦時大見規模，先有樂毅破齊時楚國以大型商船祕密從海路援助即墨田單軍，後有王翦軍南下後帝國組織了一次可運送五十萬石糧秣的大型船隊，足見其造船術已臻成熟。此次兩百餘艘大小船隻，在大海中以水戰行船之法編隊排開，檣桅林立，白帆如雲，旌旗號角遙相呼應，實在是前所未見的航海奇觀。

嬴政皇帝的心緒大見好轉，雖是第一次乘船入海，對海浪顛簸與連天海風有些不適，但還是興致勃勃地登上了樓船最高的望樓。專司舟船護衛的太醫本為濱海楚人，登船後眼見風浪不息，心下有些不安，找來工匠將望樓來風兩面用厚木板封死，不來風的兩面，則用當時極為珍貴的琉璃片（古玻璃）（註：據當代史家與科學技術史家研究考證，玻璃在中國周代已經出現，古稱琉璃或流離。更重要的是，中國上古時代的玻璃與西方的古玻璃完全不同成分：中國是鉛鋇玻璃，西方是鈉鈣玻璃。此歷史事實在二十世紀三〇年代已經為西方科學家對考古實物的化驗分析所證實，然證實這一歷史成果的科學家，卻堅持宣布玻璃為西方起源，中國上古玻璃是仿製西方。其荒誕若此，夫復何言！目下，這一荒誕宣布已經沒有科學史家相信了，但許多迷信西方的中國民眾卻還是相信著，傳播著。相關資訊可登錄中國玻璃網等查詢）鑲嵌成了透明不透風的大窗，內鋪紅氈並置座榻臥榻書案筆具等，好教皇帝可以在歇息狀態下觀賞大海。不料，嬴政皇帝走進望樓一打量，便皺起了眉頭，嫌那些一格一格的琉璃片不通透，吩咐全拆了。

「浩浩長風，好過賊風多也！」

嬴政皇帝一句笑語，舟船太醫才輕鬆下來。一時拆去了望樓四面的全部補充遮擋，恢復到原本的通透敞亮，嬴政皇帝這才重新踏進了望樓。皇帝興致勃勃地吩咐趙高在望樓擺下了小宴，要與李斯幾位大臣聚飲以觀滄海。趙高也是初入大海，雖稍見暈乎卻依舊是亢奮無比，一聽皇帝發令，立即便去鋪排。片刻之間，望樓上列開了幾張酒案，蘭陵酒燉海魚的香味飄了開來。

「陛下，大海，可真大也！」李斯舉爵，一聲由衷地感喟。

嬴政皇帝與幾位大臣都不約而同地大笑起來，幾乎是一口聲地高聲笑語：「丞相明察，大海真大也！」李斯破例地大笑起來，高聲吟誦起來：「東方之日兮，出於浩洋。納我百川兮，大海蕩蕩。大秦新政兮，綿綿無疆——」李斯本楚人，楚之詩風語尾多帶感歎，一個「兮」字堪為表徵。此刻李斯臨海而激越感喟，一時大有風采。一言落點，嬴政與幾位大臣同時拊掌大笑高聲喝采。

「今日入海，我等直如河伯之遇海神也！」

「陛下明察！」幾位大臣異口同聲地拱手笑語。

此時，趙高輕步走到皇帝身邊低語了一句。嬴政皇帝笑道：「說海便是海，教他進來。」一轉身道，「徐福派來弟子信使，說有出海事稟報，諸位都聽聽。這件事，朕總覺得還沒用夠。」說話間，趙高已經將一個中年方士領上了望樓。嬴政皇帝一擺手道：「徐福大師有何難事？但說便是。」

「我奉師命，稟報陛下。」來人一領紅衣一臉海風吹灼的黧黑之色，一拱手高聲道，「我等奉師命為皇帝陛下入海求取仙藥，至今數年無得，心下抱愧也。自我師親領船隊出海，大有所獲，已覓得瀛洲仙山之仙藥所在，亦覓得真人蹤跡；本欲今夏再度出海，一鼓求取仙藥，然則，海魔害我船隊甚巨，不得不請命皇帝陛下定奪。」

「海魔？世間真有海妖？」

「非也。」方士認真地搖了搖頭，「方士所云海魔者，出沒於大海之大鮫魚（註：鮫魚，即鯊魚）也。此魚長大若戰船，獠牙如刀鋸，可掀翻巨舟，可吞人如草蝦；更有一種白色大鮫魚，威勢如雪山鼓浪，一魚可翻一片船隊，吞人而食如長鯨飲川……」

「且慢。這大鮫魚比蘭池宮的石鯨還大麼？」皇帝很有些驚訝。

「大！非但大於巨鯨，其為害猛烈更過巨鯨！」方士顯然是驚恐猶在。

「那是說，徐福大師不能出海了？」

「非也。為陛下求取仙藥乃神聖功業，我等師徒絕不中止！」

「那，朕能如何定奪？」

「稟報陛下：我師已得神仙讖書，業已拆解明白。神仙云：欲除海魔之害，必得大型戰船，載以大型連弩神器，入海射殺之！否則，無以除魔，無以求仙。」

一時，皇帝默然了，李斯蒙毅鄭國胡毋敬四位大臣也默然了。大型連弩威力固猛，然載於戰船入海再來射殺大魚，可是前所未有的奇想，可行麼？大將楊端和不在場，唯蒙毅對軍事尚算通達，皇帝看了看蒙毅道：「連弩上戰船，既往有過麼？」蒙毅一拱手道：「武安君當年攻楚之時，戰船從巴蜀直下夷陵，有三艘艨艟大戰船裝載過大型連弩。後來，似再無此例。」李斯道：「少府章邯曾久掌秦軍連弩大營，此事可能得他說話。」嬴政皇帝道：「既然如此，先行知會楊端和趕赴琅邪預為籌劃；再飛書咸陽，急調章邯趕赴琅邪。」胡毋敬皺眉道：「方士所報尚未核實，老臣以為如此折騰耗費太大。」嬴政皇帝沒有理會胡毋敬，轉身對中年方士道：「你且趕回琅邪，知會徐福大師：待朕親臨，送他再次出海。」方士慨然道：「我師久在大海諸島尋覓仙蹤，接到陛下之命，我師必然趕回琅邪晉見陛下！」說罷告辭去了。

「老奉常，你急甚來？」嬴政皇帝這才轉頭笑道，「我方才說甚來？這方士求仙船隊，朕總覺得沒用夠。能教他光在海上漂麼？諸位說，派他個甚正經用場？如何派法？」

「用場很清楚，搜索諸海島，緝拿舊齊田氏。」李斯沒有絲毫猶豫。

「正是！舊齊田氏等多隱匿海島不出，要斬斷這幾條黑根！」蒙毅立即附和。

「要做正事好說。」鄭國道，「以老臣工程閱歷，連弩上戰船沒有根本障礙。索性將計就計，以徐福所請為名義，派幾艘戰船為其護航，一則可查勘海島逃犯……」

「如何不說了，二則如何？」胡毋敬有些著急。

「老夫口誤，沒有二了。」鄭國淡淡一笑。

「老令所說之二，是防範方士不軌。」嬴政皇帝道，「畢竟，此前還有個盧生，也是方士之名。安知徐福全然無虛？徐福護朕病體多年，老令不好直說罷了。」

「陛下明察。」鄭國淡淡一笑。

「老臣倒是贊同老令此說。」胡毋敬道，「老臣掌天下文事，近年來總覺這儒家與方士不對勁。儒家不像學人，方士不像醫家，都透著幾分神祕詭異，防備著好。」

「老奉常過矣！」嬴政皇帝笑道，「儒家是儒家，方士是方士，畢竟有別。儒家怪異，是心存復辟之念，不走治學正道。方士們所圖何來？不做官，不圖財，就是個想出海求仙而已。神仙之事，誰都說不準有沒有，教他找找也無傷大雅，有何怪異了？」

「陛下如此說，老臣無話。」胡毋敬道，「老臣只是想說，這班方士以詭異之術醫人，以縹緲之說誘人。正道醫家素來鄙視方士，其間道理，老臣不甚明白。」

「也好，這次求仙若還沒有結果，遣散這班方士。」皇帝拍案了。

「陛下明斷！」李斯頓時欣然拱手。

一時議定，君臣盡皆欣然，這場望樓臨海的小宴直到暮色方散。

巡狩船隊鼓帆北上，五七日後抵達琅邪臺。

連日熱風吹拂海浪激盪舟船顛簸，嬴政皇帝很有些眩暈疲憊，登岸觸地腳步虛浮幾乎跌倒。趙高連忙過來扶住，與衛士們一起將皇帝用軍榻抬進了行營。這一夜，嬴政皇帝第一次沒有批閱公文，沒有召見大臣議事，昏昏沉沉直睡到次日午後方睜開了眼睛。一直守候在旁的老太醫長吁一聲，立即吩咐自己的醫助給皇帝捧來了煎好的湯藥。被趙高扶著坐起來的嬴政皇帝看了看大半碗黑乎乎的湯藥，皺著眉頭道：「聞著都苦，不用了，等徐福大師來再說。」老太醫一拱手正色道：「陛下此病干係不大，皆因舟車勞累風浪顛簸所致，若能靜心調息幾日自會好轉。方士之術，頗見蹊蹺，老朽以為陛下當慎用為好。」嬴政皇帝揶揄笑道：「老太醫固是醫家大道，只不見成效。方士再蹊蹺，數年護朕卻有實效。事實在前，朕沒長眼麼？」老太醫道：「陛下，方士之術，在醫家謂之偏方，治標不治本，陛下之疾，當固本為上……」嬴政皇帝不悅道：「標也好，本也好，左右得人精神不是？老太醫且回去歇息，過幾日隨少府章邯回咸陽去了。朕，目下有方士足矣！」說罷，不待老太醫說話大步走進沐浴房去了。

「陛下！發熱之際不宜沐浴……」

「趙高，教他走。」沐浴房傳來皇帝冰冷的聲音。

趙高很生氣這個不省事又聒噪的老太醫，立即將兩人請出了御帳。

片刻之後，嬴政皇帝在兩名侍浴侍女扶持下走出了沐浴房，精神氣色比昨日好轉了許多。皇帝坐到了書案前，奮然一拍青銅大案笑道：「嘿！老兄弟，我又回來了。」彷彿與久別老友重逢一般親昵。目光巡睃，不意看到了旁案沒有撤走的那碗湯藥，向趙高一招手指點道：「拿過來。」趙高困惑惶恐地捧過湯藥，嬴政皇帝接過來汩汩兩口便喝了下去。見趙高茫然驚愕的神色，皇帝冷冷道：「看甚？你以為朕當真不信醫家？去給蒙毅說一聲，老太醫不能走。」趙高哎哎點頭，一溜碎步跑出去了。

次夜三更時分，方士徐福被趙高悄無聲息地領進來了。

幾年不見，富態白皙的老徐福變成了一個黝黑乾瘦的老徐福。嬴政皇帝頗感意外。徐福卻依舊是安詳從容，先給皇帝做了半個時辰的「真人之氣」的施治，又給皇帝服下了小半粒紅色丹藥。施氣之時，嬴政皇帝朦朧如升九天雲空，直覺自己飄飛到了無垠的大海之上，與一個半人半魚的猙獰巨物大戰不休，皇帝問巨物何方魔怪，那個猙獰巨物竟說它是海神……倏忽醒來一身冷汗，及至服下丹藥，皇帝自覺精神大振，這才向徐福說了方才夢境。徐福悠然輕聲道：「陛下為水運天子。水神乃大秦本神。海神，乃水神之大也。本神不見本主，此神仙之道也。故，見陛下並與陛下戰者，非海神也，大魚蛟龍之水魔也。水魔顯於陛下夢境，誠非吉兆也。老夫可為陛下入海祈禱海神，使海神護佑陛下，護佑大秦，除此惡神。」

「先生數年求仙，遇到大鮫魚為害了？」嬴政皇帝問了回來。

「正是。」徐福又將自己學生報給皇帝的大鮫魚情形說了一遍，末了道，「陛下尊奉神仙真人之數百童男童女，已經在瀛洲諸島覓得了三處仙蹤，也在之罘島覓到了仙藥；若非大鮫魚為害，之罘島仙藥已經請得了。」

「好！朕決意求取仙藥。」嬴政皇帝斷然拍案，「朕給先生派出三艘大戰船，裝載連弩射殺大鮫魚，護衛先生盡登濱海三百里內所有海島。朕已下令水戰將軍，若先生出事，滅族之罪。先生盡可一力求仙。」

「陛下明斷。老夫自當為陛下趟開仙道。」徐福一如既往地從容。

「好。三日之後，朕親送先生出海。」

徐福走了。嬴政皇帝又開始了公案勞作，直到紅日躍上了茫茫大海。

那一日，嬴政皇帝率領群臣在琅邪臺前送徐福船隊出海了。

這一次，除了沒有第一次的童男童女，海邊依舊是白帆層疊檣桅如林，每隻大船上都堆滿了糧食車輛絲綢等貢神物品；方士與貨船之外，五艘大船最為特異，兩艘專門乘坐百餘名各式工匠的大船，三艘裝載大型連弩的戰船。出海儀式是隆重肅穆的。沐浴齋戒三日的嬴政皇帝祭祀了海神，宣讀的禱文是：「大哉海神，伏唯告之：大秦立國，水德為運，海神乃本，我為臣民。秦帝嬴政，遣使來拜。

海神佑秦，賜我仙藥，使嬴政得以長生哉！若得如此，秦帝將常祭海神，常納貢禮。大秦皇帝三十七年夏日祭告。」禱文宣誦完畢，司禮大臣胡毋敬向大海拱手高宣一聲向海神奉送祭品，兩排少年方士便將三頭活生生的牛羊豬拋向了萬頃碧海之中。徐福也宣誦了祭告海神書，念誦的是：「大哉海神，散人徐福受皇帝之托，再次入海為皇帝求仙。祈望海神：於約定仙島會我秦使，賜長生於皇帝，賜國運於大秦，使徐福不負使命。大秦皇帝三十七年夏日祭告。」

在即將登上船橋之時，徐福突然回身對嬴政皇帝低聲道：「陛下逢海魔入夢，體魄有不吉之兆。懇望陛下派一親信大臣返回秦地，以祈禱大秦山川之神達意海神，護佑陛下……懇望陛下，莫以老夫此見虛妄而不為。鬼神之事，原本在心也……」萬分真誠的徐福殷殷地看著皇帝，第一次顯出了一種近於人之本色的躊躇與留戀。嬴政皇帝心頭不禁一動，笑道：「先生護朕多年，朕豈有不信之理。派蒙毅還禱山川，如何？」

在綿綿悠長的雅樂中，徐福向皇帝深深一躬，登上了船橋。

嬴政皇帝向船隊遙遙招手，直到一片白帆消逝在無垠的碧海。嬴政皇帝不知道的是，從此，這支以求仙為使命的特混船隊再也沒有回來。後來的事實是：徐福們在茫茫大海中並沒有找見海神與仙藥，卻開拓生存於東瀛，創造了華夏文明圈的第一個海上生長點。他們與後來出逃海外的兩支嬴秦後裔相會合，使中國文明在海外以頑強的生命力重新再現了。在秦帝國的歷史上，這支矢志求仙的方士隊伍的出現，始終是一個歷史的黑洞，給後人留下了太多的想像空間，以及無法確定答案的眾多歷史奧祕。沒有人確切地知道，這些方士的動機究竟是什麼？這些方士的目的又是什麼？他們果真是一支獻身於海神的神職隊伍麼？他們與當時的復辟暗潮有無千絲萬縷的聯繫？抑或，他們究竟是不是六國貴族復辟的一支特異的祕密力量？以秦政之求實，以秦風之貶斥虛妄，以嬴政皇帝之明銳洞察，以帝國第一代大臣之英才濟濟，何以始終對這些方士保持著一種難以揣摩的姿態？如同後世的鄭和下西洋一樣，其間隱藏的政治祕密究竟是什麼？抑或根本就沒有什麼政治祕密？一切的一切，都在太多的矛盾中變幻著無法確定的答案。若就最終的歸宿所蘊涵的漂泊海外奮發求生並頑強地生發傳播華夏文明而言，我們不能輕易地以「邪惡」兩字概括這支神祕隊伍；若以虛妄之說耗費帝國人力財力並貽害嬴政皇帝本人而言，我們又不能輕易地肯定這支隊伍。

一切，仍然隱藏在尚待開掘的歷史真相之中。

三兩日間，嬴政皇帝的熱病似乎未見消退，反有加重之勢了。

這一夜，嬴政皇帝又不得已停止了案頭勞作，被趙高扶上了臥榻。眩暈朦朧的皇帝吩咐趙高去找徐福舉薦的那個看護方士。未及片刻，趙高急惶惶飛步趕回，說不見了那個方士，問護衛軍士，軍士卻說方士一直在帳中沒有出來……趙高還沒有說完，嬴政皇帝已經霍然坐起道：「搜查大帳沒有？」趙高吭哧道：「方士居處向為機密之地，我，我沒敢……」嬴政皇帝冷冷道：「鳥個機密，立即搜查，掘地三尺！」趙高飛步去了。嬴政皇帝略一思忖，拉過一件絲棉袍裹住發冷的身子跳下了臥榻，下令一個侍女立即去請老太醫。

老太醫匆匆趕來時，嬴政皇帝正對著面前銅鼎中幾顆透著怪異的非紫非紅又非黑、似紫似紅又似黑的藥丸發愣。見老太醫進帳，皇帝敲敲銅鼎冷冷道：「此為何物？敢請老太醫辨認一番。」老太醫走近案前，打開醫箱，用揀藥的精緻竹夾夾起了一粒藥丸，湊近鼻子嗅了嗅，臉色一變道：「陛下，老朽得剖開這藥丸。」見皇帝點頭，老太醫從醫箱拿出一把三寸醫刀，從中一刀剖開了藥丸，又拿起半粒湊到鼻頭一嗅，面色頓時大變：「老朽敢問，陛下可曾服過此藥？」嬴政皇帝淡淡道：「老太醫先說，此藥有何不對？」老太醫急迫道：「此藥為大陽大猛之物也！以獅虎熊豹與海狗之腎之鞭，輔以淫羊腎，再輔以若干補陰草藥而成。此藥入腹，強聚體內元氣，每每使人孤注一擲凝聚精神，對元氣損耗最烈！醫家之道，非垂死之人而有大事未了，決然忌用此藥！」

「陛下！方士跑了！帳中有暗道！」趙高一頭汗水沖了進來。

「老太醫，世上有神仙仙藥麼？」皇帝對趙高的話渾然未覺。

「陛下，老朽從醫五十年，仙藥之說未嘗聞也。」

「老太醫，以朕之象，還撐持得幾多時日？」皇帝冷峻得石雕一般。

「陛下節勞靜養，正道醫治，或可復原。」老太醫額頭滲出了涔涔汗水。

「知道了，老太醫去了。」

「陛下高熱不退，老朽立即侍藥。」

「先生且先下去，藥煎好拿來便是了。」皇帝平靜異常。

老太醫拱手一作禮，立即輕步匆匆去了。

「趙高，密宣蒙毅……」嬴政皇帝面色蒼白，頹然癱倒在案前。

趙高大驚，連忙過來扶持皇帝。嬴政皇帝驟然睜開眼睛，一掌摑到趙高臉上卻沒了力氣。趙高驚恐不已，連忙對兩名侍女揮揮手起身飛步出帳了。皇帝被兩名侍女扶起，艱難地挪到了臥榻前一頭倒下了。兩名侍女連忙放好了皇帝身子，又加了厚厚兩床絲棉大被，惶恐得不知所措……未過頓飯時光，蒙毅大步匆匆進帳。皇帝還是沒有醒來，大被下的身軀顯然在瑟瑟發抖。正在此時，老太醫湯藥送到，那名醫助熟練地為皇帝餵下了整整一大碗冒著熱氣的湯藥，皇帝的抖動才漸漸輕了。未過片刻，皇帝額頭滲出了一層細亮的汗珠，驀然睜開了眼睛。

「都下去……只留蒙毅……趙高，朕不見任何人。」

侍女出去了。太醫出去了。趙高也出去了。宏闊的御帳靜得如同幽谷。

「蒙毅，我，行將到頭了。」皇帝很平靜，殷殷目光中飽含著淚水。

「陛下……」蒙毅撲地拜倒，死死忍住了哭聲。

「起來……聽，聽我說。」

「陛下但說，蒙毅死不旋踵！」

「莫胡說。」嬴政皇帝完全清醒了，聲音雖低，卻異常清晰，「蒙毅，立即返回咸陽。名義，還禱山川，為皇帝祈福。真正要做的事：會同二馮，鎮撫咸陽；調回李信十萬大軍，鎮撫內史郡。關中，已經沒有老秦人了。一旦有變，李信大軍便是支柱。若有可能，下令李信從上邦將隴西老嬴秦數千戶，全數遷回關中……我得立即北上，見蒙恬，見扶蘇，安定北邊，部署身後大事……不，不能再耽擱了……」

「蒙毅之見：陛下當立即回咸陽鎮國！我赴九原，召回長公子並家兄！」

「不。」皇帝清醒地搖頭，「半道折返，動靜太大，朝野不安。以目下情形，我再撐半年當非大事……我回咸陽，大事便得多方會商。反不如你回咸陽，奉詔直接行事，更方便。」

「蒙毅明白！」

「不要急。明日知會丞相，交接完畢再走，不能顯出形跡。」

「陛下，不告知丞相麼？」

「丞相……我相機告知不遲。記住，你是密使。」

「陛下，皇營事務交於何人？胡毋敬如何？」

「老奉常遲暮……還是交給趙高了。」

「陛下，趙高素無法度之念，不妥……」

「一個老內侍而已，他能如何？再說，對朕忠心，莫過趙高了……」

「陛下……」蒙毅欲言又止。

「蒙毅，大事託付你了，這裡沒事，要緊處在咸陽……」

「陛下……」蒙毅一聲哽咽，淚如泉湧。

「蒙毅啊，我與汝兄少年相知，情如兄弟。你一樣，也是我的好兄弟……」

「陛下！蒙毅何忍棄陛下而去……」

「蒙毅，好兄弟，天下要緊，大秦要緊……安秦者，終須蒙氏也……」

蒙毅淚流滿面語不成聲，撲在榻前深深三叩，依依不捨地走了。次日清晨，趙高捧著一道詔書到了蒙毅大帳，宣示了「著郎中令蒙毅為朕之特使，代朕還禱山川，為朕祈上天護佑」的詔書。蒙毅奉詔，立即與丞相李斯會商交接了諸般事務，又將皇帝行營大帳的事務交接給了趙高，於午後時分帶著一支百人馬隊上路了。

嬴政皇帝沒有料到的是：遣回蒙毅，成為他一生最關鍵時刻最關鍵的錯失。蒙毅身為執掌中樞的郎中令，堪稱最危急時刻最關鍵的中樞大臣。趙高後來要做的第一個要職，便是郎中令。更為重要的是，蒙毅稟性公直剛毅而縝密，幾乎是歷來宮廷內侍的天敵，自然也是趙高的天敵。若蒙毅不去，嬴政皇帝在最後時刻，至少可以確保自己的各種遺詔得以忠實宣達各方，斷不致足不出戶而天地翻覆。若蒙毅不去，趙高縱然有野心陰謀，丞相李斯也萬萬不會呼應，不敢呼應。當後人清楚後來的事實，再看蒙毅的離去，便會明白看出：這是嬴政皇帝至為關鍵的一個敗筆。當然，這也表明了一個毋庸置疑的事實：嬴政皇帝至死也沒有懷疑過身邊任何一個近侍，也永遠不會想到人會發生如此激烈的大扭曲。從這一基本事實說，嬴政皇帝是一個沒有防人機心的君王，六國貴族以及後世儒家攻訐嬴政皇帝奸詐暴虐等等，實在不堪事實驗證。在中國歷史上，防止身邊亂象最成功者，大約莫過難眩以偽的曹操了。嬴政皇帝若有曹操之三分權謀機詐，大約歷史便得重寫了。蒙毅離去，令人常有扼腕之歎——始皇帝一念之差，誠天意哉！

三日後，大巡狩行營西進了。

這次，皇帝行營從陸路進發，沿琅邪臺海疆一路北上，繞過榮成山（成山角）向西抵達之罘島。這次行進的不同處是：每日路程不多，卻不做一日停留。丞相李斯對這一變更所做的宣示是：皇帝體恤胡毋敬、鄭國兩位老臣不耐酷暑，決意減少沿途駐紮時日，徐徐常速返國。幾日行進下來，皇帝的熱病時輕時重，總之是比在琅邪好了許多。至少，皇帝的身影重新出現在海風徐徐的明淨時日，不時還從帝車中下來閒走幾步。之罘島遙遙在望時，楊端和報來了一個令人驚喜的消息——海上連日發現大白鮫魚，準備以大型連弩射殺之，請皇帝陛下登高觀賞！嬴政皇帝很是高興，立即下令在之罘島停頓一日，觀賞連弩射殺大鮫。

原來，徐福船隊出海後兩日，便與皇帝行營失卻了通聯。嬴政君臣在方士弟子出逃之後，業已清楚了徐福一千方士必是有意逃遁。楊端和主張追殺，嬴政皇帝淡淡一笑說，算了，茫茫大海，他籌劃了多少年，你能追殺得了？若天意不使他脫逃，還有三艘戰船跟著，必能拿它回來。不料，行營抵達榮成山時，三艘戰船卻漂了回來，率軍大將稟報說：出海第六日夜裡，船隊停泊在一座無名小島前，全體人馬登島起炊；將士們都飲了方士們的勸酒，方士們說，不飲酒要得寒腿病；可天亮醒來，方士與貨船便無影無蹤了，他們在海上尋覓了三日三夜也沒看見一隻船，最後只好漂了回來。大臣將軍們憤憤然，有主張追殺方士的，有主張處罰水軍的。皇帝破例地揮了揮手道：「此事錯在朕，不在將士。先放這班方士一馬，朕不信日後找不回來。」於是，裝載了大型連弩的三艘大戰船重歸船隊，一路駛向了之罘島，不意竟在航程中發現了大白鮫魚。

那日清晨，皇帝與大臣們登上之罘山最高峰時，一天明淨如洗，霞光萬道碧波無垠，海天之間壯麗得無以描述。大約卯時，島前深海處白帆點點，遙遙有戰鼓號角之聲隱隱傳來。未過片時，碧藍的大海中不斷躍起一道道雪嶺般的白牆，鼓著浪頭隱隱起伏，不斷向之罘島逼近。俄而遠處白帆快速聚攏，從三面向翻飛的雪嶺無聲地靠近。正在碧浪中再度矗起一道雪嶺時，戰船鼓聲號角大作，三艘大戰船的大型連弩一齊發射，長矛般的大箭呼嘯著飛向了那道雪白的山嶺。嬴政皇帝真切地看見了雪白的山脊冒起了幾道血柱，漸漸地，翻飛的白色閃電變成了緩慢漂動的雪白山脊……

「萬歲——！大鮫魚中箭了——！」

整個海面都響徹了秦軍將士的歡呼聲。

驟然之間，淚水湧滿了嬴政皇帝的眼眶。

海天之間這壯闊的一幕，永遠地鐫刻在了嬴政皇帝的心頭。

七、北上九原　突兀改變的大巡狩路線

從之罘島再度西進前，嬴政皇帝在行營舉行了一次大臣會商。

依大巡狩的慣例，離開琅邪臺北上便是踏上了歸途。一則是舊齊濱海地帶是皇帝兩次巡狩都來過的，不會再有大型宣教典禮；二則是皇帝大臣皆有不適之感，天氣又越來越熱，一進三伏酷暑，白日幾乎難以行軍了。所以，一離開之罘島李斯便做出了回程部署，將少府章邯做了夏日行軍的前導，下令章邯率一千鐵騎先兩日上路了。因為，若從之罘島地帶歸返咸陽，則路徑很直接：之罘—即墨或臨淄—巨野澤—大梁—洛陽—函谷關—咸陽。這是齊國通向中原的傳統官道，此時已經是帝國馳道之一，路況好速度快，又不過黃河，故此需要先行人馬預為安置護衛、救治並駐屯地等事項；而章邯軍政兩通，擔此重任再合適不過。就當時的事實說，嬴政皇帝在琅邪、榮城業已兩次發病，所有的大臣將軍都認為皇帝該踏上歸程了；若此時果然能按照預定的大巡狩路線行事，從之罘島南下回咸陽，自當安然無事。

大臣們沒有料到的是，皇帝竟然要北上巡邊！

皇帝的理由很簡單，又很充分。昨日午後九原傳來捷報，蒙恬軍第二次反擊匈奴獲得了很大的勝利，長驅直入匈奴單于庭，頭曼單于僅率數萬殘部遠遁而去；如此皇皇勝仗，皇帝須得再度北上巡邊犒賞將士，並督導東部長城早日竣工。昨日捷報人人皆知，行營還很是狂歡了一陣。皇帝如此決斷，自是無可非議。然則，皇帝大巡狩的行程歷來都是事先籌劃好的，如此大的巡邊舉動，事先從未宣示而由皇帝臨機動議，本身就透著幾分神祕。再說，即或是臨機改變，至少皇帝也當與總司巡狩事務的丞相事先會商而後再議決部署；然看今日情形，丞相李斯似乎也是事先一無所知。如此情形之下，大臣們一時忐忑起來了。表面不動聲色內心卻錯愕不已的李斯，久久愣怔著沒有說話。鄭國胡毋敬頓弱楊端和幾位大臣也大覺意外，都是相互觀望，一時默然了。

「諸位毋得疑惑。」嬴政皇帝笑道，「自來大戰無定期。朕也想不到，九原軍能在如此大熱天有如此大勝仗。昨日，朕本當與丞相會商，卻又埋在公文山裡沒有拔得出來，在書房裡困得睡了過去。一覺醒來，已是四更。於是，今日索性一起說了。否則，又得耽擱一日。」

「老臣以為，陛下決斷得當。」李斯立即支持了皇帝。

「老臣以為不然。」素來寡言的鄭國說話了，「皇帝陛下在琅邪已經發熱，一路未見痊癒跡象。目下正逢酷暑，又將入伏，再度跋山涉水北上巡邊，只怕不利於陛下病體。二次大勝匈奴，固然可喜可賀，然不能冒此風險……」

「老令啊，朕好多了。昨日觀射大魚，朕不是自家登山的麼？」

「陛下，老臣附議鄭國之意。陛下不宜北上。」胡毋敬憂心忡忡。

「頓弱亦贊同老令之意。」

幾個大臣，只有衛尉楊端和沒有說話了。誰都知道，楊端和最是穩健，是秦軍大將中最唯軍令君命是從的一個，與王賁李信大有不同。所以，楊端和軍旅資望很深，卻歷來都是副將。目下楊端和雖身為衛尉位居九卿，也是正職，然卻直接聽命於皇帝，還是不用他獨當一面。是故，誰也沒指望他會說話。

「陛下，末將也以為，北上不妥。」誰都沒有料到，楊端和也說話了。

「衛尉得說個道理出來。」頓弱之激發神色，顯然要寡言的楊端和多說話。

「沒甚道理。末將只覺得心下不踏實。」楊端和平平淡淡。

「有甚不踏實？諸般大事都很順。」頓弱又追了一句。

「末將唯陛下之命是從。」楊端和不理會頓弱，一句見底了。

「諸位，此事不須再議。」嬴政皇帝語氣淡淡，可誰都聽得出蘊藏著一種不容商量的果決，「出行日久，誰沒個發熱發冷？兩位老令不是也疲累不堪，略有不適麼？朕也一樣，過幾日自然會好。還有太醫在身邊，誤不了大事。再說，諸位果真不想看看萬里長城？頓弱，長城東段全在舊燕之地啊！」

「萬里長城誰不想看？老臣多少年故里心願也！」

「敢問陛下，對行營人事可有部署？」李斯謹慎地插斷了頓弱。

「行營事務，依舊是丞相總掌。唯朕之行轅有一變：蒙毅還禱山川，朕書房事務交趙高暫掌。」皇帝很清醒，話語很慢，「為處置政事快捷，再給趙高一個職事：兼領印璽。餘皆不變，依照丞相部署行事。」見大臣們俱各默然，嬴政皇帝特意補了一句，「趙高是臨時署理，蒙毅還是郎中令。」

「陛下明斷。」大臣們終於表示了贊同，雖然不那麼熱切踴躍。

行營會商結束了，鬱悶的李斯大大地忙碌起來了。

皇帝決意北上，意味著大巡狩路線發生了巨大的變化：從平坦快捷的馳道之行，驟然變成了險阻重重的跋涉之旅。從之罘島地帶抵達九原邊地，大的方向是向西渡過四道大河（濟水黃河洹水漳水），再穿越舊趙國，經雁門郡北部向西抵達九原。當然，也可以在渡過黃河穿越舊趙後，從太原再次西渡大河，從老秦國的上郡北上九原。無論選擇哪條路線，都是確定不移地比立即返回咸陽艱險許多。李斯深恐有思慮不周處，與楊端和確定北上路線時，破例地請來了通曉天下山川險阻的老鄭國。在鄭國的多方參酌下，三人最後確定了西進再北上的具體路徑：之罘島—臨淄—西渡濟水—從平原津西渡大河—西渡洹水—西渡漳水—經巨鹿郡—經恆山郡—經代郡—抵達九原。路徑議決，鄭國看著吏員畫出的地圖，皺著眉頭道：「夏月正在漲水之季，連續橫渡四道大水，絕非易事也！斯兄，好自為之了。」鄭國一句話，說得李斯心頭有些酸熱。李斯萬般感慨地長歎了一聲，拿起地圖去皇帝大帳了。李斯沒有想到，皇帝只瞄了一眼地圖，便點頭認可了，似乎不想涉及李斯很想特意申明的途中艱險。見皇帝絲毫沒有改變的跡象，李斯也沒作申明便告辭了。

次日四更時分，大巡狩行營第一次按照盛夏出行的傳統上路了。

蓋盛夏酷熱，商旅軍旅上路，都是趕早行路，正午之前駐屯歇息，避過人馬難耐的最酷熱的午後時光。皇帝行營縱然人馬強壯，若要長途跋涉，也得循著這歷經千百年考驗的有效傳統行事。否則，人縱可忍，牛馬也得紛紛倒下了。這也是李斯事先稟報了嬴政皇帝，並得允准後部署的。自巡狩路徑發生突然變化後，李斯心緒更多了一份不安。仔細想想，自去冬籌劃大巡狩以來，諸多事對他都是撲朔迷離的。這種撲朔迷離，與其說是他某件事知道得遲與早，毋寧說是決事過程中與聞得前與後。曾經的歲月裡，李斯也曾不知道過許多許多事情，可一次也沒有如此不安。為何？自李斯用事中樞，幾乎任何大政決策都是皇帝與他事先商定的，縱然最終的決策與他的謀劃有所差別，他也是充實的奮發的；他所不知道的，幾乎全部是知道不知道都無關緊要的非大政決斷。可這次大巡狩不一樣，幾件事都是皇帝決斷後他才知道的。這裡的關鍵是，比其餘大臣早知道幾個時辰抑或早知道幾日都不重要，重要的是，皇帝為何不與他會商決斷了？不是說皇帝決斷得不對，也不是說皇帝必須與他會商方能決斷，而是說，皇帝為何改變了多少年與他磨合達成的「共謀」默契？

這次大巡狩，皇帝在去冬的動議很是突兀，他當時也明確表示了不贊同。因為，以皇帝目下的體魄，實在不宜艱苦備嘗地長途跋涉。以李斯謀劃的大略：皇帝在此身心艱難之期，最大的要務便是守定咸陽而節制天下，不能輕易地冒險大巡狩，不能輕易地離開中樞之地。然則，這一大略他能說麼？不能。敏銳的心告訴李斯：皇帝顯然是謀劃已定，以「徵詢會商」名義教他知道而已，絕非真正地會商共謀。皇帝在隱疾頻發日見衰老的時刻，突兀動議大巡狩，一定是有某種自感緊迫的大事，要藉著大巡狩作掩護來做成。這件事指向何方？李斯原本並不清楚。然則，在他會同大臣擬就了大巡狩行程方略並得皇帝認可之後，機警的李斯已大體明白了癥結所在。

在李斯看來，本次大巡狩的兩大使命——緝拿復辟罪犯與宣教大秦新政，沒有一件是必須皇帝親臨施為的。李斯與大臣們想不出，還有哪件大事須得威權民望如此隆盛的皇帝拚著性命去做？以李斯認定的公事程序，由他領銜具名的巡狩方略一旦呈上，皇帝必然會在巡狩方略上增添些地點。畢竟，皇帝可以不說大巡狩究竟要做甚，可是，總不能不說到何處去。只要有了所在地，事情便會清楚了。然則，大出李斯預料的是，皇帝偏偏沒加任何新地點，三個字：「制曰：可。」全數照准了李斯的大巡狩方略。

驚訝之下，李斯通盤斟酌，驀然明白了皇帝的心思只可能有一個指向——確定儲君！因為，就目下大秦而言，只有這件最要緊的大事始終沒有明確，只有這件不能事先確定的大事值得皇帝作為祕密對待。李斯的揣摩預測是：皇帝可能會在巡狩途中的某地——最大的可能是舊齊濱海某地——將長公子扶蘇祕密召來，立即頒行詔書確立太子，並攜扶蘇一起返回咸陽。果真如此，李斯絲毫不覺意外，而且認為該當如此。李斯所困惑者，如此正當大事，為何對他這個丞相祕而不宣？果真皇帝大巡狩的目的在於祕密立儲，而他這個丞相卻不能與聞，那便只有一個可能——皇帝對他這個丞相有了深刻的疑慮！否則，古往今來，幾曾有過君王善後而能離開丞相的先例？而丞相一旦不再與聞「顧命」大事，則其結局只能是廢黜殺身！因為，任何一個君王，都不會將一個雄才大略而又被認定可疑的權臣留作後患。心念及此，李斯一身冷汗。然則，李斯終究不能明白確定。面對如此一個既強勢又陽謀的皇帝，任何不能確定的事情，都必須有待清楚後再說，先自蠢動只能自找苦果。李斯要等待一個事實及其可能的變化出現，而後再決定自己如何應對。李斯要等待的這個事實是：皇帝在琅邪，或在滎城，或在之罘，必要召見扶蘇；屆時，若皇帝仍將自己視作顧命大臣，則自己當然要一如既往地效忠。畢竟，扶蘇與皇帝曾經有過巨大的政見裂痕，皇帝事先不欲李斯知曉，未必沒有扶蘇尚待最後查勘之意；若扶蘇被立為太子而自己未能與聞顧命，則李斯一定要謀劃自家出路了，否則，便是坐待大禍來臨。最好的出路在何處？不消說，是早早辭官歸去。扶蘇畢竟是個信人奮士的寬厚君子，不會對他這個老功臣如何的。

然則，這個事實始終沒有出現，李斯再度陷入了迷惘之中。

在李斯明白部署歸程之後，皇帝卻召集大臣會商行程，突然動議北上九原。至此，癥結終於豁然明朗。顯然，皇帝有重大事宜要與扶蘇蒙恬密商，而下令兩人南下，則很難避開他這個丞相；若到九原，則他這個丞相必然要會同百官巡視督導長城工地，皇帝的迴旋餘地便會很大很大。由此推及蒙毅使命，其返回咸陽也必是祕密處置某種大事去了，祈禱山川之神護佑皇帝，分明一個示形朝野的名義而已。如此格局，李斯已經可以明白地預測：皇帝將帝國善後的大任，已經決意交給蒙氏兄弟了；扶蘇為君，蒙氏兄弟領政，他這個丞相是註定地要黯淡下去了。

使李斯大感鬱悶者，還有兩件事。一則，皇子胡亥隨行皇帝巡狩，他卻毫不知情。這個皇少子胡亥，與李斯的小女兒已經許婚定親，只待胡亥加冠之後便可成婚。事實上，李斯並不喜歡這個胡亥。

許婚胡亥，不過是嬴氏李氏多重聯姻之後的一個延續而已，李斯已經不能認真計較皇子資質如何了。對於如此一個幾乎可以用上「不肖」兩字的未來女婿，李斯素來沒有興味與聞其事。即或在巡狩途中，李斯也竭力迴避著這個每每令他不快的皇子。李斯所計較者，是皇帝。既然皇帝喜歡這個皇子胡亥，許其隨同巡狩增長見識自是無可厚非，然則，自己恰恰是這個皇子的未來岳丈，皇帝如何便不能與自己知會一聲？皇帝不說，分明是皇帝與他這個丞相已經陌生了。二則，皇帝使趙高參政，李斯大惑不解。從目下大局說，李斯認為自己親自兼領皇帝書房事務最為穩妥。關鍵之時，皇帝任用趙高參政，這分明是一個顯然的失策。趙高是一個去了陽勢的宦者，縱有功勞，縱有才具，李斯也本能地蔑視此等人物。既往，皇帝將趙高僅僅用作車馬總管，用當其所，李斯自然不會生出膩煩。可如今，竟教這個宦者做了事實上的皇帝書房長史，並兼掌了皇帝印璽！李斯實在想不通，皇帝為何如此倚重一個「大陰人」？李斯曾長期做秦王長史，對書房政務再精通不過；而大巡狩日常事務，對他這個精於理事而又精力健旺的大臣而言，事實上舉手之勞而已，根本不至於忙亂無序，兼領皇帝書房綽綽有餘。以皇帝之明，想不到這一點麼？不會。皇帝不以他兼領書房，只能說明，皇帝對他真正地有了不可化解的疑慮……

黎明的星光下，李斯半睡半醒地搖晃著，任沉重的車輪碾壓著無盡的思緒。

次日正午，皇帝行營抵達臨淄地界。

李斯很清楚，皇帝對大都會歷來沒甚興趣，除了滅國時期因犒軍善後進入過邯鄲與郢都，再沒專程進入過任何國都，連幾次路過的洛陽新鄭大梁都沒有興致進去。舊齊國的臨淄固然是赫赫大都，皇帝照樣沒興致。當然，更重要的是，此時的皇帝正在發病尚未痊癒的特殊時期，更不能貿然入城了。於是，李斯下令在城南郊野的密林中紮下了營地。

趙高匆匆來了，恭敬地請李斯去皇帝大帳。

皇帝臉色很不好，倚在榻上摀著一床絲棉大被似乎還瑟瑟發抖。李斯心頭一陣酸熱，幾乎要衝口而出勸皇帝立即改返咸陽。可是，思緒電閃間，李斯還是死死忍住了。見李斯進來，皇帝吩咐趙高守在帳口，不許任何人進來打擾。皇帝又摒退了大帳中的幾個內侍與侍女，招手教李斯坐在了臥榻之側的涼爽陶墩上，殷殷地看著李斯，良久沒有說話。李斯拱手一聲陛下，已哽咽不能成聲了。嬴政皇帝拉住了李斯的手，歎息一聲道：「丞相，幾何有過，我等君臣竟能相對無言矣！」李斯哽咽道：「陛下，老臣已不知從何說起了……」嬴政皇帝淡淡笑道：「丞相啊，你的心思，朕知道。這件事，對你說得遲了，嬴政思慮有差。」李斯一時惶恐道：「陛下何出此言？老臣未知何事不曾與聞？」嬴政皇帝渾然無覺，只逕自緩慢地說著：「去冬，王賁臨走之時，說到扶蘇寬政主張，說他也贊同。加之，又有黥布劉邦徒眾逃亡兩件事，朕便想先減輕工程徭役。然則，一聞丞相說關中老秦人已空，我心下急了。如此大局漏洞，朕卻一直未能察覺，我不能不急也。要大巡狩，是要看看天下大勢，看看復辟暗流究竟有多深的根基，看看是否必得再次回遷老秦人……朕之本意，未必一定要北上九原。然則，自琅邪染病，方士逃走，嬴政驟生末路之感，當此之時，朕當何以善後哉！」

「陛下萬勿此言！陛下正在盛年啊！」李斯淚如泉湧了。

「不。不行了。」嬴政皇帝平靜淡漠地搖搖頭，「嬴政不畏死。然，嬴政知道自己。嬴政任用方士，無異於自戕。若沒有方士數年在側，我固病體，元氣尚在……大父秦昭王，不是病奄奄撐持了十餘年麼？奈何嬴政不知天高地厚，不知死生有數，在最要謹慎的時刻，竟然開了秦法之禁，祕密任用了方士。想補正，嬴政都來不及了。」

「陛下！來得及！有太醫……」

「上天無私，不會將機會總給一個人。嬴政，焉能例外矣。」

「陛下……」

「丞相，毋傷悲。朕，要說正事。」

「老臣，但憑陛下之命。」李斯頓時平靜了下來。

「第一事，若我病體能過得平原津，能渡過大河，便北上九原。」

「老臣理會：若陛下在平原津發病，立即返回咸陽。」

「正是。」

「老臣遵命！」

「第二事，最後的巡狩路程，丞相有何謀劃？」

「陛下已然謀定，老臣……」

「丞相啊，你當學學王賁，該堅持者則堅持。歧見不怕，要說在明處。」

「陛下，」第一次，李斯有些臉紅了，一拱手明朗道，「最後這段路，老臣以為必得穩妥縝密。老臣三策：其一，飛詔宣扶蘇蒙恬回咸陽，陛下則最好不渡大河，不過平原津，直接由此返回咸陽；其二，飛詔李信率十萬大軍回鎮關中，並急遷上邦十萬老秦人回居關中，蒙毅可在咸陽著手此事；其三，老臣自請，兼領陛下書房政事，守定印璽！」

「丞相懷疑趙高？」嬴政皇帝的目光驟然一個閃爍。

「老臣不諱言：趙高領印璽不宜。」

「丞相，可否說說依據？」

「老臣無憑據，只是心感不寧。」

「丞相啊，」嬴政皇帝默然片刻，淡淡一笑道，「趙高追隨朕三十餘年，不知幾多次換回朕的性命。不說功勞才具了，僅這三十餘年未嘗一事負朕，趙高何罪之有也？疑慮趙高最深者，不是丞相，是蒙毅。朕嘗對蒙毅言，若以隱宮出身而長疑趙高，我等君臣，胸襟何在焉！我等是人，內侍也是人，何苛求一人至此矣……嬴政一生，無愧於天下，無愧於群臣，所愧者，唯兩事耳：其一，愧對嬴秦族人。奮爭天下，老秦人流血最多，受苦最多。百餘年來，哪裡最險，哪裡最苦，哪裡便是老秦人所在。嬴政不用皇族為大臣，不封老秦人以富庶繁華之地還則罷了，最後，竟使他們離開了本該屬於他們的關中之地。自丞相那日警醒於我，每念及此，嬴政都是心頭滴血。赳赳老秦，共赴國難……可如今，他們都在哪裡啊……」

「陛下，此，老臣之過也！」李斯第一次感到了揪心的苦痛。

「丞相主張回遷老秦人，朕贊同。」

「陛下，還要過大河？」李斯驚訝了。

「丞相，我自覺還能撐持，做完這件事了。」

「那……」李斯欲言又止了，突然覺得不須再問了。

「若趙高出事，那便是上天瞎眼了，嬴政夫復何言哉！」

李斯踽踽離開了行營大帳，一種難言的滋味彌漫在心頭。

隱隱約約地，李斯有了一種感覺，他失去了最後一次與皇帝兩心交融的機會。他提出了三則對策，那是他多日反覆錘鍊的結果，等的便是今日這般氛圍這般機會。可是，皇帝只贊同了其中一個分支。是的，對國家大政而言，這個分支是一個根基點，不能說皇帝有錯。然則，對李斯而言，則意味著皇帝基本上沒有採納他今日最為重要的籌劃。皇帝堅持要渡河北上九原，那便是說，皇帝仍然覺得扶蘇蒙恬回咸陽或來行營，都有某種不便；這種不便，豈不還是李斯？更令李斯心頭發涼的是，皇帝對趙高的信任無以復加，竟然還有著深深的愧意。皇帝最後的那句話，使李斯大為震撼，使李斯第一次驟然看準了皇帝的弱點——雄峻傲岸的帝王稟性之後隱藏著一顆太過仁善的平凡人心！

李斯始終以為，嬴政皇帝是最具帝王天賦的一個君主。所謂帝王天賦，根基所在便是有別於常人之心的天下之心。你可以說這種天下之心是冷酷，是權欲，是視平民如草芥的食人品性；但你仍然必須承認，領袖天下的帝王之心真的是不能有常人之仁；或者說，帝王仁善不能以常人之仁善表現出來。畢竟，帝王必須兼具天下利害，不能有常人的恩怨之心。若如常人仁善，那確定無疑的是，他連一個將軍都不能做好，遑論帝王哉！唯其如此，在李斯看來，趙高在皇帝心目裡便該是一隻獵犬而已，該是一隻效力於主人的牲畜而已；主人固可念獵犬牲畜之勞苦，然如何能以獵犬牲畜與聞主人之決策意志？於今皇帝，竟對一個老奴僕有如此抱愧之心，豈非咄咄怪事哉！第一次，李斯對這個巍巍泰山般的皇帝，生出了一絲不那麼敬佩的失望。「上天瞎眼，嬴政夫復何言哉！」，這，這像是一個以天下為己任的偉大皇帝說的話麼？

李斯第一次迷路了，莫名其妙地在樹林中閒晃了整整一個晚上。

三日之後，大巡狩行營渡過了濟水，抵達平原津。

平原津，是舊趙國平原縣的一處古老渡口。平原縣者，於趙國平原君而相互得名也。平原縣瀕臨大河，與齊國相鄰，是大河下游最重要的臨水要塞。戰國末世秦趙相爭最烈，帝國君臣將士對趙國最是熟悉，對這處兵家要地更是人人皆知。一臨大河，秦軍將士們便紛紛指點著河東河西說將起來，驚歎夾雜著笑語，人人不亦樂乎。誰也沒有料到的是，正在楊端和率領將士們忙碌預備渡河諸事時，李斯傳下了丞相令——紮營起炊，渡河事待皇帝定奪！時當午後，熱氣漸漸下降，正是一鼓渡河的時機。突然中止，楊端和大感不解，立即飛步趕到丞相大營詢問。

「此乃趙高所傳詔令，老夫不知所以。」李斯皺著眉頭。

「皇帝發病了？」

「趙高沒說。」

「如此大事，丞相如何老是趙高趙高？得面見皇帝說話！」

見素來沉穩的楊端和責難自己，李斯非但沒有不悅，反倒親切笑道：「衛尉說得好，老夫原本也是如此想，奈何已有詔令，便先停了渡河。你既不解，不妨隨老夫一起面見陛下定奪。陛下若是發病，自然是直返咸陽最好。」李斯將每一個關節都不經意地說到了。李斯希望楊端和據理力爭，改變皇帝甘冒酷暑的北上跋涉之旅。

兩人匆匆來到一片最陰涼的樹林下。行轅大帳還正在搭建，一輛轀涼車停在大樹下垂著車簾，兩百餘名帶劍武士在車後遠遠站成了一個扇形，只有趙高與兩名侍女站在車前。雖有樹蔭，林中也是熱烘烘一片，無休止的蟬鳴震得人耳膜發麻，誰都是一身大汗，誰都是眉頭深鎖，整個樹林陷入了一片奇特的聒噪幽靜麻木煩躁的氛圍之中。

「陛下消乏麼？」李斯低聲問趙高。

趙高急促地一個眼神，手勢不大但卻很是明確地向返回咸陽的方向一指，惶急之勢最明顯不過地說：必須馬上回咸陽！突然之間，李斯心頭一熱，正要大步趨前說話，趙高已經對著轀涼車長呼了一聲：「稟報陛下，丞相與衛尉到——」一時間，李斯楊端和一齊止步，在轀涼車前幾步處站住了。

「丞相，行營立即渡河。朕沒事，小睡片刻而已。」

陣陣蟬鳴滾滾熱風中，轀涼車中傳來夾雜著咳嗽的皇帝聲音。趙高的臉色頓時變得難看起來，哭喪著臉對李斯連連搖頭，背過身去不說話了。楊端和渾然不覺，一聞皇帝話語奮然振作，一拱手道：「丞相，皇帝已經決斷渡河，我去了。」轉身出林間，楊端和一路喝令，「停止紮搭！各營立即預備渡河——」

李斯木然一陣，終於轉身走出了樹林。趙高的暗示與皇帝從轀涼車中發出的渡河決斷，已經使李斯清楚了一切。皇帝發病了，而且還病得不輕，否則，趙高不可能那麼強烈地暗示他必須回咸陽。皇帝派趙高傳令歇息紮營，是皇帝一時忘記了對他的許諾。他與楊端和一起前來，使皇帝想起了對他曾經的許諾：過不得大河便返回咸陽。皇帝又必然料到，楊端和若知皇帝發病，也必然力主回咸陽。無奈之下，皇帝一個簡短的詔令出來了，否則，又會是一場君臣爭執。可見，皇帝心意沒有改變，依然堅執地要渡河北上，而且不惜冒著病中渡河的危險。如此情形之下，李斯能再度堅持麼？若堅持返回咸陽，安知皇帝不會懷疑他另有居心？病中之人，多疑敏感倍於常人甚矣，李斯能冒如此大險麼？

「衛尉，不能教陛下顛簸，風浪最小時陛下渡河！」

「丞相，楊端和明白！」

李斯對楊端和下了最後一道明確的命令，便回到了自家隊前等待渡河了。他知道，已經沒有大事需要他親自奔波了。夕陽暮色，大河滔滔金紅，李斯凝望著連天而去的大河，心頭一陣酸熱，老淚泉湧而出……他終身期許的一代雄君，如何在最後幾步硬是與自己走開了岔路？李斯啊李斯，究竟是你錯了，還是皇帝錯了？抑或誰都沒有錯，只是冥冥天意？抑或誰都有錯，而又誰都必須堅持自己？李斯想不明白了。第一次，李斯的雙手揪光了面前的綠草，手指摳進了泥土，放任著自己的飲泣，將無盡的淚水灑進了誰也不會看見的泥坑……若是皇帝與自己同心，李斯自信完全可以撐起皇帝身後的任何危局，縱然沒有扶蘇這般明君英主，李斯也不會聽任自己一手謀劃實施的帝國新政走向毀滅！皇帝陛下啊，你為何突然變了心性，從一個大氣磅礡的帝王變得如此的褊狹固執而不可理喻？上天啊上天，你是要秦政一代而亡麼？果真如此，何須天降英才濟濟一堂創出了皇皇偉業，卻又要教它突然熄滅？上天啊上天，你也不可理喻麼……

從平原津渡過大河，皇帝行營緩慢地推進著。

那時候，水勢浩大的大河下游不可能有如此長度的大橋，要渡大河便必得舟船之力。若是體魄健旺，渡河之勞自然算不得大事。然嬴政皇帝恰恰正在病勢發作之期，又正逢夏日洪峰之時，渡河的諸般艱難可想而知。一過大河，嬴政皇帝的病勢便無可阻止地沉重了。七月十三這一日，原本預定要渡過洹水。可是，趙高對李斯傳下了皇帝的詔令：歇息旬日，相機北上。從趙高愁苦的臉色中，李斯覺察出了皇帝有可能的鬆動。陡然振作之下，李斯與楊端和親自帶著一支馬隊，越過洹水漳水，踏勘了周遭百里地面，最後選定在漳水東岸的沙丘宮紮營駐屯，以使皇帝養息治病。李斯的同時部署是：立即飛馬咸陽，接太醫令帶所有名醫趕赴沙丘；並同時派出百名精幹吏員，分赴各郡縣祕密搜求隱居高人名醫，接來救治皇帝。李斯還有一個謀劃，只要皇帝稍見好轉，他便自請回咸陽處置積壓政事，以使皇帝能宣扶蘇南來奉詔。

然則，李斯沒有料到，情形又一次發生了變化。當李斯與楊端和飛馬回到行營時，趙高正在丞相大帳前焦急地晃來晃去著。一見李斯下馬，趙高過來一拱手，拉著李斯便走。李斯驚問皇帝如何了？趙高哭兮兮急迫道：「說不清說不清，丞相快走！」李斯心下一沉，一身汗水一身泥土大步匆匆地趕到了皇帝轀涼車前。一片大樹下，轀涼車的車簾打開著，皇帝躺在車中榻上，一片蟬鳴將悶熱寂靜的樹林襯托得有幾分令人不安。

「陛下，老臣李斯參見！」

「丞相，」皇帝在兩層絲棉大被下艱難地喘息著，「立即，回咸陽……」

「陛下！陛下說甚？」李斯一時焦急，不敢相信自己耳朵。

「立即，回咸陽。朕，錯……」

「陛下！不可啊！」李斯驟然哽咽，撲到車前湊到了皇帝頭前低聲急促道，「陛下病勢正在發作之時，若再經顛簸，大險矣！陛下縱然殺了李斯，李斯也不會奉命！陛下，老臣業已選定沙丘宮為駐屯之地，也已經派出快馬特使回咸陽急召太醫令，還派人向附近郡縣搜求名醫！只要陛下不動，天意佑秦，會有轉機！」也是第一次，情急的李斯顯出了絕不動搖的非常意志。

「好……但依丞相……」皇帝的嘴角綻開了一絲艱難的笑意。

「陛下，認可老臣之策了？」一身冷汗的李斯又不敢相信自己了。

「丞相，坦蕩，好，好……」「陛下！老臣明白了，陛下只管歇息！」

李斯沒有絲毫猶豫，一轉身連續高聲下令：「楊端和，立即率一千人馬涉過洹水，開赴沙丘宮清理營地，安置陛下行宮！胡毋敬與趙高，率內侍侍女督導護送陛下車馬渡河！頓弱與鄭國老令，立即督導行營人馬有序渡河！老夫親率一千鐵騎善後。各部立即啟動！」

秦軍將士最是危難見真章，各部將軍一聲令下，立即齊刷刷行動起來。幾乎是片刻之間，龐大的行營便開出了樹林，向西邊遙遙可見的滔滔洹水開進。堪堪太陽落山，大行營全部人馬已渡過不甚寬闊的洹水，向沙丘宮隆隆開進了。及至月上中天，大隊人馬已經開進了沙丘宮。月光之下，李斯下令胡毋敬與趙高等安置皇帝立即進入行宮歇息救治，自己便與楊端和查勘部署四面護衛去了。直忙到曙色初上，李斯才來到皇帝行宮。然則，皇帝已經在服下湯藥之後昏睡了過去。李斯守候一個時辰，太陽已經熱辣辣升起了，皇帝還未見清醒。胡毋敬與趙高一齊勸李斯去歇息，饑腸轆轆的李斯這才疲憊萬端地走了。

李斯疲累之極，剛剛吞下一盅自己創製的魚羊雙燉，便軟倒在案邊鼾聲大起了。一覺醒來，已經是中夜月色了。李斯突然一個激靈，翻身下榻大步匆匆地出了大帳。一番急匆匆巡視，各方都沒有異象，李斯才長吁一聲，漫無目的地閒晃了起來。月亮很亮。天氣很熱。李斯走得很慢，夢魘夜遊一般恍惚。

李斯終於明白了皇帝疑慮自己的原因，是自己的不擔事，是自己的一心與皇帝同步而顯現出來的永遠地順應，是自己從來沒有堅持過自己而顯現出來的那種缺乏擔待。否則，自己今日一時情急說出的那種連自己也後怕的話，皇帝何以反而表現出前所未有的欣慰？是的，皇帝的讚賞是顯然的。李斯確信，這位帝王絕不會虛偽地去逢迎任何一個人，即或皇帝真的已經面臨生命垂危，皇帝依舊是本色蕩蕩的。是也是也，任何一個君王在善後大事上，大約都會選那種敢作敢當者承當大任，而像他李斯這種雄才大略而又鋒芒內斂的重臣，大約誰都會有幾分疑慮之心。可是，李斯果真是缺乏擔待麼？不是！李斯缺乏的是皇帝的信任，是不敗的根基。只要皇帝信任自己，委自己以重任，李斯幾曾不是雷厲風行任勞任怨？在帝國老臣中，李斯自認為除了王翦王賁父子的那種強韌自己不能比，其餘人等的風骨便一定比自己硬麼？實在未必。蒙恬如何？蒙恬不也是在逐客令事件中惶惶不可終日麼？那時候誰有擔待？不是李斯上的〈諫逐客書〉麼？真到危境絕境，李斯何嘗不敢強硬一爭？說到底，還是皇帝對自己所知不深，倚重不力也……

在李斯惶惑不知所以的時候，皇帝一連三日都昏迷不醒。

這天是七月二十日。李斯真正地不安了。

第一次，李斯不奉詔命，以丞相名義召集了大臣會商。

李斯提出的議決事項，最要緊的只有一件：該不該派大臣作為特使趕赴九原，召長公子扶蘇與蒙恬南來晉見皇帝？大臣們憂心忡忡地議論了一個時辰，還是莫衷一是。典客頓弱認為該當，而且應當盡快。頓弱說得很直接：「皇帝要北上，目下卻無法北上。宣召長公子與蒙恬南下，有甚可議？辦就是！」可胡毋敬與鄭國兩位老臣卻老大沉吟，理由一樣：若是需要，皇帝縱然病中，這幾句話還是說得的；皇帝沒說話，輕召皇長子與屯邊大將軍畢竟不妥。楊端和則只有一句話，聽丞相決斷。最後，三位老臣也是一口聲道，我等各有己見，唯聽丞相決斷。在李斯幾乎要拍板之時，趙高匆匆來了。因為趙高已經臨時接掌了蒙毅權力，所以李斯也知會了趙高與聞會商，此時匆匆而來，顯然是皇帝處難以脫身而遲到了。待李斯將會商情形大略說了一遍，趙高哭喪著臉提醒了一句：「皇帝陛下時昏時醒，不是全然昏迷，還是問問皇帝的好。」趙高這一句話，李斯當即打消了原本念頭，斷然道：「大事不爭一兩日。自明日起，老夫守在皇帝寢室之外，等待皇帝清醒時稟報，由皇帝定奪。」掠過李斯心頭的一閃念是：扶蘇南來可以不經皇帝認可，然自己要離開行營回咸陽，不經皇帝認可行麼？

李斯決斷無可反駁，大臣們都點頭了，趙高也點頭了。

八、七月流火　大帝隕落

七月二十一日夜裡，嬴政皇帝終於完全清醒了。

雖然渾身疲軟，皇帝的高熱卻莫名其妙地消散了。在皇帝掙扎著被兩名侍女扶下臥榻，倚在了書案前的大靠枕上時，李斯進來了。李斯稟報了大臣們的會商。皇帝淡淡地笑道：「不用了。朕的熱寒已經告退了，只要明日不再發作，後日，南下回咸陽……不折騰了。朕不信邪，朕會挺過這一關。病好了，朕再巡邊。」皇帝說得如此明確，李斯也就不再提說自己先回咸陽的事了。畢竟，皇帝正在病中，若無非常之需，他當然不該離皇帝而去。如此坐得片刻，看著皇帝服下了一盅湯藥，李斯才稍見輕鬆地告辭了。

「月亮，好亮也！」嬴政皇帝凝望著碧藍的夜空，輕輕驚歎了一聲。

「陛下，這幾日天天好月亮。」趙高小心翼翼地注視著皇帝。

「這裡，是趙武靈王的沙丘宮？」

「正是。陛下，沙丘宮是避暑養息之地。」

「幾曾想到，嬴政步著趙武靈王的後塵來也！」皇帝長歎了一聲。

「陛下是中途歇息，與趙武靈王不相干！」

「你急甚？朕不信邪。」嬴政皇帝笑了。

趙高也連忙笑了，一隻手在背後搖了搖。立即，一個脆亮的哭音飄了進來：「父皇，你好了麼？」隨著聲音，少年胡亥飛一般衝了進來撲倒在皇帝腳下。嬴政皇帝撫摸著胡亥的一頭烏黑長髮笑了：「你小子倒好，照樣白胖光鮮。」胡亥的一雙大眼睛轉動著，驚愕迷茫與淚水一齊彌漫開來：「父皇，你手好燙也！」嬴政皇帝淡淡道：「胡亥，不許哭。眼淚，是弱者的。」「哎，不哭。」胡亥噗地笑了，「父皇多吃藥，快快好，那大河多好看也！」嬴政皇帝也笑了：「大河，當然好了。她，是華夏文明之母親。胡亥啊，長城更好，那是大秦新政之萬代雄風。父皇好了，帶你去看萬里長城。」「好好好！看萬里長城！」胡亥臉上蕩漾著燦爛的笑容。嬴政皇帝笑道：「到了長城，你就該知道甚叫金戈鐵馬，甚叫英雄志士了。你，會見到你的大哥扶蘇。胡亥啊，長大了要像扶蘇大哥一樣，父皇就放心了……」胡亥面色脹紅高聲道：「父皇！胡亥一定像大哥！」嬴政皇帝高興了：「好！胡亥有志氣，父皇喜歡有志氣的後生。」胡亥正要興沖沖說話，卻聽趙高輕輕咳嗽了一聲，站起來深深一躬道：「父皇勞累，早早歇息，胡亥明日再來守候父皇。」說罷不待嬴政皇帝說話，胡亥已轉身噔噔噔去了。

「趙高，胡亥如此聽你？」皇帝目光驟然一閃。

「稟報陛下！」趙高大駭，撲倒在地哽咽道，「陛下昏睡之時，少皇子天天哭著守候在門外。小高子為其大孝之心所感，遂答應他陛下見好時知會他進見。可小高子生怕皇子少不更事，便與他約定，由小高子決斷時辰長短……陛下，小高子何敢教皇子聽命啊！」

「起來。沒事便沒事，哭個鳥！」皇帝笑罵了一句。

「陛下，小高子快嚇死了。」趙高哭喪著臉爬了起來。

顯然是趙高的自我賤稱勾起了皇帝往昔的追憶，嬴政皇帝鬱悶的心緒似乎好轉了許多，叫著已經多年不叫的趙高的賤稱，長吁一聲道：「小高子啊，我今日輕鬆了許多，來，扶我到月亮下走走。」

「哎。」趙高小心翼翼地答應著。

「去找一支竹杖來。你跟著便是。」扶著趙高站起來的皇帝艱難地笑了。片刻之間，趙高找來了一枝竹杖。嬴政皇帝覺得很稱手，高興得嘿嘿笑了，扶著竹杖一步一步挪出廊下，微風徐徐拂面，精神頓時一陣，沒用趙高搭手自己走向了庭院，走向了月下的湖畔。雖是酷暑七月，下半夜也是清涼宜人。夜空碧藍，殘月高懸，被沙丘宮包進一大片的古老的大陸澤閃爍著粼粼波光，湖畔的胡楊林沙沙搖曳，日間令人煩躁不堪的連綿蟬鳴也停止了，天地間幽靜得令人心醉。嬴政皇帝多日熱寒昏睡，對清醒之後的夏夜倍感親切而新鮮，長長地緩慢地做了幾個吐納，一時間覺得自己幾乎沒有病了。

竹杖篤篤地點著湖畔的砂石，嬴政皇帝的思緒匯入了無垠的夜空。

一場大病醒來，一切竟是恍若隔世。嬴政不明白，自己為何要在不斷發病之時堅持北上，先回咸陽，病好了北上不行麼？抑或，回成陽後再宣扶蘇蒙恬南下奉詔不行麼？目下咸陽朝局，果真有何力量能阻擋他這個皇帝立儲善後麼？沒有。全然是自己疑神疑鬼的虛妄幻象。然則，自己為何在那時就一定認為非北上九原不可呢？分明是偏執得可笑，卻一定要如此堅持，嬴政當真不明白自己了。目下仔細想來，只是兩個緣由：一則是自己屢次發病，神志已經沒有了尋常時日的清醒權衡；一則是自己一朝看到了多年未立儲君的可能的巨大危害，精神重壓之下心思過重，一切評判都失常了。除此而外，還能如何解釋自己？若非多日昏迷若死，清醒之後真正體察到了生命的短促而珍貴，很可能自己還是深陷於偏執不能自拔。嬴政啊嬴政，你雄極一世，幾曾有過如此昏亂褊狹？是的，上天給了你近三十年的機會，你都沒有立定儲君。一朝有了垂危之象，你才警覺到帝國最高權力傳承的空白是多大的危局，你才慌了，你才亂了。想起來，你嬴政如同一個可笑的農夫，從地頭走到地尾，總想尋覓一顆最茁壯最完美的麥穗；錯過了豐茂的中段莊稼，總是將希望寄託在前方；一直快走到盡頭了，才發現還是曾經的那株最是茁壯；回身再去，又怕那株茁壯的莊稼已經出事了。於是，你慌不擇路了。說到底，你嬴政心太高，心太大，太求完美無缺了。帝國創制，你求新求變求完美。盤整華夏，你求新求變求完美。後宮立制，你求新求變求完美。立儲善後，你還是求新求變求完美。自來立儲，都是立嫡立長。你卻因為這不是儲君的真實尺度，不願接受這一老傳統，要創出一條錘鍊儲君的新法度來。扶蘇已經是最具人望的儲君人選了，你還嫌不足，還要多方錘鍊。扶蘇與你這個皇帝在坑儒事件上有了歧見，你便更加覺得扶蘇還要錘鍊了。你自認評判洞察過人，何以便不能認定這是扶蘇有主見的可貴稟性，而偏偏認作不諳帝國法治精髓？假如早十年立儲，甚或早三年立儲，會有後來這般狼狽麼？上天給了你近三十年的機會，你嬴政都一年又一年地在無休止地錘鍊中蹉跎過去了，上天還能給你機會麼？若上天將機會無窮無盡地只向你拋灑，天地間還有世事變換麼？

上天啊，嬴政的路走到頭了麼……

突然，一種莫名其妙的心境油然生出。嬴政本能地預感到，自己的生命將要完結了。此刻的清醒，或許是上天對他最後的一絲眷顧，教他妥善安排身後了……凝望著天邊殘月，一絲清冷的淚水爬上了面頰，嬴政的心猛烈地悸動了。想想，見到扶蘇是不可能了。然則，一定得給他留下一道詔書。可是，這道詔書該如何寫，一定要謹慎再謹慎。咸陽朝局縱然穩定，可沒有了自己這個皇帝龍頭，很難說便沒有突兀事變。任何一個舉措，都得防備其中的萬一之變。若是公然頒行立扶蘇為太子的立儲詔書，最大的萬一是甚？顯然，是詔書不能抵達九原。心念一閃，嬴政皇帝眼前驟然出現了趙高，又突然出現了李斯，這兩個人，誰會成為那個萬一？最大的可能，還是丞相李斯。因為，在他身後只有李斯有如此巨大的權力。趙高，一個宦者之身的中車府令而已，他能如何？相反，在防備這個萬一的諸般因素中，趙高反倒是一個可以制約這個萬一的因素。對，將詔書交趙高發出，而後再知會李斯，既不違法度，又可防患於未然。雖然如此，詔書還是不宜明寫立儲。畢竟，扶蘇的寬政主張與大臣們的分歧仍在，若未經皇帝大朝議決而獨斷立儲，將給扶蘇日後造成諸多不便。嬴政確信，以扶蘇的人望以及自己平素的期許，扶蘇若回咸陽主持大喪，朝臣一定會擁立扶蘇為國君。那麼，這道詔書只要使扶蘇能夠奉詔回到咸陽即可。想想，對了，這般寫法！幾行大字電光般閃爍在嬴政心頭——以兵屬蒙恬，與喪會咸陽而葬，會同大臣元老議立二世皇帝！

如此詔書，展開的過程是：兵權交付大將軍蒙恬，扶蘇回咸陽主持皇帝國葬，而後再由扶蘇主持會同大臣並（皇族）元老議決擁立皇帝！這一切，完全符合秦國歷來的立儲立君傳統，也完全符合秦法以才具品性為立儲立君之根本的行法事實。從預後而言，也最大限度地消除了皇帝垂危而獨斷傳承的不利後果。請注意，皇帝獨斷傳承，對於後世皇帝而言再自然不過，沒有誰會非議；然在緊接戰國之後的秦帝國時期，秦法之奉行蔚然成風，遵奉法治的嬴政皇帝選擇最符合法治傳統的方法，則是最為合理有效的選擇。否則，歷史不會留下那道如此不明確且只有一句話的善後半道詔書。

月亮已經沒有了，皇帝在晨風中打了一個寒戰。

皇帝沒有說話，艱難地點著竹杖轉身了：「趙高……回去……冷。」

「是有些冷。」一臉細汗的趙高小心翼翼地扶持著皇帝。

終於，嬴政皇帝艱難地回到了寢宮。皇帝沒有去寢室，沉重緩慢的步子不容置疑地邁向了書房。兩名太醫匆匆過來，皇帝卻揮了揮手。趙高一個眼神示意，兩名老太醫站在了書房門口守候了。走進書房，嬴政皇帝頹然坐在書案前，閉目片刻，睜開眼睛道：「還有人麼？都教走了。」

「陛下，沒人了。只陛下與小高子兩人。」趙高恭敬地回答。

「趙高，你是大秦之忠臣麼？」皇帝的聲音帶著顯然的肅殺。

「陛下！小高子隨侍陛下三十六年，猶獵犬為陛下所用，焉能不忠！大秦新政，小高子也有些許血汗，焉能不忠！小高子若有二心，天誅地滅！」趙高臉色蒼白大汗淋漓，話語卻是異常利落。

「好。朕要書寫遺詔。」皇帝喘息著，艱難地說著，「詔成之後，你封存於符璽密室。朕一旦去了，即刻飛送九原扶蘇……明白麼？」

「小高子明白！」

「趙高若得欺天，九族俱滅。」

「陛下！……」

「好……筆，朱砂，白絹……」

趙高利落奔走，片刻間一切就緒。嬴政皇帝肅然正容，勉力端座案前，心頭只閃爍著一個念頭：嬴政，一定要挺住，要寫完遺詔，不能半途而廢。終於。嬴政皇帝顫巍巍提起了大筆，向白絹上艱難地寫了下去——

兵屬蒙恬，與喪會咸陽而葬……

突然，嬴政皇帝大筆一抖，哇的一聲吐出了一口鮮血，頹然伏案。

嬴政皇帝用盡最後一絲氣力支撐坐起，又一次頹然倒下。

猛然一哽，嬴政皇帝手中的大筆啪地落到腳邊，圓睜著雙眼一動不動了。

這一刻，是西元前二一〇年七月丙寅日（二十二日）（註：嬴政皇帝病逝時日，另有後世《開元占經》引《洪範五行傳》一說，云為六月乙丑，即六月二十日。此從《史記》七月丙寅日之說）黎明時分。

嬴政大帝溘然長逝，給廣袤的帝國留下了一個巨大無比的權力真空。

國家圖書館出版品預行編目資料

大秦帝國．第五部，鐵血文明／孫皓暉著．-- 初版．-- 臺北市：麥田出版：家庭傳媒城邦分公司發行，2013.02
冊；　公分．--（歷史小說；50-51）
ISBN 978-986-173-877-2（上冊：平裝）
ISBN 978-986-173-878-9（下冊：平裝）

857.7　　　101027948

歷史小說 51

大秦帝國　第五部　鐵血文明（下）

作　　者／孫皓暉
責任編輯／黃暐勝　吳惠貞　林怡君
校　　對／陳雅娟

副總編輯／林秀梅
編輯總監／劉麗真
總 經 理／陳逸瑛
發 行 人／凃玉雲
出　　版／麥田出版
104 台北市民生東路二段 141 號 5 樓
電話：(886)2-2500-7696　傳真：(886)2-2500-1966；2500-1967
部落格：http://blog.pixnet.net/ryefield
發　　行／英屬蓋曼群島商家庭傳媒股份有限公司城邦分公司
104 台北市民生東路二段 141 號 2 樓
書虫客服服務專線：(886)2-2500-7718；2500-7719
24 小時傳真服務：(886)2-2500-1990；2500-1991
服務時間：週一至週五 09:30-12:00．13:30-17:00
郵撥帳號：19863813　戶名：書虫股份有限公司
讀者服務信箱 E-mail：service@readingclub.com.tw
歡迎光臨城邦讀書花園　網址：www.cite.com.tw
香港發行所／城邦（香港）出版集團有限公司
香港灣仔駱克道 193 號東超商業中心 1 樓
電話：(852) 2508-6231　傳真：(852) 2578-9337
E-mail：hkcite@biznetvigator.com
馬新發行所／城邦（馬新）出版集團【Cite(M)Sdn. Bhd.】
41, Jalan Radin Anum, Bandar Baru Sri Petaling,
57000 Kuala Lumpur, Malaysia.
電話：(603) 9057-8822　傳真：(603) 9057-6622

封面設計／小子設計
印　　刷／一展彩色製版有限公司

■ 2013 年 2 月 1 日　初版一刷　　Printed in Taiwan.

定價／ 450 元

ISBN 978-986-173-878-9